薛燕平 著

北平无恙

北京出版集团
北京十月文艺出版社

黄土坑胡同和魏家胡同形成了一个"丁"字形，魏家胡同是东西走向，就像"丁"字上面那一横。在它的半截腰上，靠南边一侧，有条南北走向的黄土坑胡同，而在"丁"字的心窝处，扎着老水头儿的修鞋摊子。对于这两条胡同来说，老水头儿和他的鞋摊，就像一颗钉子，着着实实地把两条胡同钉在了一起。这两条胡同在风风雨雨的大千世界里像是一对欢喜鸳鸯，甘苦与共。

魏家胡同和黄土坑胡同相比长且宽，整条胡同一整天都能晒到太阳，像个阳气十足的男人。而黄土坑胡同，正午以后太阳才懒懒地照进来，春夏时节满胡同的花香鸟语，更像个妩媚柔情的女人。老水头儿早把这两条胡同的脾性吃到心里了，胡同里发生的丁点事都逃不过他的眼睛，他把那些杂七杂八的事一点点存在心里，没事的时候就翻出来咂摸一下，有滋有味。没人知道老水头儿什么时候起床，什么时候睡觉，天一亮他已经像一块灰秃秃的石头一样蹲在那了，手里总有干不完的活。不知道从什么时候开始，老水头儿的鞋摊上多了修补皮鞋的营生，他像变戏法似的，从他腿上蒙着的那块布下面拿出一块块上好的牛皮。没人问他从哪弄来的，也没人在意他是怎么学会的修补皮鞋，一切都是自然而然的。老水头儿的眼睛也总是低垂着，总像是看厌了这个世界，或者说他对一切都太熟悉，不用再看了。

一九二八年六月底的一天，早上的时候，胡同里飘浮着枣花的残留香气,一缕缕的香气与刚刚洒扫的路面湿气混合在一起,直往人的鼻孔里钻。老水头儿看了看两条空荡荡的胡同,手里的小茶壶有点烫手,他把茶壶从一只手倒腾到另一只手里,仰脖,往嘴里送了口茶,他好像有点禁不住茶水的苦涩,咧开嘴,龇了龇牙。

一个时辰后,魏家胡同的北墙根儿有了点阴凉,半拉鞋摊都被阴凉遮住了,老水头儿钉好了一个鞋前掌,直起腰,喘口气。这时,有个人从魏家胡同西头一阵风似的走过来。这是一位五十岁上下的男人,穿戴齐整,他那张阔脸上有一副宽大厚实的嘴唇,嘴唇上方是一只悬胆鼻,阔眼浓眉,四方大脸。男人从老水头儿身边经过时并未放慢步子,用手里攥成一个筒的报纸,敲打着另一只手的手心,扭过脸朝老水头儿扔了一句话:您听说了吧,从今往后咱们这就不叫北京了,叫北平,记住了啊。

这句话并没有惊着老水头儿,倒把土路地面砸了个坑!旁边几个闲聊的街坊不由得异口同声地哎哟一声,其中一个往后闪了一下身子,差点崴了脚,脚跟一拧,路面就出了个坑。

男人叫武仲仁,住在魏家胡同西头的大宅子里,武家在京城经营着数十家茶叶铺子,是京城数得着的茶商,知情人说,武家安徽的祖宅大得看不到边。祖上就是靠卖茶叶发的家。到了武仲仁这辈,雄心勃勃来到京城,用二十多年时间,让京城一半的老百姓习惯了喝武家的茶叶。即便在梦里,武仲仁都梦不到家乡,他深信自己就是个货真价实的京城茶商。

武仲仁甩下那句话,便拐进了黄土坑胡同。他脚上那双锃亮的皮鞋突然闪了一下,老水头儿看着武仲仁的背影,竟然发现武仲仁的背上驮着一团耀眼的太阳光,这让他那件孔雀蓝的绸缎长袍失去了颜色。

老水头儿知道武仲仁去哪,知道他要去找谁。瞧,武仲仁正按照老水头儿猜测的那样停在了黄土坑胡同当中，一个高台阶的大门口。面对那扇红彤彤的油漆大门，老水头儿知道武仲仁不会像常人那样叩响门上的黄铜门环，而是扯着脖子喊：美雪开门。果然，铜门环没响，武仲仁的大嗓门陡起高音。声音刚落地没一会儿，大门便哐啷一声打开了。

武仲仁拜访的这户人家，是这两条胡同里除了武家之外另一家可圈可点的大户。当家的齐通霖，京城名医。祖上几代都是皇家御医，直到齐通霖的父亲依然是皇上信任的大夫。坊间说齐家祖上有专治时疫的秘方，嘉庆二十五年七月的那场桐乡大疫，齐家祖上出手救疫，几大锅汤药救了百十号人，有案可查。到了齐通霖这辈，自己行医，他的医术精湛，医德高尚，病人口口相传，找齐大夫看病的人天天不断。齐通霖用药讲究，多一钱少一钱都很计较，但药方开得豪华，味药用得多，气势磅礴，他的药方就像是一个个铁箍，把那些顽疾箍得死死的，不给它们一丝喘息的机会。

来给武仲仁开门的竟然是齐通霖的夫人王屏画。这是位五十开外的妇人，头脸齐整，通身的气韵夺人，满头青丝梳理得一根不乱，头油擦得正好，不腻不干。一张白净的脸，宛若一轮十五的圆月，明朗干净，配上一双漆黑的大眼，顾盼生辉，虽说已过盛年，却余韵悠然。她身上的衣着也是毫不含糊，月白色的绸衫，绲着暗蓝色的边，领口的襻扣扣得周正严实，下身的淡棕色马面裙更是手工精良，丝线绣着两只活灵活现的喜鹊，虽说时至民国，这马面裙着实不太应景，可穿在眼前这位妇人身上，就只得把应景不应景那些零碎话扔了，只剩下得体二字。脚下是一双若隐若现的青缎子千层底，王屏画曾经缠足，后来放开了，但还是比一般的天足尺寸要小，这是美中不足还是锦上添花呢，见仁见智吧。武仲仁稍稍愣了一下，诧异道：怎么是嫂夫人亲自开门，美雪那丫头呢？王屏画笑着说：赶巧了，我正好溜达到

3

这。这时，丫头美雪从后面冒出来，朝武仲仁行礼道：给武大爷问安。武仲仁说：这丫头，神不知鬼不觉的。王屏画让美雪去厨房看看午饭准备得怎么样了，美雪应了一声走了。

齐家的大门朝东，让懂风水的看过，说是大门通常朝南，朝东的大门影壁要做得更高更宽大。王屏画和武仲仁说着话绕过影壁，来到前院。前院不大，东南是高大的院墙，墙根儿下一棵硕大的枣树开满了花，清香扑鼻，微风掠过，花瓣从树上飘下来，像是天女散花，只听王屏画道：今年秋天这枣少不了。

武仲仁随王屏画跨过垂花门，就看到整个正院了。正院东西两侧游廊环抱，院子里青砖铺地，整齐干净。西边的藤萝架绿意盎然，院子当中古朴的青花瓷大鱼缸镇住了全院的风水，北房高台阶两旁各有一棵石榴树，石榴花刚落不久，留下一树蚕豆大的小石榴。一个月里武仲仁来齐家不计其数，可每次走进齐家大院，心里总有一种莫名的感叹，虽然自己家的院子比齐家更阔气，更排场，可不知怎的，武仲仁就是觉得自己家院子里少点东西。

这时武仲仁一抬头，却见齐通霖稳稳当当地站在北房的廊檐下，后面的房门开着，齐通霖恰好站在黑洞洞的背景当中，这让齐通霖像一尊塑像一样，他左手捧着那只玉嘴黄铜烟袋锅，烟袋锅显然并没有点燃。齐通霖看见了武仲仁，把烟袋锅从左手倒腾到右手，将一只手搭在额头上遮挡刺眼的阳光，笑着朝武仲仁点点头。武仲仁经过大鱼缸的时候，眼睛还朝里边瞟了瞟，等走到台阶下边的时候，他仰头问齐通霖道：老二回来了？

齐通霖把那只烟袋锅顺势揣到怀里，朝武仲仁拱手道：说是今儿回，可路那么远，说不准。

武仲仁一边上台阶一边道：又是船又是车的，那谁说得准，左不过是个大概其。

齐通霖让美雪沏茶，王屏画道：这都到饭口儿了，是先喝茶呢，还是先吃饭？

齐通霖扭头问武仲仁的意思，武仲仁也不客气，道：不如先吃饭后喝茶吧。

王屏画笑着转身去了厨房，齐通霖对武仲仁说：沾老二的光，今儿有好的吃。不等武仲仁说话，齐通霖扯着他的衣袖往后院走。只见中间一个大花圃占了好大一片地方，院子西边的几间房子住着花匠和下人。当初齐通霖是想在这弄个私人小药铺，种点草药，可夫人王屏画却单纯喜欢花草，把那些不开花的草药都拔了，齐通霖只得笑笑作罢。春天的时候满园子的花争奇斗艳，蜂飞蝶绕的，欣喜之余便觉得夫人做得对。

芍药花谢了，此刻园子里满是月季和玫瑰花。月季以黄色粉色居多，饱满的花朵不停地摆动着，像妖娆的女子。玫瑰在花圃当中，多是沉稳的深红色，与月季虽是同科，品性却大不同，不争艳，不魅人，孤芳自赏。花圃的西南角上疯长了几丛蔷薇，热热闹闹，实属小家碧玉。花圃的最东头是一小片向日葵，籽粒尚未饱满，明黄的花瓣在整片花圃里显得十分耀眼。

两人坐在石凳上，武仲仁赶忙把那份卷成了一个圆筒的报纸从怀里掏出来，递给齐通霖。等齐通霖接过报纸卷，展开，武仲仁补了一句：我原来以为迁都的事就是瞎嚷嚷，看来老蒋玩真的啊。

这是一份《中央日报》，头版上的大标题十分打眼：国民政府迁都南京，即日起"北京"改称"北平"。

齐通霖看了几遍标题，脸上竟然没什么反应。旁边的武仲仁不错眼珠地盯着齐通霖的脸，对他的无动于衷很不解。武仲仁自己对这件事很有看法，在他心里，北京应该永远是都城，自己待的地方当然就应该是中心，这一是出于皇城子民的虚荣和骄傲，还有一个实打实的原因就是生意。武家的茶庄遍布京城，人尽皆知武家的茶叶品质好，买家大都是京城的有钱人，官员商贾占了一多半，北京一旦失去都城的光环，官员自然要往南京迁移，生意必会受到影响，这是武仲仁肚里的一条蛔虫。

齐通霖当然明白武仲仁心里的小九九，自古医家晓世事，若想当个好郎中，必要先识人。普通人只知道烧稻草灰多，医家却还知道吃稻米尿多，因为稻米是长在水里的。

齐通霖的平静并非故意为之，实在是禀性使然。他遇事不惊，坦然面对，外人称之为"有城府"，齐通霖却自认是"行动迟缓、脑筋转不过弯"。

其实从去年起，取得了北伐胜利的国民政府一统江山后，已经开始在南京办公了，这表明中央迁都南京的决心已定，虽然没有昭告天下，国人皆心知肚明。齐通霖与武仲仁曾经多次私下里议论这事，武仲仁的担忧显而易见，甚至有了移居安徽祖宅的念头。他的担心并非多余，改朝换代，另立都城，对于商人来说有时是毁灭性的。

齐通霖早就号着了武仲仁的脉，从去年有了迁都的风声以后，武仲仁便有点像热锅上的蚂蚁，乱了阵脚。几十年的老街坊，武仲仁肚子里有几条蛔虫，齐通霖很清楚。两人屁股还没坐稳，丫头美雪的清脆之音就传了过来，俩脑袋齐刷刷朝廊檐下望去，见丫头美雪亭亭玉立地站在门廊下，朝齐通霖喊：老爷，夫人让我请您和武老爷去堂屋用饭，您麻利儿着，饭凉了就不好了。说完，甩着背后一根大辫子先跑了。

等美雪的话音跑干净了，武仲仁才回过神来，忍不住笑道：这丫头没规矩，想必是夫人惯的。

齐通霖只是笑笑，并不搭话，站起身，朝花圃外走，武仲仁紧随其后。

到了堂屋，只见那张红木八仙桌上已经摆上了碗筷，当中四个碟子的下酒菜也准备停当。武仲仁对齐通霖说：老二还没到家，咱们就先吃上了，这不合适吧。

齐通霖道：准备了那么多饭菜，也不单为他，谁来谁得位。

说着，齐通霖让武仲仁在客位坐了，自己坐在上首，武仲仁问夫人怎么不上桌，齐通霖摆手，武仲仁又问老大天舍呢，齐通霖道：你就别张罗了，他们都不想上桌，嫌咱们烦，所以就咱俩，想喝什么酒，我让美雪去拿。

武仲仁想了想道：前些日子府上的汾酒不错，要不就还喝它吧。

齐通霖对站在门外的美雪道：去让夫人开一瓶汾酒，顺带把玉盏拿来。美雪迟疑了一下走了。

美雪之所以迟疑了一下，是因为玉盏是齐家的传家宝，不年不节不祭祖，绝不拿出来使。

武仲仁听齐通霖让拿玉盏，说道：看来你心里真惦记你家老二啊，连祖传宝贝都使出来了。

齐通霖笑道：哪是为他啊，是为咱北平啊，头一天改称谓，咱们得为它贺贺。见武仲仁发呆，齐通霖便又说道：世道变了，规矩就得变，人家变你不变，不得吃亏啊。武仲仁刚想说什么，抬眼见美雪端着一个讲究的漆盘进了堂屋，齐通霖能看出来，武仲仁喜欢美雪。

美雪把漆盘放在八仙桌上，一双玉葱似的手忙个不停，先是将一壶酒放在桌上，再把两只晶莹剔透的黄玉盏小心翼翼地一只放在自家老爷面前，一只放在武仲仁手边。接着，她撩起袖管端起酒壶为两位倒酒。武仲仁的两只眼睛一刻不停地跟着美雪转悠。等美雪忙活完了走出门，齐通霖小声对武仲仁说道：甭惦记了，府上一正两偏，还不够你忙活啊。武仲仁狡黠一笑。

武仲仁用两个指头将眼前那只名贵的玉盏轻轻捏起来，左右看着，赞叹道：哎呀，真是宝贝啊，我用半个茶庄跟你换一只怎么样？齐通霖根本不接他的话茬儿，武仲仁道：咱还是话归正题，依通霖兄的远见卓识，政府难道就不顾及老百姓的心思吗？也不问问老百姓愿意不愿意，自己就把这么大的事定了，说不过去啊。

齐通霖不紧不慢地打断武仲仁道：老百姓愿意不愿意，高兴不高兴，不重要，一个政府，建都在哪里，这点权力人家还是有的。街谈巷议，姑妄听之，凡事都有个习惯过程。至于对北京是好是坏，现在还看不出来……

武仲仁摆手道：对北京只坏不好，不用看就知道，那些没事干的文人也没起什么好作用，天天在报上说三道四，这下好了，都闭嘴了吧。

从去年起，迁都一事便在京城闹得沸沸扬扬，一些不主张南迁的学者文人，心里或有不甘，全不顾及政府已经在南京办公的事实，不停地聒噪，源源不断地把不同意见写出来登在报纸上，想让政府看到他们的智慧，最终采纳他们的建议。《晨报》副刊主编孙伏园，为此写了一篇文章《计划中的北京》，其中列举了北京的种种好处，证明北京是国民政府唯一应该建都的地方。

世上的事就是这样，只要一种观点出现，必然涌出来几十种观点，或应和，或反对，不得消停。孙主编的文章一出，立即引发全国学者文人的热议，有的文人曾经在北京居住过，对北京脉脉含情，自然就站在孙伏园一边，说尽北京的好处，最后的结论就是都城如果不设在北京，这个政府的寿命都要短一截子。有人则坚决反对这个观点，认为北京从明朝起，被设立为都城已经好几百年，单是那股子暮气，也能把活人熏晕了，新政府要想有新面貌，断断不能在北京设立都城。

那时候武仲仁就对齐通霖说过，事早晚就坏在这些人的嘴上。国民政府就像是跟这些人赌气似的，你们不想去南边，我偏去。直到今天一早报上白纸黑字坐实了迁都南京，武仲仁一股火气直冲脑门子。就算此刻坐在齐府里，那股火也还是突突地冒。

这时齐通霖举起玉盏对武仲仁说道：来，甭气了，气也没用，既来之则安之，为咱们的北平，先干这杯。说完，一仰脖，酒下肚。齐通霖又接着说：我明白你的心思，你从另一个角度想，政府迁走了，没那么多限制，说不定还是件好事呢，你顺便把眼睛往下压压，别总往上看，其实老百姓也得喝茶，喝不起好的，喝孬的，你把茶叶价稍微降一点，薄利多销，生意不会太差吧。

武仲仁听齐通霖这么说，轻轻吐出一口气，道：走一步看一步吧……

齐通霖夹了一筷子桂花藕片放到武仲仁面前的小碗里，自己却朝一只酱菜碟子伸筷子，武仲仁道：以前不见你们府上买六必居的酱菜啊，怎么换口味了？

齐通霖说：我们家只有老二好这口，昨儿特意让伙计去大栅栏淘换来的，我尝了一口还行，就让美雪上了一小碟儿。

武仲仁道：我家三夫人最喜欢六必居的酱瓜儿，我们家一买就是一坛子，她早上喝粥全凭酱瓜儿提味儿。

胡同里树上的知了不停地叫着，从胡同的南边到北边，此起彼伏，没一会儿空闲。武仲仁侧着耳朵仔细听着，好像要从那一阵阵的聒噪声中听出个所以然来，听了半天，嘟囔一句：今年这知了叫得邪行啊。

齐通霖原本就是个少言寡语的人，平时听得多说得少，此刻他夹了一筷子菜，放在嘴里慢慢嚼着，又将一只酱鸭头夹到武仲仁的碗里。一抬头看见美雪又端着托盘娉娉婷婷走进来，等托盘落在八仙桌上，却是四个热菜：芙蓉糟鸡片、冬瓜熘干贝、宫保鸡丁，最后那个看上去颇为打眼，腐乳红烧肉。这回武仲仁俩眼珠子并没往美雪身上瞟，而是紧盯着那碗腐乳红烧肉问齐通霖道：府上是换厨子了还是怎么着，怎么好些个南味菜啊。

齐通霖道：换什么厨子，还是原来的，因为前些日子夫人念叨了一句，说是想她南方娘家的菜了，厨子便学着做了几道南式菜，谁知道他们怎么鼓捣的，反正口味跟以前的确实不一样了。

武仲仁夹了一块肉放在面前的小碗里，用筷子从中间截开，竟然异常酥烂，放入口中，香糯异常，他大赞厨子聪明。

两人在屋里说话的当口儿，一个年轻后生跨进了垂花门，直奔堂屋，到了敞开的门口却站着不往里走了。齐通霖探头一看，朝年轻人招呼道：是三儿啊，进来啊，坐下来喝一杯。

三儿是齐通霖的人力车夫，就住在黄土坑胡同南头的一个小院里，家里只有一个风烛残年的老母亲，齐通霖按月例给三儿发钱。

三儿先是给屋里的二位行礼，接着回齐通霖的话：就不打扰了，我是来问问齐先生，下半晌您要是不用车的话，我想带我娘去大栅栏转悠转悠，我娘想冯家爆肚儿了。齐通霖听三儿这么说，赶紧道：不用车，带你娘去吧。三儿又行了礼，转身要走，想起来什么，回头对齐通霖道：您听说了吧，从今儿起，咱就不叫北京了，叫北平，您说这事闹的。

武仲仁朝齐通霖看去，忍不住笑道：瞧，连三儿都看不过去了。齐通霖放下手里的筷子，站起身，走到门边，对三儿说道：咱用不着操那份闲心，日子该怎么过还怎么过，就算它改成北凸、北凹、北不平整，咱这日子不得照样过啊，麻利儿带你娘逛去，惦记着明儿一早来接我。三儿应了一声：得嘞，那您二位先喝着，我告辞。

武仲仁嚷嚷道：瞧见了吧，老百姓在乎称谓，北京，北平，那可是大不一样啊。

齐通霖瞄了一眼武仲仁道：天地之事，顺其自然为好，强求不得，凡夫俗子跟着走便是，心里坦然，一切皆大欢喜。

武仲仁不再言语，夹了一筷子鸡片放嘴里嚼着，平日武仲仁最喜糟熘，可现在吃嘴里这筷子糟熘鸡片却味同嚼蜡，品不出滋味来，但是刚才齐通霖那番话却很禁琢磨。武仲仁放下筷子，举起酒杯，说了一句：若论京城里的高人，我第一服气你通霖兄。说完，自干一杯。

这通酒一直喝到下午，齐家大院里只有两人喝酒说话的喧哗声，眼看着太阳西斜了，夫人王屏画从西边屋里走出来，站在门口朝堂屋张望。说是望，不如说是听，因为门口的藤萝架枝繁叶茂，遮挡了王屏画的视线。听声音两人都乏了，王屏画让美雪去问问还要不要添点什么。

美雪走到门口问道：二位老爷再添点什么不了？再来壶酒？武仲仁迷瞪着俩眼，瞧着美雪回道：不了不了。扭头看了一眼东墙上那座西洋钟，这才惊道：哎哟，都这点儿了。他对齐通霖拱手道：叨扰了，我得回去，晚了又是饥荒，改天再来。说着，起身往外走。齐通霖也不留他，一直送到院子里。

武仲仁来到胡同里，暑热已经退了一半，胡同的西边有了阴凉，土路上的浮尘在武仲仁的脚底下扑扑作响，往北走了十来步，见三五个人站在西墙的树下议论着，武仲仁只觉得在他们头顶上盘旋着一股子不平之气，其中有一位中年女人撇了撇嘴，又吐了口唾沫，旁边的年轻媳妇儿从鼻腔里发出一声哼，武仲仁感觉到，胡同里的人对改称呼这件事有多么在意。

老水头儿还没走，见武仲仁从黄土坑胡同出来，朝武仲仁点了点头。北边墙根儿下聚集着十几个人，两条胡同的人掺和在一起，像一锅烩饭似的五味齐全。这堆人远比刚才黄土坑胡同里那几个人气儿更冲，他们大声议论着，仿佛在跟人吵架。胡同里回荡着噪声，武仲仁刚想对老水头儿说点什么，恰在这时人群里突然响起一个高音：有能耐把紫禁城揣兜里带走啊，顺手再把北海颐和园倒腾到南边去，他们要是不带走，我都不拉倒。惹得周围一通哄笑。武仲仁看见老水头儿咧了下嘴，顺势从手边拎出一个竹篾暖水壶，往台子上那个粗瓷海碗里倒了半碗开水。还是那个高音，突然对武仲仁喊道：这不是武大爷吗，您过来这聊会儿，瞧瞧咱们这北京，一天的工夫就变成北平了，堵得慌不，您是大人物，咧咧几句。

　　搁平常，武仲仁是爱凑热闹的，可今天他没心情了，齐家的一顿大酒，喝得武仲仁的心一个劲儿往下落，齐通霖那种不慌不忙的架势，更让他抓耳挠腮。武仲仁醉眼迷离地朝那堆人看了看，应和道：改天聊，家里等着呢。

　　武仲仁的脚没停，呼哧带喘往家走，他觉着后背已经溻湿了。这时一股子凉风掠过胡同，武仲仁酒醒了，加上刚出了一身透汗，此刻他觉得自己变得高大起来。那颗圆乎乎的大脑袋穿透了笼罩在胡同半空的热烘烘的气流，包括那堆人制造出来的气浪，这让他的呼吸顺畅了很多，脸上也不那么热辣辣了，武仲仁清醒过来，顿时觉得通身舒畅。到了家门口，推自家那扇厚重的大门的时候，发现门竟然闩住了，武仲仁大吼了一声：给老子开门！

　　王屏画让美雪拿醒酒汤来，齐通霖摆手道：哪儿就醉了，大半瓶儿都是他喝的，我就是个陪衬。又问老大干吗呢，一天没见人影了。王屏画欲言又止。

齐通霖摆手道：罢了，我去书房歇歇。

齐通霖出了堂屋的大门，不经意地往老大齐天舍住的东屋瞄了一眼，见窗户纸上映着天舍的影子，齐通霖脚步都没停，转身朝书房走去。

书房带着个跨院，院子不大，一棵香椿树直直竖在院子当中，跨院的地面没铺砖，齐通霖怕起尘，时不时着人用夯砸一砸，加上脚踩人踏的，地面结实得像石头，即便雨雪也安然无恙。进得门来，却见北面一溜墙都是水曲柳木的书架，靠西边的窗根儿下摆了个卧榻，古铜色万字绸缎绷面，雕刻着梅花的卧榻靠背上倚着一个同样是古铜色的靠枕，有时候齐通霖看书累了，就倒在卧榻上歇会儿。书架上放满了书籍，一摞一摞的线装书码放整齐，书架上还掺和着摆放了一些古董玉器，都是齐通霖平时喜欢的物件。靠东墙是一张黄花梨木的书案，书案上笔墨纸砚一应俱全，一把同样是黄花梨的椅子放在桌子后面，椅子上的绸缎坐垫与卧榻上的颜色相同。每天晚饭后齐通霖都会来书房，看书，静心。

中午跟武仲仁那顿酒喝得他心情沉闷，齐通霖喜怒皆不形于色，他心里想什么很少人能猜出来，就连夫人王屏画也总说：不知道我家老爷究竟怎么想的。

齐通霖心事重重地站在书案旁边，两眼漫无目的地瞟着屋里的陈设，他突然觉得这屋里的陈设过于简单了，窗户下边只放了个卧榻，然后便是书案、椅子，这时候尤其显得空荡荡的。他想起夫人曾好几次提起在窗下安放一张矮几、两把椅子，若有亲密的客人可坐着喝茶闲谈。说起与齐通霖接触紧密的人，一个是武仲仁，再一个便是冯临声。

冯临声是齐通霖的医界好友，专攻小儿科，因为用方准、狠，三服药见效，在京城有"小儿冯"的雅号。冯临声脑子好使，为人随和，京城交往颇多，因为家住东四一带，离黄土坑胡同不过一袋烟的工夫，经常来齐府串门。民国初年的时候，新文化之风盛行，西医渐热，冯临声便舍家东渡，去日本国学习新医，去年才回到京城，不但穿衣做派与以往大不相同，还学会了日文。从东瀛回到京城后第一次来齐府拜访，屁股还没坐稳当，便开始说起日本怎么一步一步废除了中医，而西医学东进，使日本成了亚洲最先进的国家。冯临声粗壮的脖子上系着一条紫色黄条纹的领带，因为说得兴奋，浑身发热，领带便成了多余之物，他顺手扯下领带，像揉面团似的把领带揉成一小团塞进西装的口袋里。齐通霖突然问他是不是在东瀛学了西医的知识，或者不再行中医，以后在京城改行西医？冯临声笑道：您以为西医那玩意儿像咱们中医似的，随便跟谁学学，会开几个药方就能当大夫了？冯临声虽是无心一说，可齐通霖却像是生吞了一包生石灰，嗓子眼发干不说，整个胸腔里都泛着一股股的辣味。冯临声是个聪明人，虽然他做不了齐通霖肚子里的蛔虫，但他闻味也能闻出齐通霖的气不顺畅，打那以后，冯临声便不像之前那样频繁出入齐家了。

齐通霖走到窗户根儿底下，窗户纸是过年的时候糊的，书房位置偏，潮气大，窗户纸有的边角已经泛黄，有时候齐通霖琢磨着齐家应该有点新气象，索性把窗户纸全捅了，换成时兴的玻璃，但是齐通霖始终没做这件事，他是想等老二回来以后，让他拿主意。他心里头是偏着老二的，至于老大天舍，齐通霖并不那么放在心上，主要原因是老大天舍一直被奶奶宠着，好几岁了还戴着屁帘子，穿开裆裤，一出门，胡同里孩子都笑话他。齐通霖是个大孝子，不好拧着，直到老太太去世以后，齐通霖才琢磨起怎么教育老大，但他发现为时已晚。老大齐天舍像是一丛灌木，自由生长，任性发挥，在老大身上，齐家遗传的好品质，伴随着未加管束的坏毛病，共生共存，蔚为壮观。齐通霖想，反正别指望这孩子有什么大出息了。

老二齐天运则不同，打一下生，便由夫人王屏画寸步不离带在身边，什么岁数读什么书，上哪家私塾，认谁做先生，都由齐通霖安排，一丝一毫都不马虎，夫人王屏画心里跟明镜似的，齐家的祖业就靠老二了，想起自己肚子不争气，生了两个孩子便歇了，而齐通霖又是个执意不纳妾的主儿，王屏画对这点真是喜忧参半。齐通霖当然希望老二天运能继续走中医这条道，这是齐家经营了几辈子的营生，不单是养家糊口的家伙什儿，也是为了救人于疾患，而由此积攒下来的德行能让齐家世代美名。

可人算不如天算，老二齐天运虽然性喜读书，对古代医书也有极大兴趣，但他像很多年轻人一样，随着几千年封建王朝的毁灭，他最先剪了辫子，最先拥抱从西方涌进来的先进的思想和技术。他和其他年轻的生命一起，在北京古老的街道上迎接一个完全新鲜的时代。他们敞开年轻的胸膛，呼吸新时代的甜蜜空气。他们好像刚刚割断了自己身上绑缚的绳索，体会到了自由的美好。

突然有一天天运对父亲说，他要去欧洲读书，读医学，西医！齐通霖被他的话惊到了，在齐通霖心里，老二的话无异于投入潭中的一块石头，激起了无法平息的浪花。沉默了很久，齐通霖打量着天运那张年轻的脸，问他是否彻底放弃了中医。天运不解地看着父亲，因为他从没有正式涉足过中医，当他将心里所想毫无顾忌地说出来的时候，齐通霖火冒三丈，将条案上的一只胆瓶推到了地上，这让天运大吃一惊，但他全然无法理解父亲。家里的空气凝结了三日后，母亲王屏画让婆婆出面说服老爷，老太太那时候已经疾病缠身，齐通霖纵有回天术也只能看着母亲的生命急剧坠落。他只得让步，为天运准备了充足的盘缠和学费，张开手，放飞了他饲养的鸽子。

齐通霖想象着天运会有什么样的变化，他盼望着看到孩子，这种感情有些复杂，他既希望天运学好西医，同时心里又很酸楚。这几日，齐通霖意识到，随着天运回家的日期渐近，他竟然对西医产生了一种莫名的敌意，而以前他只是对西医有种淡淡的不屑。这种念头一经出现，便很固执地在齐通霖的内心疯狂生长起来，似乎这几年儿子远在欧洲，都是西医的罪过，作为一名享誉京城的中医，没来得及跟西医宣战，却先被西医俘获了自己的爱子。齐通霖这么想着，肚子里一股子气往上蹿，胡乱从桌上摸起一册书，却是张仲景的《伤寒论》，随手翻开一页，书眉上面用蝇头小楷写满了心得，还有一些根据张仲景的方子自己加减的药方，都是齐家祖辈留下来的，当然也有齐通霖自己的笔迹。而此刻，齐通霖心里不禁升起一阵悲凉，他想到身后这些书就一点用处都没有了。这让他感到口干舌燥，像是刚跟谁费了半天口舌似的，他站起身，朝院子里吆喝了一声：茶。

齐通霖喊了三声没人应，便自己出了书房的门，来到院子里。

院子里一个人影都没有，齐通霖穿过东边的门廊朝后院的厨房走去，想让伙计给他沏点茶。还没绕出门廊，却见美雪端了一个茶盘从后院走过来，齐通霖知道是给自己送的，笑道：正渴了。美雪问是不是送到书房。齐通霖说：送到卧房吧，想必夫人也口渴了。美雪便跟着齐通霖反身朝卧房去了。

齐通霖进了卧房，见夫人王屏画盘腿坐在炕桌边，手上拿着一幅绣片绣着。王屏画雍容的轮廓，在屋里暗淡的光线中显得异常柔和，她正用绣花针抿已经花白了的鬓角，听到脚步声，扭头看见齐通霖，又见美雪跟进来布茶，便放下绣片笑道：正琢磨哪不对劲儿，原来是口渴了。她蹭下炕，对美雪说道：跟厨房说，老爷正喝茶，他们要是饿了就先吃，老爷喝完茶再说。美雪问：那夫人呢，您中午没怎么吃，您要不先点补点？王屏画说：哪儿就等不了了。美雪吐了下舌头走出去。

齐通霖先将一杯茶捧给夫人，然后端起另一杯茶啜了一口，寻思道：这六安瓜片还是去年武家送来的？

王屏画应道：是啊，今年的明前茶喝得差不多了，想着留点等老二回来。我还说去武家茶铺里买呢，想想那茶铺里的没武家送的好。再说，咱们府上的人一去茶铺，伙计们都知道是齐府的人，说他们家老爷有吩咐，不做齐家人的买卖，齐家的茶会着人送到府上。齐通霖点点头，没说什么。

王屏画停了嘴里的唠叨，眼神跟着齐通霖转，齐通霖喝茶、倒茶，然后用袖子拂去桌面上的几滴茶水，王屏画感觉到他心不在焉，便紧盯着老爷的脸，想从哪怕一丝的表情变化中揣摩到他的心思，但那张熟悉的脸上还是一如既往的平静，看不出任何变化。

窗外的知了叫累了，屋里的人得片刻安宁，墙上的挂钟咔嚓咔嚓不紧不慢地走着。茶壶里见了底，王屏画喊一声美雪，美雪应声而至，将茶壶添满了水复又端回来，捎带上一句：我们这就开饭了，您二位什么时候想吃，知会一声。说完走出去了。

王屏画从炕上起身准备吃饭，又忍不住问道：老爷究竟怎么想的？胡同里的人都在议论改称谓的事，您琢磨往后的日子还能像以前那样不？这新衙门刚一建成，都城说南迁就南迁，连个招呼都不跟老百姓打，这么大的事总得有个说法啊。

齐通霖把茶杯放在桌上，轻轻笑了一声说道：夫人真是多虑了，虽说北京作为都城已经好几百年了，谁说以后都城就不能改地方了？以前人家长安、开封还不是都做过都城，都城搬迁至别处，人家百姓也没说什么。这都城的好处人尽皆知，但设立都城这事就像坐庄，这等便宜好事不能一家独得,风水得轮流转。

王屏画略略皱了皱眉头,抿了口茶底儿,说道:我没什么担心,我是看老爷心里不踏实。齐通霖不再说什么。

齐通霖心里不无担心,可他担心的和武仲仁还有胡同里街坊四邻担心议论的并不一样,北京若失去了都城的地位,老百姓的日子能否如前,商铺还旺不旺,戏院若是少了达官贵人,那些角儿还有没有心思唱戏……齐通霖想的不是这些,而是另一件事,也就是从辛亥年起,齐通霖一直在心里琢磨的:中医在以后还留不留得住,换句话说,齐家几辈人的经营会不会让一阵大风吹得皮毛不剩。齐通霖的担忧并非空穴来风,而是源于去年那场天津《大公报》的中西医之争。

去年,天津南开大学有个青年学生,因为得瘟疫住进了东亚医院。这东亚医院是一九二〇年的时候由日本人和法国人一起建的一所西医院,据说里边的陈设中西合璧,很得各界人士钟爱,里边的医生也都是个顶个的专家,在天津卫颇有名望。没想到,这位得了瘟疫的青年学生住进东亚医院十日后便亡故了,随后便是一片惋惜声,觉得这样一位青年才俊死了确实可惜。而报纸上有一篇惋惜之文中的一句话激起了社会上的千层浪:"若请中医诊治,何至于死。"此话一出,便有文反驳道:后生之死,并非因为西医,而是中国缺乏起码的公共卫生设施。并说,和西医相比,中医"盲人瞎马的治疗方法,不知葬送了多少有为的青年"。中医界勃然大怒,立即反击。由此开启了一场中西医论战,公说公有理,婆说婆有理,一时间互不相让,各自查找证据,指责对方的不是。更有人点到中医的痛处:不科学,缺少理论基础,治病全凭经验。中医则反击西医:头痛医头,脚痛医脚,不分析论证病因,大病全耽误了。论战行至酣处,有人提议干脆废除中医,免得这种不科学的东西贻害四方。这个提议自然激起了全国中医界的强烈反对，天津的中医界更是跑到北京搬援兵。当时齐通霖作为京城的名医，也有几家报馆的人想让他谈谈想法，却都被齐通霖拒绝了，齐通霖说自己只会瞧病，除此之外眼光拙，看不准的事不想乱说。虽然这场争论最后不了了之，但国民政府里有一票人对中医很有看法，却是人尽皆知的事。而作为中医翘楚的齐通霖心里的鼓一直在敲。

王屏画不想打断齐通霖的沉思，她轻轻地将手里的茶杯放到桌上，却听齐通霖轻声道：甭担心，车到山前必有路。

这话好像是对夫人说的，更像是对自己说的。突然，齐通霖扭头问道：老二还没信儿？今儿能不能到家？

王屏画回：我看今儿是回不来了，反正他总会回来的。

齐通霖让夫人去吃饭，自己什么时候饿还说不好。王屏画知道自己拗不过老爷，只得站起身走出了卧房。

夫人走后，齐通霖也出了卧房，走到堂屋中间，把目光停在堂屋的中堂画上。这是一幅吴让之的山水，齐通霖很喜欢他诡异细腻的风格，尤其得意两侧的篆书条幅，上联：花底振衣清似鹤，下联：灯前作字小于蝇。最喜那两方自刻印章，纤巧匀称，朴拙天工。齐通霖总觉得自己与这位晚清才子郁郁不得志的脾性有几分相通，忽然想到祖上也是江浙布衣，与这位才子同籍，气质近似也是说得通的。

齐通霖走出堂屋，站在门前的台阶上朝院子里望，这时暮色已经上来了，藤萝架下氤氲着一片黑乎乎的湿气，暑热过后的凉气像蛇芯子似的满院子乱串。齐通霖侧耳听了听，胡同里没一点人声，都在家里吃晚饭。他突然想去外边走走，便转身去卧房取了一件棕色绸子短马褂罩在马夹外面，对着门口的镜子，把纽扣一个一个扣结实，脚下一双轻便的青色千层底布鞋，没跟家里人打招呼，悄无声息地出了大门。那扇沉重的大门略微开了一道缝，齐通霖便来到了胡同里。

来到胡同里，齐通霖才感觉到这比院子里热。还没等走出胡同北口，脑门子上就冒出汗来，他忘了带折扇，摸摸兜里，也没带帕子，便任由汗不停地冒。他琢磨着回去换身短裤褂，或者取一柄折扇，想是想，脚底下没停，相反，倒像生了风似的一路走过去。他感觉自己后背上开了无数条溪流，痒痒的，从上到下。

站在黄土坑胡同北口，齐通霖扭头朝魏家胡同两头看了看，没什么人，正对面，老水头儿正猫着腰低着头，专心收拾鞋摊子，准备回家。齐通霖招呼道：收摊子了？今儿买卖还行？

老水头儿直起腰，见是齐通霖，嘴里咳了一声，老水头儿高兴的时候就会咳一声。今儿虽然生意淡，可胡同里没断了"大戏"，干坐着瞧乐子，溜溜一天，不比戏园子里差。

齐通霖走到老水头儿跟前，刚出了一通汗，觉得周身舒畅，脑子也格外清楚，加上老水头儿身上那股子乐呵呵的劲儿，齐通霖把整个一下午心里的沉闷全抖搂出来了。他用手抹了一下脑门子，说道：我一听您的声儿，心里就痛快了不少。

老水头儿只是笑。齐通霖又说道：还说呢，有一双夹鞋，脚掌磨得有点平，鞋边也掉色儿了，回头拿出来您给钉个前掌。老水头儿道：您得空就让美雪拿过来，一准让您看着跟新的似的。齐通霖本想跟老水头儿说会儿话，可看见老水头儿已经收拾停当，怕他赶着回家吃饭，便告辞了。

齐通霖顺着魏家胡同往西走，没几步穿过汪魏巷，再转两个弯就到了铁狮子胡同，往右边一扭头，便看见了名声显赫的铁狮子胡同一号。

齐通霖像根木头桩子似的戳在那，一动不动。对面的铁狮子大院门口，七八个穿国军服的士兵像是一团雨前的蚂蚁，正忙得不可开交。齐通霖一时看不出他们在干吗。

街道两边栽种着浓荫密布的大槐树，一看就知道有年头了，树枝互相纠缠，树叶子见缝便长，抬头看，整个铁狮子胡同的上空几乎被树叶子遮盖严实了。

白天的暑热散了，齐通霖觉得脚底下升起一阵凉气，两个年轻的声音远远地传过来。随着两人越走越近，齐通霖听清楚了，他们正在议论的也是迁都的事。其中一个说：改什么呢，就算不做都城了也能叫北京啊，不就是个称谓吗？多此一举。

另一个声音更轻松，甚至带着一种愉悦：其实，我更喜欢北平这个名字。

还是第一个声音：叫什么都一样，叫什么也还是这座城。

齐通霖扭头，却见铁狮子大院门口那几个国军士兵吆喝着抬起一块大牌子，看来打算挂在门口。有人搬来了梯子，几个人一阵手忙脚乱后，牌子挂起来了，齐通霖觑着眼睛，看清了上面的黑字：北平卫戍区司令部。看到这，齐通霖嘟囔了一声：改弦更张啦。说完，便慢悠悠转身朝东四北大街走去。

与铁狮子胡同的阴冷清静不同，东四北大街上十分热闹，街两边各种吃食铺子、杂货铺子鳞次栉比，街上行人、人力车川流不息，一派市井烟火气。路面的浮尘被车碾、人踏、马蹄子跺，扬起来，落在人身上、马背上、汽车上，便是一层细细的粉末，爱干净的太太小姐们出门，手里总是拿着帕子，随时掸尘。各种声音里，数那些尖着嗓门吆喝生意的独占鳌头，而那些发闷的马蹄子声、路边行人的闲聊声、孩子的哭闹声，都成了陪衬。

槽子糕，新打的——这一声叫卖，让齐通霖停下了脚步。他吸了吸鼻子，一股甜丝丝的味道直往鼻孔里钻，肚子里一阵咕噜叫，想起还没吃晚饭，齐通霖朝着街对面那个"李记槽子糕"走去。

铺子门前围着几个人，眼睛齐刷刷盯着门口那个大笸箩里刚出炉的槽子糕。齐通霖站在人群外面等着，小伙计一边用草纸包了递到人手里，一边吆喝着：您的，拿好啰，得嘞十个铜板，齐活，您请！等轮到齐通霖的时候，笸箩里只剩了六七个，他问掌柜的下一锅要等多久，小伙计说道：半袋烟的工夫。屋里掌柜的眼尖，认出是齐通霖，连忙来到门口作揖道：齐先生里边请坐，里边有干净地方，您喝着茶，一会儿就得。齐通霖笑了笑，正犹豫着，听见有人喊：这不是通霖兄嘛！齐通霖扭头，却见冯临声笑着朝自己走过来。两人寒暄行礼，冯临声退后一步，瞅了一眼李记槽子糕的招牌，问齐通霖道：夫人舍得支使通霖兄出来买槽子糕？

齐通霖笑道：我只是出来走走，赶巧路过，被这香味引过来的，你也得意这口？

冯临声摇头道：偶尔，我不喜甜食。

两人说着话一起走进铺子，掌柜的赶忙亲自泡了壶茶，对他们道：二位请坐。

这铺子原本不为食客准备座位，放一张小桌是为自家歇乏用的，碰上尊贵的客人掌柜的喜欢让进来，哪怕坐一会儿呢，就是想沾点尊贵气儿。齐通霖和冯临声在小桌旁坐了，齐通霖对掌柜的说：别扰了您的买卖。掌柜的笑道：我巴不得齐先生天天来扰呢。顺手给两人倒了茶。齐通霖说：您干脆把笸箩里剩下的几个槽子糕先给我吧,我还真有点饿了。掌柜的连忙转身拿了两张草纸垫在桌上,把刚卖剩下的槽子糕放到上边。齐通霖捏起一个,两口就下了肚,然后抿了口茶,叫一声:真是美味。惹得冯临声忍不住也吃了一个,吃完咂巴嘴道:今儿这槽子糕绝了。两人喝着吃着,看见铺子门口又聚了几个人,掌柜的道:立马出锅,各位少安。

冯临声从兜里摸出一盒三炮台香烟,抻出一支让给齐通霖,齐通霖抬手拒绝了,从袖口里顺出一个烟袋锅,冯临声问道:通霖兄带着烟叶?齐通霖摇头道:哑摸点味得了。惹得冯临声一阵大笑。恰好这时槽子糕又出锅了,掌柜的先问坐着的二位要多少。齐通霖看了看外边站着的人,摇头道:先紧着他们吧,我们不急。

冯临声点燃一支烟,吸一口,烟味混合着槽子糕的香气在小屋里盘旋,他说道:也算是有缘啊,偏这改朝换代头一天遇见通霖兄,咱俩可有日子没见了。

齐通霖点头,又问冯临声最近忙什么。冯临声应和着,也是一切如常,并无变故。接着他话题一转,问齐通霖道:通霖兄可知刘瑞恒这个人?

齐通霖回问道:可是前两年为梁若冰做手术的那位协和医院的医生?

冯临声回道:正是那位。

齐通霖道:听说这位留美的医学博士在做了那个手术后,便一蹶不振,自动停职了?

冯临声摆摆手道:那只是传言而已,我跟他走得近,外面传得太离谱。

话说两年前在京城发生了一件不大不小的事。梁若冰的大名无人不知,他学富五车,倡导新文化运动多年。偏在两年前因尿血入住协和医院,医生发现在他的一侧肾脏上有个樱桃大小的阴影,怀疑是个肿瘤,继而诊断为癌症。为了保险，医生决定开刀革除肿瘤。但肚子拉开了，却没发现有什么肿瘤，又原样缝合。做手术的医生、留美博士刘瑞恒郁闷了好一阵子。

冯临声接着说道：病这玩意儿，有时候谁都说不清楚，谁也没法钻进病人身体里探看，记得当初肖灵岩就说要保守治疗，不要急着开刀……

冯临声提到的肖灵岩，也是京城里响当当的杏林中人，素有"当今扁鹊"之称，用药极其吝啬，人称"肖一撮"，足以说明其行医特点。齐通霖听冯临声这么说，漠然点头。他觉得今天的冯临声和刚从日本回来的时候相比有所不同，那时候的冯临声沉浸在日本先进的西医科学中，逢人便大谈中医要如何向西医学习科学精神。肖灵岩对冯临声颇有微词，觉得他把自己原来的饭碗砸个稀烂，难免波及中医界，不怎么地道。而刚刚冯临声的话里，却对肖灵岩赞赏有加，这让齐通霖忍不住朝冯临声多看了几眼，还是一如既往的西装、三接头的皮鞋，皮鞋上的浮尘是刚才走路沾染上的，出家门的时候想必仔细擦了鞋油。齐通霖还从槽子糕浓郁的香甜味中，辨出冯临声身上的香水味，这曾是齐通霖厌烦冯临声的原因之一，但今天这香水味似乎也不像以前那么讨人嫌了。

冯临声问齐通霖道：通霖兄可知这位刘博士如今已高就国民政府卫生部部长了？

齐通霖心里一动，却不在意地摇头道：我一介布衣，不大关心官场的事……

齐通霖没把话说完，冯临声并不介意齐通霖的支吾，接着自己的话茬儿道：刘博士西医出身，他当上部长，必然要弘扬西医，中医未来面临什么局面可以想见。冯临声说到这，想看看齐通霖的脸色，却见他面色如常，并没一丝不悦，便又接着道：新政府能任用他，说明新政府也是崇尚西医的，想必通霖兄对早些年天津《大公报》那档子事还记忆犹新吧。冯临声说到这，突然停下来，因为他看到齐通霖刚还平静的脸上现出一丝不快，冯临声干咳了一声，掉转话头道：早听说贵府二公子要从国外学成回国，学的也是西医，若论起京城的西医院，当数协和，二公子如有意去协和任职，我可以帮着协调。

齐通霖听冯临声说刘瑞恒出任新政府的卫生部部长，还感觉事不关己，接下来听说刘必然要弘扬西医，心里有些不快，尤其听到重提《大公报》事件，这让齐通霖内心的隐忧一下子窜出来了。他想开口问点什么，话到嘴边却又咽回去了。他听冯临声提到天运，便应道：犬子还未到家，日后他若有这想法，我定让他拜访冯先生。

天色已经完全暗下来，齐通霖无心再与冯临声叙谈，便对掌柜的道：谢谢您的茶，叨扰了。接着站起身，冯临声也跟着站起来，两人各自接过掌柜的递过来的槽子糕，齐通霖对冯临声道：改天来府上接着叙谈吧。说完，走出铺子，在街边拱手告辞。冯临声看着齐通霖的身影消失在街对面，进了魏家胡同，便悠悠地朝铁狮子胡同那边走去。

快到黄土坑胡同口了，暮色中一个人影戳在那，看着像美雪，齐通霖紧走了几步，到了跟前一看，就是美雪。美雪看见齐通霖，便焦急道：哎呀，老爷这是哪去了，夫人急得直转磨，您出去也不打个招呼，府上竟然没一个人知道您去了哪。说完，美雪急匆匆扭身先行，齐通霖也不出声，跟在美雪身后往家走去。

进了大门，跨过垂花门，见院子当中小伙计提着一盏灯，旁边站着夫人王屏画。见齐通霖随着美雪回来了，小伙计即刻迎上去问道：老爷这是哪去了？也不留个话儿。齐通霖把手里的槽子糕递给美雪，笑道：这么大个人，哪就走丢了。王屏画问美雪包里是什么，美雪看了看道：槽子糕。王屏画直愣愣地看着齐通霖。齐通霖径直穿过垂花门，抬头见堂屋的门四敞大开，灯火通明，道：这是打算招蚊子啊。王屏画的气已经消了，这时听齐通霖这么说，笑道：不是说等着老二吗，他要是冷不丁回来了，现点灯费工夫。又嘟囔道：一个人跑去吃那玩意儿，甜唧唧的。

齐通霖刚在堂屋里坐定，美雪便端了壶茶过来，王屏画从卧房出来，已经换上了家常衣服，见美雪上茶，便道：你也不问问老爷饿不饿，直接端一壶茶，越大越缺心眼子。

齐通霖说：吃了几块槽子糕，现在又饿了，看来那玩意儿不管事。

王屏画让美雪去厨房拿吃的，美雪走了。齐通霖往院子里瞧了瞧，道：看来老二今儿是到不了家了。

王屏画道：反正他早晚回来。

几天来武仲仁一直闷闷不乐，茶叶铺子只让手底下的大伙计王喜堂招呼着，自己懒得出门走动，好在几十年的生意了，出不了什么大岔子。武仲仁让王喜堂每天早上坐着自己的马车，去南城的几个铺子看一遍。两头大马一白一黑，一前一后，车身漆得瓦亮，车夫的座位上一副灰色的丝绒垫子。车夫是武仲仁常年养在家里的，一个三十来岁的精壮汉子，小名虎子，人长得跟两匹高头大马很是登对，膀大腰圆，力大无比。车厢里对面两排丝绒座位，只是颜色与车夫的坐垫不同，是近乎大红的紫红色，把原本有些幽暗的车厢照得通亮。

王喜堂吆喝虎子，那架势比武仲仁的还大，虎子不惯着王喜堂，只跑了一天，就说自己下车的时候扯了裆，蛋疼，怎么也不肯为王喜堂赶车了。武仲仁只得让王喜堂先去大街上拦一辆马车用着，武仲仁给王喜堂几个大银圆，王喜堂尽量省着花，剩下的就能揣进自己腰包了。到了第三天，虎子琢磨过味来了，就说自己好了，又争着要去拉王喜堂，意思就是不让你得这点偏财。王喜堂对着虎子的耳朵低声道：我看你真是蛋疼得紧。虎子也不弱，回一句：你倒想疼呢。王喜堂炕上不行，多年无子，老婆早跟人跑了，那是块不能揭的疮疤，听虎子这么说，便不再言声了。

武仲仁闷在家里也没得着消停，二房刘竹瑾和三房金蔓为了争一匹苏州的织锦缎吵得不可开交。武仲仁这两房妾娶得马马虎虎，二房是南城有名的"油坊刘"唯一的千金，陪嫁装满了整整一马车，还许诺武家这辈子用油全由刘家包圆儿，其实没几年油坊就倒了，这是后话。三房金蔓，祖父是一位清朝的贝勒爷，即便到了民国，金家还当自己是皇亲国戚，先把谱摆足了再说。金蔓嫁过来的时候，全按照清朝礼仪办的，引得隆福寺、地安门一带看热闹的人把魏家胡同挤得满满登登的，足足热闹了大半个月。

大房武张氏，如同天底下所有有德行的大房一样，对现实生活睁一只眼闭一只眼，吃斋念佛，只求全家平安。富贵人家子嗣极为重要，武家的子嗣，用得上陶渊明的一句诗：种豆南山下，草盛豆苗稀。三房一共只大房生了个女儿，二房和三房，无论武仲仁怎么卖力气，俩女人的肚子就像是漏了气的皮球，怎么都鼓不起来。武仲仁曾经动过娶四房的意，心思刚透露出一星半点，两位姨太太便刮起一阵强台风，古法操作，一哭二闹三上吊，把武家闹得鸡犬不宁，武仲仁招架不住，按住娶四房的念头，不再提起。

武家是个三进的大宅子，院子又大又阔气，布局也十分讲究，除了正门，在汪芝麻胡同有个后门，汪魏巷里还有个偏门。宅子正门影壁后面的假山石让人惊叹，尤其夏天，流水从上流下，水声琅琅，池中的睡莲安静开放,假山石上的青苔绿意盎然,武家的访客无不为之赞叹。

一进院子住着厨子、车夫、杂役,武仲仁和大房武张氏住在第二进院子里,二进院子当中数那个青花瓷大鱼缸最打眼,外形跟齐家的差不多,只是个头大了两倍,里面是几尾忽悠悠的名贵金鱼,冬天还要折腾回屋里。卧房在堂屋的东边,一铺大炕上绸缎被褥明晃晃摆了好几条,武张氏常年风湿,即便暑天也得裹着两条被子。其实武仲仁在这睡的时候并不多,一个月撑死三天,洗完脚头朝墙倒下便睡,好像进了客栈。

三进院里住着二房刘竹瑾。三房金蔓进门以后,武仲仁本想让金蔓跟刘竹瑾住一个院里,金蔓岂肯,非闹着让二房腾出整个院子,二房也不弱,放出话:除非你来掐死我。最后金蔓搬进了东边的偏院。

通往偏院的走廊两侧种满花草,武仲仁每次去金蔓处看着那些花草,一路上心情越发好。偏院的东西两侧没建房子,所以看上去比刘竹瑾住的院子只大不小,南北各三间房,东南角一棵合欢树,六七月间,满院子娇羞的粉红色,与金蔓的惊世美貌相互呼应。偏院的东面墙外便是汪魏巷,而金蔓最得意的便是东面墙上的小门,时不常出门溜达一圈,神不知鬼不觉。

自从金蔓住进来,原本荒凉的偏院立即热闹了起来。她先是让家里的花匠在院子里栽了些月季花,又让瓦匠在院子里砌了个鱼池,鱼池里放上浮萍、睡莲和金鱼。最奇思妙想的是,金蔓让木匠在院子当中盖了一个木头亭子,亭子虽不大,可形状古朴,韵味足,亭子里边的小石桌、石凳也十分精致。花容月貌的金蔓时常端坐亭中,手执团扇,纱质的旗袍裹着香艳的身体,让武仲仁欲罢不能。

金蔓的美貌人尽皆知,一双眼睛仿佛满盈的秋水,顾盼生辉。那张嘴更是"丹唇翳皓齿,秀色若珪璋"。更动人的是当金蔓说话时,唇齿间异香飞舞，眼眸处情丝撩人，语调软若玉帛，天地间这等尤物几何？

武仲仁天天看着金蔓那张脸，日子往下过，再好吃的饭也尝不出滋味来了。刘竹瑾和金蔓隔三岔五总会有点摩擦，口角是常事。这天武仲仁被两人吵得直犯迷糊，便直接往大房武张氏处来了。

女儿小秀恰好从母亲房里走出来，看见武仲仁喊了声爹，便头也不回地走了。小秀在整个武家像是个"幽灵"，她整天干什么、想什么没人知道。小秀相貌平平，女红粗糙，诗书不通，只有一个癖好，就是喜欢着男装，混男人场子，戏园子、赌场，没有她不去的地方。眼看着小秀到了该嫁人的年龄，武仲仁和武张氏也好像很漠然，那架势八成不指望这孩子能嫁人了，反正家大业大的，养个老闺女不是难事。

武仲仁走进屋里，先是一阵咳嗽，扭头看到角落里竟然被武张氏放了个佛龛，里面供着一尊佛像，还上了香，整个房间烟雾缭绕，呛得武仲仁眼泪都快出来了。武仲仁刚想埋怨两句，却想起什么似的把嘴关得严严的，没作声。

武张氏从炕桌旁出溜到地上，走过去把香掐灭了，复又坐回来，见武仲仁在炕桌的另一侧坐下了，便问道：老爷想喝茶？

武仲仁没心思喝茶，摆摆手道：不喝了，喝得多尿得多。

武张氏笑道：喝得多可不尿得多，吃得多还拉得多呢。

武仲仁皱了皱眉头道：还打岔呢，你是吃饱喝足凡事不过心。

武张氏见武仲仁气不顺，嘴上赶紧念了几声佛，武仲仁烦道：别假惺惺的，佛爷碰上你这样的早气死了。

武张氏喊了一声道：哪惹的气哪撒去，甭把气撒我这。

武仲仁没工夫跟武张氏斗嘴，直接道：我这琢磨着，都城挪到了南京，咱们怎么办？

武张氏睁大了一双眼睛，平时那双眼睛都在松垂的眼睑后面藏着，此刻听老爷这么说，眼睛里闪着一种狐疑的神情，她不明白老爷为什么说起这个来，能怎么办，该怎么办就怎么办呗。这么想着，武张氏喝了一口茶碗里的剩茶根儿说道：

老爷想怎么着呢，痛快儿说出来，我这脑袋里现在只有佛爷，没旁的。说完，又把那双眼睛藏回到眼睑后边了。

武仲仁道：得，我也甭绕弯子了，这几天我这心里一个劲儿打鼓，以前从没有过。昨儿晚上我仔细琢磨了半宿，自打我二十多岁从安徽来京城，一晃几十年过去了，武家茶叶铺也开了不少，武家的茶叶在京城不说头一号，也是数得着的，清朝玩完那阵子，我都没像现在这么不踏实……武仲仁停了停，瞅了瞅张着嘴仔细听的武张氏，从武张氏微张的嘴中，他看见武张氏的牙没剩几颗了，心里突然感到一阵悲凉。

武张氏好像意识到什么，赶紧把嘴闭严实了。武仲仁压低声音对武张氏说道：我想跟你商量，不然咱们搬回老家去吧，你我也是一把年纪了，都说叶落归根，不如趁都城搬家，咱也搬回安徽老家去。

武张氏一惊，这可非同小可，她一时没弄明白武仲仁是说着玩，还是当真的。武张氏这次又将那双藏在眼睑后边的眼睛露出来，目光灼灼地盯着武仲仁的脸，她发现面前这个肥头大耳的男人竟然如此陌生。那双大眼、厚厚的腮帮子，还有脸中间那个四方的大鼻子，都找不出他们刚成婚时的样子了，飞逝的时光让他们变成了熟悉的陌生人。

武张氏只是从丫头秋萍嘴里听到京城搬家的事，根本没在意，此刻见老爷居然由此起了回原籍的念头，武张氏心里倒是一动。她打量着武仲仁，武仲仁也看着她，武张氏便渐渐明白了老爷的心思。男人嘛，活几十年，哪能每天都是坚硬如铁呢，他们也有犹豫、累的时候。武张氏试探着问了一句：老爷的意思是把京城的铺子都关了，把这宅子也卖了，带着全家回歙县老家？

武仲仁听武张氏这么问，一时不知道怎么回答。正在他犹豫的时候，又听武张氏接着道：老爷这主意跟那两房说了没有？老爷是想把她俩都带走，还是留在这，人家两人的根儿可都在这，娘家都不是白丁儿，你生生把人家闺女带走，人家娘家能答应不能？

武仲仁听武张氏这么说，打断道：你想得倒仔细，她们不走我也不强求，反正也没给武家留个一男半女，回了老家正好再续个能传宗接代的。

武张氏一听，双手一合念了声"阿弥陀佛"。武仲仁气道：张口佛爷闭口佛爷的，佛爷给了什么好处了，你这辈子锦衣玉食的，难不成都是佛爷给你的，早知道你怎么不嫁个佛爷啊。

看着武仲仁气哼哼的样子，武张氏竟然扑哧一声笑了，她朝窗户外头喊道：秋萍，秋萍，赶紧把茶换了，给老爷沏一壶好的来。天下的丫头都一个毛病，喜欢扒窗户根儿偷听，听夫人喊，丫头秋萍赶紧悄悄走远几步，然后应道：来了。进到屋里拿走了茶壶。

武张氏对武仲仁说：您这话说得不差，只是把个儿颠倒了，我念佛不是想嫁给佛爷，是佛爷自己给我送来个好男人，这才让我吃穿不愁。佛爷两手空空的，拿什么给我？再说，要是谁拜佛就嫁给佛爷，那佛爷也不够用啊。

武仲仁听武张氏这么说，心里头竟然一下子平静下来，他不记得以前武张氏说话这么逗趣儿过，不禁像打量陌生人似的打量武张氏。只见她花白的头发在脑后绾个髻，用一块碧玉钳住，脸上的皱褶虽多，但看上去干净明朗，一身薄绸裤褂也凉爽宜人，手里一把团扇，整个人显得很是悠闲自在。武仲仁暗忖道：原来这宅子里最自在的人竟然是她。

这时候秋萍用托盘端了茶进来，武张氏接过茶盘让秋萍出去，秋萍刚转身往外走，就听武张氏后边追了一句：甭没事听窗户根子，哪怕绣个花啥的。秋萍没敢回头，赶紧出去了。

武张氏给武仲仁倒了一碗茶，武仲仁啜了一小口道：还得是这明前的西湖龙井，这口味就是非同一般。武张氏接道：可不是。

两人咂摸着滋味，你一句我一句的，武仲仁突然觉得说心里话还得在大房这。这念头刚一出现，脑子里立马就出现了金蔓那张绝世的脸，她不动声色，三分娇嗔。武仲仁赶紧下意识地挥了挥手，朝武张氏望过去。这时候武张氏突然把话头一转道：我刚算了算，咱们自打来到京城，就一直没回过老家，老爷若想去拜拜祖宗，咱们就回老家看看，或许能从武家宗室里过继个儿子，不然这一大摊子家业将来谁掌管？

武张氏的话像是一把刀子，在武仲仁的心尖上轻轻割了一下。武仲仁与武张氏是在安徽老家成的婚，经媒人牵线，门当户对，武家是当地的大茶商，张家是当地的大盐商，张家祖上还是朝廷的命官。嫁鸡随鸡，武张氏跟着武仲仁一路来到京城，她就像一棵耐活的树，栽到哪都能活挺好。在京城几十年，虽说没得着儿子，但武张氏喜欢这里的生活。她能跟街坊四邻说笑到一处。年轻的时候喜欢逛，把京城能逛的地方都逛遍了，把家乡话都藏肚子里，嘴里一口京片子，比老爷强，武仲仁这么多年还是带着口音，音调总往下坠，旁人听着像是懒得说最后几个字似的。武张氏虽不是老爷肚里的虫，但她是老爷脑子里的髓，她能听出老爷话外边的话儿，能琢磨出老爷笑声里边的哭音儿。她知道老爷心里的疙瘩在哪，是什么。

武仲仁的心尖儿被武张氏割了一下，他忍着疼，低头喝一口茶，琢磨着武张氏的话，不再言语。他的心渐渐软下来，他知道自己有心病，头一块心病就是没儿子，第二块心病就是想回老家看看，拜拜祖坟，会会宗亲，至于是否真的举家南迁，只是个噱头，就像小孩子没得着麻糖，撒个娇儿罢了。武张氏见老爷不言语，便知道自己点中了穴位，她给武仲仁又倒了一碗茶，问道：那天你去了齐家，齐家当家的怎么说？应该比咱们更慌吧。

武仲仁撇了下嘴道：齐家有什么慌的，哪个朝代的人不得病啊，尤其齐家当家的那两下子，打量整个京城，能有几个像他那样的？

武张氏不以为然，她不经意地朝窗户外边瞥了一眼，大声道：秋萍，你这丫头片子是身上痒痒了，想找我扁你是吧，你干脆把耳朵再伸长点挂我嘴上得了。

外边一阵脚步声跑远了，屋里武仲仁笑得喘不上气儿来。武张氏等老爷笑完了，接着说道：肚子饱不饱只有自己知道，你当齐家比老爷你好过啊，我看不见得。你没瞧见这些年有些人一个劲儿拿国医说事，那些个留过洋的、学了洋医的总想把国医往死里整，老爷眼里头都是茶叶，旁的事瞅不准。

武仲仁想了想道：我说那天通霖兄怎么心事重重的，只当他是因为齐家老二要回来了，照你这么说，往后少不了跟那个学洋医的儿子斗气费唾沫，原来他心里藏着这件事。

一壶茶下肚，一席话说完，武仲仁心里像是吃了一颗定心丸，他站起来拍拍屁股，一边往门外走，一边问武张氏今晚吃什么。武张氏说了声吃凉面，武仲仁点了点头，人已经出了堂屋。

武仲仁连想都没想，径直往金蔓的偏院去了。见院门虚掩，缕缕花香飘出来，武仲仁轻推朱门，抬腿跨过台阶，进到院子里。第一眼便看见金蔓坐在院子当中的木头亭子里，手里拿着一把团扇。武仲仁心疼道：哎哟，我的太太，暑气还没散净啊，你身子那么娇弱，当心别中暑。

金蔓用扇子朝自己的脸上扇了几下，说：心静自然凉。金蔓穿了件粉红底子大白花的纱质立领旗袍，旗袍的开衩稍高了些，露出莹白修长的大腿。武仲仁忍不住三步并作两步上了亭子，紧靠着金蔓，一屁股坐下来。金蔓只感到一股子男人的臭汗味直冲鼻腔，下意识朝旁边挪动了一下，朝着屋子方向喊道：翠枝，翠枝，赶紧给老爷准备水，老爷要洗浴。

屋里半天没人应，金蔓嘟囔一句：这丫头又跑哪浪去了。便站起身，先将旗袍弄平整了，然后才扭着屁股往院门处走，回头又朝武仲仁道：老爷等等，我先把翠枝唤回来。

这时翠枝却像一头小鹿一样闯进院门，差点撞到金蔓，金蔓朝一旁闪了下，嗔道：看看你野的，哪像个丫头。金蔓的声音软而轻，听着不像是责怪，更像抚慰。一旁的武仲仁笑着对金蔓道：这你得跟大太太学，你看秋萍调教得多稳重，你该厉害就得厉害，像你似的，生气的时候说话也像是怕吓着谁，那谁还怕你啊。

金蔓细声细气道：我没想着让人家怕我，要是任谁见了我都跟见了鬼似的害怕，那我得丑成什么样啊。金蔓扭脸对翠枝道：赶紧给老爷准备水，老爷身上都臭了。

吃晚饭的时候，几个丫头都站在自己主子身后伺候着。武张氏吃饭的时候从不说话，二房刘竹瑾和三房金蔓时不时说上几句。两人刚为了那匹织锦缎吵过架，心里头还没彻底过去，话里便藏着针。刘竹瑾问金蔓道：你准备用那匹缎子做什么啊？

武仲仁是用一块腰间玉佩平息的两个女人的战争。织锦缎给了金蔓，刘竹瑾虽得了玉佩，可面子上输了。金蔓话音虽软，里面却穿了根钢丝，她将耷拉到额前的一缕秀发塞到耳朵后边，说道：刚又看了看那匹料子，也不见怎么好了，先放着吧，以后看看送给谁。

刘竹瑾听了，朝武仲仁斜了一眼。武张氏嗽了下嗓子，对秋萍道：去给我盛碗面汤来，顺便看看那个凉拌豆芽儿厨房里还有没有，我刚没吃够。一旁金蔓的丫头翠枝低声问金蔓：您不打算再要点什么了？金蔓往桌上扫了一眼道：刚那酱肚丝吃着顺口儿，给我盛一小碟儿吧。刘竹瑾的丫头菊花向自己的主子使眼色，刘竹瑾不言语，菊花也就作罢。俩丫头到了厨房，厨子说二位姑娘等会儿，东西都有，不过得现拌。秋萍和翠枝便出了厨房的门，站在小院里等。不到半袋烟的工夫，俩丫头便把各自主子生活起居一应的事都抖搂出来了，末了翠枝问秋萍道：

那老爷是要带着大太太回安徽了？你没听见他们说带不带二太太三太太，什么时候动身，走了还回不回来？

秋萍说：我哪听那么多，就扒了一会儿窗户根儿，还让大太太瞅见了。停了停，秋萍嘱咐翠枝千万别跟三太太说。

俩丫头端着菜回到堂屋，见二太太已经带着丫头菊花离开了。武仲仁还在一小口一小口地抿着酒，见了金蔓要的酱肚丝便夹了一根放嘴里嚼着，还让金蔓吃。金蔓其实已经吃饱了，要酱肚丝完全是为了跟大太太争风头，这时候见老爷喜欢吃，便将碟子往武仲仁跟前推了推道：得，我让给老爷了，您慢慢吃着。说完，站起身朝武张氏行了个蹲礼便走了。

丫头翠枝将秋萍告诉她的话，一股脑全倒给了金蔓。听完了，金蔓一声没吭，坐在椅子上发呆。翠枝说：老爷不是那种无情无义的人啊，说走，拍拍屁股就走了？就不顾着咱们了？

金蔓叹口气道：谁知道那些男人心里想什么呢，等等再说吧。

晚饭后，武仲仁推开了金蔓跨院的门。三分醉意的武仲仁脚步虽稳健，可腮帮子燥热，胸口更像是堵了一口热痰，咯也咯不出去，嘴里接连喊着"蔓儿"，一声比一声软。金蔓从屋里走出来，手里掌着一盏纱灯。武仲仁上前去揽金蔓的腰，金蔓的腰肢软若嫩柳，武仲仁仿佛拥着一团香棉花。进了屋，翠枝赶紧接了金蔓手里的灯，放下灯又忙着去倒茶，那边茶还没沏好，这边金蔓已经晕倒在武仲仁的怀里了。武仲仁酒也醒了，翠枝轻轻唤了几声"太太"也不见回应，武仲仁急了，让翠枝去齐家请齐大爷过来。

齐通霖随翠枝疾行到武家，直奔金蔓的跨院。走进屋里，却见金蔓半倚在一张卧榻上，人已经醒过来了，只是感觉精神不济。齐通霖先把脉，再看舌苔，简单问了几句话，金蔓一一作答。齐通霖扭头看了一眼武仲仁道：三太太这是喜脉，先给老弟你道喜。

武仲仁先是愣了愣，接着便张嘴大笑起来，然后朝着齐通霖作了三个揖道：还是通霖兄的方子厉害，我佩服得五体投地。得，咱俩是亲兄弟明算账，这次的脉不能像往常那样白诊了。说着吩咐翠枝找大太太要后院小库房的门钥匙，武仲仁要去找个玩意儿谢齐通霖。齐通霖赶紧摆手，人已经在屋外边了。一句话飘进来：改天请一顿酒吧。

齐家二儿子齐天运比预计的到家时间足足晚了五天，王屏画头上的白发新添了好几绺。齐天运到家的时候，犹如从天而降的神兵，一下子站到了母亲面前。王屏画恍惚间看见一位穿洋装的后生，笑眯眯地看着自己，手里拎着一个大皮箱。王屏画正纳闷，年轻后生开口喊了声"妈"，这一声喊，让王屏画脑子里嗡一声,嗓子眼里更像是卡了块骨头,什么声都发不出来。齐天运接连喊了四五声"妈",王屏画才踉跄几步上前抱住小儿子,泪水一个劲儿地从两只眼里往外冒。齐天运放下手里的皮箱,哄孩子似的笑着搂抱着母亲道:我这不是平安回来了吗,您还担心什么啊。王屏画这才说道:儿啊,可把你盼回来了。

老大齐天舍正好从外边回来,见兄弟回来,自然高兴,拉着齐天运的西装袖口道:也看见过京城里有人穿洋装,可就是没你穿得这么得体的,人家欧洲的裁缝手艺就是好。

齐天运道:哥哥要是喜欢,我行李箱里头还有两套,回头试试,要是合适就拿去穿吧。

齐天舍点头:得,弟弟可以去我屋里看看,有喜欢的衣服尽管拿去穿。

王屏画一旁看着,从心里甜到头发根儿,接口道:你爹正好要去做几身衣裳,过几天你们兄弟俩一起去。

齐天舍道:就那个王满仓啊,要是搁十年前,他那手艺在京城里还算看得过去,现在他可过时了。说完扭头对齐天运道:我认识一个从上海过来的裁缝,专门做洋服的,京城里有头脸的都去他那做衣服,再不然去东安市场,有几家衣裳铺子也不差。

王屏画听老大这么说,便道:这话别让你爹听见,又闹饥荒。

齐天运问母亲:怎么不见父亲?

王屏画说:从听说你回来,你爹就在家等了两天,第三天早上又去了医社,不去也不行了,总有人上门来找,我这就打发人去医社报信儿。

正说着,却见三儿走进院子,王屏画笑道:瞧,不经念叨。三儿看见齐天运,赶紧行礼,不用王屏画开口,便道:瞧这寸劲儿,怪不得老爷非让我回家取大黄，有个病家病得不轻，其实地安门那边的药铺里就有，老爷非让回家取，说家里的用着放心，看来老爷心里头已经知道二少爷回来了。

王屏画赶紧去后院取大黄，交给三儿道：跟老爷说，先把医社里的事弄利索了再回来，二少爷飞不了。

三儿拿了大黄，两条腿像是绑了风火轮，半袋烟的工夫已经回到东不压桥胡同，进了医社的大门便喊道：老爷！二少爷到家了！

齐通霖先惊后喜，嘴上什么都没说，只是开药方比平日快了。他看了看候着的几个病家，问有没有急的。几个人都站起来道：您家里有事儿，我们明儿再来拿方子，都不是急症。齐通霖拱手谢过，便急奔家去。

王屏画在厨房里跟大伙计定晚上的菜谱，厨子问王屏画道：也不知道二少爷在外国待那么久，口味变了没有。

王屏画说：你可真是操心，他口味变不变的，咱也不能就合他啊，再说，咱想就合他也不成，你会做洋饭啊。

厨子道：您还别说，自从听说二少爷要回来，我还真留意了一下，说起来那些洋人吃的东西也没那么难做。不瞒您说，我还去那个吉士林西餐馆试过，有一道菜，是炖得稀烂的牛肉，配两个油炸小包子，只是跟咱们的包子不但形状不一样，里边的馅料、味道也不一样。我问了跑堂的，是怎么调的馅，跑堂也不知道，特意把厨子从后面叫出来。厨子听我问便说我做不了，主要是西菜里边用的牛油黄油不好淘换，还得特意去东交民巷那边趸摸，二少爷若是……王屏画打断厨子道：没想到你挺有心，今儿就算了，赶明儿你专门琢磨几个洋菜，咱们也开开洋荤。厨子道：哎哟，您还真信我的，我要是真能做就好了。

齐通霖下了车，转身对三儿说：明儿一早来接我。

三儿问：您不歇一天？二少爷才回来。

齐通霖说：我应了今儿那些病家，明儿给他们开方子。

三儿应了一声。齐通霖又说：不然叫上你老娘一块来吃一口吧，家里热闹。

三儿立马接道：不了，家里都是现成的饭，您赶紧进去吧，二少爷这么多年一个人在外头，他得多想您啊。

齐通霖脚下生风，进了大门，绕过影壁，穿过垂花门，直接进了堂屋，嘴里喊着：天运回来了吗？天运！

齐天运正在哥哥天舍屋里，听见父亲的声音赶忙出了屋，天舍却没动窝，看着天运出了屋门，还顺手把门关上了。天舍听见院子里父亲的声音，声调比往日高了些，天舍在心里叹口气，他站在门后，任父亲和天运的说话声飘进来。

老大齐天舍的存在无异于齐家的一块霉斑，街坊邻居议论齐家的事，一说到老大，便不作声。在别人眼里，齐家的老大就是不肖子孙的代表。自从爷爷奶奶过世后，齐家便任由他行事，对天舍的品行不评论不指责，齐通霖这样做，是出于对母亲的纪念，反正不指望他能有什么出息。一想到这孩子只是游手好闲，对社会没害处，依齐家的家产，养活一个游手好闲的人并非难事，齐通霖心里便也释然。

齐通霖曾试着让老大学中医，就算他最后只是给人开个治伤寒的方子，也算是跟齐家的祖业沾上点边儿，他甚至强迫天舍跟他去医社，在一旁抄方子。怎奈老大对那些方子一点不走心，经常抄错不说，还几次跟病家发生口角，让齐通霖很恼火，又不能多说，便死心让老大待在家里。王屏画对大儿子心疼是自然的，她当然盼着俩儿子都能有出息，可眼见老大成了一个废人，心里说不出的难过。

这会儿齐天舍听见院子里父亲跟弟弟话语密集地聊着，心中油然而生一种惆怅。往常他尽量不见父亲，每天听父亲走出院子，才从自己的房间里出来。他几乎每天晚上都在外边闲逛，结交三教九流的朋友，很晚才回家。这时天舍突然听见父亲提高了声音说道：喊上你哥来堂屋喝茶。

天舍赶紧从门边走回到屋当中，他甚至想躺到床上去，最后他选择坐在椅子上，看着窗户纸发呆。他听见弟弟天运朝自己的屋门过来的脚步声，天运并没拉门，站在门外喊：哥，哥，你赶紧出来啊，咱们去堂屋喝茶去。

天舍支吾着：等等，我换身衣服……

天运并不放过哥哥，他索性拉开门，站在门口。天舍只得懒洋洋地站起来，朝衣橱走过去。他犹豫着，不知道拿哪件，听见背后声音：那件灰蓝色的褂子就很好。

天舍听从了弟弟的建议，穿上了那件灰蓝色丝绸褂子，跟在弟弟身后朝堂屋走去。

齐通霖已经换了衣裳，一身白绸子短裤褂，看着极为清爽。见兄弟二人前后脚过来了，心里自然高兴。

齐通霖对老二天运道：你先换换衣裳，这身洋服倒是好看，就是看着累得慌。

天运道：您说得是，我这就去换。王屏画对美雪说：带着二少爷去他自己屋里吧，看看屋里少什么，知会一声。

美雪应了一声，带着天运朝西屋走去。剩下天舍干巴巴坐在那跟父亲对视。齐通霖有一搭没一搭道：这几天你忙什么……

天舍十天都跟父亲说不上一句话，两人都有意躲着对方，此刻单独相处，确实尴尬。好在天运换了衣裳马上就回来了。

齐通霖看到天运换了一件半截袖的上衣，下边是一条白裤子，浑身充满活力，让人看着就喜欢。

美雪倒好了茶，爷三个一边喝茶一边聊着，王屏画问齐通霖晚上想吃什么菜，喝什么酒。齐通霖道：你看着办吧，酒得喝点，老二回来高兴。

齐天运问：妈，有那个六必居的小酱瓜儿没有？

王屏画笑道：有，不过你再不回来都让你爸吃了。

喝了一口茶，齐天运道：还是家乡的茶好喝，在欧洲只有那些袋茶。

齐通霖说：茶叶是好东西，不然老祖宗怎么拿茶叶当药呢，当年李时珍尝百草的时候，若有毒素进身，就是用茶来解毒的。

齐天运说道：我刚到上海，听见有人嚷嚷蒋介石建立了国民政府，迁都南京了，是真是假啊？

老大接道：没错，现在北京已经改成北平了，直接由南京政府管辖。

天运说：这对老百姓生活有没有影响啊？

老大道：那还能没影响，远的不说，魏家胡同武家记得吧。

齐天运点头道：当然记得，不是那个大茶商武仲仁吗？还娶了一房姨太太。

天舍道：后来又娶了一房。我前些天听说武仲仁家里因为要搬迁回老家，闹得鸡犬不宁……

齐通霖说道：武家的事别瞎猜，他家在京城家大业大，搬家不是容易的事。再说现在三姨太有了身孕，真要回老家，也得等孩子生下来。

齐天舍不解道：国民政府干吗要迁都呢，北京不好吗？这么多的吃的喝的地方，就是那些老建筑、老园子也够他们逛上一阵子的。

其实天运对于迁都不迁都心里完全不在意，虽然身子到了家，可他的心有一半还留在欧洲大英帝国的那个港口城市加的夫，仿佛浑身都还是湿淋淋的，充满了岛屿的海腥味。天运喝了半盏茶，便将茶杯放在桌上了，他看了看手腕上的表，下午三点半，如果是欧洲的下午，那正是下午茶的时间，绿草茵茵的花园里，白色的铁艺桌椅，桌上是英式茶点，新鲜松饼的香味在空气中弥漫。天运的脑海里映出一张女孩的脸……

天运道：我看这样也挺好，让北京的老百姓体会一下失落的感觉，不要总认为自己是天选之子，您说呢？天运将目光转向一旁默不作声的父亲。

而此刻齐通霖心里想的竟然是武家，刚才天舍的话让他心里一动，琢磨着武仲仁是不是真的闹腾着回原籍，但是自从三太太怀孕以后，眼见武仲仁完全被这天大的喜事包围着，人都是晕乎乎的。他打发丫头来齐家讨保胎的方子，好像完全把都城南迁的事忘在脑后了。齐通霖听见天运问，回了回神，说道：好，也好。

兄弟二人相视漠然，正好美雪过来倒茶，又问天运蜜饯好不好吃。天运赶紧拿起一个杏脯放嘴里嚼着，然后说：好吃倒是好吃，吃多了会长蛀牙的。美雪抿嘴笑，给爷仨添了茶便退出堂屋。

王屏画手里拿着一把团扇，摇着进来了，见爷仨的茶喝得不尴不尬，便出主意道：不如老爷带着，去满仓那里量几身衣裳吧。我刚翻开箱子看了看，老二以前的衣裳大部分都旧了，还有的被虫子蛀了，不如去做几件，等你们回来饭就熟了。

齐通霖望向俩儿子，天舍天运都点头赞同。

王屏画便让美雪去喊三儿，不一会儿三儿来了，帮着美雪将几匹绸缎放在车上。

一行人刚到黄土坑胡同的北口,老水头儿看见天运高兴道:哎哟,这不是齐家二少爷吗,什么时候回来的,道可不近啊。

天运走到老水头儿的鞋摊前作了个揖,说道:您老身子还硬朗吧。

老水头儿眼睛都笑没了,连着点头道:好着呢。又压低声音对天运道:没给你妈带回个洋媳妇儿来。

天运笑着,也压低声音道:我哪敢,我妈不得扒我皮啊。

老水头儿问齐通霖:这是干吗去啊,瞧这阵仗,上朝似的。

齐通霖对老水头儿道:老二没衣裳穿了,夫人让我带他们俩去满仓那量几身衣裳。老水头儿摆摆手道:赶紧的吧。

几个人穿过汪魏巷,便到了汪芝麻胡同,王满仓的裁缝铺就在汪芝麻胡同的东口。门脸不大,"忠厚传家久,诗书继世长"的对子趴在两扇门上。齐通霖上前一步,叩响门环。很快,吱呀一声门开了,是王满仓的媳妇儿王刘氏,这是个身材短小的壮实女人。王刘氏见是齐通霖,立马满脸笑容,赶紧朝里头让着:哎哟,可真是贵客登门,赶紧的。又扭头朝院子里喊:当家的,看谁来了。

王家的院子不大,正房在西边,北边是院墙,东南边各有两间房,院子虽然是土地面,可打扫得清爽,一看就是会过日子的。院当中一口井,井栏高出地面一尺多。当家的王满仓正端着一个大海碗坐在井栏上呼噜呼噜地吃着面条。听见媳妇儿喊,抬头一看,齐通霖已经进了院子。王满仓顺手把海碗放在井栏上,起身招呼道:今儿是什么风啊,把您给吹来了。王满仓见齐通霖身后跟着天舍和天运,笑道:早先就听说你们老二要回来了,这孩子长成大人了。

王满仓见三儿俩胳膊肘里捧了好几匹料子,赶紧接过来递给王刘氏,让她放进屋里，又张罗着泡茶。却听见哐啷一声响，众人一看，敞开的屋门内王满仓的俩孩子为争抢碗里的肉，把碗摔地上了，面条撒一地，几块肉也滚落出来。王满仓呵斥俩孩子道：饿死鬼托生的啊，吃那么多了还抢。王刘氏赶紧拿了笤帚去打扫。

王满仓把齐家父子让进南屋，屋当中一个高台子上堆满了布料，屋子四周挂满了还没做完的衣服。靠窗户是一个略矮的台子，上面是裁下来的衣服样子。一个十六七岁的女孩正低头缝着什么。齐通霖认出是王满仓的大闺女小玉。小玉不抬头，直到父亲让她起来跟客人打招呼，她才站起来，脸红红的，用蚊子声嗡嗡了两声，没人听出来她说的是什么，大人们也不计较。王满仓让小玉歇会儿，小玉便出了屋门。

王满仓看了看三儿放在台子上的几匹料子，点头道：都是上好的绸缎，夫人真是好眼光，瞧这料子选的。王满仓指着其中一匹黑色大团花杭纺丝绸料子对齐通霖说：瞧这匹料子，好些人跟我打听，要是见着谁有，出高价也买。

齐通霖看了看王满仓手指的那匹绸料，记起来好像是头年武家的货船来京时，说是为了填货舱带了几匹苏杭的丝绸，觉得这匹看着不错，特意拿到齐家当谢礼，那时候齐通霖刚为大房武张氏医好了偏头痛的顽疾。齐通霖听王满仓这么说便道：既然这样，紧着给俩孩子量吧，我随便用什么糊弄糊弄就得。

王满仓朝另外两匹料子看了一眼，道：那两匹也不差，您甭操心了，我看着给您量吧。几个人聊着，喝着茶，王满仓手脚麻利，没一会儿就把爷仨的尺寸弄明白了，接着又给三儿也量好了。齐通霖琢磨了一会儿道：您说我这尺寸用改动不用，人老了后背就驼了，后边不应该比前襟长点？

听齐通霖这么说，王满仓脑袋摇得跟拨浪鼓似的，一边摇头一边道：不能，不能够，您的衣裳永远不能后边长，后边长的衣裳，那是专门给低头哈腰的人预备的，您永远不会那样。

齐通霖听后，一阵大笑，说道：人老了，自然头就低下来了，谁能挺着不老啊。

王满仓道：您是谁啊，齐大爷啊，您老了，还有气儿撑着啊！

王刘氏进来换茶，对当家的说：麻利儿的，齐大爷家里还等着吃饭呢。又问道：一会儿你还吃不吃了，刚才剩下的大半碗面俩小子给吃了。王满仓说：不吃了，晚上一块吃吧。王刘氏拎着茶壶走出南屋。

天运说：我小时候来您这院子觉得挺宽敞，这会儿觉得没先前大了。

王满仓一边给天舍量尺寸，一边回道：二少爷您这话说的，哪是院子小了，是您见过大世面，再回咱这地方来，放不下您那双眼啦。打量咱们这地界儿，出过洋见过大世界的也就二少爷您，回头得空，您好好念叨念叨那些洋事儿，咱也长长见识。

天运道：那有什么不行啊，您来家喝茶，我专门给您讲。

王满仓笑道：我要是有那工夫敢情好。

这时候听见外面有人说话，齐通霖往院子里看，是美雪。美雪道：夫人让老爷赶紧回去，冯先生来家里了，还带了一位客人，您赶紧的吧。

王满仓在一旁道：您带着少爷们先回去，回头我再去府上找补，您的尺寸也跟先前没大不同，只是二少爷的尺寸还得重新量一下。

三儿便把几匹料子放下，先拉着齐通霖回去了。天舍和天运溜达着往家走，两人走进汪魏巷的时候，天运抬头看着从武家大宅里冒出来的树荫，问天舍道：武家现在怎么样？记得我离家的时候武家刚娶了二房，天天盼着生儿子。

天舍道：打你走后，武家又添了三房，到现在谁也没能生出儿子来，不过头几天听说父亲为武家三房诊脉，说是怀孕了。

两人正说着，武家的那个偏门突然吱扭一声打开了，两人吓了一跳，同时站住了。从门里走出一个人来，天舍定睛一看，正是武家三太太金蔓。天舍用胳膊肘碰了碰天运。天运意会。

金蔓穿了一件高领薄纱旗袍，淡蓝色的底子上浮着几朵盛开的紫色百合花，手里握着一把遮阳伞，但她并不遮住那张风华绝代的脸。

齐家两兄弟被迎面走来的金蔓迷住了，只觉得一股香气在窄窄的胡同里缭绕，顺着鼻孔直入心肺。金蔓走过两兄弟身边，朝他们微微一笑，算是招呼过了，高跟鞋在土路上发出橐橐的闷响。金蔓走出汪魏巷的北口，朝西一拐，人就消失了。天舍呼出一口气，说道：阿弥陀佛，哪位天师得空，最好把这妖怪收回去吧。天运笑道：你是意乱情迷啊。天舍用京剧戏腔回道：正啊——是。

美雪站在大门口的高台阶上等二位少爷，见两人说笑着进了胡同，便走下高台阶，等他们走近了，催促道：二位少爷赶紧进去吧，冯先生一来便问起二少爷呢。

天舍故意走在天运和美雪的身后，等进了垂花门，便像一条鱼似的，溜回了自己的房间。

天运进了堂屋，看见来了两位客人，坐在父亲旁边的是冯临声，还有一位不认识。

天运朝冯临声行礼，冯临声打量着天运，对齐通霖道：齐家二少爷真是一表人才啊。又指着坐在一旁的人对天运道：这位是协和医院社会服务部的丁汝麒副主任。那人赶紧站起身与天运握手。

天运望去，只见这人四十岁上下，鼻梁上一副玳瑁眼镜，一件棉布长衫，一双青布鞋，举止矜持，温文尔雅。天运道：协和可算是西医的翘楚了，只是不知道社会服务部是做什么的，晚辈请教。

丁汝麒拱手道：您客气了，社会服务部，是协和医院特有的一个部门，主要负责病人与医生的沟通，更确切地说，就是医院不但要关心病人的病症，也要关心他们的心理健康。还有，就是要帮助一些付不起医疗费用的病人，协调各方，减免病人的医疗费用，让病人得到及时医治。总之这个部门除了是医院的一个设置外，还带有社会慈善的色彩。

天运本想再详细问一下协和各科室的情况，刚想开口，美雪进来了，径直走到齐通霖身旁，俯身低声问道：老爷，夫人问您客人可一起用晚餐？齐通霖便对冯临声道：也到饭口儿了，不如您二位就在这用便饭吧。

冯临声犹豫着，而那位丁汝麒先生坚持不用饭，并简洁明了地说了自己不请自来的意图，久闻齐老先生的国医大名，只是没有机缘造访，正好二公子从英伦学成归来，协和渴慕西医人才，加上国医的家庭背景，是协和求之不得的。而丁汝麒恰好与冯临声私交甚好，虽然社会服务部不管医生调配的事，但他还是跟了来。头一次来不曾带任何礼物以示敬意，不好再冒昧用餐打扰。并说二公子如有意，可来协和一晤，他会与院长办公室有关人员提及此事。说完便站起来要告辞。

冯临声见丁汝麒执意要走，只好也跟着站起来，不想被刚走进来的王屏画挽留，说有日子没见着冯先生的面儿了，正好天运刚回家，这可是择日不如撞日，既然来了，冯先生就委屈吃几口便饭，丁先生头一回来，等日后熟了，来齐家喝茶吃饭都是现成儿的。

丁汝麒走后，冯临声松了松领带，齐通霖见状道：赶紧把那劳什子解了吧，别捂出痱子来。

冯临声笑着将领带解下，美雪赶紧接过来。

冯临声看着天运问道：二公子这几年可适应英伦的气候饮食？听说那里雾气大，对面不见人，听着有点邪乎。

天运回道：我所在的那个加的夫市就挨着海，雾气自然少不了，但总会有从南边刮过来的风，雾气比起伦敦来就是小巫见大巫了。天运说起有一次放假几个同学一起去了伦敦，竟然因为雾太大而走丢了。而且，身上的衣服总是湿乎乎的，恨不能攥出水来，人的心情多少会受到天气的影响，伦敦的人精神抑郁的不在少数。

冯临声接道：所以人家西医院里有专门的精神科呢。

天运没接冯临声的茬儿，偷偷看了一眼父亲，而齐通霖这时手里端着茶杯，轻轻将漂在上面的茶叶吹开，好像根本没听见两人在说什么。冯临声并不像天运那么小心翼翼，他仗着自己跟齐通霖的关系，这时候一个劲儿地往尴尬的气氛上添作料。

冯临声继续说道：说起来中医在这方面就差点劲儿，不太在乎病家心里怎么想的，当然啊，这跟国情和文化有很大关系，比如欧洲有文艺复兴运动，凡事以人为本，重视人类情感，每个人都是现实的创造者，也是生活的主人。日本的明治维新更是学习欧美的技术，进行工业化改革，发展教育，并废除了中医，完全接受了西医……说到这，冯临声不由自主地看了一眼齐通霖。

齐通霖慢悠悠地喝了一口茶，然后盖上盖儿，不紧不慢地将茶杯放在桌上，就是不把眼珠朝冯临声那边转。冯临声犹豫了一下，想了想，觉得自己的主谈对象是齐天运,也就没太顾及齐通霖,心里还琢磨着,让这位中医大爷了解一下中医以外的事未必不好,便接着说下去。

跟齐天运大谈日本的明治维新,冯临声可谓轻车熟路,毕竟在日本国待了那么多年,又是抱着学习的态度去的,白天四处转悠,晚上读书,如今给一个刚从欧洲回来的年轻人讲日本的事,一大通话下来竟然一个磕巴儿都没打,听得天运下巴耷拉得老长。末了冯临声道:明治维新异常成功,让区区一个岛国都能脱亚入欧,从此走上富强的道路,而西医在日本大行其道,中医渐渐被废止……

这最后一句话,恰被刚进门的王屏画听见了,这让她吃了一惊,她没听见冯临声说的是日本,以为是中国的事,便停止了摇动手里的团扇,睁大眼睛问冯临声道:哎哟,您说的可是真事儿?我怎么没听说啊。

冯临声回道:从明治维新就开始了,现在中医在日本国基本没人用了。

王屏画明白过来,呼出一口长气道:咳,我以为是咱这呢,瞧我这耳朵。

齐通霖在一旁道:中国也有这股子风了,恐怕会越刮越强,天津《大公报》事件,就是个开始。

天运问:《大公报》什么事?

冯临声简单把《大公报》发生的事说了一遍,天运道:一件事也不能完全说明问题,中医在中国已有上千年的历史,也确实医病无数,若像日本国一样,把中医拔了根儿,似乎不太现实吧。

齐通霖看了看天运,没说什么,只是招呼美雪换茶。一旁的王屏画道:菜差不多了,不然吃完饭再喝茶?

齐通霖点头道:这一说,我肚子里倒闹腾起来了。

王屏画招呼美雪去厨房，让天运去喊天舍。留下冯临声和齐通霖两人，气氛顿时变得有些紧张。齐通霖还是默不作声，冯临声说道：我知道通霖兄心里有芥蒂，我也只是说出我的观点而已，如果仁兄心里觉得不舒爽，我给您赔罪。

　　齐通霖道：临声老弟多虑了，古人言君子坦荡，我虽称不上君子，心里却也还坦荡。中医事大，绝非仅只医家一方面的事，牵扯甚多，且我们与日本国不同，他们从这把中医借过去用，而我们是中医的老家，家里的东西老旧了总不能直接扔了吧，我以为单纯废止不是好办法。

　　冯临声沉默着，想说点什么，却碍于面子不好再反驳，只是下意识地点点头。话题又转到了天运身上，冯临声提高了声音说道：天运的事，通霖兄还得跟他本人认真谈一谈，协和那边也确实渴慕人才，您瞧人家今儿单纯就是为了天运来的。

　　齐通霖道：天运的事还得让他自己拿主意，我说了不算啊。

　　新年将近，从东北奉天传来惊人的消息，张学良挂起了青天白日旗，东北易帜了！

　　这消息被狂躁的北风裹挟着，在北平城里窜来窜去，黄土坑和魏家胡同里却安静得让人发慌，只有挑担卖馄饨、卖江米碗儿的偶尔从胡同里走过，没人照顾生意，吆喝声就显得有些凄凉。

　　这天后半晌齐通霖从医社回来，拐进魏家胡同西口，老远看见老水头儿还坐在鞋摊后边忙活着。到了老水头儿鞋摊前，齐通霖下了车，让三儿把空车拉回去，自己朝老水头儿走去。

　　老水头儿把旁边一个小杌子递给齐通霖，齐通霖接过来坐了。一阵狂风卷着沙子兜过来，两人不约而同用胳膊挡了一下。风过去以后，齐通霖看清楚了，老水头儿正在给一双棉窝打掌儿。顺口问：谁的棉窝？

老水头儿把锥子朝鬓角里蹭了蹭道：北头儿，老张家的，说是等着穿，我这赶紧的。

齐通霖问：就是门口没黑没白挂青天白日旗的？

老水头儿点头，瞅了瞅齐通霖道：您瞧这风刮得邪乎，东北不易帜也得让风刮得自己易了帜。

齐通霖被老水头儿逗乐了，张嘴笑的工夫，猛不丁吃了一口沙子，赶紧朝外吐，惹得老水头儿也是一阵笑。

老水头儿把鞋套在竖起来的鞋撑子上，用一把小铁锤敲打着刚钉牢的牛皮掌。他反复敲着，来来回回走了几十趟。齐通霖总以为应该结束了，可老水头儿还是不厌其烦地敲，嘴里还不停地念叨着：砸结实了穿着才不硌脚。

齐通霖忍不住在一旁说道：您这行不容易干。

老水头儿道：哪有容易干的事，要是我干您那行，八成一服药下去就把人家命要了。说完自己先笑了。老水头儿停了手里的活，点了一袋烟抽着，齐通霖也从怀里掏出烟袋锅，跟老水头儿借了火，两人你明我暗地抽起来。

齐通霖看见老水头儿冻得清鼻涕直流，有点心疼道：您还是早点拾掇拾掇回家吧，这天儿冻得人牙花子疼。

老水头儿压根儿没听见齐通霖的话，自顾自地吧嗒吧嗒抽着烟。

老水头儿突然高声道：这小子不是东西，他爹刚让日本人在皇姑屯算计了，他这就麻利儿举了白旗儿，得，人家叫易帜，换旗子。老水头儿一阵大笑，笑声十分清脆。

齐通霖刚想说点什么，却听见从魏家胡同东口传来一阵咚咚的脚步声，两人不约而同朝东边望去，风沙刮得四周模模糊糊，单凭那跳跃的身形，齐通霖断定是天运。

天运走近两人时，老水头儿才喊了声：咳，闹了半天是二少爷。

齐通霖纳闷道：你怎么没走近道，绕到这边干吗？

天运道：我这鞋后掌磨得有点偏了，麻烦水大爷帮我钉个掌。

老水头儿对齐通霖道：劳驾您，挪动挪动身子。

齐通霖站起来道：得，您先忙着，有空说话。说完便径直往家走去。

老水头儿让天运把鞋脱下来，又在地上的一个包里一通翻腾，找出一块整齐的皮子，三下五除二，给天运钉好了鞋掌。

天运中午从社会服务部得了一盒纸烟，这会儿拿出来放在老水头儿的案子上说：您尝尝烟卷儿，看看好抽不好抽。老水头儿顺手把烟收了。

天运回到家里，本想直奔自己的屋子，却见北屋的门大敞着，门帘子也掀起了一个角儿，从里边传出说话声。天运正犹豫着，却见武仲仁从屋里走出来，站在台阶上朝天运大声道：二少爷回来了，过来说话吧。

天运朝武仲仁行礼问候，并说自己回家只是吃一口饭，晚上还有夜班，按照医院规定，住院医生要尽量留在医院里，随叫随到。

武仲仁大声笑道：瞧瞧，小夹板儿套上了吧，不如跟你爹学中医，自由自在。

齐通霖走出来对天运说：既然是回来吃饭，那就赶紧先去吧，别耽误公事。

天运先回屋里换了衣服换了鞋，身子轻松下来，正想躺在卧榻上歇一会儿，听见外边有响动，问是谁，听见是天舍的声音。天运让哥哥进屋说话。

天舍进了屋，回身把门带上。天运从英国回来，便觉出哥哥与家里人的关系有些奇怪,一直想问,见现在正是机会,便道:哥哥与二老是不是有什么误会,感觉你总是躲着爹,不愿意见他。

天舍摆手道:甭提他们,我在这家里就好像是后娘养的,我跟你不一样,你有大好的前程,我就是个白丁儿,得,今儿不说这些。天舍突然面露赧色道:弟弟若方便,能不能借我五十块钱,我有点急用……

天运惊道:借这么多钱干吗呢,你有麻烦了?

天舍赶紧说道:我没遇上麻烦,甭往坏处想啊。

天舍告诉天运,自己最近结交了几个从东北过来的生意人,他们专门做皮货生意,每年都来关内贩卖皮货,带来的皮货很快就卖光了,还有不少订货的主,先交点订金,来年过来交货。

天运忍不住问:你是想跟他们一起做皮货生意?

天舍点头道:我在家闲着也是闲着,不如找点事做,省得父亲总看我不顺眼,等以后我挣钱自己买个宅子搬出去住。

天运犹豫道:可我没有那么多钱借给你,我在欧洲的学费都还是拿家里的,现在虽说在协和医院当了住院大夫,可那点薪水每月也剩不下什么。

天舍把嘴凑到天运的耳朵边轻声道:妈最疼你,你去跟妈借钱,妈有私房钱。

天运正犹豫着,听见外头妈喊道:老二回来了?你要是饿就去厨房先点补点,一会儿饭就得。

天运隔着窗户道:妈,我先跟大哥说几句话。

堂屋里炭火盆烧得正旺,齐通霖和武仲仁聊得热火朝天的,看得出武仲仁心情颇好。金蔓的肚子一天比一天大,武张氏天天烧香拜佛,家里简直成了佛堂,卧房里烟雾弥漫,呛得人忍不住咳嗽。不得已,武仲仁只得在西厢房里单为武张氏布置了佛堂，武张氏笑着对武仲仁说：金蔓有了身孕，八成也是我见天见烧香拜佛拜出来的。武仲仁说：保不齐还真是，不过我倒觉着是齐先生的药方子出了大力。

武仲仁喝了口茶，说道：我不信那些神啊佛的，我更信通霖兄你的药方子，几味药我都背下来了，什么肉苁蓉、巴戟天、菟丝子……武仲仁还想往下念，被齐通霖打断了，齐通霖压低声音说道：我还得告诫你老弟，以后收着点吧，我这次可是用尽全力了。实不相瞒，老弟你看上去挺壮实，可内里却是空的，想必年轻时废了不少种子，好在金蔓年轻，看似柔弱，可人家底子好，所以怀上了。武仲仁笑着点头。两人正聊得酣，美雪进来道：饭得了。

齐通霖道：那就上菜吧。

趁美雪上菜的当儿，齐通霖去了趟茅房。回来的时候，见武仲仁正跟美雪说着什么，齐通霖进来，便闭了嘴，美雪拎着空盘子脸红着出去了。

齐通霖指着武仲仁笑道：你仔细夫人跟你翻脸啊，那可是她的丫头。

武仲仁赶紧道：我哪有那个心，不过是寻个乐子，家里那仨已经应付不过来了。武仲仁停了一下，对齐通霖道：有件事不知道通霖兄怎么想。齐通霖点头道：说来听听。

原来武仲仁要给闺女小秀做媒，想让小秀嫁给天舍。齐通霖被武仲仁这想法镇住了，愣了一会儿后竟然大笑起来，说道：你这是喝茶喝上头了吧，竟然能把这两人往一块拴，他们在这两条胡同里算是最各色的，这两人真到了一块，不定干出什么更各色的事来。

武仲仁叹口气道：这是我家夫人的意思，她着急找亲家，打眼望去，也没人能够入她的法眼啊，突然想起你们老大，琢磨着好歹知根知底，这就逼着我来提这事，我也知道这事有点不靠谱。

齐通霖跟武仲仁的心思差不多，老大天舍眼见奔三十的人了，还跟个混子似的不知道自己应该干什么，哪家姑娘愿意嫁这种男人。

两人说着话，吃着喝着，不知不觉外面已经黑透了，美雪走进来说：夫人让过来问，还添点什么不了？

武仲仁摇头道：吃饱喝足了，该回去了。

武仲仁走出齐家大门的时候飘起了雪花，武仲仁把自己那张热烘烘的大脸朝向天，他感觉到细小的雪花像一根根针似的凉丝丝地扎在脸上，顿时醉意消了几分。他故意不往北走，而是往南，他想穿过什锦花园胡同，走剪子巷，绕一圈再回家，全当醒酒。

出了黄土坑胡同南口，东西向的胡同便是什锦花园胡同。什锦花园胡同里有个大宅子，住着一户神秘的吴姓人家，通常大门紧闭，吴家人从不跟街坊邻居来往，偶尔大门开了，也是驶出一辆汽车，或者抬出一顶轿子。奇怪的是，胡同里的人对吴家没丝毫兴趣，没人议论吴家的事，连猜测吴家身份的话都听不到，吴家对于周围几条胡同里的人来说，就像是不存在一样。

武仲仁路过吴宅，往吴家大门处瞅了一眼，只见大门闭得像哑巴的嘴一样，严实得不能再严实了。武仲仁心里笑了一声，暗道：活这么紧巴干吗啊。

这时候雪下得大起来，从刚才细密的雪粒子，变成一大片一大片的鹅毛一样的雪花，忽忽悠悠地飘在空中。武仲仁心里突然一阵高兴，就像小孩子那样，心里没一点沉甸甸的东西，人生气需要理由，也许高兴不需要，芝麻大点的事也能高兴得忘乎所以，就像现在，武仲仁热烘烘的身子立在冰凉的雪地里，他感觉舒坦极了。

齐通霖去了书房。一个人抽烟，一锅接一锅的，屋子里烟雾缭绕。他笔直地站在屋子中央，像是要撑住什么东西似的。抽到第三锅烟的时候，夫人隔着窗户道：老爷还忙着吧，我进来了啊。

齐通霖嗯了一声，王屏画轻轻推开门，见里面乌烟瘴气的，便顺手留住门，让烟往外走走。齐通霖问：老二走了？王屏画点头道：早走了。一股冷风吹进来，王屏画关了门。齐通霖问：老大干吗去了？

王屏画犹豫了一会儿，悄声道：你知道老大想干吗？不等齐通霖回答，王屏画便道：他想去关外做皮货生意！但她却把天舍借钱的事隐藏了。

齐通霖瞪大眼睛看着王屏画，最后叹口气道：他真是想起一出是一出，还出关做皮货生意，也不问问皮货想让他卖吗？

王屏画被齐通霖最后这句话逗笑了，说道：瞧老爷您说的，知道的是编派您自己的亲儿子，不知道的还以为这孩子是捡来的。

最后王屏画道：不然就让老大去试试吧，他一个男人，整天闷在家里也不是事。

齐通霖听王屏画这么说，便不再说什么了。

王屏画从书房出来，直接去了天舍屋里。

天舍原本懒懒地倚在床头，听见母亲的声音，来了精神，一个鲤鱼打挺从床上下来，跑到门前呼啦打开门，笑着将母亲让进屋。天舍急着问父亲怎么说。王屏画说：老爷高兴你能干点什么，不过……

天舍等着母亲说下去，王屏画犹豫地问道：平时每月给你的钱你都花光了？

天舍挠着头皮道：您还查我账啊，这会儿我实在手头紧，又不想卖我这些宝贝。说着，天舍用眼睛扫了一下屋里的古董玩意儿。

王屏画坐在靠近天舍的一把椅子上，说道：我不是查你账，我干吗惹你不高兴呢，你和天运都是我的心头肉。

蜡烛火苗突然抖动了几下，王屏画朝窗外看去，见起了风，便小声嘟囔了一句：还得让伙计把这窗户再糊一遍。接着王屏画叹口气道：你们也得为你爹想想，他一天到晚忙忙碌碌的，医社里那么多病人，好多都是掏不起药费的，你爹只能是拆东墙补西墙吧。好在有些大户不在乎钱，每次出诊都是成倍地给。有时候实在过不去了，我偷偷卖几件东西，你别跟你爹说……

天舍听得出母亲的无奈。在天舍的印象中，母亲是多爽快强大的一个人，可今晚，天舍却感觉到母亲柔弱的一面，母亲是不会把生活里的难处说给父亲的。天舍这么想着，心里涌起一股酸楚，他突然拉起母亲的一只手，轻轻说道：妈，您别担心，以后我养着您。

王屏画愣了一下，低下头去，她没想到天舍会这么说，心里五味杂陈的。烛台上积了厚厚一层蜡油，天舍把一个手指头伸进没有凝结的蜡油里，眉头皱了皱，接着把蘸了蜡油的手指头拿出来，很快，蜡油在天舍的手指头上凝结起来，他举着手指头伸到母亲面前道：妈，您瞧，好玩吧。

王屏画笑了，顺势把天舍的胳膊拉过来，说道：你和天运有一个不好过，我心里都会难受的，你们好好的，就算孝顺了。王屏画临出门，把五十块大洋放在桌上。

夜里十二点整，天运朝病房走去。迷宫一样的医院总让天运晕头转向，找不到路，好几次他微笑着问迎面走来的护士或者大夫，甚至是那些蓝眼睛高鼻子的外国医生，去化验室怎么走？被问的人都微笑着耐心指给他，从哪里走，穿哪个门更近。天运略低头算是行礼谢过。

宽大的楼道幽暗静谧，天运走在里面总有一种仿佛还在欧洲的错觉，每当他看到那些蓝眼睛高鼻子的外国医生，那种感觉就越发强烈。他们与天运擦肩而过，天运跟他们打招呼的时候，一种异样的沉重感袭上心头，这种沉重来自一双蓝色的大眼睛，那属于他在英国的女友露易莎，她是天运在英国留学时房东的女儿，一位十七岁的女孩。他记得临回国的时候，露易莎用那双蓝色的大眼睛望着他，天真地问他为什么不能留下来，跟她生活在一起。他看见了露易莎眼睛里的自己，一个年轻的，但心里背负着沉重包袱的中国人。露易莎眼睛里溢出了海水，天运很怕自己会被淹没，他躲避着露易莎。在他回到中国三个多月后，天运接到了露易莎的信。胡同里那个大个子邮差有着惊人的脚力，每次美雪都只能听到他的喊声，等出门看的时候，信件被放在信箱里，人已经没影了。可这一次，大个子邮差并没有离开，而是等着美雪开门。大个子邮差说：亏了邮电局里有个懂洋文的经理，不然你家二少爷就收不到这封信了。大个子邮差把信交给美雪，然后叮嘱美雪把这事说给齐家二少爷。

露易莎的字迹十分工整，天运想象得出她写信时白皙的手握笔的样子，以及她那种眉头微皱略显心事的迷人神态。信里她反复说她想天运，从头到脚都想他，有时候她的脚抽筋很厉害，这在以前是没有的事，说明连脚都在想他，又反复说她会来中国找他，并说她早就想来神秘的中国看看了。信里表达的意思很单纯，但足足写了两大篇纸，看到最后，天运的眼睛变得潮湿了，眼前浮现出露易莎迷人的样子。天运把信带在身边，上夜班的时候得空他就从办公桌的抽屉里拿出来看几眼。有好几次，天运在读露易莎信的时候心潮汹涌，以至于身体都会出现生理反应。他放任这种感觉，觉得它十分奇妙，很是享受，他甚至想找研究心理科学的大夫探讨一下这个问题，但最后他还是忍住了。

外科病房新住进来一位肠梗阻病人，这是个六十多岁的老妇人，天运走进病房的时候，只见她半躺在病床上不停地哼哼着。一旁有个护士正为她量体温，同时耐心地向老妇人解释道：您不能吃东西，只能喝水。老妇人一边哼哼一边问为什么不能吃，肚子里饿啊。护士微笑道：一会儿我给您输液，葡萄糖，您就不感觉饿了。您要是吃了东西，会加重肠梗阻的，那样的话就只能开刀了。听到开刀二字，老妇人安静下来。这时天运微笑着让老妇人别担心，只要听从医生护士的话，梗阻会自行缓解的。老妇人看了一眼天运说道：看看这小伙子，模样可真俊，说话也中听。天运见病房里没什么事，就跟护士站的护士打了声招呼，说有事去办公室喊他。

天运被敲门声惊醒，从办公室里那张窄小的床上爬起来，他迅速穿上鞋，披上白大褂儿，抄起放在枕边的听诊器，开门走出来。刚才的那位护士神情紧张，见到天运，冲口而出道：昨晚新来的那位肠梗阻病人情况不好，请您立即去看一下。天运紧随护士来到病房，老妇人与昨晚的情形大不一样了，只见她像一只霜打了的倭瓜，一点精神都没有了，佝偻着身子，半倚在床头，闭着眼不停地痛苦呻吟着。天运赶紧走到她身旁，让她躺平了，仔细为她检查腹部。检查完了，天运的眉头紧皱，对护士道：去通知值班医生吧，病人可能要做手术了，梗阻部位并没有好转，再耽搁下去会有危险的。

五分钟后，外科值班医生到了，天运记得这人姓邱，第一天来上班的时候在医生办公室跟他握过手，这是一位文质彬彬的江浙人。邱大夫朝天运点头，天运赶紧将病人的情况大致向邱大夫做了汇报，邱大夫检查病人的腹部，见已经胀得很大了，又看了一下刚送来的腹部平片，低声对护士道：通知手术室吧。

手术室里包括天运在内一共五个人，邱大夫、天运还有三位护士。邱大夫手里一边忙着，一边低声给天运解说为什么要这么做，做的时候要注意什么。邱大夫每次说完，天运都会说一声"知道了，谢谢"。最后邱大夫哑然道：你不用客气，教授实习医生，这是写在协和医院规章里边的。天运的脸就红了。

一个小时不到，手术结束了，邱大夫笑着对天运道：你来缝合吧。接着又笑着补充了一句：别扎了手啊。说完，便站在一旁看着天运操作。天运小心翼翼地缝完了伤口，邱大夫看了看，道：很好，很规范。

天运帮着护士将病人推回到病房，看了看表已经凌晨六点多了，肚子里一阵咕咕叫。连手术服都没换，天运往外面加了一件白大褂，便出了外科病房，朝饭堂去了。

饭堂里没几个人，住院大夫居多。他们都像天运一样十分年轻，边吃边热烈地谈论着什么。天运走近放满食物的台子，馒头、包子、米粥、牛奶、吐司以及各种水果琳琅满目。

天运端着盛满食物的盘子刚在一张桌子旁坐下，突然想起忘了拿餐具，便起身朝餐具台走去。等天运拿了餐具往回走的时候，抬头看到饭堂里来了一位年轻的金发外国女子，天运看了一眼那女子，心里一动，因为这女子长得跟露易莎有几分相像，只是头发的颜色比露易莎的浅一些。天运的眼睛不由自主地跟着那金发女人转悠，只见她像一只小鹿一样跳跃着去取食物，天运的目光便跟在她的身后跳跃着。在女子跳跃地走的时候，她背上的光也跳跃着、变化着，给人一种十分灵动的感觉。

直到天运走回到自己的桌子旁边坐下，他的眼睛都没离开过那位金发女子。女子仿佛感觉到了有人盯着她，有些慌乱地四处寻找，终于与天运的目光交会了。两人微微一笑，似乎理所当然，女子拿着装满食物的托盘，朝天运走过去。她走到天运身旁，用英文跟他打招呼。天运这才邀请女子坐在自己旁边。

女子坐下来，继续用英文问道：你为什么总是盯着我看？

天运愣了一下，也用英语回道：对不起，我很不礼貌，但是你长得太像我一个朋友了，请你原谅。

女子释然道：这个理由挺让人兴奋，如果像你的女朋友那就太有戏剧性了。我叫安娜，从美国威斯康星州来的，实习眼科。

天运笑着回道：我叫齐天运，从英国留学回来的，实习外科。两人自我介绍后，一边吃一边聊。天运说：是真的，我没有骗你，等有机会我给你看她的照片，你们确实长得很像。这世界很是奇妙，也许在地球的某一个角落存在着另一个自己，只是我们没法发现罢了。

安娜喝了一口牛奶，她那樱桃般的红唇上挂了一层白色，然后她伸出舌头收回那层白色。这一系列的动作似乎只持续了两秒钟，却让天运感到一阵脸红心跳。他控制着自己激动的心情，对心里的露易莎说了声"对不起"。

这时有人喊安娜的名字，安娜站起身看了看，对天运说：对不起，我们科室的同事在喊我，我要去他们那里。天运点头。安娜走到她同事那桌，天运看到她立即融入其中，她似乎很受同事的欢迎，安娜站在桌边，她的同事都用一种十分热情的目光望向她。

早上八点半的时候，天运跟着一名主治大夫去查房。主治大夫的身后跟着十几个穿白大褂的年轻大夫，组成了一条白色的长龙。这条白色的长龙在各个病房间穿梭着，所到之处，都是病人期待的目光。这让天运感觉到一种当大夫的神圣感。最后，主治大夫走进那个凌晨做了手术的肠梗阻病人的房间。老妇人还在昏睡，天运轻声对主治大夫简单说了昨晚的情况，主治大夫点头道：等病人醒了，督促她下地活动，越早活动越不容易造成粘连。天运点头。

整整一个上午，天运都待在病房里，哪里需要他，他便微笑着过去帮忙。护士们好像已经习惯了喊他，大小事都会立马想起他，这让天运感觉到一种被需要的满足。快到中午的时候，护士长刘慧兰传达科室主任的话，让天运去门诊待半天，熟悉一下门诊的情况。

天运匆忙出了住院楼，往门诊楼走去。拐弯的时候，差点撞到一个人。天运刚下意识地说了句对不起，便闻到一阵浓郁的香水味，他忍不住打了个喷嚏，并好奇地朝那位裹得严实的女人看去。

他没能看清女人的脸，只看到了一堆皮毛：貂毛的帽子，狐狸皮的围脖，同样是狐狸皮的披肩……

他突然听到女人发出一声娇弱的惊叹：这不是齐家二少爷吗？

接着女人拉下狐狸皮围脖，天运认出这是武家的三太太金蔓。天运很客气地问道：您是来看病的？哪里不舒服，要我帮忙找大夫吗？

金蔓娇弱地说道：不用了，我去产科，跟大夫约好了。天运点头道：有需要就来找我，我在外科。金蔓笑着道：那是一定的。

天运边走，边感到纳闷，武家也不派个人跟着。

晚上八点多，天运准备回家吃饭，一出医院的门，没走几步，便看见胡同口有一辆人力车，车夫蹲在一旁。天运招手，车夫跳起来，拉着车来到天运身边，天运上车，没一会儿就到家了。

进了院子，天运看见母亲从堂屋出来了，手里提着一盏油灯。天运喊了声"妈"，王屏画紧走几步，到了天运跟前，低声道：一会儿你就在自己屋里吃吧，老爷受了点风寒，躺下了。天运搀扶着母亲往自己屋里走，进了屋，天运点亮了桌上的蜡烛。王屏画吹灭了手里的提灯，顺手放在窗台上。美雪闻声赶来，推开一条门缝问：少爷想吃面还是米？天运想了想道：吃面吧，不用太麻烦。

天运看见对面哥哥天舍的屋里黑着灯，便问母亲：哥哥是睡了还是没回来呢？

王屏画叹口气道：你哥哥今儿早上随着几个关外的生意人走了。

天运略感惊讶，却见母亲的眼眶湿了，他走到母亲身旁安慰道：瞧您，哥哥又不是不回来了，他不过是在家里待腻烦了，想出去见见世面，他心里也是苦。

这时美雪端着一个托盘掀开门帘子走进来，听见天运最后几句话，便接话道：今天劝您一整天了，您还是听不进去，非得让我喊二少爷回家，人家回来了，您就抹眼泪，一会儿二少爷还得去医院，您这是成心不让二少爷踏实上班啊。

王屏画听美雪这么说，赶紧用袖口将眼睛擦了擦道：你瞧你还数落上我了，得，我不惦记了。

美雪将托盘放在桌上，把饭一样一样摆出来，然后对天运道：二少爷快趁热吃吧。

天运朝桌上看去，一碗白菜肉丝面冒着腾腾的香气，旁边三个小菜，酱瓜儿、肘花儿，还有一个凉拌白菜心儿。天运笑道：我这哈喇子快流出来了。他扭头又对母亲说：我吃了，您坐吧。说着先朝凉拌白菜心儿下手，夹了满满一筷子放到嘴里嚼着，不等全咽下去，便用筷子挑起面条来，不到五分钟，桌上的食物一扫而空，王屏画这才长出一口气，笑道：看着真是痛快。美雪笑着，心满意足地将碗筷放进托盘，那感觉比自己吃了还高兴，然后掀开门帘子走出去了。

天运问母亲道：我爹知道大哥走了？

王屏画点头道：他从医社回来我就告诉他了，晚饭就喝了点汤，什么都没吃，说身上不好，要知道这样，我不如等他吃了饭再告诉他。

天运沉默了一会儿，对母亲道：我知道我爹心里最大的不痛快，就是我和大哥都没能学中医，按照他老人家的意愿做中医大夫。我爹应该明白人各有命，凡事不能强求，您瞧，他给我取这名字不就是这意思吗？

王屏画的眼泪流出来了，是为大儿子天舍的离家，也是为齐家的家业。王屏画内心很自责，觉得是自己没教育好这俩儿子。王屏画哭道：你不能这么埋怨你爹，他心里的苦楚你们哪知道去。天运靠近母亲，他揽着母亲的肩膀，什么话都说不出来。

第二天一早，三儿准点儿把车停在齐家大门口候着。三儿头上一顶黑毡子窄檐帽子，一件青色大棉袄，外加一件老羊皮大坎肩，棉裤上打着绑腿，脚上一双骆驼鞍棉窝，整个人看上去利利整整的。齐家的大门依然紧闭着，三儿一点不急，他喜欢等齐先生，觉得自己能等候像齐先生这样的人，那就是一种福分。他感觉不到寒冷，年轻的身体里像是有无数团火在燃烧，他把脖领子敞开，悠闲地靠在车杠上，眼睛直直地朝胡同的北头望过去。

三儿看见老水头儿正低头缝着什么，突然想起来，娘那双古铜色的棉窝小脚指头处露出了棉花。三儿本来想今儿带上，路过老水头儿的鞋摊让他缝一下，出门的时候忘了，他琢磨着回家取，又怕这时候齐先生刚好出门。正犹豫着，齐家的大门哐啷一声开了，齐通霖从里边走出来，三儿赶紧上前招呼道：您慢着，坐踏实了，咱走喽。

路过老水头儿鞋摊的时候，三儿说：我娘棉窝脚指头开了口子，今儿忘了，明儿带过来麻烦您给缝缝。

齐通霖闻听，非得让三儿回家取，三儿拗不过，只得快步往回走。

齐通霖撩开车耳朵上的小窗户，跟老水头儿搭讪着，老水头儿说：瞧这天儿，八成得下雪，湿乎乎的，您回来的时候小心着。

齐通霖说：天儿不好，您也早点收摊子。见老水头儿下意识地敲了几下腿，便道：您怕是寒腿又犯了，回头给您送几贴膏药过去。

老水头儿赶紧朝齐通霖作个揖道：得，劳您惦记着。

三儿气喘吁吁地拿了娘的棉窝递给老水头儿，便赶紧拉着齐通霖直奔医社而去。

三儿拉着车进了东不压桥胡同，赶上胡同里有人办喜事，看热闹的人挤满了半条胡同。三儿一边走一边吆喝着：劳驾了您哪，让个道嘞，恭喜发财，吉庆有余，大富大贵，大富大贵喽您哪！

齐通霖从车里朝外望，恰好看见新郎站在门口等着迎亲，小伙子长得高头大马的，穿了一件缎子长袍，外面的毛皮坎肩上斜挎着一朵大红花，齐通霖看着新郎那双眼神涣散的眼睛，心里嘀咕了一句：看着根不壮啊。

到了医社，三儿拉着车进了院子，放下杠，招呼齐通霖下车，看门的林老头儿拿着扫帚笑眯眯地站在院子当中迎候。齐通霖朝屋里走，林老头儿说道：茶给您沏好了，炉子刚上来，还不旺呢，屋里有点凉，我给您加了炭盆。齐通霖一边点头道谢，一边快步往屋里走，进了门，见已经有人在堂屋里候医了。齐通霖朝病家抱了抱拳，算是打招呼，随后走进诊室。

脱去外面的棉袍，解下毛线围巾。这条毛线围巾是五年前齐通霖生日的时候夫人亲自为他织的。从那以后，每年冬天齐通霖都只用这一条围巾。他将围巾小心翼翼地挂在门口的衣架上,然后将棉袍随意放在一旁的椅子上,换上一件对襟褂子。三儿把车安顿好了,也换了一身衣裳进来,加上两个年轻的助手,一共四个人。齐通霖朝其中一位助手点头道:喊人进来吧。

在为齐通霖当车夫以前,三儿的生活可谓无着无落。打小就死了爹,娘是个半瞎,靠捡破烂儿把他拉扯大。万幸,三儿是个出息孩子,长得壮实不说,知道心疼娘,从懂事起就随着娘在东四一带捡破烂儿。齐通霖一直想帮帮娘儿俩,三儿长大了,正好原来的车夫打算回原籍河南,齐通霖便问了三儿的意思,三儿没开口,娘却一口答应,直接让三儿跪下给齐通霖磕头。这几年有的人换了汽车,三儿挺担心,齐通霖说:咱们用不着那排场,再者说,就算是换汽车,也得先让你学会了开,我才换。齐通霖还帮着三儿把家里的院子修了,让车能进去。车停在三儿家里,娘儿俩觉得踏实。

有一次,三儿对齐通霖说出了自己隐藏了很久的一个心思,他想跟着齐先生学一点中医。一开始齐通霖听错了,以为三儿想看中医,还觉得奇怪,问他哪不舒服。三儿把自己的话又说了一遍,齐通霖愣愣地看着他,直到三儿红着脸说:您瞧,我这是癞蛤蟆想吃天鹅肉了。齐通霖这才回过神来,说道:你要真想学,我怕是高兴都来不及呢。就怕你不愿意学。

齐通霖不是敷衍三儿,相反,他感到一种莫名的安慰。当天运从英国回来的时候,齐通霖甚至产生了一种幻想:天运回来以后,要放弃他的所学,转向中医行,以后成为一名众人仰慕的中医大夫。随着天运进了协和医院,当了一名外科住院医生,齐通霖才意识到自己以前那种想法,就是痴心妄想。

有时候齐通霖仔细回忆天运小时候受教育的情形,天运一开始是上私塾,跟一位先生学习《论语》《孟子》。天运很聪明,书看一遍就能背下来,很得先生的青睐。继而又在王屏画的安排下,上了一所教会学校,学习数学、英文。那时候齐通霖与京城的几位名医一起开了一所中医学校,每天从外面回家已是夜半时分,对于孩子们的事情完全听凭夫人的安排。有一天,齐通霖听到小儿子天运在院子里大声地背诵着英语课文,齐通霖心里一惊。他走到窗前朝院子里看,见天运穿着洋服、皮鞋,行为举止让齐通霖感到陌生。晚上,他试着跟夫人谈起孩子的教育,王屏画一下就觉察出齐通霖的疑虑,坐起身认真说道:老爷如果觉得有什么不妥,还请说出来,毕竟齐家的事情还得老爷拿主意,孩子的前程关系到齐家的家业啊。齐通霖很体谅夫人的辛苦,老大已经被爹娘惯坏了,老二就遂了夫人的愿吧。这么想着,齐通霖不再吭声。

那时候,当齐通霖空闲时,也曾试着让天运熟悉那些书房里的古医书。他一册一册地将那些散发着潮湿气味的线装书从书架上拿下来,放到书桌上,并翻开给天运讲解里面的图、里面的字,还有那些渗透着祖先心血的药方。他告诉天运,很久以来,中国人一代接一代,都是用这些方子抓药、治病。在漫长的中国历史中,中医帮助人们从一次次的瘟疫当中走出来,艰难地繁衍下去。尽管天运似懂非懂,但齐通霖还是自顾自地说着,他还把天运带到后院,试图用那些五彩斑斓的植物说服天运,告诉他这里的植物其实都有它们自己的使命,说不定就能救人于危难。他想让自己的二儿子,走在自己喜欢的人生道路上。他甚至打开后院密室里的那些药柜子,把自己贮藏的药材,诸如麝香、冰片、鹿茸等,一一向天运解说,以唤起天运对中医药的兴趣。

但一切都没有改变,天运像以往那样念英文、穿洋装,对中医药完全提不起兴趣。为此齐通霖感到悲哀,无数次,齐通霖有一种孤独无助的感觉,似乎有一种力量正把他孤立起来，远离他的亲人……

但让齐通霖感到惊喜的是，自己跟三儿在一起的时候，内心竟然生出一种希望，这种感觉像是即将熄灭的火盆里的一粒火种。

三儿不算是个绝顶聪明人，重要的是他很想做一个聪明人，像齐通霖那样。即便只能够从齐先生身上学一点点，就算学个皮毛，三儿也会感到满足。比如齐先生衣着的整洁，待人的谦和，以及齐先生身上那股子说不清道不明的劲头儿，都让三儿着迷。

此刻三儿坐在离齐通霖最远的凳子上，他很懂规矩，知道自己的位置在哪。这点让齐通霖心里很感熨帖，但又有些不忍。齐通霖对三儿说道：你往前挪挪，离我那么远干吗，我又不吃人。三儿红着脸将凳子朝前边略微挪了挪。

其中一个助手开始招呼病人进来就诊了。一位壮汉掀开门帘走进来，他先是朝齐通霖鞠躬，然后坐下说道：我老娘服了您上回的方子，喘得不那么凶了，您看看是接着按原来的方子抓药，还是怎么着。

齐通霖笑道：不能按原来的方子抓了，我给您改一下原来的方子，换几味药，咱不能让病症摸着咱的套路。壮汉被齐通霖的话逗笑了，说道：您真逗啊。齐通霖让助手把壮汉老娘的病卷翻出来，在原来的方子上加减了几味药，壮汉拿起方子，谢过齐通霖，又从怀里掏出两枚铜钱放在桌子一角，说了声"谢您了"，走出屋门。

快到晌午的时候，医社里来了一位年轻女孩儿，由父亲领着进来了。一进门，父亲就要给齐通霖下跪，一个助手赶紧把他拉起来。齐通霖让三儿给这位父亲倒一杯水。父亲接过杯子，哀求道：求齐先生救救我闺女。齐通霖看着女孩儿，只见她低着头，不时用手指头绕着衣襟，看上去好人一个。父亲在一旁对齐通霖说道：前些日子媒人给这孩子说了个人家，也不知怎么的，自己上街瞅见那男孩了，一下就迷上人家孩子了，可人家孩子早有心上人，我们这孩子见天见念叨人家，魔怔了，天天躲屋里唱歌，说有男人摸她……父亲难过得直掉泪。

齐通霖安慰道：您先喝口水，歇歇，我给孩子把把脉。

说着，齐通霖朝女孩儿望去，只见女孩儿嘴唇干裂，齐通霖为女孩儿把脉，把完脉，又让女孩儿张嘴，舌头红得像鸡冠子。齐通霖心里有了底，沉吟片刻，嘱咐助手认真记，齐通霖一味药一味药地念出来，需要的克数来回斟酌，他说得很慢，好像每味药都要仔细掂量。方子写好了，一位助手小声问齐通霖道：您开的是泻黄散吧？齐通霖点点头，然后将方子交给孩子父亲，嘱咐道：您去大药房抓药，别去药摊上买野药，咱得保证药是真的，真药才有效用。

父亲领着女孩儿走了，四周安静下来，齐通霖看了看墙上的挂钟，已经快到一点了，便对几个后生道：歇歇吧，大家伙儿辛苦，下午我还要出诊，几位想干吗干吗，明儿见。说着，齐通霖就要穿衣服，其中一位助手却道：能耽搁您点工夫吗？有个事想不明白。

齐通霖示意他尽管问。后生便道：我看刚才那女孩儿明显失意，可先生却开了泻脾热的方子，还请先生略施教诲。

齐通霖道：古医者说的，意藏于脾，脾虚，便藏不住意，也就是失意，所以要先调理脾气，把脾热散了，病自然便消了。

后生们点头，齐通霖接着说道：忧思太过易伤脾气，女孩儿就是思虑过甚，才导致脾虚，脾为土，而春天为木，木克土，所以女孩儿这病如不及时治，春天便会加重了。

三儿认真听着,他觉得齐通霖这些话对他来说就像天书一样,完全听不懂,但他不敢问,再看其他两位后生,他们不像自己似的一头雾水,而是频频点头,一边点头,一边还飞快地在草纸上记着,三儿甚至看到他们来不及蘸墨,笔头都写白了也不停手。三儿便觉得自己矮了一大截,心里惴惴的。

　　出了医社的大门,天上飘起了细小的雪花,齐通霖仰头朝天上看了看,对正在摆弄车的三儿说道:天更冷了,你们家煤够烧的吧,别冻着你娘。

　　三儿道:够烧了,还有您给的炭,我娘穿得厚,整天抱着炭盆,冻不着她。

　　车路过早上结婚办喜事的大门口,齐通霖撩开车耳朵的帘子往外看,见门口还围着不少人,从敞开的大门望进去,院子里乌泱乌泱地挤满了人,齐通霖想着自己的两个儿子早都应该娶妻生子了,可一个在外浪荡,另一个天天在医院里忙得见不着人影,便觉得一阵寒意袭上心头。齐通霖不禁打个寒战,这才想起来中午水米不打牙,三儿这孩子也是老实,不吃饭也不吭一声。齐通霖便在车里喊道:三儿啊,咱们找个地方先点补点补,你想吃什么就把车往哪拉。

　　三儿肚子里正唱空城计,听先生的话音从车里头飘出来,一阵高兴,道:您简直神了,知道我饿坏了。

　　齐通霖道:瞧瞧什么点了,能不饿吗?我这是老了,饿的时候也不怎么觉着,下回你饿了渴了的,麻利儿说。

　　三儿脚底下给劲儿,俩轱辘转悠几圈就到了什刹海,他扭头对齐通霖道:这附近有个卖褡裢火烧的,您要是觉得行,咱就去吃褡裢火烧。

　　齐通霖点头道:随你,我什么都行。

　　没一会儿,三儿拉着齐通霖停在褡裢火烧铺子跟前,三儿掀开帘子,请齐通霖下车。两人进了铺子，褡裢火烧的香味扑鼻而来，三儿忍不住咽了口哈喇子。齐通霖看了看周围，三张不大的桌子，已经人满为患，还有几个人没地方坐，只能站着吃。齐通霖刚琢磨着让三儿换一家铺子，三儿却对正在灶台旁忙活的人喊道：李老板，先来十个，不够再说。

齐通霖只得任由三儿张罗，这时候一位大汉从桌边站起来，朝齐通霖抱拳道：齐先生，您这边坐。

齐通霖赶紧道：您别客气，我站着就行。

大汉道：从岁数论，您也该坐着。大汉说着，让出自己的凳子，齐通霖坐了。三儿站在灶台旁，看着褡裢火烧在油锅里吱吱冒着热气，走到柜台后边自己拿了俩碗，从一个竹篾暖水壶里倒了两碗水，端到齐通霖面前。一旁的大汉对齐通霖道：以前您给我家里的瞧过病，我家里的总打噎嗝，没完没了，打得她自己都不想活了。去了您那，三服药就齐活儿，您真是神了。

说着话，这边伙计把刚烙好的褡裢火烧端过来了，大汉赶紧把醋壶递给齐通霖，三儿拿了一个干净的碟子放在齐通霖面前，自己用筷子从盘子里夹了一个褡裢火烧，站在空地上吃起来。

靠窗户坐着的一位后生走到齐通霖身旁，他先鞠个躬，然后半蹲在齐通霖身旁道：齐先生，您吉祥，我爷爷是喘病，总想找您瞧瞧，又不敢登您的门，不知道花多少大洋……

齐通霖闻听，转过身对后生道：您让爷爷来医社，诊费好说，病要紧，明儿早上我在。

后生要给齐通霖磕头，三儿从后边把他捞起来。

齐通霖吃了两条褡裢火烧，三儿已经四条下肚，三儿有点不好意思，齐通霖让三儿把剩下的都吃了，又让伙计再来十个打包。他对三儿说：给你娘带回去,这褡裢火烧真不错,回头我让夫人也过来尝尝。

两人从铺子里出来,这时候雪下大了,三儿仰着头,大片的雪花落到脸上,他感觉舒坦极了。齐通霖在车里说道:你留神脚底下,别滑倒了。三儿应着:得嘞,您放心吧。

三儿拉着齐通霖到了西什库的一个大户人家门前,三儿对齐通霖说:记得上次就是这儿。齐通霖点头。高台阶上的朱红色大门紧闭,门口的俩石狮子瞪着眼。三儿上前敲了半天也不见有人来开门,齐通霖笑道:刚看见,那有个电门铃的钮儿。三儿觉得新鲜,说上次来的时候还没有呢,说完去按门铃,按完了还趴在大门上听。过了一会儿,听见有人来了,紧接着大门哐啷打开了,还是那个老妈子开的门,她见了齐通霖满脸笑容,说道:老太太还怕您忘了呢,我说不会,您瞧,多准时。齐通霖示意三儿在外边等,自己跟着老妈子往院子里走。老妈子一边走一边说:老爷一大早从南京打来电话,还问是不是今儿齐先生来给老太太瞧病,得,您慢着点,有一块地砖碎了,还没来得及找人换,当心硌了您脚……

七拐八拐地,最后到了老太太的屋门前,齐通霖记得上次来的时候是一个小丫鬟跑出来掀门帘子,这回是老太太亲自掀门帘子,见了齐通霖便拉着不放手,直到齐通霖随她进到屋子里。老太太先坐了,然后让齐通霖坐在她旁边的一把椅子上,老太太道:您瞧,经您这么一调理,我这身子赶上十八大姑娘了。

老太太说完自己先笑了。齐通霖微笑着道:那就好,是您老底子好,原本就没大毛病,稍微注意着点,再用点药约束着,您不得照着一百岁过去了。

老太太笑得合不拢嘴,道:齐先生真会说话,不过呢,京城里的大夫来的也不少，中医西医的，方子开了一大摞，药吃了几抽屉，也没动静，怎么就您这七服药这么管用呢，这几天我一个劲儿念叨华佗再世，我看比华佗强，华佗再好，也没给我瞧过病不是。

齐通霖把手指轻轻搭在老太太的腕上，给老太太号脉。一会儿，齐通霖对老太太说：您放心吧，没什么大毛病了，我再给您换个方子，平稳一下，吃完这三服药就不用再吃了。

老太太问：就不用再吃了？敢情好。

齐通霖笑道：您还得好好吃饭啊。

老太太要留齐通霖吃晚饭，齐通霖解释说外边雪太大了，家里盼着回去呢，老太太这才放了行。她随手将一个钱布袋递到齐通霖手里，沉甸甸的大洋，齐通霖并不推让，麻利儿装进衣襟里边。

等两人走出大宅，雪更大了，人走路都费劲儿，更别提拉着车。齐通霖要下车跟三儿一块走，被三儿坚决拒绝了。

三儿拉着齐通霖，一步一个雪脚印出了西什库，又从什刹海奔南，慢慢朝黄土坑胡同走去。路上行人稀少，天色慢慢暗下来，齐通霖掀开车帘子，风裹着雪花钻进车里，他赶紧放下帘子，只听得见三儿走路的声音。

幽暗的天色中，那些低矮的灰色院落都被雪覆盖了，天地之间一片苍茫之色，齐通霖在心里说了句：这回可真成了北平。

路灯亮起来了，路灯下，雪花慌慌张张地飘舞着，远处隐隐传来鼓楼的钟声，突然响起一声商贩的叫卖……这时从后边慢慢驶来一辆吉普车，齐通霖侧过身子，从后窗户看到一个年轻的军人把握着方向盘。吉普车经过他们身旁的时候，三儿略略停了一下，车像一只乌龟似的慢悠悠地朝灰暗的远处驶去。

过了地安门，朝东边看去，影影绰绰的，鼓楼的影子在夜幕中立着。雪更大了，齐通霖感觉到三儿走路更慢了，不由分说，从车上下来了，在三儿的旁边深一脚浅一脚走着，三儿知道这时候说什么也没用，两人默默地走着。过宽街的时候，三儿问：是穿三不老胡同，还是直着过去走剪子巷？

齐通霖想了想道：三不老吧，然后走汪魏巷。

三儿心领神会，老爷是不想从武家门前过。好几次三儿想问齐通霖为什么不愿意经过武家正门，可话到嘴边又咽回去了。

三儿和齐通霖穿过汪魏巷，路过武家的偏门，隐约听见院子里有人嬉戏，齐通霖突然想起武仲仁的三姨太怀孕有日子了，这段时间武仲仁没提这事，说明一切安好。拐进魏家胡同，齐通霖一眼看见老水头儿的鞋摊子空荡荡的，心里有几分失落。到了家门口，在台阶上蹭了蹭脚上的雪，叮嘱三儿道：褡裢火烧别忘了让你娘吃，弄热乎点。三儿要送齐通霖进院子，齐通霖拒绝道：你赶紧回吧，我回去烤烤火就缓过来了。

看着三儿朝家走去，齐通霖这才推门，谁知大门应声而开，美雪道：您可回来了，夫人急坏了。

眼见到了年根儿底下，武仲仁心里头却沉甸甸的。先是永定门粥厂今年多要了一百块大洋的粥钱，雪上加霜的是，武家在南城的茶叶店因为没生意，前后脚关闭了两家，三太太金蔓的肚子一天比一天大，可武仲仁却像个泄了气的皮球，打不起精神来。

北京城有个惯例，每年冬天十一月份到来年的三月份，围着老城设粥厂，接济那些穷困的人。武家每年给其中的三个粥厂例银，这是武家多年的规矩。随着都城南迁，不少商铺关板儿，市面萧条，今年的穷人比往年多。

此刻武仲仁正在二房屋里闲聊，二房刘竹瑾的娘家人刚从武家离开，娘家人带来一个口信，刘竹瑾娘家爹开的油坊快要支撑不下去了。等娘家人走了，刘竹瑾对武仲仁说：方便的话，老爷先放几百块进去，等以后油坊好起来，哪怕给老爷份子钱都行。

武仲仁因为关了两个茶叶铺正闹心，本来想找二太太喝茶聊天排遣排遣，没想到刘竹瑾娘家又来这么一出。武仲仁忍着心烦，喝了口茶，放下茶碗，说道：你也看见了，自打去年衙门迁到南京，咱们家生意淡得像是炒菜没放盐一样，现在连着关了俩铺子，永定门那边的粥厂又多要了一百块，里外里的亏空大了去了，照这样，过不了几年咱们就得卷铺盖回家。我想着你娘家的油坊不会受到影响，老百姓总得炒菜吧，总得点灯吧，可如今这架势生意也不怎么着。竹瑾你脑子好使，帮我想想咱们怎么弄。

刘竹瑾虽然心里向着娘家，可自己现在毕竟是武家的人，胳膊肘往外拐不是个事，见武仲仁又在耍滑头，心里便恨恨的，只得盘算着先变卖些首饰帮娘家渡过难关。武仲仁见刘竹瑾低头不语，便起身推说去金蔓屋里看看。

武仲仁推开偏院的门时，金蔓正站在高台阶上，两只手不停地摸着自己的大肚子，她见武仲仁推门进了院子，娇滴滴招呼道：老爷来了。

金蔓穿了一件葱绿色的绸子长袍，外面套了一件月白色的长坎肩，看上去像一只绿莹莹的大肚子蝈蝈，有一种水灵灵脆生生的感觉，为灰秃秃的院落平添一缕生机。

武仲仁站在台阶下边，眼巴巴地望着金蔓，他的身心完全被金蔓吸引住，从金蔓的脚开始慢慢打量，尤其是那个圆鼓鼓的大肚子，武仲仁更是怎么看都看不够，那可是武家的未来。或许是金蔓的大肚子给武仲仁带来了一种新鲜感，他突然感到身体正在蠢蠢欲动，裤裆处热乎乎的，这让武仲仁有点不知所措。

武仲仁尽量安抚住自己那激动的部位，走到金蔓身旁，一只手摸了摸金蔓隆起的大肚子，另一只手在金蔓吹弹可破的脸蛋上轻轻拧了一下，说道：回屋吧，别冻着了。

金蔓随着武仲仁进了屋，武仲仁在金蔓身上乱摸起来，摸到金蔓的两只乳房的时候，武仲仁故作惊讶道：哎哟，这么大啊。说完便要解金蔓的纽扣。金蔓捂着武仲仁的手道：翠枝来了。武仲仁道：我还怕她一个丫头片子不成。说着，他将一只手伸进金蔓的胸口处。这时翠枝沏好茶端着茶盘进来了。武仲仁瞪了一眼翠枝，住了手。

武仲仁接过翠枝递过来的一杯茶，平复了一下心情，对金蔓道：对了，前些天我见到德国医院的克劳德大夫，他说没见你去那问诊，你不是准备去德国医院生孩子吗，改主意了？

金蔓坐到一把太师椅上，用一只嫩葱似的手把耷拉到额前的一绺乌发撩上去，两只杏眼朝武仲仁瞥了一下，嫣然一笑道：我腻了，德国医院那些大夫没趣儿，那个什么克劳德就知道说武太太，您的状况良好，不用担心。一句多余的话都没有，病人需要安慰啊，所以我改去协和了，人家协和的大夫很幽默，先跟你聊天，让人觉得挺亲切，然后才问你的病，跟朋友似的，让人心里舒坦，我以后就在协和生孩子。

武仲仁吃惊道：你自己找的协和产科大夫？

金蔓软声道：是啊，我听说协和的妇产科有个刚从美国回来的，叫皮特的大夫，技术好得不得了。我就托人给他捎了话儿，可巧他喜欢喝咱们家的茶，我就找人捎给他两斤茶叶，就这么着搭上了。皮特大夫还说，到时候可以提前住进去，这不是省得全家担惊受怕了。

武仲仁笑道：没想到咱们三太太真是个能人，那就照你的意思办，需要多少钱跟我说。

武仲仁在金蔓的屋里不想走。金蔓看出武仲仁的心思，便把翠枝支出去拿炭，对武仲仁说：我这身子现在伺候不了老爷，我担心肚子里的儿子受委屈，回头等孩子出来了，我好好伺候老爷。武仲仁便不再坚持。

金蔓顺手拿起一旁的绣片，一边绣着，一边跟武仲仁说着话：前些天我去协和，才知道齐家二少爷在那当大夫啊，我琢磨着齐家当家的八成也是一脑门子官司，大少爷就是个街溜子，什么都干不成的主儿，二少爷虽说留过洋有出息，可终究没跟齐家一条心，学了西医，这齐老爷子心里不堵得慌啊。

武仲仁道：谁家没有本难念的经？这话咱哪说哪了，出了这院子就别跟别人嚼这舌头。话说回来，往上翻两辈，齐家祖上可谓风光无两啊，那时候齐家给皇宫里做御医，据说单是每月的赏银就得用车往回拉，要是碰上宫里哪位妃子得了疑难杂症，齐家人大显身手，药到病除，皇上赏给齐家的好东西一辆车都不够拉的。

金蔓细声细语道：可惜啊，这世上没有不散的筵席。

武仲仁不喜欢金蔓说的这句话，他总觉得这就是一句丧气话，筵席散不散还不是人说了算。武仲仁接着金蔓的话说道：齐家现在也不差啊，当家的在整个北平城也是响当当的杏林一霸，多少高官富贾巴结他，为的就是家里人生病的时候讨个管用的方子。

金蔓并不跟武仲仁争，她用那双妩媚的眼瞟了一下武仲仁，扭头喊翠枝再加点炭。不一会儿，翠枝拿着一个笸箩，里面放着几块炭，从外面走进来道：外面阴冷阴冷的，八成要下雪了，要是下雪，明儿太太还去不去绸缎庄选料子了？

金蔓不紧不慢道：明儿的事，明儿再定吧。翠枝又问金蔓晚上还去不去大屋里吃，金蔓朝武仲仁看了一眼道：不然就让厨房端这来吃？

武仲仁心里是想去大屋跟大家伙一块吃饭的，可现在看着金蔓的身子，有点心疼她，便扭头对翠枝道：那你先去大屋跟大太太说一声，我们在偏院吃了。

翠枝应了一声走出屋门，喊了一声：哎哟，好大的雪啊。

武仲仁赶紧走到门口，掀开门帘子瞅了一眼，回头对金蔓说：这雪来头不小，明儿你踏实儿地在家待着吧，哪也别去了。

金蔓应道：嗯，明儿不出门了。

金蔓看上去温柔似水，可她做事的时候却是当机立断，出其不意。比如这次自作主张不再去德国医院，改去协和，都是自己盘算的。她还托人找到那个从美国回来的皮特大夫，并且让皮特大夫为她提前安排了看诊时间，她把这一切安排得妥妥当当。

翠枝去厨房传话，说老爷在三太太屋里用饭。正好刘竹瑾的丫头菊花来问饭得了没有，说二太太饿得心慌，听翠枝说老爷在金蔓屋里吃，回房便把话传给了刘竹瑾。刘竹瑾正在翻腾自己的首饰匣子，琢磨着卖首饰替娘家把窟窿堵上。刘竹瑾拿起这件舍不得，拎起那件也是万般不忍，其中有一件玉簪子，是刘竹瑾的娘叮嘱刘竹瑾好生留着的，刘竹瑾记得娘说：丫头，好生留着它，真闹饥荒的时候用得着。刘竹瑾在心里喊了声娘，把玉簪子紧紧攥在手里，打定主意，就卖这支玉簪。

恰在这时，刘竹瑾听见菊花进屋就嚷嚷着，今晚老爷在金蔓屋里吃饭。平时老爷去金蔓屋里，刘竹瑾心里静得很，今天却不同，娘家遭难，老爷拒绝了刘竹瑾帮助娘家的请求，她心里憋着气，可老爷却跑到金蔓屋里寻乐子。刘竹瑾心头发酸，眼泪便在眼眶里打转，想想自己过门多年，膝下并无一男半女，下半辈子将何等凄凉。想到这，刘竹瑾再也忍不住了，泪水喷薄而出，像是受了天大的委屈，她将首饰匣子往卧榻上一抖搂，里边的珠宝稀里哗啦掉出来，刘竹瑾便坐在炕沿上号啕大哭起来。

刘竹瑾这番举动，把菊花吓了一大跳。她先是看着刘竹瑾，觉得为这点小事不应该啊。慢慢地，菊花的眼睛便盯在了炕上，确切地说是盯在那一堆金光闪闪的金银珠宝上。

菊花显然被那一堆金银珠宝震慑了，她从没亲眼看到过这么多宝贝，兴奋地说道：哎呀，太太这些珠宝都是老爷给的吧，您平日还说老爷不疼您呢，瞧瞧这些好东西，我连见都没见过，老爷若不心疼太太，哪能给您这么多宝贝，今儿算是开了眼了。

菊花并非刘竹瑾从娘家带来的丫鬟，刘竹瑾出嫁那会儿赶上平时伺候她的丫鬟婉茌刚刚嫁了人，家里就剩下一个丫鬟，那是伺候娘的，刘竹瑾便孤身一人嫁到武家。武仲仁见刘竹瑾身边空空荡荡，现从安徽老家的远亲里找了个女孩送过来，就是菊花。刘竹瑾一直对菊花藏着几分，这是从小娘教给她的：小心没大错。平时刘竹瑾把珠宝首饰盒藏在西偏房柜橱后面的墙洞里，这个墙洞是刘竹瑾花钱让大伙计王喜堂亲自挖的，连武仲仁都不知道，更别说这府里的其他人。今天刘竹瑾因为娘家的事心里发慌，才不管不顾地把首饰盒从墙洞里拿出来。刘竹瑾听菊花这么说，又看见她眼睛里的贪婪，赶紧弯腰收拾炕上的珠宝，只把玉簪留出来。

刘竹瑾嘴里不屑地喊了一声道：这哪是老爷给的，这里边十有八九都是我娘家的陪嫁。刘竹瑾这么说有点心虚，实际上正相反，那些珠宝十有八九都是武仲仁给她的。刘竹瑾噘了下嗓子接着说道：没那个狐狸精的时候，老爷倒是嘘寒问暖的，自从狐狸精来了，老爷就让那股子臊味熏迷糊了，一钻进那个狐狸洞再不想挪窝，等狐狸精真生出个儿子来，这家里更没我待的地方了。

刘竹瑾哭一会儿唠叨一会儿。菊花不是那种识相的下人，善于添油加醋，总想着小事闹大，大事永远不嫌大，见刘竹瑾稍微消停点，便又把话头扯回到金蔓身上，说金蔓屋里的燕窝都比往日多了好几两。刘竹瑾不耐烦道：你这张嘴也是碎得邪乎，她爱吃什么吃什么，哪怕是猴脑子蛇胆呢，人家有本事，你这没完没了的，是嫌我没本事啊，那你就上赶着去伺候人家啊。

菊花笑道：得，怨我嘴贱，不过我跟您说个事，您一准喜欢听。菊花把从翠枝那里听来的，金蔓去协和医院找那个皮特大夫的事，添油加醋地说了一通，最后说：那孩子是谁的还不一定，太太您别那么沉不住气，眼睛瞪大了等着，好戏在后头。刘竹瑾将信将疑。

武仲仁草草在金蔓屋里吃了晚饭，便去寻大房武张氏。每当武仲仁心里有事的时候，习惯去大太太那讨主意。武仲仁的鞋沾满了雪，进屋之前，他在台阶上使劲儿跺了几脚，怕把雪带进屋里。

武张氏还没吃完饭，丫头秋萍正拿着汤勺给武张氏盛汤，见武仲仁进来了，武张氏招呼道：饭吃过了？这儿再喝点汤吧，今儿的汤不错。不等武仲仁应声，又对一旁的秋萍道：去给老爷拿个汤碗盛汤。

武仲仁朝桌上看去，见几个盘子里的菜都剩了大半，那盘糟熘鸡片好像一筷子都没动过，便顺嘴问武张氏是不是胃口不好。武张氏说：老爷忘了，我这都吃素好一阵子了，这盘鸡片原本是给小秀的，可这孩子从下半晌到现在，压根儿没露面儿，你说气人不。

武仲仁看着那盘依旧泛着油光的糟熘鸡片，肚子里的馋虫上来了，他拿起秋萍递过来的筷子，夹了一筷子鸡片放到嘴里嚼着，一边往下咽一边夸道：笋片一点不老，不错。说完又夹起一大筷子放到嘴里。

一旁的武张氏抿了口汤，笑道：老爷这是没吃饱吧。见武仲仁没吱声，武张氏又喝了一口汤，接着说：不瞒你说，自从见到金蔓这张脸，我才知道人家说的秀色可餐不是一句玩笑话，这样的脸蛋儿，恨不能上去啃几口才解馋，别说男人，就是女人也喜欢得不得了。单瞧人家金蔓那张皮，从上到下，通体透亮，又白又细，真是玉石一般。

武张氏的话都是实打实的真话，她早把自己的长相活丢了，自从信了佛，镜子就从武张氏的生活里消失了，秋萍为她梳头的时候，虽然坐在梳妆台前面，武张氏也只是闭着两眼，心里安静得水都不流了。但武张氏看别人却越看越明白。

武张氏说得起劲儿，武仲仁嘴里也没闲着，半盏茶的工夫，那盘糟熘鸡片已经进到肚里，他扭头接过秋萍递过来的汤，就着碗沿抿了一小口，叫了声：鲜！说完便抄起一旁的汤匙，一匙一匙喝起来。

武仲仁抹了抹嘴，对秋萍道：收拾了吧。秋萍收拾了碗筷，接着上了两碗漱口汤，又伺候两人洗了手，才端着盘子碗朝厨房去了。

秋萍一出门，武张氏急问道：老爷今儿是在哪惹了不痛快，瞧这一通吃，不怕把自己撑出个好歹来。

武仲仁道：后院娘家生意亏空，让我出手，我没应，你说我是不是太抠门了？

武张氏没马上应，过了一会儿才说道：那就要看老爷方便不方便了，刚关了两个铺子，粥厂又比往年多要了钱，想必老爷手头也不宽裕……

武仲仁叹口气，换了话题，问道：小秀呢？好几天都见不着她人影，这孩子越发不成样了。

武张氏莞尔道：你管她干吗，一天到晚的，她左不过是那些营生，下馆子、遛戏园子、泡茶馆儿，要不就骑马，现在不知又跟谁学会了开汽车，嚷嚷着要买汽车呢。现在天天出门都要装扮成男的，今儿一大早吓我一跳，以为家里来了个男的，你说这孩子抽什么疯啊。

武仲仁问武张氏：这些日子没人给这孩子说亲？

武张氏扑哧笑出声道：我让你去跟齐家说，让她嫁给大少爷，到现在一句话没带回来。

武仲仁不耐烦道：人家齐家以为咱是说笑话呢，这俩不靠谱的孩子弄到一块堆，胡同邻居不得笑死。再说天舍出门做生意去了。

武张氏想问做什么生意，想了想觉得没必要，就把话咽回去了。

武仲仁嘬了嘬牙花子对武张氏说道：关了的那两家铺子，原本生意就那么回事，直到头几天伙计来报，说实在撑不下去了，我说撑不下去还等什么，等着吹唢呐撒纸钱儿啊，直接关板回家啊。我算了算，两家铺子一年的利润总共两千多块，加上每年往粥厂撒的钱，里外里亏了小三千，这将近咱们一家全年的开销。不过，俩铺子还能赁出去，伙计说有个卖卤煮的要租个铺子，另一个铺子再等等，左不过就闲着。武仲仁宽宽的下巴不自然地朝下沉了沉，这时候大伙计王喜堂进来问老爷明儿一早出去不出去，不出去的话，他跟虎子拉着二太太回趟娘家。

武仲仁摆摆手道：你拉她回娘家吧，我明儿不出去了。

等王喜堂走了，武张氏撇嘴道：她回娘家干吗，左不过是把老爷送她的首饰往回拎。武仲仁示意武张氏住嘴，武张氏便停了嘴，一只手却还在不停地数着手里攥着的一串玛瑙珠子。她用大拇指一颗一颗地捋着玛瑙珠，这只玛瑙串子有些来历，稀有的南红玛瑙，武张氏娘家藏箱子底儿的宝物，据说是武张氏的祖父在安徽做知府的时候宫里给的赏赐。武张氏出嫁的时候娘给她挂在脖子上，让她当个主心骨留着，日子浮浮沉沉，总有用得着的时候。

玛瑙珠子颗颗都泛着深不可测的光芒，却没任何气味，这曾经让武张氏很惶惑，这样的宝贝怎么会没有气味呢，后来武张氏信了佛就想通了。把玛瑙串从手腕上摘下来，手腕上干干净净，没有一丝它的味道，无味便无牵挂。这时武张氏把玛瑙串放到武仲仁身旁的小圆桌上，嗽了嗽嗓子说道：老爷甭这么沉不住气，想咱们武家在京城这几十年，什么没见过，软的硬的香的辣的，哪一样咱含糊过？眼下这点小小不言的沟坎，武家就能翻了车不成，老爷太小瞧自己了吧。

武张氏指着那只玛瑙串儿对武仲仁道：这玩意儿值点钱，我娘给我的陪嫁，老爷拿着填饥荒吧。

武仲仁听完武张氏那番话，心里的褶子已经抹平了一大半，正感叹还得是结发妻，又见武张氏将玛瑙串子放到自己眼前，并说让用它补家里的亏空，心里便翻滚起一股股的热浪。他拿起玛瑙串儿看了看，珠子颗颗饱满，每颗珠子上面的包浆显示着它们的尊贵甚至威严。武仲仁点头道：这样的南红玛瑙串实在难得啊，确实是宝贝。说完，他复又将玛瑙串儿放回到圆桌上，说道：大太太的心意我领了，不过武家还没到那地步，你留着吧。

武张氏也不勉强，麻利儿收起玛瑙串儿，揣到怀里，嘴上跟了一句：我就这么个意思，老爷实在过不去的时候言语一声。

武张氏给武仲仁倒了一杯茶，对武仲仁道：三太太那边得让翠枝千万照顾周全了，前几天我瞧她那肚子也没大鼓起来，看着不像七八个月的，她胃口刁啊还是怎么着，老爷回头细心问问，要是有什么特别想吃的，就是再难趸摸，咱也想法儿弄回来，她肚子里的孩子比什么都要紧。

武仲仁点头道：夫人说得是，不过你也知道，金蔓平时就吃猫食，胃就那么丁点大小，大不了孩子生下来个头儿小，等孩子生下来再补吧。

武仲仁出了屋门，站在台阶上朝院子里看，借着屋里透出来的微弱光亮，看见雪花像杨树叶子似的在空中飘着，突然想起明天王喜堂要拉着二太太回娘家，有点心疼刘竹瑾，便下了台阶朝后院走去。

天运走在幽暗、宽大的医院走廊里，他身上的白大褂平整熨帖，领口露出深蓝条纹的领带。脚上是一双留学时穿的牛津皮鞋，鞋子是用小牛皮制作的，款式经典，这是齐天运钟爱的"约翰罗布"品牌。齐天运对这个品牌的钟爱源于品牌创始人的儿子小罗布，他继承了父亲精湛的手艺，却没有继承老罗布的坏脾气，当他能独当一面的时候，便带着制鞋的绝技和那一脸永不消退的笑容，从英国只身去了巴黎，让全世界有品位的男人都知道了"约翰罗布"这个品牌。不知怎的，看到这双皮鞋，天运便从约翰·罗布父子，想到了自己和父亲的关系。

天运朝经过他身旁的医生护士打招呼，他的脸上总是带着阳光般的微笑，如果见到女士话音会更加温和，如果是外籍大夫，则用英语说一声：早上好。他很喜欢这种亲切的感觉，医院里所有的人像是同属于一个大家庭，互相给予温暖。

一转眼，天运做住院医生已经半年了，他慢慢喜欢上了这家医院，喜欢上了这里的同事。他感觉自己已经成了医院的一部分，时间真是个奇妙的东西，英国的一切都在这半年里变得模糊了。

再拐一个弯，就要到外科病房了。一个熟悉的身影朝天运走过来，是社会服务部的丁汝麒。天运跟他打招呼，丁汝麒似乎有些心不在焉，他敷衍地问天运工作还习惯吧。天运道：好极了，我喜欢这里，很荣幸能在这里做医生。

原本已经走过去的丁汝麒，却突然反身，压低声音对天运说道：梁若冰刚去世了。

齐天运听说过梁若冰的大名，知道是个大学问家，叹息道：哎呀，那太可惜啦！见丁汝麒表情神秘，问道：他跟咱们协和有关系吗？

丁汝麒点头，见天运一脸疑惑，便解释道：我现在赶着回服务部跟浦爱德主任说点事，等有时间再跟您细说。丁汝麒刚走出几步，又回头对天运道：回家可以问令尊，他对梁先生的事想必也很了解。

傍晚，病房里静悄悄的，护士长刘慧兰对天运道：回家吃饭吧，吃完歇会儿再回来，有事我会喊值班医生的。

往家走的时候天已经黑了下来，天运进了院子，见北屋灯火通明，隐隐传出说话的声音，知道可能来客人了，便先回自己屋换衣服。进屋刚脱了鞋，就听见美雪在外边问：二少爷回来了吧，老爷让您一回来就去北屋，有客人。天运应了一声。

天运换好衣服，走进北屋，见父亲坐在他通常坐的那把太师椅上，表情严肃。屋里两位客人，一位是冯临声，还有一位天运不认识。天运先问候了父亲，又朝冯临声拱手道：晚辈见过冯先生。

冯临声指着一旁的陌生人对天运道：给你介绍一下，这位是南京国民政府卫生部部长刘瑞恒的秘书方有平方先生。扭头又对方有平道：这位是齐家二少爷齐天运，现在协和医院当医生。

方有平个子不高，长得敦敦实实，一脸憨厚，站起来朝天运拱手道：久仰，知道您刚从欧洲回国不久，想必学习了很多先进的医学知识，国家需要您这样的人才。

天运连忙道：您客气了……天运朝父亲看了一眼，便不再说什么。

齐通霖对方有平道：犬子还算不上人才，只是学了点知识，能不能当个好大夫，还要看以后的发展。

对于晚辈，齐通霖有点倚老卖老的架势，今天冯临声带着一位陌生人不请自来，尤其当得知这位方先生的身份后，齐通霖便高兴不起来了。今天一大早，齐通霖就从送报人那得知，梁若冰过世了！这让齐通霖觉得不是滋味。他没去医社，让三儿带着老娘逛隆福寺去了。自己去老水头儿那聊了会儿，老水头儿对齐通霖说：那位梁先生，当年要是听您的，安心静养，不挨那一刀，兴许现在活得好好儿的呢。齐通霖没接茬儿，几年前的一幕浮现在眼前。

那是个秋天的黄昏，齐通霖正在自家后院里喝茶观花，美雪跑过来，说是有位神秘人求见。齐通霖疑惑地来到前院。

只见一位穿戴整洁的后生站在院当中，齐通霖打量着他问道：这位先生找我可有事？

后生见了齐通霖，直接跪下道：请您救救我家老爷。

接着后生说出他家老爷的大名，齐通霖听后略吃一惊道：想来梁若冰先生一个饱学之士，又是新思想的代表人物，现如今西医盛行，梁先生为何找旧医诊治呢？

那位后生道：齐先生有所不知，这之前我家先生确实找过西医，可几位大夫的意见不一致,有的主张开刀,说是长了瘤子;有的不主张开刀,说不是瘤子,需要观察。之后用了不少药,可我家先生依旧尿血,身上乏力,家人没了主意。久闻齐先生的大名,我家老太太便出主意想请您来府上给瞧瞧,多条路多个盼头……

齐通霖听完,二话没说,回屋换了衣裳便跟着后生走了。两个多时辰后,齐通霖回到家,王屏画赶紧让美雪端来洗脸水和茶杯。王屏画迫不及待地问:梁先生到底得了什么病啊,要紧不要紧……

齐通霖洗了把脸,端起茶杯,喝了一口,纳闷道:这病真有点奇怪,按说从他脉象看没大毛病,至少不是急症,只是有点内热,脾气肾气都亏欠,像这样天天动脑子的人也是情理之中,调理调理就能好。可梁先生好像对治病也不上心,中药这边没找到好方子,西医那边觉得长了瘤子,总想着开刀割去,到底长没长瘤子,我看还得另说着。

王屏画笑道:人家西医要是没有十分把握,能张罗着动刀子啊。

梁若冰过世的消息,让齐通霖整整一天心里都很郁闷。从那次诊治过梁先生之后,梁家人再没上门打扰,他也不知道自己开的方子对梁先生有没有帮助。不过后来从报纸上,齐通霖得知梁先生还是挨了一刀,社会上有很多传言,说医生并没有在梁先生的身体里发现肿瘤,那刀算是白挨了。那时齐通霖心里非常难过,也说不出为什么,就好像那一刀割在了自己身上。他纳闷梁家为什么对自己开的方子保持沉默,梁先生是用了方子?还是用了之后一点效果都没有?梁家人都没说。齐通霖越琢磨,就越觉得自己有过错,此刻他坐在椅子上一动不动,像尊佛像。

冯临声带来的这位方有平话虽不多,但齐通霖感觉到他是有目的而来。

这时齐通霖听冯临声说道:通霖兄对孩子是否过于严苛了?冯临声看到

齐天运灰不溜丢地坐在靠门边的一把椅子上,像一只受到惊吓的小鹿儿,心里便觉好笑。他潇洒地转了个身,坐下来对齐通霖说道:我对咱们的中医一向尊重有加。

齐通霖接口道:你不尊重也不行啊,整个北平城里谁不知道你"小儿冯"的大名,不过那都是以前的老皇历了。齐通霖的枪口指向了冯临声,冯临声不接招,他把注意力放在手里的那杯茶上,掀开茶杯盖,抿了一口茶,夸张地喊了声:好茶,武家的茶没的说,真可谓唇齿留香啊。

方有平想缓和气氛,抬头看见挂着的中堂,眼睛一亮对齐通霖道:齐先生也喜欢吴让之的字?家父藏有吴让之几方印章,若齐先生有空,可来家与家父叙谈叙谈。

齐通霖听方有平谈起吴让之的书画篆刻,知道是个台阶,便顺势从台阶上下来了,对方有平道:令尊竟然藏着吴让之的方印,要是真能观上一眼,也不枉活了。

方有平赶紧接道:您定日子,我回去就跟家父过话,一准让您饱了眼福。

齐通霖摆了摆手道:先谢过您一番好意,择日不如撞日,以后有的是机会。齐通霖示意方有平喝茶,方有平赶紧将茶杯拿起来,可他似乎没心思喝茶,只是用两只手僵硬地端着茶杯,也不掀开茶杯盖子。

齐通霖缓缓对方有平道:您是有公务吧,对小民有什么吩咐,只管敞开说吧。

方有平闻听此言,赶紧把茶杯放回到茶几上,朝着齐通霖直作揖,然后道:刘部长派我来,只是想跟齐先生知会一声,因为当初梁先生的手术是在协和医院做的,主刀大夫正是刘部长,如今梁先生过世,社会上有些人恐怕又要拿这个说事,挑起中西医不和,这样恐对刘部长不利。再有,当年齐先生也为梁先生诊治过,还希望齐先生不要对报刊记者过多解释这件事,因为若有言辞不当,对新医旧医恐怕都没好处……

齐通霖听罢,半天没言语,他不知道怎么回应,见茶壶摆在那,便朝门外喊道:美雪!换茶!

美雪一直在门廊下候着,这时候听见老爷喊叫,赶紧掀开门帘子进屋,拿起茶壶去换茶。等美雪换好了茶叶,给每位宾客的茶杯里续了新茶,小心翼翼地退出屋子以后,齐通霖笑着对方有平说道:就这么芝麻粒儿大点儿的事,也值当跑一趟?回去给部长大人捎个话,齐某人不会说那些不该说的话,更不喜欢当一根搅屎棍子,分外的闲事压根儿不管。

方有平赶紧点头道:是,是……扭头见冯临声朝他眨眼,忙站起身说还有公务,拱手告辞。

冯临声却并没有要走的意思,齐通霖让天运代为送客,自己只站在台阶上,看着方有平出了垂花门,才扭头对冯临声道:今儿没什么好吃食儿,恐怕满足不了你那副好下水。

冯临声笑道:齐家没好饭?跟谁说都不信。

没等齐通霖回话,冯临声接着道:不如今儿我做东,带你去个没去过的馆子。齐通霖刚想拒绝,天运送方有平回来了,冯临声不给齐通霖说话的机会,对天运道:今儿我做东,咱们去个令尊没去过的地方,离你们医院不远,你吃完了回医院,一点不耽误事儿。

整个晚上齐通霖心里都别别扭扭的,冯临声却一点没往心里去,还张罗着做东请吃饭,齐通霖不好驳面子。

齐通霖换了件长袍,外加一件皮坎肩,头上一顶羊驼绒的帽子,冯临声穿上呢子大衣，天运也赶紧回屋换了衣裳，三人坐在车上，三儿按照冯临声的吩咐奔王府井去了。

冯临声说的是家西菜馆，他知道齐通霖从没去过西菜馆，他拿准了齐通霖不会拒绝，因为今天晚上他已经把心里的火气撒完了。除了给人看病以外，齐通霖就喜欢吃，齐家的开销一半都用在厨房里了，齐家的厨子换了又换，齐通霖口味一变，原来的厨子就待不住了。每遇到有人请他下馆子尝新鲜，从不拒绝。

与王府井平行的一条街上，南头有个丹桂商场，里边有一家叫吉士林的西菜馆，俄式风味。冯临声来过两次，他在日本的时候吃过不少俄式菜，而吉士林的菜明显比日本的俄式菜味道厚重，很对冯临声的胃口。

英国人不擅厨房，天运在英国留学的时候经常吃的都是意大利菜馆，而且大部分时间都会点比萨和意面，因为这两样能让他想起家里的烙饼和面条。此刻听冯临声说去吃俄式菜，心里便有几分期待，但又担心出来的时间太长，心里很是犹豫。冯临声看出天运的心思，便对他说：我给你点个前菜，你吃完就走，不耽误你的事。三儿把他们送到地方后，便去附近一个小店吃卤煮去了。

吉士林完全欧式的装修风格，让天运有一种亲切感。一位外国侍者彬彬有礼地将三人请到里边，送上酒单。冯临声指着天运对侍者说道：先给这位先生弄点吃的，他有急事吃了要走，把你们拿手的清汤小包上两份，再来三份奶油栗子粉。侍者点头说了声好的，几位稍等，便放下酒单走了。

冯临声对齐通霖道：通霖兄今儿换换口味，喝杯洋酒？

齐通霖点头道：客随主便。

侍者过来问喝什么，冯临声点了一瓶伏特加，一瓶加汽的冰水。侍者微笑道:您是要多少度的?我们有不同的度数,最低的四十二度,最高的七十二度。

冯临声想了想道:来个中不溜的。侍者道:那就五十三度吧。

侍者走后,齐通霖道:赶上衡水老白干了。

冯临声道:差不多,都是粮食酿造。

这时候,另一位稍微年长的侍者,手里捧着一个大大的托盘远远地走了过来,托盘上一个亮晶晶的大罩子圆鼓鼓的,像一只倒扣的银锅,三人里只有齐通霖没吃过西餐,他看着那只大银锅慢悠悠地朝这边飘过来,煞是好奇,忍不住问道:这里边装的是什么玩意儿?

齐通霖这句话惹得冯临声笑起来,转眼间银锅竟然停在了齐通霖面前,这让他一愣,没等他反应过来,侍者已经将银罩子掀开,露出了食物。齐通霖舒一口气想,原来是挡灰的罩子。侍者说了句几位慢用,便转身离去。

冯临声对天运道:这两样是吉士林拿手的小菜儿。然后,他指着碗里浓稠的汤羹介绍道,这是他家有名的牛肉茶,又指了指碟子说,这是油炸小包,里面是牛肉末、鸡蛋和口蘑做成的馅料,我怕天运不够吃,特意点了两份。扭头对齐通霖道:不然也给通霖兄来一份?齐通霖却道:我不吃这炸包子,我等正经菜。

那位侍者又端着一只亮晶晶的大锅走来了,这回是三份奶油栗子粉。冯临声将其中一份放到齐通霖面前,齐通霖看着黏糊糊的一坨,一点也不想吃,推给天运道:你吃吧,吃了好走。

天运一边点头,一边大口大口吃着,对冯临声道:奶油栗子粉味道好,只是奶油多了点。小包子外面的面包屑炸得有点过了……

天运吃完,便站起身匆匆告辞。刚走出餐馆的门,与几个往里走的人撞个满怀，天运抬眼一看，最中间的那个金头发女人竟是安娜。

安娜看到天运，脸上露出惊喜的表情，她大声用英语说道：你也在这里吃饭啊，怎么一个人来，也不告诉我。

天运因为安娜的大声略感不适，他下意识地退后一步道：我只是先出来了，家父还在里边呢。

安娜好奇道：听说令尊是一位著名的中医大夫，我很好奇中国的医学跟世界的医学有什么不同，我能请教一下您的父亲吗？

天运有些为难道：这个问题很复杂，恐怕一时也很难说清。

这时候安娜科室的同事已经都进了餐馆，天运对安娜说：你快进去吧，以后再说。

齐通霖从吉士林回到家已经快半夜了，下车的时候叮嘱了三儿一句：明儿别起晚了。

王屏画并没睡，她正在油灯下缝一只袜子，那是齐通霖的一只棉布袜子，脚指头处破了一个小洞，王屏画不想简单地把那个洞凑合缝起来，她想绣一朵花。王屏画想起自己待字闺中时，娘给她找来了一位绣娘，教她怎样绣花，绣娘跟她说过一句话，让王屏画记忆深刻。王屏画怎么绣，绣面都是皱巴巴的，绣娘便对王屏画说：要想绣面平整，心里头得先摩挲平了，心里头皱巴巴的，跟自己较着劲儿，绣出来的能平整了才怪。王屏画就把绣娘这句话放心里了，心若是平整的，日子也差不到哪去。袜子上的那个小洞慢慢变成了一朵红花，王屏画又琢磨着要不要加两片绿叶。这时候门帘子一挑，齐通霖从外面带着一股寒气走了进来。王屏画赶紧放下手里的活，先帮着齐通霖脱了袍子，又递上来一个预备好的热毛巾，然后出了屋门，她想去厨房弄一碗热汤。

拉开厨房的门,却见里边热气腾腾的,美雪正蹲在灶旁往灶坑里添柴火。见王屏画走进来,问道:老爷回来了吧?汤马上就得,夫人若是想亲自端,就等等。

王屏画说:你倒是机灵,怎么知道老爷这会儿回来?

美雪回道:老爷刚出门,我就让厨房备好了汤料,等晚饭过了,就炖上了,刚才在屋里打了个盹儿,听见大门响就赶紧来厨房把火先点上。

王屏画掀开锅盖,一股浓郁的药香味扑鼻而来,又问美雪:高良姜找出来了?没忘了放吧。美雪道:没忘。

王屏画端着汤碗回到屋里,发现齐通霖不在,便一只手端了汤碗,另一只手拎着茶壶,朝书房走去。

此刻齐通霖静静地坐在书房里发呆,只有五分醉意,脑子完全清醒,回想起冯临声今天说的那些话,倒是让他晕乎乎的。齐通霖心里原本对冯临声有几分忌惮,尤其是自打他从东瀛回国后坚决主张新医,批评国医的种种不是,很长时间以来齐通霖对冯临声颇有看法,每每见他西装革履的,心里总是先给他戴上一顶崇洋媚外的帽子。冯临声多聪明的一个人,岂能不知道齐通霖对自己的不满。冯临声不在乎,他尊重齐通霖,尊重他的人品和医术,也很在乎与齐通霖的私交。

冯临声深通中医,跟那些杏林大腕一样,研习过古典中医著述,《黄帝内经》《伤寒论》《千金要方》《脉经》《小儿药证直诀》等,都是他吃到心里的。冯临声家学渊博,祖父曾经是私塾先生,父亲则是燕京大学古典文献学的教授。在冯临声远道日本求学的过程中,他除了学习日文、德文外,还用了近两年的时间,仔细研究了中医和西医的来龙去脉,对比它们的相同与不同之处，找出各自的优劣。冯临声看到西医在日本得到广泛认可，尤其是在明治维新以后，日本国彻底取消了旧医，使得西医在日本一枝独秀。冯临声看着与中国几乎同源的一个亚洲岛国，在接受了西方文化与科学的洗礼后，整个民族焕发了青春，日本国文明的发展让冯临声非常羡慕。而相比西医，中医的理论基础显得缺少科学依据，冯临声决定不再从事中医，转而研究西医的科学性，并以普及西医为己任，希望能让自己的祖国走上一条更健康的道路，同时找出中医的问题所在。冯临声琢磨着，怎样才能让中医一些优秀的基因充分发挥效用，以抵御本身的不足呢？在浩瀚的中国文化历史中，中医如同明珠一般璀璨耀眼。冯临声不想这种璀璨被时间消磨掉，他想为中医找到强心剂、不老神药。

今晚，让齐通霖感到有些震惊的是冯临声透露的那个消息，说是南京正在酝酿一个方案，过了春节便会走上议事日程，要逐渐废止中医！

冯临声在说出这句话的时候，表面上显得稀松平常，口气好像品评一道菜那样轻松，但齐通霖看出了他内心的不安。而这消息对于齐通霖来说无异于一个炸雷，齐通霖哑巴了好一阵子，才让冯临声再说一遍刚才的话。冯临声的表情沉重得像朱砂一般，只是颜色像雄黄，齐通霖根本不想往那张脸上看了。起初齐通霖以为冯临声在开玩笑，自从帝制结束，民国初起，随着西学的进入，有些人质疑中医，说它缺乏科学性，但更多的人相信中医，觉得如果没有中医，中华民族能不能繁衍至今都未可知。齐通霖听到这些话也只是一笑了之，他相信中医，深信不疑。

齐通霖喝了一杯冯临声递过来的伏特加，一仰脖，那杯烈酒便带着一团火闯进了身体。他的脸顿时红了，俩腮帮子像起了两团火一样。

齐通霖用怀疑的目光看着冯临声，问道：你从哪叾来的这消息，可靠吗？

冯临声依旧笑着，讳莫如深道：哪来的不重要，但我对中医是有信心的。

这时，齐通霖听见窗外有动静，知道是夫人王屏画，便道：夫人还没歇啊。

王屏画一手端着汤一手提着茶壶进来了。齐通霖接过汤碗，喝了一口汤说道：哎哟，肚子饿了，辛苦夫人去厨房下一碗面吧。王屏画二话没说，反身去了厨房。

其实不用冯临声多说，齐通霖记得清清楚楚，民国元年的时候，北洋政府以"致难兼采"为理由，在各类学校的条例中，只提倡西医，而没有把中医纳入其中。任何人都无法通过正规途径学习中医知识，这意味着中医无论作为医学还是哲学，都将得不到继承和发扬。北洋政府一手制造了"教育系统漏列中医案"。当局这个做法，惹恼了中医界一干人。齐通霖记得当时京城的几大名医都站出来说话了，齐通霖自然当仁不让，与同行站在一起，他们联合各地的中医团体向北洋政府的教育部提出将中医纳入医学系，以传承和发扬。但被北洋政府拒绝了。

那些日子齐通霖很郁闷，天天喝闷酒。冯临声几乎天天到齐家陪齐通霖喝酒。两人喝酒的时候大部分时间沉默不语，但其实他们心里想的截然不同。齐通霖想不通，抛开齐家几代人吃中医这碗饭不说，用手指头掐算，中医少说也有两千多年的历史，难道那么多人，花了那么长时间干的一件事就一无是处？古人那些著述，写下的经方、验方，都一钱不值？

冯临声脑子灵活，绝少钻牛角尖，面对中医四面楚歌的情势，他首先想的一个问题是，为什么有人坚决反对这个经营了几千年的行当，难道祖先留传下来的这份财富真有致命伤吗？但他不知道到哪里找答案，那些古代医书早被他翻烂了，他又把那些医书重新放到案头，一部一部读起来，他是带着挑刺儿的决心去读的，但不知不觉中他又被那些经方吸引了，不自觉地研究起方子来。他很懊悔，知道这是一件自己做不到的事情，便去找齐通霖喝酒，诉说他的苦恼。他在与齐通霖交谈的时候，发现齐通霖有个弱点，那就是喜欢钻牛角尖，怎么劝都不愿意回头。

有一天冯临声突然对齐通霖说：我要出远门了。齐通霖问他去哪，冯临声随手朝东边指了指。齐通霖以为冯临声只是串个亲戚，没想到一艘船送他去了东瀛。齐通霖听说这事以后，心里不痛快了好一阵子。

就在冯临声出走的第二年，民国二年，更让齐通霖和整个中医界窝火的事情来了。当时的内阁教育总长汪大燮公开直言：应该废除中医，并完全摒弃中医于政府的教育体系之外。似乎完全不想给中医留一丝存活的机会。中医界自然是抗议，结果是，中医虽然没有完全被废除，但进入教育体系还是个未竟之业。

中医界那些名医个个医术高明，经他们手医好的病人也是数不胜数，这些翘楚把脑仁都想疼了，也想不明白怎么会有人出来跟中医作对。天下三百六十行，行行活得好好的，甭管是淘大粪的还是炸年糕的，都能自由生存和发展，没人出来对他们指手画脚，而这么一个有几千年生存历史、救人无数的中医行，却遭到政府的百般刁难，大有不给活路的架势。思来想去，大家一致认为，中医面临如此困境皆因西医的出现，西医是中医不共戴天之敌人。

这时王屏画在门外叫道：老爷开下门，我两手都占着呢。

齐通霖赶紧拉开门，王屏画端着一个托盘走进来。王屏画看见齐通霖脸上阴云密布，想说什么，却又咽回去了。她将托盘放到桌上，顺势坐在一把椅子上，远远地看着齐通霖。

齐通霖坐下来吃面。一双筷子用得像一支毛笔，知道的是在吃面，不知道的感觉他像是在给病人开药方。这么想着，王屏画咧嘴笑了。她低声对齐通霖说道：看来今儿晚上这顿饭不可口儿，冯先生到底请的什么啊，这么不合老爷胃口。

齐通霖哼了一声道：甭提了，说是开洋荤，吃西餐，简直没法吃，什么都是黏糊糊的，倒是那瓶酒有点意思。王屏画笑道：人家那是西餐，专门给外国人吃的，咱们吃不惯那玩意儿。

一碗面很快见了底儿，齐通霖把筷子放在一旁道：老二喜欢，一个劲儿夸菜做得好，出国几年，连口味都变了。

王屏画收拾完碗筷便回房睡觉了。一直到了四更天，齐通霖才回到卧房歇息，从夫人均匀的鼾声中，齐通霖感觉到一阵踏实，这种感觉就像春天的草地，细密的草头下边是芬芳的土地。不知道为什么，每当齐通霖有什么迈不过去的沟坎，只要夫人说一句话，或者递过来一个眼神，就能让齐通霖感觉像是抽了一袋烟似的，浑身舒服。有一次王屏画逗他，让他学武仲仁娶个妾回来，家里也能热闹一阵子。齐通霖急道：你这是被谁灌了迷魂汤了，你以为这叫大度啊。齐通霖有好几天不跟王屏画睡一个炕上，最后王屏画心里觉得好笑，偷偷对美雪道：老爷的架势，像是我要讨小似的。

齐通霖头刚沾到枕头便做了一个梦，竟然梦见了老大天舍。天舍坐在一辆汽车上，旁边还有个摩登女郎，那女的仿佛不是中国人，黄头发，大眼睛，齐通霖很着急，他觉得天舍再一次辱没了齐家的名声。他用手指着天舍，却一句话说不出来，最后大叫了一声，醒过来的时候，周围一片漆黑,只听见夫人在一旁问:老爷做梦了?齐通霖点头道:梦见老大了,怪模怪样的。听齐通霖提老大,王屏画心里发酸,掉了会儿眼泪。见齐通霖起身点了灯,王屏画披上衣服看了看墙上的钟,快六点了,便问他还睡不睡。齐通霖摇头道:算了,你再歇会儿,我去后院溜达溜达。说完披上一件衣裳出了门。

腊月清晨的空气冷得让人从心里打哆嗦,齐通霖不由得深吸了一口气,整个人一下子清醒了,他的鼻腔里有一种发黏的感觉,那是空气过于寒冷的缘故。他试着打了两下太极,感觉不是那么回事就收了式子。他想起人们嘴里说的关外的气候,手指头冻在门把手上,便又想到了天舍,老大以前过着悠闲的生活,如今却去关外讨营生,看来这孩子也不是一无是处。

早饭刚过,三儿便把车停在齐家大宅门口,门开了,王屏画探出头来对三儿道:今儿你多照顾着点,先生没睡多会儿,过了晌午看看没太要紧的病家,就麻利儿回来吧,也好补个觉。

三儿回道:您放心吧,没什么要紧的事,一准让先生早回。

进了医社大门,齐通霖从车上下来,走到门口掀开门帘子,见屋子当中火炉子上的铁壶咕嘟咕嘟冒着热气。等着瞧病的坐了十来个人,都是有些年纪的,只有一个年轻后生,他觉得这人面熟,又想不起来在哪见过。齐通霖进到里间,脱了袍子,三儿后脚儿跟着进来了,赶紧给齐通霖沏茶。齐通霖对助手吩咐道:叫人进来吧。

几位病人之后,轮到那个面熟的年轻后生。不等齐通霖开口,后生便道:说来跟您是邻居,每次您的车都路过我们家院门口,那时候我就心说,守着这样的郎中,还怕得病啊。瞧,这回真找您来了。后生说着用手往西指了指。

齐通霖恍然道：你就是刚结婚不久的新郎官，我说瞧着面熟。说着给后生搭脉。感觉到脉象细沉。齐通霖心里琢磨：这孩子刚结婚没几天，怎么就肾阳虚呢？这时却听见后生低声解释道：我得跟您说句悄悄话儿。齐通霖把屋里其他人都请出去了，后生道：打十来岁起，我就使手自己弄，有时候弄勤了一天得有个五六回，那时候太小，不懂事。现在成了婚，人家是黄花闺女，家里底子好，身子壮，您瞧，这才几个月，晚上我就跟死尸一样，动不了了。娘家人觉得奇怪，没成婚的时候壮壮实实一个好人，现如今成这模样了，可实际上我是看着壮，内里早空了，可怜我爹我娘还指望抱孙子呢……得，今儿您横竖得给我想想辙。说着从袍子里掏出几块大洋，放到桌上。

齐通霖道：你这病要说是病，也不能完全算病。怎么讲呢，咱们自古以来那么多皇上，每个皇上又有那么多妃子，皇上翻牌子翻得手疼，身子骨能结实吗？太医院里的太医，对这种病有管用的方子。就是说你先把心放回到肚子里，我试着给您调理，有一样，您得按我的方子服药，说不定这毛病就能好。后生连连点头。

齐通霖为后生开了干姜附子汤，琢磨着七服以后再用四逆汤善后，加上孩子年轻，这病不是大事。又叮嘱后生让家里给炖点参汤，只是暂时不要行房事。后生拿了方子，千恩万谢地走了。

最后一位病家是位花白胡子的老者，由一位老妇陪着。老者一坐到齐通霖面前就滔滔不绝地说起话来，从男人铰辫子开始说，直说到现在眼皮子底下发生了什么事，齐通霖一开始还惊讶这老者的记性好，好几次想打断老者，甚至想给他号脉都揪不住他的胳膊，见一旁的老妇人一个劲儿给自己使眼色，才觉得有点不对劲儿。

齐通霖让徒弟帮着按住老者，一针刺在足三里上，又用手指掐着老者的神门穴，老者慢慢安静下来，停了停对齐通霖道：有时候我也不知道怎么回子事，嘴就跟不是自己的似的，一个劲儿说，停不下来……老妇在一旁道：说你是病，你还说不是。

齐通霖给老者开了方子，嘱咐他立马去药房抓药，虽然不是要命的病，可早治早好。老妇人道：死活不来瞧病，天天磨叨，大半夜也不睡觉，让我跟他说话，天天说，哪么多话可说，我不跟他说，他就用笤帚疙瘩打我，您瞧。说着老妇人撸起袖子让齐通霖看，这一看不打紧，只见老妇人的胳膊上满是雪花一样的皮屑，袖子朝上撸的时候，皮屑便雪花似的落下来，仔细看去，隐约的红斑遍布。齐通霖吃了一惊，老妇人的银屑病不轻啊。老妇人见齐通霖一句话不说，看着自己的胳膊发呆，以为他没看见伤口，便将胳膊扭过来道：瞧见了吧，这么长一个大口子，这都好得差不多了，加上那笤帚疙瘩新，支支棱棱的，当时可流了不少血。

齐通霖对老妇人说道：您别急啊，他不应该使笤帚打您，等他病好了，让他给您赔不是。老妇人笑道：谁指望他给我赔不是啊，别气我就得。

齐通霖对老妇人说道：我给您瞧瞧病吧，瞧您身上这粉末子掉的，风一吹，您不觉着暴土扬场啊。

老妇人被齐通霖逗乐了，她把袖子放下来，对齐通霖道：我这病好些年了，好不了，我妈就是这病，不碍吃不碍喝的，不就痒痒点嘛，挠挠就得，有时候没事干，还解闷呢。

齐通霖说：咳，您挺能说笑话，今儿就算我愿意给您瞧这病，不收您诊病的钱，用的药我尽量给您找便宜的，便宜不等于不管用，不然您挠痒痒的工夫，老先生一笤帚疙瘩抡过来，您连躲都没法躲。

老妇人笑开了花，说：那敢情好了，今儿可来着了，不花钱看了病，顺便还听了笑话，这好事哪找去。

齐通霖说道：您家里还有什么人？儿女都好吧。

老妇人摇头道：我们福薄，只有个儿子，前几年还得痨病死了，现在是四只眼睛对着看，怎么也瞧不出第五只眼睛来。

齐通霖点头道：得，明白了。接着，他边写方子边对妇人道：您这病虽说是遗传，可咱要是在意着，自己经常给自己说点笑话，再用药调理着，说不定能好点，咱一块试试。说完，齐通霖开了方子递给老妇人，叮嘱她一定要去药房抓药。老妇人欢天喜地，领着老者走了。

三儿拉着齐通霖出了医社的大门。右转没走几步，就看见一位穿戴齐整的小媳妇儿站在路边，等车到了跟前，小媳妇儿对三儿道：这位哥哥，我想跟齐先生说句话。

三儿停下来，齐通霖在里边早听见了，将轿帘子掀开一道缝，小媳妇儿有点害羞道：齐先生打搅您了，刚看病那个年轻后生是我丈夫，我想问问他那病能治好吗？

齐通霖道：你甭担心，先吃几服药看看，只是晚上先让他一个人清净待着，心急吃不了热豆腐。

小媳妇儿连连点头。

三儿回到家，见娘正摸索着要点火做饭，赶紧搀扶着娘坐到炕上，嘴里埋怨道：不是跟您说了吗，瓦罐里有馒头咸菜，饿了先凑合着吃一口，我回来立马给您做饭，您自己摸索着烧火，回头再烧了自己。

三儿的娘从三十多岁就开始守寡，三儿的爹曾经是泥瓦匠，做得一手好活，可惜一次挑房梁的时候，房梁塌下来，直接砸到脑瓜顶上，当场就断了气。三儿那时候不到四岁,看见娘一天到晚流泪。三儿很懂事,从不哭闹,饿了也不嚷嚷。有一次娘出门捡破烂,天都黑了还是不见娘的影子,三儿慢慢走出屋门,看着天上的星星朝他一个劲儿眨眼,他不由得看呆了,觉得星星们都是喜欢他的,不然怎么会朝他眨巴眼呢,他便觉得不那么害怕了。娘回来的时候,三儿很高兴地对娘说,以后娘出去就不用担心三儿了,星星会陪着他。娘还以为是胡同里哪个小孩的小名,后来弄明白了,娘心酸了很久。

娘唯一盼的就是三儿长大了能养活自己。现在这个心愿已经实现了,娘的眼睛也几乎看不见什么了。不过,她熟知家里的一切,三间小房,院子虽小,停了一辆齐家的车以后就更没多大地方了,但干净利落。

三儿把娘扶到炕上坐,自己走到灶台前,蹲下身子,用火铲子将灶坑里的灰往外扒了扒,用簸箕撮了,倒在大门外不远处的垃圾堆上。他顺手从院子里撮了一铲子煤面子,放到灶坑里,又从门口的桌子底下拿了几根柴,点着了,往灶锅里倒了一瓢水,想着还有头天没吃完的小半碗炸酱,擀点面条就得。和面的工夫,娘在身后唠叨开了。

她问三儿跟东家提那事没有。三儿装聋作哑不搭话。娘问急了,三儿闷声道:您一天到晚除了想美事还干吗啊,人家美雪从小在齐家大宅里长大,能看上我这拉车的吗?您也不过过脑子,这事一点不靠谱啊。

娘为三儿的婚事愁了好久,眼看三儿过了年就虚岁二十五了,这在乡下孩子都好几个了。三儿一遍一遍耐心解释,咱住的是城里,您总提乡下那档子事干吗啊,您没看见这胡同里的人,越是有本事的,就越不张罗说亲。娘扑哧笑道:哎哟我那好儿哟,你真琢磨着要当东家那种人啊,人家祖上就干这个,积了多少年的德行才成了这家业,从你爹开始,你们张家才算吃上手艺人的饭，以前还不是街上捡破烂儿的。

三儿不愿意听娘唠叨，都是些陈芝麻烂谷子的事，三儿喜欢体面的事，他记得齐先生有句话：衣裳不论好坏，干净整洁就是好衣裳，人不管家境贫寒还是富有，活得有滋有味就是好光景。无论什么时候出门，三儿都把自己收拾得利利整整的，春夏秋冬，每季的穿着都整齐干净，即便是一件白布坎肩，也都是娘头天晚上用水喷过，再叠好了压在枕头底下，第二天拿出来的，平整得跟用熨斗熨过似的。三儿很多次做梦都梦见自己出身书香门第，高堂上是体面的双亲，自己则是个饱读诗书的公子，这让醒来后的三儿沉浸在梦中的生活里，幸福着。当他看到睡在另一头的娘，听见娘均匀的鼾声，再看到不远处锅台上的铁锅沿反射的寒光，三儿就更想朝着自己认定的生活奔。

几个月来，娘把美雪的名字放进了家里每一个角落，无论三儿干什么，美雪那张粉脸都冲着他笑。三儿觉得这件事不靠谱，美雪虽然是个没爹没娘的孩子，可她从小在齐家大宅里长大，说是齐家的丫鬟，却跟齐家的闺女差不多，吃穿用度，哪样不让胡同里的人羡慕，尤其是齐家没女孩，夫人就把美雪当闺女来疼。好事的人估算着美雪的将来，最不济也是给大户做小，明媒正娶做个大户人家的正房也是可能的。三儿从来没把美雪往心里放过。

三儿把面和好了，盖上一块湿布，让面醒着，见锅里的水开了，便抄起地上的竹篾暖水壶，想灌水。这时候门外有人说道：三哥，夫人让我给你们送点吃的来，老爷说省得你再烧火做啦。三儿知道外面说话的正是美雪，赶紧放下暖水壶，往外走，听身后娘喊道：美雪姑娘，进来坐啊。三儿拉开门，让美雪进来。

美雪欢蹦乱跳地进了屋，朝老太太鞠躬道：老太太身子可好，夫人托我问候您呢。

老太太高兴得张着嘴笑，一个劲儿说：好，好，托你们老爷太太的大福。

三儿担心娘说出什么不得体的话来，接过美雪手里的食盒，让美雪赶紧回去。美雪却道：不碍事的，夫人说了，让我帮着干点啥。

老太太笑道：哎呀，真是好闺女，可我怎么舍得使唤你啊，你就陪我坐一会儿，比给我干活还高兴。

美雪坐在炕沿上跟老太太说话，三儿把美雪送来的食盒打开，只摆了两双筷子两个碗，嘴上却问美雪：在这吃不？美雪笑着站起身说：不了，我还得回去看看老爷和夫人吃完了没有。

等美雪走了，娘不高兴道：你干吗把人家轰走啊，我知道你觉得咱高攀不上人家，就算她再高贵，也不过是个没爹没娘的可怜孩子，她又变不成真正的齐家人。你好歹还有个瞎妈不是？再者说你跟齐先生学得不差，又识字，慢慢地当个郎中。

三儿喊了一声道：您以为认识字就能当郎中啊，那也忒容易了，瞧瞧人家齐先生，除了会给人诊病，人家还有学问，什么《论语》《孟子》的张口就来，就是再花三辈子，我也看不见齐先生的后背。

娘打断道：你别那么贪心啊，那郎中也有好坏，当不了好的，还当不上坏的吗？

三儿笑道：瞧您说的，当坏郎中，还不如不当。

娘不再说什么，三儿拿起碗来，把饭菜给娘弄到碗里，递到娘手里，自己也盛了饭菜吃起来。吃了饭，刷完碗，三儿坐在灶台旁边，想把今天在医社里齐先生开的那些药方子整理一下。刚打开自己用的小本子，美雪又来了,这回她没进来,只隔着窗户说道:三哥,您把食盒拿出来吧,我就不进去了。娘这时候正坐在椅子上打盹,也没心思招呼,三儿赶紧把洗干净的食盒拿出来送到屋外。

美雪接过食盒,嘴突然凑到三儿的耳朵边上,低声道:三哥,我怎么觉着你见了我就浑身不自在啊。不等三儿回话,美雪咯咯笑起来,然后提着食盒一溜烟跑出院子。

三儿站在院子里发呆,过了一会儿,听见屋里传出娘的鼾声,三儿便抬脚走出院子,来到胡同里。

黄土坑胡同当中只有一盏路灯,而且灯光很是昏暗,感觉就像个大号的萤火虫,不过总比没这点亮强。路面坑坑洼洼的,虽然看不清,但好在胡同里的人闭着眼睛也知道哪有坑。三儿甩着步子走,这种步态是那些号称胡同里的爷才喜欢的,那些爷喜欢高人一等的感觉,即便没人在他们下边,他们也觉得自己高,眼睛从不往下看。三儿这么走着的时候,心里有几分愧疚,他知道齐先生是不喜欢这步态的,齐先生喜欢的是白天的三儿,行为谨慎,毕恭毕敬。但就算是王八也有翻面的时候啊。

没等走到胡同口,三儿就收了架势,地上的影子也就不那么咋呼了。他站在两条胡同的交叉处,也就是老水头儿的鞋摊前边。这时候鞋摊是空的。此刻月光像水一样泼在老水头儿的鞋摊上,案子后面那把用麻绳五花大绑的破椅子显得很寂寞,似乎离开了老水头儿的屁股就一点意义没有了。三儿突然感到心里空空荡荡的,没着没落儿,他想跟人说话,跟谁都行,便再次朝胡同两头看,一根人毛都没有。正是吃饭的时候,谁会在外边闲逛。三儿这样想着,不知不觉朝胡同的西边走去。小年儿都过了,家家户户已经挂上了灯笼,只是这时候还没点亮。

快到武家大宅的时候，三儿放慢了脚步，平日武家的大门口就灯火通明，此刻又添了四只红彤彤的大灯笼，全都亮着，更让武家有种光芒万丈的感觉。武家门前的石头狮子正张着大嘴瞪着三儿。武家没等到腊月便新漆了大门，门楣上的山水画也都是新描画过的，透着过年的喜气儿。武仲仁的三姨太快要生孩子了，这是胡同里谈论最多的一件事。三儿想着，这要是平常人家，添一张嘴就是添饥荒，可武家这样的大户添一口人，让多少人说着想着啊，人和人真是不一样。走过了武家大宅门口，再往前走就到剪子巷了，三儿犹豫着是往前走呢，还是反身回家，又怕娘一觉醒来不见他人影着急，便反身往回走。

拐进黄土坑胡同，胡同里看着好像比刚才亮堂了不少，抬头看去，满天的星星如同烧饼上的芝麻，重重叠叠，挤挤插插，暗蓝色的天空好像都装不下它们了。有的星星贼亮贼亮的，还时不时眨巴一下眼，有的星星只能发出一点点微弱的光，不但不眨巴，还显得要死不活的，感觉随时都能灭。三儿想，齐先生就是那种贼亮的星星，而自己就是贼亮的星星旁边的，不太亮，但也不会灭。路过齐家大门口的时候，三儿停下来，这时候一个人影从胡同南边急匆匆走过来，三儿认出是齐家二少爷齐天运，便赶紧跟二少爷打招呼。天运道：是三儿啊，吃过了？你是来找我爹的吧？

三儿道：二少爷误会了，我就是站这待会儿，谁都不找。

天运推开自己的房门，娘紧随着他进来了。天运笑道：您可太灵了，我刚进屋您就过来了。

王屏画笑道：你那鞋底子嘎吱嘎吱的，满院子的人都知道你回来了。

天运低头看了看那双三接头的皮鞋，对王屏画笑道：您这么一说，下回我穿一双布底子棉窝，试试您耳朵灵不灵。

王屏画笑道：棉窝能跟少爷的西装领带配上啊，穿棉窝就得穿长袍马褂，你穿上马褂跟你们那个医院又不匹配了。

母子俩互相打趣的时候，美雪在外面问：二少爷在哪吃啊，是给您端过来还是跟老爷一块堆吃？

天运道：你给我端一碗面过来就得，我还得赶着回医院。

王屏画问天运：不去跟爹打个照面？

天运悄悄道：回头您跟我爹说一声，我赶着回医院。

王屏画说：你爹知道就得生气，他明面上不在乎，心里紧琢磨。

天运说：一会儿走的时候我去跟爹说一声，明儿再一块吃吧。

王屏画突然皱着眉头道：这都年根儿底下了，你哥一点信都没有，真是白养他。

天运扶着母亲坐下来，安慰道：您瞧，我这不是在您身边吗？再忙我都惦记着回来瞧瞧您，再说我哥也是想早点出息了，好让您和我爹高兴啊。

王屏画点点头，眼中有泪。这时美雪推门进来了，将手里的托盘放到桌上，道：今儿没面条了，吃米饭吧。天运往托盘上看去，只见上面有一碗米饭，旁边是一小碗炖得烂烂的红烧肉，还有一小碗粉丝炒大白菜。

天运笑道：看着就馋。说完，便狼吞虎咽地吃起来，一会儿的工夫饭菜就一点不剩了。美雪和王屏画一边看一边笑，天运一抹嘴道：太香了。

王屏画突然想起什么，对天运说：对了，前天胡同里有人来给你提亲了，我听了听，女家还不错呢，要不咱见个面？

天运笑道：哎呀妈，您看我忙的，在家待不了一顿饭的工夫，这事往后放放吧。

天运在胡同里大步走着,听着自己的鞋底子跟路面上的石头子儿、沙子粒儿摩擦的声音,仿佛在听一场打击乐演奏会,等他出了胡同,来到东四北大街,演奏会停止了。这条街上的路面更平整,小石头子儿、沙子粒儿都被扫大街的扫到一边的沟里了。天运看见街边还有很多铺子没打烊,都想趁着年前多赚点好回家过年。一阵糖炒栗子的香味直往天运的鼻子里钻,天运循着味看过去,见糖炒栗子摊就在不远处,琢磨着给护士长带点回去,护士长刘慧兰时常关照自己,自己应该有所回报。买了栗子,天运用手捧着栗子包往医院走去。

医院门口,医生病人进进出出,天运刚要拾级而上,一个俊美的身影从大门里走出来,单凭那头金色的头发,天运一眼便认出是安娜。

安娜早就隔着门看到了手里捧着东西的天运,她故意等他抬头看的时候才推门而出,为的就是让天运容易看到自己。

天运高兴地迎上去,跟安娜打招呼道:你好,今晚加班吗?

安娜掩饰不住内心的高兴,说道:快下班了,我中午没吃饭,出去找点吃的,饭堂的饭吃腻了。

安娜看到天运手里捧着的栗子包,问天运道:这是什么?闻着这么香。

天运赶紧打开栗子包,并解释道:这是北平最有名的小吃之一,糖炒栗子。

安娜惊呼道:这就是糖炒栗子啊,早就听说过,我能拿几颗尝尝吗?

天运点头道:当然。天运于是捧着栗子包让安娜自己拿,安娜拿了两颗,天运道:再拿几颗吧。安娜又拿了几颗,两人相视笑了笑。

安娜走出几步,回头见天运依然站在门口,面带微笑看着自己,便道:快走吧,病人等你呢。

天运兴冲冲地捧着栗子找到护士长，把栗子包放到她手上道：给您尝尝新炒的栗子，还热乎着呢。护士长高兴道：哎呀，想这玩意儿想好几天了。

天运穿着白大褂儿，兜里揣着听诊器，因为换了一双布底子的便鞋，走在寂静的楼道里，感觉自己像一只溜达的猫，悄无声息。天运想去外科病房转一圈，看看昨晚新收的几个病人病情有什么变化。

天运心里荡漾着一种莫名的惬意感，他想找出这种感觉的来源，思来想去，他不得不承认，这种感觉来自安娜。他惊讶地发现，自己对安娜产生了一种异样的感觉，虽算不上爱恋，却比普通同事的关系多了一份亲密。他的本能是想拒绝这种感情，因为他对露易莎的思念还存在着，露易莎仍然能激起他心里的波澜，能让他的身体有真实的反应。而刚才在医院门口，天运发现自己见到安娜的喜悦却也是发自内心的。

快到外科病房的时候，天运见不远处站着两个人，走近一看是丁汝麒和冯临声。

天运笑着跟两人打招呼：真巧啊，在这里碰到二位。

冯临声笑道：哪有那么多巧事啊，我们是专门来找你的。

丁汝麒道：是这样，前些天冯先生来找我，说起自从梁先生过世，社会上传言众多，还牵扯出中西医的陈年旧账。我是想拜托齐大夫回家跟令尊过个话，眼看春节快到了，我能否去府上拜访令尊？

天运想都没多想便说道：话我一定带到，想必他老人家高兴还来不及。说完就要往外科病房里走。冯临声将他拦下道：别急着走，我有几句话想私下里跟二少爷聊聊。丁汝麒便告辞。

等丁汝麒的身影彻底消失以后，冯临声对天运说道：令尊没跟你提那天在吉士林的事吧。

天运摇头道：我每天回家跟他说不上几句话，尤其是我大哥一点音信没有，他老人家心里也不大高兴。

冯临声笑道：得了，不打扰你了，都知道大夫忙，尤其是你们这些住院大夫，等过年的时候我再去给令尊拜年。说完冯临声转身走了。

走进病房区，天运看见一个护士朝自己招手道：齐大夫，您来得巧，这有个刚割了盲肠的病人，一个劲儿喊着要吗啡止痛，她的主治大夫还没回来，您给瞧瞧看怎么办。

天运跟着护士走到三号病房里，靠窗户的那张床上，一位三十多岁、烫发头的女人，嘴里不停地念叨着：我疼啊，怎么就不能用点啊，这点要求还过分啊……

天运走到女人的床边，温和地望着她道：您真的那么疼啊，我看您还挺有精神，您今天晚饭吃的什么啊，说来听听。

女人一抬眼，看见一位年轻英俊的男大夫站在床前，笑容灿烂，话语温和，心里先是一阵舒坦，声音便弱了下去，道：也没吃什么，疼得我抓耳挠腮的，哪还顾得上吃饭。

天运道：不然我给您找点吃的去？您这么饿着不好啊，一会儿麻药劲儿过去了，伤口更疼，不吃点东西怎么行？

女人有点不好意思道：您这么一掺和，还真不像刚才那么厉害了。说着随手拉开抽屉对天运道：我有吃的，您瞧瞧……天运朝抽屉里望去，只见满满一抽屉的点心、水果罐头，便道：您要是想吃点别的，就跟我说，我帮您找。

女人的脸上已经云开雾散，她挣扎着想坐起来。天运将她拦住道：您别起来，当心缝线开了。吓得女人赶紧靠回到床头上。

天运出了病房,想去急诊室看看,路过开水间的时候,无意中瞥见社会部的浦爱德主任,正拎着一个竹篾暖水壶在打开水。蒸汽氤氲,她不得不退后躲闪,眼睛却又要盯着手里的暖水壶。

天运停下脚步,想帮她,可浦爱德已经把水壶的木头塞子盖上了。扭头看见天运,她笑道:咳,年轻人,好久不见了。

天运愉快地回应道:浦爱德主任,您还好吧。

浦爱德笑道:我很好,我希望你喜欢这里的工作,也希望你能在这里交到朋友。

天运道:对了,浦爱德主任,如果您不介意的话,过春节的时候,您也一起来我家吃饭吧,丁汝麒副主任也会来的,时间大概先定在大年初二。

浦爱德听了,高兴道:真的吗?不会太打搅你们吧。

天运想都没想便回应道:当然不会,我的家人会十分欢迎您的。

浦爱德点头道:好的,我一定会去的。

急诊室有两个门,一个是医院内部人员走的门,也就是天运将要进的这个门,另一个则是急诊病人一般走的门。当天运从医院里边进到急诊室的时候,从另一扇门冲进来两个壮汉,两人架着一个披头散发的女人。他们进门便大喊着:救人啊,医生快点救人啊!

急诊室里只有两位女大夫、三名护士。两位女大夫赶紧上前询问,一边把女子往一张空床上抬,天运听到前面一阵喧闹,知道有病人来了,赶紧奔过去帮忙。

几个人将女子抬到床上,只见她脖子上有一道勒痕。一旁的壮汉自称是她的邻居,说她丈夫总出去赌博,快过年了,又是输得裤子都没穿回来,女子觉得日子没法过便上吊了。

女大夫用听诊器检查，发现没有心跳，便果断跳上床对女子进行人工呼吸救治，等她累得不行了，天运替换她，另一位女大夫也加入进来。三个人忙活了半个小时，女子总算吐出一口气。

女大夫对女子说：天大的事来了，咱也不能上吊啊，有孩子没有啊？见女人点头，女大夫接着说：瞧，孩子谁来养活想过没有？他爱赌博，把钱藏起来啊，再不济让街坊邻居的帮忙看着他。

护士插话道：剁他一只手，看他还赌不赌了。

急诊室里的人都不言声了，天运心里很不是滋味，便出了急诊室。出了门，他听见屋里有人问，刚才那人是哪个科室的？另一个声音回答道：好像是外科的。

再过三天就是春节。

一大早，武仲仁接到一个电话。武家装上电话才没几天，他不喜欢新鲜玩意儿，架不住小秀嚷嚷着要装，金蔓也在一旁敲边鼓：北平城里有头有脸的人家都装了。电话装上了，接下来的问题是，武家在北平城几十个茶叶铺子，想跟每个铺子对上话就得给每个铺子都装上，不然电话就成了摆设。武仲仁只好赶着给每个铺子都装了一台电话。但武仲仁不喜欢对着话筒跟伙计们说话，他觉得看不见人心里闹得慌，还是每天照常去铺子里查看。武张氏和刘竹瑾都找不着能用电话聊天的朋友，所以那台黑漆漆、亮闪闪的摩登玩意儿，只有小秀和金蔓用，当然，金蔓屋里的是个串联机器。

武仲仁闻听电话里有人找自己，惊讶之余，接过金蔓递过来的听筒，疑惑地问道：您是找武仲仁？

对方毫不犹豫地答道：正是找您，北平城的大茶商武仲仁先生。

武仲仁听着对方一口软软的吴语，琢磨着，这是个江浙人啊，嘴上问道：您是想买茶叶啊？

对方却道：是这么回事，我是从宁波那边过来的，陪着我的一位英国朋友来北平，我负责为他做翻译。他想跟您谈谈生意，想从您这买了茶叶运回欧洲，不知道您欢迎不欢迎。

武仲仁笑道：找上门来的生意哪有不欢迎的，如果不介意可来寒舍叙谈，家里的好茶应有尽有，随便喝。

令武仲仁没想到的是，对方却婉拒道：我这位英国朋友最怕打搅别人的生活，可能是人家外国人的习俗吧。他倒想请您来六国饭店小坐，喝个咖啡，如果您跟我这位朋友聊得投机，就赏脸晚上一起吃个饭，话不投机就简短照个面，您看怎么样？

武仲仁应道：得，您说个时间，我去会会您二位。

对方道：不如就今天下午，您看怎么样？

武仲仁一拍大腿道：痛快，就听您的，咱们下午六国饭店见。

金蔓自从怀孕就没正经出过门，六国饭店还是一年前去的，这会儿听武仲仁要去六国饭店，心里也想跟着去，武仲仁笑着哄道：你还是在家安心孵蛋吧，等孩子落地，我带你到六国饭店住一阵子。金蔓闻听，这才挺着肚子为武仲仁挑选出门的行头去了。

武仲仁很少来东交民巷，理由很简单，他不喜欢外国人。他总跟武张氏唠叨，说只要看见那些个大鼻子蓝眼睛，就觉得不是人，人哪有长那样的。武张氏说，人家看你也一样，谁也别说谁。

武仲仁对六国饭店也有点小意见，他心说英、法、美、德、日、俄六个国家在我们这地界建个饭店，结果压根儿没我们什么事。金蔓对他说：老爷别忘了，东交民巷那可是中国人许可外国人住的地方，人家愿意干吗就干吗，咱管不着了。

唠叨归唠叨，武仲仁是个喜欢凑热闹的人，这会儿兴冲冲地拿着金蔓找出来的衣服往武张氏这边来了。

武张氏正跪在佛龛前边念佛，忽然听见门帘子响，接着武仲仁的声音就传了进来：这屋里这么凉。他喊秋萍加炭，秋萍便应着出门取炭了。

武张氏从佛龛前面站起来，走到堂屋，见武仲仁手里拿着出门的衣裳，问他要去哪。

武仲仁把事情告诉了武张氏，武张氏念了声佛道：该着武家运气好，要是能跟洋人做上生意，赚头更大。

武仲仁说：甭想太好了，洋人的事咱弄不明白，大烟不是洋人弄来的？谁沾上谁倾家荡产。

武张氏说：咱们又不干那种缺德事，咱卖的是茶叶。

武仲仁一屁股歪在炕上，武张氏问他抽烟不抽，武仲仁想了想对武张氏说：把八仙桌西边抽屉里那包纸烟递给我，那还是齐家二少爷送的。

武张氏一边朝八仙桌走，一边说：齐家二少爷又不抽烟，他哪来的烟卷？

武仲仁说：哎呀，不抽烟所以把烟送给我抽啊。又问了句：小秀出去多少天了，说去哪了没有啊？

武张氏叹口气道：我算是生了个祖宗，这脊梁骨都被人戳断多少截儿了，一天到晚穿男人的衣服进出也就罢了，这回是撂下一句话人影就没了，十天半个月的活不见人死不见尸，别说什么守妇道了，她在哪我都不知道。

武仲仁打断道：得了，好在不是个男孩，不然武家真是造孽了。

这时候虎子在外头说道：老爷什么时候动身让秋萍告我一声，我在后门候着呢。

武仲仁道：不急，我还想眯一觉呢。

虎子应了一声走了。武张氏诧异道：不是约好了下午到，你也别太拿大了，让人家一个劲儿等。

武仲仁说：该拿的时候就得拿着。

武仲仁到六国饭店门口的时候，掏出怀表看了看，差五分钟四点。抬头看着气派的建筑，嘟囔了一句：真挺有排场啊。扭头对虎子说：你回去吧，甭等着了。

虎子道：您回来之前，往家里打电话啊，我不就知道什么时候来接您了？

武仲仁笑道：咳，忘了电话这茬儿了，得，我提前给你打电话。

武仲仁迈着四方步来到六国饭店的门前，见两边各站着一个穿着红斗篷的门卫，他刚要伸手推门，其中一位已经先一步殷勤地为他拉开了门，嘴里还说了句：欢迎您。

武仲仁站在富有异域风情的大厅中央，再看那些跑堂的，一水的年轻男子，都穿着剪裁合体的衣裳，大部分还是外国人，这让武仲仁感到一丝不舒服，心里骂了句：洋鬼子。

这时，他听到身后有人轻轻问了一声：请问这位是武仲仁先生吧？武仲仁回头，看到了一张白白净净、文质彬彬的脸。

武仲仁点头，那人先自我介绍道：我就是电话里那位，我姓吴，名秉楠，宁波人。然后，他伸出手。两人握完了手，武仲仁感觉到这人虽有几分女气，但也不失男子的硬朗。吴秉楠指着东南角说：那边是咖啡厅，我那位英国朋友已经恭候武先生多时了，您请。说完，吴秉楠便在前头引路，武仲仁跟随他朝咖啡厅走去。

咖啡厅里只有四五张矮小的圆桌，间隔很大，因为每个圆桌旁都有两到三张单人沙发，沙发很宽大，上好的皮革闪着柔和的光亮。圆桌上有一只小雨伞似的台灯，透过伞状的灯罩，投射出淡淡的橘色光芒。武仲仁突然感到脚下像是踩了棉花一样柔软，低头一看，这才意识到脚下厚实的地毯几乎没过了他的鞋帮。吴秉楠直接朝最里边的一张圆桌走去，武仲仁的速度慢了下来，他顺着吴秉楠走的方向看去，只见一个西装革履的外国人，正坐在沙发上看书。

吴秉楠走到那位外国人身边，指着身后的武仲仁，说了一通外国话，外国人便站起身，朝还在几步开外的武仲仁热情地伸出手，嘴里说了一句话。吴秉楠对武仲仁说道：这位是我的英国朋友詹姆斯先生，他说很高兴您能赏光前来，不胜荣幸。

武仲仁道：请您跟詹姆斯说，我见到他也挺高兴。

詹姆斯和武仲仁握了手，等武仲仁落了座，自己才坐下来。吴秉楠问武仲仁喝什么。武仲仁想了想道：咱入乡随俗吧，给我也来杯咖啡。

吴秉楠招呼侍者过来，点了三杯咖啡。

武仲仁简单直接地问詹姆斯有什么请求，詹姆斯等吴秉楠翻译过来，便笑着说道：当然是为了武家的茶叶。

詹姆斯接着说道：贵国安徽的茶叶曾在巴拿马国际博览会获奖，自打那时候起，我们公司就开始跟中国人做茶叶生意。听说武先生的祖籍就是安徽，而且您在北平已经开了几十年的茶叶铺了，这次我顺道来北平，其中一个目的也是希望能拜访您，更希望能跟您有生意上的往来。

武仲仁说道：您如果真想做茶叶生意，我还是建议您直接去我安徽老家，北平的茶叶也是安徽那边船运过来的，您直接去安徽价格还能降。

詹姆斯道：您说的是，但我公司在北平还有其他生意，今天咱们先建立一下朋友感情，如果能跟武先生交个朋友，那我会十分高兴，做生意来日方长。武仲仁点头。

武仲仁拿起咖啡杯喝了一口，觉得咖啡的苦里有一种特别的滋味，让你咂巴咂巴嘴后，还想再试试。詹姆斯看到武仲仁的表情，招呼侍者问有没有立顿红茶。侍者说：对不起，暂时还没有，不过先生想喝，我可以找几包来。不一会儿，一位西装革履的中年人跟随着侍者，来到詹姆斯身旁，侍者手里的托盘上是一个小茶壶，旁边还有一只茶杯，侍者很恭敬地将茶壶、茶杯放在桌上，开始介绍身后西装革履的中年人：这是我们的经理先生。中年人用英语对詹姆斯道：非常抱歉，立顿红茶并没有进口到中国，这茶是我私下喝的，给您端来，算是表达歉意吧。

詹姆斯见两人表情十分严肃，便笑道：开个玩笑罢了，我是随便问问。然后，他指了指武仲仁对经理说：这位是北平的大茶商，武仲仁先生，他的茶叶很好，我只是想让武先生了解一下立顿红茶。

经理朝武仲仁微微弯腰道：我们饭店有时候会去进购一些武家的茶叶，因为有的中国客人喜欢武家的茶，只是没有见过武先生本人，幸会。

等侍者和经理离开以后，詹姆斯指着茶壶对武仲仁道：英国的茶就是这样喝的，不过其实应该配有可口的茶点，当然可以用中国的点心代替，北平的槽子糕就很好，有点像英国的松饼。说着，詹姆斯把壶盖打开，从旁边的一个盛热水的罐子里将水倒进茶壶，然后将一个方形的茶叶包放进壶里。

詹姆斯一边泡着，一边向武仲仁解说。他说这种茶包里的茶叶都已经近乎制作成茶粉了，所以不用像泡中国茶那样需要比较长的时间。说着，詹姆斯打开壶盖，扯出刚才丢进去的那个茶包，提溜起来，在空中停了几秒钟，让茶包里的水尽量流到茶壶里，然后把用过的茶包放在一个小碟子上。将茶水倒进杯子里，又用一只很小的夹子，夹起一个罐子里的方糖，放进壶里，对武仲仁道：西方人喝茶喜欢放糖，有的人还会放牛奶，就像这样。说着，他拿起旁边一个放着牛奶的小钵，将牛奶倒进茶杯里，对武仲仁笑道：看，这就可以喝了。他将那杯做好的茶水，推到武仲仁的面前，伸手示意请他品尝。

　　武仲仁的眼睛一直盯着詹姆斯的两只手，就像看变戏法似的，等詹姆斯将一杯说是茶可又不像茶，却分明被眼前这位洋人称之为茶的东西推到武仲仁面前的时候，武仲仁瞪着它发呆。吴秉楠与詹姆斯相视一笑，劝道：武先生试试，跟咱们的茶虽然不一样，但也别有风味。

　　武仲仁端起茶杯放到嘴边，抿了一小口，咂摸咂摸味道，又抿了一口。这次比第一口大，武仲仁的嘴里充满了一股甜和涩，同时还有滑腻的味道，他感觉这是自己这辈子喝的最奇怪最难喝的东西了，要不是吴秉楠和詹姆斯在一旁目不转睛地盯着自己，武仲仁肯定一口全吐出来。武仲仁勉强吞咽下去，死活不想再喝第二口了，詹姆斯见武仲仁表情痛苦，简直像是喝毒药一样，忍不住笑道：当然，很多人喝的时候不放糖和牛奶，更接近中国人喝茶的方式，你可以试试。武仲仁连忙摆手道：得，谢谢您了，我从家来的时候刚喝了茶，作为地主和茶商，我该请您喝茶。吴秉楠把这句话翻译给詹姆斯以后，詹姆斯道：这不就是我千里迢迢来到这里想做的事情吗？我不但想喝您的茶，还想把茶带回去。

　　武仲仁说道：话是这么说，还是刚才说的，您若是小量的，从北平拿点无妨,若是大生意还是去我们老家安徽歙县,到时我给您写一封信,老家的人一定会热情款待您。

詹姆斯笑道:那就一言为定,今天很高兴,能结交武先生这样的朋友,真是一件美好的事情。

吴秉楠找了几个美妙的词把詹姆斯的话翻译过来,武仲仁听着心里很受用。这时候侍者又端着一个托盘过来了,走近桌子,将托盘上的茶壶茶杯放下,对詹姆斯说道:这是经理先生让送过来的,是武家茶铺的茶叶。

没等吴秉楠翻译,武仲仁已经闻出茶香,脱口道:这是我们家的六安瓜片。侍者很礼貌地离开后,武仲仁道:这六安瓜片是那个慈禧太后老佛爷最喜欢的茶叶,赶紧尝尝吧。

三个人喝着茶,聊着天,气氛融洽,真如老友相逢。武仲仁感叹地对吴秉楠道:我还觉着咱们中国人跟洋人基本不属于同类,八成什么都说不通,可没想到今儿这么一看,敢情他们也跟人似的,不但明白道理,还能当朋友处。

吴秉楠笑得直不起腰了,说道:他们不是人是什么啊,您跟他们交往习惯了,就会忽略他们的长相了。

外边天已经黑透了,武仲仁聊得高兴,提议去前门吃烤羊肉,二人欣然同意。出了六国饭店的门,三人拦了一辆人力车,不到十分钟就到了前门。

前门正阳楼饭庄清朝道光年间就有了,那时候以山东风味为主,口味浓厚,用料讲究。到了民国,由于文人雅士富贾巨商都喜欢这饭庄,店主便又增加了烤肉涮肉,尤其是这里的烤羊肉,更是别有风情。在院子里支了桌子,桌子上有个铁架子,把切好的羊肉一片片码在铁架子上,专门从西山砍了松枝回来,把松枝放到铁架子下边,点火。慢慢地,羊肉散发出来的焦香,裹着松树枝子的清香,惹得用餐人肉还没入口,哈喇子先出来了。但是来这吃烤羊肉的大多是男人,女子一般不来这种地方,若是真有那种浑不吝的女人坐在桌子旁,男人们也能接受,毕竟已经民国了嘛。

三人来到正阳楼饭庄门口,一位伙计赶紧从门里跑出来,招呼道:三位,里边请。武仲仁在前,吴秉楠走在最后,伙计一边走一边问武仲仁道:您三位吃点什么?

武仲仁道:今儿就是奔烤羊肉来的,人多不多?

伙计道:今儿天冷,人倒是不多,可院子里冷得没法坐,伙计在外边烤好了端到屋里,您三位放心,我找个手脚麻利的专门伺候三位,保您几位吃得舒心。

武仲仁一手撩着袍子的下襟,跟着伙计往里边走。他听见后边的吴秉楠和那位詹姆斯先生用外国话一路说着,心里头不由得生出些羡慕,心想,人家这是怎么学的,连外国话都懂。武仲仁不禁回头问吴秉楠在老家做什么生意,没想到吴秉楠轻轻一笑道:做点小本生意,够我一个人用就好。

进得门来,一股股的肉香味直往武仲仁的鼻孔里钻。只见高朋满座,人声鼎沸,喝酒猜拳,一水的男人世界。伙计脚不停步地往里边走,一拐弯,又掀开一道门帘子,等门帘子放下的时候,这间屋子明显安静了许多。武仲仁看了看,四五张桌子中只有一张是空的,伙计用手里的毛巾把空桌子掸干净了,条凳也掸了一遍。趁这工夫武仲仁朝四周看了一眼,这一看不要紧,东北角那张桌子旁边坐的人好生面熟,武仲仁心里一激灵,他以为自己眼花看错了,揉了揉眼睛再次看过去,虽然是女扮男装,但武仲仁第一眼就知道那人正是自己的闺女小秀。武仲仁的目光仿佛被糨糊牢牢地粘在了小秀的身上。

这时小秀也看见了自己的亲爹。她眨巴着眼睛，一副满不在乎的神情，这是武仲仁熟悉的。让武仲仁感到陌生的是，小秀竟然有一种男人般的英武之气，这是当爹的从没注意到的。这种气质对一个女孩来说虽然不如"漂亮""美艳"更让人感叹，却有一种超乎寻常的力量。这将武仲仁心里那股子怒火悄悄压了下去。这时小秀竟然朝武仲仁微微一笑，然后站起身朝他走过来。

小秀走到武仲仁眼前，喊了声：武老板！身后的吴秉楠和詹姆斯已经落座，武仲仁对二人道：不好意思，碰上个熟人。说着扯着小秀走到边上。武仲仁压低声音劈头说道：你这孩子，怎么在这啊，你娘都快急死了，还穿成这样，不怕人家笑话啊。武仲仁又朝小秀桌上那个男人瞅了一眼，问道：那人是谁啊？别让他把你骗干净了就成。

没想到小秀笑道：您好好瞅瞅那是谁，再瞅瞅您闺女，有什么可让人家骗的。

武仲仁闻听，朝那张桌子走去，直到跟那人脸对脸了，武仲仁还是发了半天呆才恍然道：哎哟，这不是天舍嘛。

那人确是齐家老大齐天舍。武仲仁知道天舍离开家已经有一阵子了，每次见到齐通霖都会不经意地问一句：老大没信儿吗？得到肯定答复后，武仲仁总是半带安慰道：甭管他，男子汉大丈夫就该出去闯闯。而心里却有几分轻快，闹了半天不是只有我武家出逆子。但其实小秀并没有给武仲仁带来多大的心理负担，毕竟是女孩，大不了老在家里没人娶。可天舍不一样，他是齐家长子，是好是坏，这关乎齐家的家运。

武仲仁感觉到眼前的天舍好像跟以前不大一样了，当他两只眼在天舍身上搜寻的时候，一眼便看到了天舍右手大拇指上，那只绿莹莹的翡翠玉扳指。而天舍仿佛很懂武仲仁的心思，故意把戴着扳指的那只手放在桌上，任由武仲仁观赏。天舍这只扳指，实打实是他自己挣来的。他去了关外，真的做起皮货生意，其中的辛苦只有他知道，但他扛着、忍着。老天爷终于给了他笑脸，第一批货很容易就脱手了，他拿着钱返回了关外。再次回到关内的时候，一切都好像水到渠成，生意顺理成章。他将欠母亲的钱仔细地放进最里边的衣兜里，想着回家的时候还给母亲。又用赚来的钱，从一位珠宝商人那买了这只翡翠玉扳指。在旧历年的前夕天舍悄悄回到北平，他没有回家，而是找了一家小客栈住下了。他找人给小秀捎了个口信儿，说要见她。小秀一股风似的刮到天舍面前，一句问话没有，只说了一句：我就知道你心里有我。自打那天起小秀就跟天舍一直住在那个小客栈里。

　　武仲仁这辈子没吃过这么大的惊，像个傻子似的，张大了嘴巴，瞪大了眼睛，看看天舍又看看小秀，最后只说了一句话：大年下的，你们回家住多好啊。

　　再有两天就过年，报上却刊登了一条新闻，说是政府宣布，从今年开始，旧历新年改称春节。有人议论道：新历年对应的就是旧历年，改称春节，不伦不类的。但有更多人喜欢，理由是契合节气，原本就是立春，叫春节理所应当，一个春字，透着生机勃勃，好！

　　齐家大门口早就挂起了大红灯笼，齐家今年特意定做了十几个特大号的红灯笼，每年不到腊月二十三，齐家就把灯笼挂出去了，一是图个喜庆，二是为胡同里照个亮儿。

　　晚上天运回家吃饭，刚走出外科病房，丁汝麒就迎面走来，天运问他：日子定在初几？丁汝麒回道：大年初二吧，还请您跟令尊知会一声，若有不便，请您告诉我，然后再改日子。天运点头，丁汝麒转身想走，又回头对天运笑道：其实可以跟令尊建议府上装个电话，跟谁说话都方便。丁汝麒刚要离开，天运喊住他道：请您跟浦爱德主任说一下时间，我邀请了她。丁汝麒愣了一下，接着便连连点头。

天运出了医院大门，看见一辆人力车停在对面墙根儿处，便疾步朝人力车走过去，坐上车，说了句：黄土坑胡同。人力车夫高声回应道：得嘞，您坐稳当了，您要是觉得风刺鼻子，就把帘子放下来。天运听话地将挡风的帘子放下来，隔着帘子问车夫道：您这是吃过了还是还没吃呢？

车夫高声道：嘿，我中午吃了，这会儿还不饿，俗话说富人过年，穷人过关，跟您比不了啊。

天运便不再搭腔，只听见车夫的两只脚，像锤子似的一下一下砸在冻得生硬的路面上，像是大夫用听诊器听病人的心脏。

人力车进了黄土坑的南口，这一段是胡同里最黑的地方。路东边是吴家的高大院墙，沿着吴家的墙走一百米就是一个很短很窄的死巷子，连名都没有，里边只两户人家，晚上总是黑黢黢的，谁路过都不会朝里看一眼。天运坐的人力车刚过这个死巷子口，就见一个人影从巷子里闪出来，天运心里一惊，车夫吓得哎哟一声，停住了。

人影问车夫道：您拉的什么客人？

车夫不明白，半天不敢说话，天运耳朵尖，一下听出是大哥天舍的声音，赶紧掀开帘子从车上下来，凑近那人，可不就是大哥天舍嘛。他从兜里掏钱给车夫，车夫拿了钱走了。

天运惊喜道：大哥到底在年前回来了，妈天天念叨你。说完，拉着天舍便往家走。天舍并不动窝，对天运说道：我有点怕咱爹，这阵子我也没给家里来信，他要是见了我会甩脸子的，不如我过了年再回家。

天运道：别啊，爹也念叨你好多次了，盼着你早点回家呢。

天舍摇头道：今天算了，我还是回客栈吧。你把这点东西捎给妈，等过几天我再来瞧她。说完，天舍往天运手里塞了一个包裹，扬长而去。

天运拎着那个包裹进了院门，王屏画听到动静从屋里走出来，喊了声：是老二回来了吧。天运应道：妈，是我。说着朝母亲招手，示意母亲过来。王屏画下了高台阶，跟着天运进了屋。王屏画一眼看见天运手里的包袱，问道：你这提溜的啥？

天运神秘地笑了笑道：您猜我刚在胡同里看见谁了？

王屏画问：看见谁了？

天运小声道：我看见大哥了！

王屏画闻听，立马要出屋，被天运拦住道：哎呀，大哥已经走了，他暂时住在客栈里，过了这几天就来看您。他生意忙，让您别见怪，这是他给您捎的东西。说着，天运把包裹递给母亲。

王屏画接过包裹，忙不迭打开，是一件狐狸皮坎肩，再往下翻，一个大纸包内，是一支品相极好的东北老山参。王屏画眼睛里顿时溢满了泪水，她问天运道：他就不想见他娘啊？说着，眼泪珠串儿似的落下来。

天运安慰道：您别难过，大哥过几天准回来，他现在不想回来有自己的想法，您还不了解他。

王屏画这才收了泪，把那件狐狸皮坎肩套在身上，嘴里一个劲儿说暖和。

天运说起大年初二来客人的事，解释说客人大都是协和医院的同事，还叮嘱母亲自己已经应下人家了，千万跟爹说，别掉链子。王屏画拍着手道：你放心，齐家向来好客，你爹这一阵子也不知道想什么呢，连话都懒得说，昨天问他过年打算去哪家转转，他推说累得慌，就想在家歇着。客人来了，他就是撑着也得陪客。我一会儿就跟他说去，再告诉厨房准备完了除夕的饭就琢磨初二这顿。

母子俩说着话，旁边炭盆里发出噼噼啪啪的声音，王屏画朝外头喊道：谁在外头呢，炭乏了。半天没人回应，王屏画站起身往外走，天运道：我跟您一起去吧，最好我亲自跟爹说一声来客人的事。母子俩前后脚往北屋走去，见美雪刚好从屋里出来，王屏画让美雪给天运屋里添炭，美雪说正好，这屋里的炭也乏了，一块添了。

北屋的门廊下也挂了两只灯笼，只是还没点上蜡烛，天运在前边掀开门帘子，让母亲先进去，然后自己跟着走进屋。一抬眼，却见爹正一个人坐在桌边喝闷酒，桌上摆了三四个菜。齐通霖一扭头，见母子俩一块进来了，便放下筷子招呼座。王屏画坐在齐通霖的左手边，天运想坐在母亲旁边，却让爹喊着坐到了右手边。齐通霖已经有了三分酒意，他拿起一个酒盅递给天运道：陪你爹喝几杯。

天运道：明天晚上陪您喝，我吃一口就得去医院。说着天运抓起一双筷子吃起来。齐通霖点头道：嗯，当大夫的就得这样，甭管什么时候，病家第一位。

天运很快吃完了一碗饭，王屏画喊美雪赶紧把汤端过来，天运抹嘴道：不喝了。扭头跟父亲说起大年初二来客人的事。齐通霖道：上门的都是客人。又转头对夫人道：拿好东西招待就是了。问都是什么人，天运回道：都是单位的同事，还有冯先生。

天运回到医院，到了值班室，一位护士过来告诉他，有个人给他打过三次电话，最后把自己的电话号码留下了，他让天运抽空回个电话。天运谢过护士，换上白大褂，照着电话号码拨过去，那边笑道：天运啊，我是你武伯伯。天运有些吃惊，赶紧问道：家里有人生病了吗？

武仲仁咳嗽了两声道：没有，都好着呢，这不是新装了电话没几天嘛，我试试新。

天运笑道：就这事啊，我还跟我爹提过装电话的事，家里有个电话方便。

武仲仁应道：可不是，要是没这玩意儿，还得去医院找你。

天运道：武伯伯，趁这会儿我不忙，您有什么事赶紧跟我说吧。

武仲仁压低声音道：前两天我在正阳楼看见你大哥了。

天运回道：您也看见他了，我是刚才见到的，在胡同里，他说过几天就回家。

武仲仁闻听，放松下来，说道：咳，我还以为你大哥让我一个人背着这包袱呢，闹半天你已经见着他了，得了，就这事。天运刚想挂电话，武仲仁又问：你爹哪天来我这家拜年啊？跟他说我好酒好茶候着呢。

天运道：初二家里来客，您要是不嫌闹腾也一块凑个热闹。

武仲仁笑道：我就不怕闹腾，越闹腾越好，得，初二我一早就过去。

天运放下电话，想着趁现在还有点时间去一趟社会服务部，便告知了身旁护士。到了社会服务部的门前，天运很有礼貌地敲了敲门，听到请进的声音才推开门走进去。只有浦爱德主任在办公室里，她笑着请天运坐下，问他有什么事。

天运道：上次并没有跟丁汝麒副主任把初二来家的事定准，现在来告诉他，也是来跟您说一下，他不在，就请您转告他。我把地址告诉您，您可以在街上拦一辆人力车，只要把胡同的名称告诉他们就行了，他们对那边很熟悉的。

正说着，丁汝麒从外边回来了。天运道：刚刚跟浦爱德主任说了去我家的具体时间，正好您回来了，再跟您重复一遍吧。

丁汝麒送天运出办公室，天运感觉他要跟自己说点什么，一直走出一百多米了，丁汝麒还是闷着声，最后到了楼梯处，丁汝麒只说了一句：那咱们初二见。天运刚要转身下楼梯，丁汝麒突然问天运：令尊喜欢喝什么酒？见天运一脸蒙，便道：我就随口问问。

天运总觉得丁汝麒这人心里藏着东西，好像肚子里有十句话，却只打算说五句。天运想着，不由自主地挥了挥手，好像要扔掉什么似的。

前边再拐一个弯就能看到外科病房了，一个人突然停在天运面前，正是安娜。

刚才安娜去外科病房找天运，没找到，转身出了病房，因为护士告诉她，天运快回来了，让她等一会儿。安娜不想等，她想去路上会他。

安娜看到天运，掩饰不住地高兴，她站在天运面前说道：见到你很高兴，我刚才去外科病房找你，护士说你去了社会服务部，我想在路上碰到你，你看，我真碰到了你。

天运看着安娜那张聪慧的脸，心里泛起一阵喜悦，他笑道：今天不忙吗？明天就是我们的除夕夜，你跟谁一起过？

安娜眨眨眼睛道：你不想邀请我去你家过年吗？

天运被安娜调皮的神情吸引住了，他看着安娜，似乎看到了久违的露易莎，便发起呆来。安娜见状立即表示：如果不方便就算了。

天运马上道：没有不方便，来我家吧，大年初二，但我也邀请了社会服务部的浦爱德主任和丁汝麒副主任。

安娜立即高兴道：那太好了，听说浦爱德主任也是美国人，这次正好可以互相认识一下呢。

天运从白大褂上边的口袋里掏出笔，问安娜有没有纸，他把地址写给她。安娜摇头，想了想，伸出一只手，让天运把地址写在她手上。天运笑着，轻轻扶着安娜伸过来的那只手，然后用笔写。写的时候，有两次钢笔突然不出水了，天运只得轻轻朝地上甩几下，地上留下一串墨水印。安娜笑道：你的手别抖得那么厉害啊，你不抖了，钢笔自然出水就顺畅了。

天运说：是你的手太油腻了，钢笔水不想待在油腻的手上，所以才出水不顺畅的。这时，一位外科病房的护士从两人身边路过，见天运正往安娜的手上写字，便说：齐大夫好，刚才好像护士长找你呢。天运连忙应道：这就过去。护士说：我兜里有纸，齐大夫需要吗？天运赶紧说：那太好了，我正在给安娜大夫写一个地址。护士掏出一摞纸签，撕下一张递给天运，便转身走了。天运攥着那张纸签，安娜道：不需要了，我能看得清楚。说着用嘴吹了吹写在手上的地址，微笑着走了。天运则蹲在地上，用护士给的那张纸清理地上的墨水渍。

武仲仁去了后院刘竹瑾房里。刘竹瑾正气急败坏地找着东西，丫头菊花大气不敢出一声，立在旁边。武仲仁走进屋里开口问道：门口怎么没挂灯笼啊？

刘竹瑾道：还挂灯笼呢，干脆把我挂外边得了。

武仲仁朝刘竹瑾脸上看了一眼道：大过年的，别说那么丧气的话。

刘竹瑾叹口气，扭头对菊花说：去厨房泡一壶茶来，再拿几块点心过来。菊花出了门。

刘竹瑾对武仲仁说：我总觉得这丫头有点不对劲儿，好好一个金簪子就不见了，这屋里没人来，除了老爷就是这丫头了。

武仲仁逗她道：八成就是我拿了。刘竹瑾斜楞一眼武仲仁道：老爷还逗闷子呢。武仲仁说：甭为这点小事生气，我给你买新的。

刘竹瑾道：老爷说话可得算话啊，对了，过年的红包准备妥当没？您可别偏心啊。

武仲仁说：你还真说对了，今年真得偏心，偏院那边大着肚子，怎么也得多给点，不过也少不了你的，你娘家遇到难处，我也不能真不管啊。

刘竹瑾撇嘴道：老爷还能记得我娘家的事，这就够意思了。刘竹瑾停了停又道：反正菊花这丫头我是不想留了，要不就打发到大太太屋里吧。

这时菊花掀开门帘子进来，直接给刘竹瑾跪下道：太太让我留在您这吧，我不想去大太太房里。说着拿出一个小包袱，翻出刘竹瑾遗失的金簪子，递给刘竹瑾。然后就跪在地上不起来。

刘竹瑾愣了半天，踹了菊花一脚道：你这该杀的玩意儿，想要什么直接跟老娘说啊，当贼好玩啊？菊花一声都不吭，任由刘竹瑾打骂。

武仲仁原本是想跟刘竹瑾说小秀和齐家老大的事，看现在这架势，便把想说的话塞回到肚子里了，说了几句菊花，又安慰了刘竹瑾，起身往武张氏那边去了。

武仲仁原本不想直接跟武张氏说小秀的事，因为从几个月前开始，武仲仁无论跟武张氏说什么，她都双手合十，要不就说阿弥陀佛，要不就说罪过，好像她只会说这两句话似的。但他现在只能去找武张氏，总不能把这种事倒给一个孕妇。

其实，他看到小秀跟天舍在一起，心里有一种说不出的高兴，终于有男人惦记小秀了，而且这男的还是自己多年相知的高邻家里的长子。这事若能成，真是老天爷开眼了，怪不得前些日子大太太一个劲儿让自己去齐家提，八成这事让她估算准了。

武仲仁见门廊挂了四个大红灯笼，张口喊了一声：这谁挂的灯笼，真不靠谱。秋萍应声从屋里出来，回道：去年的灯笼坏了几个，偏院说今年要多挂俩，最后就剩了四个能用的，去灯笼铺，人家早关板回家过年了。

武仲仁想了想道：那就摘俩下来。挂四个，看着也不吉利啊。秋萍便去找人摘灯笼。

武仲仁进屋，却见武张氏端坐桌旁，手里拿着一串佛珠一颗一颗数着。见武仲仁进来了，嗷嗷嗓子道：这几天老爷忙得不见人影，那天那个洋人生意能行吗？不等武仲仁回话，又接着问：你在外边见着小秀没有，她过年怎么也得回家啊。

武仲仁笑道：那洋人的事也是有一搭没一搭的。

武张氏问道：洋茶叶什么味，老爷喝了？

武仲仁摆手道：我是喝不惯那玩意儿，还加白糖和牛奶，现在光想想我都要吐，八成有人喜欢吧。倒是那个翻译吴秉楠有点意思，看着本本分分的，要是他有意留在北平，我倒想请他来武家做事。大伙计王喜堂不是跟这个不和，就是跟那个过去去，这府上的人没一个说他好话的，干脆给点钱打发了算了。

武张氏道：武家的事自然老爷做主，只是现在家家户户日子都不那么好过，大有大的难处，咱们家表面看着风光，其实也是挨日子。关了几个铺子，这立马又要添丁进口，到时候有老爷操心的。

武仲仁嘴上从不抢白谁，三个太太都是尽量顺着意走，武仲仁认准和气生财的道理，在家里从来都是息事宁人。

武仲仁换了话题，说起在饭馆里看见小秀的事。

武张氏听见这句话，眼睛一下子睁得比铃铛还大，吃惊道：真的假的，哪个饭馆？她怎么不张罗回家？

武仲仁说：她回不回家，咱也做不了主，你坐直了，我还有话没说完。

武张氏瞪着眼，一眨不眨地等着武仲仁往下说，同时把那串佛珠放在了桌子上，佛珠摊在桌上，像一条被遗弃的链子蛇，没了生气。

武张氏屏着气，等武仲仁说完了，那双睁大的眼睛便恢复成一条线，她从胸腔里吐出一口气，把佛珠复又攥到手里，笑着说道：这可正是咱们心头想的，真是天大的好事儿，原以为咱们小秀没人要了，人算不如天算，什么人什么福气，我就说我们小秀运气不会差，得，我这块心病算是消了。

武仲仁说：这事我看没那么简单，这两人都是二郎神的手下，草头神，不过是俩妖魔鬼怪。指望他俩靠上哪家子的谱，我看是白指望，等她回来问问她怎么想的吧。

武张氏嘴里喊了一声"阿弥陀佛"，这时秋萍进来对武张氏说：太太去厨房看看明晚除夕夜的菜吧，厨子们等着您点头呢。

武张氏放下佛珠，掸了掸身上看不见的尘土，跟着秋萍一起去了厨房。

趁这机会，武仲仁往金蔓那去了。他推开那扇绿漆月亮门，一股花香气扑鼻而来。武仲仁顺着香味看过去，却见假山石后边一棵火红的蜡梅开得正旺，枝丫扭曲伸展，红梅花宝石一样镶嵌在上面，香味裹着寒气，溢满了整座院子，武仲仁不由得深吸一口气，大步上了台阶。

几天前，金蔓又独自去了协和医院找皮特大夫。皮特大夫戴着一副金丝边眼镜，头发打理得一丝不苟，举止彬彬有礼，面带微笑为金蔓检查。他先为她拉过一把椅子，用温和的口气问她食欲、睡眠的状况。金蔓一一回答他的问题，顺便摸了一下自己发热的脸颊。从第一次金蔓见到皮特，便对这位洋医生产生了好感。后来几次产检，那种好感有增无减，只要金蔓一看到皮特，她心里那只巨大的螺母，就严丝合缝地扣在皮特这只讲究的螺钉上了，而且越拧越紧。随后皮特让金蔓躺到床上，旁边的护士帮着金蔓脱鞋，又架着她的胳膊轻轻扶着她。金蔓很为自己的体态害羞。她躺着的时候，护士帮她把绸缎坎肩的襻扣解开，又解开里面的绸子丝棉袄，露出缎子内衣，金蔓的脸更热了。她感觉到一个凉凉的听诊器按在了她的下腹部，也就是肚子里婴儿的心脏部位。金蔓几乎屏住了呼吸，她感觉到皮特的脸贴近自己的胸部了，金蔓正要挪动身体，皮特又突然把头抬起来，用手轻轻地按了一下金蔓的肚子，然后才让金蔓起身。他坐回到桌子边，等着金蔓穿衣服穿鞋，最后坐到他面前的那把椅子上。皮特告诉她胎位很好，婴儿发育得也很好，心跳很有力，将会是一个健康的婴儿。他祝贺金蔓很快就要做母亲了，然后示意护士请下一位孕妇进来。金蔓似乎犹豫着不想马上走出去，皮特用一种问询的目光和蔼地看着金蔓那张异常美丽的脸，等着她发问。金蔓却什么也说不出来，犹豫了片刻，她迅速地朝门口走去，嘴里轻轻说了声：谢谢皮特大夫。

金蔓肚子里婴儿成熟的同时，她心里那个假想的恋情也慢慢结了果。她笃定那位皮特大夫也是喜欢她的，这个世界上有哪个男人能拒绝她金蔓呢？她等待着婴儿降生，同时也等待着皮特对她的表白。

武仲仁不关心金蔓脑子里想什么，他更在乎的是金蔓肚子里的孩子，在武仲仁那，有什么能比传宗接代更重要呢。自从金蔓有了身孕，武仲仁恨不能押上自己全部身家，赌"他"是个男孩。夜半时分，武仲仁只要在黑黢黢的屋里一睁开眼，想的就是武家的香火。他给武张氏添了不少香火钱，武张氏当然明白老爷的心愿，烧香拜佛更上心了。

这时武仲仁问金蔓道：医生没说还要注意点什么？用不用再多补补？

金蔓娇嗔地撇了撇嘴道：天天燕窝鱼翅的，还要怎么补。大太太那边即便什么事都不管，每天还叮嘱厨房，无论我想要什么，他们都要立马送过来，老爷就不用操心了，孩子一准足月生下来。

武仲仁往床上看了一眼，便喊翠枝道：回头你去前院，让大太太把那张狗皮褥子找出来，等孩子下生，你们太太身子虚，狗皮褥子正好用得上。

金蔓道：我不要那玩意儿，臊乎乎的。

武仲仁道：瞧你说的，要真有味，我能留着吗？你拿来看看，要是不喜欢就装箱子里，缺什么就吱一声。

其实武仲仁对金蔓的诡异行为并非没有察觉。金蔓每次去医院都不让家里的车送，非要自己找车，也不让翠枝跟着，武仲仁又不傻，当然知道其中必有缘故。他只是不想琢磨那些没用的，再好的女人，在武大爷那都是可有可无的摆设，腻歪了再换新的。

此刻武仲仁端详着金蔓的那张脸，她比以前又丰腴了不少，腮上两抹绯红，配上那双黑葡萄珠似的双眸，更是让武仲仁不错眼珠儿地盯着她看。有一次武仲仁梦见了刘竹瑾，梦里的刘竹瑾娇嗔了不少，不像平时那么刻薄，武仲仁顿生怜爱。梦醒过来，武仲仁琢磨这个梦有什么含义。那一刻他突然意识到，金蔓从未走进过他的梦里。这又有什么含义呢？奇怪的是，每次见到金蔓真人的时候，武仲仁却又仿佛是在梦中。

武仲仁问金蔓，到时候是大夫来家里接生，还是咱们去医院生？

金蔓笑道：看来老爷是真不知道，人家协和医院的大夫可不出诊，到时候我就得住医院里，等生完了再抱着孩子回家。

武仲仁笑道：得，那咱就听人家的，回头让大太太多拿钱，别亏了人家大夫。

金蔓点头，正要问武仲仁是不是在这吃饭，就听见外面有人喊老爷，武仲仁问什么事，秋萍的声音说道：太太有点急事，请老爷过去瞅瞅。

武仲仁站起来对金蔓说：你好好歇着，有什么事让翠枝去前院说。武仲仁便跟着秋萍回到前院。

秋萍掀开门帘子，武仲仁看见小秀正站在堂屋中央跟武张氏说话。见武仲仁进来，小秀喊了声爹。武仲仁打量了一下小秀，小秀今天穿了一身女装，一条百褶裙，外边一件洋装大衣。武仲仁在六国饭店看见很多外国妇女都喜欢这种大衣，穿在小秀身上，看着倒还顺眼。

小秀见武仲仁只应了一声，也不说话，一个劲儿打量自己，忍不住道：您这是看耍猴的啊。

一旁的武张氏笑道：你爹瞧你这打扮觉得新鲜呗。

这时武仲仁也笑道：还是头一回见我们小秀穿这么体面，外面这件大褂儿，看着真好看。

小秀说：您也喜欢洋装啊，这好办啊，下回我裁衣裳的时候喊上您一块去。说完，她瞅瞅武张氏，又说：妈，您也该装扮装扮。

武张氏说：我就算了，天天也不出门，穿好穿歹的没人看。

这时秋萍进来问：小姐在家里吃饭吧？我让厨房添菜。

小秀说：给我炒个大白菜就行，想那口了。秋萍便去了厨房。

小秀对爹娘说道：我回来就是跟你们说一声，我和齐天舍要结婚了，选好了日子就告诉你们，我们在后海那边买了个小院子，他倒腾皮货挣了点,我把妈给我的首饰变卖了点,添补上,先凑合着过,以后有了钱再换大院子。

武仲仁和武张氏如同被点了穴,一动不动。小秀见两人木偶似的呆在那里,不禁笑道:您二老好歹也说句话。

武张氏缓了缓神说道:结婚是好事啊,我高兴都高兴不过来呢,咱们小秀能嫁给齐家,也是你上辈子修来的福分。武张氏咽了口唾沫接着说:不过后海那边哪有什么像样的院子啊,地方还偏。你们要是愿意,就让你爹给你们就近踅摸一个地方,离家近点,以后添了人口,我腿儿着就能过去,老爷的意思呢?

武仲仁附和着武张氏道:你娘说得有道理啊,不如这么着,你们俩把现在那小院卖了,我再给你们添点,买个大点的院子,以后有了孩子还得找伺候的人,住在一块堆也不显得紧绷。

小秀不紧不慢道:不用了,嫁鸡随鸡,碗里有什么就吃什么,二老就甭操心了。

武张氏突然就红了眼圈,撩起衣襟等着眼泪落下来。小秀说:您就别演了,您真难过啊,我怎么不信啊,您原先巴不得我赶紧嫁了呢。

武张氏听了小秀的话,眼泪便收了回去,说:爱怎么着怎么着,反正日子过不下去的时候,惦记回家,娘家妈在一天就得有你一铺炕。

武仲仁听着娘儿俩一来一去地聊着,心思转向了齐家,他琢磨着齐通霖要是知道了天舍和小秀的事会是什么反应,依照齐通霖的脾气,八成得自己闷在书房抽上三袋烟还不算完。

天色渐渐转暗,老水头儿朝亮堂堂的齐家门口望了一眼,说了句:一天又完了。说完便拍拍屁股站起来，收拾家伙准备回家过一个人的除夕。他直起腰，扭头看见武家门口的灯笼也是红得耀眼。两条胡同在两个大宅子交相辉映下，红火而光亮，老水头儿不禁又念叨了一句：老天爷就这么安排的，谁该什么命，就什么命。

老水头儿听见背后有人喊他：水爷爷，我家老爷请您来家吃年夜饭，您麻利儿着。

老水头儿回头看，见是齐家的丫头美雪。老水头儿心里一热，眼眶湿了，幸亏天黑。老水头儿痛快应道：得，就听你家老爷的。便跟着美雪朝齐家走去。

齐家的年夜饭只摆了一大桌，主仆全坐一起。齐通霖让老水头儿挨着自己左边坐，右边自然是王屏画，接下来是三儿的母亲……四个伙计两个回家过年了，剩下两个都在厨房里忙活，美雪一个人来回跑，三儿要帮忙，美雪拒绝了，说她一个人应付得过来。

打眼一看，桌上的人都穿得齐齐整整，一副过年的样儿。齐通霖穿了一件暗红色的团花缎子狐皮长袍。天运也改了装扮，平时的洋装换成了一件半长中式对襟缎子丝棉袄，还是刚回来那阵跟父亲和大哥一块去裁缝王满仓那做的。王屏画穿了一件大红的缎子坎肩，皮毛绳边，里面是一件黑色团花缎子丝棉袄，下边是一条马面裙，头发梳得一丝不乱。天运打量着母亲，然后对母亲道：您今天真美。王屏画咳了一声。其他的人也都是穿着从没上过身的新衣裳，每个人脸上都闪着光亮。

老水头儿直接让美雪从鞋摊上带过来，也没来得及换衣裳。齐通霖把美雪招呼到自己跟前，附耳道：去把我那件刚做的青缎子棉袄拿过来，给你水爷爷换上。

一会儿的工夫，美雪手里拿着棉袄走到老水头儿跟前，把棉袄递了过去道：这是我们老爷给您老的，现在就换上吧。说着，她帮老水头儿换下身上那件打了好几个补丁的旧棉袄，穿上新的。老水头儿高兴得脸都红了，嘴里一直说：哎哟，这可真好……

齐通霖笑道：水爷今儿好好喝几盅，一会儿让美雪先回去帮您把炉子点着，您就踏实儿地在这过年，回去睡暖炕。美雪听后赶紧给老水头儿生炉子去了。

美雪给老水头儿生好了炉子，跑着回来。刚进院子就听见身后有脚步声，知道有人来了，正猜着大除夕夜的，谁不请自来啊，扭头看，却听来人轻轻喊了声：美雪，你悄悄把夫人喊出来。美雪见是天舍，一句话没说去了屋里，悄悄对王屏画说大少爷回来了。

王屏画出了屋门，便疾步下了台阶，朝天舍扑过去，搂着天舍，眼泪扑簌而下，嘴里念叨着：你就不想你娘啊，真是狠心啊……

王屏画扯着天舍进了屋门，屋里的人先是一愣，接着便像是油锅里落了水，一下炸开了。天运把哥哥按在自己的座位上，又拉了一把椅子坐在哥哥旁边。

只有齐通霖不言语，连手上的筷子都没放下。天舍挣脱了天运，从椅子上站起来，毕恭毕敬对齐通霖喊了一声爹，又说了一句：您过年好，给您拜年。大家似乎都等着齐通霖说话，但齐通霖沉默着，王屏画用手捅了捅齐通霖的腰眼儿，齐通霖这才咳了一声说道：回来就好，吃饭吧。

齐通霖跟老水头儿两人喝了一瓶竹叶青，两张脸对着红，老水头儿的眼睛贼亮。天舍和天运两人只顾闲聊，菜都没怎么吃。末了王屏画让美雪跟自己去厨房煎年糕。美雪端着一盘子煎好的年糕跟在王屏画身后往回走，到了门口,看见老水头儿掀开门帘子正往出走,后面的齐通霖跟出来了,嘴里还一个劲儿地说:我说您就在这委屈一夜,明儿再回去得了。老水头儿抱着拳,醉醺醺道:这已经够意思了,连吃带喝带拿的。说着抬抬拎着的东西。

送走了老水头儿,大家伙热热闹闹吃了年糕,说着吉利话。只有天舍和天运只笑不说,王屏画用手照着两人的后脑勺每人轻轻赏了个巴掌,嘴里悄声道:就你们新潮。年糕吃完了,三儿扶着娘往家走,齐通霖道:明儿陪你娘逛庙会吧。又扭头对夫人道:我去书房清净清净,你们是想守岁还是想早歇,随大家伙的意愿。说完,拂袖而去,天舍天运连忙站起来目送。王屏画又吩咐美雪给老爷沏壶茶送到书房。美雪应了一声也走了。

屋里就剩下王屏画和天舍天运母子三人,王屏画满脸笑意,目光在两个儿子身上来回逡巡。突然,王屏画的眼泪下来了,眼泪像是珠子似的,扑簌簌往下急落。俩儿子互相看了一眼,便一边一个坐在母亲旁边安慰,王屏画一边哭,嘴里一边叨叨:你们俩一点都不让我省心啊,一个不回来,一个倒是在家,就是不相亲,不相亲哪来的媳妇儿,没媳妇儿怎么生孩子,不生孩子,齐家断了后怎么跟祖宗交代?天舍和天运在一旁大眼瞪小眼,不知道说什么。恰在这时,美雪掀开门帘子进来了。兄弟俩同时长出了一口气,只听美雪喊了声:太太,老爷喊您呢,让您赶紧去一趟书房。王屏画闻听,立马抹了一下脸,整理整理头发,二话没说跟着美雪走了。

屋里只剩兄弟二人了,天舍提议道:不然咱们再喝点?

天运笑道:我是甘拜下风,大哥想喝,我陪着就是了。

天舍拿起桌上的酒瓶子,先给天运的酒盅倒满,又给自己换了个大杯子,把剩下的全倒给了自己。然后举起酒杯对天运道:弟弟在家照顾二老,辛苦了,敬你一杯。说完,喝了一大口。

天运端起酒盅，抿了一小口道：大哥客气了，我虽然在家，可天天去医院，反倒是母亲照顾我多一些，真是惭愧。

天运问道：大哥这次回来就不走了吧，娘一直惦记大哥，美雪说娘经常自己落泪，肯定是因为想你。

天舍道：不瞒你说，我在后海那边置办了一个小院子，我准备跟小秀结婚，我们现在就住在那。

天运高兴道：恭喜大哥啊，咱们家终于有喜事了。

天舍道：这些日子我在关外长了不少见识，生意做得顺手，也是托了家里的福，一提到父亲的大名，好些人要跟我做药材生意。一开始原本是想做皮货生意，可现在看，药材生意倒比皮货生意更顺手。说完，天舍又喝了一大口。

天运道：大哥生意这么好，我真从心里为大哥高兴呢，来，我敬大哥一杯。说完，一仰脖，把酒盅里的酒倒进嘴里。

外面有人放爆竹，一听见爆竹响，天运来了精神，把筷子和酒盅一推，站起来对天舍道：哥，咱们去放爆竹吧，也去去晦气。

天舍也兴奋起来，哥俩前后脚出了屋门，见美雪和伙计们在院子里边放爆竹边笑，美雪手里还拎着一个灯笼，里面点了蜡烛，火苗随着美雪的跑动来回攒动，天运朝美雪喊道：留神你那灯笼，别烧着了……

话音没落，美雪手里的灯笼突然就烧着了，眼看着一个灯笼瞬间变成纸灰，除了美雪大家伙都笑起来。天运对美雪说：再去拿一个点上不就得了。美雪回屋去拿灯笼。天运从一个伙计手里拿了几个爆竹，接过香火，点燃爆竹捻儿，爆竹啪的一声。天舍也要放，两人一起放起来，在一次次的炸响中，天运一边笑着，一边招呼天舍道：大哥，你留神别烧了衣裳。

这会儿美雪已经换了一盏灯笼，从屋里跑出来。这次的灯笼是个金鱼形状的，肚子又圆又大，比刚才的灯笼更亮，随着美雪欢快的步子，金鱼的尾巴也左摇右摆。美雪对天运喊道：二少爷，这回您就别念叨了，它要是能撑过新年，我给你绣个香袋挂你屋里。

天运笑道：我不说了，你也别给我绣香袋，我屋子里不用那玩意儿。美雪瞪了天运一眼。

王屏画从书房一边听到院子里吵吵嚷嚷，一边听齐通霖说过了年的打算，比如给俩儿子说亲是两件要紧的事，还有美雪老大不小了，该给孩子找个好人家。王屏画说那要看孩子们自己心里怎么想，说到美雪，王屏画心里一阵不舍。齐通霖明白夫人的心思，看她平时大大咧咧，心里有时候比针鼻儿还小，丁点的事都过不去。便说道：得，算我没说，走一步看一步吧，你赶紧出去跟孩子们一块热闹吧。

王屏画站在门廊上，美雪赶紧回屋拿了一件棉斗篷披在王屏画身上，王屏画想起刚才老爷说要给美雪寻婆家的事，鼻子又一酸，怕眼泪掉出来，便仰头朝天上看，却见满天星斗，密密麻麻。再看看院子里戏耍的年轻人，心里一股说不出的滋味。她扭头看见美雪手里的灯笼，偷偷抹了一下眼角，笑着问她：你今儿晚上这是第几个了？记得去年你烧了足足有五六个灯笼，八成你这丫头是水命，见不得火。正说着，美雪手里的金鱼灯笼一晃悠，又烧着了。引得王屏画一阵笑。

天运趁哥哥放爆竹，把他跟小秀的事告诉了母亲。王屏画吃了一惊，但很快便高兴起来，她拍着手说道：这下可好了，齐家总算有点新鲜事，得赶紧让美雪把后院正房收拾出来，过了年选个日子就办事。

天运赶紧把他们在后海置办院子的事说了，王屏画的心往下一沉，她对天运道：你哥还跟你爹赌气呢。

院子里的爆竹声太响，天运好像没听见母亲说什么，只是微笑着。

美雪又拿了个灯笼从后院走来，这回是个荷花灯笼，天运笑道：这次你干脆老老实实站着吧，再烧了，明天晚上看你点什么。王屏画道：你是不知道，每年咱们美雪烧灯笼都是一出大戏。扭头对美雪道：有的是灯笼，你尽管烧，这是去晦气呢。

天运隐约听见堂屋里的钟敲响了，这是午夜钟声，新的一年来到了。天运不想提醒母亲，也不想打扰院子里放爆竹的大哥。他默默地数着数，钟敲完最后一下的时候，却看见父亲慢悠悠地从书房走出来，天运喊了声爹。

齐通霖应了一声，随口说了一句：今年这年过得有点恓惶，胡同里爆竹都没往常响了。王屏画虽然靠近天运站着，但是耳朵却朝齐通霖那边竖着，齐通霖哪怕放个不响的屁，王屏画都能听得真真儿的。听齐通霖这么说，便道：瞧老爷说的，哪就恓惶了。

这时候一个人影从垂花门走进来，是三儿，每年这点，三儿都赶着过来拜年。三儿走到齐通霖和王屏画跟前，半蹲着道：给齐先生、夫人拜年，祝愿二位新年大吉、贵体安康。说着朝齐通霖和王屏画磕头。王屏画赶紧道：起来吧，地上多凉啊，赶紧进屋吧。

三儿跟着齐通霖和王屏画进了屋，把手里的一个包裹放在地上道：这是我娘头午炖好的两只老母鸡，给您二老补身子。

齐通霖笑道：难为她一片心，你放下东西就回吧。

三儿走到院子里，看见天舍正在跟天运低声说话，赶紧给二位少爷作揖道：给二位少爷拜年。说完，便大步流星走出院子。

在院子里闹够了，齐通霖和王屏画回屋歇着，天舍对天运道：你跟爹妈说一声我走了，我就不打扰他们了，过几天跟小秀一块来拜年。天运点头，目送天舍。

天运进屋跟二老说大哥回他自己的家了。王屏画明知故问道：他自己的家？在哪？齐通霖在一旁端着烟袋锅，做出不动声色的样子，其实在等着天运说。

天运将事情原委说了一遍，齐通霖听完，心里说不出的滋味，但这毕竟是个好事，点点头道：随他吧。王屏画问：你大哥没说什么时候回来吗？

天运摇头，王屏画便失落道：媳妇儿没过门就把娘忘了……

天运笑道：瞧您说的，他能忘了您啊，回来第一件事还不是给您送东西。

王屏画一边朝天运使眼色，一边问齐通霖是想吃点夜宵，还是立马睡觉。齐通霖假装不在乎天运那句话，心里却像是有块石头往下压。听王屏画问便心不在焉道：睡吧，人一老就熬不了夜了。

王屏画熄灭了卧房里的油灯，摸着黑躺下了，却听见齐通霖的声音悠悠地传过来：老大到底演的哪一出，你和天运又在嘀咕什么呢？

黑暗中王屏画无声地笑了，她将天舍跟小秀的事仔细说了一遍。齐通霖听罢，沉默一会儿道：说起来这桩婚事也并没出格，两人你情我愿的，现在的年轻人不是正时兴这个吗？而且武家以前来提过这门亲，当时我还嘲笑他不靠谱，看来是我眼力差，人家自己好上了。我只是担心老大不是那号过日子的人，还有那个小秀，每次在胡同里碰到，要不是她喊我，我没一次能认出她来，总是扮成个男的，以后两人真成了婚，千万变回女的就得。

末了这句话把王屏画逗得笑出声来，王屏画说道：瞧老爷把人家闺女褒贬的，人家不用变女的，人家压根儿就是女的。我看小秀那孩子不错，虽说看着有点各色，可性子直，等她成家生了孩子就上道了。两人你一言我一语，直聊到窗户纸泛了白光儿，才睡去。

王屏画迷迷糊糊听见胡同里爆竹声响，一个激灵坐起来，床头的座钟已经九点十分了，慌得她跳下炕，一边找鞋一边自言自语：这可晚了。扭头一看，齐通霖那边早空了，这下王屏画更慌了，趿拉着鞋，披上衣服，一边扣着衣扣，一边朝屋外走。美雪穿了一身新衣服，手里拿着一把扫帚，两腮冻得通红，看见王屏画，她笑道：给夫人拜年。

美雪摆好了早饭，筷子还没拿稳当，院子里就有人喊拜年啦。王屏画撂下筷子，走出屋门，见是几个街坊过来拜年，王屏画赶紧招呼他们进屋，又让美雪上茶。刚把人送走，齐通霖半拉饺子没咽下去，另一拨拜年的又到了。王屏画索性让美雪先把早饭撤下去，一拨接一拨，拜年的络绎不绝。一直过了响午，美雪说：老爷太太先吃口饭吧，中午头上八成不会有人来了。

下午来拜年的不多，齐通霖对王屏画说：你招呼着吧，我去胡同里转转，顺便也去拜拜年。王屏画说：小心让爆竹崩着。

晚饭的时候，齐通霖才从外边回来。吃完了晚饭，王屏画就盯着厨房赶紧准备明天的餐食，好在武家派了俩厨子过来帮忙，王屏画才稍稍放了心。一天没跟天运说上几句话，这会儿稍微闲下来，便往天运屋里去了。

大年初二是个晴天，刮了一夜的风，黄土坑胡同像根清洗过的鸡肠子，干净爽利。武仲仁特意比平常早起半个时辰，他知道今天去齐家的人非同寻常，想早点去帮着齐通霖应酬。

拐进黄土坑胡同，风变得柔和了许多，胡同里已经有出门拜年的人了，每个人都是从头到脚的新，也许是新鞋不好走路的缘故，走路都小心翼翼的。

武仲仁走到齐家大门口,见一边一个大灯笼纹丝不动,只下边的穗子随风轻轻摆动。朱红的对联贴在门两边：天增岁月人增寿,春满乾坤福满门。"福到齐家"的横批显得有些霸气。武仲仁笑了,他知道这是齐通霖亲自写的。往年武仲仁都会向齐通霖讨春联,今年武张氏不知道转弯抹角让谁找了个法源寺的和尚写了副春联,早早地送过来了,武仲仁不想扫武张氏的兴头,便贴了。

大门虚掩,走进院子,不知什么时候北屋门前的一个大花盆里,竟然栽了一棵白色的蜡梅,此刻正在寒冷清爽的空气中大吐芬芳。这让武仲仁想起金蔓的那棵红色蜡梅,他不禁笑了,心想,雅趣倒是相投。美雪恰好从天运屋里出来,手里拎着一个白铁皮的大水壶。看到武仲仁,她高兴地招呼道：武老爷来了,给您拜年,我们老爷正等着呢。说完赶着跑到武仲仁前边,撩起门帘子。齐通霖正站在屋中央,一副迎客的架势。

齐通霖一早醒来的时候,见夫人那边早空了,便赶紧穿衣服起身。他走到堂屋,往冷水盆里兑上点热水,洗完脸刚要出屋,美雪便端着早饭来了,她把盘子碗摆好,说了声：夫人让您吃完了歇着,今儿有您忙活的。吃完了早饭,齐通霖站在屋里,正琢磨着客人八成都在路上呢,便听见了院子里的动静。门帘子掀开处,却是武仲仁,齐通霖拱手笑道：过年好,生意兴隆啊,过来坐。

武仲仁回礼道：给兄拜年,杏林翘楚又一春啊。

齐通霖见武仲仁笑得跟一朵花似的,便道：过个年有那么高兴啊,不是有什么喜事瞒着吧。

武仲仁故作神秘道：好事不能急着说出来。

齐通霖道：别卖关子了，还不是那点糟心的事，你还当宝贝似的，回头你哭都来不及。

武仲仁的情绪并没让齐通霖用一把凉刀子切了去，他说道：我跟你老兄不一样，你老兄是有好事绷着，不乐。我是没好事自己找点好事，也得先乐起来。

两人说着话，伙计送茶进来，武仲仁赶紧问美雪干吗去了。伙计说美雪跟二少爷在前院等着迎客人呢。武仲仁埋怨道：这大冷的天，站外头，要我说把大门一敞，谁来了自己往院子里走。

齐通霖说道：怎么也得讲究个礼数啊，再说今儿还有洋人，别让人家觉得咱们礼仪之邦名不副实。

外边传来王屏画的声音：哎哟，冯先生来了，有一阵子没见了，过年好啊。

冯临声进门，笑着朝齐通霖作揖，道：给老兄拜年。说着将手里的一瓶酒奉上。又转向武仲仁道：武老板过年好。齐通霖接过酒放在桌上，说：一会儿尝尝你的酒。

这时，天运和美雪站在前院那棵枣树下一边说话，一边等着客人到来。

美雪今天穿了一件红底子小碎花的棉袄，下边是一条深棕色缎子棉裤，棉裤的料子跟王屏画的裙子用的是一块料子，里边絮的丝绵，丝绵不用太多，穿上又暖和又轻快，美雪喜欢得不得了，穿的时候小心翼翼的。

美雪眨巴着那双明亮的眼睛看着天运，说道：自打二少爷从外国回来，夫人真是变了个人，天天高兴得像是得了喜帖子似的，要是二少爷能再给齐家娶个媳妇儿，生个孙子，夫人得高兴成什么样啊。美雪说完，眯着眼睛看着天运。

天运说：你就别操心别人了，夫人最希望你能嫁个好人家。

美雪嘟着嘴说：我不找，我要伺候太太一辈子，等太太百年以后我就出家当尼姑去。

天运笑道：你要是让太太听见这话，她得多心疼啊。

天运的话音没落，三儿一脚踏进大门，看见天运和美雪，赶紧朝两位行礼拜年。然后，他朝院子看了看，见挂了灯笼，便问今天是不是有客人。美雪道：是二少爷医院里的贵客。三儿听美雪这么说，便不打算往里走了，道：没事，我就是看看老爷今儿用不用车，要是不用，我带我娘去庙会转转。

天运道：今天肯定不用车，你尽管放心去。三儿听天运如此说，便拱拱手，走了。

这时丁汝麒走进来，天运赶紧迎上去，却见浦爱德在丁汝麒身后。

天运引领二人进了屋，齐通霖跟丁汝麒寒暄完，转身对浦爱德说：可以跟您握手吗？

浦爱德点头笑道：当然可以。齐通霖便跟浦爱德握了手。浦爱德接着说道：不过在我们国家，无论男人还是女人，见面的时候最常见的礼仪，就是互相亲吻，像这样。说完，浦爱德很自然地与站在一旁的天运拥抱并且互相亲吻面颊。这个带有示范性的动作，使得周围的人兴奋起来。武仲仁道：用中国文化来说，这是大忌，我们讲究男女授受不亲，意思就是男女不能过分亲密。

浦爱德点头道：我尊重贵国的文化习惯，人各有道，国各有法，各行其道，殊途同归。

齐通霖听浦爱德这么说，觉得这位蓝色眼睛的外国人，不但中国话说得好,对中国的文化也很有体悟,不禁有些佩服,一下子拉近了距离。齐通霖让各位就座,又让天运去厨房喊夫人过来。话音刚落,王屏画便从外面走进来,天运将浦爱德介绍给母亲,免不了又是一阵寒暄。这时候听见院子里一阵清脆的脚步声,天运猜到一定是安娜,赶紧出屋迎接。

天运站在台阶上,被安娜的美丽震慑到了。她头发光亮整洁,像是刚刚在理发店做过,身着一件深棕色的呢子长大衣,大衣下边露出里边的长裙,长裙下是一双淡咖啡色的高跟皮靴。安娜与天运对视着,微笑着,鲜亮的双唇开启处是两排珍珠一样白皙的牙齿,天运感觉到此刻的安娜像极了初次见面的露易莎。

安娜走近天运,见他发呆,便用手在天运的眼前晃了晃道:过年好。天运这才回过神。没等天运说话,安娜将手里拎着的一个袋子递给天运,说道:这是一盆兰花,作为新年礼物。天运赶紧道:你一会儿进屋直接给我母亲最好。安娜笑着点头。

天运为安娜掀开门帘子,安娜进门那一刻,屋里所有的人都转过身,用一种略带惊讶的表情看着她。天运赶紧介绍道:诸位,这是我的同事,协和医院眼科大夫安娜。安娜在一旁补充道:安娜·史密斯,来自美国威斯康星,是眼科实习大夫。王屏画最先反应过来,走到安娜跟前,笑着拉起安娜的手道:这大老远的,跑到这来,不容易啊。安娜顺手将手里的袋子交给王屏画说:这是给您的新年礼物。王屏画接过来,感觉沉甸甸的,打开一看,竟是一盆兰花,便拿出来摆在就近的条几上,退后几步,啧啧道:真好。冯临声也在一旁附和道:真是雅致。齐通霖嘴上说欢迎,心里却有几分讶异,他从没听天运说起过协和医院有这样一位安娜大夫。这时浦爱德走到安娜身旁道:很高兴见到你,我们在一个医院工作,却从没见过面。安娜道:我听说过您,只是没见过。浦爱德道:是啊,平时大家都很忙,医院也很大,见面的机会不多。今天可以好好聊一聊了。

王屏画见客人到得差不多了,便悄声对齐通霖道:是现在开席呢,还是让大家伙再熟络会儿?齐通霖道:甭等了,跟厨房说,先上凉菜,酒先喝起来,不喝酒的喝茶。王屏画点头,张罗去了。

齐通霖让大家伙入座,你谦我让的,好一阵热闹。等大家伙都坐下以后,却又来了一位不速之客,南京政府卫生部部长的秘书方有平。

因为院门大敞着,方有平便直接进到院子里,他大踏步走上台阶,站在门前,整了整衣服,摩挲一下头发,提高声音喊道:方有平给齐先生拜年啦!

天运耳朵尖,听见门口有人喊,赶紧走出屋门,天运只见过方有平一面,但方有平身上那股子练达劲儿,让天运印象深刻。天运笑着朝方有平伸出手道:原来是您,欢迎欢迎。

齐通霖看着方有平有点愣神,猛然想起这人是卫生部部长的秘书,只是忘了他的姓名,正冥思苦想,冯临声喊道:方秘书,来得巧。齐通霖才恍然道:欢迎方秘书,来得早不如来得巧。

武仲仁不认识方有平,听别人喊他方秘书,猜出是个混官场的,武仲仁对官场的人总是不由自主地巴结,见方有平坐下了,赶紧端着茶壶为方有平倒茶。方有平点头致谢,嘴上却一个劲儿朝齐通霖道歉,说自己不请自来,有失礼仪。齐通霖却说:有句话说有朋自远方来不亦乐乎,咱们见过一面,不算生人。方有平微笑着落座。

酒过一巡,刚开始上热菜,坐在齐通霖旁边的浦爱德扭头问齐通霖道:我早就听说您是享誉四方的名中医,我一直很好奇,中医是在什么样的理论基础上建立的呢？不等齐通霖回应，浦爱德接着说道：我先大致说一下西医，西医是建立在人体解剖学、血液循环和免疫学的理论基础上的。西医治病，依据的是观察实验和推理，总之一句话，若没有人性的解放，以及科学的发展，西医是不可能建立并进步的。我在中国已经居住了很多年，当我还是个小孩子的时候就跟随父亲来到中国，那时候我就迷恋上了中国的文化。后来回到美国学习医学，再后来我又回到我的第二故乡中国，希望为中国的公共医学出一些力。但我同时注意到了中医，我感觉它能够在中国这片神奇的土地上发生发展到今天，一定有它不可辩驳的生存道理。一直以来，我总想找机会结识中医大夫，向他们讨教，很荣幸我与贵公子成了同事。现在我非常冒昧地向您求教，究竟什么是中医赖以生存的理论依据，是什么支撑着它存在了几千年？

浦爱德一口气说完上面那些话，她有时说得很慢，努力找合适的词表述自己的意思，但最终她都能准确无误地将自己想说的话表述出来。说完之后，浦爱德睁大眼睛，期待地望着齐通霖，她那像孩子一样单纯的眼眸里透露着真诚。大部分在座的人心里都明白，她提的这个问题既大又十分复杂，就算找专业人士洋洋洒洒写上一篇大文章，恐怕也说不清楚，从这点上论，这个问题对于齐通霖来说，无异于一个"当头炮"。

齐通霖听浦爱德说出那番话，心里翻来覆去地想着，他不紧不慢地喝了一口酒，脑子里转悠着怎么回应面前这位真诚的外国女士，不经意间却瞥见方有平和丁汝麒两人也满脸通红地望向自己，尤其是丁汝麒，脸上还现出几分尴尬，仿佛浦爱德提的那个棘手的问题是受他指使的。齐通霖放下酒杯，顺便瞥了一眼冯临声，只见他正低着头用筷子夹八宝酱菜里边的一颗花生，那颗花生其实只有一半，而冯临声并不想换一颗整个的夹，他似乎十分专注，好像根本没听见浦爱德说什么。齐通霖的嘴角露出一丝难以察觉的笑容，他想起冯临声跟自己说过的一句话：在理论依据上，中医显然不及西医，可以说这是中医的短板。那时候冯临声刚从日本回国不久，满身都是生鱼的腥味。

齐通霖不想将中医与西医做比较，因为自己对西医一无所知，他压根儿就是为中医而生的，他每天做的想的梦的，都是经方、验方、草药、脉象。以前他对于西医并没太往心里去，自从二儿子天运去英国学习西医以后，齐通霖开始琢磨，究竟是什么让自己家孩子放弃祖业，而去学习西医？必定有缘故。

齐通霖放下酒杯，他真诚地看着浦爱德说道：我真的感到惭愧，因为我对西医一窍不通，我只知道西医到最后就是给病人开刀，把有病的地方割下来。

齐通霖看见天运无声地笑了，又见站在门边的美雪捂着嘴不敢笑出声，他扭头看到了夫人王屏画的脸，她有些担心，似乎想阻止他说下去，但克制住了。

齐通霖咳了几声继续说道：话说回来，我觉得这招确实管用，比方说一个烂萝卜，把烂的地方挖掉就能吃，我琢磨西医开刀就是这意思，与其让它由着性子烂下去，最后要了命，不如断了祸根。毋庸置疑，中医的目的与西医一样，都是要把病人治好，但中医不讲究用刀子割，中医讲究的是辨证论治。这是什么意思呢？辨证是通过四种诊断方法，望、闻、问、切，辨识病症，大夫心里明明白白的，知道这病因何而起，病在哪里，探出邪正关系，然后就要施治，根据草药的药性阻断病症，让病人痊愈……

齐通霖说完这段话，拿起茶杯喝了口茶，他抬起头的时候见浦爱德一脸懵懂，显然没明白。一旁的安娜却十分兴奋，说道：听起来很有意思，不过您说的那四种方法非常高妙，我可能真的学不会。

冯临声接道：若舍得花工夫，也并非那么难学。

浦爱德对齐通霖道：若有机会，我十分愿意学习中医学。听您刚才的讲解，我感觉中医有一种哲学意味，这让我很好奇。

齐通霖点头，没说什么。冯临声却道：您的感觉非常正确，在我们华夏大地，中医属于古老的中国哲学的一部分，一位优秀的中医大夫要具备哲学思辨的头脑，以及对于中草药的超凡领悟。

齐通霖意味深长地看了冯临声一眼，对浦爱德说道：其实您提的那个问题，咱们桌上最有能力回复您的，就得算这位冯先生了。想必您不知道，冯先生中西贯通，以前是中医界的翘楚，之后去日本国学习过，深谙西医，他是最有发言权的。

冯临声明白齐通霖这么说，多少带着几分讥讽，但他不在意，扭头对浦爱德说道：西医，如您所说，建立在科学的基础上，并随之发展，可称为医学科学，属于科学范畴。而中国的医学，刚才我说了，是中国哲学的一部分。中国哲学的精髓我认为四个字可以概括，那就是"天人合一"。天人合一是什么意思呢？得从根儿上说。中国老祖宗把人看成大自然的一部分，这是合乎道理的，当年女娲补天造人，一个个土人造出来，完全得益于皇天后土……说到这，冯临声狡黠地笑了笑，又接着说道：人既然是大自然的一部分，若要想干什么事，就要跟着大自然的规律走。简单来说，农民种田，要遵循大地的规律。春天万物更新，大地苏醒，这时候最适合播种；而漫长的夏日则是万物生长的时机，人类要有足够的耐心等待；秋天是收获的季节；冬天适宜寄居屋内，养精蓄锐，保存力量。这是怎样一个自然的过程啊，想想都令人激动。而疾病的产生，便是与自然规律相悖的结果，比如天冷不加衣，夜深不卧眠，久而久之，病上门来。

冯临声说完，长出一口气，他看了一眼齐通霖，齐通霖毫无反应。

浦爱德听得有些兴奋，脸上微微泛红，等冯临声把茶杯放下，浦爱德说：很有意思，这跟西方很不同。浦爱德请求冯临声接着说。冯临声笑道：浦爱德女士，您知道中国有一句成语叫抛砖引玉吗？就是普通人先把砖头扔出来，高人再亮出玉石，我刚才只是给齐先生开个头，重头戏得齐先生亲自出场。

齐通霖笑道：老弟并非抛砖引玉，而是开门见山。他扭头对浦爱德道：中国还有句成语叫高山仰止，冯先生就是一座高山，我比不上他。

正说着，伙计进来上菜，放到桌上的是一个大砂锅，一旁闷了半天的武仲仁道：大家把哲学成语什么的先放一边，听我介绍这道菜，这是我们家厨子拿手的一道菜。在座的便都把眼睛看向武仲仁，武仲仁接着说：我最近刚从老家安徽接来一位厨子，这道老鸭汤是安徽沿江一带的传统菜，我特意问了厨子，倒也没什么特别的技艺，火候到了就得。只一样，鸭子要老，还得是活的，现宰。我让家里的伙计特意出城，找了几只农户养的老鸭。武仲仁亲自给桌上的人一碗一碗地舀汤，一边舀汤，武仲仁一边说：里边的配料也讲究，我跟齐先生求了几根虫草，人家一开始还老大不乐意呢。说着武仲仁瞅了一眼齐通霖。

齐通霖的心思完全不在老鸭汤上，他略微皱着眉头，眼睛虽然盯着眼前那一小碗汤，心里却在琢磨刚才冯临声那些话。冯临声说得不错，他的话确实只是个开头，在这样的场合，谈论这么严肃的话题，有点不合时宜。但齐通霖心里十分清楚，今天的筵席绝非普通的一顿饭，方有平的不期而来，让齐通霖有一种不祥的感觉。国民政府中的一些人,对于中医已经有了很大看法,报纸上也有报道。反对中医一方,以一个也是从日本国学习归来的余姓人士的发声最为强烈,他列举中医的种种弊端,颇耸人闻听,欲废中医于一朝一夕。或者,方有平今日不期而来有什么特别的意思?这么想着,齐通霖用眼睛扫了一眼方有平,没想到方有平此刻也定定地望向自己,当两人的目光相遇时,方有平竟然下意识地躲闪开了,低头喝起眼前那碗老鸭汤。

齐通霖从袖管里顺出那柄烟袋锅,掂在手里抚摸着,烟袋锅被捂得热乎乎的。齐通霖朝浦爱德望去,浦爱德并没有喝汤,依然期待地看着齐通霖,她等着齐通霖说出更有意思的东西来。齐通霖笑着对冯临声道:论学问我不如老弟你,话倒是有几句,借着几分酒胆也在这念叨念叨。齐通霖咳了几声接着说道:还接着刚刚冯老弟的话头说,"天人合一"讲的是人和自然的关系,这是中国古代哲学家们争论不休的一件事,中国医学既然建立在哲学基础上,自古医家们必然要琢磨它,我便经常琢磨这事。若说人是自然的一部分,那就什么都要跟着自然行,若是自然走错了道呢?所以我更赞成荀子那句话"制天命而用之",就是说人要想法子跳出那些老天爷布置的陷阱,别让它往坑里带咱们,咱们得机灵着点,这样才不至于受制于它。

冯临声一个劲儿点头,这节骨眼上,哪怕这会儿齐通霖痛骂自己,他也要笑着点头。因为冯临声早就得到消息,过了农历新年,国民政府将会颁布一个有关中医的条例,这对于中医界将是致命打击。新历年刚过的时候,一天冯临声接到方有平的电话,说部长有请,到舍下叙谈。冯临声诧异,问部长不是在南京吗?方有平说昨天夜里刚回到北平。冯临声想,南京政府的部长大人第一时间要见一个无官无职之人,虽说以前有交情,可那时部长还只是协和医院的外科大夫。冯临声见到部长,部长便开门见山,让冯临声起草一个有关中医与西医优劣的文稿，不用详述，列出条纲即可。冯临声问是不是很快有什么举措。部长讳莫如深，先是点点头，后又摇摇头说：过了农历新年，南京会颁布一个条例，对旧医乃至从业人员都将是一个致命打击。冯临声的脑子转得飞快，而后表情平和地对部长说他最近偶染小疾，正打算去通霖医社求医，又问文稿大概什么时间要。两件事都说得十分轻描淡写，但部长从冯临声心不在焉的神态上明白了他的苦衷。部长掐灭手里的烟，说那就先看病吧，文稿的事我再看看找谁合适。部长又提起想让冯临声来政府就职，冯临声依旧婉言谢绝。

齐通霖似乎从冯临声的神情中看出些端倪，觉得今天冯临声十分顺从，平常那些怪话、逗话全没了。齐通霖朝桌边的人扫了一眼，除了武仲仁吱溜吱溜地喝汤外，其余的人都停了筷子放下汤匙等着他的下文。这时安娜突然问道：像刚才冯先生和您说的，中国的医学是中国哲学的一部分，那它们究竟有什么关系呢？哲学又是怎么作为医学的基础的？

齐通霖听安娜如此问，心生喜悦，觉得这位异域的年轻人十分聪慧，一问便问到点子上，他朝着安娜点头道：您算是问到节骨眼上了，中医药是中国哲学的一部分，到了诊病这块，就显出了哲学的意蕴。刚才冯先生说的"天人合一"，还有荀子的"制天命而用之"，这些哲学到中医药里成了至关重要的一点"治未病"，就是治未得之病。有人要问，没得病治什么？中国文化里有防患于未然一说，也叫未雨绸缪，就是说一件不想让它发生的事，怎么才能制止发生。比如一间稻草房，最让主人担心的就是着火，就得想办法，不让它着火；若真着火怎么及时制止，让损失减到最小。治病也是一样，要真能把病抑制住，天下无病，岂不皆大欢喜。这时武仲仁插嘴道：真要那样，老兄不得喝西北风啊。大家伙笑起来。齐通霖斜了武仲仁一眼说：

真那样,我就帮你卖茶叶去。又是一片笑声。

齐通霖兴致颇高,顾不上吃喝,一改平日缄默之风,话语如珠,一旁的王屏画心想,今儿可有点人来疯了。王屏画看了一眼天运,天运正在看安娜,安娜不错眼珠地看着兴致勃勃的齐通霖。这时天运发现母亲看自己,便笑了笑。王屏画站起身为客人布菜,齐通霖知道她这是提醒自己少说点,可他正说得高兴,哪停得下来。喝口茶,清清嗓子,齐通霖接着说道:今儿有点絮叨,大家伙不喜欢听我就快点说,反正想说的话得在正月说出去,正月一过就该干吗干吗了。说到这,就得提一提《黄帝内经》这本古医书。

冯临声听见齐通霖提起《黄帝内经》,莞尔,琢磨着这老兄连压箱子底儿的都要往外端了。冯临声想起好多年前,自己那时候还是名满京城的"小儿冯",有一个自己的医社,上午看完病人,下午顺道齐府,齐通霖也是刚从医社回家,两人前后脚到,喝茶聊天,主要就是聊《黄帝内经》。那是个春天,北京的玉兰花开得让人心醉,有那么七八天的时间,两人见面最先说的话是:这花儿开的,满京城就看它了。后来的很多时日,冯临声想起那段日子眼前就会出现紫色与白色的玉兰花,以及《黄帝内经》。两人见面,大部分时间都在齐家后院的花圃里,美雪那时候还是个小丫头,茶盘都端不稳当,王屏画总笑着说这丫头太笨。美雪小心翼翼地端着茶盘走进花圃,把茶壶茶杯放在石桌上,什么话都不说,转身就走,冯临声逗她道:你不给我们倒茶啊。美雪吓得一溜烟跑走了。两人曾为到底谁是那个"黄帝"争得面红耳赤,齐通霖认为黄帝就是中华文化的始祖,就像《史记·五帝本纪第一》里记载的那个"生而神灵"的伟大君主,他无所不能,懂得大地上的事情、人间的疾苦,他自然也关心疾病和草药。而冯临声认为黄帝不是一个人,是很多人,或者根本就是作书者的假托,总之只是个托词而已。两人都找出很多的例子来证明自己的观点，还搬出明清的学者、医士来，让他们站在自己一方。但最终，两人都发现这是个十分无聊且无益的争论，之所以争论，或许只是因为春光太明媚，在这样的天气里要用世间的烦琐之事，将每一个生活的褶皱都塞满，让春天由于沉重而滞留久些。两人在花香四溢的花圃当中微笑着抿茶。他们谈得最多的还是经方和验方，哪家药铺的药性大，哪家的弱，去哪家药铺当心假药，诸如此类。此刻冯临声从过去的思绪中回来，看着已经有些苍老的齐通霖，心里颇有些感触，他低下头，微闭双眼，听齐通霖说下去。

齐通霖想接着讲《黄帝内经》，但不知为什么刚才那种说话的欲望突然消失了。他的两眼透过窗户向院子里看着，齐家的纸窗户已经在年前改成了玻璃窗，院子里的一切都看得真真切切，西屋门前枯干的藤萝架像是一根根老人的筋络，院子当中的大鱼缸此刻水已清空，寂寞地立在寒风中，院子里的红灯笼被吹得东倒西歪，有一个被风吹落，正躺在地上。

战国时期？那是哪一年？当齐通霖继续他的演讲，提到《黄帝内经》的成书年代时，浦爱德问道。冯临声回应道：那时候正是欧洲的古希腊、古罗马时期。浦爱德点点头。当齐通霖谈到藏象学说的时候，浦爱德又打断齐通霖，让他稍微详细地阐述一下，并请求他将两个字写出来，好让她有更直观的了解。齐通霖喊了声美雪，美雪应声而来，齐通霖让她去书房拿笔墨。一会儿，笔墨到了，齐通霖将纸铺在一旁的条几上，等美雪研好墨，齐通霖写下"藏象"二字，众人看去，都叫好。浦爱德表示她很喜欢齐先生写的这两个字，并向齐通霖讨要，请求他签上名。齐通霖想了想，让美雪去书房取名章，自己接着说："藏"就是人身体里边的脏器，比如心肝肺啊什么的，而"象"顾名思义，就是表现出来的病象。齐通霖直视着浦爱德说：藏象学说就是我们中医的核心，也是《黄帝内经》的核心。当说到"阴阳""五行"时，浦爱德越发迷惑，也越发欲罢不能。齐通霖笑道：没什么难的，别忘了一开始说的，天人合一，我们老祖宗认为人是天地间的一部分，天地人是一个和谐的整体。地球转动，人的生活随时在变化，总得找出个规律来。于是我们老祖宗把世间万物都用阴阳划分，世间所有能动的、外向的、暖和的、上升的、带着光亮的都是阳，反之，那些不动的、朝内的、寒冷的、下降的、阴暗的都是阴。具体来说，天为阳，那地就是阴，男人为阳，女人便为阴，而这阴阳之间互相依存，互为所用，从而组成这个浩瀚的世界，而转化和变动让世界处于永动和发展，我们人能做的就是顺天应时，然后活下去，我们的医药就是让人活得更好的手段和策略……

浦爱德鸡啄米似的频频点头，其他人的表情有些微妙，尤其是武仲仁，似乎早听腻烦了，一个劲儿喝酒。而冯临声一直保持面带微笑，那架势就是，无论你齐通霖说什么我都微笑。天运和安娜都有些摸不着头脑，但还是兴味盎然地听着。就连张罗大家吃菜喝汤的王屏画都安静下来，直愣愣听着。

美雪取来了名章，齐通霖站起来，将名章蘸上印泥，印在那张写着"藏象"的宣纸上，双手递给浦爱德。浦爱德站起身恭敬地接过来，王屏画示意美雪先接过来，等客人走的时候再拿。

冯临声吃了一块鸭肉，忍不住笑道：鸭肉好吃。还顺手往齐通霖面前的碟子里夹了一块。齐通霖看着鸭肉道：老弟你这是想堵我的嘴啊。

冯临声赶紧辩白道：你这是说哪去了，今儿难得仁兄开金口，在座的才有福气领略这一番玉言，不过说句私底下的话，咱们这套理论，甭说外国人，就是咱们自己，真想弄明白也不是件容易的事，这里的学问忒深，越琢磨越深，以前仗着年轻，还敢开口讲几句，现在是刚想开口，就没词儿了。

齐通霖看了冯临声一眼道：你是揣着明白装糊涂，你若是没学透，怎会去日本国学习，你现在是中西通吃。

这时浦爱德插话道：我对齐先生说的这些非常感兴趣，不介意的话，希望您再继续讲下去。

一旁的王屏画朝桌上看了一眼，见菜大部分晾在那没人动筷子，便吩咐美雪拿去厨房热一热。美雪用托盘端着两个菜走了。

末了齐通霖对浦爱德说：您能喜欢，我很高兴，以后有的是机会聊，您吃菜。

这时方有平端着酒杯站起身道：很荣幸在此见到各位，非常感谢齐先生的盛情，还要原谅我这个不速之客，我还有点事情，先走一步，干了这杯酒，祝愿各位阖家幸福。然后一仰脖，酒下肚，放下酒杯，对齐通霖道：齐先生不介意的话，借过一步说话。

齐通霖将方有平引到书房，来不及落座，方有平道：刘部长让我来知会齐先生一声，过了阴历年南京政府将要颁布一个中医条例，这或许对中医是一个打击，但万事皆应以国家为重，请齐先生自己保重，谨言慎行，我话只能说到这一步，条例的具体内容到时便知。

齐通霖听罢方有平这番话，并不感到十分诧异。方有平见齐通霖沉默不语，担心对他打击太大，便富有同情心地加了一句道：但依鄙人拙见，像齐先生这样的杏林翘楚，自会得到政府的关照，若齐先生有意在政府里谋职，鄙人愿上报部长，部长一定会十分重视，妥善安排。

齐通霖没料到方有平会这么说，略微惊愕之后，五分不屑三分气恼，剩下二分说不出是种什么滋味，像是一件刚上身的新袍子，不小心溅了一身脏水，只有跺脚叹气的份儿。

这时方有平听见齐通霖缓缓吐出一口气，说道：谢过方先生的好意，我这辈子只能当个郎中，别的就不想了。

送走了方有平，齐通霖回到屋里，见浦爱德、丁汝麒也正要告辞，浦爱德见齐通霖进来便道：今天就不再打搅了，希望以后能有时间来拜访您，向您讨教。

齐通霖痛快应道：讨教不敢，随时欢迎您来。

浦爱德又客气了几句，便同丁汝麒一起告辞。

送完两人，回到屋里，齐通霖见冯临声跟武仲仁聊得热火朝天，插不上话，便朝天运和安娜望过去，却见夫人王屏画一脸慈祥地看着两位年轻人，目光里的含义显而易见，这让齐通霖心里一阵不快，心想，齐家再开化也不能找个洋人当媳妇儿。而此刻的安娜，却像一株含苞待放的玫瑰，明艳动人，目光中毫不掩饰对于天运的好感，她甚至将一只手有意无意地搭在天运的胳膊上。

齐通霖屏住呼吸，想听两人聊什么，无奈武仲仁的嗓门太大，齐通霖根本听不见天运在跟安娜说什么。好不容易从两人那飘过来几声，齐通霖才发现他们说的是外国话，齐通霖心里顿时起了一股邪火，加上刚才方有平那一通明里暗里的指点，气真是不打一处来。只见齐通霖把手里的烟袋锅重重地放在桌子上，其实他并没使多大劲儿，可没想到的是烟袋锅碰翻了刚才浦爱德用过的茶碗，茶碗好像让烟袋锅点化了一般跳起来，撞击了一下旁边的一只碟子，茶碗摔在地上，裂成了三瓣，声音很清脆。

屋里瞬间安静了。武仲仁转过他那颗大脑袋，看了一眼碎成三瓣的茶碗，两只大手一拍道：岁岁平安啊！美雪闻声而入，捡起地上碎裂的茶碗残片。武仲仁在一旁道：就是可惜了这茶碗。

齐通霖的气好像还没撒出来，听武仲仁这么说便道：再尊贵，它就是个茶碗，有什么可惜。

初五一大早，王屏画从炕上坐起来，披衣下地，觉得屋里冷得邪乎，走到堂屋门口，借着窗玻璃朝外一看，大雪落满一院子，便穿好了衣服，拿着一把扫帚出了屋门。美雪已经把后院的雪清扫完了，看见夫人拿着扫帚站在院子里，便道：您出来干吗，麻利儿进屋待着吧，厨房的伙计都出来扫雪了，您有空就先给老爷沏壶茶，伙计正起灶呢，一会儿早饭就得。王屏画听美雪这么说，便放下手里的扫帚，去沏茶。

这时候雪下大了，像是有人用簸箕在半空里撒白粉末，藤萝架上堆满了雪，遮挡住天运的屋门，齐通霖问王屏画道：老二没出门？

王屏画说：老二早上出去了，胡同里转悠了一圈，这会儿在屋里呢。齐通霖点头，刚想转身，却看见有人从垂花门走进院子，一男一女，满身是雪，像是俩雪人。齐通霖自言自语道：这一大早就来拜年的了。王屏画闻听，朝窗外看，接着便大叫了一声：哎呀，是老大回来了！

齐通霖再仔细看，人已经上了台阶，可不是天舍嘛。王屏画已经迎出了屋门，扯着小秀的手嘘寒问暖个不停，顺势把小秀拉进屋里，帮着小秀脱了外面的斗篷，问两人吃了没有。天舍摇头道：就是惦记着家里的破五饺子，一睁开眼就来了。

王屏画笑得合不拢嘴，扭头见小秀依旧一身男人装扮，也不在乎，眼睛朝齐通霖扫了一下，见他的眉头皱了几下，王屏画生怕小秀看见不高兴，赶忙拉着小秀进了里屋。

齐通霖问天舍究竟在做什么生意。天舍把一开始怎么做皮草生意，赚了点钱，然后仗着家里中医行的名声做起了药材生意，专门卖给那些小药铺的事说了。虽说辛苦些，确实能赚到钱。说到这，天舍道：也或许家里用药材的时候方便些……

齐通霖却道：家里的事不用操心，一般来说都是病家自己去药房抓药，不过若能遇到好细料，拿来看看，兴许咱们自己留着用。

天舍道：我从关外拿回来几支老山参，父亲若是喜欢，哪天我带过来权当孝敬您的，还有鹿茸犀角什么的，也一并带过来，父亲喜欢就留着吧。等到春天我去河北买药材的时候，您提前跟我说要什么，我上心给您淘换。

齐通霖点头，心里琢磨：这孩子好像变了个人，跟以前那个上不了台面的齐家大少爷完全不一样了。这时天运在屋外喊大哥，没等天舍应，天运已经进了门，先问候了爹，又对天舍道：大哥回来了，今天破五，不如咱们一块去景山看看，从去年开园一直说去看看呢，总没得空。天舍点头道：好啊，弟弟想去，我陪你去就是，正好小秀也来了，一起去。

话音刚落，王屏画拉着小秀的手从里间走出来，小秀上前招呼道：天运兄弟，有日子没见了，日子还顺心吧。

天运叫了声姐，口气里透着亲热，问小秀道：我什么时候能改口喊你嫂子啊。

没想到小秀直接道：你想现在喊嫂子都行，我怎么着都答应，不就是个称呼嘛。

小秀这句话让齐家人一时不知道说什么好，最后天运笑道：秀姐心里想什么，嘴上就说什么，我喜欢这样的性格。

美雪探头进来道：大少爷的屋子炭火烧起来了，我特意弄了两个炭盆，屋子总没人气儿，有点潮湿，两个炭盆烘了烘，这会儿好多了，大少爷和小秀姑娘什么时候想歇着，就过去。天舍朝父母鞠了个躬，说先过去看看，便拉着小秀，又朝天运使了个眼色，三人一溜烟离开了正房，朝天舍屋里去了。

三人刚进屋，美雪便跟了进来，天舍笑道：你跟过来干吗，不在夫人那边伺候着。

美雪撇嘴道：我就想跟着你们。又对小秀说：秀姐以后就住齐家吧，你要是嫌这屋子小，我把后院北屋收拾出来，你和大少爷住那，大家在一起多乐和。

天舍逗美雪道：你一天到晚就知道找乐子，以后看谁愿意娶你。

美雪道：我才不嫁人。

小秀在一旁道：哪有女孩不想嫁人的。

美雪脸红了，她走到炭盆旁边捅盆里的炭火，炭火星子直蹿上来，美雪说：炭又乏了，我取炭去。说着出了屋门。

美雪并没有去厨房取炭，因为那炭盆里的炭不用添，取炭不过是个借口，她知道自己在齐府的位置。

美雪出了天舍的屋门便去了前院，走到那棵枣树底下，仰头看着枣树秃秃的枝丫，听着胡同里零零星星的鞭炮声，想起刚到齐家时的情景。那天，她随着夫人跨进大门，绕过影壁，第一眼便看到了这棵枣树，那时候它远没有此时高大，但它开满了洁白细密的枣花，浓郁的花香味直扑鼻子，她看着走在前面的夫人，心里生出一种说不出的亲切感。

此刻美雪感觉到身体里突然涌出一股热流，便下意识地夹了一下腿。每次月信都像是钟表一样准确，有时候她望着暗红色的经血，感到迷惑，女人究竟为什么要流这么多血呢？但每次月信来临，她的身体里便有一股力量涌动，让她觉活在世上是一件美好的事情，尤其是二少爷从英国回来以后，那种力量越发强烈起来。想起二少爷，美雪突然感到一阵羞涩，脸热起来，她抬头看见枣树粗大的枝丫晃了几晃，好像也在嘲笑自己。转身想回屋，却看见大门突然打开了，三儿走进来。

三儿今天穿了一身新衣裳，一改往日的短打扮，穿了一件棉袍，头上还戴了顶瓜皮帽子。美雪上下打量了三儿好一会儿，笑道：我以为是谁家的新郎官呢，原来是三哥啊，你是来吃破五饺子的吧。

三儿看见美雪，咧开嘴笑了，上下打量着她，说道：美雪姑娘今儿真好看。美雪说：我就今儿好看，平常丑。三儿憨笑道：美雪姑娘每天都一样好看。停了停又道：我不是来吃饺子的，是来送饺子的，我娘刚把饺子煮出来了，让我赶紧送过来。说着把手里装饺子的罐子晃了晃。美雪问什么馅的。三儿笑道：还能什么馅，猪肉白菜呗，你打量这胡同里家家都能像你们府上似的，想什么馅就什么馅啊。

美雪笑道：你说得忒邪乎了，这府上也左不过就是白菜鸡蛋猪肉羊肉萝卜大葱，谁还能变出豆角韭菜来啊。

三儿又笑了笑，没再言语。两人一起往院子里走，美雪问三儿：听说你还跟老爷学诊病呢，老爷跟夫人夸奖你用心，以后能成器。

三儿咳了一声道：那是先生客气，我连字还认不全呢，等我当上郎中，写不出方子，病家一着急，就把病急跑了。

美雪笑道：三哥还会说笑话。两人到了正屋的台阶底下，三儿便朝着屋里喊了声：先生、夫人过年好，我娘让我给二老送点饺子来。

王屏画从屋里出来，见是三儿，又见美雪直溜溜地站在三儿旁边，便开玩笑道：不知道的还以为小两口呢。这句话让美雪的脸一下子红成鸡冠子，刺溜一下跑没影儿了，剩下三儿傻呵呵地站在台阶下边。王屏画让三儿进屋坐，三儿赶紧说不了，娘还等着回家吃饺子呢。说着将罐子递给王屏画。王屏画让三儿等会儿，去了厨房。齐通霖从屋里走出来，问三儿带着老太太去哪玩了。三儿说娘这几天犯腿疼，哪也不想去。齐通霖便回屋找了几贴膏药递给三儿道：先用着，等过了年再开方子抓药。这时王屏画拎着一只洗干净的鸭子从厨房回来，递给三儿，让他回家给娘炖炖吃。还嘱咐别吃太多了，鸭子性寒。

天舍、天运、小秀在天舍屋里说了会儿话，吃过饺子，便去了景山公园。

他们出了黄土坑胡同，小秀走在中间，天舍天运一边一个。小秀很高兴，脸上红红的，天舍侧着头看着小秀问道：脸冻得通红的，你冷不冷？

小秀道：你怎么知道我是冻得脸红，兴许我是因为高兴呢，在我们家没人搭理我，你们家人对我都挺好，尤其你妈，比我妈还亲呢。

天运道：那你不如跟我哥搬回来住，你们也方便，我妈还高兴。

小秀笑道：见天见在一起，就难说没磕没碰了，我还是跟你哥单过吧，隔三岔五回来转转就好。

天运点头道：其实欧洲的年轻人一成年就不会住在家里了，他们都想要自己的生活，家长也很开明，支持孩子们的选择。当然，中国的国情有所不同，一大家子住在一起是最好的。

天舍说：自打爷爷奶奶走后，我在这家里就像个外姓人似的，尤其是咱爹，对我客客气气的，不如早早另立门户吧。

天运听哥这么说，不便接茬儿，三人沉默地走了一会儿，看见一个卖糖葫芦的,小秀说要吃,天舍赶紧上前去买,边走边回头问天运要不要。天运摇头道:我又不是女孩。天舍原本也想给自己买一串,听天运这么说,临时改主意了,只给小秀买了一串。小秀接过糖葫芦非让天舍先咬第一颗,天舍不好意思,用手推挡,小秀索性用手撸下一颗直接塞在天舍嘴里。天运看着两人,一下就想起了安娜,没过一会儿,安娜又换成了露易莎。见天运走神,天舍问天运有说媒的上门没有。天运笑道:我不接受那种形式。

天舍说:咱们齐家的俩儿子一个不务正业,一个入了新医行,没人接父亲的营生,现在想想,要我是他老人家,心里不定怎么难过呢。

这时候雪停了,积雪足有半尺厚,天运穿了一双皮鞋,鞋帮浅,雪往鞋帮里灌。天运皱着眉头,走了几步便停下来,天舍和小秀也随他停住,他俩见天运低头看鞋,便知道怎么回事了。天舍道:我知道沙滩那边有个鞋铺,给你买一双能踩雪的棉窝,你这皮鞋不顶事儿。

三人七拐八绕到了沙滩,街上全是人,有手里攥着糖葫芦的,有举着风车的,男的脖子上猴着孩子,老人们走走停停,说着话,太阳亮得睁不开眼,却冷得人缩脖子。到了天舍说的那家鞋铺,看着上得整齐的铺板,才想起人家也得回家过年啊,三人站在当街笑得前仰后合的,天运说没事,就这么走吧。

到了景山公园门口一看,人挤成一锅粥了,三人随着人流进到园子里,所有人都松了口气。天运问:挤什么呢,这不都进来了。天舍道:不挤八成就进不来。三人又是笑。

小秀说要看那棵崇祯皇帝上吊的树,往四周看了一圈,不知道往哪边走,正要找个人问路,小秀突然低声对两兄弟道:快看,金蔓,我小妈!两人异口同声问道:在哪?小秀小声道:那个,大肚子的。两人顺着小秀的手看过去,同时哦了一声,天运说:好像快生产了,今天这么大雪,不应该出来逛。三人往路边站了站,见金蔓的丫鬟翠枝也跟着,另一侧是个西装革履的男人。三人互相看了一眼,谁都没说话,却听天运突然小声道:那男的好像我们医院妇产科的皮特大夫。小秀和天舍默不作声,直到金蔓他们慢慢走远了,才长出一口气。

小秀扑哧笑出声,说道:瞧,知道谁是真正快活的人了吧,女人里我就佩服她,长得好在其次,想法不一般,行动更是猛如虎,我喜欢。停了停,小秀似乎是说给两兄弟听的:我一点都不为我爹抱不平,凭什么男人三妻四妾的,女的就得从一而终,谁定的这规矩?在我看来很是不合理。

天舍对小秀说:行,你再找几个后生,咱们一块过日子,可我只能养活你,有一样啊,你不能拿我的东西给他们用。天运笑道:赶紧走吧,再啰唆,那棵树八成就倒了。

三人转到那棵树下,见旁边围了几个人,都在小声议论着,琢磨着堂堂一个皇上跑到这来上吊,心里得多凄凉啊。看完了树,天上又飘起雪花,天运提议往家走,不然娘会着急。于是三人出了景山公园的东门,往家走去。

初六一早,天运去上班,看见医院门口大红灯笼挂在两侧,下边的穗子迎风摆动,配上绿屋顶灰砖墙,和谐耐看。大门对面几个人力车夫靠墙蹲着等活,其中一个经常拉天运的,见到天运走过来便道:给您拜年。天运问他不回家过年吗?那人回道:拉点活就回去。

天运进了医院,穿过宽阔的走道,上下楼梯,逢人就拜年问好,脸上的笑容一直挂着。快到办公室的时候,看见前边一个婀娜的身影,天运知道是安娜,高兴道:你今天也来上班了啊。

安娜告诉天运自己有意在天运办公室门口转悠，目的就是等他。天运问她：你怎么知道我今天来上班？安娜说不知道，就是来碰碰运气。接着又加了一句：其实我昨天也来了，你没来，护士长说你今天应该来，她说得没错，看，你真的来了。说完，安娜笑起来，阳光从高大的窗户涌进，安娜的半个身子都被裹在明亮当中，她的笑容显得越发灿烂美好。天运说：护士长格外开恩，让我在家过了一个完整的年。恰好这时他看见护士长从安娜的身后走过来，手里拿着一个白色的包裹。天运匆忙跟安娜告别，说中饭时见，便朝护士长挥手问好。护士长快步走过来，看着安娜的背影对天运说道：人家姑娘挺好的，别错过了。

天运一早走出大门的时候，王屏画刚从炕上坐起来，她听见天运的脚步声朝外院去了，朝外喊道：美雪啊，二少爷吃饭了没有？美雪正在台阶上拿着一把扫帚，看样子是要扫地，其实是听着屋里老爷太太的动静，这时候听见王屏画问，赶紧应道：他说去医院吃。王屏画又问他是走着去啊，还是怎么着。美雪迟疑了一下道：少爷没说。王屏画心里骂了一句蠢丫头，又问：昨晚大少爷和小秀什么时候走的？说没说哪天回来？美雪说：他俩走的时候快半夜了，没说哪天再来。

王屏画问美雪后院的雪扫了没有，美雪点头道：都扫干净了。美雪把手里的扫帚放在房檐底下，王屏画笑道：瞧瞧，扫帚上一点雪末子都没有，你是扫雪还是拿着扫帚摆样子。

美雪道：您就盯着我扫没扫院子了，就没想着您什么时候招呼，什么时候有人应，这大冷天的，不知道心疼人。

王屏画见美雪竟然有点伤心，赶紧说：瞧你这丫头，玩笑话都禁不住了，以后嫁了人怎么过日子，心眼子还没针鼻儿大。美雪竟然红了眼圈，王屏画见状也不敢再多言，告诉伙计让厨房里预备饭。

美雪心里的委屈来自昨天，天舍几个人去景山逛园子，美雪心里很想去，她听王满仓的闺女小玉说，园子好得不得了，正巧昨天大少爷、二少爷和小秀姑娘要去，美雪心里想着二少爷只要朝自己这看一眼，美雪就会给他使个眼色，告诉他自己也想跟着去。可惜的是天运跟美雪并没有那么默契，天运往院子外边走的时候，似乎都没注意到站在一旁的美雪，完全当她是一截木头桩子。随着大门哐啷一声关上，美雪委屈得眼泪差点掉下来。本想今早去天运屋里捅炉子的时候，跟天运撒个娇，告诉他昨天她心里怎么想的，可天运走得急，美雪进屋没站稳，天运就穿上大衣推门出去了，只留下一句话，让美雪替他给夫人请安。

王屏画转了一圈回到屋里，见齐通霖已经起来了，便把话甩给齐通霖道：这丫头真是心思越来越多了，也不知道因为什么，一大早泪涟涟的，谁招惹她了。齐通霖知道是说美雪，也不搭腔，问天运干吗去了。王屏画说：去医院了，说今天就上班了。齐通霖听了这话，心里便琢磨：新医行的人透着勤谨，天天在医院里围着病人转。这么想着，齐通霖便琢磨着明天要不要去医社看看，又想，还没过十五，谁急着生病呢。正想着，院子里传来一阵嘈杂，齐通霖掀开门帘子，来到门廊下，却见是武仲仁，身旁还跟着一个肩扛电线的工人。齐通霖问道：你这是唱哪出戏？

武仲仁抱拳道：我今儿非给府上装上电话不成，赶紧告我电话装哪？我自打装了电话，没人给我拨，今儿给你装上，我没事往你这拨，用不着面对面就能说话，那该多好啊。

齐通霖笑道：连十五都没过，你把人家工人薅来，得给人家多少工钱啊。

武仲仁道：你甭管了，反正不用你操心，到时候接电话就成，你要是不接，我就跑过来按着你手接。王屏画闻声赶紧过来张罗。

齐通霖问武仲仁早上吃了没有。武仲仁摇头。美雪闻听赶紧奔厨房去了。

不一会儿，美雪手里提溜着几个食盒进来了，一样一样摆在桌上后，对齐通霖道：厨房里问是吃面还是下饺子，怕您这几天饺子吃腻烦了。武仲仁不等齐通霖开腔，接道：饺子啊，谁吃饺子能吃腻烦了，舒服不如倒着，好吃不如饺子，煮饺子。齐通霖笑着对美雪道：我还真有点吃腻烦了，给我下碗面吧，给武老爷煮饺子。美雪刚要转身走，武仲仁道：哎呀，美雪姑娘越发地耐看了，像一朵白玉兰花似的。齐通霖瞪了一眼武仲仁，美雪赶紧溜出屋子往厨房去了。

美雪出门，差点撞上王屏画，王屏画见状笑骂道：你这丫头，慌里慌张撞上鬼了。美雪腾一下脸红了，不等王屏画再开口，便朝厨房里跑去。

中午，天舍进了家门，武仲仁高兴道：哎呀，女婿回来了，赶紧陪我喝两杯。天舍道：我还没吃早饭，肚子里空，等我吃点东西陪您喝。武仲仁没看到小秀，便问：你把我闺女藏哪了？天舍回道：她惦记她娘就回家了。

齐通霖对天舍说：没吃饭就赶紧坐下吃点吧。王屏画走进来，看见天舍，高兴道：哎呀，老大回来了，我让厨房先给你下碗面条，八成饺子是吃腻烦了。天舍点头道：面条好，好几天没吃了。王屏画走出屋门。

饭一直吃到下午，武仲仁吃饱喝足，工人也把电话线鼓捣好了，说就差一个电话机了，等过了十五，铺子开了张买一个就能用了。武仲仁让工人把号码写下来，王屏画找了一张窗户纸，工人从裤兜里掏出一截铅笔写了号码。

武仲仁和装电话的工人一起出了齐家大门，武仲仁对工人说：我跟你们李局长说了，你的工钱我出，你得空来府上拿钱。工人说了声不急，便与武仲仁告别，朝相反方向走了。武仲仁走到胡同里，见围了不少人，凑近人群往里一看，是个耍猴的。耍猴的是个年轻后生，衣裳虽然又破又脏，但面皮白净，看上去不像是过苦日子的人。等他一开口，武仲仁听出是安徽口音，便高声问了句：你是打安徽过来的吧，道可不近啊。

耍猴的循声看到了武仲仁，年轻的脸上有些兴奋，回道：是呢，一会儿看完了，客官打个赏，这边先谢过。

武仲仁看后生一会儿让猴子爬上一根竹竿，一会儿又让它翻跟头，一刻不停地忙活了一袋烟的工夫后，开始用头上那顶破毡帽收钱。看到后生收钱，人群立马散了，只有四五个人手往兜里搜寻找钱。武仲仁掏遍了身上，一个铜子儿都没找到，索性把腰间的一个玉佩扯下来递给后生。后生说什么都不收，武仲仁急得脑门子上直冒汗。一旁有人劝后生，你收了吧，武先生是你们安徽人，他一片心你得接着。后生这才收了。

武仲仁散了财，心里轻轻松松地往家走，快到家门口的时候，见大伙计王喜堂站在大门口朝四下张望，王喜堂看见武仲仁，赶紧迎过来道：有个电话打过来两三次了，说找您，问他是谁又不说，老夫人让我看看您回来了没有。

武仲仁来到前院，见武张氏正在扫院子，问道：秋萍呢，轮得着你扫院子。武张氏道：扫扫院子，我这胳膊腿儿还好受点。秋萍从屋里钻出来，要夺武张氏手里的扫帚，这时候屋里电话铃响起来，秋萍对武仲仁说：您赶紧的吧，找您的。

武仲仁进屋抄起电话筒，问是谁。对方笑道：武先生很难找啊，在下吴秉楠,不知武先生还记不记得,上次在六国饭店见过面。

武仲仁哦了一声道:记得,当然记得,吴先生谈吐优雅,做事谨慎,我印象深刻。武仲仁等着吴秉楠往下说,可那边却一阵沉默,武仲仁喂了一声,感到这人吞吞吐吐,便直接问他有什么事。吴秉楠这才道:是这样,我现在人在北平,原来在宁波那边也是给人做事,这一向生意都不是太好,早想往北边走,无奈家里有老娘。最近老娘让老家的堂弟接回乡下了,我没成亲,一个人也想出去闯荡闯荡。上次去北平,很喜欢那里,我想武先生在北平的生意做得大,会有用得着人的地方,又觉得武先生人豪爽,在下十分钦慕,冒昧请武先生安排一个位置,如果没有合适的位置也不必勉强……

武仲仁心中一喜,这正是他琢磨过的事,便道:我对吴先生很有好感,这么着,你先来府上帮着忙活忙活家里的杂事,你人心细,办事周全,我家三太太眼瞅着快生了,里里外外的都需要一个得力的人应酬。

吴秉楠听武仲仁如此说,高兴道:那太好了,您说一个日子,我就过去,我一定尽力为武先生效力。

武仲仁想了想说:方便的话,明天过来吧。

武仲仁放下电话,对武张氏说了这事,武张氏让秋萍把南边把角的一间屋子收拾出来,秋萍便去打扫了。武张氏放下扫帚,走进屋里,见武仲仁跟进来,道:昨儿偏院的去哪了,走了那么大半天,挺着个大肚子,你就不担心?

武仲仁昨天一天都在戏园子里泡着,听了一天的戏,直到天擦黑才回家,反问道:金蔓出去了?

武张氏一撇嘴道:你真是个撒手掌柜的,家里的事什么都不操心。昨天你前脚走,金蔓后脚就带着翠枝出了家门,问去哪,也不告诉,只说不会走远,一句话就支到下午了。那么大的肚子,万一有个闪失,你们武家不得把这罪过怪到我头上啊。

武仲仁安慰完了武张氏,便往金蔓处来了。还没进院门,就听院子里叽叽喳喳挺热闹,武仲仁紧走几步,推开院门,只见金蔓挺着大肚子站在屋檐下,翠枝和一个伙计正按着一只笸箩,看样子笸箩下边扣了一只鸟。翠枝和伙计一个按着笸箩,一个要掀开,两人争抢着,翠枝争不过,一屁股坐到地上,过年才穿上的新衣裳,这下子一屁股泥,翠枝坐在泥地上哇哇大哭起来,伙计不好意思了,搓着两只手不知道怎么办。金蔓站在台阶上,捂着肚子笑得快岔气儿了,看见武仲仁推门进来,对翠枝道:别那么小家子气,一件衣裳也至于的,赶紧起来洗洗手,去我衣橱里找一件喜欢的先换上,给老爷沏茶。又对伙计道:让鸟飞了吧,咱也行行善。伙计闻听,便把笸箩掀起来,鸟飞走了。金蔓对他道:去忙你的吧,有好玩的再喊你。

翠枝一听金蔓让去她衣橱里找衣裳,嘴一咧笑了,屁颠屁颠地进了屋。金蔓问武仲仁道:今儿大厨房里吃什么?

武仲仁摇头说:不知道,你想吃什么我吩咐他们预备。

金蔓今天不打算出门,只涂了一点口红,腮边淡淡的胭脂,没画眉毛,原本眉毛就细细弯弯的,虽然脸上稍稍肿胀,却愈加丰满,宛若一朵盛开的白莲花。武仲仁叹道:天工啊,夫人真是绝色了,你要是早生几十年,皇后准定是你的。

金蔓一咧嘴,露出一口又白又齐的牙齿,眼珠子转了转,用葱白一般的手指捋了下散落的头发,说道:老爷真是想得怪,以为当皇后是什么好事,我可不稀罕,单是那身行头就得把我累死,我现在多自由自在啊。

武仲仁顺势问金蔓昨天去哪玩了,金蔓直言道:昨儿跟翠枝逛景山去了,还是头一回去,园子真不错。武仲仁说:没听虎子念叨送你们啊。金蔓说:哪用他送啊,我们自己走过去的,没几步路。

武仲仁惊道:妈呀,你们走过去的?你一个快生产的人,走那么远,真是瞎胡闹。武仲仁有些气恼,他一屁股坐在椅子上,眼睛看着地面。金蔓轻声道:哎呀,多大点事啊,肚子虽然大,可我腿脚还是灵便,我心里有数啊。

协和医院的妇产科诊室里,皮特大夫正在给一位神秘的女子诊病。女子用一块黑纱遮着面,她是由一位上了年纪的老妇人带进来的,老妇人的穿着十分讲究,举手投足透着一股富贵气。老妇人喊皮特的时候,口气透着洋腔,青筋凸露的手上戴着一只翠绿的大戒指,她将坐在椅子上的黑纱女子安顿好,便转头对皮特大夫说:今天看到的事情您可别对外边的人说。皮特大夫礼貌地点头,还没开口问病,老妇人便递过来一个织锦袋子,里边沉甸甸的,不用说便知道是银圆。皮特大夫接过袋子,顺手放到抽屉里,对老妇人道:为病人保密是医生职责的一部分。

女子这才摘下面纱,两只乌溜溜的大眼睛里烟波荡漾。皮特大夫虽然对京戏并非内行,但报纸还是经常看的,他第一眼就认出来,这位神秘女子就是当红的京剧青衣小泓翎。小泓翎从皮特大夫的表情中判断出他认出了自己,腮边先泛起了一抹红晕,皮特大夫露出温和的笑容,问道:您怎么不舒服?一旁的老妇人却接道:姑娘这几天身子懒懒的,月信过了七八天了,您给查验查验……皮特大夫心领神会,开好了化验单,让老妇人去交费。等老妇人的工夫,皮特问小泓翎还有哪不舒服。小泓翎摇头道:不想吃东西,身上懒……

皮特大夫笑了，他让小泓翎别担心，自己一定会尽力帮助她的。另外他告诉小泓翎，他是绝对不会将她来看医生的事跟任何人讲的，他自己之所以选择妇科，就是想尽可能地帮助妇女，因为女人是世界上最需要帮助和爱护的群体。女人就像花朵，皮特大夫说道，而呵护女人是男人的荣幸和职责。皮特大夫口若悬河，他看到小泓翎在他温和的话语中渐渐放下了一开始的戒备，目光越发灵动。墙脚的暖气片散发着强大的热力，屋里的温度很高，而小泓翎穿着毛皮斗篷，因为燥热，她的脸像是一朵绽放的红牡丹，鲜艳娇媚，皮特大夫有点兴奋。恰在这时老妇人交完费推门进来，皮特大夫很有礼貌地引导她们去卫生间，耐心地告诉她们怎样留尿，然后将尿的样本送到哪里去。

皮特重新回到诊室里，见下一位中年妇女已经坐在诊室里了，便很礼貌地招呼病人，脸上保持着温和的笑容，问病人哪里不舒服，需要什么帮助。中年妇女拿着化验单出门的时候，小泓翎和老妇人回到诊室，小泓翎见有其他病人，赶紧背过身子，可那中年妇女偏是个戏迷，又眼尖，一眼便认出小泓翎，脱口而出：哎哟，您不是小泓翎吗？我可喜欢您的戏了，尤其那出《锁麟囊》，唱得那叫一个有板有眼⋯⋯小泓翎不等那女人唠叨完，已经出了诊室，没影儿了，老妇人赶紧跟了出去。

中年妇女化验去了。皮特大夫推开诊室的门朝楼道两侧看了看，根本不见小泓翎人影，皮特大夫悻悻地返回诊室。又有一个病人进来，皮特微笑着让她坐下，问她怎么不舒服，心里却想着小泓翎，想她的那双大眼睛，幻想着她扮上的时候是什么样子，她唱戏的时候是什么腔调。到了中午，皮特大夫好像没什么胃口吃饭，眼前总是出现小泓翎那双迷人的眼睛。他不由得将小泓翎与金蔓对比，金蔓虽说是人间少有的美色，可戏子总带着一种更神秘更迷人的感觉，这让他欲罢不能。

初六这天，天舍和小秀都赖在床上不起来，直到快晌午了，小秀说冷，让天舍起来看看炉子灭了没。这是一个一进的小四合院，东西两边都是院墙，只有南北房，南房放些杂物，三间北房都不大，只在中间的屋子生了炉子。天舍光着身子起来看炉子，小秀听见炉铲子响了几下，天舍便又回来了，钻进被窝说：炉子一点热气儿没有了。小秀道：那你还睡什么，赶紧生炉子啊。天舍心说，你怎么不起来生炉子，干吗让我生。但想了想，觉着不至于为了一个炉子跟个女人吵架，便坐起来穿衣服，准备去生炉子。临出卧房的门，扭头对小秀说：你也起来吧，哪怕在一旁看着呢，也当个师父指导一下，我生炉子也不摸门。

小秀想了想，便起来穿衣服。两人一个拿柴火，一个用簸箕撮起煤球，洋火点了纸放炉膛里，接着塞进劈柴，见火大起来，又倒进一簸箕煤球，两人一起看着炉子发呆。半天，听见炉膛里发出几下噼啪声，知道煤球开始烧着了，两人便兴高采烈地洗漱去了。天舍用牙粉刷牙，他让小秀也用，小秀闻了闻嫌恶心，不用。天舍笑道：这你就得跟我学了，你回家问问你金姨用什么刷牙，回头你的牙变黄变难看，别怪我没跟你说。小秀想了想，从盒里抠了点牙粉放到牙刷上。两人收拾利索，看炉子也上来了，天舍便想沏茶喝，小秀说没茶叶，喝什么茶。天舍说：你家开茶叶铺子的，能没茶叶啊。小秀说：那也得回家拿啊，茶叶又没长腿，自己跑来啊。天舍只得作罢。往炉子里倒了些煤球，两人便出门找吃的了。

天舍和小秀沿着河沿走着，什刹海里的冰冻得透透的，冰面上有几个孩子打着冰出溜玩，滑倒的孩子发出一阵阵尖叫，接着便是一串银铃似的笑声。河沿上有孩子放鞭炮，他们穿着厚实的棉衣棉裤，头上戴着耳朵棉帽，一个个小脸儿冻得通红，鼻涕横流。天舍对小秀说道：今儿晚上咱也放爆竹吧。小秀说：今儿晚上回我们家拿茶叶去，省得你没茶叶喝，你想放爆竹去我们家，我娘准高兴。天舍说：我不想去你们家，怕你娘让我拜佛，我回家看我娘去。小秀说：行，反正你们家也装了电话，你想我就给我打电话。天舍笑而不语。

前海这一带住的大多是做小买卖的，有卖糖葫芦的，卖甑糕的，卖江米碗的，卖面茶、馄饨的，走街串巷的小本生意，即便过年也不闲着，天舍和小秀出来的时候，人家早卖完回家了。天舍道：看来过日子没想的那么简单啊。小秀一拍脑门子道：不如现在回家，家里想吃什么都有。两人便晃晃悠悠走过地安门，没几步就到了宽街，两人各回各家。

小秀进了大门，见俩伙计在打扫院子，伙计们跟她打招呼，小秀掏兜想给点压岁钱，可兜里空空的，便对俩伙计说：一会儿来屋里拿吧，身上没钱。说完朝自己屋里去了。俩伙计慌忙扫完前院来小秀屋里拿压岁钱，小秀笑道：这事你俩倒麻利。说着从抽屉里拿了两块大洋递给二人，二人谢过刚想走，小秀在后面问：这几天家里没什么事吧。

俩伙计互相看了看，其中一个道：没，没看见什么事。小秀摆手让他们走，临出门的时候，另一个伙计扭头对小秀道：二太太家油坊又倒了一个，三太太不去德国医院生孩子了，去协和医院生……小秀笑道：得，我知道了。

小秀换了衣裳，直接去了武张氏屋里，进门喊了声妈，没人应，穿过卧房，果不其然，武张氏正在烧香拜佛。烟雾缭绕，呛得小秀连着咳了好几下。武张氏抬起头见闺女回来了，这才从蒲团上站起身子，将手里那一长串珠子顺手放在椅子上道：丫头回来了，想你妈了吧。武张氏一边往外走，一边扭头问小秀吃了没有。小秀说刚吃了一串糖葫芦。武张氏笑道：你俩这是要成仙啊，真不知道将来你们的日子怎么过。

小秀一边跟着母亲往堂屋里走，一边随口问道：我爹呢？武张氏道：去齐家给人家装电话去了，就这么两步路，放个屁的工夫，还至于打电话。

小秀在堂屋里转悠着，突然问道：咱家茶叶放哪啊，我回头走的时候拿点茶叶。

武张氏说道：早说啊，让伙计给你送家去。

小秀突然想起什么似的，问武张氏：昨儿您干吗去了？武张氏道：我能干吗，烧香拜佛呗，佛爷可不过年，原本说去雍和宫瞅瞅，可那是个喇嘛庙，跟我这个佛爷不是一码事。

小秀说：那您去广济寺啊，又不远，让虎子拉您去。

武张氏道：还虎子呢，谁能支使动他，你爹马上要开他了，还有那个王喜堂，他俩什么都不干，一天到晚充大爷。瞧人家三儿，对当家的多实诚，像你爹似的，钱没少给人家，还跟个生骡子似的用不顺手。

小秀摆手打断母亲的唠叨，说了句：我去厨房看看有什么吃的。说完便出门往厨房去了。厨房在后院，路过刘竹瑾的院子，见院门开着，往里扫了一眼，看见刘竹瑾正站在高台阶上指挥菊花铲雪。刘竹瑾骂菊花笨，铲雪都铲不干净，菊花嘴里也没闲着，小声嘀咕着，一脸的不高兴。刘竹瑾一扭头恰好看见小秀，两人平时基本没话，这时候目光对上了，各自朝对方点点头。小秀见刘竹瑾身上穿的都是以前的旧衣服，头发也没用头油，整个人显得邋里邋遢，便朝院里探头道：二妈，您要是没钱置办新衣裳，跟我妈说一声。没想到刘竹瑾自从家里生意惨淡，心情就天天阴着，这时候听小秀这么说，阴阳怪气地回了一句：咱可没那福分。说完，头也不回进了屋。小秀不在乎刘竹瑾的阴阳怪气，她觉得刘竹瑾比那些皇宫里打入冷宫的妃子好不到哪去，虽然没人限制她的自由，她自己倒给自己画了个监牢，一天到晚不出门，日渐衰老，肚子又不争气。这么想着，小秀竟然对刘竹瑾生出几分同情来。

小秀到了厨房，却见清锅冷灶的，厨子都不知去哪了，问一个扫地的伙计，说厨子在自己房里抽烟呢。小秀让伙计去找，自己则在厨房里东看看西瞅瞅，厨子来了，问小秀有什么吩咐。小秀问厨子道：灶都是凉的，这家里没活人吃饭啊。

厨子回道：老爷出门了，大太太有自己的小厨房，三太太也有自己的小厨房，二太太总是凑合，剩下我们这些下人吃点剩的就得。

小秀唠叨一句：瞧武家这日子过的，简直还不如个普通人家过得乐和，一点人气儿没有。

厨子问小秀想吃什么，小秀想了想说：要是有现成的鸡，给我弄点鸡汤泡饭，里边加点白菜心。厨子点头，让小秀回屋等着，小秀干脆一屁股坐在旁边的板凳上，看着厨子给她做。

厨子是武仲仁从安徽老家找来的，一口安徽土话，小秀半懂不懂，听个大概，厨子说道：大伙计王喜堂总跟人闹别扭，谁都不入他眼，好像比老爷派头还要大，问他事情，他就会翻白眼。小秀也不喜欢那个王喜堂，好像从不正眼看人，除了老爷，没人能入他的眼。小秀不接厨子的茬儿，只说老爷心里有数。

厨子打开一旁的大铁锅，小秀看见里边是一大锅煮好的东西，汤都凝住了，小秀见里面有猪肘子和整个的鸡鸭，便问厨子，这是啥？厨子说这是高汤，做菜用起来方便。厨子说着，从锅里夹出一块鸡肉，又用勺子抠了点凝住的汤，放在一只小锅里，捅了捅炉膛，没一会儿，炉膛里火苗突突冒起来。厨子又切了白菜放到里面，浓郁的鸡肉香味顿时四散开来，米饭是早就焖好的一大锅，用菜铲搓起一块放到锅里，很快锅里响起咕嘟咕嘟的开锅声，最后出锅的时候，厨子又在上面撒了几粒海米。小秀看得哈喇子快下来了，吞了口唾沫道：干脆我在这吃得了。小秀顺势端过碗，放在灶台上吃起来。吃饱喝足，小秀从厨房溜达出来，见刘竹瑾的院门关上了，便微微一笑，朝金蔓的偏院走去。

小秀以前很少来金蔓处，此刻她轻轻推了下院门，门无声无息地开了，朝院子里看去，正房廊檐下红色的蜡梅盛开着，这让小秀一阵欣喜，心里念叨：品位不俗啊。小秀带上门，往院里走了几步，蜡梅的香气便朝小秀飘来。在院子的东南角多了一个避邪的貔貅，石头雕成的，上面的积雪没化，看上去有些古怪。廊檐下挂了一排大红的灯笼，窗玻璃上贴着窗花。

小秀在门外喊了一声：屋里有人吗？

过了一会儿，金蔓推门而出，见是小秀，有些吃惊道：是小姐啊，真是稀客，快屋里坐吧。

小秀问：这屋里的丫头呢？

金蔓道：我让她去街上蹓摸山楂糕去了，一会儿就回。

小秀有意上前搀扶金蔓，金蔓却摆了摆手道：我行。说着示意让小秀先走。小秀走进屋里，光线暗淡，过了一会儿才看清屋里的陈设。见西墙根儿多了一个落地的大钟，小秀走上前，转着看了一会儿道：这玩意儿不错，您这是打哪淘换来的？

金蔓用手托着大肚子，笑道：前些日子有个朋友拉过来的，他家有变故，好些东西都不打算要了，让我过去挑几件喜欢的，我就选了这个大钟，整点的时候报点才逗呢。说着金蔓看了看钟，下午两点半，便道：小秀姑娘等到三点就能听见报点了。小秀点点头。随意坐在一把椅子上。

金蔓猜不透小秀为何而来，有一句没一句地应和着，耳朵支棱起来等着听小秀接下来说什么，等了半天还是闲扯，便问小秀喝茶还是喝咖啡。小秀喜道：你会泡咖啡？那来一杯吧，有点心才好。

金蔓拿来一个小机器，等金蔓操作起来，小秀才知道是研磨咖啡豆的。金蔓两只玉葱般的手熟练地动着。金蔓忙活的时候，小秀朝她的脸上看，只比以前丰润了些，但是光洁如初，没有一丝孕妇的特征，连一块黄褐斑都找不见。小秀看着金蔓涂了口红的嘴唇，好奇道：您在家里每天都涂口红啊，您不嫌费事啊。

金蔓说：不费事啊，不然干吗去，女人整天不就这点子事吗，描眉画眼，穿衣打扮，让自己看着利索点，活得舒坦点。过着今儿，想着明儿，然后把昨儿的事麻利扔了，总之就这么回事，看开了就没过不去的事儿。

小秀听着金蔓说话，突然感觉这女人除了有一副好皮囊，竟然还挺有趣，不禁对金蔓多了几分好感。

金蔓将研磨好的咖啡粉末放到咖啡机的漏斗里，冲上烧开的水，对小秀说：一会儿等漏下去，咖啡就能喝了。

金蔓说着把一杯冲好的咖啡递给小秀，自己也冲好了一杯坐下来，说是坐，其实就是屁股沾在椅子边上，金蔓的肚子着实很大，小秀问是不是双胞胎？金蔓笑道：哪那么好的事，大夫说了，就一个。

小秀突然说道：昨天我和齐家两兄弟一块去了景山，那园子真不错，回头您也去瞧瞧。小秀说完了这话，俩眼直瞪着金蔓。

没想到金蔓却坦然道：真凑巧，昨儿我也去了，不过已经是第二回了。园子真不错，看见那棵皇上吊死的树了吧，你说堂堂一个皇上，慌里慌张跑出紫禁城找一棵树吊死，多可怜……

这时翠枝喊着太太进了屋门，刚想说什么，见小秀坐在那，便把话打住了。金蔓嗔道：没规矩，也不问候小姐。翠枝赶紧行礼，接着将一包东西放在桌上道：太太的山楂糕。金蔓打开包，让小秀尝尝，小秀赶紧道：我不喜欢这玩意儿，甫说吃了，看见牙先倒了。她找个借口出了金蔓的偏院。

小秀回到自己屋里，点亮灯，没一会儿听见爹在窗根儿下道：丫头回来了？今晚不走了吧。

小秀喊了声爹，便推门出来，看见武仲仁站在暮色当中，显得很苍老，心里一阵酸楚，问道：您下半晌又去齐家了？您总往人家那跑什么啊。

武仲仁笑笑道：瞧你说的，齐家人都没烦我呢，你倒数落开了。

武仲仁说完扭身想回北屋，小秀在他身后说：您要是想喝酒，我就陪您喝一杯。武仲仁出了口气说：行啊，丫头，咱爷俩喝一杯。

正月十六一大早，三儿就把车停在齐家大宅的门口了。三儿头上是一顶崭新的棕色毡帽，帽檐刚好盖住两道粗眉的末端，眼睛像是被吊起来了，人显得精神了几分。上身穿一件青色棉袄，腰间扎了条粗布宽腰带，腰带的末尾绕着腰滚了几下，利落。下身是青色缅裆棉裤，裤脚扎得紧实，脚上一双针脚细密的白边棉窝，整个人精气神十足。三儿从不戴手套，一双蒲扇一样的大手似乎是铁打的，从没被冻裂过，连凡士林都不用，冻得紧的时候，也只是红一阵子。

齐家大门哐的一声打开了，齐通霖大步迈过门槛，他并没急着走下台阶，而是站在门口朝三儿笑了笑，说道：你娘好吧？三儿回道：托您的福，好着呢，她总念叨说请您来家吃饭。说着话，齐通霖已经跨上车帮，坐在车里了，三儿将帘子放下，往俩手上吹了口气，稳稳地将车把抬起来，说了声：您坐稳当了。然后便抬腿向前，脚底生风，一溜烟出了胡同。

从汪芝麻胡同路过武家后门，远远看见门外站着武仲仁，旁边还有一个陌生人。武家的后门平时基本不打开，后门里边停着汽车，还是几年前武仲仁心血来潮买的，虎子学了一阵子，倒也能开，可还是觉得不如自己的腿跑着舒坦，汽车也就成了武家的摆设。三儿拉着车来到武仲仁跟前，停住问候了一声。武仲仁朝车里喊道：老兄这是去医社啊，我家里来了新管家，会开汽车，你不想坐汽车去啊？齐通霖将小窗户撩起来，跟站在武仲仁旁边的吴秉楠打了声招呼，对武仲仁说道：我闻不了那股子汽油味。两人说了几句话便告辞。

到了东不压桥西口，胡同口一位年轻人东张西望，见到三儿拉着车过来了，高兴道：哎呀，可把齐先生盼来了。齐通霖闻听，探身撩起帘子，看清是那个不孕的后生，招呼道：想必有喜事了？

年轻人赶紧作揖道：您说得不差，我媳妇儿害口有日子了，赶上过年，您医社歇了，我带她去德国医院查验，确是怀上了。老家儿都高兴坏了，我们全家都感谢您的大恩，这几天我天天在这等您，我爹让我请您来家，要好好谢谢您。

齐通霖笑道：解救病家，这是医家该做的事，不用谢。说完，让三儿拉车走，后生在车后头喊道：反正您得来家啊，哪怕喝口茶也好。

今天来诊病的都是些积了食的，要不就是喘病犯了。齐通霖开的不过是些习以为常的加减桂枝汤、麻黄汤的方子，然后嘱咐病家去哪个药铺抓药，觉着不好再来。有个老太太说自己心慌，齐通霖号脉，见无大碍，便叮嘱多吃点苦的，去药房买点黄连沏茶便可。齐通霖抬头朝外边看了看，没什么病人了。他见两个助手正忙着抄方子，三儿却望着自己发愣，手里还攥着那个小本子，觉得三儿着实不易，便顺口对他说道：中药里边讲究药性，酸味的主收敛，苦味入心、泻火，甘味的药可补可和，辛辣的主发散，而咸味药软坚，就是能化身体里的硬块，比如哪长了瘤子。记住药性，这是第一步。三儿愣愣地听着，突然反应过来，赶紧拿着小本子记起来，无奈好几个字不会写，急得他抓耳挠腮的。齐通霖笑道：别急，回头我让美雪帮着你，顺便让她教你认认字。

齐通霖停了停，接着说道：中医行门槛低，那些江湖郎中略通中药，便摇着铃走街串巷给人治病，治得好，是运气，治死了，卷铺盖走人。可要是想把这事做到高妙，那可就不容易了，京城里几位响当当的医家，哪个不是呕心沥血学来的本事。三儿连连点头。

中午，齐通霖见不再有病人进来了，便对助手们道：早点回去吧，刚过了年，都挺累的，回去歇着吧。齐通霖对三儿说道：咱们去什刹海转悠一圈吧。三儿应了一声，到院子里把车头掉过来，掀开帘子让齐通霖上车，齐通霖对看门的老人说了声"您辛苦"，三儿便拉着车出了医社。

三儿心里明白齐通霖去什刹海的意思，无非是看看天舍和小秀到底住的什么地方。

齐通霖坐在车里，这时候把帘子掀开一道缝，问三儿道：你能告诉我，你每天想的最多的是什么吗？

三儿想了想扭头回道：我想的最多的就是先生能长命百岁，治好更多的病人，我能从先生那学到哪怕一丁点本事，就心满意足了。

齐通霖点点头，沉吟道：我知道你的心思，也知道你想学这行，可你底子差，字都认不全，学起来不容易。你别嫌我说话难听啊，这都是实情。不过话说回来了，你慢慢学，我慢慢教，就算别人学九分，你学一分，也比一分没有强。

三儿听齐通霖这么说，心里十分感激，想说点什么，嗓子眼里却像是被什么堵住了，一个音都出不来，只好闷头拉车。

眼看过了地安门路口，再往西一点就到什刹海了。三儿试探地问了句：老爷是惦记着大少爷吧……

齐通霖叹了口气道：唉，每家都有本难念的经，老大说是在这边买了个小院，我琢磨着看看他俩怎么过的。

什刹海光秃秃的岸边，一个人影没有，显得很荒凉。三儿看了看冰面，见一群孩子在冰上嬉闹，便扭头兴奋地对齐通霖说道：齐先生，您小时候在没在这滑过冰啊，我总说来，可我娘不让，怕我掉冰窟窿里。

齐通霖被三儿高兴的情绪感染了，他索性将车帘子掀起来挂在一旁，说道：我们那时候家里管得严，不让玩这个。齐通霖看着在冰面上玩耍的孩子，其中有一个男孩推着一把椅子，椅子上坐着另一个小男孩，椅子在冰上飞速地跑着，齐通霖感到奇怪，问三儿怎么回事。三儿道：椅子下边装了铁条。齐通霖恍然大悟。这时候好几个孩子追着推椅子的男孩跑，男孩借助椅子，速度越发快，这让追他的孩子们兴奋地尖叫起来。尖厉的喊叫声刺破了静谧的中午，也让新年后显得疲倦的北平显露出生机。

您知道他们住哪吗？三儿问道。齐通霖不回话，三儿明白了，心里道：敢情您老人家也没谱。三儿拉着车踏上前海的南岸，有几个老人在晒太阳，三儿便朝那几个老人走过去，一扭头，却见路边有一个挑担子卖馄饨的。三儿将车停在一旁,刚想上前搭话,就听见后边有个人喊:今儿可有新鲜事啊,以后谁有个病灾儿的,您直接瞧洋大夫,咱们那些开方子把脉的郎中不好使了,活这么大了,还头一回听说不让郎中瞧病的。

齐通霖在车里把那人的话一字不落地听见了,对着三儿的后背说:回吧,不找了。三儿也感觉到什么,立即掉头往家走。

齐通霖一走进院子,武仲仁便从北屋走出来,手里拿着一张报纸。齐通霖的腿脚比武仲仁利索,还没等武仲仁走下高台阶,齐通霖已经到了院子当中,武仲仁索性站住,等着齐通霖上台阶。两人前后脚进了屋门。屋里没人,空荡荡的屋子显得有些诡异,齐通霖突然感到一种陌生感,仿佛突然间自己成了这座宅子的陌生人,这种奇怪的感觉笼罩着齐通霖,他接过武仲仁递过来的报纸,还用一种不信任的目光瞥了他一眼。

齐通霖手里拿着那份报纸,展开看去,这是一张《中央日报》。虽然早就有准备,但还是没法控制心跳加速,一行大红字赫然映入齐通霖的眼睛:国民政府第一届中央卫生委员会议,通过了余云岫提出的"废止旧医(中医)以扫除医事卫生之障碍案"。单是这一行大红字,就让齐通霖的血液沸腾,尤其是"废止"二字,刺痛了齐通霖的眼睛。好像有一股力量击打着他的身体,试图让他倒下,他感到头和身体都被那股力量重重地压制着,似乎只能随之倒下去。但他还是努力地站着,完全凭借意志力抗击着那股力量,那是一种什么样的较量呢?这时齐通霖看到了武仲仁担忧的眼神,武仲仁竟然还做出一个上前搀扶他的动作,被齐通霖恼怒地拒绝了。

齐通霖想喊美雪上茶,嗓子却没能发出声来,他一阵懊恼,求助地望着武仲仁。这时王屏画一脚跨进门来,手里托盘上的茶壶茶碗随着她的脚步轻轻晃着,发出细微的响声。武仲仁赶紧对王屏画说道:老兄失声了,赶紧找点药来。王屏画大吃一惊,却见齐通霖一直摆手,王屏画赶紧从茶壶里倒了一杯茶,递给齐通霖,待他慢慢喝下去,过了一会儿,齐通霖慢悠悠道:别那么邪乎,没大事。武仲仁看了一眼齐通霖说:三个魂儿让你吓跑俩了。又转身对王屏画说:我中午还没吃饭呢,麻烦嫂夫人赏饭。王屏画出了屋。

齐通霖坐在靠近门口的一把太师椅上,心情已经平静下来了,他再次将那张报纸拿起来,翻开报纸的第二版,一行黑色宋体字写着:废止中医的六项具体办法。这让齐通霖感到好奇,中医经营了上千年,真的废止也是个难事。他逐一读着,速度很慢,他似乎体会到什么叫咬文嚼字,这会儿的齐通霖将眼前这些字一个一个吃下去。

第一项,要施行旧医登记,获得执照方可营业,登记为期一年。齐通霖点点头,他从心里是赞成这么做的,所谓没规矩不成方圆,登记必然要求行医者有一定的资历,没有资历便不予登记,结果只能对旧医行有好处。这样想着,齐通霖的心稍稍安定下来,他有些怀疑"废止"这两个字里边究竟包含着什么意思,若真是废除制止,还登记什么呢。这么想着,"废止"那两个字不像刚才那么刺眼了。

第二项,是对于那些不合格的行医者,给予五年的训练时间,训练终结合格者即给予证书,无证书者不可继续行医。齐通霖又点点头,自言自语道:这条也有道理,否则鱼龙混杂,只对中医行不利。齐通霖心里有底儿了,他觉得"废止"只是个说辞而已。武仲仁见齐通霖的脸色慢慢开朗起来,提着的心便落了地,恰好美雪进来,说饭马上得,请二位老爷再等等。

这时武仲仁问道:敢问兄,这余云岫是何人,他干吗跟中医行如此过不去呢?

齐通霖看了眼武仲仁,完全无心回答他的问题,接着看报纸。

第四项和第六项让齐通霖很恼火,明令禁止登报介绍中医,尤其是最后一项也就是第六项,竟然禁止成立中医学校,这是要从根儿上把中医行掐死啊。刚刚明朗的心情一下子又被乌云遮住了,现在齐通霖才真正明白"废止"绝非儿戏,这是让中医慢慢饥渴而死,没有香火继承,自生自灭!

齐通霖重重地将茶杯放到桌上,嘴里骂了句:浑蛋!武仲仁吓了一跳,他从没听见齐通霖骂过人,这让武仲仁又陷入紧张状态。

齐通霖骂了一句后便安静下来,他将报纸放到桌上,茫然地望着武仲仁,仿佛为自己的失态感到不好意思,突然,他问武仲仁刚才说什么。武仲仁把问的话又重复了一遍,齐通霖哦了一声,回道:说起这个人,其实跟冯临声相类似,年少时便入了中医行,学得不错,方子开得有板眼,后来赴日本国学习新医,学了少说有六七年,成绩不凡。回国后在上海开医馆,行的却依旧是中医,可赞的是,当时上海崇尚舶来新药,而这个余云岫却不同,他一直坚持用国产药,还说:中国也有好药,外国也有坏药。这话传到北京的时候,京城的中医行还为他竖大拇哥呢。后来不知道怎么回事,医馆一关,成了南京政府的谋士,现在弄出这么个提案来。

武仲仁不解道:那他这是何苦,就算他自己不再吃这碗饭,也不能扭头就砸锅啊,看人家冯先生。

齐通霖不置可否道:只能说此一时彼一时,老天爷都猜不透人是怎么想的。停顿了一下,齐通霖低声道:我一直琢磨这个日本国,好多人一到那,再一回来,就像换了个人,我想了好一阵子,都没想明白。

这时,电话铃响起来。自从装上电话,除了武仲仁,齐通霖想不出谁会知道家里的号码。他疑惑地看着电话机,武仲仁跑过去拿起听筒,听了一会儿,然后对齐通霖说:找您的。齐通霖接过电话听筒。

电话竟然是从上海打来的，电话里的人自报家门，说他是上海中华医药联合会的秘书长，姓王。以前齐通霖跟上海的医药联合会有交往，很多年前齐通霖去上海坐堂，就是应医药联合会的会长李玉龙之邀。

齐通霖问道：王先生有何贵干？

今天《中央日报》读过了哇？王先生直截了当地问道。齐通霖早料到是这事，一边点头，一边道：看过了。

以拉哪能各个痒子个啦。王先生因为着急，直接说了上海话，齐通霖道：王先生您请慢说。王先生放慢了语速，艰难地用普通话说道：他们怎么能这样呢！他们这是要毁掉中医啊，我们李会长今朝已经着手联合医药总会，还有上海的中医学会商讨对策了，李会长让我联系北平的中医界，希望你们也能及时应对。我已经给石先生打过电话了，他让我跟你知会一声，我们南北联合，共同反击，给南京政府施加压力，让他们这个议案流产。

齐通霖对王先生的话虽说只听懂了一半，但大概就是那么个意思，倒是从电话那头传过来的激奋情绪，让齐通霖感觉到一种力量，末了他用一种比平日高出一倍的音调对王先生说：请您转告李会长，我会跟石先生商量的。想出对策，像您说的那样南北联合，给南京政府施压，让他们放弃这个议案，给中医一个很好的交代。电话那边的王先生大声回应道：对对，李会长就是这个意思，希望能及时通消息。

放下电话，齐通霖心里很是担忧，这种担忧一方面来自南京政府里那些跟中医唱反调的群体，另一方面来自中医这行里良莠不齐的现状，就是说，即使没有外来的"敌对方"，单是中医行内部的情形，也已经对中医的发展有威胁了。因此他很好奇西医，想知道西医是怎样诊治病人的，更好奇西医院又是怎样的一种情形。自从天运进了协和医院工作以后，齐通霖有时候连着几天都跟天运说不上一句话,但他对天运的工作很感兴趣,经常从夫人那打听医院的情况,比如天运在那每天要瞧多少病人。王屏画告诉他,天运还只是住院大夫,没资格给病人瞧病,就像跟你学徒的那几个孩子,本事还没学好,没法挂牌子开张一样。王屏画还告诉齐通霖,医院里除了有大夫以外,还有很多的机器,帮助大夫确诊。齐通霖一听到机器就很不屑,觉得那些轰隆隆作响的怪物,比不上中医大夫的一个脉枕。王屏画知道齐通霖心里怎么想的,她轻声道:老爷可别忘了,这世上,觅食的虫走的不止一条道啊。

此刻,齐通霖重新坐回到太师椅上。武仲仁盯着齐通霖的脸,想从他的表情上看出点名堂来。过了好一会儿,武仲仁听见齐通霖说了句:天塌不下来。

武仲仁道:老兄有需要在下的地方别客气,别的没有,钱倒是不缺,用的时候说一声。齐通霖看着武仲仁,心里涌起一阵酸楚,他突然想,如果身边没有武仲仁会怎样?很多年以来,武仲仁的存在对于齐通霖来说,是一件再自然不过的事情了,就像老天爷安排好的,武仲仁似乎就是为了齐通霖才住到魏家胡同的。据他自己说,武家已经在西边辟才胡同里住了好些年,有一晚武仲仁做了个梦,让他去城东边看看,并说那附近有个他的旧相知。武仲仁纳闷了好一阵子,鬼使神差地去了城东边,相中了魏家胡同一座宅子。搬来的第二天,他便在老水头儿的鞋摊附近与齐通霖不期而遇,两人互相凝视了一会儿,各自上前自我介绍,紧接着齐通霖便请武仲仁来家里用茶。自此两人如影随形,亲如兄弟。慢慢地,齐通霖习惯了武仲仁随时随地出现在自己身旁。

武仲仁看到齐通霖的眼眶里有些潮湿,便道:老兄如此伤感,还是甭想太多了。退一步，偌大的北平，中医行又不只是通霖兄一个人撑着，石、肖、宋、王想必也不会袖手旁观吧。

齐通霖点点头，走到窗前透过玻璃朝外看，却见美雪手里提着食盒上了台阶，齐通霖便招呼武仲仁道：先吃饭吧，再大的事都不如吃饭事大。

美雪进屋，把饭菜一样一样摆到桌上，武仲仁看见一盘青蒜苗炒肉片，顿时眼睛一亮道：这时候能看见这玩意儿也算够新鲜了。美雪回道：这是我们在暖房里栽的。

齐通霖看着米饭问美雪道：问问厨房里有面条没有，我想吃碗面。美雪赶紧出了屋，往厨房去了。

刚才武仲仁提到的石、肖、宋、王四人，与齐通霖一道并称"杏林五虎"，皆是京城里中医行叫得响的人物。他们术业有专攻，开方治病有独特的方法，再难治的病到了这几位手里十有八九药到病除，关于他们看病开方的故事，在江湖上都有着离奇的传说。只是齐通霖生性孤傲，很少与其他四位走动，非要事不通联，致使齐通霖有了"杏林孤狼"的名号，有时在饭馆遇上也只是寒暄几句。几年前因为天津《大公报》引起的中医行的争议，"杏林五虎"一起联名在报上表明态度：中医行不是神仙包办，对于疾病不能保证百分之百奏效，中医行永远会在学习中成长。而眼下这场官司，齐通霖想不出来怎么面对，他急切地想听到其他四位同行的想法，不由得朝角落里的电话机扫了一眼。武仲仁猜透了齐通霖的心思，在一旁说道：仁兄不妨给石先生打个电话，探探口风。齐通霖沉默着。

这时候美雪掀开帘子走进屋，将托盘上的一碗面条放在齐通霖面前。齐通霖朝碗里看去，见是一碗炸酱面，萝卜丝面码儿，武仲仁馋得受不了了，道：我也想吃炸酱面，麻烦美雪姑娘给我也来一碗。美雪又转身出去了。

等齐通霖快吃完了，美雪才端着一碗面进来，说道：对不住武老爷，炸酱没了，就剩肉片黄花儿卤子了。武仲仁连忙道：挺好挺好，谢谢美雪姑娘。

武仲仁吃面的工夫，齐通霖摇起了电话：请您帮我接通石宛寒先生家。对，正是，石大夫家。武仲仁停住筷子，一双大眼眨都不眨地盯着齐通霖的脸。齐通霖嗽了嗽嗓子，等着接线员接通石家。一会儿，电话里传来石宛寒洪亮的嗓音：您是哪一位啊？齐通霖报上姓名，石宛寒一阵大笑，然后说道：刚念叨你，你就打来了。我是一大早就接到上海那边的电话，想必通霖老弟也接到了，刚又跟肖、宋、王三位通了信儿，我看时间紧迫，就不用照面了，把我的意思说一下。

齐通霖点头道：我听着呢，您说。

石宛寒接着道：还像上回天津《大公报》，联合十来个同行在报上发声明，反对余云岫的提案，再召集身体好的同行，组成请愿团去南京请愿。通霖老弟若有更好的办法不妨说出来。

齐通霖想了想道：就目前的状况，您的办法还是周全的，事态怎么发展，只能等着，南京请愿团的事确实必要，还是那句话，有钱出钱有力出力，都听您的安排。

石宛寒道：得，先这么着，有事通联。

武仲仁的面只吃了半碗，看见齐通霖挂了电话，赶紧道：算我一份啊，我出钱，我愿意为你们那个请愿团出盘缠。

余云岫废止中医的提案见报的头一天晚上，冯临声都准备洗漱就寝了，方有平打来电话。他先告诉冯临声自己在南京，并抱怨了几句南京潮湿阴冷的天气，然后话题一转，说道：提案明天见报，等着听声儿吧。说完便挂了电话。方有平简短的电话让冯临声困意全消。他从床上坐起来，小心翼翼地穿鞋，怕惊动了一旁熟睡的妻子。

冯临声没有孩子，妻子不生育，当年冯临声寻遍药方，京城里的名医问了个遍，也没能得一儿半女。妻子感觉歉疚，让他纳妾，冯临声笑笑道：这八成是天意，顺其自然吧。冯临声决定去日本学习，妻子一言不发，不说跟着去，也不说不去，把一个难题原封不动交给冯临声。冯临声问她是想跟着他去还是留在京城，妻子不置可否地摇头又点头，这让冯临声哭笑不得，冯临声说你还是留下吧，等我回来。妻子点头道：我也是这么想的。

妻子的态度让冯临声无形中有了种约束，在日本那些年，虽说也有些春心萌动的时候，但是终归还是克制住了。冯临声在日本的四五年间，并没与远在京城的妻子通过书信，但他每每想起妻子那张平静的脸，都有一种肃然起敬的感觉。这么多年来，妻子似乎没什么大变化，总是穿着一件阴丹士林布旗袍，一双青布鞋，朴素得像个学生。当冯临声从日本回国，妻子去飞机场接他，看到妻子的第一眼，朴素的妻子似乎将时间拉回到了青春年少的时光，冯临声的眼睛里有些潮湿。接下来的日子，无论冯临声怎样改变，妻子都是一成不变。

冯临声走出卧房，往书房走去。冯临声踏过清冷的庭院，院子虽小，但整洁雅致，此刻月色像碎银一样洒了一地，冯临声踩着一地月色进了西南角上的小书房。书房的炉子已经封上了，冯临声裹紧了披在身上的外套，他想弄个炭盆暖和暖和，正转悠着找炭盆的时候，妻子出现在了门口，手里拎着夹炭的夹子，轻声说了句：等等就好。说完，她从门口的柜橱下边取出炭盆，然后又从柜橱下边拖出一袋炭，用夹子夹了几块放在盆里，先用火柴点燃一张纸,接着将点燃的纸放进炭盆,炭很快就被点着了,奔突的火苗映照着妻子那张清瘦的脸。冯临声看到她又从袋子里夹出几块炭放在炭盆旁边,并轻声道:乏了就填上。说完,站起身推开门走了。

冯临声从抽屉里拿出一包抽了一半的烟卷,抽出一支,点上,深吸一口,慢慢吐出烟雾。此刻他心里是说不出的一种滋味,不知为什么,那种歉疚的感觉越来越强烈了,冯临声想知道这种感觉从何而来,最后认定,源自与中医行紧密的关系。

冯临声深知中医的软肋,但他无以言说。那些流传经年的药方,都是经过上千年验证的,中药凭借的是经验,而西药是经过科学的反复实验,才进入临床使用的,这种差异带来的结果必然大不相同。冯临声在日本学习到的东西,对他的震慑力可谓石破天惊。

冯临声在东京一所不太出名的医学院里学习西医科学,他在日本的每一天都能感受到蓬勃的新生活,人们享受着科学为生活带来的便捷。冯临声时常思考一个问题:如果中医继续恪守陈规,不在科学的轨迹上寻觅出路,势必会落入一种窠臼,这样一个被束缚住的事物还能自由生长吗?

在日本的时候,冯临声跟余云岫过从甚密,两人的背景相类似,走的道路大致相同,在国内的时候都可算中医翘楚,出于对新生活、新事物的渴望来到日本,开阔了眼界。他们时常坐在街角的居酒屋里一起喝酒聊天,从亚里士多德到老庄、墨子,从强大的秦朝到古罗马帝国的君主。话题自然绕不开中医西医,余云岫的观点很直接,他主张中国应该像日本一样,彻底根除中医,引进科学的西医,以此提高中华民族的医疗水平。而冯临声为人做事比较含蓄,他主张逐渐改变,他的一句口头禅是:古罗马不是一天建成的。

余云岫从日本回国以后,又经营了一段时间自己的中医馆,那也是因为太太的请求。之后他说服了太太,去了南京,在政府任职。而冯临声拒绝了国民政府的几次任职邀约,执意留在已经变成北平的古城,过着波澜不惊的生活。他关闭了中医诊所,也并不想在任何西医诊所捞生计,好在他国学底子厚实,加上过去的名声,北平城里愿意花大价钱请他私教的家庭有的是,"小儿冯"虽然销声匿迹,"冯先生"却声名鹊起,这让中医行的旧相识们不屑,但冯临声不以为意。

此刻冯临声坐在书房里,听着炭盆里毕毕剥剥的爆裂声,琢磨着明天中医界看到报纸后的反应,心里有种说不出的感觉。冯临声的脑海里不停浮现的只有齐通霖那张肤色暗黑、额头宽阔、嘴角刚毅的脸,这张脸虽说鲜少喜怒形于色,但面对这样的大事想必内心也会波澜起伏。

炭乏了,冯临声犹豫着是否再添几块进去,这时墙上的挂钟敲了三下,冯临声猛然想起明天一早还要去城西边的私塾教书,便决定去睡觉。他把抽了半截的烟捻灭,看着烟屁股在烟灰缸里陞起一缕青烟,直直地朝天花板飞升,一个想法出现了:三十六计,走为上计,等躲过这阵再回来。

卧房里妻子并没睡着,她躺在床上静静地等着冯临声回来,当听到冯临声窸窸窣窣摸进卧房时,她的困意陡然而至,继而发出均匀的鼾声。冯临声小心翼翼地躺在妻子身边,他为自己想到的逃跑计划而有些欣喜,他决定一早起来便去西边那户人家告假,然后就直接去前门火车站买票去往天津……

从中午一直忙活到下午四点多,天运才从三号病房出来,一个肠梗阻松解术的病人因为腹胀无排气,从一大早折腾到现在,好不容易让他把气排出来了。病人睡着了,天运准备去医生休息室喝个咖啡休息一下。护士长刘慧兰笑着对天运说:方便的话给我带一杯回来,从你来了以后,我这喝咖啡的毛病算是添上了。天运微笑着点点头。

旧历年刚过，天运接到露易莎的来信，他看了看信封上的日期，信足足走了两个多月，天运拿着信，心里说不上什么滋味。她在信里责怪天运不给她回信，以前的信天运并没有每一封都给予回复。露易莎又觉得是邮差搞丢了信件，因为如此长途，又要邮轮又要汽车，难免遗失信件，但她希望能收到天运的信，并希望随信寄来照片，因为她十分想念他。

天运一边往休息室走，一边朝长长的走廊里前看后看，他希望能遇到安娜，就像以前很多次在走廊里相遇那样，虽然他知道那是安娜有意为之，但他还是发自内心感到惊喜和愉快。他认为自己与露易莎的爱情不久后将会随着遥远的距离消失，那份幸福则会变成美好的回忆，即便在很久以后他也会带着甜蜜回忆那段异国的恋情，天运认为这是自然而然的事情。而眼前的安娜，却是实实在在的美好，相比于与露易莎的天各一方，与安娜的情感伸手可触，他觉得人生就应该如此，享受那些自然而然出现的幸福，天运是个顺其自然的人。

天运并没能在走廊里与安娜不期而遇，除了擦肩而过的同院的医生护士，他还遇到了社会服务部的丁汝麒。丁汝麒在见到天运的一瞬间，仿佛松了口气，他的双肩往下一沉，双手摊开，那双不大不小的眼睛里透露出忧虑和无奈。他站在一个楼梯间的入口处，那个楼梯上通几个医生办公室，往下走则是一个不大的天井，天井因为潮湿，很少有人去。丁汝麒等天运走到他身旁，便拽着天运的胳膊，将天运拖进了天井，劈头一句话：你今天没回家吗？看没看《中央日报》？

天运摇摇头反问道：我一整天都在外科病房里，刚准备喝一杯咖啡去。报上有重大新闻吗？

虽然四周空无一人，丁汝麒还是压低声音道：南京政府公布了废除中医的提案，大有对中医赶尽杀绝的气势，我很担心令尊大人，不然你跟科室里告假半天，回家看看吧。

天运却问：休息室里会有今天的报纸吗？

丁汝麒点头道：应该有的，不如我跟你一起去看看。说着，两人走出天井，一起朝休息室走去。

休息室里有几个刚做完手术的大夫，穿着没来得及换的手术服坐在一个角落里喝咖啡。丁汝麒和天运进到休息室，直接走到角落里的报刊架旁，架子上整整齐齐码放着两溜报纸，下面是几本休闲杂志。丁汝麒翻找着，很快，他从报刊架上扯出一份报纸，确认了一下日期，递给天运道：头版上有标题，内文在第二版上。

天运拿着报纸，扫了一眼头版上大红的标题，立刻紧张起来。他有些慌乱地翻开第二版，但那个头版上大红的标题，尤其是"废止中医"四个字让他无法集中精神。他想逐条阅读那些条例，可他办不到，眼前一片模糊。天运索性将报纸卷起来，用两只手握着，手握的地方，报纸卷明显瘪下去了。他对丁汝麒说：我拿回去再看吧。服务生过来问他们喝什么，天运想了想说：我带一杯咖啡走。服务生问丁汝麒要什么，丁汝麒摇头。服务生走了，两人对视了一会儿，丁汝麒低声道：你还是回家吧，看看齐先生什么情况，一会儿我路过外科的时候去跟护士长打个招呼。丁汝麒看了看手表，又道：马上到饭点了，你干脆早点回家吃饭吧。天运点头道：不过我要是在父亲眼前晃悠，可能会更糟，他理所当然地把我放在他的对立面上，不是敌人也差不多。

从休息室出来以后，天运回到外科，将咖啡递给护士长说：这是您要的咖啡。犹豫了一下，天运又道：家里有点事，我想早点回家，但我尽量早去早回。护士长说：你不用急着回来，主任那边我会关照的。天运便换了衣服，急匆匆地离开了。

天运出了医院的大门，希望能碰上那位熟悉的车夫。他站在门口张望了一会儿，那位熟悉的车夫刚好被一个人叫住，那人对车夫说了几句，一迈步上了车，车夫拉着车小跑起来。天运只得招呼了另一位车夫，到家的时候，天已经黑透了。

天运推开虚掩的大门，走进院子，似乎感觉到异样，他收敛着脚步声穿过垂花门。只见一个黑影在他身边一闪，天运还没反应过来，那黑影低声叫道：天运，是我，哥哥。天运朝天舍走过去，天舍并没停住脚步，而是领着天运进了自己的屋门。屋里没开灯，点了几支蜡烛，小秀坐在靠近床头的椅子上，见天运进来便笑着点头。天舍直接问道：你看今儿的报纸没？

天运没回答天舍，而是先拉开灯，屋里顿时亮堂起来。天运一路被冻得不轻，鼻子吸溜吸溜的，他从怀里掏出那张卷成卷儿的报纸，仔细读起来。等天运把整个条例仔细看了一遍以后，他的心情反倒平静下来，因为他发现这些条例看起来严苛、不近人情，但仔细琢磨起来，对于父亲来说并无实质性的限制，就是说父亲的医社照开不误，而且从另外一个角度看，如果限制了那些庸医，对父亲这样的名家只有好处。天运这样想着，脸上变得开朗起来，他抬头看了看哥哥，一张怒气未消的脸，便笑着解释道：你仔细看看，其实这对中医行不无好处。天运指着头三条让天舍看，并解释道：尤其是这条，年满五十岁，在国内营业二十年以上，免受条例限制，并给予特种执照。这对于父亲这样几乎顶级的中医大夫，并无任何影响。

天舍指着下边那句"……但不准诊治法定传染病……"问天运道：什

么叫法定传染病?天舍不等天运回答,便接着说道:甭看我不是你们医行的人,中医西医我都不懂,可传染病谁不知道。大到霍乱小到伤寒,哪样不是传染病?我这打个喷嚏,你那就能染上,算不算传染病?明着说不妨碍行医,暗地里把道都堵死了,不如把张仲景那个什么《伤寒论》都烧了不是更好!还有啊,不许开设中医学校,这不就是明白儿地让中医绝种吗?

天运愣愣地看着大哥,不知道说什么。这时,母亲在窗外喊道:天运回来了?你们赶紧都出来吃饭吧。

三人鱼贯来到正房,天舍头一个进到屋里,接着是天运和小秀,他们看到父亲巍然坐在桌子的上首,左手端着那只"老相好儿"烟袋锅,右手一只玉石酒樽,一个人正闷头喝着酒,眼前是他最喜欢的下酒菜椒盐花生米。看见三个孩子进屋,齐通霖点头道:都回来了,坐下吃饭吧。

王屏画的脸上明明白白地写着担心,她并没坐下来,而是像一只觅食的胖蝈蝈似的,在地上无目的地来回走动着。王屏画的脚曾经裹过,但她整天喊疼,娘心疼她,裹脚的事便半途而废了,留下了一双半天然的脚,这让她在同龄妇女当中独树一帜,走路生风。这时,美雪又端着食盒进来了,王屏画停住脚步,让美雪再拿一瓶酒来。美雪对王屏画道:您也坐啊。王屏画这才挨着齐通霖坐下来。

美雪把菜摆放在桌上,反身出屋,下了台阶,抬头,看见三儿走进院子。美雪朝他摆手,三儿也不敢高声,几步走到美雪跟前小声问:齐先生这一下午都干吗了?

美雪道:整个下午都在屋里跟武老爷说话,还打电话,说什么我也听不清楚,这会儿大少爷、二少爷还有小秀姑娘都回来了,一家子吃饭呢。

三儿想了想道:都回来就好,我也是想看看齐先生,怕他气坏了身子。

美雪道：那你太不了解老爷了，什么事能气着他？我看这天底下再大的事都不如夫人一滴泪能让他伤心，只管操心你老娘就够了。美雪说完，朝后院厨房走去了。三儿没打算进屋，见美雪走了，便扭身朝院门走去。

小秀像一只麻雀似的，颠颠地跑到齐通霖另一侧，扑通一声坐到椅子上，朝齐通霖笑着道：齐伯，我挨着您坐，方便给您夹菜。

小秀真的给齐通霖夹起菜来，她不管齐通霖喜欢不喜欢吃，当然她也不知道他喜欢吃什么，她挨着个将盘子里的菜夹到齐通霖面前的小碟子里。小秀每夹一筷子菜，齐通霖的脸上都会涌起一片笑意，王屏画甚至从没看见过老爷脸上有这么温和的笑容。末了，齐通霖对小秀笑道：你爹都没得了你的济，看来我的命比他强。

小秀说道：干脆您认我当干闺女得了，以后你们家天舍要是娶了小，我就单给您做闺女。

齐通霖抬眼朝天舍这边看了看，说道：他敢。

天舍不敢吭声，侧头看了一眼天运，天运像是一根晒蔫儿了的萝卜，没精打采的。天舍用腿碰了碰他，天运没心情理会哥哥，他感觉父亲有意冷落他。这时天运听见母亲喊了他一声，他抬头，等着母亲发问。王屏画这会儿偏又问了个不该问的事：安娜姑娘什么时候来家吃饭？我挺喜欢那姑娘的。没等天运回话，齐通霖道：咱家又不是联合国，你瞎招呼什么。王屏画瞪了齐通霖一眼道：瞧你这话，横着往外跑啊。

一顿饭吃到最后了，齐通霖都没正眼看天运，天运趁着美雪进屋收拾饭桌，溜回到自己屋里。没想到天舍跟了进来，旁观者清，天舍心里明镜似的，他拍着天运的肩膀道：甭在意，爹的脾气你还不知道，他不跟咱们撒气还能跟谁撒气去。

天运看着哥哥，释然地笑了，他让天舍坐下来，问他要不要喝杯咖啡，天舍摇头道：喝不惯那玩意儿，来一杯茶吧。天运给哥哥沏了一杯茶，问道：不知道父亲和北平的中医同人接下来会有什么行动，我只是担心他们会气坏了身子。

天舍摇头道：我感觉政府不会不顾舆论，贸然行事，他们又不傻……

天舍喝了口茶，接着道：再过几天我要去河北进购药材，母亲老了，家里的事你尽量关照吧，算大哥求你了。

天运道：大哥能做药材生意，也算能帮上父亲，家里的事我一定尽力做好。

天舍说：我也是这么想的，这家里就我没出息，现在想起来，以前真是不懂事，专门跟他老人家拧着干。现在我琢磨着，做药材生意也算是跟他老人家的营生挨得近点。

天运看了看表，让天舍接着在他屋里喝茶，自己要回医院了。天舍便跟着天运出了屋门，直接回北屋了。

天运疾速走着，胡同里一片死寂，路灯光好像还没蜡烛光亮。天运的牛皮鞋底子在冻得生硬的土路上发出劈刺劈刺的声响，他只想快点回到医院，那是个温暖平静的地方，只有人与疾病的较量，一想到那些需要救治的病人，天运身体里便充满了力量。

空中飘起了细小的雪花，天运觉得北平的冬天除了下雪还是下雪，有时雪大，有时雪小，晴朗的天气里，路边的雪也不会化，春天不到，雪就存在着。

天运的眼前竟然出现了今天那份报纸，他清晰地记得那些条例，那些让父亲内心激愤的东西。在听到哥哥说的那些话时，他才发现自己对于中医十分陌生，只知道父亲用草药给病人治病。在他很小的时候，母亲告诉他，后院的园子里种的是药材，这让天运吃惊。在天运看来，那些风中摇动的植物，只是花草而已。此刻天运的心里产生了一种愧疚感，觉得父亲做了一辈子的事，自己偏偏一点兴趣没有。

一辆人力车停在他身边，直到那车夫喊了声大夫，天运才看清是那位他熟悉的车夫，惊喜道：是您！这么巧啊。

车夫说：我顺道，家就在金鱼胡同，拉您一小截吧。等天运上了车，车夫一边慢慢跑着一边对天运说：从背影看着像您，还真是您呢。天运的心里感到一丝温暖，道：您这么晚还跑活啊。车夫道：刚送个病人去了雍和宫那边，这不是往家走嘛。到医院门口，车夫抢着给天运撩起帘子，天运要给他车钱，被他拒绝了。车夫看着天运进了医院大门，才转身回家。

天运快到外科病房的时候，远远看见一个人站在病房门口，天运猜出是丁汝麒，等到了丁汝麒身边，没等他开口问，天运道：我家齐老先生根本不想跟我说话，我回家讨个没趣。说完朝丁汝麒笑笑，脚没停便往病房里走去。

第二天，齐通霖没去医社。三儿便一直在齐家候着，怕齐通霖想起来要去哪，用车方便。快到晌午的时候，王屏画让他回家招呼老娘吃饭，三儿应道：得，我回家瞅瞅去，齐先生要是有事让美雪招呼我。三儿出了齐家大宅，想着去买几个驴肉火烧当午饭，便朝胡同北口走去，见老水头儿正在低头修鞋，他招呼了一声道：您忙着呢。

老水头儿眯着眼看了一会儿，认出是三儿，便擤了一把鼻涕应道：这不叫忙，这叫解闷儿。老水头儿停下手里的活，反问他：今儿齐先生没去医社啊?

三儿点头道：今儿没去。您听着了没，有人要给中医行使绊子，还想把这行……说着，三儿做了个抹脖子的手势。

老水头儿道：是听见有人嚷嚷，挺邪乎，还说是报上说的，要说报上那些话，我看没几句是真的。以前皇帝还在宫里的时候，不是连圣旨都有假的吗？眼巴前儿这政府，屁股都还没坐稳当，就扔出这么块石头来，砸自己还是砸别人都不一定呢，还是那句话，听蝲蝲蛄叫唤就甭种庄稼了。

听老水头儿这么说，三儿心里想：这老水头儿，什么事到他那都不是事儿了。

从早上就说下雪，到了中午还没影，此刻乌云密布，三儿耸耸鼻子，一股子潮味，感觉雪立马要来了。他大步走着，没一会儿就出了魏家胡同，来到大街上，朝左转，路西有个王记驴肉火烧铺子。三儿几步走到铺子门口，一个女孩的声音招呼他道：三哥，你要几个火烧，我帮你买吧。

三儿探头往铺子里一瞅，认出说话的女孩是裁缝王满仓的大闺女小玉。三儿大声道：不麻烦小玉姑娘了，没几个人，一会儿就到了。

小玉一直对三儿有好感，可几条胡同都在传三儿和齐家丫头美雪的事，小玉妈让小玉死心。妈说：人家美雪虽说是丫头，可从小在齐家大宅里长大，举止做派跟一个大家小姐没什么两样儿，咱们这小家小户的就甭惦记着人家碗里的肉了。小玉虽然是绵软性子，可绵里藏针，只要有机会接近三儿，就不会放过。

小玉买完了，从铺子里走出来，并不急着回家，而是站在三儿旁边跟他说话。小玉问三儿：今儿怎么这么闲啊，没跟着齐先生去医社啊。

三儿不想跟小玉多说话，便哼哼哈哈地打马虎眼。排在三儿前边的中年男人听小玉这么问，扭头打量一阵三儿，说道：我说那么眼熟呢，原来是齐家当差的。三儿只是笑笑，没想到那人接下来的话惹怒了三儿。他眼往天上看，嘴里冒出几句话：要说中医这行，卖狗皮膏药的居多，以为不管从什么犄角旮旯随便弄俩方子，就成名医了。这南京政府到底跟梳辫子的不一样，做事麻利……

他话还没说完，三儿就忍不住道：那您怎么不拿着笤帚从犄角旮旯扫出俩方子当名医去？你说话甭那么损，家里有老有小的。

中年男人从鼻子里哼出一声道：真是嗑瓜子儿嗑出个臭虫来，什么仁（人）儿都有，我当不当那玩意儿碍着你什么了？你担心你那东家倒了台，你没地方找这好活了是吧，看你年纪轻轻的，光想贪图安逸，你看人家大街上跑活的，不一样挣饭吃……

中年男人话还没说完，三儿的拳头已经重重地落在他身上了，只听哎呀一声，中年男人一个趔趄，摔在小玉身上，小玉尖叫了一声，三儿轻轻将小玉拉到自己身边。中年男人站稳当了，指着三儿道：好小子，你他妈敢打爷，今儿让你知道知道爷的厉害。说着，他挽起袖管儿就要往三儿跟前凑，让一旁烙烧饼的伙计拦住了，道：二位爷，您二位想打架当街上请，我们做小买卖儿的，经不起这个，请高抬贵手。小玉在一旁死死拉着三儿，嘴里央求道：三哥哥，求求你，别再打了，大娘知道了得多担心啊。三儿听小玉提到娘，把攥着的拳头松开了。

三儿和小玉手里捧着火烧，一路说着话朝魏家胡同走去。三儿问小玉：你跟我走这边不是绕远吗？小玉眼珠子转了转说：我是怕那男的返回来跟你打架，跟着保护你的。三儿哈哈笑道：小玉姑娘真会说笑话，我一个大老爷们儿应该保护你才对。三儿问小玉认识不认识那人。小玉说知道这人，住八大胡同里，家里是门脸房，开了个小杂货铺子，有一次他家里的来找我爹做衣裳，拿的那块布料不够用，我爹还给他搭了料子。三儿点头道：这人挺各色，嘴头子挺损。小玉劝道：林子大了，什么鸟没有啊。三儿笑着看了看小玉，只见小玉的脸上红扑扑的，一双大眼睛眨巴眨巴，很有精神。三儿岔开话头问小玉，要是做一件大襟褂子得多少尺布，小玉想了想道：单幅的怎么也得六七尺了，不如双幅的划算，三哥哥要是想给大娘做衣裳，我就问问我爹，咱买划算的布料。三儿道：我娘眼睛好的时候，都是她自己做衣裳，现在补个补丁都看不清楚了。

三儿远远看见武仲仁从胡同西边火急火燎地走过来，三儿猜到他是要去齐家，便赶紧跟小玉告辞，站在原地等着武仲仁。

武仲仁路过三儿身旁并没有放慢脚步，只是跟三儿招呼了一声，便匆忙越过三儿，朝黄土坑胡同走了。三儿扭头看见小玉进了汪魏巷，而一旁坐着的老水头儿正在低头修鞋，便跟在武仲仁身后进了黄土坑。

三儿看着武仲仁小跑着上了齐家的高台阶，他犹豫了一下，朝自己的家门口走去，路过齐家的时候扭头朝里边看了一眼，隔着一拃宽的门缝，三儿只看见了垂花门的一个角儿。三儿心里胡乱琢磨着，进了自家的院子。

武仲仁风风火火地进了齐家大宅，刚进院子，便从袍子底下摸出一个红包来，攥在手里。等走上高台阶，他嘴里高声道：通霖老兄，通霖老兄！我们武家大喜啦，金蔓生了个儿子！我武仲仁有后人啦！

正房的门帘子纹丝不动，东边天舍的房门吱呀打开了，武仲仁扭头一看，只见自己的闺女小秀站在门口，穿着一身男装，竟然还打着领带，只是头发略微有些凌乱，脸上十分平静。她用手撩起耷拉在额前的一绺头发，朝兴冲冲的亲爹道：您的喜报得不大是时候，齐家人一脑门子官司，谁有闲心在乎武家有没有后啊。

武仲仁刚想说点什么,北屋的门帘子撩开了,门也嚯的一声打开,王屏画走出来,一脸笑容地朝武仲仁道:恭喜武家贺喜武家,这可是大事儿,得好好庆贺庆贺。

武仲仁看见王屏画,便不再搭理小秀,走到王屏画跟前,将手里的红包递过去道:来来,沾沾喜。王屏画喊美雪,美雪过来收了,王屏画又附在美雪耳朵上说了几句话,美雪点头走了。

武仲仁知道王屏画是让美雪去拿贺礼,但他更在乎此刻齐通霖在哪。他侧着那颗又圆又大的脑袋,支棱着耳朵听着,等着齐通霖走出来,王屏画却朝书房指了指道:在书房呢,你过去吧。

书房里,齐通霖隐约听见院子里喧闹,并没留意,直到武仲仁的声音朝书房过来了,这才从椅子上站起身。武仲仁进了门,报上喜讯,齐通霖一阵高兴道:这可是大喜事啊,恭贺老弟。

武仲仁将两个大眼珠子死死盯在齐通霖的脸上,齐通霖一脸疲惫,这让武仲仁有些担心,想说点什么,张了下嘴又闭住了。

美雪按照夫人的吩咐,准备了十块大洋放在一个织锦缎的小袋子里,用一根手指头钩着,端着茶盘进了书房,给二位老爷倒了茶,将手指上的小袋子褪下来,交给武仲仁道:夫人吩咐的,给孩子的。武仲仁谢过,美雪便走出书房。

武仲仁试探地问道:事情有什么进展没有?

齐通霖道:今儿一早石先生他们就在忙活请愿团的事。

武仲仁赶紧道:还是那话,到时候说个数,我一准让管家及时送到。

话音刚落,窗外的美雪便喊道:老爷,电话找您!齐通霖立马起身往北屋去了，武仲仁跟在身后。

齐通霖抓起听筒，喂了一声，只听电话里说道：我是石宛寒，齐先生此刻要是得空，请来寒舍一聚，有要事相商。

齐通霖放下电话便去换衣裳，武仲仁问：去哪？齐通霖说了句：礼士胡同。

武仲仁连忙道：甭喊三儿了，我让管家开汽车去。说着，他摇通了家里的电话。吴秉楠接到电话，没出五分钟，齐府外边响起了汽车喇叭声，齐通霖笑道：这四个轱辘的真是带劲儿。两人急匆匆地往外走，王屏画在后面喊了句：当心汽油味！王屏画闻到汽油味就想吐。美雪在后边说了句：您以为谁都跟您似的。

齐通霖和武仲仁前后脚跨出大门，见管家吴秉楠身着整齐的西装，头发油亮地站在台阶下。见二位出来，他赶紧去拉车门。武仲仁让齐通霖先上了车，随后也跟进来，吴秉楠发动汽车，齐通霖招呼吴秉楠道：辛苦您了。

吴秉楠赶紧道：您太客气了，能给您出力，是我的荣幸。

吴秉楠启动车子，慢慢驶出黄土坑胡同。

齐通霖道：竟然听不出来吴先生的南方口音。

吴秉楠一边开车，一边侧头回应道：您过奖了。

武仲仁问吴秉楠道：你知道礼士胡同在哪吗？

吴秉楠点头道：路过好几回了，只是没进去过。

说着话，车已经过了东四牌楼，齐通霖朝窗外看去，午后的街上行人稀少，积雪开始融化了，道路变得泥泞不堪，那些行人的裤腿上溅满了泥点子，鞋底子也因为沾着泥巴，行走艰难。骑单车的也不轻松，后车轮带起的泥水跟喷壶似的，不停地朝脚上、裤腿上洒，知道的是骑单车，不知道的以为刚栽完稻子。好在阳光明媚，只要有太阳，就有好心情。

车开进礼士胡同，吴秉楠感叹了一句：北平的胡同老有意思了，单是名字就蛮有来头。武仲仁道：可不是，每条胡同都有讲究，不是随便取的名。

齐通霖没心思听两人闲聊，他侧头看着门牌号，随口说了句：石家是一百二十三号，看着点。到一百二十一号的时候，见有个小空场，吴秉楠便将车停下来，下车为齐通霖拉开车门，武仲仁则自己从另一边下了车。吴秉楠看着两人朝一百二十三号门走去，说了句"二位老爷慢走"，然后便坐在车里静静地等候。

齐通霖上前叩门，门应声而开，仿佛专门有人等在门后。齐通霖认识石家的管家，见他探出半个身子，并喊了声齐先生，齐通霖便道：您吉祥啊。又转身介绍武仲仁，管家略微弯着腰引二人往里走。

石宛寒的宅邸原是清朝大学士敬信的故居，传说这敬信喜欢舞文弄墨，而且对南方园林艺术情有独钟，所以宅子里栽满了竹子。竹子在北方难活，可他非要栽，死了再栽，栽了再死，最后竹子似乎慢慢适应了北方的气候，要不就是被敬信的一片赤诚感动了。春天来临的时候，园子里竹子发芽，甚至长出了竹笋，春夏交接时，竹叶摇曳，风随影动，颇有南方庭院的清雅之味。

石宛寒听到院子里的响动，从屋里走出来，他魁梧高大，红光满面，一头如雪白发，与红润的面色交相辉映。石宛寒的衣着与齐通霖相反，齐通霖平日里穿着整洁精致，即便在家里也喜欢一丝不苟，容不得一点邋遢。而石宛寒一望而知是个不拘小节之人，一件青色长棉袍看上去已经很旧了，棉鞋也是旧的，鞋边露出了毛茬口。

石宛寒朗声道：通霖老弟，久违啦，快进屋来。说完为齐通霖撩开门帘子。他和齐通霖寒暄了一阵，又看着武仲仁道：想必这位是仲仁老弟，茶庄生意还好吧。武仲仁拱手道：托您的福，过得去。

屋里已经有十来号人，齐通霖扫了一眼，除了肖、宋、王三位外，京城里中医行的其他头面人物也都到齐了，齐通霖一一打过招呼，找个空位坐了，武仲仁挨着齐通霖坐下来。

石宛寒站在屋子当中，这时候丫头进来送茶，石宛寒让大家伙喝茶，又朝武仲仁道：这都是从你们武家茶庄里过来的，货真价实的好茶，我们石家可是武家茶庄的忠实拥趸。武仲仁赶紧站起来拱手谢过。

石宛寒在京城的中医行可说是首屈一指，其父曾经在云贵川一带做过官，原本石宛寒也想紧随父业，在官场谋职，但因母亲总是疾病缠身，石宛寒便改了初衷，立志学医。弱冠之年，他便熟读古医书。一入杏林，令同行刮目相看。石宛寒善于用大方子治病，一下就是几十味药，虽然药品繁多，但是配伍极其精当，可说是丝丝入扣，犹如一位领兵作战的大将军，布阵严密精当，疏而不漏，再狡猾的疾病，在石宛寒手里都是手下败将，不堪一击，其所开药方，在中医行里有"华贵雍容"的称誉。

石宛寒还擅长使用对药，就是说同种药效的两味药同时出现在一个方子里，这就要求医家熟知两味药的脾性及其强弱之处，以其中一味药的强处与另一味药的短处衔接，从而组成一支超强战队，共同对付疾病。比如麻黄、桂枝，就是石宛寒经常开的对药，麻黄治疗外感风寒、恶寒发热，同时又能散风止痒，用于治疗风疹等疾患。而桂枝是肉桂的嫩枝，虽然也是治疗伤风的良药，但没有麻黄那么凶险。这两味药配在一起使用，以麻黄为主，开腠理散寒邪，是主攻者，而桂枝则从旁助攻，打扫战场，谓之辛温发散，貌似柔和，实则起到剿灭全部疾病的作用。经石宛寒开出的对药，都已经被他的徒弟记录在册，以供旁人参考使用。

只听石宛寒大声说道：今儿各位拨冗前来，石某人甚感欣慰。各位都是北平城里的医界翘楚，平日大家都忙活自己的事，难得见一面，如今南京政府的一纸公文，让大家伙聚到一起了。我想起上一回这样的情景是在十多年前，教育部颁布新的《大学规程》的时候，咱们中医没能纳入教育部的教育体制。为那档子事，我，以及在座各位不遗余力与政府抗争，虽然最终没能让那些官老爷改弦更张，可自打那次起，在随后的十几年时间里，政府对于中医行甚为宽松，甚至迎合。肉眼可见的，北平城里多少疑难杂症，不是靠中医行的人用草药治愈的？石宛寒停住话头，扫视着屋里的人，他的目光如同两束电光，齐通霖隔着袍子都能感觉到热度。

屋子里的十几号人鸦雀无声。齐通霖坐在石宛寒对面，他看到肖、宋、王三位坐在最靠近石宛寒的地方，其中王春雨最年轻，只见他不停地变动着坐姿，一会儿把左腿跷到右腿上，一会儿又掉个儿将右腿跷到左腿上，接着拿起一旁条几上的茶杯，没喝又放下了，让人明显感到他心里的躁动。

坐在齐通霖旁边的武仲仁好像受到王春雨的传染，也有点坐不住了，但武仲仁焦躁的一个重要原因是家里的大儿子，那是武家的头等大事。武仲仁听石宛寒说了一会儿，便嘴对着齐通霖的耳朵道：我急得尿快出来了，我得去一下。齐通霖小声回道：那你赶紧尿去吧。武仲仁悄悄起身，溜出屋子。可他并没找茅房尿尿，而是直奔大门，出了石家大宅，对汽车里的吴秉楠说了句我走着回去，你在这等齐先生，便扬长而去。

屋子里，石宛寒接着说道：这次南京政府颁布了废止旧医条例……说到这里，石宛寒咳了一声道：老夫愚钝，但这旧字实在刺眼，何为旧？孰为新？

齐通霖对这个"旧"字也颇不以为然。旧东西不见得不值钱，新东西未必就值得推崇，重要的是内瓤儿。古董越旧越好，讲究包浆；而有的新东西需要时间证明自身的价值。但是齐通霖不喜欢把中医称旧医，更不喜欢西医作为一个对立面被称为新医，谁又能证明这两种"医"不是一个"理"呢。所以当石宛寒说到这，齐通霖不禁接了一句：新亦旧，旧亦新，互表里。石宛寒听了，击掌赞道：通霖老弟说得妙啊。齐通霖听到有几个人低声议论了一会儿，石宛寒示意大家安静，他继续说。

石宛寒告诉在座的各位，北平中医行的"二十字标志"是：提倡中医，以防文化侵略。提倡中药，以防经济侵略！接着石宛寒降低了音调，说道：这是我个人的担忧，也是整个中医行的担忧。中医不单是治病营生，它背后蕴含的是华夏文化，里边包含了哲学。从另一个角度说，中医是东方哲学的具象化，这就让中医博大精深，从事这行的人首先要是一位有学问的人，就像在座各位。说着石宛寒用手在屋里比画了一圈，然后接着说：其次，从事这行的人还得耳聪目明，就是得特别聪明，光聪明还不够，得有智慧，斡旋于草药与疾病之间，为人消灾祛病。这时一旁的王春雨停止了躁动，一双墨黑的眼睛死死盯着石宛寒。

石宛寒却重重叹了口气，这让齐通霖感到异样，仿佛面前这位鹤发童颜之人，身体里贮存的只有蓬勃而出的阳气，与阴霾无关。齐通霖看着石宛寒，等着他说出更深层的隐忧来。没想到，石宛寒道：怪我无能，这十几年来，作为中医行里大家认可的人，没能跟政府达成某种共识，对于迅速传进来的西医也没能仔细研究，不懂人家为什么能那么快得到病家的信任，不知道咱们怎么做才能扬长避短，有时候真觉得无能为力。不过，有一点我相信，那就是老祖宗传到咱们手里的东西不是破烂儿。

石宛寒这番话像是自言自语，又像是与在座的各位推心置腹。此刻那张红润的脸似乎因为担忧而失了色，但齐通霖很快意识到那只是因为光线变化了，门廊的一根柱子正好挡住了阳光，过了一会儿，红润又回到石宛寒的脸上。齐通霖松了一口气。他听见石宛寒大声道：北平的请愿团由我带队，下个月南下，先到上海跟那里的同行会合，然后一起奔赴南京请愿。在座各位听从去留安排，大家伙有什么想说的，有什么好办法都请畅所欲言。总之一句话，目的就是让南京政府撤除条例，不但撤除条例，还要请求政府将中医纳入高等学校的教育体制，跟西医一样，在校园里培养中医人才，让几千年的中医文化得以世代传承。

屋里的十几号人都鼓掌回应，王春雨起身道：鄙人责无旁贷，愿跟随石先生前往。

其他人嗡嗡地议论起来，只有肖、宋二人一言不发。石宛寒看着二人道：请二位也说说想法。

肖灵岩的下巴上留着一撮胡须，他给病人开方子的时候喜欢捋着胡须沉吟，捋胡须的手一停下，就表明方子已经想好了。这时候肖灵岩不停地捋着胡须，却一言不发，一旁的宋鸿墨被他捋得心烦，朝肖灵岩斜了一眼道：今儿个您这把胡子就是捋没了，八成这方子也开不出来。一屋子人大笑，肖灵岩停住手，说道：宛寒兄说得都在点子上，到现在我还是想不明白，那些想置中医于死地之人，家里人就没瞧过大夫？没抓过药？

底下又是一片议论声，宋鸿墨道：以前的事都过去了，现在人家瞧西医了。

宋鸿墨这句话让乱哄哄的屋里顿时静下来。

齐通霖咳了一声道：瞧西医还是看中医，那是人家的喜好，要想祛除一个事，总得找出足够的弊端，以理服人，我觉着他们的理由不大充分。

屋里的气氛又热烈起来。接下来，一些年少的便去王春雨那报名请愿团。乱了一阵子后，石宛寒示意大家安静，让大家伙记下王春雨的地址和电话，有愿意捐资的，也可以跟王春雨联络。大家伙点头，然后站起来互相告别，鱼贯而出。石宛寒让齐通霖留步，有几句话说。

人都走光了，屋子里十分空旷，这时候的石宛寒显得有些落寞，他一屁股坐在刚才王春雨坐过的椅子上，两只手不停地摩挲着椅子上的扶手，面色不似刚才那样红润了。齐通霖坐着没动，他想掏烟袋，一摸，衣襟里是空的，来时匆忙，烟袋锅忘在家里了。石宛寒问他抽不抽纸烟。齐通霖点头道：也行。石宛寒站起身走到条案旁，手往一个胆瓶里一伸，拿出一包纸烟。齐通霖笑了，石宛寒有些不好意思，道：怕夫人责怪，所以藏起来了。两人抽着烟，屋里的气氛松弛下来。

石宛寒吐出一个烟圈，说道：自民国以来，中医行的劫难时有发生，我一直在琢磨这事，为什么华夏民族三百六十行，唯有中医行屡屡遭人诟病，难说将来有一天中医行真要玩完啊。齐通霖抽着烟，一声不吭。

石宛寒狠狠吸了一口烟，接着说道：我私底下琢磨着，既然别人对咱们这行从一开始便颇有微词，现在又让咱们面临被废的险境，那说明这行本身就有大毛病啊……

石宛寒瞪大了眼睛，不错眼珠地看着齐通霖。齐通霖看见石宛寒的眼睛里布满了血丝，知道他没睡好，刚想说句关心的话，却听石宛寒接着说：可究竟是什么毛病呢？怎么才能让这行越来越强大，越来越好呢？这真是让人费脑瓜子啊。通霖老弟的足智多谋是出了名的，我想听听老弟的见解……

自从报纸上公布了"废止"条例，愤怒的同时，齐通霖心里更多的是忐忑不安，他与石宛寒有着同样的忧虑。他做梦都想找出中医面临困境的原因，就像自己家的孩子被街坊邻居指责，当家长的要先从自己孩子身上找毛病一样。齐通霖把中医的"弊端"一条一条列出来琢磨，但当他对着那些"弊端"相面的时候，那些缺陷，渐渐地在齐通霖看来仿佛都不那么致命了。就好像一棵大树，只是几根枝权干枯了，完全不影响大树的根深叶茂。没过多久，那些缺陷就看不见了。他又觉得自己护犊子，自己家的孩子自然要护短儿，这样想着，又疑惑起来……

此刻齐通霖平静地看着石宛寒，他不想把自己的心路历程通通抖搂出来。他不是那种能让人一望到底的人，有意无意地，齐通霖总把自己包裹得严严实实，让别人猜不透他心里的想法。就像他开方子治病一样，别人觉得这病没救了，齐通霖的方子却总能出其不意。从石宛寒焦灼的目光里，齐通霖看出他这几天忙着南下的事，完全没有时间静下来休息、思考，人累的时候容易犯糊涂。

齐通霖抽了一口烟，平静地说道：万事都要从长计议，往远处看。抛开那些疑问，有一点十分清楚，那就是中医是不会消失的，算一下，中医已经活了上千年……

石宛寒叹口气，说道：那个余云岫何等嚣张，完全不顾及他以前也是靠这行吃饭的，老祖宗若知道他这个德行，气也气活了。他竟然还口出狂言，要在五十年内消灭中医！呼吁国民政府不准中医办学，他打的是让中医后继无人、自生自灭的算盘，还说什么中医的脉法是纬候之学，他懂个屁，一部《周易》可谓天书，几个人能懂？不懂的东西就拿刀来砍，就称纬候之学，这简直是小儿般的戏耍，国民政府竟然也由着他的性子胡为，是可忍！

石宛寒越说越气，最后将手里只吸了一口的纸烟狠狠扔在地上，还不解气，伸出一只脚死死踩了几下，纸烟在地上挣扎着，灰飞烟灭了。

齐通霖等石宛寒稍稍消气，紧着吸了几口烟，然后将烟蒂放在一旁的烟灰缸里捻灭，说道：道理要慢慢讲，眼下最要紧的就是要给南京政府施压，让他们放弃余云岫的提案，如果中医行自己的力量不够，我们就动用关系联合中医以外的社会力量，人多力量大，怎么也不能让这个提案成为铁板钉钉的事。

石宛寒道：我也是这个意思，我不在北平城这段时间，还望通霖老弟多照应，您的医社先停几天，咱们一门心思干成这件事。

齐通霖点头道：您放心吧，您在南京也要谨慎行事。

齐通霖跟石宛寒告别的时候，石宛寒突然道：你知道冯临声去天津了吗？

齐通霖惊讶道：他去了天津？想了想道：不会是为了躲避这事吧。

石宛寒道：人心难测，好在他至少七八成不算是中医行的人了，咱们也就不用太在意他。

齐通霖不再说什么，缓步走出石家大宅，见武家的车还在，吴秉楠赶紧下车为齐通霖拉开车门，一边解释说老爷临时有点事先回了。齐通霖上了车，吴秉楠礼貌地问：您打算直接回府，还是去其他地方转转？我家老爷特意吩咐过，他不用车，所以您随便用，去哪都行。

齐通霖听吴秉楠这么问，心里琢磨着，这里离协和医院很近，何不趁这机会去看看西医的医院是个什么情形，也好知道老二在什么样的环境下工作。这么想着，便对吴秉楠说了声：那就麻烦您去趟协和医院吧。吴秉楠应了一声，发动了汽车。车出了礼士胡同，齐通霖突然想起冯临声就住在隔壁的一条胡同里，灵机一动，让吴秉楠先去一个朋友家。

冯家的院门紧闭着，齐通霖走上前去，见右手边有个门铃，按了一下。没一会儿，门呀的一声开了，冯临声的妻子从门缝中露出一张脸，见是齐通霖，赶紧将门大敞开来，说道：齐先生，您请进。

齐通霖边往里走，边问：冯先生呢？

冯临声妻子道：他不在，出门了。

齐通霖哦了一声，停住脚步道：是我冒昧了，没有预先打招呼，我也是在这附近有点事，顺道过来瞅瞅，既然他不在，不便打扰了。说着就要告辞，冯临声妻子却道：您不知道他去天津了？他没跟您打招呼啊，我以为您知道的。齐通霖摇头，女人也不再多解释。

齐通霖回到车上，心里想：这小子，倒是机灵，真的偷偷溜走了。转念又一想，便也释然，以冯临声的身份，中医行、西医行都不算，这节骨眼上若留在北平，为谁吆喝都得罪人，走确为上计。不过他冯临声去了天津，也未必就真能安静，若是碰上天津中医行的人，说不定麻烦更多。

吴秉楠开着车，进了金鱼胡同。金鱼胡同里差不多都是大户，间隔很远才见一个大门洞，大门前都有石狮子、上马石。胡同里的行人不多，吴秉楠一边开车一边啧啧个不停，说道：北平就是北平，大户人家多，看着都觉得阔气。车拐进帅府园，已经可以看到协和医院那一片绿色琉璃瓦的屋顶了，齐通霖对吴秉楠说道：您就在这停下吧，甭等我了，回头我招呼一辆人力车。

吴秉楠一开始坚持要等他，最后拗不过齐通霖，只得停了车，看着齐通霖走出十几步远才慢慢把车开走。

齐通霖看着越来越近的一大片绿色琉璃瓦的屋顶，想起十几年前轰动一时的事件：末代豫亲王端镇把自己的王府卖给了美国人，美国人用豫亲王的王府开了这家医院。更离奇的是,美国人买了亲王府,在拆除院子里建筑的时候,竟然挖出了地底下埋藏的珍宝,后来,美国人便用这些珍宝购买了先进的医疗设备。简直就像是天方夜谭。好长一段时间,亲王府、美国人造医院,是京城老百姓茶余饭后的谈资。

从协和医院建成那天起,齐通霖心里的坎儿就起来了,平时没事绝不想往这边来,连灯市口都有日子没去了,有时候出诊,病人住那边,也是看完病赶紧往回走。自从天运到协和医院上班以后,齐通霖的心情才慢慢平和下来,毕竟那是孩子手里的饭碗,当老家儿的不能太别扭了。

协和医院的大门敞开着,挂了厚厚的棉门帘子,帘子的两侧不时有人进出。门两旁是两个漆成暗绿色的大柱子,闪着幽幽的光,衬着灰色的墙,加上那些身穿白大褂的大夫,让齐通霖感觉到了一种肃穆。

西医大夫穿白大褂给人看病,齐通霖是从德国医院听说的。等到天运去了协和,齐通霖问天运道:干吗非穿那玩意儿啊。天运笑道:家常的衣服会有很多细菌,为避免病人感染,医生护士都要穿白色长衣。说着,他用手比着小腿处。衣服要统一消毒,这样能有效减少感染的机会,他又补充道,当然,医生和护士的衣服会有区别。齐通霖有些惊讶,接着便陷入沉思。他琢磨着"细菌"是什么,去书房找出《辞源》,齐通霖的这部《辞源》是一九一五年重新修订的,当时就是想着遇到新鲜的知识,能及时查找,及时学习。费了一番工夫后,齐通霖真找到了"细菌"这个词。齐通霖拿起一旁的放大镜,逐字逐句看这个词的解释:下等植物,体极细微,非借高度显微镜不能见,常在水、空气及尘埃等不洁物中,生殖甚速,常以本体分裂为二,递次倍增,或发生孢子。其有毒者,如寄生人体及动物体内,则为各种危险疫病之源,传染甚烈。齐通霖琢磨着:那些疫病传得那么快,也许就是这玩意儿在作祟呢。

齐通霖站在协和医院的大门外，仔细观察着那些进去看病的人，他发现居然是女病人占了多数。她们大多穿着讲究，看样子都是些有钱人家的女眷。而那些医生无论男女个个都穿着雪白的大褂，衣着单薄，好像都不怕冷似的，每个人走路都昂首挺胸，一副舍我其谁的神态。这让齐通霖心里有些酸溜溜的。

齐通霖拾级而上，此刻他突然改变了主意，决定不去找天运了，就当自己是一个病人来看病，或者干脆就是一个拜访者，在这栋原先的亲王府里转悠转悠，看看它改成一座西医院以后究竟什么样。这么想着，齐通霖掀开厚重的门帘子，进到里面。

迎接他的是一股浓浓的暖意，齐通霖甚至感到惊讶，医院里竟然这么暖和！与外面的天寒地冻形成鲜明对照。没一会儿，齐通霖浑身上下就热了起来，他扯掉脖子上的毛皮围脖用一只手攥着，这让齐通霖想起自己那个寒气袭人的医社。齐通霖很好奇，这么大的建筑要生多少个炉子才能这么暖和啊。但他没走几步就明白了，当他走过一串铁片子的时候，感觉到一阵非同寻常的热。他停下来用手试了试铁片子，竟然烫手，原来那种温暖如春的感觉就来自这些走廊两侧的铁片子。齐通霖解开领口处的襻扣，摘掉头顶上的貂皮帽子，心想：难怪医生们穿得那么单薄。齐通霖一边走一边四处看，这时从前边走来一个穿白衣的人，远远地便朝着他微笑，齐通霖感到纳闷，这里除了天运他并没熟人。穿白衣的人已经与他擦肩而过，齐通霖确定自己不认识这个人。他意识到，她那种微笑只是礼节性的。

齐通霖拐了一个弯，看到一个楼梯间，便信步走了进去。站在里面，他却又犹豫起来，不知道是朝上走还是往下行，恰好有个人也拐进了楼梯间，看到犹豫不定的齐通霖，他顺口问道：您想去哪个科室，我指给您。齐通霖没想到这人会问他，便答道：外科。那人笑道：那您得往下走，然后朝右转，到头儿拐弯再朝右，然后直走大概两百米再朝左……那人说到这突然笑了，然后说：干脆我送您吧，我看您也不熟悉这里的路。说着，他开始顺着楼梯往下走，一边走还一边招呼齐通霖道：您慢着，楼梯有点陡。齐通霖有点无奈，可又盛情难却，只得跟着那人走。他们七拐八拐，直到齐通霖都被绕晕乎了，那人才指着一个牌子道：您看，外科到了，我就不带您进去了。说完，那人便转身离开了。

齐通霖之所以顺口说出外科，是因为他听夫人说天运在外科上班，此刻他站在外科诊室门口，心里竟然一阵紧张，他担心在这里碰上天运。齐通霖看着那位热心指路的人走远之后，赶紧朝走廊的另一头快步走去。齐通霖有点慌不择路，他像一头鹿，在迷宫一样的医院里撞来撞去。迎面走过来的人，无一例外地朝他微笑着打招呼，他感觉到这些人心里好像都很舒畅，显然他们喜欢自己的医院，喜欢这个温暖的地方。齐通霖看到走在过道里的病人身旁总会跟着一个看护，看护小心翼翼，病人则像个国王，说怎样就怎样。这些都让齐通霖感到新奇，他心里渐渐涌起一种感觉，他觉得自己并不了解天运，对于西医，更不了解。齐通霖心想，要是中医有个这样的医院该有多好啊，想到医院，齐通霖的心思立马又回到余云岫那个可恶的提案上，不由得生出一股怨气。

齐通霖胡乱在医院里走着，他觉得有点累了，想从原路退回，但他迷路了，完全不知道自己身在何处。在瞎转悠了一会儿之后，他发现又回到了刚才那个楼梯口，他试着往回走，觉得应该能找到刚才进来的大门，可事与愿违，眼前出现的却是一个宽大的走廊。与最开始的走廊完全不一样，宽大的走廊两侧挂着的牌子似乎已经不是病室了，其中一个牌子的名称让他感觉有些熟悉：社会服务部，齐通霖突然想起过年的时候天运有两个同事就来自这个科室，这让他心里一惊，赶紧掉头往回走，生怕碰上那两个人。当齐通霖拐过一个弯，正想松口气的时候，一个人迎面快步走来，到了齐通霖跟前，朝他深深鞠了一躬，说道：哎呀，不知道齐先生造访，有失远迎啊！

齐通霖定睛一看，正是那个姓丁的，但他忘了丁汝麒的名字，便支吾着拱手还礼道：真巧，原来是丁先生，我今儿来，并非是来拜访阁下的……丁汝麒问道：您是找寻您家二公子？不然我领您去？他在外科。

齐通霖赶紧摆手道：不用不用，你忙吧，我自己认识道。齐通霖说着就要离开，没想到丁汝麒并没有放他走的意思。丁汝麒喊了声齐先生留步，对他悄声道：我正有个事想问您，不知道您方便不方便。

齐通霖心里猜出几分他想问什么了，于是说道：您想问什么，尽管问，只要我能答出来。

丁汝麒道：您以后不会让您的公子离开协和吧？

齐通霖没想到丁汝麒问这个，愣了愣，说道：只要他想在这当大夫，我为何让他离开呢？

丁汝麒点点头道：您真是开明的人。

武仲仁这几天乐开花了，没想到自己到了知天命之年竟然得了儿子。老天爷待我不薄啊！他不停念叨这句话，又忙着让武张氏多烧几炷香，武张氏说：这还用你叮嘱啊。打从金蔓出了医院，武仲仁便让大厨房天天给金蔓做饭，武张氏和刘竹瑾的饭都得往后靠靠。大厨房里浓浓的鲫鱼汤每天都是现成的，还有牛棒骨汤、猪骨头汤、羊骨头汤，各种汤汁一锅一锅不停地煮炖。掀开一个锅,便是白白的汤水,这让武张氏心里有些恼火,今早她想喝粥,可大锅小锅都让那些汤占了,武张氏便念叨了一句,回到屋里。武仲仁脚跟脚地进来了,听到武张氏嘴里的闲话,说道:你也是的,活人还让尿憋死啊,你把汤倒盆里不就行了,再不行,招呼吴秉楠上隆福寺买锅去,武家还买不起几口锅啊。

武张氏听当家的说这话,笑道:为一口粥,至于再去买一口锅?再说咱家的锅已经比饭馆子里的锅多多了,等再过几个月,金蔓的奶下来了,就不用这么多汤了。武张氏停了停,接着说:我看金蔓气色不好,想必是生产时出了不少血,要我看啊找个接生婆都比那个什么医院强,还花了那么多大洋。武仲仁没说话。

武仲仁心里琢磨着给孩子取名字的事。按照家谱,武仲仁这辈是"仁",下边这辈应该是"义",但武仲仁有个心思,他不想再跟着安徽老家的族谱排下去了,他琢磨着自己在京城做了几十年生意,自己的下一代应该自立门户,以后家族里说起来,也算是光宗耀祖的事吧。前几天他把这想法跟武张氏说了,武张氏一开始觉得这就是离经叛道,等她去佛龛那跪着烧了点香,念叨了一通,她忽然就想通了,武张氏觉得孩子是姨太太生的,不随着武家族谱走也有道理。两人心里想的南辕北辙,可结果却一致。武仲仁突然问武张氏道:不然咱们找个学问大的给孩子取名字?

武张氏撇嘴道:一个名字还至于这么大动干戈,我琢磨着让齐先生给取一个就挺好。

武仲仁摆手道:甭打他主意,这会儿他正一脑门子官司呢。

武张氏问:就为报上那点子事?武仲仁点头,叹口气道:齐家当家的这几天为这事上头呢,医社也关门了,北平城里的中医行正捏成一团,准备去南京找政府说理去。

武张氏听罢，撇嘴道：就凭那个姓余的么一摆划，中医就玩儿完？这事听着有点邪乎。

武仲仁听武张氏这么说，便朝她多瞅了几眼，她虽然脸上横七竖八多了好多皱纹，可浑身上下穿得还是跟以前一样齐整，尤其是头上，一顶平绒帽子常年戴着，正中镶嵌的那块翡翠很是抢眼。武仲仁说：这事没那么简单，既然登了报，就是中央政府正儿八经当事了。

武张氏轻轻哼一声道：你们大老爷们儿有时候就喜欢小题大做，好像不那么着，显不出你们多块肉似的。要我说，你就等着瞧，看这中医最后是死是活，不信的话去问问那个老水头儿，我看他倒是这几条胡同里数一数二的明白人。

见武仲仁发呆，武张氏道：得了，真是皇帝不急太监急，赶紧过咱的日子是正经事，家里还有几支东北山参，拿出一支给金蔓补身子用吧，补好了，若再能生个一儿半女的呢。武仲仁笑道：你得说先给我补，光她补有什么鸟用。武张氏瞪了武仲仁一眼，武仲仁赶紧拿了支老山参往偏院去了。

金蔓生了孩子以后，除了孩子的物件多了，还新添了一个乳母，金蔓的奶水不足，虽然自己努力下奶，但孩子还是不够吃。娘家的一个远房亲戚生了孩子两年了，奶水还很足，便支使来当孩子的乳母，没几天，孩子竟然吃惯了乳母的奶，金蔓喂的时候孩子连嘴都不张了。乳母笑着对金蔓说：您身子金贵，孩子那是心疼您呢。金蔓心里虽然不爽快，可为了孩子，也只得这样。

这偏院原本不大，以前没孩子不觉得，如今一下增加了两口人，物随人行，加上丫头翠枝，整个三间北房便显得挤挤插插的。金蔓倒没说什么，丫头翠枝总是噘着嘴抱怨，说老爷也不来管管，瞧瞧这还是人过的日子吗。金蔓不接翠枝的茬儿，翠枝便往大房的丫头秋萍耳朵里灌风，话里话外捎着二房刘竹瑾，一个人占着那么大个院子，也不会下蛋，不如跟三太太换地方。秋萍把原话说给武张氏，武张氏左耳朵进右耳朵出，也不搭这茬儿，刘竹瑾什么都不知道，大家就都安安静静的。

武仲仁拿着老山参进了金蔓的偏院。院里的蜡梅已经谢了，墙角旮旯都是脏兮兮的残雪，屋里传出孩子的哭闹声，与原来清幽的风格大相径庭。武仲仁加快脚步上台阶，掀开门帘子推开门，屋子里的奶香、尿褯子屎片子的气味，一股脑朝武仲仁的鼻子扑过来，他不由得朝后退了一步。

金蔓见武仲仁进来了，对孩子道：瞧，爹爹来瞧我们小午儿了，小午儿给爹爹笑一个。

武仲仁随口问：乳名取好了？哪个字？

金蔓道：中午的午，中午下生的，就随口一叫，还等老爷取大名呢。

武仲仁道：午字好，不俗，没听说谁叫这个名儿。

刚好翠枝从外边进来，冻得鼻青脸肿的，手里拿了两串冰糖葫芦，见到武仲仁赶紧请安，随手将冰糖葫芦递给金蔓。

武仲仁笑道：生完了还想这口，怕不是又要生弟弟吧。

金蔓跟没听见似的，翠枝顺势接过话头道：老爷可是看见了，我们这屋里怕是连老爷待的地方都没了，您瞧瞧这屋里，还有插脚的地方没有。要不是天寒地冻的，我早睡廊檐底下去了。我们太太这是多贤惠的人，才能受这个，二太太一个人占着那么大个院子，连句客气话都没有。

金蔓就像没长耳朵似的，根本不搭理翠枝说什么，她从奶妈手里接过小午儿，逗着孩子玩。武仲仁将手里那支山参递给翠枝道：这是大太太送给你们太太的老山参，回头炖了给你们太太补身子。翠枝接过来，转身出了房门，出门时还故意把门帘子摔得啪啪响。武仲仁扭头对金蔓说：这丫头比你脾气还大。

武仲仁四下打量了一下屋子，感觉确实不宽松，但他一时想不出更好的办法来。前些日子武仲仁拒绝了刘竹瑾帮助娘家人的请求，这回要是再让她搬出院子跟金蔓换地方，刘竹瑾不得一哭二闹三上吊啊。武仲仁沉吟了一会儿，试探地对金蔓说道：不然你搬去跟二太太一起住？她稀罕孩子，八成还能搭把手，那院子里东西房都闲着，随便你用，起码比这偏院强多了。

金蔓笑道：多谢老爷想着，我在这偏院待惯了，不习惯往别处搬，再说二太太跟我一年都说不上几句话，我俩谁看谁都不顺眼，我又生了儿子，猜都猜得出来她心里怎么想，老爷就甭操心了，我们四口人就先挤挤吧。金蔓说完，将一双美目眯起来朝武仲仁看，武仲仁便在金蔓的注视下浑身酥软起来，他打量着金蔓，像打量一个陌生女子似的，他感觉到金蔓的身上有了一种不熟悉的味道。他朝金蔓脸上看去，仿佛比生孩子前更水嫩白皙，武仲仁突然发现金蔓那对乳房也比往日大了许多，身上那件月白色缎子夹袄的大襟上，隐约有晕开来的奶渍，奶头撑出了两个小山头。这让武仲仁的身体蠢蠢欲动。

武仲仁朝窗外看了看，暮色渐起，他像想起什么似的，问金蔓道：今儿晚上大厨房给你们做什么好吃的？有我的饭没有？

金蔓赶紧道：没谁的也得有老爷的啊。说完又咳了一声道：瞧我糊涂的，话都说反了，这院子里谁碗里的饭不是老爷您赏的。说着，金蔓提高了声朝窗户外头喊：翠枝你干吗呢？赶紧招呼厨房，说老爷在偏院吃。

吃饭的时候孩子一个劲儿哭，奶妈抱着孩子在屋里到处转悠，犄角旮旯都转悠遍了,尤其是从武仲仁和金蔓吃饭的八仙桌旁经过的时候,奶妈总会往那几个菜上扫一眼,脚底下也就不由自主地在桌边停一下,只要奶妈稍稍一停,小午儿便大声啼哭起来。三番五次,武仲仁有点烦了,对奶妈说道:不然你放下孩子先来吃几口。说完,他便去喊翠枝:翠枝,翠枝,你过来先抱着孩子,让奶妈吃饭。

翠枝从里边出来道:她有自己的饭食,都是为下奶的,您就吃您的,甭操心旁人了。

奶妈小声道:一点咸淡味没有,吃得人絮烦。

金蔓在一旁只抿嘴笑,不出一声。刚才武仲仁还打定主意在金蔓屋里过夜,这会儿他完全没那心思了,紧忙着扒拉完了碗里的饭,起身对金蔓道:我去后院看看。说完便推门走了。

武仲仁一走,屋里的三个女人顿时踏实了,翠枝对奶妈说:您赶紧坐下吃吧,下奶不下奶的,想吃什么吃什么。金蔓从奶妈手里接过小午儿,让奶妈吃饭,又对翠枝道:你也歇歇吧,这院子里就你闹腾得欢。

奶妈掂着胸前两个饱满的大奶子,一屁股坐在刚刚金蔓坐过的椅子上,还招呼翠枝先给她把下奶的汤端过来。翠枝狠狠瞪了奶妈一眼,恰好让金蔓看见了,金蔓也觉得奶妈过分,可眼前需要她,只能忍着。等翠枝提溜着两个盛汤的罐子进屋的时候,金蔓让翠枝也坐下吃。翠枝说先前已经在厨房吃了几口,翠枝是猫食儿,吃的量小,一天要吃四五回,没人看见过她正儿八经坐桌子边吃。翠枝从金蔓手里接过小午儿,在地上来回走溜,金蔓对翠枝说道:以后老爷来了,你别净念秧儿,闲话传得比风还快。翠枝也不示弱,道:我就是想让二太太听见这话。

话音还没落,外边就有人喊道:吵吵什么呢,这么热闹。

金蔓听出是小秀，赶紧示意翠枝闭嘴。金蔓走上前掀起门帘子，小秀已经拉开了门，看见金蔓便道：刚从我娘那边过来，看看小弟弟。

小秀今天穿了女装，一件绣花丝绵裙盖到脚面，她直接走到翠枝跟前，看着小午儿那张苹果一样的红脸蛋，喜欢地说道：哎呀，瞧这小脸蛋儿，真是疼死人了，来，姐抱抱。说着，小秀从翠枝手里接过小午儿，一边摇晃着，一边逗小午儿玩。

一旁的奶妈竟然一直坐着大口小口地吃喝，头都没抬一下。小秀从翠枝那双死盯着奶妈看的眼睛里，注意到一旁还有个生人，金蔓见小秀盯着奶妈，便告诉她这是小午儿的奶妈。小秀点头道：看着挺面熟，不过来我们武家还是得先学学礼数。奶妈也是个识相的人，听小秀这么说，赶紧站起来道：光顾着吃饭了，小姐多担待。小秀便不再说话。

金蔓顺口问小秀道：姑爷呢，怎么不见人。

小秀道：没过完十五就颠儿了，河北做药材生意。

金蔓问：姑爷不做皮货生意了？

小秀道：早不做了，到底是齐家人，归了包堆还是走了同一条路。

金蔓问小秀为什么不跟着一起去河北，小秀说想跟着去，天舍不让，说是太辛苦。路上的辛苦先放一边，到了地方天天去看药材，跟人讲价钱，还得仔细盯着那些药材是真是假，不是什么轻松营生，不去也罢，正好回家住几天。

金蔓笑道：看着你俩就不像能单独过日子的人，趁早搬回来，不然你就去齐家住，他家那么大院子，老二又不张罗结婚，齐家老太太稀罕媳妇儿怕都来不及呢。

小秀喊了一声道：我还没想好当不当他家媳妇儿呢，我又没法给他们齐家传宗接代，八成进了尼姑庵当姑子也说不准呢。

金蔓呸道：你这当姐的，留神小午儿听明白了，以后长大跟着你学。

见小秀抱着小午儿亲不够，金蔓又道：还说不想传宗接代呢，瞧你喜欢的，齐家大少爷长得那么俊，你俩生出的孩子得多俊啊。

小秀突然想起什么，把小午儿还给金蔓，从怀里掏出个锦缎袋子，递给金蔓道：这是给小午儿的，你先收着，等他长大点再戴。

金蔓打开一看，里面是个黄玉挂件，上边刻着一条蛇，蛇镀了层金，金蔓见了喜欢得不得了，先挂自己脖子上了。小秀打趣道：没想到更衬您呢。

小秀从偏院出来，探着头朝后院看，琢磨着去不去刘竹瑾院里打个招呼，正犹豫着，却见父亲从里边出来了，脸上几分不悦。小秀站着没动，等父亲走近了，便笑道：看来您没得着什么好儿啊。武仲仁哼了一声。

武仲仁去后院是想试探一下刘竹瑾，他没指望刘竹瑾能给金蔓腾地方，哪怕刘竹瑾嘴上客气一句，武仲仁心里也就踏实多了。没想到武仲仁刚一开口说：这院子看着空落落的。刘竹瑾立马打断武仲仁道：我知道您接下来要放什么屁。武仲仁见刘竹瑾张嘴就喷粪，便气道：要不你怎么舅舅不疼姥姥不爱呢，瞧你这张臭嘴。刘竹瑾一听，脸上顿时添了颜色，一双丹凤眼睁到最大，黑眼珠子快掉出来了，两片薄嘴唇轻轻一撇道：您想让那个妖精住过来，门儿都没有，打量我们刘家倒了，又欺负我不能生育是吧。您别那么眼皮子浅，风水轮流转，说不定哪天风水又转回到我们刘家呢。

武仲仁没言语，他看着刘竹瑾恨恨的表情，心里却琢磨着另一件事：索性给金蔓单独买座院子，武仲仁不想自己的儿子在那个小偏院里长大。其实他早有这心思，金蔓没生产之前，他便对吴秉楠说过这事，两人溜溜达达已经看了几座院子，最满意的是汪芝麻胡同东口那座。院子是两进的，一进门绕过影壁满眼的竹子，不像是北平城的风格，更像南方，这让武仲仁感到惊喜。他给房主放下五十块大洋，扭头吩咐吴秉楠跟谁都先别说。

刘竹瑾哭哭啼啼的，嘴里不停地数落，武仲仁被她哭闹得心烦，抬脚出屋门，跨出后院，没想到闺女小秀笑盈盈地看着自己。

武仲仁听小秀那么问，随口回了句：她爱说什么说什么……又对小秀说：别往外跑了，去你妈那一块吃饭吧。

冯临声跑到天津，本想躲个清净。他从老龙头火车站出来，叫了一辆人力车，路过劝业场的时候，门口熙来攘往的人流吸引着冯临声，他想停下来买个礼物，转念一想，算了，这种时候她不会计较的。

车夫年轻而健壮，他一边轻快地小跑着，一边跟冯临声闲聊。他说他听出冯临声是打北平过来的，又从穿戴举止上判断出冯临声不是一般人。冯临声有一搭没一搭地应和着车夫，过了一会儿，便看到了重庆道的路牌，冯临声竟然有些兴奋，因为他至少有一年多没来了，虽然跟她没断了书信，说是见字如见面，可实际上字和面相差甚远。

人力车停在了重庆道上一座连排高级公寓的门前，冯临声掏出一块银圆递给车夫，车夫脸上吃惊的表情让冯临声心里十分受用，他甚至很得意自己做出这个来天津的决定。冯临声提着皮箱，迈着轻快的步伐，赏了公寓门房几个铜子儿，轻车熟路找到电梯间，伴随着电梯嘎嘎的噪声，冯临声的心情可以用心花怒放来形容了。他站在一扇门前，平复一下躁动的心，按响了门铃。

来开门的并非他渴望见到的红颜知己彦云翎，那位享誉京津两地的京剧名伶，而是跟随她多年的保姆顾妈。顾妈看到冯临声先是一愣，接着便惊喜道：哎呀，是冯先生，我们先生前些日子还念叨您，她给您写了几封信，您只回了一封，心里正惦记呢。顾妈一边请冯临声进屋，一边道：先生跟几位朋友去利顺德大饭店喝下午茶了，您是在家里等先生，还是去利顺德寻先生？

冯临声想了想道：我在家里等吧，我若去利顺德找寻你家先生，怕她尴尬。

顾妈闻听，便赶紧去厨房沏茶。冯临声借机环顾一周，见屋里的陈设比之以前并无太大改观，只是靠窗的位置多了一个欧式玻璃柜，里边有几件新添置的银器。顾妈端来茶，冯临声问道：你家先生多了新嗜好？

顾妈道：可不嘛，有个朋友从欧洲带回几件银物件，先生喜欢得不得了，整天站在这发呆。

冯临声端起茶杯，抿了一口，满口茶香，赞道：真是好茶。顾妈说：这茶还是前不久一位票友送来的，我家先生尝了一次，就没舍得喝了，说等您来了一起喝。冯临声笑道：茶是最不能等人的，旧茶无异于垃圾。

冯临声与顾妈聊着，不知不觉外面天色已晚，一阵困意袭来，冯临声不禁打了个哈欠，顾妈请他去卧室休息一会儿，冯临声站起身朝卧室走去。卧室里厚重的天鹅绒窗帘并没拉开，这是彦云翎的习惯，也许是她晚上唱戏经常晚归晚起形成的。卧室里的空气却十分清新，冯临声知道彦云翎有在卧室里喷香水的习惯，而且喜欢植物香型的。冯临声在那张铺着锦缎刺绣的床上躺下来，头挨上枕头立马睡着了。梦中，自己坐在一条船里，摇来摇去地坐不稳当，四下望去，白茫茫的什么都看不见，妻子焦急地喊他，他张嘴应了一声，醒了。睁开眼，却见彦云翎一张俏脸笑盈盈地望着自己，见冯临声醒了，她轻轻问了句：冯先生醒了？

冯临声赶紧从床上坐起来，他仔细看着彦云翎那张妆容精致的面孔，跟几年前并无差别。七年前两人在北京一次堂会上相识，冯临声坐在靠近台子的一张桌旁，记得台上唱的是一出《锁麟囊》。当彦云翎扮的薛湘灵唱《选妆奁》的时候，"怕流水年华春去渺，一样心情别样娇"，这两句唱得冯临声心旌摇荡，那晚上他的两只眼就没从彦云翎身上挪开过。台上的彦云翎也注意到了台下一直盯着自己瞧的那位风度翩翩的男人，下了台她便打听那男人是谁，干什么的。那时候冯临声还是享誉京城的"小儿冯"，彦云翎得知冯临声的身份，便托人给冯临声捎话，可到她下榻的六国饭店一叙。说来也巧，彦云翎在天津的同门师妹的女儿，正是得到冯临声的救治才挽回一命，而彦云翎也是受师妹之托，正要寻冯临声当面致谢。接下来就是老套的才子佳人的戏码，但那时冯临声已经是有妻室之人，两人便止步于红颜知己。但接下来几年，京城天津你来我往的，最终还是跨出了关键一步，只是冯临声从不提离婚，彦云翎也并不想主动做偏房，日子怎么过还不是过呢。

此刻冯临声看着彦云翎，想说什么又咽回去了。彦云翎掩嘴而笑，小声道：冯先生来得匆忙，想必北平城出了什么事儿吧。听着彦云翎字正腔圆的声音，冯临声坐不住了，他站起来，两手捧着彦云翎的脸道：我听见你的声儿，觉着浑身上下都舒坦，八成那些抽大烟的就是我现在这感觉。

彦云翎这次笑出声了，道：瞧冯先生这比方打的，好像您真抽过似的。彦云翎扯着冯临声的胳膊来到客厅，这时候顾妈问晚饭吃什么，彦云翎道：您甭操心了，一会儿我带冯先生去吃咱们天津卫的西菜，冯先生大老远来了，咱不能慢待了客人。顾妈点头微笑，彦云翎更是两腮浮红云，娇羞若少女。

墙上的英式挂钟敲了八下，彦云翎也已经打扮妥当，她站起身走到墙角的穿衣镜前，打量着镜子里的自己，然后扭头问冯临声道：您看我是不是老了？

冯临声摇头道：你比我前几年见的时候还要年轻有风韵呢。

彦云翎道：您八成是哄我高兴的，人哪有不老的啊。冯临声不再搭话，看着彦云翎身上的旗袍发呆。那是一件高立领、高开衩、阔袖口、收腰绲边、红底子黑蓝花的缎子旗袍，一望而知出自手艺高强的裁缝之手，虽然是新上身的，可哪哪都那么服帖、合体，一旁的顾妈忍不住道：到底是人家上海的裁缝，做得就是好，也不枉花了那么多路费。

彦云翎在旗袍外面加了一件狐狸皮披肩，脚上是一双奶白色牛皮高跟鞋，最后在头上扣了一顶同样是狐狸皮的帽子。有人敲门，顾妈开门，来人说车已经备好，小姐可以下楼了。彦云翎便挽着冯临声的胳膊走出公寓。

天空飘着细密的雪花，打在脸上凉丝丝的，冯临声抬头看了看天，深蓝色的天空雾蒙蒙的，宛若混沌初开。视线拉平，西洋式的路灯下雪花显得很匆忙，身旁的彦云翎是香浓软糯的一团，冯临声的心情大好，他挺直了腰背，心里想这次天津是来对了。但让他想不到的是，半个小时以后这念头将烟消云散。

司机载着两人穿过街巷，汽车轱辘碾轧着小石子，发出噼啪的爆裂声，车子行驶了一阵，拐弯的时候，冯临声看清了德国租界的招牌：威廉街。冯临声知道彦云翎要带他去吉士林吃西餐。只听彦云翎温柔地说道：我记得冯先生喜欢西菜，所以我选了吉士林，看看菜是长进了，还是不如以前了。冯临声点头微笑。

天津的吉士林最早开在法租界，刚开张的时候，冯临声便约了几位京城好友，特意搭火车来天津吃西菜。那时候大家伙都年轻，胃口好，吃什么都香,几个人乘兴而来,满意而归。冯临声的第一套西装就是为吃那顿西菜特意做的,虽然不怎么合身,但第一次穿西装的感觉让冯临声印象深刻,他感觉走路都多了几分精气神,整个人轻快得仿佛要飞起来了。他记得那次点的主菜是黄油煎挪威三文鱼配黑鱼子酱芦笋,他被那一长串菜名搞昏头了,感觉好笑又神圣。他身旁的朋友点的是芝士焗龙虾配香草米饭,大家看着自己的菜肴,不知道怎么使用刀叉。一位黄头发蓝眼睛的侍者,耐心地为他们讲解和演示刀叉的使用方法,几位年轻人早已跃跃欲试。用餐过程十分热烈,伴随着刀叉相撞时发出的金属声,以及年轻人的欢声笑语,虽然惹得同时用餐的外国人频频侧目,但一点不影响他们的好心情。回到京城好几天,大家都沉浸在那种新奇的感觉当中。冯临声想到此,不由得笑了笑。

下了车,彦云翎挽着冯临声的胳膊走进餐馆大门,迎面走来一位穿白西装的人,他朝彦云翎鞠躬,并问了声:彦老板晚上好,您几位?彦云翎微笑作答:就两位,费心找个安静的桌子。穿白西装的人轻轻点头,让两人随他来。

待坐定,冯临声环顾四周,桌子的三面都用屏风隔开了,唯一敞开的一面对着不远处的另一张桌子,此刻空着。

侍者拿来菜单,问喝什么。彦云翎不喝酒,冯临声点了一杯欧洲的帕林卡酒。两人看菜单的时候,对面桌的客人到了,一位西装革履的男士,四十岁上下的年纪。他坐下以后便百无聊赖地摆弄起一块怀表,显然他在等他的同伴。冯临声边看菜单边用余光打量着他,琢磨着他的女伴是个什么样的女子,穿什么衣服。

但让冯临声没想到的是,对面桌的同伴并非女性,而是一位穿长袍马褂的长者。那位长者转过头的一瞬间,冯临声呆若木鸡,因为眼前这人正是天津中医学校的校长魏嘉乾，一位在京津两地颇有名望的老中医。但很显然魏嘉乾并没认出冯临声，或者说，他根本没注意周围的情况。

说起魏嘉乾，中医行的人对其并不陌生，他对时疫颇有研究，曾经写过一本《时疫论》，里边收集了古人有关时疫的经方，以及很多民间有效的偏方，还记录了古代时疫发生时的情形，并在第二次印刷的时候，附上了当年《大公报》上关于中医争论的文章。这是一本不但有中医参考价值，而且有史料价值的医著。在中医行说到论时疫的著述，除了古人的著作，魏嘉乾的这本《时疫论》是绕不开的。冯临声与他有过几次交往，魏嘉乾去京城的时候，还去过冯临声的府上吃饭喝茶。

冯临声没想到在天津的西餐馆也能碰到中医行的人，尤其还是跟彦云翎一起，这让冯临声有点无所适从，他拿不定主意，是立马站起身拉着彦云翎离开，还是主动上前打招呼。如果拉着彦云翎立即离开，对彦云翎又怎么解释呢？想到这，冯临声松了松系得过紧的领带，两手整理了一下一丝不乱的头发，他并没有告诉彦云翎对面桌是谁，而是直接走到那边，朝魏嘉乾略微低头施礼，然后面带微笑道：魏先生别来无恙啊……

魏嘉乾年过七旬，脑子虽不糊涂，但猛不丁看见一位西装革履的中年人朝自己施礼，听话音也是十分熟悉，可他脑子一个劲儿在天津卫的熟人里转悠，想了半天哪位都对不上号，最后冯临声提醒道：魏先生忘了京城的"小儿冯"了？魏嘉乾这才一拍脑袋，喊道：哎呀哎呀，没想到是冯老弟，我这脑子一直在天津地界转悠，老了老了。魏嘉乾一边拱手还礼，一边朝冯临声的四周打量，目光自然而然地落到端坐其后的彦云翎身上，魏嘉乾吃惊道：哎哟，我眼没看花吧，这不是那位彦云翎彦老板嘛！

彦云翎见冯临声上前应酬，便知道遇到熟人了，这时见老者认出自己，只好站起身，娉娉婷婷地走过来。魏嘉乾不错眼珠盯着彦云翎看，行礼道：以前都是坐在台下边仰着头看彦老板，今儿见着真人了，这得托冯老弟的福啊。彦云翎回了礼，少不了一番客套话。

魏嘉乾这才想起忘了介绍自己的同伴，便指着那位西装革履的男子，对冯临声和彦云翎道：这位是从南京过来的邢先生。

冯临声听到南京二字，心里立时警觉起来，他朝那人审慎地看了一眼，轻轻说了句：南京过来的，想必是有要紧的事吧。

在冯临声跟男子寒暄的时候，魏嘉乾已经猜到了冯临声来津的心思，老中医阅人无数，看人有如观药，品性、药效一望而知，但从魏嘉乾的脸上却看不出他心里想什么，他满脸褶皱的脸上总是笑得纹路飞扬。这时候他突然听冯临声说道：想必南京这位先生跟魏老先生有要事相谈，我们不便打扰了。不等魏嘉乾说话，冯临声已经将彦云翎的披肩挂在手上，一副要走人的架势。彦云翎也是一等一的聪明人，没等魏嘉乾反应过来，两人已经走出几米远。魏嘉乾愣了愣，喊了句：冯老弟，明儿找地方喝茶。

第二天起晚了，早饭吃到快晌午，顾妈收了桌上的餐盘，端来一壶茶，两人喝着，自然又说起昨晚的事，彦云翎说：昨晚可真是背气，西菜没吃成，后来去那个中餐馆子，厨子八成打死卖盐的了，半夜我就渴醒了，喝了半暖瓶的水，现在渴劲儿还没过去呢。

冯临声心里正琢磨，自己来天津这事看来包不住了，听彦云翎这么说，便为她倒茶。看着她有些慵懒的面容，冯临声想起昨晚的云雨之事，那种新鲜感带来的刺激、畅快，却是很久以来未曾体验的。说起床事，冯临声并无太大兴趣，这跟他挑剔的性格有关系，宁缺毋滥是他秉承的原则。冯临声和彦云翎之间有一种默契，就是谁都不问对方的生活，仿佛两片漂在水上的树叶子，能漂到一块就聚在一起，过后漂走了，谁都不往心里去，短暂的相遇反而让男女之事变得意蕴无穷。

此刻冯临声打量着彦云翎，她正端起茶杯，小拇指自然地勾起来，冯临声注意到墙上映出了彦云翎的影子，心里叹了声美，正要说点什么，电话铃声响了。顾妈从厨房出来接电话，竟然是找冯临声的。

冯临声犹豫着不想接，彦云翎说：找您的，您还磨叽什么。

冯临声接过顾妈递过来的电话听筒，电话里的人竟然不是昨晚在吉士林碰到的魏嘉乾，而是另一位中医行老相识汪秋园。冯临声听电话里自报了家门，便笑道：你倒是消息灵通，电话竟然打到这里。

那边汪秋园也笑了，说道：确乎是不太礼貌，请代我向彦老板致歉。接着，汪秋园便单刀直入，问起北平中医行对南京政府的决策有什么具体应对措施。冯临声心说，我哪知道去，嘴上却道：北平那边自然会有行动，却不知天津这边的打算。

北平的中医界组织请愿团去南京请愿一事，冯临声只是有所耳闻，他刚一听到消息便脚底抹油，来到天津。没想到，清净了还不到一天半，自己又搅和进去了，而在这个节骨眼上来到天津，这边的中医行恐怕还以为冯临声是北平中医行派来联络的。冯临声感觉到自己目前的境地有些尴尬，如果让北平那边知道自己来天津卫找京戏名角共度良宵，自己就会颜面扫地，如果天津的中医行了解了他此次来津的真正意图，那真是猪八戒照镜子了。

想到这，冯临声当机立断，直接对汪秋园说道：我此次来津，只是一些私人之事，现在事办完了，今天下午的火车回北平，汪先生若想捎话给谁，请别客气。

冯临声这话不光是让汪秋园惋惜，一旁的彦云翎也颇感讶异，等冯临声放下话筒,彦云翎圆睁了一双丹凤眼,惊异道:您这就回去?连顿像样的饭都还没吃着,再要相见又不知何时。说着,眼睛竟然有些湿润。

冯临声安慰道:哎呀,你分分钟都能去北平找我,我提前给你在宾馆订好房间,带你去常三小馆吃印度饼。

彦云翎转而微笑道:我不是那种缠磨人的人,只是冯先生好不容易来一回,本想跟冯先生好好叙谈叙谈。

冯临声说:话说不够最好,下次接着说。扭头见顾妈已经将自己的行李打点妥当,放到了门口。

在火车站,冯临声一眼便看到了人流中鹤发童颜的汪秋园。汪秋园戴着金丝眼镜,手拄文明棍,一脸笑意,天津人的热情显而易见。他朝西装革履的冯临声招手道:私事处理完了?不打算多住几天吗?我正张罗给你接风,想必是北平那边派你来天津的,石先生他们具体什么打算?

冯临声说道:我来得匆忙,并不知道北平的具体情况,你放心,石先生一定会把这事安排妥当的,昨天我也对魏先生说了,北平一有大举措,我立马告知。

汪秋园听到冯临声提魏嘉乾,脸色变得平静下来,他拉着冯临声走到一个人流较少的地方道:魏先生这几天忙得够呛,主要是跟南京过来的人周旋,据魏先生说南京派人来,是想稳住天津中医行的,我看这次南京不太聪明,这是砸人家饭碗的事,谁不急啊。

听汪秋园如此说,冯临声拍拍他的胳膊道:事情总会有个结果的,汪老放心吧,我琢磨中医行的气数恐怕不会这么快就尽了。汪秋园笑道:聪明人。

汪秋园叮嘱冯临声,北平那边有动作,务必告知。

其实当冯临声在火车站与汪秋园碰面的时候，北平的电话就打到了魏嘉乾的府上，把具体的请愿计划以及日程告知了魏嘉乾，并希望天津中医行的人去北平相聚。

石宛寒与王春雨带领着北平和天津的三十几号中医界人士，乘火车南下，一路颠簸到了上海，第二天大家又一起乘火车到了中央政府所在地南京。

上海方面已经事先与南京的中医协会联系好了，为前来请愿的同行预订了客栈。泰山坊一带的客栈几乎全被包下了，客栈的老板们预先得知即将迎来一些如雷贯耳的中医名家，忙招呼亲戚朋友赶紧来看病，这可是不易得的机会。等大队人马到了客栈，还没安顿下来，便有人喊着大夫的名字前来求医问药，大夫们只得坐下来，先为这些慕名而来的人诊脉开方。伙计们很殷勤地各屋串着送开水，嘴里不停地问候着：各位辛苦，想吃饭的知会一声，想泡脚的请打个招呼，有受不住寒潮的也说一声，老板准备了炭盆，年轻力壮的忍忍，有年岁的优先。于是便有人喊着要吃饭，有人要炭盆，有人要热水，一时间客栈里人头穿梭，热闹非凡。

石宛寒一到南京腿疼的毛病就犯了，坐在椅子上几乎站不起来，气得捶自己的腿，幸好随身带着自制的膏药，赶紧让王春雨从行李里头找出来，贴上。疼痛虽然减轻了，但走路有点不利索。上海同行求膏药的配方，石宛寒让拿笔和纸来，方子写好了，又让人将方子抄写了一份，石宛寒将一份递给上海同行，将另一份递给端茶送水的伙计道：这是送给你们老板的，若有腿疼的客人可以照方抓药。这时候上海中华医药联合会的秘书长王金龙走进石宛寒的房门，问明天怎么安排。

石宛寒一拍大腿道：这还商量什么，去总统府门前喊冤去啊，不光替咱们自己喊冤，还要替老祖宗喊冤，那个余云岫在不在，让他出来说几句……

王金龙闻听，说道：据说那个余云岫不在南京，也许是政府为了保护他，不让他露面了。这时窗外有人喊：王秘书长，请您出来一下，看看这横幅够不够尺寸。

王金龙走出石宛寒的屋子，见天井里熙熙攘攘的，几匹红绸子把整个客栈映得红彤彤，煞是喜庆。有个人直接用大毛笔蘸墨往红绸子上写字，一手颜体字，韵味十足，王金龙忍不住喊了句：好字啊。

正说着，突然下起雨来，天井里有如开水浇了马蜂窝，一阵慌乱，人们七手八脚地将一应物什往屋里搬，雨点子银钱似的往下砸，一瞬间天井里一片狼藉。王金龙赶紧喊来伙计，问客栈里雨伞够不够，万一明天下雨，请愿的人不得淋成落汤鸡。

客栈老板闻听，直接让人去街角的伞铺买，能买多少买多少。一会儿，俩伙计抱着不到十把伞回来了，说是今天简直邪行了，好多人买伞，铺子原本没多少存货，这下子全卖光了。老板让伙计再去别的伞铺看看，伙计委屈道：您看看现在什么时候了，铺子都打烊了，明天一早去吧。

老天爷还算给面子，第二天六朝古都是个大晴天，经过小半夜雨水的冲刷，空气清新，舒爽宜人，这让请愿的人们心情大好，几日来的奔波劳顿全消。

石宛寒一睁眼，见阳光灿烂，腿也不疼了，不禁喜笑颜开道：老天助我，南京真是个吉祥之地。一旁的王春雨道：那您就扎这得了，瞧瞧昨儿那些问药的人看见您多喜欢。石宛寒斜楞王春雨一眼道：那我北平那一大家子人你去养啊。两人逗闷子的工夫，外边又热闹起来，石宛寒与王春雨走出房门朝天井处看，只见两个穿制服的人被一众人围着，石宛寒朝王春雨使了个眼色，两人便下到天井。石宛寒在嘈杂的人声中听到其中一位穿制服的人不停地问：请问谁是管事的，我们是政府的办事人员，有事情要商量。石宛寒走到两位穿制服的人跟前说道：我是管事的，有话跟我说吧。穿制服的要求找个背静的地方。石宛寒便领着二人来到二层自己屋里。

穿制服的先向石宛寒和王春雨鞠了个躬，然后拿出自己的证件，让石宛寒和王春雨确认自己的身份，石宛寒接过递来的证件，看了看问道：您有什么事，请直说。

那人也不绕弯子，操着江浙口音道：是这样的，我们二人奉命前来说服各位，有什么事情可以商量，或许可以推举几位作为谈判的代表，如果能够顺利解决问题，就不用各位大动干戈了。

石宛寒闻听，哈哈一笑道：来都来了，哪有不去总统府门前转悠转悠的道理？若是中央政府考虑周到，就不会让那个提案见报，你们回去吧，请转告你们上司，你们有你们的打算，我们有我们的主张，等你们彻底想清楚了，咱们再坐下来谈判吧。说完，石宛寒很客气地做了个请出的手势，两位穿制服的只得走了。

请愿团的人已经集结完毕，蓄势待发。几条醒目的大红横幅上写着：抗议南京政府颁布"废止中医"提案！保护国医国药，传承华夏文明！几只乌鸦聒噪，难挡杏林春天！举横幅的大多是年轻人，王春雨一马当先，与另一位年轻人举着第一条横幅。

会长李玉龙与石宛寒对了一下眼神，一旁的王金龙心领神会，大声宣布道：北平、上海等地反对"废止中医"请愿团现在出发，向总统府前进！王金龙像一个真正的指挥官一样，他那浓重的上海腔此刻有一种莫名的庄严感。王金龙发完指令，便大步走到请愿队伍的第一排，与石宛寒等十来个中医界翘楚手挽手肩并肩，朝总统府方向进发。

此刻南京政府卫生部里已经乱成了一锅粥，刘部长那张消瘦的脸上气色很差，一看便知昨晚没睡好。办公桌上的三台电话响个不停，其中一台直通总统办公室，刘部长的耳朵时刻支棱着，生怕耽搁了接听总统的电话。

其实，直通总统的那部电话整个早上都像个哑巴似的，没发出哪怕一声短暂的铃声，倒是其他两部的铃声一直没断，刘部长接完这部，立马又接那部，直到接近中午，才得片刻安静。有人敲门，刘部长喊了声：进！门开处，露出方有平那张略显焦急的脸。

看见方有平像根木头桩子似的立在面前，刘部长赶紧问道：情形怎样了？请愿团来了？

方有平点头道：请愿团刚到，北平那边是石宛寒和王春雨领头。

刘部长道：行，知道了，让他们先嚷嚷一会儿吧。他抬腕看了看表，对方有平说：去派人送点开水过去。想了想又道：还有，去伙房让伙夫们蒸馒头熬粥，看看下午还不散的话，挑出去让他们用，别出点什么岔子。方有平得了命令，赶紧转身出门去办了。

方有平这些日子一直北平、南京两边来回跑，人瘦了不少，有两次他托人想面见石宛寒，都被婉言相拒了。石宛寒的性子刚烈，与齐通霖颇为不同，但方有平心里清楚，齐通霖虽说面软，但内心里的刚硬与石宛寒好有一拼。

方有平从部长办公室出来先去了伙房，快到中午饭点了，伙夫们正忙活着，满屋子水蒸气，方有平朝里面喊了声：传刘部长指令，挑三担热水送到门口，给请愿团的用。里面沉寂了一会儿，一个声音回道：听到了。方有平又吩咐道：多蒸几笼屉馒头，熬粥，预备着，门口若是不散，送出去。还是那个声音：听到了，照办。

方有平没有得到部长的明确指令，比如怎样回应请愿团的人，他只是让方有平招呼请愿团，招呼的意思大多是关照，别出什么岔子。卫生部早就知道请愿团要来南京，也已上报了总统，但总统一直没回音，刘部长便等着上峰的指令。同时，部长本人却被总统要求提方案，关于怎样建设民国的国民卫生体系，比如小孩子打疫苗的流程、对于传染病的预防与治疗等等，对于请愿团的事总统却闭口不提。这让此刻忙前忙后的方有平有如钻进了盘丝洞，一时半会儿绕不清楚了，是上边根本没把中医放在眼里，还是打算找准了机会给中医一个致命打击？

方有平揣着一大团迷惑，心里惴惴地准备去大门口看看。他从伙房出来，穿过马厩，走过东花园，来到大堂，远远地，透过门口的铁栅栏门，方有平看到外边的情形了。

原本在门外站岗的军人已经退到铁栅栏门内了，除了站得笔直的军人，还有几个在周围来回走溜的穿便衣的保卫人员，但无论是军人，还是便衣保卫，脸上似乎都很放松，并无紧张的神情，其中一位见到站在大堂附近的方有平，还笑着挥了挥手。

一个横幅紧贴在栅栏门上，横幅上写着：抗议南京政府颁布"废止中医"提案！

嘈杂的人声中有人声嘶力竭地喊着：弘扬国医国药！让那个姓余的出来，我们跟他理论理论！刘瑞恒出来！

早在几天前，一些支持国医国药的南京市民，听说中医界人士要在今天到总统府门前请愿，一大早便前来等候，一是表示支持，二是顺便再看看那些中医大腕的形象。请愿团还没到，总统府门前已经热闹起来了，熙熙攘攘得像个庙会，为平时庄严肃穆的总统府添了几分烟火气。

当请愿团打着横幅走过来的时候，总统府前的人群骚动起来，有些人朝请愿团迎过去，他们嘴里喊着"支持国医国药""政府收回条例"等口号，然后随着请愿团朝总统府门口移动。

请愿团里负责带领大家喊口号的人是个干巴瘦的年轻人，他手里拿着一个铁喇叭，不时将喇叭放到嘴上喊几嗓子，总之就那么几句话来回说："抗议中央政府颁布'废止中医'的提案！""保护国医国药，传承华夏文明！"声音穿过铁喇叭，扩大了几倍之后，在清新的空气中飘散开。每喊一句，人群里便发出一片含混的声音，重复着铁喇叭的声音。"保护国医国药，传承华夏文明！"这句因为简单明了，所以人群里的声音也清晰了不少。一些市民甚至走到请愿团队伍里面，专找年龄大的人握手，他们的交谈是嘴对着耳朵进行的，场面一时有些混乱。

方有平在铁栅栏门里默默地看着外面的动静，他看到请愿团大部分人都长袍马褂，戴着皮帽子。穿西服的人，外面也穿着呢子大衣，这让方有平略感放心，至少不会受冻。方有平猜测，那个第一排左边第三位脸膛红红的老人，应该就是石宛寒，他眯起眼睛观察着石宛寒，石宛寒会不时停下来，轮换着抬腿，看来他有腿疾。石宛寒左侧举横幅的高个子年轻人，应该就是王春雨了，王春雨一直高昂着头，看得出是一位心高气傲的人。最中间位置的男人，方有平认出是上海中华医药联合会的会长李玉龙，一个专医肺心病的大国医，方有平曾与其有一面之缘。李玉龙在上海、南京一带医名很响，素有"江南小华佗"之称。方有平甚至忘记了自己的使命，只饶有性味地将请愿团第一排的人逐个认下去，一种愉悦感油然而生，他很想去靠近那些国医高手，想领略他们身上那些不同凡人的气度。

　　厨房的伙夫烧好了热水，两人来送水。方有平便走上前，让守卫将铁栅栏门打开。请愿团队伍里的人有点发愣，他们并没向里拥，只是吼叫的声音明显强了，有眼尖的人认出了方有平，一位南京口音的人挑着高声喊道：那个人好像是卫生部的那个姓方的。他这一喊，其他人便大喊起方有平的名字，让他过来，甚至有人已经走到铁栅栏门里边。门口的守卫想上前干预，被方有平拦住了，他走到请愿团队伍的前头说道：大家伙辛苦了，我是方有平，刘部长让我来关照大家，伙房烧了点开水，先喝口水润润嗓子吧。说着他帮着拿碗，舀热水，然后捧着递给请愿团的人。

　　当方有平捧着一碗热水来到石宛寒跟前时，却发现石宛寒的手里已经有水了，他便朝一旁的王春雨看，王春雨也有了，这让他有些尴尬。他茫然地朝第一排看去，见每个人的手里都捧着一碗水，方有平捧着手里的碗，身不由己地原地转了个圈。这时那个拿铁喇叭的人走到方有平旁边道：您能把水给我吗？我还没有水。方有平赶紧将水递给了拿铁喇叭的人。

　　这时候不知谁喊了一声：方秘书，让你们刘部长出来说话，你就别在这假充圣人了，要不就把那个姓余的喊出来，我们有话问他。

　　这句话得到了很多人的响应，有个人直接将手里的水碗扔到地上，碗裂成两半，那人直接骂道：你不过是个小卒子，去喊你们的上司来！

　　方有平站直了身子，嗽了嗽嗓子道：大家伙辛苦了，我们很清楚大家的诉求，刘部长就是让我来与大家先沟通的，大家有什么要求尽管说出来，我相信一定会有一个妥善的解决办法的……

　　那个拿铁喇叭的人喝了一碗水以后，嗓子明显变得水润了许多，他操着南京话朝方有平喊道：你就是个小卒子，我们跟你没话可说，让刘瑞恒出来,我们直接跟他谈。周围的人应声附和道:对!赶紧让刘瑞恒出来,他像只乌龟一样缩在壳里,完全是个懦夫!方有平说道:刘部长现在有点事情需要处理,他会跟大家见面的,请耐心一些。但方有平的话音很快就被人群的呼喊声淹没了。他有些无奈地看着第一排的人,似乎想从这些德高望重的人那得到一点支持,但第一排的人都面无表情地看着他,方有平下意识往后退了一步,说道:我会尽力的,请大家放心……

两个伙夫收拾好了碗,挑着空木桶穿过大堂,消失在偏门处,方有平突然感到孤单,感觉自己像一只随时都会被人踩死的蚂蚁,他想让哨位给刘部长办公室打电话,派人来支援他,哪怕派那个刚来没几天的小年轻,也可以给自己壮壮胆子。但他犹豫了一会儿,放弃了这个念头。

方有平鼓足勇气朝人群靠近了一些,他离请愿团第一排的人仅几步之遥,石宛寒在他左侧不到两米远,他甚至能感受到石宛寒粗重的喘息声。他想对石宛寒表示一点点敬意,刚试着咧嘴笑,人群却突然失去了控制。请愿团的人朝总统府里拥去,门两侧的五六个门卫很惊慌,他们疾速地将铁栅栏门关起来,没等大家反应过来,十几个请愿团的人便被关在了大门里面。

后面的人不明白前面发生了什么,只看见包括石宛寒、李玉龙在内的站在第一排的十来个人被关在了铁栅栏门里,有人大喊道:政府抓人啦!不好啦,他们把人关起来啦!

门外的几个报社记者赶紧往铁栅栏门处挤,有一个摄影记者率先挤到大门处,朝着里边的几位请愿团的人举起镁光灯相机就是一通拍,砰、砰、砰,给这阵骚乱添了彩头。方有平喊破嗓子也没用了,他不能让门卫将门打开,那样的话人群势必蜂拥而入,场面更无法控制。他大声朝哨兵喊,让他们给刘部长打电话,出来稳定局面。当刘瑞恒的身影出现的时候,喧嚣的场面才得到了控制。

刘瑞恒满脸含笑，对站在门里的几位先拱了几下手，然后朝外面的请愿团人群高举起手，做了一个安抚的动作，他上下打量着被关在门里的石宛寒等人，说道：刘某人有点小事来迟了。既然已经进来了，不如随我来喝喝茶，闲聊一会儿。说完，刘瑞恒又对方有平道：你先回去把小会议室收拾干净，泡几壶好茶，招呼伙房给几位准备饭吧。

几天以后，齐通霖首先从一份小报上看到了请愿团的消息，小报大致报道请愿团是从上海奔南京的，以期南京政府改变初衷，到目前为止，南京政府没有就此表态，静观事态发展。小报的态度很中立，并不像其他一些报纸那样添油加醋。齐通霖想找一份《中央日报》看看是怎么报道的，他让美雪出去买一份报纸，透过窗户，却见三儿手里拎着一份报纸进了院子。等三儿进了屋门，齐通霖笑道：你可真是我肚里的蛔虫。齐通霖接过三儿递过来的报纸，展开一看，不是《中央日报》，而是一份《晨报》，齐通霖知道《晨报》是几个文人办的报，大多跟政府的观点大相径庭。三儿见齐通霖有点失望，便说道：想买《中央日报》，可今儿去晚了，最后一份报刚好让人买走了。齐通霖没言语，把那份《晨报》打开来，见第一版多半版都是关于南京请愿团的事，便拿着报纸回身进屋。三儿道：我再问问胡同里谁有《中央日报》，找到就给您送过来。齐通霖道：行。想了想转身又对三儿说道：反正这几天医社也不开门，不如你天天过来，把你学的跟我念叨念叨，不然我也不知道你有没有长进。三儿高兴道：那我每天吃完早饭就过来。

这时老水头儿正在闷头给一只鞋钉后掌，他把鞋倒扣在一个铁架子上，鞋的后跟已经磨飞了，只能从鞋的前掌看出细密的针脚，无疑那曾经是一双好鞋。老水头儿卖力地旋着一块皮子,他准备将皮子钉在鞋跟部位。

三儿走过来,凑上去看了一会儿说道:您给这双布鞋钉这么结实的一个掌,值当吗?回头前边磨烂了,这后掌还好好的。

老水头儿头也不抬道:你知道什么,前边烂了,再把掌揪下来接着使啊。

三儿笑道:您挺会过,难不成您还天天留神着地上有没有掉下来的鞋掌啊。

老水头儿停下手里的活,仰头看着三儿道:这几天没见齐先生去医社啊?

三儿突然发现老水头儿的鞋摊上用一只鞋压着一份报纸,三儿赶紧问:这是《中央日报》?老水头儿点头。没等老水头儿说话,三儿已经将那份报纸从鞋下边抻出来拿在手里了。没等老水头儿反应过来,三儿已经快到齐家大门口了。老水头儿在后边喊:那是南头李家临时放这的!

等三儿返回齐家,走进院子,便看见堂屋的门大敞着,门帘子也掀开了,从屋里传出说话的声音。三儿知道齐通霖有客人,正犹豫的时候,见夫人从二少爷的屋里出来。三儿朝夫人行礼,王屏画问三儿道:你娘可好?这几天不用去医社,正好带你娘出门转悠着玩玩。三儿应着,想了想,便将手里的报纸递给王屏画,说了声:先生要的报纸,您交给他吧。王屏画接了报纸,让三儿进去坐坐,三儿说不了,转身又走出齐家大宅。

三儿本想回家,但他突然看见胡同里有个姑娘的身影一闪,好像是小玉。他紧走了几步,见小玉捧着什么东西进了三号院的门,便站在院门口等着小玉出来。一会儿,小玉蹦蹦跳跳地从三号院里出来了。三儿趁小玉不防备,跺脚吓唬她,小玉看清了是三儿,笑出声来,她一把扯过三儿的袖子,嗔道:你把我吓出好歹来,我妈可不饶你。三儿也笑道:那我向你赔不是还不行嘛。两人正说着话,美雪手里拎着一个篮子拐进胡同口,看到三儿和小玉拉扯着说话,心里很不舒坦,黑着脸看着两人。三儿赶紧招呼美雪道:美雪姑娘买东西啊。美雪点头。小玉不好意思地朝美雪笑笑。美雪瞅了她一眼,跑走了。

齐通霖听见院子里有人喊:通霖老兄在家吗?齐通霖透过窗玻璃朝外看,竟然是冯临声!这让他有点晕乎,才三天半的时间,就从天津回来了?齐通霖推开门,将冯临声迎到屋里。王屏画说:冯先生您先坐会儿,我去看茶。王屏画去厨房问伙计美雪怎么不在,伙计说美雪买东西没回来,有什么事他帮忙办。王屏画让他沏茶,伙计应了一声。从厨房出来,王屏画便去了天运屋里。

天运已经三天没回家了,昨晚打电话回来说有重症病人,还是回不来。王屏画一直让火炉子烧着,生怕天运回来屋子冷。王屏画在天运的空屋子里发了会儿呆,又回到北房,见两人正喝茶,顺嘴问道:用不用添水?冯临声道:谢嫂夫人,您就甭忙活了。王屏画隔着窗玻璃见美雪一溜烟似的进来,直接奔后院了,觉得情形不对,便出了屋跟着来到后院。

北屋里齐通霖一直闷头喝茶,没言声。冯临声的茶已经喝得见了底儿,又提起茶壶往碗里续茶。冯临声打破沉默,直接问道:我去天津的时候,通霖兄去过我家了?没什么要紧事吧。

齐通霖看着冯临声回道:没什么事,那天去石府跟人碰面,听说老弟你去天津了,心里有几分疑惑,便去探个究竟……停了停又问道:天津怕不是个避风港吧。

冯临声将空茶碗啪的一声放到桌上,一只手摩挲了一下油光光的鬓角,说道:甭提了,头一天晚上与故人在餐馆里用餐,连菜单都没看全,就看见了魏嘉乾那张老脸，让我食欲全消。更糟的是，跟他一起的竟然是个什么南京政府的专员……

齐通霖听后，忙问道：南京方面派人去了天津？奇怪啊，他们不来北平，倒去了天津，这玩的是什么牌。

两人沉默了一会儿，冯临声突然问道：那个方有平呢？

方有平？想必在南京应付请愿团吧，这人处事严谨，说话滴水不漏，正是最能派上用场的时候。齐通霖说着也将茶碗放到桌上。

冯临声来齐府之前，已经得知齐通霖并没有随请愿团走。让冯临声有些吃惊的是，石宛寒竟然不顾自己的身体条件，亲自带领北平的请愿团南下，石宛寒的腿一向不好，整个冬天若不是靠自制的膏药撑着，真不知道怎么挨过去。而北平几乎所有的中医社、坐堂医生，甚至那些小小不言走街串巷卖膏药的铃医，都自动停了买卖，还有一些大药房也挂出牌子，写着"停业三天"，以此来表示对南京政府的不满。那天冯临声刚从火车站走出来，就感到了北平城里喧闹繁华的背后，隐藏着肃杀之气。

妻子见冯临声回来，不惊不喜，接过冯临声手里的行李，将里边的几件衣服放回柜子里，脏衣服放进洗衣盆，冯临声直接去了书房，两人一句多余的话都没有。院子里的光线凝固在一切能够照射到的物件上，冯临声总觉得自己的家里就是一座庙，而妻子就是那尊活菩萨，只要她在，家里就会平安无事。吃饭的时候妻子突然说：齐先生来过了。冯临声端着饭碗愣了一会儿。记忆中齐通霖来自己家不超过十次，倒是冯临声快要把齐家的门槛踢破了。冯临声将手里的碗放下，问道：他说什么了？妻子摇头道：没说什么，我说你去了天津，他就告辞了。

这会儿，齐通霖朝窗户外喊了一声：没人给添水啊！一个伙计应声而人,拿了茶壶往外走,齐通霖在后边问:美雪干吗去了,一早上看不见她人影。伙计摇头道:在她屋里呢,夫人也在那,所以让我候着。齐通霖朝伙计摆摆手,伙计出去了。

齐通霖问冯临声道:说说你心里怎么想的,就咱两人,没必要藏着掖着了。

冯临声沉默着,平时脸上笑嘻嘻的神情不见了,过了一会儿,慢悠悠说道:不瞒通霖兄,我去天津是想躲个清净,结果事与愿违,哪有清静地方呢。我是完全没料到南京政府能出这样的提案,从心里讲,他们有点欠考虑。中医本身的毛病确实不少,而且积习难改,不是几个齐通霖就能翻转的,可若是将中医一锤打扁,却也有违人愿,这着实是一件棘手的事。

齐通霖笑了,说道:哎呀,冯老弟啊,你可真是鸡蛋掉到油桶里,滑蛋一枚啊,左也是你,右也是你。听齐通霖这么说,冯临声的眼里闪过一丝悲哀的神情,道:有些话多说无益,不说,别人也会用自己的意思揣测你,但不管怎样,我都不会再当"小儿冯"了。我对通霖兄的为人、为医都深深敬佩,话就到这,还是喝茶吧。

冯临声的神情恢复到平时的样子了,真假难辨的笑容让他又变得讳莫如深、难以揣测,他把目光停留在齐通霖的脸上,齐通霖一如既往地面无表情、波澜不惊,他听到冯临声最后那句话,轻轻舒了口气,心想,随他去吧。

突然听见冯临声小声道:不瞒通霖兄说,小弟在天津有个红颜知己……

齐通霖一时没反应过来,迷惑地望着他。冯临声一阵大笑,齐通霖才如梦初醒,道:既然如此,老弟为何不纳妾?

冯临声道:这点我跟通霖兄一样,不纳妾。

齐通霖笑道：别往我这靠，我没有红颜知己啊。

两人又不咸不淡地说笑了一会儿，冯临声便起身告辞，留饭没留住，齐通霖看着他过了垂花门不见了。一阵狂风将门帘子掀起来了，刮进几片干枯的树叶子，齐通霖想关门，忽然想到夫人好像一直在后院，便出了房门朝后院走去。

齐通霖来到后院，听见王屏画说话的声音从西厢房美雪的屋里传出来，便走到美雪窗前道：夫人不张罗饭啊，我肚子叫唤了。

王屏画从美雪屋里走出来，问：冯先生走了？齐通霖点头，王屏画道：我以为他要吃晚饭呢，还让厨房预备酒菜。说完这句话，王屏画对着美雪的窗户道：美雪啊，你去厨房，让他们少炒几个菜，冯先生不在这吃了。美雪声音含混地应了一声。

回到前院，王屏画对齐通霖悄声说道：三儿惹着美雪了，男人都一个样，吃着碗里看着锅里的。

听王屏画把美雪看到三儿和小玉在一起的事说完，齐通霖想了想说道：我琢磨这事不赖三儿，三儿原先喜欢美雪，一直挺巴结她的，是美雪眼眶子太高，每次三儿来，美雪都是一副爱搭不理的样儿，三儿也是有自尊心的，一来二去，八成心里就不那么热乎了。你那美雪心里怎么想的谁也不知道，总像炖吊子似的吊着三儿，搁谁谁不烦啊。

王屏画气道：都是你教的，不然你再跟三儿好好说说，那小玉虽说人长得不错，性子也好，可咱美雪也不差啊，怎么就把咱美雪甩出来了呢。

齐通霖道：你情我爱的事，外人甭跟着瞎掺和。

王屏画听齐通霖说这个，赶紧道：老爷这话说得对啊，就是不知道这条只是对别人家孩子好使，还是对咱自己家孩子也好使。

齐通霖愣了一下，反应过来，他知道王屏画暗指天运和安娜的事，心里头便躁躁的，过了一会儿道：咱家老二跟这事不一样，天运哪怕在这几条胡同里随便找个闺女，家境差点都不计较，可他非相中那蓝眼睛大鼻子的外国人，你也不怕日后生出个二郎神来。

王屏画原本有点气，可齐通霖最后一句话把她逗乐了，便打趣道：能生个二郎神可好了，能耐大了去了，我巴不得的。

电话铃响了，齐通霖拿起听筒，那头报上姓名，却是协和医院的丁汝麒，寒暄了几句，他对齐通霖说：您等等，浦爱德主任跟您说话。接着，话筒里传来东倒西歪的中国话，齐通霖等她问候完了，道：浦爱德主任别来无恙啊。

浦爱德每天都读中文报纸，余云岫的"提案"刊登在报纸上，引起了浦爱德的关注。她逐字逐句将提案仔细读了三遍，对于废止中医的四点理由中的第二点，中医脉法出于纬候之学，她不明白"纬候"的含义，转而问丁汝麒，丁汝麒支吾半天说不出所以然来，最后红着脸说：不甚了了。但他对浦爱德说他的二叔是个国学家，一定能说明白，便马上给家里打了个电话，接电话的正是二叔本人，丁汝麒像是抓住了救命稻草，劈头就问：二叔，问您个事，您知道什么是纬候之学吗？二叔不明就里，道：你问这干吗，好好干你的事。说着就要挂电话。丁汝麒急道：别，别，二叔，浦爱德主任有话跟您说。丁汝麒将话筒递给了浦爱德，浦爱德毫不犹豫地喊了声二叔，接着将事情原委一说，丁汝麒二叔笑道：原来是这么回事。简短说，就是跟西方人认可的科学相反的东西。总之就是神啊鬼的学问，比如天人感应、星象预测、占卜等等，说起来也是中国古代文化的一部分，这事一两句也说不大清楚，您先大概有个印象，日后有闲可来府上叙谈。浦爱德高兴应允，挂断电话却陷入沉思。她想不明白齐通霖那样的人怎么能跟所谓的纬候之学挂上钩，在浦爱德印象中，齐通霖是一个谨慎、开明的人，否则不会让自己的孩子放弃中医去学习西医。所以浦爱德想跟齐通霖通个电话，开门见山地问问他，以解心头的疑惑。

浦爱德说：谢谢齐先生问候，我很好，有件事情想跟齐先生请教，希望能得到您的帮助。齐通霖对同样是蓝眼睛的浦爱德，就完全没有对安娜的那种戒备，听浦爱德这么说，便热情地道：您有事只管说，只要我能帮得上一定尽力。

浦爱德说道：我看到这几天报纸上一直在刊登中央政府废止中医的消息，我个人的想法是，中医作为中国的传统医学，因为它起源早，并非建立在科学的理论基础上，所以在它的存在中或许需要完善，甚至一些具有革命性的改变和建设，但是把它打死，让它消失，这是我不想看到的，我个人对于中医很有兴趣，甚至想去学习中医知识。我很想听听您的想法。

听着浦爱德那口七扭八歪的中文，齐通霖感觉自己仿佛被一只无形的大手推到了悬崖边上，要么就跳下去，要么就地装死，齐通霖琢磨了好大一会儿工夫，还是不知道说什么。说南京政府就是个棒槌，完全不懂中医，那也并非实际情况，别说那个余云岫出身中医世家，博古通今，学问了得，就是眼前晃悠的冯临声也是多年前京城的"小儿冯"啊，然而这些"杏林翘楚"，怎么说退出就全身而退，不但退得干净，还反身朝着中医砍了一刀，这是齐通霖想不明白的。

齐通霖噘着嗓子，努力想着怎样才能找到一个万全答案，回应这个热爱中国文化可又对中国文化几乎一窍不通的外国女子。最后，齐通霖说道：您问的这事也是我平时总想的一个问题，不瞒您说，到现在也没想太明白，但我欣赏您的直率。说到南京政府这个提案，它能堂而皇之地登上报纸，至少说明中医确实有毛病，至于废除不废除，恐怕也不是几个人说了算的，能活了上千年的东西，一时半会儿死不了，究竟怎么样，还得走一步看一步。还是那句老话，骑驴看账本，走着瞧吧。

这回轮到浦爱德沉默了，她觉得齐通霖说话很委婉，也很有分寸，尤其是他的语气，沉稳自信，让人感到可以信赖。最后浦爱德说：请原谅打搅您，虽然我对中医一窍不通，但是我对它很感兴趣，也很想了解它，想弄明白它是怎样建立并且发展起来的，那些神奇的草药又是怎样在人体内工作的，人是怎么认识到那些草可以治病的。这些都是我想弄明白的，最后我想说的是，对于政府草率的行为我感到非常遗憾。

齐通霖听着从电话那头传递过来的浦爱德的声音，突然觉得很感动，他感受到了浦爱德的真诚。

晚饭吃到一半的时候，电话铃又响起来，齐通霖放下筷子，起身接电话，喂了好几声，那边一言不发，齐通霖刚想挂电话，一个声音弱弱地道：齐先生，是我，方有平……

齐通霖听到是方有平，愣了一下，接着便问：方先生是在南京吗？请愿团有什么消息没有？

方有平说道：这几天请愿团都在政府大门口示威，不过政府吩咐天天有热水给请愿团的人用，还有包子、粥，您放心，请愿团的人会得到相应的关照的……

齐通霖又问：对请愿团的诉求，上边没说什么吗？

方有平迟疑了一下道：现在还没有，不过应该很快就会有了。

齐通霖感觉方有平支支吾吾的，便直截了当道：方先生有什么话就请直说吧。

方有平道：不瞒齐先生说，我现在北平呢。方有平感觉到齐通霖的沉默当中隐含的惊讶，不等齐通霖开腔，方有平很快说道：刘部长也在北平，我们刚下飞机，刘部长回家了，我在一个朋友家里给您打这个电话。

齐通霖越发迷惑，不知道南京政府唱的是哪出戏，请愿团在南京，卫生部部长脚底抹油，溜回北平了。齐通霖让方有平不妨直截了当，把原委说清楚。

方有平压低声音道：我先给您透个风儿，刘部长的老娘病了，在南京的时候家里一天好几个电话催刘部长回北平。刘部长的老娘已经请德国医院的大夫瞧了，开了药，无奈效果不佳，老太太吵吵着找中医瞧，刘部长的太太也是留洋回来的，不信中医，婆媳俩就搬上杠了……

齐通霖疑惑地打断方有平，道：方先生告诉我这些是想干吗呢？

方有平道：我猜刘部长是拗不过他老娘的，最晚明天就得找中医来府上瞧病，您如果方便的话，到时候还得辛苦您……

齐通霖听到这，笑道：北平的名中医多了去了，方先生何以首选齐某人？

方有平道：名医虽多，但齐先生治疗脾胃之疾可称万无一失，方子开得准，三服见效，而刘部长的老娘常年消化不良，这次是泻痢不止，我不多解释了，反正请齐先生这几天务必在家候着，等我电话。

挂了方有平的电话，齐通霖并没回到饭桌旁继续用饭，他对夫人道：我吃好了，去书房待会儿。

齐通霖刚出门，却见天运恰好走进院子，齐通霖看了天运一眼，天运赶紧喊了声爹，齐通霖听到这一声喊不但没应，反而头一扭，径自朝书房走去。天运见父亲去了书房，便直接奔堂屋来了。

王屏画见天运走进来，从桌子旁边站起来，高兴得手舞足蹈的，围着天运转了几圈道：这可有几天没回来了，你不想娘啊。又忙着喊美雪，让厨房加菜。天运拦住母亲道：您甭忙活了，我在医院吃了。王屏画拉着天运的手，让他坐到自己身边，一边打量着他，一边说：这几天没回家，在医院能吃什么啊，回头让厨房里给你做消夜。

天运跟母亲说了几句话，便站起身说要去自己房里换衣服，临出门，突然想起来，道：刚才进胡同的时候，见美雪在三儿家大门口转悠，她干吗呢。

王屏画压低声音道：原先说三儿若能娶了美雪不是挺好的事儿吗，我还觉着三儿算是高攀我们美雪了，谁承想人家三儿自己相上王满仓家的小玉了，美雪不甘心。

天运愣了一会儿说：这可没法勉强，顺其自然为好。

天运前脚进了自己的屋门，后脚失魂落魄的美雪就进了院子。她朝堂屋走来，掀开门帘子推开门，见王屏画一个人面对几个空了一半的盘子碗发呆，便强打精神走过去收拾，却又被王屏画喊住了。美雪扭头看了一眼王屏画，只见夫人满脸关切，美雪心里一阵热乎，眼泪便流下来。王屏画拉着美雪的手说：丫头，我只问你，三儿答应过要娶你没？美雪摇头。又问：三儿说过喜欢你没？美雪迟疑了一下，又摇头。王屏画道：那不结了，你跟自己较什么劲儿，强扭的瓜不甜，上赶着不是买卖，老话都忘了。赶紧的，明儿以后，不许再想什么三儿四儿的，回头我给你说个更好的人家。

美雪有些吃惊地看着王屏画，慢慢收住眼泪，半天从两片嘴唇里挤出一句话：就这么结了？

王屏画笑道：那你想怎么着，人家没应承过什么，退一步说，就算人家下了聘礼，还兴许退婚呢，这年头连皇上都让人从宝座上拉下来了，还有什么事是发生不了的。美雪这才慢慢收了泪，手脚麻利地收拾去了。

国民政府卫生部部长刘瑞恒一天里接到三通从北平家里打来的电话，太太王飞羽的口气一次比一次强硬，说老太太一天腹泻数次，精神差，让他赶紧坐飞机回来，如果老太太有个三长两短，她担不起。

无奈之下，刘瑞恒悄悄将副部长叫到他办公室，面露难色低声道：家里有点急事，我回北平处理一下即回，总统那边我会事先报告，好在请愿团的人这几天情绪都还稳定。

副部长是个老实人，刘瑞恒说一句，他点一下头，当听说方有平也要跟着回北平才有点慌神儿，支吾道：方秘书长能不能留下……一旁的方有平赶紧道：您放心，我帮着刘部长处理完了就即刻赶回来。几天来方有平应付请愿团已经身心俱疲，巴不得有个机会躲躲清闲。

刘家的司机去机场接了人，一路往回开，刘瑞恒将窗玻璃摇下半拉，北平早春的微风依旧冷得扎骨头，他却已经能感受到丝丝春意，这让刘瑞恒觉得南京比这里似乎更寒冷。有一段时间刘瑞恒有些后悔离开协和医院，后悔扔下手术刀弃医从政，总觉得自己像浮萍一样，没着没落的。但他心里清楚一切都回不去了。听着汽车轱辘唰唰的声音，刘瑞恒睡了一会儿，再睁眼的时候，汽车已经停了下来，司机正微笑着拉开车门，隔着车窗玻璃，刘瑞恒看到太太王飞羽站在门口的石狮子旁，面露焦急地朝这边望着。刘瑞恒紧忙出了车门，快步朝太太走去，拉着太太的手道：你怎么还在外面等，手这么凉。说着揽着太太一起进了大门。

两人往里走着，王飞羽小声对刘瑞恒描述道：老太太一直泻痢啊，早上喝一小碗粥,没到中午就跑了三次茅厕,我说不要她老人家跑来跑去了,放个马桶到屋里好啦,老太太要干净,拼死也要自己去茅厕,眼看两条腿直打软啊,吓得我啊……

王飞羽娘家是上海人,火上房的事,经她一说,也好像是在唱一出评弹,旁人听着不但不起急,还觉得挺舒坦。刘瑞恒安慰太太道:我不是回来了,有我在,夫人不用担心了。

刘瑞恒直接去了老太太住的后院,进了屋门,见两个丫头站在老太太卧室门口,一个手里端着一个面盆,一个手里拿着一摞草纸。刘瑞恒快步走进卧室,见母亲正被一个丫头扶着从炕上下来,虽然心里有准备,却还是被老太太瘦削的面容吓了一跳。他跨步上前,搀扶着母亲颤声道:母亲大人恕罪,儿子回来迟了。

老太太斜了儿子一眼,呼哧带喘道:你回来干吗,嫌我死得不快啊。

刘瑞恒的眼泪都快下来了,他忍着心痛道:没想到母亲大人的病这般凶猛,德国医院的克劳德医生怎么说的?

老太太虚弱地坐在炕沿儿上,喘着粗气,想说什么,却发不出声来,半天,呸了一口道:别提那个什么克劳德,药片子拿来不少,吃了也没见止住泻,茅坑都让我一个人拉满了。我说儿啊,咱这北平城里那么多名医,就不能找一个来给娘瞧瞧。

刘瑞恒心急如焚,他知道母亲已经不信任西医了,脑子飞快转着,找哪位中医大夫来,突然想起请愿团的事,心里骂了一句,屋漏偏逢连夜雨。刘瑞恒想把母亲送回到炕上,老太太却急扯白脸要下去,刘瑞恒明白母亲是要去茅厕以后,急得扇了站在一旁的丫头一个嘴巴子,丫头捂着嘴流着眼泪跑出屋,与往里走的王飞羽撞个满怀。问明缘由,王飞羽快步进屋,见刘瑞恒正在用一个脸盆给老太太接屎尿，王飞羽下意识用手捂了下鼻子，却并没有走出屋子。等刘瑞恒给老太太清理干净了，王飞羽赶紧过来将那个屎尿盆子端出屋，一个丫头接过来。刘瑞恒有些气急败坏地走出母亲的卧室。

刘瑞恒像一只没头苍蝇似的在院子里走来走去，王飞羽像根木头似的戳在一旁。刘瑞恒见太太站在风处，不忍道：你进屋去吧，别受了风寒。王飞羽不动窝，意思是你不进去，我也不进去。刘瑞恒拗不过太太，便往书房去了。

等王飞羽后脚进到书房，听见丈夫正在打电话，刘瑞恒一改往日不紧不慢的风格，说话快得像在下一阵暴风雨。

现在的情况是老太太已经脱了人形了，我怎么能不着急啊，你话说得轻巧，你母亲若是病成这样，我看你还能这么沉得住气不。废话少说，你赶紧打听北平的好中医还有谁在，最晚明天一大早，你就得把大夫带来，否则有你好看！刘瑞恒挂了电话，转身，见夫人愁眉苦脸地站在那。

刘瑞恒叹口气，一屁股坐在书桌后面的太师椅上，接着拉开抽屉，掏出一盒纸烟，夫人从桌上拿起一盒洋火，悄无声息地走到丈夫身旁。嚓的一声，火柴点燃了，蝌蚪形状的火苗在这间昏暗的房间里显得有几分刺眼，刘瑞恒赶紧抽出一支烟，凑在太太划着的火柴上，烟被点着了，一股白烟直直地蹿向屋顶。刘瑞恒将书桌上的台灯拧开，灯光透过葱绿的灯罩照射出来，使得这间沉闷的书房平添了一丝生机。

刘瑞恒深吸一口烟，对太太柔声道：真是为难你了，让你一个人操心这一大家子的琐事，我心里万分不忍。

王飞羽顺势坐到了书桌前边的椅子上，正好与刘瑞恒脸对脸。刘瑞恒看着太太，以往略带骄纵的神情不见了，更多的是无奈。刘瑞恒像是在对自己说话：想尽一切办法也要把母亲救回来。

王飞羽像一只泄了气的皮球一样，软弱无力道：老太太执意要看中医，我看也只有这条路了，死马当活马医吧。

刘瑞恒听到最后这句，狠命地皱了下眉头，王飞羽知道语有所失，赶紧找补：我是说一定要想尽办法救人啦……

刘瑞恒道：我已经让方有平找大夫了，明早人必须到府上。

王飞羽听后，没说什么，只点了点头，然后轻声问道：还是先去换换衣服，厨房里早准备好了晚饭，你看在哪里吃啊。

刘瑞恒想了想道：就让厨房把饭摆在小客厅吧，你也饿了。

齐通霖吃了个半饱，坐在书房里抽烟。他先拿了一支纸烟，吸了一半觉得不过瘾，便将烟灰捻到墙角的一盆文竹里，走到条几旁，拾起躺在上边的烟袋锅，装上满满一锅烟丝。烟丝还是天运从英国带回来的，他不舍得抽，怎么说也是孩子大老远从英国背回来的。天运多次提醒他，时间太长烟丝会坏的，您还得赶紧用。齐通霖感觉到烟丝的味道越来越差了，但他当然不会扔掉，相反，他更不舍得用了。他并没有用火柴点烟袋锅，而是先将窗台上一支蜡烛点燃了，再将烟袋锅凑到蜡烛火苗上，烟草被点燃的时候，香气一下四散开来。齐通霖从心里喜欢英国的烟草，感觉很柔和，却有劲儿，香气也是不浓不淡，似有似无。有一次冯临声送了一包烟草过来，说是有朋友从南美洲带回来的，看着金黄金黄的，可抽一口辣嗓子眼，便被他搁置一旁，再没用过。而英国的烟草，让人很愉悦，这种愉悦的感觉又很克制，不是肆无忌惮的那种，刚好与齐通霖的性格搭配。

当齐通霖从方有平嘴里得知刘瑞恒的母亲泻痢严重、西医不治的时候，齐通霖没想到，自己的第一反应竟然有些幸灾乐祸。他只觉得有一股气从腹腔漫到胸腔，然后直冲鼻孔，由于鼻孔狭窄，气跑出来的时候，不由得出了声，但随着哼音落下去，齐通霖就在心里扇了自己一个嘴巴，骂道：老没出息的，竟然如此下作。

第二个冒出来的想法是，如果刘府唤诊，不去！理由很简单，南京那边嚷嚷着要把中医废了，堂堂一个国民政府的卫生部部长，还是西医的大夫，连自己老娘的病都治不了，这笑话看着多过瘾啊。但这第二个想法，没等齐通霖跨进书房，就烟消云散了。齐通霖打了一个寒战后发现，自己的内心深处竟然藏着那么多龌龊的想法。

齐通霖在一片虚空当中，将自己的"魂儿"从身体里拽出来，拎到屋子当中审视着。他端详着虚无中若隐若现的自己，皱着眉头，一副嘲讽、幸灾乐祸的表情。齐通霖抽了一口烟，屋子里刚刚消散的烟草气味又浓重起来。齐通霖一口接一口，不紧不慢地抽着，心情渐渐恢复如常，激动的情绪像一条困倦的蛇似的，缩回去了。屋子当中的"魂儿"变得渐渐模糊起来，齐通霖默默地对自己说了一句话：人总得先跟自己斗，跟自己心里那个小人斗。

齐通霖又变回到那个持重、谨慎的人了。

此刻的齐通霖脑子里只有一个念头，那就是只要一接到方有平的电话，他就立马起身赶赴刘府，为那位遭受病疾折磨的老太太诊治。齐通霖的心里踏实了，现在就一件事，等电话！四周安静极了，齐通霖的心里也安静下来，比太平湖的水还要太平，想起刚刚吃了一半的饭，肚子里便咕噜咕噜动起来，随口喊了几声美雪，过了一会儿王屏画走进来。

王屏画满脸含笑，望着齐通霖道：就知道你没吃饱，我一直支棱着耳朵等你喊呢。

齐通霖见是夫人，有些诧异道：美雪还难过呢？王屏画道：可不是吗，我让她早早歇了，伙计也都歇了，我去厨房看看还有什么。齐通霖听着夫人的脚步声远了，猛吸了几口烟，开始琢磨起刘家老太太的病因来。

泻痢的原因无非就那么几条，一为"饮食不洁"，齐通霖认为刘府不会有这个结症存在，刘瑞恒是名医，又是有名的孝子，那些家丁丫鬟，对老太太必定小心伺候，所以"饮食不洁"这条必不在缘由当中。二是"外感时邪"，而"外感时邪"一为疫毒，二为湿热，三为夏暑感寒伤湿。很显然，现并无时疫，一邪排除之，而时下正值寒冬，故三邪亦除之，单剩湿邪。如按五气之说，风胜则动（关节等游走之处疼痛），热胜则肿，燥胜则干，寒胜则浮（因阳气不运而腹满虚浮），湿胜则濡泻，齐通霖猜测老太太身体里应该有湿热，具体原因还得面诊。

门开了，齐通霖正坐在椅子上琢磨药方子，他以为夫人来送消夜，头也没抬说了句：你放那就赶紧回去歇着吧，我再待会儿。来人没动窝，也不吭气，齐通霖抬头一看，竟然是美雪！齐通霖从椅子上站起来，把正烧着的烟袋锅放在桌上。美雪见老爷将烟袋锅放到桌上了，赶紧跟了一句：老爷留神烧了桌子。

齐通霖道：早灭了。说完，他上下打量着美雪问道：想明白了？

美雪点头嗯了一声，把托盘上的碗筷一一布好，然后朝齐通霖道：老爷赶紧趁热吃吧。齐通霖朝托盘上看去，简单一碗汤面，旁边俩小菜，一个是葱丝拌熏豆腐干儿，一个是酱肘花儿。齐通霖的胃一下子开了，拿起筷子，端起那碗面，大口吃起来。

美雪并没要离开的意思，她是等着齐通霖吃完直接收拾了再走。齐通霖用眼角扫了一眼美雪，这孩子明显不自在，两只手不知道放哪好，一会儿放前边，一会儿又垂在两旁。

齐通霖停下筷子，看着美雪，嘴里那块肘子肉没嚼烂便囫囵吞下去了。他眼前出现了美雪刚到齐家的场景，那时候美雪才十来岁，夫人王屏画想找个干活的丫头，胡同里喜欢管事儿的李妈便把美雪带来了。王屏画嫌孩子太小，没法打发干活，李妈一张巧嘴说得王屏画心思活泛了，美雪也就留在了齐家。说是找了个干活的丫头，不如说收了个干闺女，吃的用的都跟主人一样，惹得那些厨房里、院子里做粗活的伙计闲话一大堆，王屏画笑道：谁让我稀罕闺女呢。久而久之大家伙也就习惯了，加上美雪生得伶俐，一张脸又俊，主人宠，下人们也就跟着起哄，美雪的名字也是齐通霖取的，好像齐家真得了个闺女。

齐通霖心里琢磨着，好像舒坦的日子都在过去，眼前的除了麻烦还是麻烦。

美雪见齐通霖不言语，便用眼直勾勾地看着他，直到齐通霖的目光软得跟碗里的面条似的，美雪大声说道：老爷您放心，我不会再琢磨这件事了，我这辈子就只伺候夫人，不嫁人了。

齐通霖笑道：孩子话，夫人百年以后你怎么办，一个人活在世上，不能总为别人活着，你虽然出身低微，可齐家从来都是把你当亲闺女养。你别担心，这世界上不止三儿一个男人，日后让夫人给你找个比三儿还强的。

美雪知道老爷和夫人都心疼自己，人得知好歹，南京那边事也没个结果，自己再添乱，那就太不懂事了。这么想着，美雪抖搂了一下身子，抖搂掉身上那些伤心的渣子，人就仿佛换了副新皮囊，美雪对齐通霖说：得，听人劝，吃饱饭，您说得句句在理，我会照着您说的做的。美雪收拾了碗筷，走出书房的时候又道：您也甭耗着了，吹灯休息吧，这几天南京的事让您费了不少心思,您离得老远的,不值当操那么大心。说完,推门走了。

门帘子还没落稳当,王屏画便在窗外喊:老爷,武家小少爷惊风,打电话来问药。齐通霖隔着窗户喊了一声:你去药箱里找,找出来让伙计送过去。王屏画赶紧到后院厢房去了。齐通霖也走出书房,一阵狂风在院子里刮起来,沙子粒把窗玻璃打得噼啪响,却见一个人影从垂花门溜进来,不用问,看那身形直溜挺拔,除了天运还能是谁。

是天运吧……齐通霖忍不住先开了口。天运刚要拉门,听见喊声,扭头,看见狂风席卷的院子里,一个昏暗的身影站在那里,是父亲。天运犹豫了一下,朝父亲走过去,边走边说道:这么晚了,您还没睡下吗?

齐通霖没回应天运,等天运走近的时候,齐通霖轻轻说了一句:这些天没见着你人影,医院里事多吗?天运点头道:是,这些天太忙,没顾上回来看您。停了停,天运又道:前些日子您去医院找我了吗?您去之前跟我说一声,我也好带您在医院里四处转悠转悠,是丁汝麒先生告诉我的,其实他比我更熟悉医院,您没让他带您参观参观吗?

齐通霖沉默着,他不想接这个话茬儿,皱了皱眉头,然后说道:你赶紧歇着吧,一会儿还走吗?

天运点头道:一会儿还得回医院。天运说完,好像并没打算回屋,定定地站在原地,心里有很多话要对父亲说,但话到了嘴边又全溜走了。您这几天还好吧……憋了半天,天运说出半句话,也并不想父亲真的回应。这时候王屏画拿着药从后院走回来,见是天运回来了,高兴道:哎呀,这孩子,好几天不见人影。王屏画大声地喊美雪。天运笑道:您别喊了,她忙一天,肯定睡了。

美雪从后院走出来,接着天运的话茬儿道:瞧二少爷说的,我成了懒虫了。天运搀着母亲朝自己屋里走去，美雪紧随其后。

齐通霖进了北屋，门帘子刚落踏实，电话铃声响了起来，丁零零……

齐通霖拿起听筒，却是冯临声。

电话里，冯临声不像往日那样说话慢条斯理，他在齐通霖的喂声过后，便慌张道：通霖兄吗？夫人得了急腹症，这种病大多是要立马手术的，可她死活不去西医院，这可怎么好，兄若能来一趟，小弟不胜感激。

齐通霖犹豫了一下，应道：好，我备了药就立马过去。齐通霖放下电话走出屋子，见美雪正好从天运屋里走出来，想都没想对美雪说道：赶紧喊三儿备车在门口等着，我要出诊。王屏画和天运也从屋里走出来，问出什么事了。齐通霖把情况简单一说，天运说：如果想通了想去协和，去急诊室，我会让护士长关照的。齐通霖点头道：一会儿看看情况再说吧。王屏画说：那老爷赶紧去看看拿什么药。一切准备停当，齐通霖告诉王屏画如有方有平的电话，让他直接打给冯家，电话号码就在条案上的簿子里。安排妥当，三儿等齐通霖屁股一落座，两条腿就跟飞起来似的，直奔冯宅。

观面、号脉，一气呵成，末了，齐通霖抬头对冯临声道：你说得不错，确是肠结。齐通霖听天运讲过这类手术，在他们科室每天都要做好几台，这对于他们来说是最基础的手术了。所以他试图说服冯临声妻子去看西医，那样又简单又保险，这里离协和医院咫尺之遥，只需给急诊室打一个电话，天运会托人照顾，一切都会安排得很妥帖的……但无论两个男人怎么劝，女人就是闭着眼睛一言不发。齐通霖不再犹豫，大黄、枳实、厚朴、生地、火麻仁……一连串的味药从齐通霖手下飞出来，方子交给冯临声，冯临声借着灯光，数了数十几味药，心想这方子开得可谓大气恢宏啊。齐通霖对冯临声说：看弟妹的情形，病得挺重，肠子一点动静都没有了，如果这方子不管用,你赶紧给我打电话,我再想办法……

齐通霖临出大门,扭头对后面的冯临声道:还是那句话,大夫是救得了病,救不了命,夫人的病却是不容乐观,我也不是神仙,还得看夫人的造化。冯临声哭丧着脸点头。

此刻,刘瑞恒正坐在南下的火车上闭目养神,虽然显得有些疲惫,但从眉宇间能感到一种宽慰。老娘的病已经好转,以前他对于中医药不说嗤之以鼻,也是从没拿正眼看过,可这次将母亲从阎王殿拽回来的,正是他以往不屑一顾的中医药,这让他有点惊讶,心惊的同时,不禁对于中医药很好奇,那些不起眼的草根子能医好病,这让这位从小接受西学的人想不通。

那天,当齐通霖步态沉稳地走到刘瑞恒面前,问了声:老太太在哪儿?那一刻,刘瑞恒一直悬着的一颗心突然就落地了,这连他自己都感到莫名其妙。他看着齐通霖的脸,那双眼睛里闪烁着平和的目光,刘瑞恒烦躁的内心陡然沉静下来。他握着齐通霖的手,说了几句久仰大名之类的寒暄词,齐通霖对着刘瑞恒轻轻点了下头,刘瑞恒便带领齐通霖来到老太太的卧房。

齐通霖笑着跟老太太打招呼,让她把心放肚子里,接着便微闭起眼睛,给老太太诊脉。齐通霖的手仔细感受着老人脉搏的跳动,每一下,似乎都有一种声音告诉齐通霖病症所在。脉搏对于齐通霖来说,完全是一种交谈,与病症的交谈,或者说是疾病本身向他告白着……他找到了面前这位老人与通常人泻痢的不同之处,那便是老人的精神处于极度紧张的状态,齐通霖决定先从调节她那衰老的脾胃入手。

齐通霖和颜悦色地对老太太说道:您这病没什么大不了的,我保您三剂药见效,但有一样您得先答应我。

老太太努力睁大眼睛问道：什么事啊？齐通霖道：心里头别总瞎琢磨事，别人的事咱管不了，儿孙自有儿孙福，好日子还嫌多啊，您得养好了等着抱重孙子啊。老太太笑了，说道：您说话，我爱听，顺耳朵，我答应您，不操那闲心了。

齐通霖坐下来开方子。方子开了足有一袋烟的工夫，老太太在炕上睡着了，发出低低的鼾声。外间等候的刘瑞恒疑惑起来，这方子要开这么久吗……但他克制着，定定地站在原地等待着。方子终于开好了，老太太睁开眼想坐起来，齐通霖赶忙上前让老太太躺着，又跟老人说笑了一会儿，这才从老太太的卧房走出来。

刘瑞恒迎上前，走出来的齐通霖面色凝重，刘瑞恒刚想开口问点什么，却见齐通霖将开好的方子递过来。刘瑞恒接方子的当口儿，齐通霖同时甩过来一句话：三服即好，不用复诊！说完，头也不回地走了。留下发呆的刘瑞恒站在原地一动不动。

车窗外的风景一掠而过，坐在刘瑞恒后边座位上的方有平一脸严肃，但他的心情却像一朵怒放的牡丹花，美得不可方物。齐通霖是他找来的，这个功劳非同小可。

"三服即好，不用复诊！"齐通霖说这句话的时候，方有平就站在刘瑞恒的身后，话音不高，但对于方有平来说无异于一声炸雷，他心里一惊，想看看刘瑞恒什么表情，但刘瑞恒一直背对着自己，从他身体僵硬的程度来看，能想象出刘瑞恒的吃惊程度不亚于自己。方有平虽不懂中医，但他知道一些中医行里的规矩，病人问诊，大夫不会把话说满，明明心里已经有了十分把握，嘴上会说：您先试试这方子，不管用您再回来，我给您调换。尤其是齐通霖，这个人行事严谨低调，在中医行是出了名的，齐通霖的话让方有平吃惊之余，完全摸不着头脑了。接下来便是担心，刘家老太太的病说得上是个疑难病症了，西药吃了一堆，老太太的病还是不见好，如果齐通霖真的走了麦城，方有平自己也没法向刘瑞恒交差。

但是奇迹就这样发生了，第二服药后，老太太感觉肚子里不那么闹腾了。第二天晚上，刘家老太太已经停止泻痢，精神好了许多，晚饭喝了一小碗粥，吃了一个豆沙包后，老太太在屋子里慢慢走了几圈，笑眯眯地对刘瑞恒说道：这郎中神了，他这方子可真管用，回头把他府上电话写下来，以后有个病啊灾的就找他了。

火车朝南京方向疾驰，这时包厢的门被轻轻推开了，一个士兵打开一道门缝：报告，服务生送水。陷入沉思的刘瑞恒完全没察觉，方有平赶紧站起身，走到门口。一个男服务生提着暖水壶，见方有平走出来，说道：刘部长有什么需求尽管说。方有平对服务生道：刘部长有需求我会让卫兵找你。方有平转身回到包厢，刘瑞恒对方有平道：有点饿了，去餐车看看有什么吃的。方有平赶紧推门出了包厢，门口的两个卫兵站得笔直。方有平朝两边看了看，见刚才那个服务生摇摇晃晃地快要走到车厢尽头了，便紧走几步，在服务生身后道：方便的话请送一份饭过来。服务生有些诧异地回头看着方有平，然后问米饭还是面条。方有平毫不犹豫道：米饭，菜嘛一个就够了，肉片炒大白菜，要一个鸡蛋汤。服务生点头道：一个菜够吗？方有平道：刘部长吃饭很简单，那个汤要注意一下，打鸡蛋之前放点水淀粉，浓稠要适中。服务生点头。

半个小时后，门外的卫兵轻轻敲门道：刘部长，您的饭菜送来了。方有平拉开门，接过饭盒。

打开饭盒，一碗香喷喷的米饭还冒着热气，肉片白菜泛着油光，鸡蛋汤浓稠适中，浮在上面的鸡蛋花很鲜亮，汤里还滴了香油，饭菜的香味在包厢里蔓延开。刘瑞恒脸上现出轻松的表情，他一边朝饭菜看着，一边问方有平吃了没有。方有平应道：一会儿我去餐车吃，您赶紧趁热吃吧。

等刘瑞恒吃完了，方有平走出包厢朝餐车走去。刚走进餐车，有个人便跟他打招呼道：你是方有平吧。

方有平停在打招呼人的桌旁，愣了几秒钟，认出是读师专时的同学，他想不起同学的名字，那位同学也不在乎，他邀请方有平一起用饭，桌上另外两个人笑着站起来让座。方有平道：我是公务在身，不便叙旧，请老同学把联系方式留下来，等有了空我请你喝酒，你们慢用。同学也不勉强，方有平便朝另一头的一张空桌子走过去，又对走过来的服务生说：一碗汤面。服务生点头，然后朝车尾的厨房走去。

等面的工夫，方有平的眼睛朝车窗外看去，黄昏的景色显得有些凄凉，辽阔的华北平原一望无际，远处的树木像是用火柴摆上去的，仿佛用手指头一扒拉就会全部倒下。大自然的主角太阳，已经渐渐被地平线吞噬，残余的部分还散发着最后的温柔……方有平揣测着回到南京以后，刘瑞恒将会采取怎样的决策，这次齐通霖的手到病除，对中医的命运有多大的帮助呢？方有平从刘瑞恒的表情上看不出他心里的任何波动，刘瑞恒这种性格，跟他多年的外科大夫经历有关系，见过太多的生与死，有着强大的心理承受能力，遇事不惊。

但方有平心里有一种跃跃欲试的欢快感觉，他感觉到这是一个好兆头！他从心里不希望中央政府最终通过那个取缔中医的"条例"。若真的取缔了中医，意味着中医这行当就要从中华大地上慢慢消失了，他会为此感到失落的，那感觉就像家里的一件老物件被清理出去，再也见不到它了。而且，在北平的生活圈子当中，方有平认识一些德高望重的老中医，他们大多为人谦和、人品高洁，方有平不希望他们这样的人会丢了手里的饭碗。

西医和中医之争这件事，在方有平看来，本身就是很愚蠢的。天地如此之大，山河树木、石头泥土，各在其位，老虎狮子、蚂蚁臭虫，各取所需。都有立足之地，足见宇宙的宽容，谁真正应该从大地上消失呢，谁又应该是永恒的呢？如果真有老天爷，他一定是位公平的神仙，他会将食物分给大地上的每一张嘴。然而这些只是方有平内心所想，他在别人眼里只不过是个政府的秘书，一个十分随和且没主意的人，上司的命令就是他的全部生活，谁都没兴趣知道他心里的想法，说白了，他必须用一个壳罩住自己，以求生存，其余的都不重要。

服务生把一碗热气腾腾的面条放到方有平面前道：先生，您请慢用。

方有平点头谢过，刚拿起一旁的筷子，几句话从同学那桌飘过来：依我看来，南京政府这是惹火上身，中医这行在中国存在多少年了？西医还不知道在哪的时候，还不是中医给国人提供基本的健康保障，它纵然有千般不好，也不应该斩尽杀绝吧……方有平扫了一眼正在慷慨激昂说话的人，那人坐在同学的右手边，油光光的头发、金丝边的眼镜，貌似一副文弱书生的模样，可又多了几分商人的精明。方有平的同学扯了扯那人的衣袖，压低声音不知道说了句什么，几人同时朝方有平这边看了一眼，随后便压低了声音。

方有平回到包厢的时候，刘瑞恒面色开朗，问方有平吃了什么。方有平回道吃了一碗面。刘瑞恒笑道：要知道你去吃面，我也跟你去了。方有平赶紧道：明天中午我让厨房给您做面条。刘瑞恒点头。

方有平咳了一声，刘瑞恒说：有什么话就直说。

方有平矜持道：也没什么事，就是刚才在餐厅吃饭的时候，碰上了师专时候的同学，以前在段祺瑞手下做事，后来做起了生意……

刘瑞恒笑道：他想拉你做生意？

方有平摆手道：不不不，我没这心思，我是想跟您说，听到他们议论南京请愿团的事……

刘瑞恒哦了一声，问道：他们都说些什么？方有平双眼紧盯着刘瑞恒的脸，小声说了句：他们觉得提案的事情，政府有些欠考虑……

刘瑞恒突然问方有平道：你对这事怎么看？

方有平没想到刘瑞恒单刀直入，直接问自己的看法。方有平心里虽然忐忑，却嗽了嗽嗓子道：中医到现在至少有上千年的历史，这行当确实问题不少，可也罪不至死。说完，方有平大气不出地望向刘瑞恒。

刘瑞恒叹口气轻声说道：这个屎盆子不好舔啊。

第二天一早，火车到了一个小站。天还没亮，车厢里黑咕隆咚的。方有平正好尿急，出包厢上厕所，上完厕所顺便下车透个气，却见刘瑞恒站在不远处抽烟，卫兵像根电线杆子似的站在刘瑞恒身边。方有平赶紧朝刘瑞恒走过去，说道：您起得这么早，我居然没听见。方有平话里有些歉疚。刘瑞恒没说话，一口接一口抽烟，一根烟快抽完的时候，刘瑞恒才说道：你这几天累，睡得沉。说完，转身朝火车门走去。

回到包厢里，其中一个卫兵要去厕所，方有平请刘瑞恒先进包厢，自己站在门外待了会儿，等卫兵来了才进去。刘瑞恒并没开灯，一动不动地坐在靠窗的位置上，头转向外面。方有平不敢出声，坐在离刘瑞恒稍远处。火车轮子吭哧吭哧吃力地转着，蒸汽机不时吐出一阵白烟。外面的景色渐渐清晰起来，方有平欠了欠身子，看到天边的一抹朝霞，今天会是个好天气，方有平想着。

吃完早饭，方有平找到服务生，要了几张昨天的报纸，扫了一眼头版，还是请愿团在南京请愿的新闻。方有平回到包厢，将手里的报纸递给刘瑞恒。让方有平有些吃惊，刘瑞恒并没接报纸，对方有平说道：方秘书，你把我说的记下来，回去上报总统办公室。

回到南京，刘瑞恒建议取消"废除中医案"的报告直接报上去，没过几天，报告得到了蒋总统的批复，批文只有一行字："废除中医案"暂不予考虑。

老水头儿一大早便坐在鞋摊子后边开始干活，昨天送来三双鞋，要钉鞋掌，还有两双鞋前脸破了洞，需要修补。老水头儿喝了口水，倒进缸子里的水，没一会儿上面就浮了一层细沙，水喝到嘴里先吃口沙子，老水头儿不在乎这个，这辈子什么苦没吃过，还在乎几口沙子，再说沙子除了有点噎嗓子眼，一点不苦。这时候送报纸的一阵风似的路过鞋摊，话甩过来，脚没停：瞧瞧这事，才几天不到，又改主意了，人家齐先生吉人天相，我就说嘛，把中医行去了，这合规矩吗？这不把刚拉出来的屎又缩回去了。老水头儿让他留一份报纸，他要自己给齐家送过去。

老水头儿进了院子，一眼就看见王屏画正站在院子当中跟美雪说话，听到响动，两人一齐扭头看，见是老水头儿，王屏画赶紧招呼道：今儿是哪阵风啊，把您吹来了。老水头儿一边朝王屏画走过去，一边举起手里的报纸道：我今儿来当个老喜鹊，报报喜，让齐先生早点知道。

说着将报纸递给王屏画。王屏画接过报纸一看，赶紧让美雪去给老爷送到书房里去。转身想让老水头儿进屋喝口热茶，却见老水头儿已经走出了垂花门，王屏画喊了一嗓子：您有空想着过来吃饭！

齐通霖正在书房里翻着一本明代的《伤寒论》刻本，想起年轻时跟着爷爷学的时候，爷爷常提起一本商代的医书《汤液经》，《伤寒论》里的经方大部分从《汤液经》而来，而现在的医家信手拈来，完全不在乎方子出自哪里，那时的情形怎样。齐通霖叹口气，他确实担忧中医的将来，眼下南京政府里那些"洋派人士"用西医压中医，而中医确有它的短板。每次想到这些，齐通霖心里就像压了块大石头一样沉重。

窗外传来美雪的喊叫声：老爷！有好消息了！

齐通霖听到美雪的喊声，应了一声：什么好事，这么嚷嚷。

美雪拉开门走进书房，把手里的报纸抖搂开，放到齐通霖的面前道：您看了就知道了。王屏画也跟着走进来，高声道：这下老天爷真是开眼了。齐通霖看完报上的消息，并没喜笑颜开，而是微微皱着眉头。王屏画便又接着说：你别瞎琢磨了，白纸黑字写着，你还皱什么眉头。齐通霖摇了摇头说道：事情没那么简单。王屏画见茶凉了，让美雪去换茶。

美雪提着一壶开水从厨房出来，来到前院往书房走，却见天运匆忙走进院子，美雪刚要打招呼，天运先问道：美雪，我爹呢？美雪回道：在书房呢。

天运急匆匆朝书房走去，美雪在后面紧跟着。进了书房，天运先给父母请安问好，然后把今天的报纸递给父亲，瞥见桌上已经有了，便笑道：我是回家的路上听见卖报的喊，买了报纸想给爹看的。齐通霖点了点头。

美雪想沏壶新茶，齐通霖拦道：不用了，我去打个电话。说完，抛下屋里的人起身出去了。王屏画跟着走出去，天运和美雪也前后脚出了书房。来到院子里，王屏画跟着齐通霖进了正房。

美雪问天运道：今儿怎么大早上回来了？一会儿就回医院吗？天运摇头道：今天不去医院了，歇一天，这些日子太累了。说完进了自己的屋。美雪跟到窗户根儿，问天运早饭吃了没有。天运应道：没吃，劳烦美雪姑娘送到屋里来吧。

早上天运只喝了一杯牛奶，还是安娜送到外科的。一大早，安娜便拿着一杯牛奶来找天运，本想跟他一起去饭堂吃早餐，牛奶是安娜头一天晚上准备早上喝的，她睁开眼就想喝牛奶，这习惯已经好多年了。天运露出倦意，说不想去饭堂了，一会儿回家吃早饭，护士长让他在家歇一天。安娜便将手里的牛奶递给天运，天运接过牛奶，安娜笑着跟天运挥了挥手，转身走了。天运想让安娜再待一会儿，但早上医院里到处都是走来走去的人，张了张嘴没说出来。安娜这时却回头对天运说：改天咱们去吉士林吃清汤小包吧。天运愣了一下，赶紧应和道：好啊。天运看着安娜消失在走廊尽头。

天运的屋里很暖和，除了屋子当中的煤炉子，靠近床的地方还放了一个炭盆，里边的炭火正红。天运把冻得有些僵硬的手伸向炭盆，不一会儿，便感到浑身暖和起来。他将外套脱下来，放到床沿上。门开了，美雪端着一只托盘走进来，小心翼翼地将门关上，把托盘放在桌上，对天运道：您吃完了就放着，我一会儿来收拾。

天运豆浆刚喝到一半，王屏画进来了。她先将煤炉上的水壶提起来看火，然后念叨了一句：煤都乏了。她转身出了门，一会儿端着一簸箕煤块进来，捅了炉膛，将新煤放进去，复又将水壶放到炉台上。她一边去门口的脸盆处洗手，一边扭头问天运吃饱了没有。

天运说饱了，接着将半碗豆浆喝光，笑着对母亲道：这下我爹放心了。

王屏画坐下来，眼睛在儿子的脸上不停地扫着，然后道：你爹压根儿也没太担心，只不过北平城里大多数同行都去了南京，你爹心里有点不落忍罢了。

天运道：那也不是他自己能做主的事，人家安排他留守，事情总要有分工啊。

天运想起昨天傍晚的时候，丁汝麒来外科病房找他，问齐先生去刘府给刘家老太太瞧病的事。

天运这几天一直没回家，对家里的事一无所知。丁汝麒大致把事情原委说了一遍。天运听后，愣了好一会儿，说道：也许我对父亲并不了解……

这会儿天运问母亲道：我爹真的去为刘家老太太诊病了？

王屏画说：那还能假吗，说不定那个刘部长改主意，就是因为你爹瞧好了他们家老太太的毛病，外边都这么议论。

天运说：那我爹说什么了？

你爹什么都没说，只说事情没那么简单，要我说，事情没他想的那么复杂。王屏画说着，走到煤炉跟前提起水壶看火。炉膛里火苗蹿上来了，映红了王屏画的脸。王屏画说：这炉子真带劲儿，还是三儿秋天的时候搪的，灶上的伙计都没他搪炉子搪得好。

借着火光，天运看到母亲的白发又多了，心里酸酸的，对母亲道：您也多照顾照顾自己，女人上了岁数就得保养。没等王屏画回应，天运突然想起一件事，对母亲说道：对了，前天晚上冯先生的夫人来医院急诊了，肠梗阻，送来的时候人已经不行了，急诊的医生都没抢救，直接送了太平间。

王屏画闻听，吃惊道：那天晚上你爹去给她开了方子，没承想人到底还是没了，八成你爹现在还不知道。说完便站起身，急匆匆地离开了天运的房间。

齐通霖正在跟人通电话，嘴里大部分的词就是"嗯""好""您定，听您的……"对方说话的时候，齐通霖身板笔直地站着，最后说了一句：您这主意好，回头一块堆议。说完，他挂了电话，转身从八仙桌上拿了一盒纸烟，抽出一支点上，回身看到夫人悄没声地站在门口，便道：站门口干吗。

王屏画坐下说道：冯临声夫人没了，你还不知道吧。

齐通霖一拍脑袋，哎哟了一声，皱着眉头大口吸起烟来。过了一会儿，齐通霖琢磨着给冯临声打个电话过去，想了想最终还是没打。

齐通霖抽完了一支烟，他将烟屁股捻灭在烟灰缸里，王屏画道：你怎么也得先打个电话问候一声吧，这么大的事。

齐通霖抄起话筒，电话只响了两声，那边就传来一声喂。

让齐通霖略感吃惊的是，冯临声的声音竟然很高亢，与往日无异。恍惚间，齐通霖怀疑冯夫人的消息是讹传。但冯临声告诉齐通霖，第二天人就不行了，夫人的手死死抓着床头的木头栏杆，好像生怕有人将她从床上抬走，等她松了劲儿才送的医院，可已经晚了。

冯临声此刻正拿不定主意，是在北平找块地方把人埋了，还是把夫人运回河北她的老家。他告诉齐通霖电报已经发给她河北的家人了，在没接到回电之前，遗体就放在协和医院的太平间里。

齐通霖沉默了一会儿，没等齐通霖开口，冯临声高声道：哎呀，通霖兄啊，这几日北平城里，到处都是你神仙一样的传闻，说你才是华佗转世啊，我感觉南京政府之所以收回成命，跟你这次为刘部长母亲看病是分不开的。我这几天在胡同里溜达的时候，不少街坊邻居向我打听你，还说要去你的医社看病呢。说完，冯临声大笑了一阵，道：有空的话我请你老兄吃饭，馆子你随便挑。

齐通霖感到诧异，低声说了一句：夫人刚没了，我看你还是应该有所顾忌。冯临声听齐通霖这么说，赶紧找补道：不瞒你说，内人去世，我心里自然是难过的，但毕竟是她自己固执任性，才造成了这个结果，我无话可说。齐通霖默默点了下头，最后，冯临声道：好吧，那就过些日子吧，等我忙完了，去你府上拜访。

中午刮起了大风，风带着哨声，从胡同的北口钻进来，一路号叫着，往南边去了。进了院子的风，把窗户、门吹得咯愣咯愣响，好在齐家大宅的屋子大部分换成了玻璃窗，风再大也闹不出响动。没换玻璃之前，每遇大风，窗户上糊的纸哗啦哗啦地响，有时候还能把窗户纸撕个大口子。王屏画张罗好几次，把所有屋子的窗户都换成玻璃的了。

厨房里喊了几遍开饭，王屏画走出屋门朝天运房间张望，见没有一丝反应，便从高台阶走下来，到了天运的窗户根儿底下喊：吃饭啦，麻利儿着。这时候美雪从后院奔过来，扯着王屏画的袖子低声道：您别喊了，二少爷跟我说了，他不吃中饭，就想睡觉，什么时候睡醒了，什么时候再吃。

屋里，天运听见母亲喊他，揉了揉眼睛，迷迷糊糊喊了声：妈，我这就起来……半天不见人影，王屏画只得作罢。美雪说：我也不饿，等二少爷起来我再吃。

齐通霖、王屏画面对着桌上的四五盘菜，齐通霖问：就咱们俩吃？王屏画说：咱俩也得吃饭啊，赶紧动筷子吧，他们不吃咱吃。王屏画夹起一筷子豆干炒肉丝放到齐通霖碟子里，齐通霖夹了一筷子凉拌白菜丝放到王屏画碟子里，两人互相看了一眼，笑了笑。过了一会儿，王屏画说道：听见有人说冯临声在天津有个什么"红颜知己"，还是个名伶，你听说了没有？

齐通霖道：他说过这事。想了想又道：不过现在夫人没了，也不算过分。

王屏画转了几下眼珠子，夹了一筷子菜放到嘴里慢慢嚼着，然后说道：我也是听胡同里人说的，说是有人在天津看见冯临声胳膊里拽着个女人，那女的是个唱戏的，八成北平这边的梨园行应该也知道吧。齐通霖说：甭管人家的闲事。他的眼睛在桌上找着。王屏画两手一拍道：哎哟，忘了拿酒，等我去拿瓶好酒让老爷喝几杯。王屏画刚站起身，听见院子里喊妈，以为是天运醒了，走出门一看，却见天舍走进院子，手里大包小包提溜了不少东西。

王屏画高兴地迎上去，扯住天舍的一只胳膊，问道：小秀呢？

天舍道：路过她家，先回去问候一下老家儿，一会儿过来。

天舍进到屋里，美雪随后拿着一副碗筷跟了进来，随手将碗筷放在了齐通霖旁边。

齐通霖一直坐着没动窝，手里的筷子都没放下，见天舍走进屋，点了下头道：老大回来了，过来吃饭吧。

天舍放下手里的大包小包，接过美雪递过来的热毛巾擦了擦脸和手，就势坐到父亲旁边，看了看桌上，问王屏画道：妈，没酒啊。王屏画说：刚要去拿，你就进来了。天舍赶紧站起身，从那堆东西里拎出一个小包袱，拆开，是两罐黄酒。天舍拿出一罐，解了封，打开盖子，一股陈年的酒香味四散开来。齐通霖忍不住赞了声：好酒。天舍对母亲道：这黄酒要热一热才好。齐通霖等不及了，道：这次就冷着喝吧。

话音没落，天运撩开门帘子进来了。他给父母请安，朝哥哥笑道：我听见哥哥进院子了。天运接过母亲手里的酒壶，先给父亲斟满了一杯酒，接着给母亲倒，给大哥倒，到了自己这只倒了半杯。天舍道：倒满了，好不容易聚在一块。齐通霖低声说：他还得去医院，满嘴酒气成什么体统。天舍便不再说什么。

齐通霖问天舍这阵子忙什么。天舍回道：刚从河北买了些药材，大部分好的都被鹤年堂拿走了，不过我也弄了点。

见爹没任何反应，天舍接着道：天太冷，听那些人说今年的生意比往年差远了，药材也比往年贵，不过我买的都是货真价实的好东西，对了，我给您带了点细料，回头您留着自己用吧。

天运道：大哥真是厉害，做什么都像模像样的，真是佩服。

天舍白了天运一眼道：你真是吃了甜的不怕酸，你大哥我刚撇开游手好闲的名号没几天，你就不一样了。

天运只笑不应，忙着给爹、大哥添酒。王屏画总怕兄弟俩伤和气，听天舍这么说，又见天运不接招，便赶紧打圆场道：吃菜，看看你俩还想吃什么，让厨房做。

天舍道：妈，您甭张罗了，踏实儿坐着跟我们说话，您别担心我们兄弟，我会照顾弟弟的。说完，天舍朝天运笑了笑。

齐通霖闷头喝酒吃菜，三杯酒下肚，脸上起了红晕，人看上去显得很精神，天舍扭头看着父亲问道：外面都说因为您给中央政府的卫生部长家人瞧好了病，他们才撤了那个废除中医的提案的，这事是真的吗？

天舍和天运的四只眼睛，同时盯着齐通霖的脸，等着回应。

齐通霖好像没听见天舍的提问，一个劲儿往嘴里夹菜，末了，他瞧了一眼天舍道：甭信那些，听着一乐就得。

小秀回到家，见到母亲，聊起家事，从母亲嘴里得知，金蔓已经带着小午儿和丫头翠枝搬出了武家大宅。小秀有点吃惊道：什么时候的事？怎么事先也不打个招呼呢。小秀的语气里有几分不满。母亲武张氏正忙着点香，香点着了，武张氏小心翼翼地把香插在佛龛前面的香笼里，烟雾从一开始的一小片慢慢变大，不一会儿整个屋子便烟雾缭绕。武张氏浑然不觉，小秀已经呛得受不了了，她一边用手扇着，一边对母亲道：我去厢房了，我爹在那吧，我去问问他。说完拔脚就往外走。

武张氏追出来，喊道：你爹不在厢房，他去金蔓那了，你也去看看吧，不远，一偏脚儿的事，汪芝麻胡同三十五号。小秀停住脚步，她犹豫着是现在过去，还是改天再说。

小秀的鼻头红红的，从进门到现在还没暖和过来，加上中午没吃饭，身上冷，心里不免生出几分怨气道：这家里还有过日子的样儿吗？合着金蔓一走，我爹就不着家了，想必后院那位这些日子看足热闹了吧。

这时候通往后院的廊子里人影一闪，小秀侧头看，是刘竹瑾的丫头菊花，便喊了一声：菊花！你忙着跑什么，给你太太报信是吧。

菊花立即停住脚步，然后慢慢地朝小秀这边走过来，低着头喊了声小姐，接着解释道：我家太太让我看看午饭得了没有，她早上起得晚，没来得及吃早饭，这会儿肚子里咕咕叫了。

小秀鼻子里哼了一声，道：我妈还没死呢，她倒来充大，早上不起床来问安，还指望人把饭喂到她嘴里啊。

菊花不敢吭声，也不敢往厨房去，更不敢回后院，武张氏刚想打圆场，飘来二房刘竹瑾的声音：哟，秀丫头这是数落谁呢，她她的，直接把名字喊出来啊。

小秀从来没把刘竹瑾放在眼里，这女人既没有武张氏的本分，也没有金蔓的姿色，还喜欢使小心眼，小秀很看不上她。小秀当闺女的时候，刘竹瑾还有些顾忌，说话做事谨小慎微，如今小秀嫁了人，嫁出去的姑娘，泼出去的水，娘家就等于没这人的位置了，刘竹瑾没什么顾忌的。

小秀直接道：这院里还能有谁这么大架子，除了你刘竹瑾，没人有这造化。

刘竹瑾哎哟了一声道：你还真给我面儿啊，名分上我比不上大太太，论骚劲儿我也赶不上偏院的，不然的话人家怎么能让老爷买个整座院子供起来呢，想必大太太也没这福分。

武张氏虽然没那么多心思，可话还是听得明白，正琢磨该怎么回应刘竹瑾，却听小秀说道：我妈若想买院子，从嫁妆匣子里拿几根金条就得，还用得着我爹啊。可惜你娘家连个油坊都保不住，你平时倒是想着怎么跟老爷学学打理生意啊，现在也好派上用场，你整天就知道嚼舌头根子，胡同里的人谁不知道你什么德行，真是给武家丢人。

小秀的话句句扎在刘竹瑾的心上，武张氏念佛念得心越来越软，听小秀这么说，嘴里低声念了句：阿弥陀佛。然后对小秀道：你不是想去看你爹吗，赶紧的，再说齐家那边八成也盼着你回去呢。小秀倒是听妈的话，不再说什么，把气得跟鼓似的刘竹瑾扔院子里发呆，跟妈说了声先走了，便扭身朝大门走去。

小秀出了大门，琢磨着到底去哪，最后，禁不住好奇心驱使，往金蔓的新宅去了。

汪芝麻胡同三十五号门脸不大，但整个门都是新刷的油漆，门楣上画着荷花，门挡上用雕刻的花纹装饰，两扇门上的对子也是新写上去的：忠厚传家久，诗书继世长。并非年节，可门口却挂了两个灯笼，小秀心想：这八成是庆贺乔迁之喜吧。

小秀发现门的右上边有个门铃，这新鲜玩意儿在北平还不多见，便试着轻轻按了一下。过了一会儿，翠枝将门打开，见是小秀，赶紧让进来。

院子是两进的，第一进院子虽然不大，但精致雅观，院子当中那个假山，想必是从金蔓原来的院子搬过来的，绕到后院，让人有一种豁然开朗的感觉，宽敞的院子比武家的前院只大不小，东、北、西三面房屋一水的玻璃窗户，看上去明亮整洁，院子当中一个青花大鱼缸。小秀一边走，一边东张西望，还没看够呢，却见吴秉楠从北屋走出来，小秀有点吃惊道：你也在这，我说大太太那边没人照应呢，原来你在这当差。吴秉楠只是笑，伸手将小秀让到屋里。

小秀进了屋，张嘴先喊一声爹，却没人应。爹竟然不在。只见金蔓坐在一把太师椅上，正在给小午儿喂奶，小秀看到金蔓胸前一抹莹白的胸脯子。一旁的奶妈见来人了，想接过小午儿，却被金蔓拒绝了，金蔓让奶妈去沏茶，然后声音懒懒地招呼小秀坐。小秀怪道：不让奶妈喂奶，您自己亲自喂，不是听说您的奶下不来吗？金蔓含笑道：那是孩子刚下生的时候，现在不一样了，奶水虽然不多，也够孩子吃一会儿的，剩下的奶妈再找补。

金蔓说话从不高声，天然的慵懒，听得人就好像有个毛茸茸的刷子在身上刷来刷去，舒服极了。以前小秀跟金蔓几乎没什么交集，自从跟天舍一起过日子以来，小秀活得有滋有味的，明白了不少事，对周围的人便多了几分兴趣。

你爹早上过来吃的早饭，十点多钟人就走了，让吴先生在这听差。金蔓的声音透着一股子甜腻，生完孩子的金蔓比之前更添了风韵。以前也美，但似乎并不完美，总觉得缺点什么，生完孩子把那点缺欠一股脑补全了，此时的金蔓就像一朵怒放的牡丹花，妖娆妩媚。

小秀愣愣地看着金蔓，直到金蔓被看得有点不好意思了，问：秀丫头怎么一个劲儿发呆，不然我带你看看新院子？

小秀连忙摆手道：不用了，我来找我爹，好些日子没见他了。

这时候奶妈端着沏好的茶走进屋,招呼小秀用茶。金蔓这才把孩子递给奶妈道:吃得也差不多了,你带小午儿睡会儿吧,我跟秀丫头说说话。

奶妈刚抱着孩子离开,吴秉楠便从外边进来了,手里拿着一大捧红蜡梅花,金蔓笑道:这是哪来的,怕不是老院子里那棵吧。

吴秉楠点头道:昨晚回老院子,想采几枝,天太黑,嘱咐厨房里一个伙计今天采了送来。金蔓道:你倒会想辙,打点了没有?别亏着人家。吴秉楠莞尔。

小秀听着吴秉楠说话软软的腔调,心想:这两人腔调倒真是登对。她朝吴秉楠身上打量了一番,见这人举手投足,透着一种北方男人没有的清新之气,白净的脸上鼻梁高挺,尤其是那张嘴,唇若涂朱,说话时露出一口白牙,一副处事不惊的神态,显然是见过一些世面的。小秀听爹说过,他跟吴秉楠是在六国饭店认识的,此人还会说几句洋文,此刻看着他儒雅不俗的气质,小秀不禁有些隐隐的担忧……

金蔓似乎察觉到小秀想什么,便举着那一大捧蜡梅花问小秀道:秀丫头喜欢不喜欢蜡梅?你瞅瞅,多美!小秀闻到了蜡梅暗暗的香气,点头道:这花不好伺候,回头找人把它挪到这院子里吧,留在偏院白瞎了。金蔓想留小秀吃午饭,小秀推托说齐家正等着她,便出了金蔓的宅子。

天阴沉沉的,一股子腥味,要下雪的架势。小秀迈着四方步,慢悠悠地在汪芝麻胡同里走着。这会儿正是中午的饭口儿,胡同里没什么人,只有两三个小孩儿推着铁环玩。这会儿,小秀最想见的人是爹,好像有话要对爹说,爹一准在齐家了。

小秀刚走出汪芝麻胡同,看见前边有两个人的背影很熟悉,那男的好像是齐家的车夫三儿,旁边的女的从背影一时猜不出是谁。小秀的好奇心来了，她噔噔几步走到两人身旁，一看，果然是三儿，旁边的女的很面熟，一时想不起是谁。小秀喊了声三儿，三儿没防备，愣了一下。

三儿旁边的是小玉，两人一人手里举着一串糖葫芦，小玉的那串已经快吃完了。三儿见是小秀，赶紧招呼道：哟，是秀姐啊，您溜达呢，怎么不见大少爷啊。

小秀打量着小玉，问道：这位姑娘好像是……

三儿笑着回道：秀姐不记得了，这是裁缝铺的小玉姑娘。

小秀笑道：瞧我这记性，就说看着脸熟嘛，小玉姑娘对不住啊，以前还是个小姑娘，现在出落成大姑娘了。

三儿问小秀：秀姐吃糖葫芦吗？今儿这糖葫芦蘸得好，山里红也不那么酸，您尝尝？说完举着自己那串糖葫芦递到小秀脸前。

小秀赶忙摆手道：我不爱吃那玩意儿，我嫌酸。

小玉听了，捂着嘴在一旁笑，见小秀要走，便说道：得空来家玩啊，让我爹给秀姐做几件衣裳，最近打南边进来几匹缎子，看着挺好的。

小秀说：行啊，让你爹给我留几丈，要素色的，男女都能穿。又对三儿说道：你可真有福气，小玉姑娘人漂亮，又会说话，等着喝你们的喜酒啊。

小秀刚进齐家院子，美雪先蹿出来了，扯着小秀胳膊嘴里姐姐地叫个不停。然后对小秀说：你爹也在呢，来了有一会儿了，给老爷拿了茶叶。小秀紧走几步进了正房。

小秀看见爹正跟齐家三个男人聊得热火朝天的，王屏画扭头看到了小秀，高兴地站起来招呼道：秀姑娘还没吃午饭吧。说完，她便让美雪去厨房叫伙计加两个菜。小秀说想吃碗面。

小秀跟齐家三个男人打过招呼后，便朝爹噘嘴道：找了您一大圈，敢情您在这啊。

武仲仁自从得了儿子,天天都跟过年似的,即便今年的生意大不如前,也没能影响了他老来得子的好心情。他天天往汪芝麻胡同金蔓宅子里跑,一进院子就喊小午儿,然后抱着孩子,一逗就是大半天。来齐家也不像往常勤了,今天一大早武仲仁从报上看到南京政府撤销了提案,心想,今儿这日子不一般,便赶紧拿了几斤上好的茶叶来看亲家。

听小秀抱怨自己,他咧嘴笑道:以前也没见你四处找你爹啊,现在懂得心疼人了。

天舍笑道:小秀一直惦记您。哦,对了,我从河北弄了点细料回来,一会儿您看看您喜欢什么,拿点回去。

武仲仁也不客气,随口道:小午儿娘最近总是睡不踏实,我还说找你爹淘换点朱砂呢,一会儿多少给我点。

一旁的齐通霖接道:你早说啊,让美雪给你送去。

武仲仁笑眯眯地看着美雪道:我哪能劳动美雪姑娘啊,不如我亲自跑一趟,免得冻着美雪姑娘。

一旁的小秀瞪了一眼父亲道:您给自己个儿攒点德行吧,眼睛里见不得美人儿,怀里搂着全北平最好看的女人,还嫌不够,您可真是吃着碗里看着锅里,不撑得慌啊。

全屋子的人都憋着笑,最后王屏画看不过去了,对小秀道:哪有这么数落你爹的,你总得给他留点脸面不是。

武仲仁赶紧借坡下驴道:这孩子就是让我惯的,没大没小。

小秀转了话题,说道:我刚来的时候,路上遇见三儿和小玉了,他俩什么时候好上的,还真新潮,八成没媒婆什么事吧。

王屏画听小秀说这个，看了一眼站在门边的美雪，见美雪低头摆弄衣角，便想把话岔开，说道：你娘这阵子身子还行吧。没等小秀应，又忙接着道：什么时候把你和老大的事办了，咱们也好名正言顺了。

天舍在一旁接道：谁爱说什么说什么吧，反正我没脸没皮惯了。

齐通霖说：你还想没脸没皮到死啊……

天舍赶紧闭了嘴，武仲仁张了张嘴，最后什么也没说。这时天运从椅子上站起身道：我晚上还得回医院，先回屋歇会儿。说完站起身往外走，美雪跟着天运走出屋子，天运回身对美雪说：你要是不想跟他们待着就回自己屋吧，我屋里没什么事。美雪想了想，便朝后院走去。

屋里，王屏画跟小秀说了美雪对三儿的心思。小秀说：这可真是剃头挑子一头热了，天下的事有时候就这么古怪。

一旁的武仲仁耳朵尖，接口道：若论长相、身条儿，美雪姑娘比小玉强啊，这三儿也是没眼力，要是我就选美雪。

小秀道：您还挑嘴啊，您是来者不拒。

齐通霖一言不发，见天运已经离席而去，自己也想去书房待会儿，安静一下，又碍着面子没动窝。见小秀撅自己亲爹，便对武仲仁笑道：你们爷俩还挺有意思，小秀要是个男孩，不定怎么整治你呢。

这天齐通霖从医社回来，刚跨进家门便接到石宛寒打来的电话。齐通霖拿起听筒，石宛寒高声道：通霖老弟，干得漂亮啊，佩服你，这次南京政府能撤回提案，离不开老弟你的神手。这几天我先把我这不争气的老腰调理调理，回头招呼大家伙一起来商谈商谈，看下一步棋怎么走，顺带说一句，我可有好酒啊。

齐通霖说：哪里，石先生辛苦啊，这次南京政府撤回提案，主要靠全中医同人的共同努力，请愿团功不可没，这么寒冷的天气，您还有宿疾，我真觉得过意不去，您先调理身子，我也正琢磨着，咱们怎么做，中医才能把命攥自己手里，不任人宰割。

石宛寒沉默了一会儿道：咱们得从长计议，一步一步来。

石宛寒对齐通霖说起南京市民给了请愿团很多帮助，请愿团在南京的衣食住行，每样都离不开南京人的支援，不然的话，单就南京那潮湿阴冷的天气就够北方这些人喝一壶的。石宛寒又说道：请愿团里几个年岁大些的，最后一直住在一所花园洋房里，我享受特殊优待，一个人住一个大套间，洋房比咱们四合院不差啊。说完又是一阵大笑。

石宛寒提到洋房的主人是一位早年留学欧洲的老先生，他学的是西医，石宛寒大笑道：听起来像个大笑话吧，一个学习西医的人支持中医行的人。老先生是个脑子极其清楚的人，他学了西医，回国后却从了商。问起他对于中医西医的看法，老先生摇头又点头，最后说：大道通天，各走一边吧。这老先生挺神啊。

又过了几天，齐通霖被告知去石宛寒家开会。这是个大晴天，气温虽然还不到零度，但阳光明媚，天空瓦蓝，走出家门，齐通霖的心情格外轻松。临出门，齐通霖接到武仲仁的电话，劈头一句：你等我接你啊，车马上到你家门口了。齐通霖放下听筒没一会儿，就听见胡同里一阵汽车喇叭声。

齐通霖出了屋门，后边王屏画窜过来一句话：晚上不回来吃饭就打电话告诉一声。

齐通霖上了武仲仁的汽车，屁股还没坐稳便问道：你是诸葛亮啊，怎么知道我今儿出门？

开车的吴秉楠低声软语道：我们老爷也接到邀请了。

武仲仁笑道：除了做我的茶叶生意，这世上还剩两样我喜欢东西，一个是京戏，一个是中医……

武仲仁的话音还没落，齐通霖便打趣他道：你还忘了一样呢，女人。

武仲仁哈哈大笑，说道：哪个男人不喜欢漂亮女人啊，你难道让我喜欢丑女人不成啊，你老兄就是端着，放不下架子，明明喜欢的东西，愣是能板着不看、不要，我可做不到，我不是圣人。

车过了东四牌楼，街上的行人多起来，牌楼下边摆小摊的都快摆到路当中了，吴秉楠小心翼翼地躲闪着，车慢得与蜗牛无异。齐通霖问起武仲仁的儿子小午儿，武仲仁笑得丝毫不掩饰，说道：才不过几个月，眼珠子就滴溜滴溜转，好像能听懂大人说话似的。

齐通霖应和道：那可是，也不看看谁的骨血，你武仲仁的后人能差得了啊。

车子刚好拐进礼士胡同，车身略微一歪，将武仲仁到嗓子眼的话噎回去了。车到了石府，武仲仁让吴秉楠先回去，等完事打电话再来接。吴秉楠就等这句话呢，武仲仁刚说完，吴秉楠便一脚油门往回开了。

石府的大门洞开着，两人正要往里走，齐通霖一扭头，看见肖灵岩从胡同的东边慢悠悠地过来了。肖灵岩有点驼背，手里早早地握上了手杖，手杖的头是铜的，敲得地面咚咚响。齐通霖索性停下来等他。

肖灵岩也看见了齐通霖，明显加快了步子，手杖敲击地面的声音也加了速。等肖灵岩来到齐通霖的面前，眯起眼对齐通霖道：哎呀通霖老弟啊，几日不见如隔三秋。肖灵岩虽比齐通霖小两岁，可习惯喊他老弟，齐通霖也早习惯了。

武仲仁想跟肖灵岩打招呼，无奈肖灵岩一直跟齐通霖说话，根本没注意一旁的武仲仁，等大家伙一起往院子里走的时候，武仲仁便自我介绍道：鄙人武仲仁，齐先生的亲家。

肖灵岩一边寒暄，一边打量着武仲仁的脸说：好像见过，不过您这气色不大好啊，看着虚呢。

齐通霖听了，也朝武仲仁的脸上看，没等齐通霖开口，肖灵岩悄声对武仲仁说：你没什么大事，节制房事要紧。武仲仁刚想辩解，肖灵岩道：我教你一招，撒尿拉屎的时候别说话，最好也别喘气儿，攥着拳头，等泻干净了再张嘴。武仲仁不停点头，一旁的齐通霖笑而不语。

三人进了院子，正房的门大敞着，齐通霖先进屋，见屋里已经坐了七八个人，便拱手朝各位问安。后面的肖灵岩用手杖跺了一下地面道：今儿人来得齐。武仲仁也朝在座各位抱拳。

石宛寒从座位上站起身招呼道：就等你们了。又扭头对站在一旁的丫头喊：赶紧上茶，别愣着啊。

石宛寒见人来得差不多了，便说道：各位同人，这一阵以来，大家伙都各司其职，辛苦了。无论是去南京请愿的，还是留在北平驻守的，都各尽其力，迫使南京政府不得不放弃提案。这就好比一场战争，现在还不能说我们完全胜了，路漫漫其修远兮，这次召集大家伙来，就是要商量今后的路怎么走，怎么才能让中医行越来越好。

齐通霖看见石宛寒两道浓眉皱在一起，在眉心处结成一个疙瘩，他感觉到石宛寒内心的纠结与身体的疲惫混杂在一起，从内到外地焦躁。齐通霖又偷偷扫了一眼在座的各位，有两个人不认识，从衣着上看，像是生意人。

石宛寒喝了口茶突然道：对了，在座有两位朋友大家可能不熟，我来介绍一下。这时座位当中站起两位，正是齐通霖觉得眼生的。石宛寒指着两个人当中高个的道：这位是戴宏德戴先生，家里是做面粉生意的。又指着那位略矮的道：这位是刘伯亭刘先生，家里做燃料生意的，火柴，听说过火柴大王吧，就是刘先生家的产业。石宛寒指着武仲仁笑道：这位大家比较熟悉，跟齐先生好比双胞胎，齐先生到哪，武先生就跟到哪。大家伙哄的一声笑起来。武仲仁接道：我们现在是亲家了。

这时一个人影突然出现在门口，也不出声，只朝屋里张望，齐通霖见是冯临声，心里不免有些惊讶，上次大难当头跑去天津，很多人不以为然。而眼下南京政府一让步，冯临声竟然厚着脸皮主动跑到石府。但齐通霖第一个从椅子上站起来，跟冯临声打招呼，其他人也招呼冯临声，声音却是冷冷的，看得出来，冯临声并不受欢迎。

冯临声略微有些尴尬，但只一眨眼的工夫，他就表情自然了，捋了一下光亮的头发，保持微笑。

冯临声跟石宛寒寒暄着：石先生这次功劳卓著啊，确实是中医界的顶梁柱，中医将来的发展也得靠您。说着，冯临声望向齐通霖，声音略微提高道：还有通霖老兄，功不可没啊，全北平街头巷尾都在议论通霖兄的神功，佩服啊。

冯临声说完，一屁股坐在武仲仁旁边的空位上。石宛寒对冯临声说道：听说夫人走了，还望老弟节哀，有什么需要帮忙的说一声。冯临声点头，说了声：谢石兄。

石宛寒把岔开的话题又重新引回来，朝齐通霖道：齐先生想法多，先听听您的高见。

屋里顿时安静下来，都等着齐通霖开口。齐通霖也不推辞，他把烟袋锅从袖管里顺出来握在手里,烟袋锅里没烟丝,他并非想抽烟,而是干拿着,让他的思绪平静下来。

齐通霖咳了一声说道:新医和咱们中医呛呛了好几年了,公说公有理,婆说婆有理,谁也不服气谁,谁也看不上谁。以前没有新医的时候,中医一家独大,靠着老祖宗的经方、验方活了上千年。自从新医来了,中医的屁股坐得就不那么稳当了,人家有科学撑腰,瞅不准的病症就交给机器,就去化验。人家还有正儿八经的医院,急症还能开膛破肚,把病的坏的部分割掉。而咱们中医,凭几根手指头号脉,几根草药除病,人家是快马加鞭,咱是慢工细活……齐通霖说到这停下来,他想看看其他人的反应,他朝周围扫了一眼,第一眼便看见肖灵岩有些不屑的眼神,但只一瞬,肖灵岩的眼睛又重新眯缝起来。其他人,包括石宛寒都支棱起耳朵听着,大家似乎都很期待他继续往下说。

齐通霖继续道:这次我们中医几乎遭受了灭顶之灾,说俗点,差点让人把鸟食罐儿摘了去。咱们中医行里的人看着生气,得了中医好处的老百姓也觉得憋气,南京政府凭什么向着新医,想把中医置于死地。但细想想,中医这行当本身也有毛病……

齐通霖这句话一出,屋子里顿时变得极其安静,并透着紧张。齐通霖接着说道:第一,我觉得中医大夫们行医的水平高低相差太大,有的非常高明,那些草药经他们的手,变成了灵丹妙药,但这只有少数大夫能做到,说是人的秉性各异,深究起来,恐怕另有原因。比如,中医传授的方式与新医不同,人家新医有正规的学校,统一教授。而咱们基本是土法子,一个师傅旁边几个学徒,一点不正规,即便有一些中医学校,学习的课程也谈不上系统。所以我认为中医行要想有大发展,首先就是要办高水平的学校,找好大夫教，用统一的教学材料，这样培养出来的人，水平才会相对好。

这时石宛寒大声道：通霖老弟远见卓识，这话说到点子上了，中医吃亏就在于没有正规的学校教授中医知识。还有啊，中医行里的一些陋习也该改一改，一些好方子包括什么祖传秘方，都揣自己怀里不让别人看见，生怕别人偷学了，砸了自己的饭碗，人家新医就没这毛病，好手艺敞开了学，生怕别人学不会呢。

齐通霖说话的时候，肖灵岩一直琢磨齐通霖话里话外的意思，当齐通霖说到西医院的诸多好处，肖灵岩甚至很不屑，再怎么说也不能灭自己的威风吧。此刻齐通霖说到办学校，而且要办那种正儿八经的学校，肖灵岩不禁拍了下大腿道：这办法好啊，咱们立马办正规学校，我申请去当先生，我不保留秘方，我那些方子都教给学生，毫无保留。

底下一片热闹，王春雨几个年轻的就拿冯临声打趣，让他把"小儿冯"的秘方拿出来，反正他也不给人看病了，留着方子干吗啊。冯临声脸红得像鸡冠子。

石宛寒做了个让大家安静的手势，接着说了自己的想法。他主张在办学的同时，成立一个北平中医药联合会，这事他想了好久了，好些年前在天津《大公报》上，中医跟西医"掰腕子"的时候，石宛寒就开始琢磨这事。有的地方比如上海都有中医药联合会，中医云集的北平，更需要一个这样的联合会，统领全国的中医。当然，支撑这样一个组织会需要资本的介入，以石宛寒的号召力，招呼几个资本雄厚的商家不是难事，但商人就是商人，无利不起早，让大家都觉得不吃亏，事情才能平衡。

石宛寒与戴、刘两家早有交往，两家都得到过石宛寒华佗一般医术的恩泽，这次南京政府颁出条例，戴、刘两家就允诺石宛寒，若有需要帮忙的地方，愿倾力相助。在南京请愿的那些日子里，石宛寒因为腿疼，入眠困难，那个念头便整夜在他脑子里打转。有了北平的联合会，就可以代表全中国的中医界说话，凝聚起所有中医人士的力量，当面锣对面鼓地跟南京政府讲条件、立规矩，总之让南京政府意识到，不能像杀鸡似的随便处置中医，随便出个法令条规就把中医限制了，要让他们意识到团体的力量。

众人得知石宛寒的想法后越发兴奋起来，宋鸿墨、王春雨两人在北平城里出了名的好口碑，人虽年轻，但做人、行医没的挑。听完齐通霖和石宛寒的想法，王春雨兴奋道：我和鸿墨兄年轻，听凭石先生安排，干什么都行，只要是对咱们中医有好处的事，我们责无旁贷。

石宛寒笑道：中医药联合会的事你俩多出力，到时候你们两个人的医社有时候就不能照常开门，不过放心，联合会将有这方面的补偿。这些细节，还得找个专门的管家一起安排，这个管家却是个关键人物，心要细，账要算得分明，还不能有私心，谁有好人选尽管推荐。

武仲仁突然插嘴道：我推荐个人，我家的管家吴秉楠，那可是个人精儿啊，什么事都能打理得头头是道。

肖灵岩笑道：好啊，既然你大公无私，想必石先生是不会拒绝你的。

石宛寒朗声道：既然武先生忍痛割爱，咱就从命。停了停又说道：我看这学校校长的职位就让齐先生担了吧，肖先生帮着一起张罗。各位有异议现在就说出来，我任联合会会长。说到这石宛寒哈哈笑了一通，接着说：我是不是有点老不要脸啊，有人跟我抢这事现在赶紧的，没人吭声就默许了。

石宛寒眼珠子转来转去，等着大家说话。论年龄和医术，没人能越过石宛寒，他的提议基本就是决定，石宛寒的人品也是只有竖大拇哥的份儿，可这时突然有人道：我有话说。大家一看是齐通霖，他提议这个校长的职位应该让肖灵岩先生来担任,因为他对办学校一无所知,自己在一旁协助便好。

肖灵岩并不买账,他用手杖咚咚朝地面上跺了两下,说道:你怎么对学校一无所知啦,我看你是门儿清啊,石先生吩咐的事,你就担下来吧,关键时刻我给你搭把手,再说我这腿脚也没你灵便。你是不是怕当了校长,你就没法去你的医社挣大洋了,石先生不是有话在先吗,各位的损失联合会想办法。

齐通霖提议肖灵岩当校长,并非乱点鸳鸯,肖灵岩的父亲虽然是个老中医,可翻翻家谱,肖家祖辈都是私塾出身,用时髦的话来说就是教育家,而且从肖家私塾出去的人不乏举人进士,以及后来的大学问家。但是既然肖灵岩把话说到这份儿上,齐通霖便不再推辞。接下来,齐通霖却提议让冯临声来给他当副校长,这句话,让冯临声感到很惊讶。石宛寒听齐通霖如此说,愣了一下后便一阵大笑,大家把目光不约而同投向冯临声。

冯临声不自在了,他做了个不知所然的手势,有点结巴道:这个,这个嘛……不过鄙人先要感谢通霖兄的一番美意,这其次呢对通霖兄的邀请,鄙人实在感到有些意外,坦白讲,鄙人从东瀛归国以后,已经停止行医多年,而且基本站到了对立面……所以,这个……

齐通霖平时话虽少,可关键时刻能戳到点子上,他见冯临声犹犹豫豫的,便接过话头,直截了当道:我知道你心里那点子事,你站在对立面,这大家都能看出来,我也没让你从对立面转身,只是想让你身上那点学识物尽其用,这么着吧,你回头想想再说。冯临声点点头。

石宛寒见戴、刘、武三位低声密谈着,便道:三位有什么异议,尽管说出来。

戴宏德抬起头说道:没什么异议,我们商量谁拿第一笔,至于数量,还听石先生您招呼。

石宛寒道：这些细节过后再议。然后，他朝在座的各位看了一遭道：那就这么着，从今天开始，北平中医药联合会正式成立，回头麻烦春雨老弟电联上海的医药联合会，其他各地都一一通知到。再有，中医学校也正式成立，齐校长赶紧行动起来，找高人帮助你，设立学校规章、建制，面向社会招收学员，大家伙都行动吧。

全国各地都有大小不一的中医协会组织，上海的中华医药联合会为最强。说是最强，指的是人员、机构相对成形，会长、秘书长直到最低一级的办事人员，基本齐全。但是由于资金不足，联合会除了定期开一个不咸不淡的会议之外，没有什么大举措。上海是个洋码头，有钱人大部分崇拜西医，想找人资助远没有北平容易。当联合会的秘书长王金龙接到北平的长途电话，并从吱吱啦啦的噪声里听明白了对方的意思以后，他立马兴奋道：哎呀，这回可有大树依靠了，我马上通报李会长。

过了几天，上海中华医药联合会的李玉龙会长的电话打到了石宛寒府上，一通寒暄庆贺之后李玉龙开门见山道：北平的联合会每年可否拨一些款项到其他地方，以资助各地的联合会开展一些活动？比如我们上海，资金就十分紧缺。

石宛寒没想到上海方面直截了当来要钱，这让他心里有了一丝不快，有一会儿石宛寒没出声，李玉龙甚至认为电话断线了，喂了几声，石宛寒道：北平的联合会刚刚有个雏形，等差不多眉目分明了，这事自然会从长计议，请李先生放心，能帮的，北平方面一定会伸出援手。

放下话筒，石宛寒本想给齐通霖打个电话念叨这事，赶巧冯临声的电话打过来，说了一通，大意就是不想驳齐先生的面子，但是副校长这职位真不适合自己，他可以不挂名帮忙，干什么都行。石宛寒明白冯临声的苦衷，便应道：得，那就不难为你了，回头我跟齐先生说一声。

回到北平后，石宛寒的腿疼病很快痊愈了，他跟夫人说：这北方人没法在南方待着，水土不认人。一段时间后，他想邀齐通霖一起去广和居吃饭，顺便了解一下中医学校筹备得怎么样了。齐通霖让他选日子。

石宛寒中意的广和居，几年前武仲仁拉着齐通霖去过一次，那时候广和居生意红火得不得了，装饰清雅的四合院里聚集着京城里的各路名流，每个人都气宇非凡，春风得意。但是齐通霖不大喜欢广和居清淡的口味，伙计说：您要是头几年来合适，那会儿广和居以鲁菜为主，咸鲜口儿，后来名流来得多了，大部分都是从南边过来的，菜品也就随着变了。

这天冯临声来到齐府，齐通霖将他让进屋里，心里不由得暗吃一惊，这才几天不见，冯临声整个人瘦了一大圈，头发也不似以前那般光鲜，齐通霖忍不住问道：冯老弟是有什么难处吗？

冯临声扑通一下坐在椅子上，挠了挠头皮道：今儿来就是跟通霖兄交底儿的。

原来，冯临声妻子刚过世不久，消息传到天津，彦云翎得知后，立即要赶往北平，临来，她从天津给冯临声打电话，冯临声的喂字刚出口，彦云翎便哭出来了。冯临声听到话筒里女人的啜泣声，便知是彦云翎，正纳闷彦云翎为什么流泪，却听她开口道：我在您心里究竟是个什么玩意儿？夫人过世这么大的事，您连知会我一声都想不起来，您以为我那么些年真是跟您打哈哈是怎么着，您打算瞒我到什么时候呢？或者说您在北平还有意中人不成……彦云翎又哭哭啼啼了一阵，之后便沉默着，等冯临声发话。

冯临声只觉得脑子里空空的，拿着电话筒愣了半天，找不出一个合适的词来。那边彦云翎又低声抽泣起来，一边抽泣一边轻声道：说起来我也是个罪人，我对不住您太太……

那天，彦云翎放弃了来北平的打算，她觉得自己有点太莽撞了，看着站在屋子当中手里拎着一个大箱子等她发令的顾妈，彦云翎叹口气道：您把箱子放回去吧，今儿我不出门了。

通电话的过程中，冯临声感到彦云翎很伤心，并非女人撒娇。而冯临声却连一句像样的安慰话都没说。挂了电话冯临声感到自己很失败，连一个喜欢的女人都不知道怎么安慰，又觉得对不住死去的妻子。加上他无法接受齐通霖的邀约，接连几个晚上冯临声都没睡好，他思前想后，决定找齐通霖倾诉一下。

齐通霖得知缘由，愣了一会儿道：那你还嘀咕什么，让人家来吧，过一阵娶了人家，你别又给自己做一顶无情无义的帽子戴上。

冯临声原本垂头丧气地坐着，一听齐通霖如此说，立马来了精神，他将了将有些杂乱的头发说道：您说别人不在乎我娶戏子吗？至少您不会在乎？

齐通霖朝冯临声呸道：亏了你还是去日本学习过新东西的人，你已经辜负了一个人，难不成你还想再辜负一个人！

两人的话全被走到门口的王屏画和美雪听见了，美雪端着茶盘，和王屏画互相看了一眼，王屏画示意美雪把茶盘交给自己，王屏画一个人走进屋里。

王屏画把茶碗放到两人面前，倒上茶接着说：你还犹豫个什么劲儿，我听人家说那个天津的彦云翎，人长得俊，脾气也好，冯先生就别挑挑拣拣了。

这时候听见院子里武仲仁喊道：通霖兄在家吗？石先生吃饭的日子定了没有，这事不能绕过我啊。

齐通霖站起身去门口迎。武仲仁进屋，一眼看见冯临声垂头丧气地坐在椅子上，有些诧异道：哎呀，冯老弟啊，这是被霜打了？冯临声摇头道：碰上点麻烦事，现在没事了。齐通霖想留二位吃饭，冯临声坚决告辞了。武仲仁在齐家吃完饭，又闲扯了一阵才回去。

武仲仁回到家里，见武张氏今天竟然没拜佛，是小秀回来了，娘儿俩正聊着天。武仲仁问：天舍呢，没跟你一块回来吗？小秀道：他一早就出去了。

武仲仁突然问小秀去金蔓的院子看过没有，武张氏一听这个，扭身进里边添香去了。小秀对爹说道：我去过了，不过提醒您啊，得留神那个姓吴的，我觉着他跟金蔓眉来眼去的没憋什么好屁。

武仲仁满不在乎回道：他不掂量掂量自己啊，谅他没那个胆子。

小秀说：反正我给您提醒儿了，回头真出什么事，您自己兜着吧。

武仲仁表面大大咧咧，实则心思缜密。他早对吴秉楠的心思有觉察，这次借着联合会用人的机会推荐吴秉楠去干活，也是想把他支得远点，武仲仁不想彻底打发了吴秉楠，毕竟原先是自己看上的人，无缘无故把人辞了，道理上也说不过去。

小秀见爹并没把自己的话往心里放，便赌气道：得，我去齐家了，您自己的事自己看着办吧。然后小秀对着里边喊了一声：妈，我去齐家了啊。说完便出了屋门。

武仲仁跟着小秀一起往外走，等小秀出了大门，便想去后院看看刘竹瑾。他站在廊檐底下，琢磨着去还是不去，突然就起了一阵邪风，武仲仁吃了一嘴土，呸呸吐了两口唾沫，打定主意不去后院了，也出了大门，朝金蔓那去了。

武仲仁对来开门的翠枝说：你怎么这么慢，裹小脚了？走到院子里，武仲仁看见奶妈抱着小午儿站在当院晒太阳，她见武仲仁走进院子，赶紧抱着孩子凑上来，嘴里道：小午儿看看谁来了，快让爹抱抱。说着递上孩子。金蔓听见声音，从屋里走出来，站在高台阶上，后边跟着吴秉楠。

武仲仁接过小午儿，抬头朝高台阶上看去，金蔓穿了件墨绿色的缎子棉袍，虽然只是略施粉黛，那股子魅惑，隔着八丈远他都能感受到。再看站得稍微靠后的吴秉楠，一件阴丹士林青色棉袍，衬着一张异乎于北方男人的白净的脸，加上那种与生俱来的淡定平和，整个人显得与众不同，两人站在一起有一股默契，这让武仲仁心里躁起来。

武仲仁心里不快，脚底下给力，抱着小午儿噔噔噔上了台阶，扭头对金蔓说：今儿风有点大，赶紧进屋吧。说着自己先进了屋，对吴秉楠视而不见。

奶妈赶紧跟进屋，接过武仲仁手里的孩子，金蔓吩咐翠枝去沏茶，吴秉楠道：还是我去吧，翠枝伺候着太太就行了。说完，吴秉楠快步出了屋。

吴秉楠一边往厨房走，一边琢磨武仲仁的心思。他明显感觉到武仲仁对自己的冷漠，跟以前的态度大相径庭，吴秉楠是个聪明人，猜出武仲仁的心思。吴秉楠感到事情有点难办，这武家也不是个太平地方。

吴秉楠祖籍浙江宁海县，他十几岁就去宁波的丝绸庄里当学徒，因为人聪明勤快，很得丝绸庄老板的赏识，本想招他做入赘女婿，怎奈吴秉楠看不上老板的千金，最后只得离开宁波去了上海。在上海的洋行里当个小职员，偷偷学会了英文，认识了英国商人詹姆斯，辞职跟詹姆斯做生意。吴秉楠看好詹姆斯的生意经，却没想到詹姆斯嗜赌，把在中国做丝绸生意挣的几千块大洋钱全给了赌局。吴秉楠只得认倒霉,他决定来北方找机会,自然而然想到了有一面之缘的武仲仁。

吴秉楠每次看见金蔓便有些魂不守舍,他试图说服自己,不要动这个女人的心思,不然手里的饭碗难保。但他有点控制不住自己,在见到金蔓的第二天晚上,生性沉稳的他,竟然有生以来第一次自娱了。他躺在炕上,用手拭了拭下体,黏糊糊的,这让他有点懊恼。摸黑起身洗手的时候,吴秉楠自嘲地笑了,二十大几的人了,才有这种体验……

茶沏好了,吴秉楠慢腾腾地端着茶往屋里走,还没到屋门前,离开武家的主意已经打定了。让吴秉楠没想到的是,武仲仁的一番话让他有一种绝处逢生的感觉。

吴秉楠走进屋,见武仲仁正跟金蔓聊得热乎,便小心翼翼地将茶盘放到就近的条桌上。武仲仁瞥了一眼吴秉楠道:正好有个事,看你愿意不愿意干。武仲仁轻描淡写地将联合会用人的事对吴秉楠一说,吴秉楠的心里算是拨开了乌云,他满脸都是笑意,说道:武先生的好意吴某人心领了,联合会什么时候用我,我就立即过去,我一定不会辜负武先生的厚望。吴秉楠说完,脸都没朝金蔓那边扭,便直接给两人倒茶。只是当吴秉楠将一杯茶递给金蔓的时候,不知道金蔓是成心还是怎么的,她将半碗热茶洒到了吴秉楠的手背上,吴秉楠反倒很关切地问金蔓道:没烫着您吧,我真是太不小心了。

这时候电话铃声响了,金蔓喊翠枝:你看看是谁,要是闲人就替我打发了。

翠枝拿起听筒说了几句话,便手捂着话筒,对金蔓道:太太,是协和医院的皮特大夫。

金蔓心里一动,好久都没这人的消息了,最后一次见面还是生小午儿的那天。后来听人说,皮特跟那个小泓翎好上了,金蔓从心里已经把皮特像扔一块破抹布似的扔了。

武仲仁在场,金蔓原本不想接皮特的电话,有点烦道:孩子都生完了,还有什么事儿啊。但她还是接过翠枝递过来的话筒,喂了一声。刚好小午儿在旁边屋里大哭起来,武仲仁赶紧过去看,金蔓立马改了腔调对着听筒道:您今儿怎么得空啊,没人生孩子吗?

皮特笑道:孩子要生,饭也得吃啊,您不介意的话,请您吃西餐。

金蔓哼了一声,挂了电话。

武仲仁抱着小午儿转悠过来了,随口问了一句道:他什么事啊?

金蔓回道:他说要请我吃饭。

武仲仁瞪眼道:他干吗请你吃饭啊,他一个大夫,请个病人吃饭,我看他没憋好屁。金蔓不答话,只抿着嘴笑。武仲仁又道:你还真去是怎么着,那洋鬼子,搁我都不拿正眼瞅他,也就你们这些没见过世面的女人闻着他香。

金蔓笑出声来,说道:我要是当真要去还告诉你啊,男人的脑子就是少根弦儿。一旁的翠枝问武仲仁是留下吃饭还是回大太太那边,武仲仁斜了一眼翠枝道:今儿不走了,赶紧把卧房再放一个火盆,我怕冷。

吴秉楠赶紧去烧炭盆,炭盆烧旺了,放到卧房以后,吴秉楠到正房对武仲仁道:您看这边没什么事,我去大太太那边照应了,晚饭我就在那边吃。

武仲仁点头道:也好,那边缺男人,王喜堂那兔崽子影都不见了,这几天我就打发他走人。你赶紧过去照应吧。

吴秉楠从金蔓的宅子出来,朝武家老宅走去,胡同里没人,经过汪魏巷的时候,他并没往里拐,想再朝前溜达溜达,便直着朝汪芝麻胡同西口去了。经过武家大宅的后门,见后门竟然虚掩着,吴秉楠感到有些诧异,因为平时后门都是锁着的,除非他开车。于是,他走上前推开后门进去了,迎面却看见刘竹瑾的丫头菊花,提着一个小包袱,急匆匆走过来,她低着头,根本没注意从后门溜进来的吴秉楠。吴秉楠见菊花脚步飞快,以为有什么急事,便招呼道:菊花姑娘,这是忙什么呢,用不用帮忙啊。

冷不防的,菊花着实吓了一跳,猛然停住脚步,仔细一看是吴秉楠,拍着胸口道:哎哟,吴先生,是您啊,吓我一跳。她一边说着,眼睛却不停地往自己身后看,吴秉楠觉得有点奇怪,便又一次发问道:你这手里的包袱……

这时候,刘竹瑾像个鬼魂似的突然冒出来,一下跳到菊花面前,扯着菊花手里的包袱道:你这个下贱坯子,我掏心扒肝地待你,你竟然又偷我的东西。说着刘竹瑾一用力,包袱被扯开来,稀里哗啦从包袱里掉出一些首饰。刘竹瑾开始哭号,嘴里不停地数落着,声调越来越高。武家几个当差的伙计跑过来看热闹,几个路过的行人也站住看热闹。吴秉楠赶紧把后门关了,插上门闩,顺势扯着刘竹瑾的胳膊往院子里边走。

一边走,吴秉楠一边低声细语劝着,总之是一些中听的好话,刘竹瑾的耳根子先软了,哭号的声音明显低下来。刘竹瑾的身子好久都没被男人碰过了,猛不丁经吴秉楠一扯一拽,整个人像是被电击了一样,浑身没劲儿,乖乖地让吴秉楠掐着胳膊走,直到被拽回到屋里,吴秉楠才说道:你平时也长个心眼儿,别总是瞎琢磨事,该防的人不防,连自己的丫头都看不住。说完,吴秉楠放下浑身瘫软的刘竹瑾,走了。

吴秉楠从刘竹瑾房里出来,直奔前院,他想把这事赶紧告诉大太太。没想到菊花在回廊里等着他,见他匆忙朝前院走去,菊花拦住吴秉楠道:回头劳烦您跟二太太说一声，我走了，我伺候她这么多年，想想，值了。从府上倒腾出去的东西也够我吃喝了，倒是您，也想着给自己捞点吧。说着，菊花用手朝武家大宅比画了一下道：反正武家也不缺这点东西。说完，菊花小跑着走了。看着菊花娇俏的背影消失在前院的回廊里，吴秉楠站在原地愣了好一会儿。

武张氏眼神虽不好，可耳朵挺尖，后院的响动她早听见了，可她假装听不见，从刘竹瑾第一声哭号传过来，武张氏便扭身进了里面。她见佛龛前的三炷香里其中一炷竟然灭在半腰，嘴里嘀咕了一声便赶紧把香换了，等香燃起来，武张氏双手合十低声默念：佛祖保佑武家平安无事……

吴秉楠进到屋里，不见大太太的身影，猜她在烧香念佛，便默不作声地站在一进门的地方等着。等武张氏从里边出来，吴秉楠赶紧道：没打搅您吧。

武张氏扭头朝吴秉楠看了一眼，说道：你不在三太太那边伺候，跑回来干吗啊。

吴秉楠回道：哦，老爷让来这边照应，看看您有什么要吩咐的。

武张氏点点头，问道：后院鬼哭狼嚎的，谁惹着她了？

吴秉楠回道：是二太太的丫头菊花，偷了二太太一些首饰，被二太太发现了，菊花索性跑了，二太太正为这事伤心呢……

这让武张氏感到吃惊，睁大了眼睛问道：竟然有这事，平时看那丫头人还老实，这世道真是人心难测啊。说完低头念了一阵阿弥陀佛。

接着，武张氏让吴秉楠去厨房看看饭得了没有，吴秉楠转身出屋往厨房去了。离得老远，吴秉楠就听见从厨房里传出来嗡嗡的议论声，他紧走几步，推开门大声呵斥道：私下议论主子该当什么罪，真是没规矩了！

伙计们赶紧做鸟兽散,俩厨子也回到灶上接着忙活。吴秉楠问饭什么时候得,大太太饿了。领头的厨子道:就差一个汤了,要不您先端俩菜过去?吴秉楠朝灶上看去,大碗里笋汤炖鸡正飘着浓香,还有一个虾仁炒大白菜,看着也是十分鲜亮,他找个托盘端着俩菜出了厨房,迎面看见秋萍走来,吴秉楠朝秋萍笑了笑。秋萍紧走几步接过托盘,说道:快给我吧,哪能让您干这种粗活呢。

秋萍头前走,吴秉楠跟在后边。秋萍不时回头跟吴秉楠说话,问吴秉楠听说后院的事没有。吴秉楠点头道:听说了。又走了几步,吴秉楠说:秋萍姑娘是不会干这种事的。秋萍回头道:您这话说的,我是那样的人吗?

回到屋里,武张氏见是鸡,便招呼吴秉楠道:吴先生一块吃吧,我这几天吃素。吴秉楠说:要不我去厨房让灶上给您加几个素菜吧。

武张氏忙拦道:我就着白菜吃一口就得,人老了,胃口就差,你和秋萍吃吧。说着屋门开了,厨房又送来个金针木耳豆腐汤,武张氏笑道:这汤好。问伙计:饭呢?伙计说在下边的饭盒里,不够再让秋萍姑娘去取。

三人一边吃饭一边聊后院的事,武张氏叹气道:看她平常跋扈的,末了连个丫头都拢不住。

秋萍说道:二太太人太凶了,八成因为她凶,怀孩子都难。

武张氏忍着笑,让秋萍住口,说你个丫头,哪有议论主子的道理。秋萍便低头往嘴里扒拉饭。

城南的北半截胡同里的广和居,在北平城里是个颇有人气儿的饭馆子。一个饭馆出名必有缘由,要么菜品好,要么地界好。如果地界好,菜马马虎虎,也能兜揽生意,但长久不了。但是菜品好就是另一回事了,所谓酒香不怕巷子深，说的就是那种地处偏僻但菜品极佳的饭馆。广和居情况比之以上两种情况又有不同。清朝道光中期的时候，广和居就开张了，那时候的菜品以咸鲜口为主，味厚，符合北方人的口味。它从一开张起始，招揽的都是京城里的高官名流，普通老百姓望之却步。而且广和居有个特点，里边的名菜多出自来这用餐的官员，比如广和居有道菜叫"潘氏清蒸鱼"，便出自同治年间的进士潘炳年，这位潘进士后来入了翰林院，他发明的这道清蒸鱼，得到很多食客的青睐。广和居还有一道菜"曾鱼"，得名于曾国藩。到了民国，大量学者文人从南方涌入京城，南方人的口味清淡，广和居便顺应食客的要求，做相应的菜品调整，由原先的北方口味，渐渐接近南方人的喜好。就是说，广和居的菜品都是有典故可查的，吃的是菜，里边含着历史和学问。

除了齐通霖，石宛寒还邀请了肖灵岩。武仲仁惦记了好些天，等真到了这天，自己却染了风寒，头疼得眼睛睁不开，只得在家待着。齐通霖逗他，说人要是太想什么就不得什么。

第一个到的是齐通霖，这种场合，齐通霖总是会比约定的时间早到半个小时。他让三儿把他送到地方，然后就打发三儿回去了。齐通霖进了大门，便有伙计上前招呼，问有没有订位、谁订的。齐通霖说出石宛寒的名字，伙计扭头朝里边喊：石先生订的包房客人到！

齐通霖刚往里走了几步，便见另外一个伙计已经笑盈盈地候在那了，他对齐通霖道：您留神脚底下，这边走。一路小心翼翼，引领着齐通霖来到一个小包房。伙计安顿了齐通霖便退出去沏茶了。齐通霖眼睛扫了下四周的环境，包间很是雅致，引人注目的是在一个角落里还有个小书橱，拉开铜吊环的把手，里边竟然是一套清代梁玉绳的《史记志疑》。齐通霖对《史记》没什么研究，但因为喜欢存书，也对版本略知一二。齐通霖的书房里有一部方苞的《史记注补正》，没事翻看的时候，见过梁玉绳这名字。齐通霖正想拿起一册翻看，伙计提着茶壶进来了，见状便道：您翻看的时候稍稍留点神，这套书是我们掌柜的心头好，张罗着收起来的。齐通霖听伙计如此说，赶紧放下书，说道：对不住了。

正说着，肖灵岩来了。人还没现身，手杖声先到，他挑着高音问：谁到了？应该是通霖老弟吧。肖灵岩进来看到齐通霖，尖着嗓子嗷嗷了两声道：看看，我就知道石先生回回晚到。话音没落，石宛寒洪亮的嗓音便传来：谁在背后编派我呢，一定是肖先生。三人寒暄了一会儿，石宛寒上首坐定，齐通霖坐在左手边，肖灵岩自然坐右边，这时候门被打开，同时来了三个伙计，一个递过来湿手巾，一个拿着新沏的茶和茶碗，还有一个不同于前两位的，他穿着长衫，手里捧着个簿子，先说了几句客套话，然后便请三位点菜。石宛寒也不客气，率先点了潘鱼，然后让齐通霖和肖灵岩点，肖灵岩点了韩肘，两人都是没看食谱盲点的。齐通霖对广和居的菜几乎一无所知，那位穿长衫的伙计便笑盈盈地一直站在齐通霖旁边，指着菜谱上的菜一一解释，最后齐通霖选了一个江豆腐。石宛寒又点了两个热菜、四个冷碟。

等菜的工夫，石宛寒对齐、肖二人说道：戴家的一万块大洋已经准备好了，人家是点名资助办中医学校的，所以通霖老弟，这下就看你的了。齐通霖一听，有点发慌，毕竟他对办学校一无所知，这些日子一直琢磨找懂学校的人帮忙，却还没着落。听石宛寒这么说，急道：这，这得容我先找人求教⋯⋯

石宛寒见齐通霖急得脸都红了，便哈哈大笑道：哎呀，通霖老弟，我还是头一次见你急成这样。石宛寒喝了口茶道：其实我原也打算让冯临声帮忙，可他也有他的难处，咱就不必强求了。不过我找了个更合适的人帮你，这人原来是吴佩孚的手下，精通国学，去日本学过教育学，现在赋闲在家，重要的是他喜欢中医，还表示愿意为弘扬中医做事。

齐通霖听石宛寒这么说，长出了一口气道：石先生看准的人没差，只是不知这位先生多大年龄，办学不是个轻松活。

石宛寒道：他一会儿就到，你们自己揣摩吧。

伙计开始上菜了，却听外面有人喊：石先生的客人，这边请。

三位同时看向门口，只见门开处，一位气宇轩昂、五十岁上下的男人站在三人面前。男人西装革履，风度翩翩，齐通霖乍一看，以为是冯临声，中年男人朝石宛寒一拱手道：石先生，鄙人晚到一步。

石宛寒站起来，朝齐、肖二人介绍道：这位是李景轩先生。又对来人介绍齐、肖二位道：这两位都是北平城里赫赫有名的中医大家。然后用手指着齐通霖道：这就是那位"一剂定乾坤"的齐通霖先生。

李景轩赶紧向前跨了一步，弯腰握住齐通霖的手道：哎呀，现如今您在北平城里真是风头无两啊，我前些天做梦都梦见您，今日相见，荣幸之至。

齐通霖只道：李先生言重了。说着就要将自己的座位让给李景轩，李景轩死活不受，经过一番推让，李景轩坐了下首。

凉菜上齐了，问热菜是等会儿上还是现在就上。石宛寒张罗喝酒，便对伙计道：热菜不急，把你们存的好酒拿一瓶来，这么好的事没酒岂不扫兴。伙计一听连忙下去拿酒，不一会儿两个伙计一块进来了，前边的伙计拿着一瓶山西汾酒，对石宛寒道：您瞅瞅这个，不行再给您拿别的。后面的伙计连忙把酒具摆上。石宛寒道：就这个吧，好长时间没喝汾酒了，自打尝了老毛子的那个什么伏特加，就没再换别的酒。

一旁的伙计赶紧道：伏特加咱也有啊，您喜欢，我这就去拿。

石宛寒摆手道：今儿就这个吧，不劳动您了。

四人举杯，其他三人都一饮而尽，只有肖灵岩抿了一小口。放下酒杯，肖灵岩有点黯然道：我身上的毛病越来越多，如果是年轻的时候，这一瓶不够我三口的，好汉不提当年勇了，不服老不行。

没人应和肖灵岩，石宛寒岔开话题道：我看咱们得给中医学校先取个名字，俗话说，名不正言不顺。

肖灵岩把筷子往桌上一放，拍着桌沿道：我觉着就叫"通霖中医学校"……

齐通霖赶紧打断肖灵岩道：若以人名冠之，务必请一些中医行的古人，我本人这点斤两扛不住。

石宛寒哈哈笑道：通霖老弟的意思是叫华佗还是张仲景啊，我倒觉得肖先生的提议有点意思，通霖老弟这阵子在北平城的风头可谓无人能及，何不凑这火候冠名咱们的学校，这对中医行也是只有好处。

齐通霖执意不肯，并举起酒杯道：我自罚一杯，这事就听我的了，简简单单，北平中医学校。

石宛寒和肖灵岩只得从命。一旁的李景轩一直瞪着眼看热闹，等三人达成一致后，才舒口气道：老几位的性子都可圈可点啊。

几个人一边吃一边商量着，说完学校的事，又拎出联合会的事。肖灵岩不满道：听说上海那边立马伸手了？可真有这事？

石宛寒道：确实有事，可这次我去南边才知道人家上海人办事，不是一般的认真仔细，什么事都给你弄得严丝合缝，咱们真得跟人家学着点。石宛寒将酒杯倒满酒，又挨个儿为每个人倒满，接着说道：而且人家上海是全国头一个有中医药联合会的地方，不管怎么说，人家有这个集体意识。石宛寒很体谅李玉龙的处境，凭石宛寒阅人的经验，李玉龙不是那种贪婪的人，尤其是这次南京请愿之行，让石宛寒感觉到拧成一股绳的力量，所以他心里对于上海方面的请求并不十分抵触。

石宛寒道：等联合会真正成立了，情形若比他们强，我很乐意给他们一些帮助。

齐通霖点头道：不管什么时候，家里边打架最要不得，求大同存小异，能忍则忍，这是为人处世的长久之道。

肖灵岩也笑道：谁会跟他们计较。

齐通霖道：上次武仲仁推荐他家管家，为这事他又跟我特意说了一次，看来人家一片热心，就让那个姓吴的管家来试试吧。

石宛寒道：那是当然，举贤不避亲，放着合适的人干吗不用呢。

齐通霖笑道：武先生一直张罗今天要跟我一起来，不凑巧今儿他发了寒热，正在家里难受呢。

一旁的李景轩一直插不上话，趁三人暂停说话、吃菜喝酒的时候，李景轩站起来道：我借这杯酒，祝愿中医越来越兴旺，在下必尽全力帮助，如果资金有难处，我李景轩也可助一臂之力。

石宛寒连忙摆手道：李先生客气了，您能帮着通霖老弟把学校办起来就得，其余的不劳您了。

这时候外面突然喧哗起来，大家正迷惑着不知道发生了什么事，这时一个伙计推开门问要不要上热菜。石宛寒愣道：还没上热菜吗？然后朝桌上扫了一眼，几个凉菜基本没人动，热菜当然没上，便道：嘿，净顾着喝酒了，上热菜吧。伙计刚要转身，石宛寒问外边什么事这么热闹。伙计立马来了精神道：是梅兰芳梅先生来了，有几个票友抢着跟梅先生打招呼呢，您老几位不去瞅瞅？

石宛寒和肖灵岩都是京戏迷，这时肖灵岩有点坐不住了，站起来要去看热闹，不小心把手杖踢倒了，手杖哐啷啷倒在地上，还滚了几下。到了李景轩的脚下，李景轩弯腰去拾，起身的时候手杖打在石宛寒的小腿上，石宛寒哎哟了一声，齐通霖也站起来帮着招呼。肖灵岩便道：得了，我不出去凑热闹了。说着坐回到座位上。几个人哈哈大笑起来。

热菜上齐了，看着就好，热气腾腾，香气四散，石宛寒又让伙计拿酒，等酒的工夫，话题又扯到冯临声身上，肖灵岩说：若是冯老弟在，一准要跑去看梅先生，他可是梅先生的忠实戏迷。

石宛寒突然说道：听说他在天津有个红颜知己，也是梨园行的。

肖灵岩尖声叫道：这小子，艳福不浅啊，我怎么没听说这事。

齐通霖沉默不语，低头吃菜。石宛寒看着齐通霖笑道：通霖老弟一定知道底细，从你眼神就看出来了。

齐通霖支吾道：好像有那么回事，具体的还真说不清楚，回头让他自己说。

肖灵岩兴味不减，说道：回头看见他，非让他把事说清楚不可，这回咱能开堂会了。

石宛寒道：咱们还是琢磨学校怎么办吧。

又一瓶酒下肚，几个人都有了醉意，菜吃得差不多了，每人又要了面。外面隐约传来京戏的声，伙计进来说有个戏迷喝多了，自己唱上了，可惜梅先生走了，不然能给听听。肖灵岩摆手道：人家有工夫干这事啊。

几个人又聊了会儿中医学校的事，石宛寒最后说：反正老几位都辛苦着，不为别的，为了咱的营生。

吃完饭从饭馆出来，齐通霖搭石宛寒的车回到家里，进屋的时候，见王屏画依旧掌灯熬油地等着自己，手里拿着个绣花的绷子，眼睛都快睁不开了。迷迷糊糊见齐通霖走进屋里，王屏画打了个激灵，站起身笑道：走路跟猫似的，脚步这么轻。齐通霖朝挂钟瞅了一眼道：都后半夜了，还等我干吗，你就先睡吧。

齐通霖脱掉外面的袍子，王屏画已经把洗脸水倒进脸盆里了，毛巾浸到热水里，喊齐通霖洗脸。齐通霖洗漱完毕，麻利儿进了卧房，身子没着床板，便说道：今儿梅先生也去广和居用餐了。

王屏画没反应过来，还问哪个梅先生。齐通霖知道王屏画也是个戏迷，故意逗她道：你倒是猜猜哪个梅先生，北平城里还有哪个梅先生。

王屏画突然反应过来，张大嘴巴道：你莫不是看到梅兰芳先生了，哎呀，你怎么不打电话告我呢，我立马让三儿送我过去啊。齐通霖笑道：你就别凑热闹了。

外面陡然起了一阵狂风，沙子打得窗玻璃噼啪作响，齐通霖闭着眼问道：俩孩子今儿都没着家吧？没等王屏画回应，又自己接了一句：简直就是养了两只白眼狼……

王屏画拉灭了灯，屋里一下子黑得像泼了一盆墨，什么都看不见了。王屏画念叨了一句：那你指望他们干吗啊，天天围着你转悠？要真那样，你又该嫌他们没出息了。

而这时候，天运正在协和医院外科病房里值夜班。这几天科室里新来了主任，是个高个子美国人，名叫道格。

此刻天运正朝着外科一病房走去，有个刚收治的胆囊炎病人，他想去看看病人的情况。刚进病房，却见道格正在认真地给刚收治的病人检查，天运安静地站在一旁，等道格给那位病人检查完了，很有礼貌地朝道格点头并说道：今晚我值夜班，有什么需要注意的地方，请您告诉我，我只是个实习大夫。

道格打量着天运道：好的，我会的。说着，道格往病房外走去。天运不知道是应该随着他出病房，还是留在病房里看看病人的情况再走，却听见道格对他说：你在这里对这位病人再观察一下，如果病情稳定，我看暂时不需要手术。天运便点头留在病房里。

病房里除了新来的胆囊炎病人，还有一位是胆结石病人，做完手术已经三天了，但恢复得不理想，主要是病人完全不听从医生护士的话，既不下床走动，也不好好吃饭，总嚷嚷胃疼，吃不下去，还吵吵着要喝衡水老白干。听到病人这种要求，护士们便站在一旁微笑着，静静等着他耍完性子，然后告诉他：您这样的话恢复就会慢很多了。病人满不在乎道：大不了一个死，我才不在乎，谁到最后都是个死。

这时候那位胆结石病人正瞪着俩大圆眼，巴巴地看着天运。天运观察了一下胆囊炎病人，见他闭着眼睛在休息，便转身坐在门口的一把椅子上，同时将目光转向胆结石病人，正巧与他的眼神相遇。天运笑着问道：您哪里不舒服？或者我扶您下床走走？胆结石病人愣了一下，或许是被天运温和的语气搞得不知所措，他下意识地挠了挠头，刚才还惨白的脸上竟然有了一丝血色。他刚想张嘴说话，这时候另一张床上的胆囊炎病人呻吟了一声，天运从椅子上站起来，走向胆囊炎病人的床边，低头观察着。见病人又睡过去了，便又回到椅子上。胆结石病人说道：跟您问个事儿，给我开刀的时候，我睡过去了，大夫不会趁我睡着了，把我肚子里其他的玩意儿给拉下来吧……

天运一时没明白他什么意思，一旁有个护士小声道：您以为这是屠宰场啊，见什么拉什么。天运瞬间明白了过来，笑得快岔气了。胆结石病人看到天运的反应，开始有点发毛，但他忽然就被天运感染了，也开始笑，并从床上坐起来。他胳膊上打着吊瓶，可能因为身体的移动，针头刺痛了他，便咧开嘴，但没出声。他等天运笑完了，有些不好意思道：让您笑话了，我这是大姑娘上花轿，头一回让人家把肚子拉开。以前有点病就去药房找坐堂医生开点中药，可这次坐堂医生也没辙了，我又疼得跟杀猪似的叫唤，家里才把我送到这来的，听说我肚子里的石头块足有半碗，我就纳闷，这得是什么人这么大胆子啊，把活人肚子拉开，再缝上，这玩意儿要是缝不上可怎么办。

天运耐心听他把话说完，这次天运并没笑，想了想对胆结石病人说道：像您这样的急症，最好让西医诊治。说完这句话，天运突然想，这要是让爹听见，肯定又是一场官司。这么想着，天运又补了一句道：不过中医也会有好办法，找对了大夫，下对了药，应该跟西医的效果是一样的……

胆结石病人索性从病床上站起来，而他左胳膊上还连着吊瓶，天运见状赶紧站起身，帮他把吊瓶从架子上摘下来，一边叮嘱病人慢点。胆结石病人扭头对天运道：甭管西医中医，哪个管用就找哪个医，老百姓就图个实惠。

天运没再接茬儿，而是有些强迫地轻轻推着胆结石病人朝病房门口走。胆结石病人似乎非常顺从，他那只扎着针的胳膊微微抬高，另一只胳膊扶着墙，天运举着吊瓶，两人走出病房。正好一个护士走来，接过天运手里的吊瓶。天运转身回到病房，见那位胆囊炎病人正疼得大喊大叫，天运想给他检查，病人像一条煎锅里的鱼似的，不停地在床上翻滚着身体，天运按了呼叫铃，不一会儿，道格主任还有另外一位实习大夫出现在病房门口。道格检查了病人，让手术室准备，病人需要手术。

手术结束的时候，天运看了看手术室墙上的表，正好是凌晨两点。天运等道格主任先离开手术室，然后才脱掉外面的手术服，摘掉头上的帽子，洗了三遍手。走出手术室的时候，他饿得前胸贴后背的，便想去饭堂吃饭，恰好护士长从这路过，问他去哪，天运说去饭堂，护士长让他帮忙带俩包子。

如天运期待的那样，安娜也在饭堂里用餐。天运端着取来的饭坐到安娜旁边，这才看清与安娜一起的三个大夫中，其中一个是新来的科室主任道格医生。

安娜的目光追随着天运，从门口到桌子旁边，当天运站在她身旁，笑着跟她说话的时候，安娜仰着头，开心地笑着。天运问安娜眼科的夜诊多不多。安娜摇头道：现在不多了，春节的时候多。道格睁大眼睛问道：什么是春节？安娜为他做了解释。道格兴奋道：我很期待下一个春节。

其他两位医生吃完便离开了，其实道格也吃完了，但他还不想走，他很享受跟安娜和天运闲聊，道格不会说中文，所以他们用英文聊天。突然，安娜改口说起中文，她问天运最近回家没有，天运看看道格，有点不知所措，而道格出于一位外科大夫的敏感，很快便察觉到天运和安娜的特殊关系。道格站起身，礼貌地朝二人说了一句：一会儿见。说完，他便朝饭堂的门口走去。

天运回到外科病房的时候，看见道格正在跟护士长说话。他走近，听见护士长刘慧兰用英语流利地说：……行，我会的，您放心吧。护士长说英语的时候跟说中文感觉不一样，说英文显得人十分谨慎，不像说中文时那样，人显得很豪爽、放松。天运朝两人点头，想接着往医生办公室走，却被道格喊住了：对不起，密斯特齐，我有个私人问题想问你。护士长闻听，朝天运眨了下眼，走进护士站，低头整理病例。

天运随道格来到一个没人的角落，道格开门见山地问道：你喜欢安娜吗？

天运没想到道格会问这么私人的问题，一时有些慌乱，但他从道格的眼睛里似乎看到了什么，于是毫不犹豫地答道：是的，我喜欢安娜，但是……道格微笑着等待天运说下去，但天运却沉默起来。天运听见道格说：我很喜欢安娜，是那种十分强烈的感觉，如果不介意，我们可以公平竞争。天运吃惊地看着道格，道格的脸上呈现出一种男人的自信，他接着说：喜欢的就要争取，不然会后悔的。

通霖医社一直没开张，有的病家来齐家大宅问病，有时候赶上齐通霖在外边忙办学校的事，如果是一些小小不言的病，伤风什么的，王屏画就拿点小药，倒还能应付，若是一些难症就得等齐通霖回来。可每次齐通霖从外边回来，人已经累得快散架了。王屏画见他累成那样，也就不想跟他说白天的事了，只问他医社什么时间开。齐通霖说等等吧。

三儿整天跟齐通霖早走晚归，家里的事都是小玉帮忙打理。这天小玉坐在炕沿上等三儿，天黑透了，听见大门哐啷一声响，知道是三儿回来了，便站起身。三儿进到屋里，见小玉困得眼睛都睁不开了，便把小玉拥进怀里，然后他突然说：咱们结婚吧，这辈子我就相中你了。小玉揉揉眼睛道：我这不是做梦吧。三儿笑道：哪有这么好的梦。

小玉回家把跟三儿结婚的意思跟爹妈一说，王满仓倒没说什么，妻子王刘氏撇嘴道：让他家来提亲啊，看有谁愿意给他家提亲。然后小声念叨了一句：一个穷拉车的，能有什么出息。小玉噘着嘴不说话，王满仓假装没听见，忙着手里的活。王刘氏又接着说：你愿意过去伺候你那瞎婆婆，没人拦着你，到时候别嫌日子苦啊，那么多提亲的你都瞧不上人家，我看哪个都比三儿强，都是我把你惯的，反正吃苦受罪都是你自己的事。

王满仓对老婆说：你唠叨个啥，她愿意嫁谁就嫁谁，咱家孩子咱不惯着，还让别人惯着啊。王刘氏便不再吭声。

齐家知道了三儿要结婚的事，齐通霖让三儿提要求，王屏画埋怨齐通霖，人家孩子能好意思跟你伸手要啊，到时候包个几百大洋，怎么也别让三儿委屈了，他这么些年跟你风里雨里的，顶半拉儿子了。

齐通霖对王屏画说：这事你就看着张罗吧，反正别让他为难。

没想到三儿说出个要求，让齐通霖略感惊讶。三儿对齐通霖说道：齐先生若真心疼我，就让我正儿八经地在您的学校里当学生吧，我想跟您学中医已经想了很久了，做梦都梦见您答应正式收我当您的徒弟。我一个拉车的，认字也不多，想必您会以为我癞蛤蟆吃天鹅肉。但我这想法越来越强烈了，就像后背有个人在推我。正好您张罗办中医学校，您若能让我近水楼台，就算下辈子给您当牛做马，我也心甘情愿。

齐通霖低头琢磨了一会儿，以前三儿表示愿意学中医，齐通霖也没太当回事，觉得他字都认不全，怎么学啊。可没想到这孩子心气儿大，一直揣着这念头。齐通霖看着三儿那张因为常年日晒而黑里透红的脸，这孩子还不到二十五岁，看上去像三十多的，齐通霖心里一阵发酸，自己怎么就从来没认真为三儿的将来好好盘算一下呢。以后他跑不动了，再不能拉车的时候，怎么过生活呢？

这么想着，齐通霖对三儿说：行，我答应你，不过有一样，先让夫人教你认字，咱们一边学认字，一边学中医，只要你肯花心思，一定不比别人差。三儿跪在地上给齐通霖磕了三个头，被齐通霖连忙扶起来。

晚上齐通霖跟王屏画说起这事，王屏画竟然很兴奋，主要是听齐通霖让自己教三儿识字,这对她来说既新鲜又有几分压力,这等于是当上了私塾先生。还有就是,她觉得三儿这孩子真没让老爷白疼,不但辛辛苦苦风里雨里接送老爷,还在老爷的影响下,喜欢上了中医,还要学习中医,这让王屏画心里有点五味杂陈。想想天舍和天运,都是自己亲生的,竟然都对中医没兴趣,王屏画心里又惴惴的。

齐通霖见夫人默不作声,便说道:我看三儿这孩子可教,夫人就别犹豫了,不过就是晚饭后腾出点工夫教教他,日后有了出息,算在夫人身上。

王屏画笑道:老爷就别担心了,我照办就是。两人又说起三儿的亲事,三儿的娘两只眼睛不好使,王屏画便想代替三儿的娘去王满仓家提亲。齐通霖点头道:还是夫人想得周全。

隔了几天,王屏画去王满仓家给三儿提亲。

王屏画的到来,让王满仓老婆王刘氏喜出望外,感到十分有面子。她一边让小玉赶紧去沏茶,一边让二闺女小莲去西屋喊王满仓。王满仓从西屋过来了,其实他隔着窗户已经看到王屏画让美雪陪着进了院子,便猜出她八成是为三儿和小玉的亲事来的。王满仓想,这三儿在齐家还真有面子,一个拉车的竟然惊动夫人亲自来提亲,齐家仁义。王满仓见了王屏画,弯腰拱手行了礼,嘴里说道:什么大事啊,劳烦齐夫人亲自跑来。

王屏画说明来意,王满仓和王刘氏脸上的笑纹都一样,嘴里一个劲儿说:我们家小玉能嫁给三儿,也算是她的福分了,以后还得夫人关照呢。

王屏画顺手从怀里掏出一个沉甸甸的织锦袋,递给王刘氏,说这是她代替三儿老娘送的聘礼,王刘氏赶忙接过来,放在八仙桌的抽屉里。王屏画又对王刘氏说:王家有什么要求尽管来齐府找我,街里街坊的,什么都好说,等日子定下来再张罗怎么办事。王刘氏连连点头。

中医学校的校址选在城西边的丰盛胡同，院子的主人去了南方，托朋友看管。院子虽然没人住，却被打扫得地光瓦净，门窗也是隔年漆一回，除了缺点人气，该有的都有。替朋友看管院子的是肖灵岩的亲戚，听说要办中医学校，正在找地方，便给远在南方的房主发了电报问询。院子的主人一口答应，还不要租金，白白使用，说房子空着不住，更容易损毁。房子跟人的关系就是互相给劲儿，房子越住越得人气儿，寿命也就越长，尤其是做中医学校用，那真是求之不得的善事。

每天吃完早饭，不到七点钟，齐通霖便让三儿拉着到了丰盛胡同。不管齐通霖多早到，总能看到李景轩衣冠整洁地站在北房的高台阶上朝他微笑。过不了一会儿，人陆续到了，有的张罗装电话，有的张罗购进桌椅，最后一个进院子的便是肖灵岩。他从一辆人力车上走下来，对车夫说：下午太阳落山来接我。然后便拄着手杖，橐橐地进了院子。见到齐通霖，他高声打过招呼，便支使一个打杂的伙计沏茶。茶沏好了，肖灵岩让伙计端到厢房里，那里烧着炭盆，很暖和。肖灵岩扯着齐通霖的袖管，把他从后院拉到厢房里喝茶。肖灵岩让齐通霖凡事不能操之过急，该歇就歇会儿，其实他是想扯着齐通霖闲聊。肖灵岩就是这么个人，凡事不急，忙里偷闲也得乐和乐和。

齐通霖坐在椅子上，接过肖灵岩递过来的一杯茶，喝了一口，还没开口说话，一个打杂的伙计便来报说，门口有位先生要进来，说跟齐先生是熟人。齐通霖吩咐伙计请他进来。来人进了屋，脱去帽子，除掉围巾，又将外面的皮大氅脱了，转过身，齐通霖和肖灵岩才看清，来人是冯临声。

齐通霖疑惑地看着冯临声，心里说：请你来的时候你不来，现在倒不请自来，真是贱。冯临声的眼睛一直紧盯着齐通霖，他就想看齐通霖的反应。

可齐通霖除了直直地望着自己，什么意思都不表达。

冯临声朝齐通霖和肖灵岩拱了拱手道：二位仁兄，小弟来不是瞎逛，也不是看热闹，虽然上回拒绝了通霖兄的美意，可小弟心里还是想着办学这事，毕竟这是中医界的一件大事。今日来此，就是想私下里帮着二位仁兄，把学校的章程等一系列办学的事宜搞利索了，好尽快开学。

正说着，李景轩进来了，冯临声扭头，眼前一亮道：看来我是多虑了，有这位仁兄在，学校一定能办得顺风顺水。原来两人在日本留学时就认识了，因为志趣相同，又与中医有各种渊源，所以一度走得很近。回国后，冯临声与政府有些联系，又热衷于新医，中医行的人大多半用白眼仁看他。而李景轩原本想去政府的教育部门谋求个职位，但又不喜欢南京的潮湿和阴冷，赶上父亲过世，也就安心在家服丧，好在家境殷实。李景轩没兴趣娶妻生子，一个人过了好长一段半隐居的生活，也就与冯临声疏远了。

冯临声有些激动，与李景轩叙了一会儿旧，这时听齐通霖说道：你真是牵着不走打着倒退，你当时不接这事到底跟谁治气啊。冯临声道：我不是跟谁治气，此一时彼一时，谁还没个弱点呢，你老兄就让我下了这个台阶吧。齐通霖便不再说什么了，将话题转到办学校上来，对冯临声道：老弟既然主动来帮忙，我就不客气了，这一个月的时间，还烦请老弟天天来丰盛胡同，跟我们几个一同商量办学的事，当然最要紧的还是课程的设置。

肖灵岩这时候插嘴道：说到课程，咱们得有教材啊，咱们用什么当教材？

齐通霖道：我也正琢磨这事，正好冯老弟今儿来了，一块合计合计，是东拼西凑用别人的教材，还是我们自己花工夫写一个，景轩也给出出主意……齐通霖这一番话，让屋子里顿时安静下来，几个人都眉头紧锁。

李景轩首先打破沉默道：这几天我一直在想这事，有个初步想法，说出来供各位参考。按说每个学校都应该有自己的教材，方能彰显自己的办学目的，这是教学的基础部分。具体到咱们中医学校，背景人物都是北平中医界的翘楚，更应该有我们自己撰写的教材，可现在时间不大允许我们一上来就用自己的教材，不如我们先开设一些中医古文献课程，比如我们可以先开设《药性赋》《黄帝内经》课，也可以讲《伤寒杂病论》《本草纲目拾遗》，其实这四本书讲授下来，再加上授课先生自己行医的经验，用心的学生在中医基础知识这一块应该已经过关了，接下来再跟在老中医屁股后头实地看诊，等于西医说的临床实习，然后就可以发毕业证书，至于能不能自己开业，还要看到时候政府的章程……李景轩说完这番话，用征询的目光扫向屋里其他三个人，又补充了一句：我这是一点不成熟的想法，想必各位有更好的主意。

齐通霖说道：我觉着李先生的想法不错，虽然是粗线条描述，但是句句说在点子上。学校等着开学上课，确实不能先花个一两年时间写教材，再招收学生，要我看，不如两件事同时干，一边着手写教材，一边将学校先办起来。就像李先生刚说的，可以先教中医古文献课程，另外，在编写教材之前，还得请石先生出面，召集北平中医行的各位，出主意，想办法，为咱们的学校设计未来，也就是说，咱们的学生将来要成为什么样的大夫……

冯临声缓缓道：通霖兄思虑远大，中医行怎么能够很好地存活下去，这对于有上千年历史的中医来说，可谓天地之问。都知道的，自从民国以来，新医在华夏的势力和影响越来越大，这么些年来与旧医的龃龉没断过，谁也想不出个万全之策，让新旧医和平相处，这应了那句老话儿，一山难容二虎。但是细想想，这世上的事情，有哪一件理所当然就该存在的？几乎成了定律：一件事出，很快就有个相生相克的随之而来，就比如周瑜和诸葛亮，既生瑜，何生亮？这也是天地之问。

冯临声的语速相当缓慢，在座其他三人都看得出来，他每说一句话，都是琢磨半天才从嘴里吐出来的，齐通霖和肖灵岩心里明白，冯临声之所以如此谨慎行事，缘于他这几年的复杂经历。

齐通霖总有一种感觉，那就是冯临声从内心里是希望中医能好的。自从齐通霖有了这种想法，他就不管冯临声是不是真的那么想了，认定冯临声的屁股还是坐在中医这边，只是他刚从东瀛回国那阵有点忘乎所以，话说回来，谁还没有张狂过。还有件事齐通霖一直嘀咕，那就是冯临声的太太临死前，硬扛着就是不去近在咫尺的协和医院，说她是固执，可往深里想，她是想让冯临声在她最后的时间里明白点什么，也未可知吧。齐通霖固执地按照自己的想法揣测冯临声，想到这，齐通霖对冯临声说道：冯老弟不要顾忌什么，有话尽管往痛快里说。冯临声却突然沉默了。

齐通霖端起茶杯，喝了一口冷茶，若有所思道：要我看，这新医和旧医，谁能活得更旺，现在下决断还早了点。这十几年来，新旧医的争斗确实没断过，有一句话是戳心窝子的：新医靠的是科学。我琢磨科学是个新鲜玩意儿，而中医发生的那个年代，科学在哪还不知道，中医想靠它，也得靠得着啊。新医就不同了，有了科学才有了新医。说着齐通霖将目光抛向冯临声，冯临声点头道：毋庸置疑新医是建立在科学基础上的，科学发展，带动医学发展，每一次的科学进步，都给西医带来生机……齐通霖接着说道：我们中医用现在的话来说是预防的科学，所谓治未病，未雨绸缪，而基础理论都来自中国古老的哲学和易学、阴阳五行等等，这跟新医不是一个概念啊，若是新旧医能拧在一块，扬长避短，岂不更强？

齐通霖的话在冯临声听起来像是一颗炸弹，在心里炸开来。这个想法在冯临声的心里很久了，没想到这话竟然从齐通霖的嘴里说出来了。其实冯临声的内心是充满矛盾和疑惑的，他希望西医能够在中国造福民众，也希望西医的兴旺能给鱼龙混杂的中医一些警醒。但他从心里并不赞同余云岫等人的观点，彻底取缔中医，他对中医的情感让他对其仍然怀抱着希望。冯临声明白，办学校对于中医来说至关重要，通过教学才能培养出高水平的中医大夫，以遏制良莠不齐的中医现状。只有有了成批的学生，中医办医院才成为可能，只有办成医院，才谈得上与西医匹敌……

齐通霖见冯临声一直低头不语，便道：冯老弟是见过大世面的人，不像我们这些井底之蛙，不如把想法说出来，让我和肖先生开开窍。

冯临声连忙道：通霖兄折杀我了。接着冯临声将他的想法说了出来，说到中医应该有自己的医院。这句话刚一出口，其他三人立马惊掉了下巴，你一言我一语，直说到天大黑了，谈话的热度依然不减。最后齐通霖拍了拍桌子道：医院的事再议，别忘了咱们眼前是要办学校。

石宛寒主持的北平中医药联合会，因为有强大的资金支持，很快成形，消息立即波及全国，在各省的中医行内掀起波澜，贺电频频传来，有很多是以个人名义直接发来的。社会上一些对中医感兴趣的人，通过联合会打听中医学校开学的事情，表示愿意来北平学习。

这天，上海中华医药联合会再次发来电报，表示需要资金支持。电报收到不过几个小时，李玉龙的电话直接打过来了。石宛寒接过电话，喂了一声，那边开口道：我是李玉龙啊，石先生动作真快，毕竟是北平啊，影响大。石宛寒刚想客气一下，但没等他开口，李玉龙便接着说了下去，他说起南京请愿时上海中华医药联合会的花销，还列了一个清单，包括请愿的人在南京期间的花销。石宛寒等李玉龙把清单念完了,对他说道:上一次南京请愿,你们上海中华医药联合会确实给了很大帮助,但是现在北平中医药联合会刚刚步入正轨,好多事情都需要统一计划,这样吧,照你清单上列的,我们这边先给一半,剩下的一半日后慢慢计议,你看可好?

李玉龙一听,心里一阵高兴,他原本没抱什么希望,可没想到石宛寒这么痛快。李玉龙高兴得把普通话都忘了怎么说了,一个劲儿说上海话,叽叽嘎嘎说了一大通,石宛寒一句没听懂,最后石宛寒打断李玉龙说道:李会长不必说这么多客套话,现在这种形势,中医界的人原本就该互相捧场,有什么事情,及时通消息。放下电话,石宛寒就让吴秉楠去就近的银行打听怎么办理汇款的事情,吴秉楠点头,戴上帽子,穿好衣服出了门。

联合会的会址,先设在石宛寒家里,石府里一座偏院完全闲置着,正好派上用场。吴秉楠从武家大宅搬出来,住进了石府。他与投奔武仲仁时没什么两样,一只小皮箱,一身长袍马褂,不同的是头上多了一顶水貂毛的帽子,这是武仲仁送给他的。吴秉楠并没有去汪芝麻胡同跟金蔓告别,想着离得不远,总会有机会见面。他心里清楚武仲仁打发他走的理由,反过来想,若是自己有个美貌如花的小妾,也一样会在意她身旁的男人的,所以吴秉楠走得心甘情愿。

事情办理得很顺利,出了银行,吴秉楠随意在街上溜达。三月份的天气,阳光灿烂,地上的积雪都已经化干净了,街上好多人都穿上了夹鞋,爱要单的人已经脱下棉袍子,换上了夹衣裳,每个人都兴高采烈的,寒冷的冬天好不容易过去了。

吴秉楠早上只喝了半碗粥,这时候感觉饿了,走到东四牌楼附近,见不远处有个馄饨摊子,便走过去,凑到摊主面前看。馄饨个够大,圆鼓鼓的,七八个就能装满满一大碗，馄饨汤是羊骨头熬的，加上虾米皮、葱花，看着就好。吴秉楠朝摊主喊道：来碗馄饨您哪。却听见旁边有人道：哎哟，还真是您呢，瞅了半天没敢认。

吴秉楠回头一看，是他心里最硌硬的小秀，正坐着吃馄饨，旁边是齐家大少爷齐天舍，两人都仰着头冲他笑着，但吴秉楠觉得他俩的笑容里隐含着什么，吴秉楠很礼貌地跟两人打招呼。

小秀道：您这一走就把武家彻底忘一边了吧，跟您说啊，武家的大门对您随时开着，您想回来看看，随便您。

没想到吴秉楠冷冷地回了句：不必了，联合会的事情蛮复杂的，不过武先生的好儿，我会念着的。

天舍一直没说话，直到站起身离开的时候，才对吴秉楠道：以后有什么事招呼一声。

吴秉楠看着小秀和天舍走远的背影，心里突然有一种失落，远在异乡的吴秉楠感觉到了一丝惆怅，北平虽好，但究竟人生地疏，并非久留之地。吴秉楠抬头看了看天，晴空万里，一丝云彩都没有。吴秉楠不禁笑了，他在心里对自己说，就算回老家，也没亲人，还是那句话，哪里的黄土不埋人呢。这么想着，吴秉楠心里踏实了。这时候馄饨煮好了，吴秉楠吃着馄饨，身上感到一阵燥热，便解开领子的扣。吃完馄饨往石府走的时候，吴秉楠将外面的马褂脱下来拎在手里。

小秀一路跟天舍编派吴秉楠，说他跟金蔓的事，猜他俩背地里肯定有一腿，又说要不是她提醒她爹，她爹这活王八算是当上了。

天舍有一搭没一搭地听着，等小秀说完了，天舍说道：男人嘛，谁见了美色不动心啊，不然你爹干吗一个一个地娶个没完。

小秀眨巴眨巴眼道：你说得还真是这么回事。

两人走进魏家胡同，远远看见老水头儿的鞋摊子前边围着几个人。两人到了跟前，见都是街坊邻居拿着棉鞋修补，看样子是要收箱子底儿了。天舍跟老水头儿打招呼，让他有空来家喝茶。老水头儿抬头见是天舍，旁边还站着小秀，便回道：忙活完这阵去看你爹，有日子没见了，说是办学校呢。

天舍应道：回头我带话给我爹，让他抽空过来瞧瞧您。

老水头儿连忙摆手道：哎哟，那哪敢当啊。

回到家，天舍在院子里喊妈，王屏画从后院出来，见是天舍，笑道：多大的人了，还站院子里喊妈。

天舍道：我喊着心里痛快，我爹呢？

王屏画说：你找你爹，干吗不喊他。又接道：他不在家，还在丰盛胡同忙活学校的事呢。

天舍哦了一声道：这么晚还没回来，老水头儿想我爹了。

王屏画点头道：明儿让三儿绕到北口瞅一眼老爷子，正好有个棉手捂子要给他呢。

王屏画这时候才注意到小秀没跟着，便问小秀呢。天舍说顺脚回家瞅一眼，一会儿回来吃饭。王屏画一听，赶紧扭身去了厨房。天舍进了自己的屋。

小秀回到家，大门哐啷一声关上以后，她感觉到今天院子里气氛有些异样，便急匆匆进了屋。武张氏正坐在八仙桌旁刺绣，小秀喊了声妈。武张氏抬头，把手里的绣片放到大腿上，说道：总算有个活人回来了，这一整天你爹连个影儿都看不着，八成在汪芝麻胡同腻歪呢。

小秀朝后边指了指，问：后院的这几天没折腾吧？

武张氏撇嘴道：自从闹出那档子事，就一哭二闹三上吊的，又不真上吊，就是变着法儿折腾，正好娘家来人，就把她领回去了。

小秀惊讶道：我爹没拦着吗？

武张氏道：人家娘家人来接，你爹凭什么拦着啊。

其实武仲仁这会儿正在吉祥戏院里看戏。今天的戏可谓一票难求，梅兰芳梅大师的《天女散花》，谁不想看啊。好几天前武仲仁就托冯临声弄票，正好彦云翎来北平，冯临声托彦云翎弄到了票，打电话对武仲仁说：晚上在吉祥戏院门口见。

老远地，武仲仁便看到吉祥戏院门口，一对打扮俊俏时髦的男女正在四处张望，他认出了冯临声，想必身旁的就是名伶彦云翎了。武仲仁紧走几步，上下打量着彦云翎，话虽是说给冯临声听的，但眼睛一直盯着彦云翎：哎呀，你老弟有福气啊，弟妹如此人物，真是从画里走出来的。

冯临声在一旁道：老兄你别这么说，谁不知道武家三姨太是北平城的花魁。然后揽着彦云翎的腰，对武仲仁低声道：别喊弟妹，她不喜欢这种俗套的称谓。

说着话，三人走进戏院，迎面一张梅大师的巨幅照片，颇为震撼。离开场还有十来分钟，大家用这点时间应酬。这时彦云翎对冯临声和武仲仁说：我看见个熟人，您二位先入座，回头我到座位上找你们去。说完，彦云翎朝远处一位穿着旗袍身姿婀娜的女子走去。冯临声和武仲仁目送着彦云翎，见她走到那位妇人跟前，两人十分亲热地一通寒暄之后，便手拉着手朝戏园子的后台走去。

冯临声附在武仲仁的耳朵上说：你可知那位穿旗袍的女子是何人？武仲仁摇头，冯临声道：那就是梅大师的弟子小泓翎，说起来彦云翎和她还是远房亲戚呢,又都是戏班里出来的,现在两人恐怕是去后台见梅大师了。

武仲仁听冯临声这么说,一下子兴奋起来,他踮着两只脚朝后台方向望着,这时候一位伙计在人群里走来走去,一边走一边低声下气地对聊得正欢的人们说道:戏马上开场了,请您入座吧……

上半场快结束的时候,彦云翎才来,她弯着腰,坐到冯临声的旁边,冯临声朝她笑了笑,便只顾看戏。

散了场子,武仲仁意犹未尽,执意请二人吃消夜,三人便叫了一辆人力车,朝吉士林餐厅去了。大街上几乎没什么人,幽暗的路灯光照射着北平城空荡荡的街道。彦云翎突然轻声说道:北平城的空气都让人舒服,每次来都跟回家一样。

冯临声默然不语,武仲仁道:您二位什么时候请喝喜酒啊?

话音刚落,车轱辘便绊在一块石头上,车子剧烈颠簸了一下,冯临声下意识搂住彦云翎,彦云翎像一只小鸟似的伏在冯临声的身上。好在吉士林已经近在咫尺,三人索性下了车步行过去。

没想到餐厅里依旧热闹,大部分人也都是戏园子散了戏过来的。侍者领着三人来到一张桌子前,替每个人摆好椅子,问几位喝点什么。彦云翎只要水,冯临声也跟着要水,武仲仁忍住没要酒,侍者便去拿水。

彦云翎说到明年梅大师要去美国做京戏巡演,这让冯临声和武仲仁吃了一惊,武仲仁问道:美国人能听得懂吗?

没想到彦云翎笑道:那自然是有翻译的啊。

武仲仁眼睛瞪得老大,又问道:那这个文化啊历史啊,那些京戏的门道什么的,他们能懂?

这时候彦云翎要的蘑菇汤来了,彦云翎便专注喝汤,一旁的冯临声道:

老弟就别操心了,梅先生自然有他的道理,就像卓别林先生那些表演,中国人不也全能明白。武仲仁疑惑地点头。

武仲仁问彦云翎来北平城以后会不会登台唱戏。

彦云翎笑着望向冯临声,说道:现在还不好说,这么跟您说吧,干我们这行,大多数人就是吃个青春饭,然后找个好人家嫁了,人活在世,最后什么都落不下,有几个能像梅大师似的。

冯临声不接彦云翎的话口,武仲仁明显感觉到他心里琢磨着别的事,而且有意躲闪彦云翎。但看戏的喜悦还没从武仲仁心里消退,最后他还是把话题转到了梅大师身上,让彦云翎多说说梅大师。武仲仁回到家已经到了后半夜。

第二天,武仲仁一大早就给齐通霖打电话,电话铃响起来的时候,齐通霖一只脚已经跨出门槛了,听到铃声走回来,拿起听筒,一听是武仲仁,便道:有话快说,我急着出门呢。

武仲仁在电话那头道:我就知道你还没出门,有件大好事,但我现在不告诉你,晚上去你府上再说。气得齐通霖嚷嚷道:你这是闲拿的吧。

齐通霖刚出了大门,却见天运从胡同北口走过来,他突然想起昨晚王屏画念叨天舍说老水头儿想他了,便上了车,让三儿绕北口。天运走到齐通霖的车旁边,喊了声爹。齐通霖把车耳朵帘子掀起来说:赶紧回家吧,你娘等你呢。

天运一进院子就喊妈,王屏画在屋里绣花,听见天运喊便应了一声。美雪从后院跑出来道:哟,二少爷回来了,我立马生炉子,昨晚您没回来,正好炉子灭了,今早还没来得及生,您先去北屋跟太太说说话。

天运去了北屋,进屋就喊饿,王屏画撂下绣花绷子赶紧去了厨房,往回走的时候，看见园子里的花草已经长出新芽了，尤其是靠北边的那丛迎春，冒出黄色的小花骨朵，王屏画心里一阵高兴。

一会儿的工夫，伙计把饭端来了，一碗红豆粥、两个馒头、一碟酱牛肉、一碟六必居的酱菜。天运顾不上说话，没一会儿，桌上食物一扫而光，他抹了抹嘴，问母亲道：我哥最近没回家吗？他还住后海那边？

王屏画道：这不是好说歹说愿意回家住了，你爹以前让伙计收拾过后院，这几天我再让人把后院打扫打扫。还有啊，里边的家具也得换，还得问问小秀喜欢什么样的，八成她喜欢西洋式儿的。王屏画说着走进里屋，不一会儿手里拿着一个信封出来了，递给天运道：这八成是那个外国洋闺女给你写的信。天运接过信封，王屏画道：你赶紧跟她断干净，回头让你爹知道了，少不了一顿骂。还有那个什么安娜，也麻利儿的，别藕断丝连的，正经找个姑娘娶过来，老大不小的，你哥现在比你强。

天运微笑着听母亲说完，然后点头道：您就别操心了。

美雪在外面喊：二少爷，炉子烧旺了，炭盆也笼起来了，您回屋歇着吧。

天运朝母亲说了声：那我先回屋了，一会儿再跟您说话。说完他便拿着信，走出屋门。

天运路过美雪身边，说了声：这丫头越长越漂亮了。天运进了自己的屋门，美雪一个人在院子里发愣。

这几天街坊邻居都在议论三儿和小玉成亲的事，日子虽然没定，但大家都等着喝这顿喜酒，三儿是齐家的车夫，都知道是齐家的半个儿子，动静小不了。胡同里的人越是津津乐道，美雪心里就越是酸叽叽的，世上只有一样好东西，那就是得不到的东西。

美雪有时候琢磨，自己模样不差，人也不懒，怎么运气就这么不济呢？思来想去，怪到自己没爹没娘上，人家小玉毕竟父母双全，家境殷实，自己还想跟人家比，这么想着，好几次躲在自己屋里流眼泪。有几次被王屏画撞上，以为美雪跟三儿早翻篇了，没想到这丫头心里糊涂，还是放不下。

天运把信封小心翼翼地剪开，取出里面的信瓤，展开来，漂亮的花体字一下让天运有一种久别重逢的感觉，眼睛竟然有些湿润。天运读着露易莎的信，感觉到露易莎对自己竟然还是一往情深，觉得那两张信纸很烫手，天运把信读到一半，便按照旧痕折好，放回到信封里，拉开衣橱最下面的抽屉，将信与原来的信件放在一起。看着那些信件，天运有一种恍若隔世的感觉……

天运在家待了不到一个时辰便起身返回医院上班。他临走的时候，屋里的火正旺，火炉上面的提壶里水开得嘎嘎响，炭盆里的炭火到了最炙热的状态，哪怕从炭盆旁走过，都能感觉到炙烤。屋子里很暖和，与外面料峭的春寒形成鲜明对比，一瞬间天运有点犹豫，再待一会儿？他站在屋子当中，让屋里温暖的气流轻抚过他的身体，他的脑海里闪过护士长忙碌的影子，她总是那么忙，天运想，从没见她坐过哪怕一分钟，这世界上怎么会有这么不畏辛苦的人呢。这么想着，天运笑了，他很奇怪为什么会想到护士长。这时，院子里起了一阵骚动，接着天运听见妈在大声说话：哎哟，二丫头喘成这样了，这可怎么好啊，老爷不在家啊。

天运急忙出了屋门，见是对门李家的二丫头让她妈领着，站在院子当中，二丫头不停地急喘着。天运知道二丫头有哮喘的毛病，赶紧将二人请到自己屋里，让二丫头坐在一把椅子上。王屏画、美雪都跟了进来，天运用自己的水杯倒了一杯热水递给二丫头，二丫头妈在一旁围着闺女打转，却说不出一句话。

天运拿出药箱子，迅速找出一片茶碱片，让二丫头先吃下去。二丫头没吃过西药，拿眼睛看她妈，二丫头妈看向王屏画，王屏画把几个人的眼光攒到一块都给了天运。天运对二丫头道：这个小药片会让你舒服一点，但你还是要去医院检查一下，我正好要回医院上班，你可以跟我一起去，我帮你找大夫瞧瞧。

听天运说要带二丫头去协和医院瞧病，二丫头妈眼睛里透出一股子慌乱来，她小声问王屏画道：您说怎么办好呢，瞧这丫头怪难受的，我也没主意，她爹出去刨食儿了，以前都是齐先生给诊治，齐先生现在忙成这样，这可怎么好。

王屏画想了想道：我看你就听我们家天运的，让二丫头跟着去医院瞧病，我们天运不是那种不着调的孩子。二丫头妈这才松了口。

二丫头吃了药，气喘稍稍平复了些，王屏画让美雪去胡同里望望，看能不能找辆人力车来。美雪出去了，一会儿返回来说：北口六爷家板儿车闲着呢，不然就铺上被子坐他家板儿车去，好在路不远。王屏画说：那赶紧拿床被子铺上，老六跑一趟吧。二丫头妈没去，家里还有俩小的呢，只让美雪去跟着照顾。

到了医院，天运找到护士长，护士长给呼吸科打电话，放下电话对天运说：你就别去了，你也不认识呼吸科的人，我跑一趟吧。天运点头道：那就让您受累了。

一直折腾到下午，二丫头的病情才缓和下来，让六爷拉着回家了。天运看护士长跑前跑后的，累得出了一身大汗，便有些过意不去道：我替您去饭堂打饭吧，您坐着歇会儿。护士长没推让，天运便拿了护士长的饭盒朝饭堂走去。快到饭堂门口的时候，天运与刚用完饭往外走的安娜撞了个满怀，天运赶紧往后退了一步，而安娜的身旁竟然是道格。

天运看见安娜与道格在一起，心里有些不快，但他还是很热情地跟二人用英文打招呼，又问饭堂今天有什么好吃的。安娜表情很自然，说道：猪肉包子不错，挺香的。倒是那个道格，脸上露出一丝得意的表情。最后道格说：赶紧进去吧，不然好饭都被人抢光了。

天运回到外科病房，把饭盒交给护士长，护士长要给天运钱，被天运拒绝了。护士长感觉天运有点累，便让他先去医生办公室休息一会儿，有事会喊他的。天运进了医生办公室，坐在椅子上手托着腮帮子想了一会儿心事，脑子里一会儿是道格的脸，一会儿是安娜的脸，不知不觉趴桌上睡着了。天运梦见了露易莎，露易莎站得很远，朝天运喊着什么。天运大声问她在说什么。他感到有人在一旁推他离开，天运不想走，只是看着露易莎。猛然睁开眼，看见护士长站在身旁，他揉揉眼睛，护士长说：赶紧跟我去看三床。天运跟着护士长朝外走，护士长边走边问他：谁是露易莎，听着是个外国女孩的名字。天运没说话。

三床病人伤口发炎了，主治大夫开了消炎药，护士长和天运一直在病房里，怕病人再出什么状况，直到病人情况稳定下来，天运才回到办公室。护士长跟在后面进来，说：我去给你打饭吧。天运没拒绝。

下午武仲仁去了齐家。美雪正要进屋，见武仲仁走进院子，便笑着对武仲仁说：我们老爷还没到家呢，您来早了。

武仲仁看着美雪，笑得脸上直发光，说道：你们老爷最好晚点回来，我先跟美雪姑娘好好说说话。

王屏画应声从屋里走出来道：瞧瞧您这话，我们美雪可还没出门子呢。

武仲仁说：嫁谁啊，不如跟了我，整天让你吃香喝辣享清福。

美雪一下子跑走了。王屏画埋怨武仲仁说话没轻没重，又把美雪心里不痛快的事说了。武仲仁摆手道：天下三条腿的蛤蟆难找，两条腿的男人满地都是，美雪姑娘那么俊，一定有好去处。

王屏画让武仲仁先喝茶，自己去了厨房，武仲仁道：您甭太张罗了，下碗面条得了。王屏画到了厨房还嘟囔着：那也得有俩下酒菜啊。灶上的伙计接茬儿道：瞧您说的，哪天不得弄几个下酒菜啊，您瞧。说着伙计指了指灶台上，王屏画望去，见肉、菜、笋干、木耳摆了一大摊，便笑道：你们真心疼老爷，知道他这些日子累得慌。

齐通霖回来的时候，武仲仁茶水灌了一肚子了，见齐通霖进屋，他站起身道：齐大爷要是再不回来，我就成蛤蟆了，一肚子水。

齐通霖看上去灰头土脸的，武仲仁打趣道：这是搬砖还是去砌墙啊，这一身灰。

齐通霖说：咳，搬什么砖啊，白塔寺那边挖沟呢，赶上一阵风，暴土扬场的，我这还在车里头呢，路上走的人更糟心，个个都跟土猴似的。

王屏画知道齐通霖回来了，跟着进来，说了白天对门二丫头那场饥荒，齐通霖问：现在人怎么样，要紧不要紧？

王屏画说：听美雪说不打紧了，医院里边给治得挺妥帖，人也不喘了。天运给支的药钱，对门一个劲儿要还钱，我说那也得等天运回来打听清楚了再说啊。

齐通霖道：还什么钱，他又不是没钱。

停了停，齐通霖问王屏画道：医院里开的什么药，知道药名不？

王屏画笑道：我上哪知道去，你想知道等天运回来直接问他。

齐通霖不再说话，扭脸问武仲仁道：听说你家管家到了石先生那挺得力，这么好使唤的人你真舍得放出去啊。

武仲仁只笑不应，突然想起什么，便兴奋道：接着今天早上的话说，明年梅大师要去美利坚国演出去啦，你说这是不是北平城里一等一的大事儿！

齐通霖愣了一下问道：哪个梅大师？

武仲仁哈哈大笑道：你琢磨着梅大师能有几个啊，当然是梅兰芳先生啊。

齐通霖才回过神来，说道：这你是从哪得来的消息，有准头吗？美国，那挺远啊。

武仲仁见齐通霖神情有些淡漠，知道他是累的，便道：这些日子为了学校的事操心坏了吧，今晚我陪你喝两杯吧。

两人喝着酒，聊着北平城里的新鲜事，墙上的钟响了九下，武仲仁说：得，我得看看儿子去。齐通霖说：哪天带着来家玩玩，夫人一直念叨呢。武仲仁点头道：那还不容易，回头抱过来让亲家瞅瞅。

刘竹瑾回到娘家，从她脚踏进家门那一刻，娘就开始抱怨，把武家从上到下骂了一溜够，最后说：我看你就甭急着回去，等着那武大爷派人来接你，正好在家帮着打理油坊。

刘竹瑾的爹正在抽烟袋，听刘竹瑾娘这么说，把嘴从烟袋锅上挪开，一口痰喷到门外头，说道：我看你脑袋是被驴踢了，武家在北平城里是数得着的大户，就凭咱们家，能巴结上武家一个脚指头，也是我娘在世的时候天天吃斋念佛念来的。现如今我娘积的那点德也快被你败光了，不说好好让闺女回婆家认错过日子，还撺掇她别回去，等人家来接，武家是缺你闺女这道菜是怎么着，你准备给她养老啊。

刘竹瑾听父母为自己的事吵起来，心里本来就不痛快，这下更是雪上加霜，晚饭也不吃，娘叫了好几回，刘竹瑾用被子蒙着头就是不起身。爹在外头喊：爱吃不吃，等着饿死吧，你在家还耍你那二奶奶威风啊，甭想！刘竹瑾听见娘跟爹又争吵了一阵子。

刘竹瑾在武家不尴不尬的地位，让她多次幻想着能离开武家，找个普通男人，过一种简单快活的日子，而幻想中的普通男人，正是与她青梅竹马的小岁子。如今小岁子早已娶妻生子，妻子是个相貌平常的女人。小岁子自己在南城开了个烧饼铺子，老婆孩子热炕头，日子虽然说不上富裕，可过得有滋有味。不像刘竹瑾，仗着年轻时有几分姿色嫁了大户，表面看着风光，可背后的苦只有自己知道。如今连一个丫头都能把自己算计了，在武家竟然没有一个能说句体己话的人了。回到娘家，也是一摊子烦心事，嫁出去的姑娘自然跟娘家就没什么关系了，何况娘家的生意惨淡，原指望刘竹瑾能接济，没想到武仲仁断然拒绝帮助不说，自己辛苦攒下的首饰，还被一个丫头几乎倒腾空了。刘竹瑾躺在床上左想右想，想不明白，等到夜深人静，刘竹瑾从床头拿了娘的裤腰带，一头拴房梁上，一头结个套，头往里一伸，脚底下凳子踹倒，人就悬了空。娘半夜睡得死，什么都没听见，等天亮起床一看，吓得浑身哆嗦，喊起睡得死猪似的当家的，等把人从房梁上卸下来，已经硬得像截儿木头了。

中午头上，刘竹瑾的死信传到武家，武张氏闻听，捂着胸口一个劲儿念阿弥陀佛。武仲仁不在家，武张氏问伙计们老爷去哪了，都一个劲儿摇头，武张氏让一个伙计去汪芝麻胡同找，一会儿回来说：老爷不在汪芝麻胡同，三太太也正着急呢，小午儿有点发烧，刚吃了点小药睡了，不知道一会儿还烧不烧。金蔓听说二太太上吊了，花容失色，虽然平时跟刘竹瑾磕磕绊绊的，但人走了，心里还是忍不住觉得可惜。

武张氏没辙了，只得拿着话筒打电话，第一个打给齐家，王屏画闻听刘竹瑾的事，哎哟了一声，说武大爷不在齐家，并给武张氏出主意，让她试试冯临声冯先生家，这几天武大爷跟他走得勤。武张氏要了冯家号码，打过去，接电话的是冯临声，得知情况，他赶紧道：武先生刚离开，说是去南城查验铺子了。

武张氏又给南城其中一个武家的茶叶铺打电话，赶巧武仲仁刚进门，正在跟伙计盘生意，武张氏慌慌张张地说了刘竹瑾的事，武仲仁放下电话便在铺子门口招呼了一辆人力车，说了刘家的地址，一路朝刘竹瑾家过来了。

武仲仁看见刘家院子门口聚了一堆街坊邻居，叽叽喳喳议论个不停。大家伙见刘家女婿到了，自然让出一条道。武仲仁进到院子里，刘竹瑾的娘一眼看见武仲仁，号叫了一声便朝武仲仁扑过去，揪着武仲仁的衣服，一通哭骂：好你个武家大爷，我闺女生生让你害得上了吊，你干吗来了，你怎么早不来啊，你以为你们武家有钱，就能随便祸害我们家闺女啊，我们刘家闺女清清白白的一个人，临了让你们武家害死了，我闺女冤啊……

刘竹瑾的爹听见了，赶紧从屋里出来，对武仲仁说：女婿来了，别听你丈母娘胡说，闺女走这条道，是她自己个儿选的。

这时候大门外有人大声道：他武家凭什么把咱们南城姑娘不当回事啊，他武家就能这么欺负人啊！

刘竹瑾爹朝外面喊：小岁子，我们刘家的事，跟你什么相干啊，你赶紧烙你的烧饼去，少在这瞎掺和啊。

小岁子又喊道：您不就是想巴结着大户弄点钱花嘛，您说个数啊，咱有钱。

刘竹瑾爹一口啐过去道：去你老丈人的，你那俩钱，留着买草纸擦屁股使吧。

武仲仁见状，扯过刘竹瑾爹的衣袖，低声道：今儿我就不多待了，过两天我过来，您要多少钱，提早说个数，我好准备。

刘竹瑾爹笑道：得，回头我想好了就知会女婿，女婿立马回吧，我们南城人脾气大，女婿多担待。

武仲仁回到魏家胡同，见几个街坊围在胡同口上议论着，不用猜说的肯定是武家的事。有人看见武仲仁了，高声招呼道：哟呵，武大爷回来了，家里出事了，要帮忙的话打个招呼啊，街坊邻居的，什么事都好说。武仲仁点头拱手，急匆匆进了大门。

武张氏在院子里来回溜达，走路就像风摆荷叶。这时武张氏看见武仲仁走进院子，俩手一拍道：瞧瞧这事闹的，咱们武家什么时候出过这种丢人现眼的事啊。武家怎么亏待她了，最好的院子给她住着，不生孩子也没嫌弃她，金蔓原先也就住个偏院，她自己个儿的丫头偷了她东西，她这是跟谁赌气啊？

武仲仁没理会武张氏的唠叨，径直朝屋里走去，进到屋里，却看见了坐在八仙桌旁边的金蔓。金蔓手里拿个翡翠玉镯左右把玩着，雪白粉嫩的脸上眉宇舒展，两片朱唇之间几粒珍珠一样的牙齿若隐若现，见武仲仁进来了，她赶紧站起身想说点什么。武仲仁停了几秒钟，然后对金蔓说道：你过来干吗，回去好好照顾小午儿，那个奶妈我可不放心，吴管家又走了，你那边要是缺人手，我给你找。

金蔓站起身,将那只翡翠玉镯复又戴在手腕上,用一只手轻轻捋了一下头发,道:那我就先回了,老爷有什么事尽管吩咐。

武仲仁听见武张氏在院子里留金蔓吃了晚饭再走,金蔓说惦记着孩子,先回了。接着,武仲仁听见武张氏窸窸窣窣地进了屋门。武张氏坐在刚才金蔓坐过的那把椅子上,嘴里嘟囔了一句:嗬,这椅子还热乎呢。

武仲仁有点垂头丧气,他突然感觉一阵燥热,这才发现进门忘了脱掉外面的皮大氅,便赶紧脱下来,武张氏接了,喊:秋萍!秋萍……喊了好几声都没人应,武张氏骂道:这丫头死哪去了。

过了一会儿,秋萍走进来,接茬儿道:瞧您,性子还变急了,我刚跟厨房招呼饭呢,您就这么急扯白脸的。秋萍接过武张氏手里的皮大氅,笑着对武仲仁说道:哎哟,都这时候了,老爷出门还冬天的行头啊,您不热啊,您瞅瞅大街上,好些人都耍了单儿了。

武仲仁拍了一下脑袋,说道:还真是呢。扭头对武张氏道:你也不说把春天衣裳找出来。秋萍在一旁道:吃完饭我就翻箱子去,您别为难太太了,没瞧见太太比您穿得还多。武仲仁一看,果然,武张氏在屋里也是紧裹着小皮袄,外面还罩着一件皮坎肩。武张氏嘟囔了一句:人老就没火力了……

秋萍去了厨房,武张氏问武仲仁道:你准备给南城那边多少大洋啊?

武仲仁犹豫了一下说道:千把块吧,怎么说人家闺女也是在咱们武家受的委屈,不能亏待了人家。

武张氏没说话,吃饭的时候,武仲仁只就着咸菜喝了一碗粥,便撂了筷子。他们听见秋萍在外头喊:老爷太太,齐家来人送帐子了。

武仲仁和武张氏赶紧出门看,却见美雪站在院子当中,身后还跟着一个伙计,伙计臂弯里捧着几匹绸缎。见武仲仁和武张氏出来了,美雪道:武先生、武太太，我们家太太让送帐子过来，并让您二位节哀顺变。说着，身后的伙计赶忙走上前将手里的东西递上去，秋萍接了。

武仲仁抱了抱拳道：回去替我谢过亲家。武张氏随声附和了几句，美雪转身要走，武仲仁在后边道：美雪姑娘不进来坐坐了？好久都不见你来我们武家了。一旁的武张氏说：人家美雪忙着回去交差呢。

美雪道：是啊，我们太太等着我回话呢，这就告辞了。说完，美雪领着伙计出了武家的大门。

美雪走到老水头儿的鞋摊旁边，喊了声水爷爷。老水头儿笑眯眯地看着美雪，然后说：这丫头真水灵儿，给你们老爷夫人带好儿。

美雪对老水头儿道：回头我送双夹鞋来，您给缝缝，我等着换季穿呢。

老水头儿道：尽管拿来，我立马给姑娘修好，不耽误你穿。

美雪回家拿了鞋，直奔老水头儿那，却见小玉正站在鞋摊前边跟老水头儿说话，便扭身打算离开。老水头儿瞄见美雪，喊了声：美雪啊，让我瞅瞅你手里的鞋，看看哪要补。

美雪只得回身，慢腾腾地朝老水头儿走过去，小玉喊了声美雪，美雪嗯了一声，两人就谁也不搭理谁了。老水头儿心里觉得好笑，心想，这冤家当得不值当啊。嘴上不由说道：嫁人的事，可是由不得人啊，俗话说，天要下雨，人要嫁，那都是命中注定的事，犯不上跟谁怄气。

小玉眨巴眨巴眼道：照您说的，我就应当应分嫁给三哥？

老水头儿只一个劲儿笑，不搭话。美雪瞅了一眼小玉，只见小玉满脸都泛着红光，尤其是两只眼睛里波光点点的，透着一股天真，这情景忽然让美雪心里动了一下，心思便糖塔一样慢慢塌下来。美雪鼓了鼓气，对小玉说：水爷爷不是说了吗，你还一个劲儿问什么啊，从今往后就跟三哥好好过日子吧。

小玉满脸憨笑道：美雪姐，我替三哥谢你啦，甭生我们气了，往后美雪姐一定嫁个好人家，比三哥好十倍的。

美雪听了小玉说的，突然心里的气就没了，对小玉笑道：小玉妹妹还真会说话。

美雪把鞋放在鞋摊上，便回了齐府，刚进院子就下起了小雨，美雪正琢磨着院里有什么怕淋雨的东西，这时齐通霖走进来，美雪喊了声老爷，赶紧上前接过齐通霖手里的提包。王屏画听见声从屋里出来了，朝齐通霖笑道：瞧老爷这运气，雨都不想淋着你呢。

齐通霖已经上了台阶，说道：春天的雨下不起来，猫尿似的。

王屏画笑道：瞧你这比方打的，老话可说春雨贵如油呢。

齐通霖说：这是油啊，一斤里头半斤沙子。

一旁的美雪接道：老爷打比方可真逗，我怎么就想不起来这么逗乐的话呢。

王屏画道：你才多大点年纪啊，等你经得多了，自然就想起来了。

吃饭的时候王屏画问美雪武家的事。齐通霖道：武家出什么事了？

王屏画说：武家二太太悬梁了。

齐通霖惊问道：这什么时候的事啊？

王屏画把武家的事大概说了说，又把让美雪送帐子的事也提了一下。

等吃完了晚饭，齐通霖给武家打了个电话，接电话的正是武仲仁，一听是齐通霖，便道：我正急着出门，南城老丈人家，我回来到你府上跟你细说。

齐通霖便挂了电话，想起好久没去后院了，便对夫人说去后院看看。

天已经黑透，今晚没月亮，只有不多几颗星星。齐通霖看见园子里的植物正随风摇曳着，姿态婀娜，宛若黑夜里的精灵。空气中弥漫着植物清新的气息，这让齐通霖为之一振，不知不觉春天已经到了家门口。齐通霖试探着深入园子当中，四周模糊一片，那副石头桌椅在暗夜当中显得十分落寞，齐通霖一屁股坐在了一张石凳上，抬头看了看天，月亮没露头的意思。他被那些植物包围着，感受到它们正在复苏的生命。

齐通霖坐在冰凉的石凳上，琢磨着近来发生的事，自己的医社已经停了有一阵子了，齐通霖拒绝了石宛寒代表联合会的生活资助，他笑着对石宛寒说：等我真没饭吃了，我一准上你家要去。他心里明白，只有把学校办起来了，中医行才能像西医那样桃李天下，生根开花。

齐通霖抬头看到房檐上有一只猫蹲在那，只能看到个猫形，但它一动不动，好像是一块猫形石头。齐通霖正疑惑它是不是猫，正好又来了一只猫，原先的猫立马活跃起来，俩猫你号一声，我应一声，玩得不亦乐乎。齐通霖静静地看了一会儿，两只猫闹够了，就一前一后、无声无息地顺着房檐消失了。

齐通霖回到屋里，见王屏画正拿个绣片绣着，她听见齐通霖进屋，头也不抬地问道：后院有什么景儿？齐通霖道：黑乎乎的，就看见两只猫。却听见武仲仁在外边喊：这是睡着了？这才几点钟啊。

齐通霖迎出屋门道：这不是等你呢嘛。索性引着武仲仁去了书房。还没落座，美雪便端着茶进来了。武仲仁道：这丫头，还没睡，干脆给我弄碗面吧，我忙活一天了，就中午头上吃了半拉馒头。美雪放下茶盘去了厨房，没一会儿，端着面进来了，放到桌上，是一碗热腾腾的肉丝汤面。美雪对武仲仁道：您真有福气，伙计们正开小灶呢，我进厨房的时候，他们正好掀开锅盖，给您盛了第一碗。

武仲仁边吃边对齐通霖把家里的事念叨了一遍。齐通霖沉吟了一会儿说：人各有命，谁也拦不住，活着的好好活着。武仲仁点头。

一碗汤面下肚，武仲仁感觉舒服多了，说道：只要街坊邻居的别误会是我们武家逼的，我心里就踏实了。齐通霖道：街坊邻居议论归议论，只要你心里干净就不碍事。武仲仁点头。

武仲仁问起学校的事，齐通霖道：这次亏了冯临声，嘴上说不管，根节儿上真帮忙，还有那位李景轩先生，两人都在日本国学习过，连肖先生那么挑剔的人，都觉着他俩的那些主意高。停了停又道：石先生真是神通广大，学校的经费充足，回头等正式开学了，我们也能拿上薪资，挣钱吃饭了。说着，齐通霖顺手将烟袋取来，添上烟丝抽起来，惹得武仲仁馋得直吧唧嘴，问道：这什么烟丝啊，这么香。

齐通霖压低声音道：这是老二从英国带回来的，夫人小心收着，又怕受潮又怕干的，可费了不少劲儿，我一直舍不得抽。

武仲仁笑道：通霖兄跟以前不一样了，以前说起你们家老二除了皱眉头，就是叹气，还嫌人家学了新医，跟你对着干。你能把二丫头的哮喘治好，人家也能。说一句你不爱听的话，这年头谁也别不服气谁，谁手里没把刷子呢，人家能给活人开膛，你能啊。齐通霖瞪了武仲仁一眼道：中医能开方子，他们也不能啊。两人跟孩子斗气似的说了一会儿话。

齐通霖一口一口抽着烟，香甜的烟草味把书房塞得满腾腾的，这时候美雪又进来添茶，齐通霖对美雪道：你歇着吧，我们不喝茶了。美雪道：二少爷回来了，我得给他把炉子捅开，再给他弄洗脸水。齐通霖顿时来气道：他没手啊，让他自己倒洗脸水，不然就别洗，年纪轻轻的，比老的还懒。吓得美雪赶紧溜了。

武仲仁说：你有气别跟人家美雪撒，人家伺候你家少爷还伺候出毛病来了。

齐通霖瞪了武仲仁一眼，却接了武仲仁先前的话头道：要说西医开刀这一招，我们中医行没有，我们讲的是五运六气、阴阳四时、天地人和，纵观天地之间，人只是一草芥，想活得好，就得顺天地之势……

武仲仁见齐通霖一说起自己那套又没完了，赶紧摆摆手说道：我算看出来了，你们是公说公有理，婆说婆有理，谁也不服气谁，这官司没人能断清楚。

齐通霖打断武仲仁道：新旧医原本就不是一个路数，但目的是同一个，叫条条大路通罗马。

武仲仁眨巴眼睛道：罗马？那是什么地方，干吗修那么多路？

齐通霖差点笑岔了气，索性烟袋也不抽了，没法抽了，嘴合不拢。武仲仁见齐通霖这么高兴，自己也跟着他笑，等齐通霖把那句话的意思说明白了，这回轮到武仲仁放声大笑。两人笑够了，茶也冷透了，瞧了瞧墙上的钟，武仲仁立马站起来道：哎哟，这么晚了，我得走了，改天再叙。

北平中医学校定在谷雨那天开学，虽然离开学还有一段时间，但是消息却像长了翅膀一样，很快传遍了全国的几个大城市，外省的人也打来电话，问能不能来入学。李景轩就住在学校里，电话都是他接，忙得不亦乐乎，每当他听到对方失望的声音，都会很贴心地安慰道：明年情况就会改变的，耐心等吧。

这天，三儿拉着在学校里忙活了一天的齐通霖从丰盛胡同往回走，路过沙滩，突然停了车。三儿隔着帘子对齐通霖说：齐先生您委屈稍等一会儿，我买串糖葫芦给我老娘带回去，这几天一直吵吵要吃。

齐通霖一听，从兜里掏出几文钱递给三儿道：那就劳烦你多买几串，我带回去给夫人和美雪。

三儿把齐通霖送到家门口，自己拎着车把儿突然对齐通霖说：齐先生说的话算数吧……

齐通霖愣了一下，立马反应过来，说道：你瞅见我哪件答应的事没做来着？麻利儿回家吧，回头自己买几个本子，准备上课用，赶紧进去吧，你老娘等急了。

三儿回到家里，见小玉刚把饭摆上炕桌，三儿先喊了声娘，然后对小玉说：真是让你受累了。接着便把手里的糖葫芦递过去。小玉跟老太太说：我先放外边，一会儿咱吃完饭您再吃糖葫芦。老太太看着两人，高兴得一个劲儿地笑。小玉放完糖葫芦走进屋，看着站在屋当中高高大大的三儿，四方大脸，怎么看怎么喜欢，嘴里说道：你还不赶紧吃饭，像根木桩子似的戳那干吗。三儿便去墙角的脸盆架子那洗手，娘在一旁道：今儿齐老爷都对你说什么了？没问你跟小玉的事啊。

洗完手，三儿先把娘搀扶到炕沿旁边坐下，然后对娘说：人家齐先生一天忙的什么似的，我这点子事不值当人家操心，还有啊娘，您甭再喊人家齐先生老爷了，叫先生就得。

小玉在一旁道：你就别数落娘了，她愿意喊什么喊什么吧，齐先生身上又少不了一块肉。

娘听小玉这么说，笑了，说道：小玉说话我爱听。

三口人一边吃饭，一边说笑，吃完饭，三儿把碗一推，便去翻看以前记下来的一些药方子。三儿一边看，一边觉得很感慨，字迹都是七扭八歪的，那时候连写字都困难，不会写的字就画图，图画得更是可笑，只有三儿自己明白其中的意思。后来认的字多了，想把以前的图画擦掉改成字，又一想，这玩意儿留着以后给儿孙们看看一定挺有趣。

小玉见三儿专心学习，便轻手轻脚地收拾桌子碗筷，活都干完了，把糖葫芦拿进来，伺候老太太吃。只吃了一个，老太太就摇头说酸，不想吃了。小玉问三儿吃不吃，三儿摇头道：我从来不吃那玩意儿。这时听见角落里传来鼾声，两人扭头一看，老太太依偎在炕的一角睡着了。小玉对三儿轻声道：你这几天回来得晚，我让娘先吃，吃了好歇着，可她不听，非要等你回来一起吃，吃完了可不就困了。三儿点头道：回头我再跟她好好说说，别等我。

小玉准备回家，三儿站起来拉着小玉的手说：不然你就在这歇吧，这都多早晚儿了。说着便将小玉的手往前一拉，小玉就势靠在三儿的怀里，身上早软得像块面团似的，任三儿怎么揉捏都成。两人呼哧带喘的，同时朝老太太那望过去，老太太好像睡得很踏实。三儿便去解小玉的衣服扣子，才解了两颗，手就往里伸，摸到两团软肉，三儿的手明显在抖，碰到小玉的乳头，小玉失声喊了出来，把老太太惊醒了，睡眼蒙眬地朝两人看去，好一会儿才清醒过来，老太太声音很微弱地说道：等不及就把事儿办了，别等着肚子大了，街坊邻居说闲话。三儿只好送小玉回家。

胡同里的路灯都没亮，赶上阴天，黑得一丝光亮都没有，两人仗着路熟，手拉着手出了黄土坑胡同，往右一转，打算绕道东四北大街。

东四北大街比胡同里亮堂了不少，街面上空荡荡的，店铺都打了烊。风虽然没有冬天那么刺骨头，春寒也是够人受的，零星的路人都是裹紧了身上的棉袄，帽子耳朵放下来，脚底下更是急匆匆的。

三儿见小玉缩着肩膀，知道她冷，便用胳膊将小玉紧紧搂在自己怀里，两人热乎乎地朝前走着，小玉仰头看着三儿。三儿知道小玉看他，却偏不低头看小玉，三儿感觉到小玉热辣辣的目光在自己脸上撩，身上一股股的热浪翻涌着，小玉低声嗔道：哎呀，你就瞅人家一眼怎么了。三儿将小玉搂得更紧了，小玉喘气都有点困难，想要挣脱，可三儿就是不撒手，顺势低头朝小玉脸上一通亲。小玉臊得拼命挣扎，三儿便松了胳膊，捧着小玉的脸说道：你嫁过来就跟着我受苦，可没你们王家清闲，以后我娘全都靠你照顾。我跟齐先生说好了，学校开学我就跟着学起来，正式成为一名中医学校的学生，学好学坏就看我自己努力。

小玉直溜溜地站在三儿的面前，拍着鼓鼓的胸脯道：家里的事你就甭操心了，我一准给你打理得利利索索的。

三儿又对着小玉的脸一通亲，小玉说：你赶紧回吧，一会儿娘醒了喊你。三儿将小玉送到家门口才转身回家。

第二天三儿拉着齐通霖去丰盛胡同，到了学校大门口，齐通霖刚从车上下来，三儿便对他说道：您看，学校马上开学了，我想在开学前把我跟小玉的事办了，也就不惦记什么了，好一门心思跟您学本事。

齐通霖想了想道：说得有道理，这事看来宜早不宜迟。

当晚，齐通霖特意比往常回家早了半个时辰。王屏画跟美雪一起在后院收拾园子，把枯死的枝杈剪掉，再松松土。隐约听见齐通霖喊，美雪道：老爷回来了。两人放下手里的活来到前院，见齐通霖站在北屋台阶上，外边的大衣裳脱了挂在臂弯里，王屏画赶紧上去掀开门帘子，嘴里念叨着：在外边就脱衣裳，也不怕受凉。进了屋，没等落座，齐通霖就把三儿的事说了。

王屏画眨巴眨巴眼道：这也太急了点，他家的院子不得收拾收拾啊，人家小玉虽不是大户千金，也是个小家碧玉，王满仓家里的不挑理儿啊。

齐通霖道：管不了那么多，三儿说得有道理，赶着开学前把事办了，省得开了学，忙得顾不上，这事还得麻烦你去趟王家，把事说开了。王屏画答应着，招呼美雪先沏茶，饭还得等一会儿呢。

齐通霖擦了把脸，又给石府打了个电话，跟石宛寒互通了信息，电话里齐通霖将冯临声和李景轩两人夸了一通，石宛寒大笑道：通霖老弟觉着好那就是好，开学在望，生源这块得好好把握，以面试为主吧，宁缺毋滥。

接着石宛寒又说到联合会，声音低沉下来，说道：前几天接到南京方面的电函，电文很简单，意思是让咱们适可而止……齐通霖问什么意思。石宛寒沉吟片刻道：南京政府虽然撤销了那个提案，我琢磨着只是缓兵之计，他们对于中医的打压不会就此罢手的。咱们这一阵子又是筹备办学校，又是成立联合会，对南京方面有点挑衅的意思。停了停，石宛寒接着说道：但是咱们也不能像以前那样，什么都不做，干等着人家再把刀架在脖子上，中医要强大起来，这棵老树虽然毛病不少，可它是先人留下的东西啊，不能毁咱手里。

齐通霖听石宛寒说着，心里不停地翻腾，好一阵没出声，石宛寒甚至以为他掉线了，喂了两声，齐通霖这才道：刚才走神了。两人又说了几句话，约好过一段时间见面聊聊。

齐通霖放下话筒，见美雪端着饭进来了，便对夫人说道：你和美雪先吃吧，我中午吃多了，这会儿还没消化，一会儿吃碗面就得。说完，齐通霖去了书房。

齐通霖第一眼便看到了书桌上的新鲜玩意儿，一个烟斗。

以前齐通霖见有人用过，有懂行的告诉他，烟斗一开始也跟咱们的烟袋锅差不多，后来法国人发明了一种石楠树根做的烟斗，他们觉得拿着烟斗抽烟挺时髦。齐通霖听说了以后琢磨着，用烟斗抽烟是啥滋味呢，眼前这只烟斗让齐通霖很觉新鲜，有一种想马上一试的冲动。他将烟斗拿起来，一屁股坐到椅子上。烟斗光滑的表层，以及美观的造型，让齐通霖有些爱不释手。

他拉开抽屉，找出烟丝，试着放进去，然后用手按瓷实。用火柴点燃烟丝，因为烟斗能容纳更多的烟丝，点起来很容易，这让齐通霖愣了一会儿，一开始他还找不准握烟斗的姿势，不到一分钟的工夫，无师自通，看着烟丝明明灭灭的，齐通霖有一种酣畅的感觉。齐通霖凑在烟嘴上，轻轻吸了一口，一股香甜的烟草味瞬间进到齐通霖的嘴里，让他有些吃惊。齐通霖暗想：这玩意儿有点意思啊。

齐通霖一口接一口抽着烟斗，屋外边响起王屏画的声音：老爷是过会儿吃啊，还是立马吃？

齐通霖应道：现在就吃，告诉厨房，面里加个荷包蛋，好几天没吃鸡蛋了。

王屏画在外面嘟囔道：杂货铺里好几天没来鸡蛋了，说是过几天才能来，不然给你多放几块牛肉？今儿中午刚炖了一锅牛腱子肉。齐通霖嗯了一声。

王屏画进来的时候，见齐通霖手里攥着那只烟斗，便笑道：也不问烟斗哪来的，就用上了。

齐通霖道：除了老二谁能淘换来这些玩意儿。

王屏画道：是老二拿回来的不假，可老二只是受人之托罢了。

齐通霖问：谁？

王屏画说：你还记得那个协和医院的浦爱德不？烟斗是她托老二带给你的，还说她有事相求。

齐通霖赶紧道：这老二，人家都明说有事求帮忙，他还拿人家东西，这孩子真是不懂事。

王屏画刚想为天运辩解，听见外面美雪喊：老爷，电话里找您！

齐通霖出了书房去接电话，王屏画紧随其后，她让美雪跑一趟厨房，嘱咐伙计面里多放点牛肉，随后便也跟进了屋。

齐通霖正拿着听筒跟对方寒暄着：您这一程子也挺好吧……嗯，是，很快开学了，您说……行啊，当然欢迎啊……您客气了……太喜欢了，谢谢您嘞，以后甭这么客气，得嘞，有空来院子里瞅瞅，后边园子里的花立马开了，好看着呢……得，回见！

齐通霖放下话筒，人显得有些兴奋，扭头看见一旁的王屏画，便道：真是说曹操曹操到，刚才电话里的正是那个浦爱德，你猜她想干吗？

没等王屏画开口，齐通霖继续道：她竟然想来中医学校上课，学习中医。

王屏画不解道：她在西医院，来中医学校学习中医，这事听着有点怪啊。

齐通霖道：说怪也不怪，协和医院只是份工作，学习中医是人家的爱好。

美雪端着托盘进来了，齐通霖咽了两口唾沫道：这会儿真有点饿了。

吃完面，齐通霖的情绪一直很高亢，没忍住，打电话给石宛寒，把浦爱德也要学习中医的事一说，石宛寒也是同样高兴，说道：南京那边要是知道了外国人学习中医，他们会怎么说呢。齐通霖道：一样的道理，新医从外边进来，咱们中医也能出去，礼尚往来。石宛寒被齐通霖的话逗笑了，最后道：只是不知道这位外国人是什么背景。齐通霖大概将浦爱德的家庭背景说了一下，石宛寒听后说道：这样的人多点就好了。

晚上临睡前，齐通霖问王屏画道：老二今儿没回来？王屏画摇头道：没，说是替同事加个班。齐通霖又问老大，王屏画又摇头道：好几天没见老大人影了，武张氏还打电话问小秀在不在齐府呢，好像咱霸着她闺女不让回娘家似的。齐通霖道：我看还是赶紧搬回来吧，后院收拾好了没有？王屏画点头道：新归置的屋子，怎么也得用炭火烘烘啊，等屋里的墙干松了就让他们搬回来住。

第二天，王屏画拿了一匹颜色鲜艳的绸缎，让美雪捧着，一起来到小玉家。美雪心里已经没疙瘩了，所以见了小玉竟然亲如姐妹，两人趁王屏画和小玉娘说话的时候，进了小玉的闺房。

小玉说：你随便坐，这比不了你们齐家，不过比上不足比下有余。

美雪四下看了一遍，说道：够好的了，最舒心的是你父母双全，活得多体面啊，不像我，没爹没妈。

小玉听了，拉着美雪的手说：你要是不嫌弃，就当我是亲妹妹，你有什么心里话都能跟我说。

两人亲亲密密说了好一阵，商定以后就以姐妹相待。美雪眼眶子潮乎乎的。

外面的小玉娘喊道：小玉，小玉，夫人要回了，你俩还嘀咕什么呢。

两人赶紧走出屋，见王屏画和小玉娘脸上都兴高采烈的，一看就知道事情都办好了，美雪便对小玉说道：那就等妹妹的好日子了。

往回走的时候，王屏画问美雪：你原来不是还怪罪小玉吗，今儿我听见你妹妹妹妹的喊得怪亲的。

美雪笑道：那已经是老皇历了，从今往后我们以姐妹相待。

王屏画高兴道：那敢情好啊，以后小玉过了门，一条胡同里住着，抬头不见低头见的，要是别别扭扭的那就不好了。

路过金蔓的门口，美雪指了指门对着王屏画的耳朵道：这就是武家二奶奶的地方。王屏画看了看门脸，没说什么，两人接着走路。到了家，脱了外面的衣裳，剩下里边一件夹袄，王屏画还觉得热，一旁的美雪提醒道：太太留神别受凉。

到晚上吃饭的时候，王屏画就觉着身上不得劲儿，一碗饭没吃完就嚷嚷头疼，起身去了卧房。齐通霖问美雪太太白天干吗了，美雪说八成是从小玉家回来觉着热了，脱衣服脱的吧。这时候听见天运站在院子里喊妈，王屏画从卧房里吩咐美雪，让她招呼二少爷吃饭，再把炉子捅旺点。

天运见妈没出门迎自己，快步朝北屋走过来，拉开门没看见妈，只见爹坐在桌边吃饭，便喊了声爹，接着问：我妈呢？

齐通霖指指卧房道：你妈身上不得劲儿，八成受了风寒，我吃完了饭给她找药去。

天运道：我那有现成的发汗的药，省得熬药了，让我妈试试，管用的。

齐通霖埋头吃饭，假装什么都没听见。天运便去卧房看母亲。

只见王屏画躺在炕上，满脸通红的，天运喊了声妈，手朝王屏画额头上一摸，烫手了。天运道：您这是受了风寒了，您要是信得过我，我给您一片西药，您试试，还挺灵的。

王屏画朝外边努努嘴道：你爹说什么了？

天运道：没说什么。想了想又道：心里说什么，我也不知道啊，您等等，我给您拿药去。说完，天运回自己的屋拿药。

天运拿了装着阿司匹林的药瓶来到母亲卧房，从小瓶子里掏出一片递给母亲，又将水杯递过去。王屏画吃了药，便早早睡了。

天运当晚没回医院，给护士长打电话，说母亲生病了，想在家待一晚。护士长赶紧问要紧不要紧，需要不需要看急诊。天运说只是普通的感冒，已经服用了阿司匹林，看看明早情况再说。护士长嘱咐天运尽管好好看护母亲，医院的事她自然会安排好的。

第二天一早，天运来到北屋，见父亲已经起来了，便给父亲请安，问母亲怎样了。这时候美雪来送早点，将早点放桌上，也问夫人这会儿怎样了。齐通霖对两人道：天运那药挺管用，出了一身汗，退了热，一直睡到现在还没醒。

却听王屏画在里边喊：是老二吧，你还没去医院啊，赶紧走吧，我没事了。天运走进里屋，见母亲精神多了，便放了心。美雪也跟进卧房，问夫人想吃什么，王屏画对美雪说：给我端碗粥就得。美雪赶紧出屋去了厨房。

天运又跟爹说了会儿话，临出门，齐通霖让天运转达对浦爱德送烟斗的谢意，接着问天运知道不知道浦爱德主任准备来中医学校上课的事。

天运摇头道：这事不知道。想了想又说：这是很好的事。

三儿和小玉办喜事的时候，整个黄土坑胡同的街坊都来了，魏家胡同也来了不少看热闹的，包括武家的伙计。武仲仁用红纸包了二十块大洋随礼，三儿死活都不收，武仲仁死活要给，王屏画把那个红包接过来塞到三儿的口袋里，说：你跟他客气什么。三儿连忙作揖。

小玉从上到下穿的都是爹给做的，红夹袄上绣着牡丹花，牡丹花是小玉娘的手艺，红裤子的裤脚上也点缀了一朵牡丹花。红缎子夹鞋是从南城鞋铺里淘换来的，跟裤褂挺搭衬。小玉原本就苗条，衣服做得很合身，针脚也是超常的细密，越发显得小玉俊俏。三儿目光追随着小玉，跟别人说着话、喝着酒，眼睛也像长在小玉身上一样。小玉虽然没喝酒，可她一整天都晕乎乎的。

美雪忙前忙后地张罗着。这时候的美雪是真心实意为小玉高兴，欢快的氛围让美雪越发心情舒畅，她从心里觉得小玉对三儿来说更合适，那时候自己犹豫不决，有一个原因是觉得三儿配不上自己，她心里琢磨着更好的主儿，可她拿不定主意，锅里碗里都惦记着，结果什么都没得到，美雪想，人真的不能太贪心。

齐家的俩厨子都去了，大部分食材是从齐家拿过去的，齐通霖特意叮嘱王屏画家里有的尽管拿，因为齐通霖那天忙着学校明天开学的事，早上还是六爷送的他。

王屏画也跟着前后忙活，一会儿在三儿那边，一会儿又回到自己家，整个一上午脚没停过，最后自己也不知道忙活啥呢。快到晌午的时候，三儿家的院子里挤满了贺喜的人，大家伙一边闹哄哄地聊着，嘴里一边嗑着瓜子。三儿见六爷站在院子门口，赶紧朝他走过来问道：您没送齐先生吗？六爷道：瞧你说的，齐先生的事能含糊吗，齐先生不让我等着，怕你有用车的地方。三儿这才放心了，又问六爷下半晌是不是要去接齐先生。六爷摇头说：齐先生不让接了，说自己想办法，大街上有的是人力车。

到了下午，人差不多没劲儿闹腾了，年轻人都攒足了劲儿等着晚上闹洞房，正好有点空闲，三儿跑到小玉跟前对她说道：我看这阵子空闲，不如我去学校把齐先生接回来。小玉从不跟三儿拧着劲儿，三儿说什么小玉就应什么,听三儿说要去学校接齐先生,赶紧道:你倒是挪动啊,赶紧的,把齐先生接回来,咱也好敬他老人家一杯酒。

三儿偷偷从院子里溜出来,看见车就停在齐家大门口,便拉上车,一路朝丰盛胡同去了。

跑过沙滩,三儿觉出热,身上那件夹袄都穿不住了,索性脱了夹袄,只剩里边的一件白汗布褂子。这一脱,身上立马轻松了,想着家里有媳妇儿,炕上有老娘,心里就乐开了花,两条腿像是加了两个风火轮,不一会儿就到了丰盛胡同。

三儿把车停在学校门口,见门口停着一辆汽车,还以为是武家的,刚朝大门走了几步,这时大门打开了,先走出一个矮个男人,三儿觉得这人有点面熟,正琢磨,跟着出来一个黄头发高鼻子的外国女人。三儿想起来了,过年的时候,这两人来过齐家,好像是二少爷医院里的人。三儿停住脚步,怕冒昧。后边,齐先生出来了,还有那个冯临声和那个李先生。三儿站在原地,只有齐通霖看见了自家的车和站在一旁的三儿,齐通霖朝三儿做了一个手势,让三儿等会儿。

等汽车开走了,齐通霖朝三儿走过来,问道:新郎官不看着媳妇儿,怎么跑这来了?

三儿说:我接您回去啊,您要是有事没办完,我等会儿。

齐通霖想了想,让三儿在门口等着,自己回到院子里,没一会儿就出来了,对三儿说:咱们回吧。

齐通霖上了车,撂下车帘子,没过一会儿又撩开了,说道:真是到了节气,觉出热来了。

三儿扭头道:可不嘛,我热得连夹袄都穿不住了。

齐通霖这才留意到三儿只穿了个单褂子，立马让三儿把挂在车把上的夹袄穿上，说道：你明儿个不想上学了吧，春天最易受风寒。三儿听齐通霖一说，赶紧把夹袄穿上。三儿一路跑回黄土坑胡同。

齐通霖随着三儿走到院子里，热闹中有人喊了一声：齐先生来了。三儿的娘在屋里听见了，让小玉扶着往外走，还没到门口，齐通霖已经跨进屋了，他见老太太撑着往外走，知道是迎自己，赶紧大声道：您甭客气了，快回炕上坐吧。

他们刚坐回炕上还没说话，外头又有人喊：老水头儿来了。

老水头儿应声进了屋，见到齐通霖先拱手，再向三儿娘道喜，顺手从袖管里掏出红包，嘴里说着：一点意思，别见笑。三儿也不客气，接了递给小玉，又让小玉先给水爷端碗热乎的。小玉出门，去了院子里临时搭的灶台，没一会儿，端回一碗热汤面，老水头儿赶紧接过来。

这时候美雪在外头问：我们老爷可在屋里？

外头有人接茬儿：刚来，屁股还没坐稳呢。

美雪进到屋里，见齐通霖端坐在炕沿儿上，笑道：得，知道您回来了就好，您是这儿吃，还是回家吃？

三儿刚想说话，齐通霖却道：这儿吃点，回家再吃点。

一屋子人都笑了。

老水头儿吃完了面，空碗被小玉收走，换了一碗热茶，一碗面下肚，老水头儿脸上泛起了红光，三儿突然好奇问道：水爷，您到底多大岁数了？我打小就记得您这样，现如今，您还是这样。

老水头儿歪头想，大家伙都等着他说，过了半天，老水头儿道：不巧，我也忘了。

小玉笑成了一朵花，三儿在一旁一个劲儿给她摩挲后背，美雪看在眼里，心里又温暖又酸涩，这时却听老水头儿对三儿娘说道：这屋里就您跟我是老得发酸的人，人活一辈子，什么滋味不得尝尝啊，酸甜苦辣都得往下咽。

美雪对齐通霖道：那您再待会儿，我回家帮太太忙活家里了。美雪说完便出了门。

没等胡同里的人闹洞房，三儿就喊着送客，说想吃饭的明儿晚上再来，今儿就到这，明天还得送齐先生呢。大家伙也识趣，说笑着各回各家。

今天就是中医学校正式开学的日子。

一大早，天还黑着，齐通霖就起来了。王屏画跟着起来，也没去叫美雪，自己给齐通霖倒好洗脸水，又去了厨房。

美雪灵着呢，前院的动静逃不过她的耳朵，当王屏画推开厨房的门，美雪已经在里边了，正帮厨子忙活着。她娇小的身子被厨房里大团大团的雾气笼罩着，听见门响，回头，见王屏画站在那，便提高声音道：您回屋吧，我这就端去。

王屏画回到前院，见齐通霖洗漱完了，刚说了一句，也不知道三儿起来没有，就听见院子里三儿喊了声：齐先生，我在大门口候着呢。王屏画笑道：这孩子真可人疼。话音刚落，美雪端着早点进来了。齐通霖吃完，一抹嘴，穿上衣裳出了屋门。

今天三儿穿了一件崭新的阴丹士林布青褂子，脚上那双灯芯绒布鞋也是新的。一路上三儿没停脚地跑着，好几次，齐通霖让三儿跑慢点，三儿是双喜临门，浑身都是劲儿，哪听得进劝。

到了丰盛胡同，天刚大亮，中医学校的门口围了好些人。齐通霖道：瞧，有比咱们还早的。三儿看到一些拿着照相机的人，齐通霖告诉他，那是些报社的记者，专门找大家伙不知道的新鲜事，写成文章，登在报纸上。三儿不解道：可这中医学校的事早就知道了啊。齐通霖笑道：你我知道，北平城里好些人呢，大家伙一看报不就都知道了。三儿恍然大悟道：敢情报上那些文章都是这些人写的啊。

齐通霖上前推门，大门却从里边闩上了，齐通霖心想，八成看门的是怕开学第一天出岔子才把门闩上的，便拍着门环喊：刘大爷，是我啊。几个记者赶紧围上来，问齐通霖是干吗的。其中有个记者高声道：这就是齐先生，就是给刘部长老娘看好顽疾的那位神医。

他这一喊不要紧，门口的十来个记者全跑到齐通霖身旁，将他团团围住，其中一位男记者高声问道：您是中医学校的校长，请您说说中医的未来是怎么样的，中医和西医会是和平共处，还是你死我活？齐通霖扭头在人群中找说话的记者，一位高大俊朗的年轻人朝他抬了抬胳膊道：您好，齐先生，是我问的，我是《晨报》记者朱之朗。

齐通霖朝那位记者点了点头，仿佛是对他提的问题的一种赞许。恰巧这时大门打开了，看门的刘大爷从门里探出头来，对齐通霖招呼道：哎哟，齐先生来啦，您还是第一个。说着刘大爷为齐通霖把门拉开，等着齐通霖进门。齐通霖对朱记者道：不如进去聊吧。然后对三儿道：把车锁了，你今儿是学生了，进去帮着忙活吧。其他几位记者也跟着进了院子。

齐通霖将记者们带到了会客室，不等落座，朱记者直接对齐通霖道：我希望您能坦率地说出您的观点。这时有的记者坐下来，有的记者站着，那位朱记者没有坐下的意思，齐通霖便也站着。

齐通霖上下打量了一下朱记者，只见他的眼神淡定，一脸诚恳，便不再寒暄客套，直接道：您刚才问中医的未来，我坦率讲，中医虽说历史长，身上毛病不少，但有一点可以相信，它的未来不会差。齐通霖沉吟片刻，又道：至于您的第二问，中医西医将来会是什么关系，我也直说，中医西医将来在我们华夏，一定是缺一不可的手足关系……几个记者都低头拼命往手里的本子上记着。其中一位记者问齐通霖道：您说的这些观点是仅代表您个人呢，还是代表北平整个中医界呢？齐通霖想了想道：这一刻仅代表我个人，但中医界不乏有这种观点的人。

朱记者并没放过齐通霖，他又接着问：那您怎么解释这些年来中西医之间的争斗？从最开始的《大公报》事件，到这次南京政府"废止中医"的提案，虽然迫于压力，南京方面放弃了提案，可保不齐日后会重新提起来。

齐通霖从兜里掏出一盒纸烟，抽出一支，问记者们抽不抽烟，记者们都摇头，齐通霖便点着了烟，抽了一口。齐通霖突然问道：各位都读过一些《中庸》吧。不等回应，齐通霖接着道：我以前刚上私塾就开始读《中庸》，那时候年龄太小，对里边的意思全然不解，什么"喜怒哀乐之未发，谓之中，发而皆中节，谓之和"，虽然不明白什么意思，但书是背下来了。随着年龄增长，越来越觉得有点意思，比如"和"，后边说"致中和，天地位焉，万物育焉"。和，就是要协调分歧，达成一致，承认不同，想办法把那些不同的观点联合到一起，变不同为和谐。

在齐通霖说话的时候，记者们疾速在本子上记着，一边写着，一边点头。突然，朱之朗停下笔，抬头问齐通霖道：您说的这个道理我懂，但这只是您一方的想法，如果南京方面再次向中医发难，非置于死地不可，您以及您的同行们该怎么应对呢？

齐通霖正琢磨着该怎么回应，却听到一个洪亮的声音从门外传进来：天无绝人之路，真到了那份儿上，只能等老天爷来帮忙了。接着是一阵大笑。说话的人是石宛寒。

石宛寒走进屋，后边跟着肖灵岩、宋鸿墨、王春雨，紧接着冯临声和李景轩也来了。朱之朗刚想开口，被石宛寒拦住了，说道：外面又来了一些你的同行，你出去一趟，把他们都请进来吧，一会儿开学典礼就开始了，有什么要问的，典礼完了接着问。朱之朗点点头，跑出去了。

原本定的上午十点整举行开学典礼仪式，过了一个小时还开不了场，原因是有几个天津的学生赶不过来。一开始大家都很有耐心地等着，齐通霖看到坐在学生中的浦爱德，她一直低头读一本书。

眼看快到中午了，有的记者不耐烦了，朱之朗走到齐通霖跟前问道：还要等多久？

齐通霖忍不住了，对李景轩道：不等了，开始吧。

李景轩走上讲台，他的身后是一块大红的横幅：北平中医学校开学典礼。

台下第一排坐着石宛寒、齐通霖、肖灵岩、宋鸿墨、王春雨、冯临声、戴宏德、刘伯亭，还有刚到的武仲仁。后面是三十来个学生，浦爱德端坐其中，她那一头银发，以及那张异域面孔，颇为引人注目。三儿坐在最后一排，今天的装扮与平时大不一样，一件棕色布长衫（这是小玉爹专门为他上学赶制的），一双白边鞋，虽然走了一路，却似乎一点尘土都没沾上。头发也洗得干净，整个人显得十分精神。看得出，三儿克制着内心的激动情绪，但他身上的每一处都表现出由衷的喜悦。靠墙的两侧站着记者们，照相机不时发出砰砰的声音。

李景轩简单说了几句开场白,便请校长齐通霖讲话。

齐通霖稳步走上讲台,两鬓的白发衬托着一张国字型的脸,让人感到一种岁月的沉重。他的目光坚定,鼻翼微张,说话的语调比常人低且慢,这无形中增加了一种威慑力,大家为了听清楚他的话,不得不下意识地屏住呼吸,而因为语速慢,听的人有时间琢磨他的话,每句话都能进到心里。

齐通霖将两只手轻轻放在讲台的边沿上,说道:今天对于咱们中医行来说是个好日子,按说这件事早应该办,大家想象一下,如果北平的中医学校早在十几年前就办起来了,现在已经桃李天下,中医也早已兵强马壮了。人无远虑,必有近忧,不过亡羊补牢,未为晚也,从今往后,北平就有自己的中医学校了。

齐通霖扫视了一下台下坐着的人,他看见每一张脸上都透着一股抑制不住的高兴劲儿。前排的石宛寒一直笑着,所以他的眼睛总是眯着,完全是一副心满意足的表情。齐通霖朝后边的浦爱德看了一眼,当浦爱德与齐通霖的目光碰到一起时,她竟然朝着齐通霖做了一个双手合十的动作,齐通霖被她这个手势弄得有点发蒙,他迟疑了一下,接着说道:我希望北平的中医学校能够培育出优秀的中医人才,治病救人,医德为先。最后想说的,也是很多人都好奇和关心的事,那就是中医与西医应该是个什么样的关系。

齐通霖说出这句话的时候,台下突然变得异常安静,石宛寒一直眯着的眼睛突然睁开了,记者们也停下拍照,等着齐通霖说下去。

齐通霖笑了,说道:从大家伙的反应上就可以看出来,这个话题让人挠头。齐通霖的声音显得异常清晰。他接着说:在我看来,中医与西医的关系用八个字说明就够了,那就是"和谐共处、互相帮扶"。这时候听见下边有微弱的议论声,齐通霖道:有疑问的可以大声说出来。

在记者群里有个矮个子男青年操着山东口音道：没别的，俺就是想问一下，这八个字，代表您自己呢还是代表北平城的中医界。

没等齐通霖开口，石宛寒站起身道：我代替齐校长回答吧，齐校长说的那八个字并非他个人所属，而是北平整个中医界的想法，不过我还想补充四个字：共谋发展。

齐通霖带头鼓掌，台下的掌声还夹杂着议论声。齐通霖看见三儿高兴得像个孩子似的，两只手向上举着，这时突然一阵风，将并未关严的屋门吹开了，风夹杂着一股暖意闯进来，掀起了站在台子上的齐通霖长袍的一角。齐通霖走到门边去关门，忽然，他注意到庭院里的迎春花开了，黄灿灿的，让他心头为之一振。齐通霖回到讲台上，说了一句：祝中医的未来像春天一样蓬勃向上，也祝各位万事如意！

结婚不到一年，小玉便生了个儿子，过了满月，三儿特意抱着孩子来齐府求齐通霖给孩子取名。王屏画看着孩子粉嘟嘟的小脸，想着自己一大把年纪了还没抱上孙子，不禁一阵感慨道：这孩子怎么看怎么好，干脆小名就叫好儿吧。三儿接着让齐通霖取个官名。齐通霖在屋里来回走溜，惹得王屏画笑着说道：这可是黔驴技穷了。

齐通霖停下脚步道：瞧你说的，我就是驴也只能是北平城的驴。王屏画笑得眼泪都出来了。齐通霖突然看见外面起了大风，刚长出新芽的藤萝树枝子被风吹得漫天飘舞。春天的风声势大，但已经没有冬天的风那么扎骨头了，而且春天的风让人感觉里边包裹着很多的盼头，如果说冬天的风刮得人透骨寒冷的话，春天的风便给人无限的遐想和希望。齐通霖突然说道：我看不如就叫好风吧，张好风，还应和了夫人取的小名。王屏画一个劲儿拍手，说俩名字都好。

三儿满心欢喜，抱着孩子回到家，见小玉正在灶台上忙着，便跟她说了齐先生取的名，小玉道：大名小名取得真没挑了。小玉抱了孩子回炕上歇着，突然问三儿道：这几天怎么没见你去上学呢？

三儿回道：头两天学校里来了几个人，说是要审查学校，这个礼拜学生就不去上课了。

小玉接着又问：那齐先生也没去学校？

三儿道：齐先生去，可他不让我送他，让我伺候你月子，这些天都是六爷送的。

小玉埋怨道：六爷岁数不小了，孩子也过了满月，我看你明儿开始送齐先生去吧。

三儿没说话，他把锅里烧的水用舀子舀到盆里，问小玉水是干吗用的。小玉说是和面用的，娘想吃烫面饺子，昨儿的白菜帮子还没着落，还有点大油渣子，正好和馅。

这一年来，三儿在学校里学了不少东西，每天在学校里学完了，晚上便让小玉给他补习文化课。结婚以后，三儿便不再跟王屏画学了，王屏画对小玉说：那你就辛苦了，不过这学生挺认真，教起来省心。一个人要是跟一件事较起真儿来，就没有干不成的道理。加上以前在医社时那些宝贵的诊病经验，三儿心里有一种跃跃欲试的感觉，他心里盼望着自己能像齐先生那样给人诊病，但他又很害怕这一天的到来。他听齐先生讲过一个笑话，说一个汉子的娘生病了，他上街去寻大夫，见很多大夫门前都蹲着好些鬼魂，那是被大夫治死了的人。他瞧见一个大夫家门口一个鬼魂都没有，便高兴地想，这位大夫一定医术高超，不然怎么一个鬼魂都没有呢。旁边一个人说道：你有所不知，他开张当大夫才不过一天。三儿想当一个门口永远都没有鬼魂的大夫。齐通霖知道后说：那有点难。

三儿越来越多地梦见自己当上了大夫，在梦里他开始给人诊病，每天晚上都要去自家门口看看有没有鬼魂蹲守，有一天他看到门口乌泱泱蹲了一大片鬼魂，吓得三儿撒丫子往回跑，嘴里还喊着：齐先生救命啊。

三儿把这梦讲给小玉听，小玉安慰三儿道：甭信那个，做梦反梦，你将来一定是个好大夫，像齐先生那样的好大夫。

小玉打算让美雪当小好儿的干娘，但她不知道美雪愿意不愿意。三儿道：她高兴还来不及，不信你去问她。

有一天小玉等小好儿睡了，便去了齐府找美雪。美雪不在，王屏画让小玉进屋坐一会儿，说美雪一会儿就回来。小玉虽然来过几趟齐家，可都赶上黑天，什么都没看着。这会儿哪哪看着都新鲜，进屋以后眼睛更不够使唤了，对王屏画说道：您府上真阔气，真好看。

王屏画笑道：你要是喜欢就常来，有空抱着小好儿来转转，我们家没小孩儿，我还嫌平时太冷清呢。

美雪回来，见到小玉，小玉把来意说了，美雪一口答应。

小玉回家，见孩子在炕上爬，三儿在一旁拿着一本书看，小玉心里很满足。

没想到小好儿刚过百天，三儿的娘就过世了。三儿梦里哭醒了几回，好在有小玉在身边陪着，日子便接着过下去。

天运结束了住院医生的实习，正式当上了协和医院的一名外科医生。科室里给他的结语是：敬业志勤。

天运心里并没有因为这事感到特别高兴，倒是护士长刘慧兰张罗着全科室为天运庆祝。刘慧兰让一个小护士去医院旁边的一个西点铺子,买回一个西式蛋糕,又从饭堂买回几份像样的菜,医生护士十几口人正有说有笑,为天运庆贺的时候,主任道格医生来了。他顺手拿起一杯水,朝天运祝贺道:很荣幸我们能成为同事。刘慧兰对道格主任说:怕您忙,就没通知您,您不会介意吧。

道格说:当然不会介意,但是我并没有那么忙,如果你们邀请我,我会很高兴的。说完,自己取了一块蛋糕吃起来。

这时候,安娜来找道格,看见大家在聚会,问明缘由,便热情地向天运祝贺。天运表面上很轻松地回应安娜,心里却有些沉重,他明显感觉到安娜对自己的态度已经发生了转变。等道格和安娜离开以后,护士长白了一下两人的背影,然后很关切地看了一眼天运。天运假装没在意。

晚上七点多,天运换了衣服准备回家。刚走出医院大门,看见浦爱德和丁汝麒迎面走来。三人站在路边聊了一会儿,浦爱德对天运说:我一直在您父亲主持的中医学校里学习中医,非常有意思,除了学习为人诊脉治病和中草药知识,我还见识到了中国的古典哲学,真让人开眼界,你能守着那样的父亲,真是一种幸运。天运听着,一直面带笑容,浦爱德最后那句话让天运有些羞愧,因为他从来没有对父亲干了一辈子的中医感到过兴趣。一旁的丁汝麒对天运说:请代我问齐先生好。三人又寒暄了几句,天运刚转身要走,隐约看到安娜的身影,他停下来,却发现那个人并不是安娜。

天运没有叫车,从医院一路走回家来,他一边走一边想着安娜,并非在思念她(多少也有些思念的意味),而是在琢磨她与露易莎的差别,露易莎就像一块温润的玉,时间越久越让人觉得宝贵。安娜则像一抹绚丽的彩虹,很漂亮、扎眼,但转瞬即逝。天运仔细想着在与安娜的交往中,自己有没有很失礼的举动，想了半天，他否定了这个想法。他现在意识到自己与安娜在交往的过程中，除了互相有些好感，也并未超出朋友的范畴，所以严格来说，算不上男女恋爱关系。这样想着，天运感到释然了。

天运绕道魏家胡同，眼睛朝远处老水头儿的鞋摊望过去，却发现老水头儿不在。天运走过去，站在鞋摊旁，见台子上落满灰尘，修鞋的家伙什儿也都不见了。不远处一个工人正在给干燥的路面洒水，工人用水瓢从一个大木桶里舀了一瓢水，尽量均匀地洒在路面上，天运朝工人走过去，问他修鞋的水爷爷今儿没出摊吗？工人停下手里的活，看了一眼空荡荡的鞋摊说道：老水头儿有两三天没出来了。天运疑惑着往家走。

刚进院子，美雪便从北屋跑出来了，问天运饿不饿，说饭马上就得。天运一边往自己屋里走，一边扭头对美雪说：我先睡一会儿，等饭好了喊我一声。

天运迷迷糊糊看见露易莎拉门进来了，露易莎对天运说：你看，我说我会来找你吧，只是路太远，带的火腿都坏了……天运正担心安娜会看到露易莎，却听露易莎说：你不知道吧，安娜是我表姐，她就是为了考验你，才对你好的。天运刚要去拉露易莎的袖子，睁开眼却发现是母亲坐在自己旁边。

天运睁开眼，迷迷瞪瞪地看着越来越清晰的母亲，揉揉眼睛道：我睡了好一阵吧，几点了？

王屏画说：没睡多一会儿，你赶紧起来去水爷爷那看看，说是病得起不来了。

天运一个鲤鱼打挺从床上站起来，穿好衣服推门出屋，院子当中黑黢黢一个身影，是父亲。齐通霖见天运从屋里出来，迎上去说道：你先去水爷爷那看看，我等一个电话，随后就到。

天运急火火地到了老水头儿家，院子里的另外两户人家正在吃饭，屋门都大敞着。天运朝他们点了下头，便高声喊着水爷爷，从西屋走出来一位老太太，见是天运，道：是齐家二少爷啊，老水头儿在东屋，您留神脚底下，这院子地不平。

天运走进老水头儿屋里的一瞬间，一股清冷孤单的气息扑面而来。屋里很暗很冷，他摸了摸灶台，更是冰凉，看样子好几天没点火做饭了。一盏孤零零的油灯，黄豆大小的火苗一动不动。天运借着微弱的光亮，看到老水头儿静静地躺在炕上，身上盖着一铺薄被，炕的旮旯里堆放着杂物。小炕桌上只有一只空碗、一个竹篾暖水壶，天运拿起水壶摇了摇，空的。天运心里发酸，走到炕沿上坐下来，手朝老水头儿的额头上摸去，没有发烧。这时候老水头儿眼睛睁开一条缝，看了一会儿，认出是天运，努力挤出笑容，费劲儿地说道：瞧，还让您这么尊贵的身子来看我……

天运跑回家，想着去给老水头儿拿壶热水，再带些热菜热饭来。半路上碰到父亲，齐通霖见天运慌慌张张的，问他怎么样了。天运简单说了下，齐通霖快步朝老水头儿家走去，进屋坐在炕沿上给老水头儿号脉。齐通霖三根手指搭在老水头儿的脉上，停留了几分钟，便知老人大势已去，脉率无序，脉形散乱不堪，宛如麻雀啄食一样，已然是绝脉了。

齐通霖心里万般难过，他轻轻地对老水头儿说道：老哥哥这辈子活得通透啊……说完这句话，齐通霖将一只手放在老水头儿摊开的手掌上，他感觉到老水头儿的手慢慢失去了热力，齐通霖想给老水头儿掐一下人中，但那只是个想法，他的手还在老水头儿的手掌上，没有一丝抽回来的意思。

老水头儿的后事都是由齐家料理的，王屏画张罗着在齐家院子里摆了几桌席，大家伙吃得高兴，嘴里都念着老水头儿的好处，六爷突然说道：往后修鞋没着落了。大家伙这才意识到老水头儿真走了。

心里琢磨了好久，天舍还是决定开个中药铺子。

天舍的中药铺子开在南城鲜鱼口，门脸朝北，斜对面就是武仲仁的一个茶叶铺。这个茶叶铺，在武仲仁所有的铺子中属于中下水平，茶叶铺大伙计叫亮子，头秃、脸大、嗓门粗，每次武仲仁来铺子里，都嫌他嗓门大，进新茶叶的时候，武仲仁总是跟亮子说：你消停会儿，别把茶叶吓着。生意不好的时候，武仲仁就说客人都是让亮子吓跑的。自从天舍的中药铺开张以后，亮子隔三岔五就去找天舍闲聊。刚开张那阵，客人欺生，冷不丁开个药铺，谁也没在意，再说，西边走一袋烟的工夫就是大名鼎鼎的同仁堂，谁在乎一个新开张的小药铺。

半年后，天舍的药铺终于慢慢热闹起来了，原因有二，一是客人知道了这是齐家大公子的店铺，仗着令尊的名头，原本要去同仁堂的，脚跟子一软拐进了鲜鱼口；二是天舍对药的品质要求颇高，他不屑去挣那些掺假、以次充好的昧心钱，有一是一，做生意讲究诚信。

生意忙不过来的时候，天舍让小秀来店里帮忙，不愧是商人的后代，小秀打理起生意只比天舍更强。小秀每天来铺子里都是男人装扮，鲜鱼口的人一开始以为她是天舍雇来的伙计，只有亮子门儿清，亮子道：你们也不打眼好好瞅瞅，伙计能穿那种绸缎衣裳？那是我们东家的千金，人家门当户对嫁给齐家大少爷了。

这话传到小秀耳朵里，小秀再去的时候就换了女装，还是北平城里最时兴的洋装，上身一件蕾丝花边的阔袖高领短款小夹袄，下身一条薄纱百褶裙。虎子和王喜堂早让武仲仁辞退了，新来的车夫一天到晚跟着武仲仁，自从吴秉楠走了，家里的汽车就成了一堆废铁。小秀走出大门找寻人力车的时候，突然想起了吴秉楠，要是他还在武家，一准是他开车送。有一次小秀跟武仲仁提过找个专门开车的司机，武仲仁答应了，但一直找不着合适的。

小秀坐着一辆人力车一直顺着东四往南走，过崇文门的时候见有卖甑糕的，便下车买了一块，琢磨着带给天舍。到了铺子门口，小秀刚一下车就被不远处的亮子看见了，喊了一句：哟呵，姑奶奶总算变回女的了。小秀回道：留神我一会儿过去撕你的嘴。

小秀走进铺子，铺子里有四五个主顾正等着抓药，小秀朝柜上扫了一眼，不见天舍人影，却见俩伙计在柜上忙活着。小秀没跟他们打招呼，直接去了后院。天舍坐在当院的石凳上，正在跟一个陌生男子说话，见小秀走进来，天舍一边打量着小秀，一边对陌生人说道：这是内子。又对小秀说道：这位是王先生，做药材生意的，带了点好货过来。

小秀坐了一会儿，然后点头笑道：二位慢聊，我去街上看看。说完从后院出来，直接出了铺子来到街上。没走几步，便看见一个蓬头垢面的女人当街打孩子，一边打，嘴里还一个劲儿贱货、小婊子地骂着。小秀听不过去，接口道：您这是骂您亲闺女呢，不知道的还以为您是开窑子的。

女人刚想回嘴，猛抬头看见衣着光鲜的小秀，一愣，话到了嘴边，又咽回去了。但女人脸上的表情还是挺糙的，她狠劲儿地白了小秀一眼，那句狠话虽然咽回去了，嘴一松，还是溜出一句：咸吃萝卜淡操心，回家照镜子去吧……

小秀知道她厌了，便不再炸刺儿，一脚跨进了自家的茶叶铺。

亮子笑道：姑奶奶今儿这身装扮真好看，我看以后姑奶奶就这么打扮得了，也好让人分出公母来。

小秀真跑到了亮子身边，扯他腮帮子。亮子夸张地喊：哎哟哎哟，姑奶奶饶命。

小秀放了亮子，走到柜台里边，一屁股坐在椅子上，问亮子这程子生意怎么样。

亮子说：自打姑爷的铺子忙活起来以后，咱这铺子也跟着凑热闹，生意比先前好多了，就是那话，好男人就是一片好风水，姑奶奶以后有靠啊。小秀听完心里美滋滋的。

晚上回到齐家，吃完饭小秀问天舍：今天那人都带了什么货？天舍说：都是些细料，鹿茸牛黄老山参什么的。小秀目不转睛地瞅着天舍道：你哪来的钱进货啊。

天舍道：咱不是把后海那小院儿卖了吗，反正咱们现在住家里，名正言顺的。

小秀说：我记得盘这药铺的时候用了不少大洋，够吗？

天舍道：哪就花完了。接着，他一把搂过小秀低声道：今儿在铺子里就想你了，忍了一天，以后你就穿裙子吧，真好看……

一夜云雨，小秀第二天竟然醒晚了，睁开眼，天舍早不见了影儿，小秀心想：到底没嫁错人。

这几天北平的报纸上都是梅兰芳大师访问美国的消息，《晨报》用一整版报道了梅大师在美国演出的盛况，尤其是那出《汾河湾》，更是受到美国人的喜爱。《晨报》刊登了梅兰芳大师与美国著名戏剧大师卓别林的合影，两人握着手，看上去十分友好。

晚上吃完饭，王屏画拿着报纸对齐通霖说：瞧瞧梅大师这范儿，这眼神儿，这身段儿，一下子就把这美国人比下去了。

话音还没落，院子里便传来武仲仁的喊声：通霖兄，通霖兄！看报了没。

武仲仁一脚踏进门，见饭桌还没撤，一屁股坐在齐通霖旁边的椅子上道：你看看梅大师在美国多风光，原先北平城里还有好些人对人家出国演出说三道四的，现在都闭嘴了。说完，武仲仁用俩眼盯着桌上的菜问道：今儿这是吃斋啊，连个肉毛儿都看不见。

王屏画道：仨孩子都不回来吃，就没弄肉菜。

说完王屏画朝门外喊，不一会儿，美雪进屋了，问夫人有什么吩咐。王屏画道：赶紧让厨房给亲家弄个肉菜来。美雪应了一声出了房门。

武仲仁的眼睛一直往桌上的剩菜盘子里瞅。王屏画笑道：这是几天没吃饭了，饿成这样。

正说着，美雪送来一副碗筷，武仲仁拿了筷子，朝着剩了半盘子的蘑菇笋丝伸过去，夹了一大筷子，放到嘴里嚼着，然后说了一句：比我们家厨子炒得好吃。王屏画笑道：你那是没良心了，满胡同的人都知道武家的厨子在北平城都是数得着的，想必你是吃絮烦了。

没一会儿，美雪端着一盘肉丝炒熏干进来了，武仲仁让美雪把菜放到自己眼前，扭脸问美雪道：美雪姑娘，实在没合适的人嫁我得了，后院空着呢。美雪跟没听见一样扭身出去了。

美雪出去以后，王屏画对武仲仁道：亲家这话说得过了，美雪是个要脸面的人，你总这么随便，自己不觉得什么，人家姑娘心里不乐意。

武仲仁道：我可不是随便说的，索性今儿就正儿八经说一回。我是认真想娶美雪，这事我想了好几年了，美雪老大不小的，高不成低不就，不如嫁给我，求亲家给我这面子。

齐通霖端起茶杯，喝了一口茶，慢条斯理道：您武老爷的面子还用我们给啊，北平城里，到哪谁不给您个面子啊。

接着齐通霖严肃道：说到美雪的事，我们家的习惯你还不知道，我和夫人做不了主，得听美雪自己的，她说嫁谁就嫁谁。

王屏画接道：我心里也是这么想的，你真想娶她就亲口去问，她要是跟你呢，你就领家去，人家要是没那意思，以后就别惦记了。

美雪进来换茶，王屏画朝武仲仁使眼色，让他问。武仲仁朝齐通霖望去，想让齐通霖帮忙。齐通霖假装看不见，手里一直摆弄那只烟斗。

武仲仁只得硬着头皮对美雪说道：是这么回事，美雪姑娘也到了嫁人的年纪，又找不到中意的人，我刚跟夫人商量了，美雪姑娘要是愿意跟我呢，就点点头，算是同意嫁我，要是不愿意跟我就直接给个话，从今往后我就不提这茬儿了。

美雪立马接道：那我就直说了，别说您让我当小了，就算您明媒正娶让我当大房，我也不会踏进你们武家的大门，您也甭猜了，我就是不愿意，没看上眼。说完，美雪把桌上的空盘子空碗放在托盘里，端着出了屋门。

王屏画刚想开口说点什么，却见武仲仁摇晃了一下那颗大脑袋，说：我琢磨她这是赌气呢，跟谁赌气我不知道，但女人的心思我还是看得八九不离十。吃完饭，武仲仁喝了几口茶，说茶不好了，明儿让人送点好茶来。说完就告别了。刚出齐家大门，武仲仁碰上小秀和天舍从外边下馆子回来。见是爹，小秀问他什么时候来的，再待会儿不？武仲仁说要去看小午儿，便匆匆走了。

汪芝麻胡同只有一盏路灯亮着，武仲仁深一脚浅一脚地到了金蔓院子门口，按了半天门铃，翠枝才来开门，武仲仁气道：耳朵聋了，门铃都听不见啊。翠枝不敢言声，紧跟在武仲仁身后往院子里走。

武仲仁看见鱼池旁摆放了一张精巧的小桌子，桌上摆着点心、茶还有红酒。桌边除了金蔓还坐着一个男人，那人侧面对着武仲仁，看见金蔓朝武仲仁挥手，一扭头，却让武仲仁吃了一惊，那人正是吴秉楠。

武仲仁在齐家吃了一块凉年糕，心里原本憋屈，此刻却看见自己的老婆坐在院子里，跟别的男人赏月喝茶吃点心。武仲仁急火攻心，只觉得脑门子一热，冲吴秉楠道：你不在石先生家伺候着，跑这干吗来了。

金蔓刚要开口，却被吴秉楠拦住，说道：只是路过此地，进来坐坐而已，武先生不必多想，若您不欢迎我，我就此告别。说完，吴秉楠起身，拿起一旁的礼帽扣在头上，又朝金蔓略略弯腰，接着便很快消失在暮色中，剩下武仲仁和金蔓站着发呆。

屋里跟小午儿玩的奶妈很会来事儿，她让小午儿出去找爸爸。小午儿挓挲着小手朝武仲仁走过来，武仲仁马上换了脸色，张开两只手迎着小午儿，嘴里喊着：哎哟，我的乖孩子，心肝儿宝贝儿……

金蔓不动声色，坐回到椅子上，她拿起酒杯，抿了一小口，这时候小午儿从武仲仁的怀里挣脱出来，喊着妈妈，朝金蔓跑过来。金蔓连忙放下酒杯，弯腰抱起小午儿。一旁的翠枝道：老爷太太进屋说话吧，外头凉。

武仲仁一边往屋里走，一边琢磨这通恶气该不该发出来。他感觉不到金蔓在他后面走。金蔓像一只猫一样轻手轻脚地走着，身上散发着一股股香气，武仲仁被这股子香气熏得脑子开始发木。他坐在那把紫檀木的太师椅上，金蔓已经把小午儿递给了奶妈，奶妈抱着小午儿从后边屏风去别的屋了。回到屋里，金蔓身上的香气越发浓重了，这时武仲仁已经完全平静下来了,可他心里还有个小坎儿过不去,他琢磨着怎么才能让眼前这个女人得到点惩罚,虽然自己拿她没什么办法。

武仲仁突然说道:我准备娶个小的,反正那边后院空着呢。武仲仁说这话的时候眼睛直直地看着金蔓,就是想看看她脸上的变化,他等着金蔓打翻醋坛子、撒泼、摔东西……等了半天,屋里还是寂静如前,什么都没发生。

金蔓轻轻走到墙角那面镜子跟前整理头发,她把耷拉到眼前的那绺浓密的鬓发轻轻往头顶上归拢着,可那绺头发过于浓密,总是往下掉,金蔓索性从脑后面取下一个卡子,把头发卡在上面,然后用手指头抹了抹有点花了的口红,那是刚才亲小午儿的时候蹭的。

金蔓回头,见武仲仁正看着自己,便嫣然一笑,问道:老爷刚才说什么来着?娶个小的?那可好啊,武家又能热闹一阵子了。

武仲仁心里最后那点气性一下子烟消云散了。他像个木偶人似的,看着金蔓先是在屋里走来走去,把屋里那盆兰花的花盆用抹布擦了一通,再抖一抖抹布上的灰尘,尽管上边八成什么灰尘都没有,接着她又将桌上那块暗绿色丝绒台布抻了抻。

武仲仁的身体虽然形同木偶,但眼睛是灵活的,不停地追随着金蔓,最后,金蔓问他是在这歇下还是回老院子去。武仲仁想了想道:回老院子。金蔓便道:那老爷赶紧回吧,天太黑,留神崴脚。

第二天晚上,武仲仁给齐通霖打了个电话,说跟齐通霖商量个事,能不能让天舍和小秀住到武家大院里来,院子空空荡荡的,不像个家。

齐通霖挂了电话跟王屏画说了。王屏画正在绣一个针线袋子,听齐通霖说了武仲仁的心思,低头琢磨了一会儿,说:这得问人家小秀和老大的意思,尤其是老大,脾气各色,他要是不在意就成。齐通霖让王屏画去后院问。王屏画撂下手里的活,便往后边来了。

王屏画看见天舍和小秀的屋里灯火通明,隐隐地还传出音乐声,便走上台阶,喊了声:老大在吗?

天舍听见娘在外面喊,赶紧开门出来了,将王屏画让进屋里,问道:您有事啊,我和小秀正听歌儿呢,王人美唱的,《春回来了》,您瞧,多应景啊。

小秀倒了一杯茶,捧着端给婆婆。王屏画笑道:好闺女。王屏画又支棱着耳朵听了会儿歌,说道:这歌儿还真是好听呢。王屏画看着留声机上的大喇叭道:这玩意儿也挺时兴,总听别人说,今儿一听,这声儿还真是好听呢,比真人唱得好听。

小秀一边笑一边说道:回头让天舍给您也弄一个回来,您就不闷得慌了。

王屏画话题一转,把小秀爹的意思跟小两口一说,两人你看我我瞅你的,半天没人吱声。最后王屏画道:也不急,你俩商量商量,小秀直接跟你爹回话就得。

过了三天,小秀回家对武仲仁说:爹,那我们就搬来吧,可我只想住金蔓那个偏院,后院您留着吧。

武仲仁自然高兴,武张氏也连声念佛。武仲仁亲自张罗着,找工匠把院子拾掇好了,雕梁画栋自不必说,鱼池藤萝架一样不少,连廊檐下的鸟笼子里的鸟都是武仲仁自己选的。小秀和天舍过来的那天,胡同里着实热闹了一阵,六爷说:嘿,这可比他们结婚的响动还大呢。

这天一早,下了一阵小雨,胡同的地面湿乎乎的,可脚踩过后,下边的土却还是干的,湿土都沾鞋上了。空气里透着一股子腥气,吸到鼻子里往下咽的时候,有点拉嗓子眼。三儿把车停在齐家门口,车把上搭了一块雪白的干松毛巾,他是怕齐通霖扶车把上车的时候摸一手湿。他自己则笔直地靠墙边站着,怕挡了胡同里其他人的道。

三儿等了一袋烟的工夫,还是不见齐通霖的人影,大门闭得死死的。三儿有点纳闷了,往常这时候齐先生早出来了。三儿心里打鼓,刚要上台阶推门,门哐啷一声开了,齐通霖快步走出大门。三儿看到在门里边准备关门的美雪,挥了挥手,算是打招呼,美雪只笑了笑,便将大门关上了。

三儿用那块干松的毛巾擦了擦湿漉漉的车把,齐通霖小声道:没那么多毛病,以后甭整这出。三儿点头,脚底下跑得飞快。往常在路上都是齐通霖挑头说话,以前是问三儿的生活,问三儿的娘,如今齐通霖更多是问三儿上课的事,听不懂的地方给讲讲,听懂的地方,需要牢记的,便敦促三儿记踏实了。可今天,车都过中南海了,齐通霖还是一言不发。三儿忍不住扭头看着齐通霖,问了一句:夫人挺好的吧……齐通霖应了一声:挺好的。

到了丰盛胡同,离学校还有百十来米,三儿见学校门口围了不少人,再靠近点,看见那些拎着照相机的,是记者无疑了。到了门口,有眼尖的记者认出是齐通霖的车,便跑过来,三儿认出其中一个便是那个朱之朗。他站在其他记者的前面,大声朝车里的齐通霖问道:南京方面是真的勒令解散学校吗?

齐通霖没有回应朱之朗,但这话却让三儿一下子僵住了。他觉得是自己听错了,问朱之朗道:您说什么?谁让解散学校?

朱之朗顾不上三儿,不错眼珠地看着齐通霖。但齐通霖好像没听见似的,飞快地朝大门走过去,到了大门口,没等他按门铃,大门便打开了。

三儿一直紧跟着齐通霖，竟然忘了自己应该去教室上课，直到齐通霖进了校长办公室，三儿才反应过来。他看着齐通霖进了门，悻悻地朝教室走去。

课表上写着今天上午是肖灵岩的《黄帝内经》课，往常肖灵岩会提前半点钟到课堂，解答他们上一节课遗留的问题，或者跟学生们天南地北地聊一阵，教室里的气氛暖融融的。但是今天过了上课的时间，还不见肖灵岩的影儿。负责班级杂事的王同学忍不住了，站起来往外走，准备去找教务处的李景轩处长问问，刚把教室的门打开，与正往里走的肖灵岩撞个满怀。王同学赶紧扶住肖灵岩，肖灵岩白了一眼王同学，挂着手杖走进教室。

今日的肖灵岩不像往日那般轻松了，有几分与之不相称的沉重。他用手杖将地面杵得咚咚响，仿佛以此来表达一种激愤的感情。

肖灵岩走上讲台，将手杖挂在讲台的一侧，抬头看了看下边的学生，见大家都用一种热切的眼神看着自己，肖灵岩的眼睛突然红了，他将两只胳膊撑在讲台上，一言不发。台下的学生们目不转睛地看着他，这样的场景持续了半分钟，一个男同学的声音从教室的中部响起来：肖先生，听说南京方面有指令，让解散学校，有这事吗？

这一句话，让整个教室像一锅沸水，立马热闹起来。嗡嗡的议论声简直要把房顶掀翻了。

肖灵岩喊了几嗓子，想制止喧哗，无效。只见肖灵岩拿起讲台一侧的手杖，照着讲台边缘当当当狠劲儿敲了三下，教室里顿时鸦雀无声。肖灵岩慢悠悠地将手杖放回讲台一侧，似乎恢复到以往的悠闲状态，他拉长了声音道：南京方面说什么不重要，重要的是咱们做什么，现在咱们上课。学生们听肖灵岩如此说，赶紧从课桌里掏出笔记本，摊在桌上，拧开自来水笔等着肖灵岩讲课。

肖灵岩提高声音道：今天讲"五气和五味"，所谓五气，即"寒暑燥湿风"，五味则是"酸苦甘辛咸"，天给人五气，地给人五味，五气入鼻，藏于心肺，五味入口，藏于肠胃，味有所藏，以养五气，气和而生，津液相成，神乃自生……学生们埋头紧张地记着。

在肖灵岩上课的时候，齐通霖、李景轩正商量着是去找石宛寒，还是再等等消息。齐通霖道：再等等吧，再说我们学校并没接到南京方面的正式通知，只是小报上有些零星报道，恐怕是记者从南京政府相关人士那里得到的间接消息，更或许是误传。

李景轩刚想说什么，石宛寒的声音从院子里传过来：我等了一早上电话了，等不及了。随着话音，石宛寒撩开门帘子进来了，后面跟着吴秉楠。

齐通霖请二位坐。吴秉楠并没坐下，而是找寻起茶壶茶碗，想去沏茶。他很快找到了目标，问了一句：茶房在哪？李景轩朝右边指了指，吴秉楠便出门找开水去了。

这一阵吴秉楠在石府过得不错，凭借着人聪明、勤快，石府上下都喜欢他。每天忙活完联合会的杂事，他就帮着石府上下打理一应的杂事。石家是三世同堂，石宛寒的老娘还健在，石宛寒有两个儿子，两人差一岁，现在燕京大学一个读历史一个读考古学，最小的孩子是个上女高的闺女，名叫石一梅。石一梅上的是一所教会学校，英文课占了不少课时，石一梅一回到家就喊吴秉楠去她屋里给她补习英文。她喊吴秉楠吴叔，补习完了英文，她或者让吴秉楠给她把脏衣服拿去后院交给女佣洗，或者让他去街上找馄饨挑子买碗热馄饨。总之只要石一梅在家，吴秉楠就成了石一梅的私人助理，但吴秉楠觉得能让一个小姑娘支使来支使去的，也挺有趣。

这时吴秉楠找到茶房，打了开水，拎着暖水壶往回走，走到廊檐下，听见石宛寒在屋里大声道：……是这么说的，北平中医药联合会、中医学校同时解散，并严格管理中医行医，没有五年以上行医经历的，暂停行医，超过五年行医的，酌情考试，通过方可继续行医。

吴秉楠站在窗户外头，他感觉到屋里的气氛有点紧张，手里拎着暖水壶，不知道是应该往里走，还是应该等会儿再进去。但接下来，屋子里好一阵都没人说话，处于冷场，吴秉楠小心翼翼地撩开门帘子走进屋里。

屋里每个人的脸都铁青着，吴秉楠一边沏茶，一边支棱着耳朵听。这时石宛寒说：我会跟上海方面沟通，看看下一步怎么个走法……电话铃声响起来，李景轩接起，说了声在，您稍等一下，便将话筒递给石宛寒。

石宛寒接过话筒，传来一阵嘈杂声，石宛寒喂了几声，对方开口说了句：哦哟，电话么打到侬家里，侬踏踏说侬在这里，我就追到这里了，我是李玉龙啊。没等石宛寒说话，李玉龙嘴里的话像崩豆儿似的，倒个不停。

李玉龙得知南京政府责令停办北平中医学校，并解散北平中医药联合会后，十分气愤，吃着半截饭，把饭碗摔到桌上噼里啪啦骂了半天，然后去了电讯局，以上海中华医药联合会的名义，给南京政府发了份电报，谴责这种独断专行的不谨慎行为，并请求南京政府收回成命。

南京政府自然对于上海中华医药联合会的态度和请求不屑一顾，以静默表示蔑视，气得李玉龙跳着脚地骂娘。到了晚上，李玉龙直接给南京政府打电话，接电话的正是方有平。李玉龙一口上海话，让方有平完全摸不着头脑，他让李玉龙慢慢说。弄清楚了李玉龙的意思，方有平吭吭哧哧半天，没说上一句完整的话。这时候刘瑞恒恰好来找方有平，方有平指着话筒，让刘瑞恒别出声。李玉龙有一种上海男人的极度敏感特质，他竖着耳朵，眨巴几下眼睛，突然对着话筒喊道：我晓得刘部长就在旁边坐着，侬告诉他，别忘记他老娘的病是谁人将伊治好的。李玉龙气呼呼地挂断电话，连夜与上海同人们商量采取什么样的行动。他们决定在上海召开临时大会，抗议南京政府的野蛮行为，要求中西医被平等对待。

石宛寒一直没打断李玉龙的话，最后，李玉龙安静下来，等着石宛寒表态。

石宛寒大声说道：完全支持你们的行动，接下来做什么，我们再好好商量。

李玉龙想了想，提出想请石宛寒派几位同行来上海参加会议，一方面是对于南京政府不合理决策的抗议，另一方面，也可以显示全国中医界的团结一心，对南京政府施压。石宛寒很痛快地答应了。

放下电话，石宛寒把上海中华医药联合会的想法和行动对齐通霖说了一遍，齐通霖想了想道：这次石先生在家吧，我去。李景轩在一旁表示愿意与齐先生同往。这时吴秉楠插话道：如果几位不介意的话，我可以一路照顾齐先生，我是江浙一带人，那边的事情我熟悉。石宛寒点头同意，齐通霖默许。

谁知石宛寒的小闺女石一梅得知吴秉楠要去上海，对爹撒娇道：那么多人，干吗偏偏选中吴先生啊，万一他不回来了，谁给我补习英文呢。

石宛寒说：北平城里会英文的人那不多了去了，我回头给你找个更好的。

石一梅突然哭起来，她说别人都不要，就要吴先生，吴先生有耐心，说话跟面条一样软和，北平城里找不着这种人。

石宛寒心里动了一下，晚上躺床上跟太太说这事，太太是个聪明人，觉得这事不能大意，女孩子正是对异性好奇的时候，千万不能有闪失。石宛寒点头。

冯临声一直猫在家里,大门都没出过。妻子过世不久,彦云翎便带着顾妈直接从天津卫搬来北平城,住进了冯家院子。

冯临声是个自由惯了的人,自从彦云翎住进来,还跟着顾妈,冯临声立马觉得不自在了。以前回来晚了,妻子只会说一声:厨房里有饭,想吃就自己热一下。至于去哪了,跟谁在一起,从来不问。彦云翎来了以后,冯临声去哪都要带着她,有时候彦云翎去见自己的同门师姐妹,却不允许冯临声跟着去,这让冯临声好生纳闷。问起缘由,彦云翎哼了一声道:我们一门里净是模样俊的主儿,回头您再瞅上谁了,我不是白费工夫了。

这天晚上冯临声接到李景轩的电话,说到要与齐通霖一起去上海的事,冯临声来了精神,表示愿意与二位同赴上海。李景轩听冯临声这么说,笑起来,说道:老兄既然有这心思,想必齐先生一定很高兴。

齐通霖去了上海,天运的科室里忙着给几位病人会诊,王屏画好几天都没见着天运。天舍也是忙着药铺的生意,忙活完了就回武家了,胡同里有嚼舌头根子的,说没想到齐家老大那么嘎的一个人,竟然去武家倒插门。天舍根本没往心里去。美雪天天往小玉那跑,跟小好儿玩得不亦乐乎,好几回,王屏画让伙计去三儿院子里叫美雪回家。齐家大宅就这样一下子突然安静了,静得一点杂音都没有。王屏画坐在北屋发呆,心里纳闷,齐家院子怎么就这样了呢?

厨房里的俩伙计闲得难受,被王屏画叫去整理花圃,石桌石凳也擦得锃亮,迎春花败了,其他的花开了,此起彼伏,花香四溢。王屏画对着镜子摸了摸雪白的鬓角,陡生一阵伤感,眼见老了,孙子还没抱上,若是平常人家，早就孙儿绕膝了。但王屏画从不把这话说给俩儿子听。

直到昨天晚上，天运才彻底放弃了安娜。在这之前他似乎还怀抱一丝希望，觉得道格之所以亲近安娜，是远在异乡，需要一个本国人说说家乡的语言，排解孤独，仅此而已。但事实是两人的关系非同寻常。

昨天上午，天运正在科室里与几个大夫给一位十二指肠溃疡的病人会诊，安娜突然出现在门口，天运很自然地想到安娜是来找自己的，他好像完全忘记了道格的存在。天运站起来，问安娜有什么事。安娜朝天运点了下头，不置可否，她礼貌地微笑着，直到看见站起身的道格，安娜的眼睛才像一盏灯一样被点亮了。道格对安娜说：你去楼道里等我一下。安娜点点头，然后轻盈地转身往外走去。天运一直目送着安娜的身影，直到消失，安娜都没有回头，天运在心里对自己说：她只要不回头，我就当她从没在我的生活中出现过⋯⋯

会诊结束了，道格迈着愉快的步子去找安娜，经过天运身边的时候，他似乎不经意地打了个响指。等道格走出外科的大门，护士长低声说了一句：谁稀罕啊⋯⋯

刘慧兰见天运还坐在刚才的椅子上，便提醒道：齐大夫，一个小时以后您有一台手术别忘了。

天运这才从椅子上起来，去更衣室换衣服了。

这是天运主刀的第三台手术，病人是一位慢性阑尾炎患者，这次入院进行阑尾切除。天运一进手术室，就像换了个人，一改平时温和闲散的性情，表情严肃，动作干脆利索。他示意一旁的护士第三次清点手术器具，在麻醉师对病人进行麻醉的时候，天运声音温和地与病人轻声聊了几句，见病人意识渐渐模糊，他走到手术台前开始手术。

手术非常顺利,没有一丝不规范的地方,护士在一旁叹道:可以作为教学示范手术了。

下了手术台,换好了衣服,走进外科病房,看见护士长在护士站里低头整理病历,天运打招呼道:您还没吃饭吗?我正好去饭堂,要不要给您带点回来。

护士长抬起头道:我现在不饿,谢谢您。看您一台手术下来倒像是睡了一觉似的,一点看不出累,到底是年轻。

天运笑道:多大点一个手术啊,您说得忒邪乎了吧。

护士长道:您已经好几天没回家了,不如您现在回家,明天一早回来,有事我给您打电话。

天运想了想,说了句:您说得对,我一会儿就回去。

天运特意绕道魏家胡同,等他拐进胡同才意识到老水头儿已经不在了,便放慢了脚步。快到家门口的时候,却见美雪从门里走出来,直接往三儿家院子走过去,天运没招呼她。

回到家,家里冷冷清清,母亲一个人在堂屋里绣花。

见天运走进来,王屏画抬头道:你可回来了,这几天家里连个鬼影都见不着。你爹去上海了,说是南京不准办学校,你说这才消停了一年多,又变卦了,我看不出这学校有什么不好,多几个人给老百姓治病,倒成了坏事了?

王屏画说着,将绣片放到桌上,走到门口喊美雪。天运拦道:甭喊了,美雪去三儿那了。

王屏画明显不高兴了,抱怨道:天天往人家那跑,也不知道她心里想什么。天运故意把话岔开,问大哥这几天回来没有。王屏画又是一通唠叨,说没人惦记这个家,都有的忙。天运说了会儿话,问母亲吃饭了没,王屏画点头,他便自己去后面厨房找饭辙去了。进了厨房,见一个伙计正坐在矮凳上打盹,天运轻轻推了他一下,问他还有什么吃的没有。伙计赶紧起身,捅开火为天运煮了碗面。天运坐在伙计刚坐的凳子上吃了面,便回屋了。

美雪回来的时候,天运听见大门响,便推开一道门缝,一会儿美雪进了院子,天运朝她招手。美雪踮着脚进到天运屋里。美雪说:没想到二少爷今天回来。她看屋里挺干净,知道有人打扫过了,悄声问道:怕不是太太打扫的吧?

天运假装气道:不是太太,难道是田螺姑娘啊,大晚上不知道陪着太太,出去疯。

美雪吐了下舌头道:太太骂我了?

天运说道:那倒没有,想必她一个人待着不自在罢了,她老了,不像以前。

美雪趁机道:大少奶奶怎么还不生孩子啊,我看太太是因为抱不上孙子,心里不痛快。

天运催促美雪去伺候太太,告诉美雪明天一早他就走,美雪应道:我告诉厨房早点准备早饭。

齐通霖等四人到上海的时候,正下着毛毛雨。上海中华医药联合会的几位头脑齐齐地在火车站迎接。秘书长王金龙两手举着一块牌子,上面写着:欢迎北平中医学校齐校长。王金龙的眼睛灵活得像两只探测器,一眼便在熙攘的人流中认出了气度不凡的齐通霖,他高声对会长李玉龙道:那位穿青色长衫戴礼帽的估计就是齐校长了。正说着,齐通霖一行已经走到了王金龙面前，齐通霖伸出手自我介绍道：我是齐通霖。李玉龙上前一步道：久仰大名，我是联合会会长李玉龙。其余的人也都自我介绍一番。李玉龙一边走一边仔细打量着齐通霖，不禁道：侬真是好风度啊，若齐先生能得闲在上海的中医药房里坐堂一天，那是我们莫大的荣幸。齐通霖只笑不应。

四人下榻的地点是李景轩朋友的家，为这事冯临声还打趣李景轩，说他的朋友非富即贵，真是人脉了得啊。李景轩笑着回应道：老兄也不差啊，想通天都通得过去。冯临声便赶紧闭嘴了。

李景轩这位朋友，在上海和香港都有生意，家人都在香港，上海霞飞路整栋的洋楼只有他和几个用人居住，得知李景轩等四人来上海，朋友执意让他们住在家里。李玉龙等人将齐通霖四人送到霞飞路李景轩朋友的洋房门口，李玉龙让他们先略微休息一下，然后他要自掏腰包为他们接风。齐通霖得知在锦江饭店，觉得太过奢华，选个普通的饭馆即可。齐通霖让吴秉楠跟李玉龙用上海话把意思说清楚。两人在一旁唧唧哝哝说了半天，吴秉楠一张素白的脸都红了起来，李玉龙更是包公一样，看来两人没说通。吴秉楠走到齐通霖跟前道：我看就依了他吧，不然说到明天早上也没完。

四个人在李景轩朋友的洋房里安顿好了，坐在一楼的大客厅里与主人闲聊。主人让用人端来茶、咖啡以及各式点心款待客人，并说已经命厨房准备晚餐，为远道而来的尊贵客人接风洗尘。李景轩赶紧表示联合会的会长要在锦江饭店设宴。主人笑道：他一个会长哪有闲钱请客，不如请他们一起来吧。

齐通霖让吴秉楠给李玉龙打电话，李玉龙开始还推辞，但禁不住吴秉楠劝。吴秉楠压低声音对李玉龙说：你看看人家住得有多阔气啦，你就是来看看也没什么不好。李玉龙便乖乖领着联合会的人，浩浩荡荡来到霞飞路。

临进门，李玉龙买了一份今天的《时报》攥在手里，想着到了地方看看今天的新闻。

李玉龙等四人进了洋房，唧唧哝哝感叹了一番，又跟主人道过谢。李玉龙走到齐通霖身旁道：齐先生觉得累不累？今晚好好休息一下，明天不用急着来联合会，不然我派个人带着您四处转转？您是第一次来上海吧，上海虽说比不上你们北平历史悠久，可也是蛮好玩的。

两人说话的时候，冯临声拿起李玉龙放在茶几上的《时报》看起来，翻到第四版，一篇文章的标题，让冯临声感到一阵不自在——《没有科学支撑的中医还能走多远》。冯临声一目十行地看完了那篇文章，并没有什么太过激烈的言辞，最激烈的一句话就是标题了，通篇文章可算是老生常谈：中医不科学，完全凭经验诊病，未来是科学的未来，没有科学支撑的学科必将走向灭亡……冯临声看完文章，下意识地把报纸卷成一个圆筒，想了想，随即又将报纸展开，他犹豫着是让齐通霖看，还是把报纸放回到原处等着齐通霖自己去看。冯临声突然想起齐通霖并没有看报纸的习惯，除非有重大事件才会找报纸，想到这，冯临声决定把报纸递给齐通霖。

冯临声看见齐通霖在看报纸的时候眉头皱紧，等到文章读完了，齐通霖的眉头便舒展开来，他对冯临声说道：人家说的也不是完全没道理，论起科学性来，中医确实欠缺，也就是通常说的软肋。说着，他将报纸递给了一旁的李景轩。恰好这时主人招呼大家入座，晚宴要开始了。晚宴过后，各自安歇。

第二天早上，齐通霖睁开眼睛，朝窗外看去，窗户却被一棵大树的枝丫遮挡着，从近乎光秃的枝丫上看不出是棵什么树。齐通霖的眼睛无意间从墙上的挂钟扫过，挂钟显示的时间吓了齐通霖一跳，十点二十五分！齐通霖想坐起来，但床太软，竟然没能成功。运了运气，第二次总算坐起来了。他仔细听那只挂钟，因为他怀疑钟是坏的。当听到嗒嗒的声音后，齐通霖立马从自己的房间里开门走出来。这时候一位穿白衣的用人出现了，他笑着告诉齐通霖洗漱间在哪里。齐通霖问用人：其他人起床了？用人笑道：他们在饭厅等您吃早饭呢，那位联合会的李先生刚到不久。

齐通霖走进饭厅，所有人都在热烈地交谈着，屋里充满了一种活跃的气氛，他突然感到自己完全是个老人了。听见脚步声，人们都扭过脸，跟他打招呼。齐通霖心里竟然产生了一种莫名的怒气，完全是对自己的怒气。他停下脚步，站在饭厅门口，等待心里那股怒气消散。那股怒气似乎很识时务，只一瞬间便无影无踪。齐通霖长出一口气，笑着跟大家打招呼道：看看，到底是老了，睡到这时候了……大家伙都满脸笑意地望向他，李景轩道：我比您不过早了十分钟。吃完了早饭，大家便一起往联合会去了。

一行人到了联合会，见门口围了一堆记者，王金龙和另外几位联合会的人站在最外围，一副无可奈何的样子。

李玉龙连忙走上前，拨开众人，嘴里喊着：让一下好啦……

记者们蜂拥到李玉龙和齐通霖身旁，一位记者马上向齐通霖提问题，记者道：您是北平来的大医生，那您说说此次来沪的目的。

齐通霖眨巴眨巴眼道：会朋友啊。

记者愣了愣，接着问道：那请您说说中医的前途如何。

齐通霖道：中医的前途不可限量。

记者不依不饶道：您的意思是西医的前途堪忧？

齐通霖立马接道：我可没那么说，我从来不认为西医跟中医是对头，无论是现在还是将来，中医和西医都应该成为互相帮扶的好兄弟，共生共长。

李玉龙很担心有人给齐通霖出难题，他听完齐通霖的回答，心里踏实了。让李玉龙感到奇怪的是，这位记者说的也是上海话，而齐通霖竟然完全能懂，不像跟自己交流的时候，还要吴秉楠帮忙。

聚在联合会门口的人越来越多，除了记者，还有一些人听说北平来了名医，专门赶来求医问药的。李玉龙让记者往后靠，联合会还有重要的事情要商讨，过几天会专门请记者来联合会，回答所有记者感兴趣的问题。然后，他对那些求医问药的人说：过两天齐先生要去坐堂，到时候大家再来吧。

这时人群中有位中年男人，突然扯着嗓子骂李玉龙是江湖骗子，病人没看好几个，大洋没少收，中医不败在你这样的人手里，那就是天下奇闻了。

李玉龙突然歇斯底里地朝那人吐了口唾沫，骂道：我收多少大洋，关你屁事啊，哪个大夫能保证来一个治好一个啊，就是华佗扁鹊再世，也是做不到的呀，你这个人就是搞麻烦来了！

一旁的王金龙赶紧拥着李玉龙朝联合会里边走，不知道是被李玉龙的话说服了，还是不想生事，那位中年男子不再出声，但周围有几个人随声附和，说有的中医就是差劲得很呢，芝麻一点的小毛病，花了不少大洋都治不好……这时候，刚才跟齐通霖说话的那位记者走到中年男子身旁，要采访他。齐通霖隔着几个人冷静地看着他们。中年男子的目光与齐通霖的目光相遇了，齐通霖看到男子有些茫然，接着，他犹疑了一下，对记者说了一句什么，便匆匆走掉了。

等大家都进到屋里落了座，李玉龙还在生气，秘书长王金龙一直在劝，冯临声坐在李玉龙的对面，看着李玉龙那张生气的脸，想：上海人脾气挺急啊，谁说上海人性子都很绵来着。这时冯临声听齐通霖说了一句：您消消气儿，气大伤身啊。没想到李玉龙一听齐通霖的话，竟然扑哧笑了。屋里的气氛一下子缓和起来，李玉龙说：哎呀，你们北平人的儿话音蛮有趣的，像唱歌一样。

李玉龙的气来得快，去得也不含糊，只见他把一头光亮整洁的头发朝后捋了捋，很快进入联合会会长的角色。他嗽了嗽嗓子说道：今天只是个简短的碰头会，明天，我们上海中华医药联合会主持的紧急会议将要召开，热烈欢迎北平的同行与我们一道商议，如何应付南京政府的无理决策。李玉龙的语速变得慢下来，他尽量避免太过地方化的上海口音，这样听起来显得很别扭。坚持了几句话之后，李玉龙恢复了说上海话，并对坐在自己旁边的吴秉楠道：侬嘛负责翻译好啦，阿拉还是说上海话。

一通商议之后，他们草拟出供明天会议讨论的条款：第一条，要求南京政府平等对待中医西医。第二条，中医也要参加卫生行政。第三条，中医中药，改称国医国药。第四条，北平、上海共同开始编纂中医药词典、中医教材。

吴秉楠将条款一一写下来，齐通霖坐在吴秉楠另一边，待吴秉楠写完了，将毛笔小心翼翼放在笔架上，齐通霖不禁赞了声：好字！他隔着吴秉楠，探头征询李玉龙的意见道：李会长看看还有什么补充的。大家的目光唰一下全都集中在李玉龙身上。李玉龙的脸突然红起来，他对吴秉楠说：你还是给阿拉翻译好啦。

李玉龙叽里呱啦说了一通之后，吴秉楠慢条斯理、逐句逐句地把他的话翻译过来。李玉龙有一个想法让齐通霖先是心里一惊，接着感到一阵激动。齐通霖道：李会长那个办中医院的想法让人振奋啊，自从西医院在中华大地四处开花以后，我们中医行只能看着人家眼馋，这回我们跟南京政府交涉，让他们考虑在政府支持下允许中医办医院。我看加上这条，像西医那样，我们中医要有自己的医院。

齐通霖的话让在座的都感到兴奋，吴秉楠很快在末尾加上了一条：要求政府支持开设中医院，以方便国人就医。李玉龙一看自己的提议得到了大家尤其是齐通霖的赏识，高兴得手舞足蹈的，他一边叽里呱啦说着，一边拍着吴秉楠的肩膀。吴秉楠并没有将李玉龙说了什么再翻译过来。会议一直到下午四点多才结束，冯临声拍着肚子说饿得前胸贴后背了。大家正商量着去哪吃饭，李景轩说道：昨天我那朋友已经说好了，无论多早多晚都让大家回霞飞路吃饭。这次李玉龙坚决不答应，执意要自己掏腰包请北平的同人。大家拗不过他，随他去了锦江饭店。

吃完饭，回到霞飞路已经晚上九点多了。主人闻听客人回来了，从楼上下来，问吃了没有，厨房随时准备开伙。李景轩告之已经吃过了，或者一会儿来点消夜。主人是个很爽快的人，对用人道：你去告诉厨房，准备消夜。

吃完消夜，齐通霖想给家里打个电话，主人亲自将齐通霖带到书房，指着电话机说想打多久就打多久，出去的时候还轻轻带上了门。主人问冯临声、李景轩和吴秉楠有没有要打电话的，可以去小书房，那里也有电话。冯临声赶紧表示不用打，家里没什么人。李景轩道：我是一个人出门，全家同行，光棍一条。吴秉楠也表示家里没有人。主人对李景轩说：那我就不打扰你们了，你们随意。说完主人便离开了。

接电话的竟然是天运，这让齐通霖没想到。天运问候了爹几句，尤其让他注意南方的天气，这时候应该很潮湿，爹年岁大了，小心别受了风寒。齐通霖拿着话筒只是点头，好像天运能看见似的。天运半垂着头不停地说着关心的话，一副毕恭毕敬的模样，也好像爹能看见。爷俩说了一阵，天运让爹等一会儿，他去叫娘来。齐通霖听见天运的脚步声远了，过了一会儿脚步声又响起来，是两个人的声音。话筒里传来王屏画的声音，她问了一连串的问题，跟天运的差不多，齐通霖很详细地告诉王屏画自己住在什么样的地方，吃的是什么，上海人都很热心，还特别细心，让王屏画诸事放心，只照顾好家里。

放下电话，齐通霖立即给石宛寒打电话。电话只响了两声就接起，不等齐通霖开口，石宛寒便大声问：是通霖老弟吗，上海情况怎么样？

齐通霖把今天预备会的情况给石宛寒详细叙述了一遍，问石宛寒有没有什么要补充的。石宛寒大笑道：最后李玉龙那条，咱们以前也议论过，琢磨着办中医院，可大家伙谁也没当真，觉得那不过是个梦。如今李会长正式提出来，并报请南京政府，我看是个非常有气魄的提议，他这个会长没白当啊。

齐通霖点头道：李会长是个实干家，我们中医行里需要这样的人，当然了，他也有自己的毛病，可人无完人啊。

第二天的会议将头一天商议的提案又仔细讨论了一通。大家都觉得这些提案如果能实施其中任何两条，对于中医来说已经很好了。李玉龙的情绪一直很高涨，也很自信。在他提议的办中医院的想法得到北平方面的赞许后，他越发兴奋。当天提案得到了全员通过，李玉龙甚至畅想着以后在北平、上海分别开办中医院，如果有疑难病例可以互相沟通，共同治疗，就像西医会诊那样。在李玉龙慷慨激昂地发言的时候，底下慢慢发出嗡嗡的议论声，议论声越来越大，几乎要盖过李玉龙的声音。齐通霖让坐在旁边的吴秉楠提醒一下李会长，吃饭的时间到了。李玉龙收住话头道：阿拉说起来就好激动，仿佛医院已经建好在那里了，阿拉都看得到医院的房顶啦。嗡嗡的议论声骤然停住，继而响起一片大笑声。

吴秉楠没有跟齐通霖他们回到北平，李玉龙很欣赏吴秉楠，觉得他的行为风格与上海的联合会很搭调，又有北方人的干练，如果让吴秉楠留在上海，与北平的联系会更方便。李玉龙把想法让吴秉楠跟齐通霖说，齐通霖打电话征询石宛寒的意见，没想到石宛寒压低声音道：要是这样就再好不过了。接着便简单把女儿石一梅的情况对齐通霖说了。齐通霖心里琢磨着，真是家家有本难念的经，这么想着，齐通霖放下电话去问吴秉楠的意思。没想到吴秉楠满口答应，愿意留在上海为李会长做事。

石一梅见吴秉楠没回来，哭闹了一场，石夫人好说歹说，许了好多个愿，才将她哄住。话传到武仲仁耳朵里，他拍着大腿对齐通霖说：你看看，我就说这个吴秉楠不是好东西，女人他都惦记着，你这次把他带到上海，没让他回北平就是给北平女人除害。齐通霖只笑不语。

齐通霖回到北平以后，第二天下午去了石府，肖灵岩也在，齐通霖把上海的情况简单说了说，三人便都沉默着。石夫人进来送茶，见三人无精打采的，笑道：三位也是经过风浪的人，这点子事就蔫儿了？今儿晚上都甭走了，我亲自下厨，做几个好菜你们尝尝。

石夫人家里祖上是御厨，想必也是遗传，石夫人还没过门的时候就做得一手好菜，过了门虽然有了厨子，也时常下厨，石府上下都喜欢夫人的厨艺。

菜上来的时候，恰好王屏画的电话也一起来了，齐通霖说在石先生家吃完回去。王屏画让他提前来个电话，好让三儿去接他。齐通霖多喝了几杯，加上天暖和了，吃完饭齐通霖琢磨着自己走回去。等王屏画的电话又打到石府的时候，说人已经走了，王屏画赶紧让三儿拉着车去半路上迎。

三儿特意从魏家胡同走,然后朝东四过去,因为有几次齐通霖独自走回家都是特意绕道魏家胡同,为的是会会老水头儿,如今老水头儿虽然没了,兴许他没改了这习惯。三儿飞快地顺着魏家胡同走到东四北大街上,过了马大人胡同口,三儿放慢了脚步,仔细搜寻着街上的行人。天已经暖和了,街上的人比冬天那阵多,小摊贩把各式小吃摊子随地摆,一直摆到东四牌楼。

三儿老远就看见东四牌楼下边围了几个人,以为是下棋的。当他走近的时候,耳朵里飘进一句话:这人瞅着像是齐先生……

三儿赶紧将车停在一旁,凑上去一看,只见齐通霖身子倚在牌楼的石头礅子旁,呼呼睡着。三儿心里又着急又心疼,嘴里一句都没喊出来,两只胳膊一给劲儿,一下将齐通霖抱起来,紧走几步,将齐通霖轻轻放到车里,刚要起步,听见齐通霖在后边轻轻说道:这回我这德行可散大了……

往回走的时候,三儿抄近道走了马大人胡同,这条胡同黢黑黢黑的,但他凭着路熟,眨眼的工夫就到了黄土坑胡同南口。远远看见齐家大门口有两个人影,不用说是夫人和美雪。三儿把车停稳当了,一扭身,却见齐通霖自己从车里头探身出来了,三儿还想着上前抱他,被齐通霖推了一下道:哎呀,你以为我真成小孩了,我自己能走。

一旁的王屏画赶紧问怎么回事。三儿支支吾吾不敢说,齐通霖晃晃悠悠地从车上下来,三儿上前一步将胳膊搭在齐通霖的手上,低声道:您就别逞强了……

美雪也赶紧过来搀扶,王屏画见状,不再追问。三儿和美雪一直把齐通霖扶到屋里。齐通霖一屁股坐在椅子上道:今儿是喝大发了,真是越老越没出息。

王屏画道:您真是越老越出息了。说完,她便让美雪去厨房熬醒酒汤。

王屏画送三儿到大门处,三儿对夫人道:刚才在东四牌楼根底下睡着了,我怕他受寒凉,辛苦您一会儿弄点姜汤给齐先生驱驱寒,有事您喊我,我今儿晚上不闩院门了。

王屏画回到屋里,见齐通霖还有点迷糊,便对他说道:我弄点热水,你洗洗脚能舒服点。

齐通霖却道:今儿不洗了,我这就睡去,明儿再说吧。说完晃悠着去了卧房,一会儿便鼾声大作了。

美雪的醒酒汤端来的时候,王屏画正一个人坐着发呆,听见卧房传来的鼾声,美雪将醒酒汤放在桌上,轻声对王屏画说道:老爷这可是头一回喝成这样,从没有过的事儿啊。王屏画突然想起来,道:你再去厨房熬点姜汤。

等姜汤端来了,齐通霖正好醒来小解,被王屏画逼着喝了半碗姜汤,才又睡过去。

第二天,齐通霖睁开眼睛,只觉得头痛欲裂,他让夫人给他泡一杯菊花茶来。王屏画正要去厨房拿热水,美雪进来说道:刚跟厨房吩咐了,让给老爷熬点小米粥,米刚下锅。王屏画便让美雪去泡茶。天运在院子里喊了声娘,王屏画赶紧出屋招呼道:昨晚有手术啊。

天运应了声:是,一台小手术,病人总喊疼,怕有事,我就没回来。说着,他朝自己屋走去。王屏画说:你爹身上有点不舒服,八成昨晚受了风寒,你换了衣服去问个安。

天运一听,直接去了北屋,进了屋便喊爹,走到卧房门口,天运站住了,问方便不方便进去。齐通霖道:我起来了,你甭进来,屋里气味不好,没大事。

天运只得站在堂屋等着,等齐通霖从卧房出来的时候,刚好美雪端着泡好的菊花茶还有熬好的粥进来了。

天运看着爹，问他头怎么个疼法。齐通霖不耐烦道：现在吃饭，有什么话吃完了再说。

天运不敢再多问，便起身对爹说道：我先回屋，您有事就喊我。王屏画追出屋门，问天运几点去医院，好让厨房预备饭。天运让娘去他屋里说话，进了屋门，天运道：我爹昨儿晚上喝多了吧，头疼八成是酒精的作用。

听天运这么说，王屏画眼泪立马在眼眶里打转悠，说道：你爹从没这样过，打我过门你爹就是遇上再不痛快的事，也从不借酒浇愁，你就琢磨他这回心里头得多不痛快，我是怕他人上了岁数，再因为那点子事窝囊出病来……

天运不知道怎样安慰母亲，他扶着母亲坐下，掏出手绢给母亲擦眼泪。

王屏画接着道：老大也不回家瞅瞅，真成武家的儿子了，当初就不应该答应他搬去住，他们家空落，我们家也不热闹啊，你爹在上海这几天，你又不着家，咱家比他们家还空呢。回头我得去跟武家说道说道，我们家儿子凭空地住到你们武家，我现在改主意了，我要我儿子搬回来。

天运俯下身搂着母亲的肩膀说道：哎哟，当初人家说家里空落落的，您不是还同情人家来着，这会儿变卦了。以后如果医院没急诊，我一准天天回家陪您。

院子里有脚步声，天运隔着窗户看见大哥回来了，对母亲说道：瞧，您念叨大哥，大哥就回来了。说着开门喊了声：哥，娘在我屋里呢。

天舍转身进了天运屋里，见母亲脸上有泪痕，对天运笑道：我不在家你就气娘啊，留神我对你用家法。

天运笑道：咱们家家法什么样啊。

王屏画见俩儿子有说有笑，心情好起来，她站起身说：你们俩玩吧，我去厨房看看中午吃什么。天舍道：一会儿小秀也过来，她想吃凉拌大白菜心儿。

王屏画笑道：那就得赶紧的，存的大白菜没几棵了，过几天再有走街串巷高价卖大白菜的，再买几棵存着。

等王屏画出了门，天舍对天运道：我天天去南城药铺里照应，有时候忙活晚了，就在那歇下了，你有空多回家。天运点头。天舍又道：娘是想孙子想的，你还没找媳妇儿啊，差不多找一个，生个儿子，娘就踏实了，我那媳妇儿有点各色，她愿意不愿意生全凭她高兴，齐家就别指望她了。

天运看着天舍，以前被祖母宠溺、被父亲嫌弃的大哥，虽然没进过学堂，如今变得如此通脱，这让天运很是羡慕。

天运忍不住说道：大哥，我真佩服你，自己想干什么就干什么，好像一切都在你掌握中，现在又有了自己的营生，还娶了秀姐，我真是哪都比不上你……

天舍愣了愣，打量着天运，然后说道：老二，你碰上什么不顺心的事了，跟大哥说，有人欺负你的话，我不饶他……

天运笑道：谁能欺负我啊。又说：大哥，你说我当初是不是应该顺遂爹的心愿，跟他老人家学中医啊。现在我琢磨着，中医西医的，谁能治病谁就是好医生。现在爹四处奔波，昨晚竟然喝多了，我总觉得自己有罪……

天舍试探地问道：我猜出来了，一准是那个洋妞把你甩了，你心情才不好的，对吗？

天运听天舍这么问，一时愣住了。过了一会儿，天运突然流泪了，这让天舍有点不知所措，生怕母亲这时候进来。天舍走到天运身旁拍着他的肩膀道：别伤心了，回头我让你嫂子莛摸个好的介绍给你，保证比那洋妞强。

天运止住眼泪，低声道：谢谢大哥，不用为我操心，其实也不是像大哥想的那样，就是有时候莫名其妙觉得挺憋屈，也说不清楚究竟哪里不对劲儿。天舍安慰道：别想太多了，你看你在协和医院多好啊，洋大夫一当，多少人羡慕都羡慕不过来呢，听哥的，好好的。天运点头。

北平城已是盛夏，中医界上报南京政府的那些请求，一点回应都没有。比打水漂还不如，打水漂还能见着几个水花。李玉龙时不时就给石宛寒打电话，说他几乎每周都会给南京政府打电话，他们对他的声音很熟悉了，尤其是那个方有平，每次都很热情，可就是不给办事，真是气死人了。石宛寒让李玉龙省点钱，别总打电话，长途电话费也是一笔开销啊。李玉龙便不再言语。以前北平这边时常周济上海的联合会，如今北平的联合会被迫解散，自然不能再接济上海那边，现在上海的联合会如同一条干涸的河，泛不起水花了。

从上海回到北平，几个月里，齐通霖并没重张自己的诊所，而是天天吃完早饭便脚底下一出溜，到了后院的园子里。园子里花朵开得繁茂，花香扑鼻，齐通霖走进园子深处，坐在石凳上，身体坐直，微闭双目，先把身体里的浊气释放一番，深呼吸几次，然后抬头朝天空呆望。这时候，美雪便端着茶盘来了，她总会在胳肢窝里夹一个垫子，顺手递给齐通霖，道：您垫屁股底下吧，别凉着。

这天刚吃过早饭，三儿来到齐府，刚进门，见院里那棵枣树正开花，三儿不觉深吸了口气，过了垂花门，便扯着嗓子喊：齐先生您在家吗？

美雪走出来说：你那么大声干吗，吃撑着了。然后用手往屋里指了指道：在屋里呢。

见三儿从外面进来，齐通霖问他吃了没有。三儿说吃了，王屏画问他：小好儿会喊爸爸没？三儿赶紧回道：有时候瞎喊能喊出一声两声的。王屏画道：男孩不着急说话，贵人语迟。她见三儿拿眼睛一个劲儿瞅着齐通霖，便撂下句话：你俩说话吧，我去后边瞅瞅。

齐通霖对三儿道：有话就直说吧。

自从学校关闭以后，齐通霖一直窝在家里，好些病家便来齐府诊病，有人问起医社重张的日子，齐通霖只说快了。有时候病人要齐通霖出诊，他便让三儿拉着去，没有太急的病人，齐通霖也不轻易出诊。三儿天天在家待着，却一分钱没少拿，每次齐通霖都让美雪给三儿送过去。三儿越接越不踏实，老话说的，无功不受禄。三儿琢磨着想自己开个小诊所。这念头一出现，先把自己吓了一跳。但这念头一旦出现，就像赌博的人见了色子，忍不住，忘不掉了。三儿决定把自己的想法跟齐通霖说出来。

齐通霖听了三儿的想法，心里先吃一惊，觉得这小子别看表面有些拙，胆子却是大，有心气儿，不管怎么说，能这么想说明他有谱，心里便接着一喜。

三儿的眼神追着齐通霖走，齐通霖去条几上拿掸子，插回到胆瓶里，然后将烟袋锅从椅子上捡起来，转悠着找烟丝，突然想起烟丝在书房里，便作罢。齐通霖坐回到椅子上，慢条斯理地说道：可以试试，算起来你学习中医也有年头了，不算学校这一年多，以前在医社也有两年多了吧。

三儿不说话，只一个劲儿点头。齐通霖问选好地方没。三儿支吾道：还没……

齐通霖道：东不压桥那地方你先用着吧，反正我这阵子不用，屋子空着也不是什么好事。三儿不知道怎么回应,却听齐通霖又接着说道:现在新开的中医诊所是不是要去政府报备,还是怎么的,你再打听打听,有什么需要疏通的说一声。

三儿听齐通霖说让自己用东不压桥那地方,一时间激动得不知道说什么好,最后干脆直接给齐通霖深鞠一躬,说了声:您以前教我的做人道理我都记得清楚着呢,我不会让您失望的。

三儿几乎是飞出了齐家大门,回到家,见小玉正在喂小好儿吃奶,三儿一把将小好儿从小玉怀里扯出来,举过头顶道:儿子,你爹一定好好给人瞧病,做个好大夫,像你齐爷爷那样。

小玉见三儿高兴成那样,心里自然欢喜,赶紧做饭,吃饭的时候特意给三儿倒了一杯烧酒,小玉说:既然齐先生说你能做大夫了,那你肯定行,家里的事我全包了,你就踏实儿地琢磨怎么给人家瞧好病,不指望你成齐先生那样的名医,只对得起自己的良心就得。

三儿接过小玉递过来的酒杯,并没喝里边的酒,而是顺手将酒倒在地上了,三儿说道:这杯酒给我娘喝了,还有一个意思就是我从今往后滴酒不沾了,齐先生总说的一句话就是:喝酒误事。大夫这行,酒也是大忌,我听齐先生的。

小玉笑道:好,依着你。

第二天,三儿便拿了钥匙去了东不压桥。刚走进胡同,便看见一位妇女手里领着一个两三岁的胖小子往胡同外边走。妇女看见三儿,停住脚步,扭头对三儿说道:哟,有日子没见了,就您一个人来了?齐先生呢?

三儿认出来是原先患不育症男人的老婆,打量着母子俩,笑道:孩子都这么大了,哦,齐先生忙别的事,我先替齐先生给大家伙瞧病。

女人把胖小子往身边拉了拉说道：呦，没看出来，您除了拉车，还能替齐先生给人瞧病……三儿并不多解释，转身朝医社门口走去。

看门老头见三儿来了，拿着烟袋锅子从小屋里走出来，见三儿热得满头大汗，便说：这是唱哪出戏啊，齐先生随后到？怎么你一个人腿儿着来了。三儿只打了声招呼，便进屋里收拾去了。

三儿的行业许可执照下来的时候已经到了秋天，衙门口的人找到三儿，告诉他这事办得很不易，南京那边一直盯着这事，说是严格限制中医行医，但是那些名医除外，要不是三儿跟齐通霖先生有关联，这事就得黄。三儿千恩万谢地送走了官家人，把那张纸揣在怀里，兴冲冲地来到齐府，在院子里喊了一声齐先生，美雪应声从东边屋里走出来，朝三儿招手。三儿赶紧跟着美雪进了屋。

三儿进到屋里，屋里的气氛立马让三儿屏住了呼吸，站在门边不动了。

只见齐通霖正坐在椅子上，聚精会神地给一位白发老太诊脉，屋子里静得掉根针都能听见。把完脉，齐通霖扭头对站在门口的三儿说道：来得正是时候，你也过来给老人把把脉。

三儿听齐通霖如此说，知道这是考自己，一颗心狂跳不止，脑子里顿时一片空白。齐通霖见三儿愣着不动，便又喊了一声说：一大早这是谁给你灌了铅了是怎么着，麻利儿过来。又让美雪给三儿拉了一把椅子，放在老太太跟前。

三儿像只猫似的蹑手蹑脚地到了椅子旁边坐下，齐通霖被他那小心翼翼的神情逗笑了，说道：你是怕吓着病人啊，还是怕病人吓着你啊。说着将手边的脉枕递给三儿。

三儿心里一横，丑媳妇儿总得见公婆，便沉住气，坐到椅子上，将脉枕放平整,让老太太把胳膊放上去。三儿轻轻将三根手指放在老太太的脉上,细心把着脉。

把完了脉,三儿眼巴巴望着齐通霖,不敢说话。齐通霖笑道:你不说话,我怎么知道你怎么想的。

三儿这才道:那我说了,您可别笑话……老人家的脉象弦细,肝肾阴虚,但是没大病,调理一下即可吧……接着就是一头大汗,像有人给他泼了一盆水似的。

齐通霖一旁点头道:不错,八九不离十。

三儿用手抹着汗,齐通霖斜楞他一眼,对美雪说:去给他拿个凉毛巾来。正说着,院子里有人喊通霖兄,齐通霖听出来是武仲仁,便让三儿把写好的方子抄一遍,抄一遍的意思是让三儿学习一遍。他扭头对老太太说:没大事,把心放宽了,家里的事别太操心。说完,齐通霖走出屋门。

站在院子里的除了武仲仁还有冯临声。齐通霖对冯临声拱手道:老弟这是从洞穴里出来的吗,整个夏天都没见着你人影啊,忙什么去了。齐通霖领着两人一边往书房里走,一边喊美雪看茶。

书房里多了一盆兰花,那是几天前武仲仁让天舍从武家抱过来的。三人进到书房,武仲仁见兰花开得正旺,喜道:哎呀,这花在老兄你这里真是适得其所啊,瞧,开得多精神。

冯临声打趣武仲仁道:看不出仲仁兄还有赏兰花的雅兴。

武仲仁道:我哪有那雅兴,是我们家金蔓送过来的,八成她那院子里多得没地方放了,让丫头送来好几盆,我让我女婿给我亲家抱过来一盆解解闷儿。

几个人说着话,美雪端着茶盘进来了,给每个人斟好茶,便退出去了。

冯临声喝了一口茶,赞了声好,扭头问齐通霖南京那边有消息没。

齐通霖听冯临声问,摇了摇头,武仲仁在一旁骂道:南京政府不是个好东西,没完没了地跟中医较劲儿,我看他们存心想让老祖宗留下的这点东西早点完蛋呢。

齐通霖转了话题道:告诉你们个好事,我们家三儿要当大夫了,过不几天医社就开张。

冯、武二人听到这消息,第一反应都是用疑惑的目光看着齐通霖。齐通霖自然清楚二人心里在想什么,便把三儿很早就在自己医社里学习的事,以及他在中医学校学习的成绩对二人说了。

武仲仁感到惊讶,叹道:真没想到,通霖兄竟然把个车夫调教成了郎中,真是奇事一桩。齐通霖刚想说点什么,被冯临声抢了先,道:仲仁兄此言差矣,西汉便有陈平忍辱苦读,后来辅佐刘邦,成就霸业。唐朝陆羽弃佛从文,写出旷世名作《茶经》,为后人赞叹。古代寒门出来的有成就之人数不胜数,仲仁兄切不可轻看人。

齐通霖只点头,没发一声。

冯临声疑惑道:既然对新开张的中医高抬贵手,这说明他们从心里不想把中医赶尽杀绝?

齐通霖沉默着,武仲仁在一旁说道:依我看,他张三儿是沾了我们亲家的光了,没有齐通霖这仨字,就凭他三十个张三儿也不行。

美雪进来添水的时候问齐通霖中饭是在北屋吃,还是在后边园子里。齐通霖道:就在北屋吧,凉快。武仲仁赶紧应道:今儿我不行,中午跟姑爷在南城吃饭,得,你俩聊吧,我告辞了,改天到我府上,让我家厨子做几个安徽菜。说完,武仲仁拱手,跟着美雪走出书房。

美雪穿了一身月白色的绸子裤褂，褂子是半截袖的，露出莲藕般的胳膊。武仲仁看着美雪，不禁说道：美雪姑娘，我原来的话一直作数，什么时候美雪姑娘想好了，告我一声。

美雪像是什么都没听见似的，头也不回地往后院走了。武仲仁顶着大脑袋，胸有成竹地迈着四方步，出了齐府。

齐通霖和冯临声从书房里出来，顺着回廊进了正房，冯临声顺口道：这房子是真凉快，还得是这种四梁八柱的大房子。王屏画接道：屋里放了冰，就怕你们吃饭热。冯临声扭头，见屋子当中一个大木盆里放着满满一盆的冰，咝咝地冒着凉气。

冯临声说：哎呀通霖兄，不用这么讲究吧。

齐通霖却道：不是为你，我怕热。

菜已上齐，冯临声往桌子上看去，见菜品精致，感叹一声道：好久没来府上吃饭了，厨子的手艺见长。

齐通霖问冯临声这阵子在忙活什么。冯临声道：家里的事。说完便拿起筷子夹了口菜放到嘴里嚼着。

齐通霖也不深问，话头一转，说道：老弟若有空闲，来我这吧，这一程子我在家里给人瞧病，总有抱小孩的父母来问诊，我不在行啊，小儿科是老弟你的专长，你闲着也是闲着，不如来帮帮忙。

这一阵子冯临声被彦云翎拴在家里动弹不得，彦云翎身子弱，月经一来就是半个月，顾妈左右伺候着，彦云翎过一会儿就喊冯临声，声音哆哆的，即便冯临声在书房里，那声音也能飘来飘去最后追到书房。冯临声只要听见彦云翎的呼唤，就像着了魔一样，放下手里的书卷，脚步匆匆地来到彦云翎的身旁，弯下身子问她哪里不舒服。

但在冯临声的内心深处，已经开始厌倦这样的生活了，原来的新鲜感渐渐消失。冯临声暗自琢磨，妻子在的时候，自己把彦云翎揣在心窝里，觉得那就是块稀世珍宝。可当这块稀世珍宝见了天光，跟自己同床共枕的时候，珍宝就慢慢变成了自己脖子上的枷锁，还是摘不下去的那种。冯临声开始怀念已故的妻子，怀念过去那种自由的家庭生活。再看看眼前，从打彦云翎和顾妈来了以后，原本就不大的院子，每一个角落都被两人占满了，即便有个空着的地方，也满是彦云翎和顾妈的混合气息。冯临声觉得自己在这个家里完全没有了立足之地，所以当齐通霖向他发出邀请的时候，连打磕巴都没有，立马应下来。

吃完饭，冯临声也不张罗回去，两人便去书房喝茶。喝茶的时候，美雪来了两次，站在窗户外对齐通霖说：老爷，有人来看诊，您能出来一下吗？冯临声跟着齐通霖一起去看病人，还帮着齐通霖写方子。转眼到了傍晚，天运从医院回来了，冯临声还没有要走的意思。齐通霖对美雪说：告诉厨房准备晚饭。冯临声竟然也不拒绝。

晚饭的时候，天运低头吃饭，冯临声见天运不言语，便问道：二少爷在协和医院干得可还顺心吧，协和医院人才济济，想必二少爷在那里如鱼得水。

天运放下筷子，回道：协和医院确实人才济济，所以晚生丝毫不敢懈怠，尽心尽力工作。

天运突然想起什么，扭头对父亲说道：您听说没有，浦爱德主任卸任了。前些日子她让我给您带好，我忙得忘了，对不起您。

齐通霖问道：浦爱德主任干吗要卸任？难道要回国？

天运道：她说暂时不考虑回国，她去了烟台，据说她的父亲曾经在那里生活过，也许是念旧吧，想在那里先生活一段时间，至于以后还没有打算。

齐通霖点头，王屏画在一旁说道：我觉着那人不错，虽然乍一看，大鼻子蓝眼睛的挺吓人，可一说上话，就能觉出来是个好人。

齐通霖想起浦爱德在课堂上认真听课的样子，虽然她拐腔拐调的中国话让很多同学捧腹，但每次提的问题都能切中要害，课堂里都会出现短暂的鸦雀无声，这让越来越多的同学对她刮目相看。此刻齐通霖沉默了一会儿说道：浦爱德女士是个很有想法的人，她会安排好自己的生活和工作的。天运点头。

齐通霖记得三儿有一回感叹说，要是自己大老远地跑外国去学习一门手艺，想想都要吓个半死。那次齐通霖从三儿那句话联想到天运，天运出国的时候还不到二十岁，离家那么远，不知道孩子是怎么熬过来的。如今凭借自己的努力，在北平首屈一指的医院里当上一名外科大夫，其中的艰辛恐怕只有他自己知道了。这样想的时候，齐通霖不禁感觉到这些年来对天运太过冷漠，便用一种温暖的目光看向天运。天运感觉到从父亲那里传递过来的信息，以为父亲要对自己说什么，停了筷子等着，但齐通霖只凝视了天运一会儿，便扭头跟冯临声说话去了，天运灰溜溜地将目光收回来，只看着眼前的饭碗。

电话铃响起来，王屏画走过去拿起话筒，然后对冯临声低声道：找您的。

冯临声拿起话筒，嗯了好一会儿，等挂了电话，冯临声并没有回到座位上，而是站着对齐通霖道：对不住了通霖兄，家里有点事，我先告辞了。说完便匆匆离去。

夏天一走，秋天便来，直到秋天都快过去了，南京那边还是一点消息都没有。这天邮差送来一封信，美雪拿了信，径直送到书房。齐通霖正趴在书桌上聚精会神地写着什么，美雪没敲门，直接推门而入，齐通霖吓一跳，抬头见是美雪，皱眉道：你这孩子，进门也不招呼一声，吓我一跳。

美雪自知失了规矩，赶紧红着脸道歉：对不住您了，下次不敢了。

美雪小心翼翼地出去后，齐通霖拆开信封，先朝落款望去，见那里工整地写着：学生浦爱德敬上。齐通霖从头认真读起来。

齐通霖先生尊鉴：

首先请恕学生不辞而别，但离开协和也是学生一时起意，并非有意为之。选择烟台作为我的落脚之地，原因有三：其一，家父曾经在这里生活过很长一段时间，学生童年时期亦常在此地嬉戏。其二，这里的故人盛邀我回到"故乡"，这里缺医短药，或许我能改变一二。其三，我喜欢大海，自由自在，想波涛汹涌便汹涌，想波澜不惊便不惊，最重要的是我离开了医院，现在可以读我喜欢的书，想一些我喜欢想的事情了。

在跟着您学习中医的一年多时间里，我一边学习，一边琢磨西医和中医的事情。这两种医学方式究竟给人类带来了什么？它们各自给人类带来了多少好东西，又带来了多少不好的东西（希望您别介意）？

当我对您从事的中医产生了浓厚兴趣的时候，我就想认真地学习它，而当我了解到一些皮毛的时候，我就想对它有更深的了解。但是我越想深入地了解它，它就变得越难以捉摸，好像它隐藏在什么东西后面，不想让我看到它的真面目。这恐怕就是中国的哲学让西方人难以理解的地方吧。

我很怀念在学校的那一年多时光，您为我打开了东方哲学的大门，您站在讲台上，我感受到您的睿智。但我同时又在想，所有从事中医这一行的人是否都有像您这样的思维，像您这样高超的医术呢？答案当然是否定的。那么，中医有没有一个标准来衡量医生的优劣高下呢？我感觉答案也是否定的。而这对于西医来说就会简单很多。首先，想当医生要接受医学院的正规教育，成绩优秀的机会多，成绩不好的恐怕连医生这碗饭都吃不上，因为医生这个职业与人的生命紧密相连。说到贵国的协和医院，它的用人制度就更为苛刻，想必您也不会太过陌生，因为贵公子就职于协和医院。

但是请您不要因为我上面的话对我产生误会，认为我是为西医来游说的，认为我的屁股是坐在西医一边。实际情况是，在我了解了一些中医的皮毛之后，我便深深地爱上了它，因为它为我打开了了解东方伟大文明的大门，我之所以辞职来到一个能听涛声的地方，就是想进一步研究东方的奥秘，领略东方文化的神韵。

我知道，自从进入二十世纪以后，中国这片古老的土地上无时无刻不在发生着变革，西方的思想和科学技术向东方古国渗透，而对于中医最大的威胁便是西医（请原谅，这个词也许用得不够恰当），这两种医学的对垒，其实是两种哲学体系、两种不同文化的碰撞。在其他学科，两种文化的相遇也许是相见恨晚，而对于中医就不那么美妙了，这是不是也说明中医本身也有致命的弱点呢？有没有一种方法能让这两种医学相互包容和支持，相互补足而携手呢？如果是那样，我会从心里感到万分高兴的……

盼望着与您再次相逢,能够聆听您睿智的声音。

> 您永远的学生
>
> 浦爱德　敬上

这位蓝眼睛的美国人的中文,还无法表达一些复杂的意思。

晚上吃饭的时候,齐通霖竟然问起天运在英国留学时的生活,还问天运英文是不是特别难学。天运一个劲儿发愣,问爹是不是要学习英文。齐通霖连忙摆手道:我可学不了那玩意儿,一个个的字码儿,看着跟蝌蚪似的,就是觉着好奇,这人怎么能够学会别的国家的话呢。

王屏画在一旁鼓励道:你想学就让老二教你,家里现成的先生。说完,王屏画朝天运使劲儿眨眼睛。

齐通霖对夫人道:你就别起哄架秧子了,我就是问问老二,洋码子学起来有多难,能学成这样也算不容易。

最后这句话差点把王屏画的眼泪抖出来。她揉了揉眼窝子,说道:哎哟,你今儿可说了句良心话,孩子等你这句话等了一百年了,这回老二心里就舒坦多了。王屏画说完,朝天运望过去。

天运却好像什么都没听见似的,夹了一筷子菜往嘴里放,不等嚼利落了,又往嘴里扒一大口米饭。

吃完饭,天运回到自己屋里。王屏画跟进来,屋子里有点凉飕飕的,王屏画骂了一句:这死丫头都不知道把屋子点上烘一烘,这把人冻的。

天运道:您可别怪美雪,是我不让她点炉子的,这才十月份,不至于的。

王屏画低声念叨了一句：到底是年轻，火力壮。

天运突然对娘说道：我有个事跟您说。

王屏画竖起耳朵，等着天运开口。

前几天，天运在外科病房查房，查完了房，又被手术室那边喊过去帮着处理一个术后大出血的病人，等忙活完了，天运也没去饭堂吃饭，坐在医生休息室里吃饼干。这时候护士长刘慧兰走进来，变魔术似的从背后拿出一盒饭，递到天运面前。天运还没反应过来，饭盒盖打开了，一股饭香味呼一下从里边冒出来，天运咧开嘴笑了，道：您总这么照顾我，真过意不去。护士长让他不许称呼她为您，说把她称呼老了，她也不过比天运大三岁而已。天运注意到，护士长说完话，两腮处多了两片红晕，这让天运感觉到一丝异样，想起以往护士长对自己总是非常关心，慢慢地，天运琢磨出点其他的滋味来了。

这之后，天运仔细观察她，透过护士服，他感觉到护士长是个丰满的女人，护士帽两侧露出两绺乌黑的头发，微笑的圆脸上刻着善良二字。她的声音总是轻柔的，像是天边的一朵云彩，而那双肉乎乎的手却是做什么都仿佛不在话下。最重要的是她对天运就像个大姐姐似的，关爱有加，或者说，简直就像是天运的第二个妈妈。这让天运在失去了安娜的"爱情"以后，在护士长那里找到了情感的慰藉。但当天运感觉到这份情爱的时候，便马上陷入了一种困惑的情绪中，他拿不准主意，是该接受还是拒绝，左右不是。这跟面对手术台上的病人完全是两码事，站在手术台前的天运就像一位将军，成竹在胸，而女人对于天运来说就像是手术的麻醉剂，让他昏昏沉沉的。

天运吞吞吐吐把事情说了个大概，王屏画已经完全听明白了，她拍着手道：听着就好，大三岁不正好，女大三抱金砖啊，赶紧的，带来让妈瞅瞅。

天运突然感到脸上一阵发热，心里却感到一丝失望，那一丝失望慢慢地从心底漫上来，让他脸上那股热潮退了下去，他嘴上轻轻说了一句：找个时间吧，她总是很忙。

那天晚上天运躺在床上想，如果梦到露易莎就好了，让她帮我拿个主意。想到露易莎，天运突然想起自己已经好久没有接到露易莎的信了，很多次都是在梦里与露易莎相见的，梦境让天运觉得露易莎一直都在自己的生活里，似乎从未离开过。

那晚天运没有梦到露易莎，后来也没有再梦到过，露易莎就那样干净纯粹地从天运的生活里消失了，似乎很决绝。纯粹的人，出现和消失总是那样与众不同，从不拖泥带水。

天运觉得自己是个软弱的人，他又一次羡慕大哥，至少他可以照着自己喜欢的样子去活，可自己的生活却好像早就有人为他画好了轨迹，无论他愿意不愿意，都要照着那条轨迹走。

护士长刘慧兰，父母早亡，她有个姐姐是个虔诚的基督徒，后来嫁给了也是基督徒的一位银行监理，姐姐一直供养刘慧兰，并让她上了湘雅护士学校，毕业后到协和医院当了护士。从天运到协和的第一天，刘慧兰就喜欢上了这位干净的大男孩，但她知道自己无论家世还是自身的条件，都跟天运相差太多，便也不存什么非分之想，只是默默地关心他，对他好。当她看出天运与安娜互生情愫的时候，她的心里是悲凉的，但也是温暖的，如果她喜欢的人能够幸福，那么她自己也是幸福的。她是真心这样想，所以她一如既往地对天运好，不曾有半点改变，但是接下来事情的发展有点出乎意料。当安娜与道格医生好上以后，刘慧兰先是为天运感到不平，但很快，她便为此感到高兴，那几天，她觉得走路都变得轻飘飘的。在刘慧兰对天运进行初步试探以后,她感觉到天运虽然没有热情回应她,但也并没有拒绝,这让她看到了一条可行的道路。

刘慧兰被邀请到齐家大宅的时候,刚好立冬,北平的街道上已经是枯叶遍地了。扫胡同的工人刚扫完地,想朝地面上洒点水,一阵狂风刮过,地面上又落了一层枯树叶子,只得又挥起扫帚一通扫。

刘慧兰左手提着两包点心,右手提着两瓶酒,都用红纸蒙着,好像过年的礼品。她的身材微胖,动作却十分灵活,穿着一件古铜色的毛呢大衣,里边是一条毛裙子,脚上一双压箱子底的奶油色低帮高跟鞋。高跟鞋是纯牛皮的,包括鞋底鞋跟,走路的时候发出响亮的橐橐声。高跟鞋的样式虽然有些老旧,但是质量绝佳,如果老水头儿还在世的话,见了这双鞋一定会多看几眼,品评几句。

齐家的大门虚掩着,这让刘慧兰有些惊讶,她试着推开门,却看见一个女孩笑眯眯地迎面走来,问她道:您是刘小姐吧,夫人让我在这候着您呢。说完,便转身,在前头领路,穿过垂花门往院子里走去。

天运没见过护士长穿便装,当他走进北屋见有个胖乎乎、很面善的女人端端正正坐在椅子上,心里还纳闷,这是谁啊。不想那女人见了天运,站起身,咧开嘴笑道:哎呀,齐大夫,您家挺好找的……

天运这才反应过来是护士长,脸腾一下子红了,打量着她道:一时没认出来,平时见着您都是穿护士服……

王屏画对刘慧兰道:老爷今儿不在家,他留下话了,让刘小姐别客气,就像在自己家里一样。

说话的时候,王屏画笑得眼睛眯成了一道缝,显而易见,她很喜欢这个胖乎乎、面相和善的姑娘。

饭桌上，刘慧兰很懂事，她总是等着王屏画先动筷子，然后才吃一小口，王屏画放下筷子，她也放下筷子。王屏画跟她说话的时候，她立马放下筷子听着，然后认真回话。她对美雪也很和善，还帮着美雪布置饭桌、端菜。她的言行举止深得王屏画喜欢，王屏画看看天运，又看看刘慧兰，笑容一直没断过。刘慧兰走的时候，王屏画让天运去送。胡同里很黑，刘慧兰对路不熟悉，又穿了高跟鞋，深一脚浅一脚艰难地走着，突然，她感觉到天运的手伸到她的胳肢窝底下，说道：我还是扶着你走吧，免得你崴了脚。刘慧兰心跳得快晕倒了，好在天运一直扶着她走。

齐通霖从外面回来，王屏画跟他学说今天的事，齐通霖一边听一边笑，末了道：看得出来，你喜欢那丫头。王屏画点头道：可不是，丫头懂事，有眼力见儿，就是人不那么漂亮，话说回来了，漂亮管什么，不当吃不当喝的，过日子要紧。齐通霖道：行，听你的。王屏画道：还得看老二的心思。

这天武仲仁从胡同里叫了辆人力车，一路朝南城天舍的药铺过来了。车到了前门楼子底下，武仲仁琢磨着应该买点什么给女婿捎过去，便让车夫停一下。前门楼子底下好多卖吃的的，武仲仁看见不远处有个卖炸羊尾的，琢磨着买几个带给女婿，一扭脸见一个熟悉的身影在一旁晃悠，等看清了这人以后，武仲仁吃了一惊，是吴秉楠。

吴秉楠也看见了武仲仁，他并不像武仲仁那么惊讶，微笑着走向武仲仁，招呼道：武先生好啊，老长时间没见了，家里都好吧。

武仲仁心里存着疑惑，问道：你不是留在上海帮人做事吗，怎么又回来了？

吴秉楠保持着笑容，丝毫不介意武仲仁脸上的不快，说道：北平的朋友让我过来帮个小忙，过几天就回去了。想了想又说道：总是想着要好好给武先生准备一份大礼的，不管怎么说，我来北平的时候是您接收了我，让我能体面地活着，但想一想又作罢了，武先生这样的大人物什么都不会缺的呀。

吴秉楠的口音已经回归江浙一带了，以前的京腔几乎完全消失，这让武仲仁感到有些不解，随口道：吴先生的口音都变回去了，可见北平这地界没给吴先生留下什么。

没想到一向顺着人说话的吴秉楠反驳道：武先生不对的啦，北平留给我的东西可是多得不好数的，有好有坏，我是那种只收好东西的人，不喜欢的东西就留在原地好啦。

武仲仁第一次感觉到吴秉楠并非逆来顺受的软柿子，以前他竟然没有发现。武仲仁推说自己还有事情要办，匆忙跟吴秉楠告辞。

到了天舍的药铺，武仲仁还没能从刚才的不悦中抽出身，天舍见状便询问情况，武仲仁挥挥手，打岔道：想着买点什么吃的带来，看人多就没买成。

天舍笑道：您客气什么啊，想吃什么，回头让伙计给您买去。

药铺的生意越来越好，天舍心里明白，生意好，是沾了父亲的光，一提齐大夫，哪有不知道的，就算是西边的同仁堂，铺子里少了哪样药，都会告诉主顾：鲜鱼口那边瞧瞧去？八成那边有。

天舍把以前身上的恶习都去掉了，就像一棵大树，细的、歪的枝儿都砍了，只留下周正壮实的主干，整个人变得豁亮、局气。

武仲仁一直皱着眉头，天舍问道：您到底碰上什么事了，说出来听听。天舍追问再三，武仲仁把碰见吴秉楠的事说了。天舍道：他跟您究竟有什么过节啊，您这么在乎他。

武仲仁干脆将金蔓和吴秉楠那点捕风捉影的事说出来,天舍听了,沉吟片刻道:我看您是瞎琢磨,您想啊,凭您的地位身份,那个姓吴的三辈子都赶不上,您尽管把心放肚子里。再说了,北平城里头,凭您想找什么样的女人还找不上不成?一个金蔓算什么呢。

武仲仁听天舍这么说,一股子憨淘气一下子涌到脑门子,连着摆手,说道:你可别把你老丈杆子想得太了不起,我这辈子唯一能弄明白的就是茶叶,什么等级的茶叶着眼一瞅就知道,可对于女人,我是怎么弄都弄不明白。再说你是不知道金蔓是个什么样的女人,她心里想什么,你永远不知道。天舍笑而不应。

停了停,武仲仁俩大眼珠子滴溜滴溜转了一阵,凑近天舍低声道:不瞒你说,你们齐家那丫头美雪,我心里一直中意她,可她就是不尿这壶,你说一个小丫头片子我都拿不住,我还能干吗啊……

天舍心里觉得好笑,北平城里的大茶商,家财万贯,闲得因为女人发愁。天舍喝了口茶道:岳父大人啊,您可有点不知足了,总是吃着碗里看着锅里的,我看您就应该把小午儿看好了,以后指望他光宗耀祖,对不起谁都不能对不起祖宗。

武仲仁想了想道:贤婿说得不无道理,你老丈人就是个没出息的,以后你多提醒着点……

铺子里忙活了一上午,眼看下午两点多了,几个人还没吃上饭。武仲仁在对面自己家茶叶铺里跟亮子对账,铺子越来越红火,在南城独树一帜了。武仲仁笑得合不拢嘴,一个劲儿说这都是女婿带来的。天舍提议去便宜坊吃饭,武仲仁让天舍先过去,去晚了人家关张了,自己去其他铺子里转一圈,看看生意怎么样,然后去便宜坊会合。

除了亮子那铺子，武家在南城有五六个茶叶铺子，其中只有一个生意差点，其他几个比国民政府刚南迁的时候生意更好了，这让武仲仁心里很得意。武仲仁在街上走着，被风刮下来的树叶子踩在脚底下哗哗的，直绊脚。他站在珠市口十字路口上琢磨着想找辆人力车，这时候一辆气派的凯迪拉克轿车嘎的一声停在武仲仁身边，车窗户的玻璃慢慢摇下来，一个穿西装的中年男人探出个脑袋喊了声：这不是武先生嘛，老没见了。

武仲仁看着眼前的人面熟，想不起是谁了。戴礼帽的人笑道：武先生真是贵人好忘事，在下戴宏德，原来在石先生府上有过几面之缘。

武仲仁这才想起此人是石宛寒的座上宾，那时候算上自己一共三个人资助中医药联合会，想必这位面粉大王的银子又不知道怎么花好了。戴宏德不等武仲仁开口问，便邀请他上车细聊。上了车，武仲仁却道：今儿小婿在便宜坊请客，戴先生肯赏光的话，不如一同去吧。戴宏德欣然同意，听说女婿是齐先生的大公子，更是迫不及待地要认识一下。武仲仁打消了去铺子里看生意的念头，坐着戴宏德的车，直奔便宜坊。

武仲仁和戴宏德到了便宜坊，打听到齐天舍订的包房，两人一路聊着，推开门，却见冯临声端坐上首，正跟一旁的天舍聊得欢。冯临声见武仲仁走进来，赶紧起身让座道：仲仁老兄快来坐吧，你是这里最年长的，坐上首。又见一旁的戴宏德，赶紧上前道：哎呀，没想到戴先生来，虽说都住在北平城，可见一面不比登天容易啊。

武仲仁把天舍介绍给戴宏德，戴宏德上下打量着天舍：中等身材，面色赤红，行为沉稳，不事张扬。戴宏德不禁道：到底是齐先生的公子。

冯临声在一旁说道：他正准备开第二家药铺，你们进来之前，我们正商量着明年春天去河北买药材的事，反正我也没什么事，准备跟大少爷跑一趟。

武仲仁接道：我怎么刚听人说你答应了齐先生帮他接诊呢，怎么一下又改主意了。

冯临声道：你消息倒是灵通，我这不是想帮大少爷嘛，再说这是明年春天的事，现在还没立冬，这只是个计划。

这会儿跑堂的端着烤鸭上来了，一股肉香混杂着果木的清香飘散开，武仲仁笑道：哎呀，看着就好，今儿托我女婿的福。冯临声看着武仲仁兴高采烈的样子，便道：仲仁兄老来得子，心情不错，你那宝贝儿子也不让人瞧，你不怕以后没见识啊，该见光儿的时候得见见光儿。

武仲仁道：我快五十岁才得了个儿子，能不小心嘛。

天舍头一回见戴宏德，只觉得这人跟自己好像挺对脾气，便对戴宏德道：往后还得戴兄多照顾着。

戴宏德回道：齐大少爷客气了，生意上有什么难处尽管说。沉吟了片刻，戴宏德对天舍道：令尊这一阵心情不大好吧，大少爷回家见到齐先生，帮我带个话，现在我正疏通办学的路径，说不准什么时候能成，但总是个盼头。

冯临声高兴道：若戴先生能将这事打理好了，北平中医行都会念你的大德。

武仲仁笑道：这下我那老亲家可有的乐了。

戴宏德道：只是刚有些起色，事情怎么发展，还得看机缘。

一顿饭吃到天黑了，从便宜坊出来，天舍邀请戴宏德去铺子里喝茶，戴宏德欣然前往。冯临声不想回家，天舍笑道：若冯先生愿意同往，就请一起吧。

天舍找了一辆人力车，将武仲仁送上车，又叮嘱了一句：您跟小秀说一声我晚点回去，甭给我留灯。武仲仁点头道：你忙你的，小秀懂事儿。

武仲仁回到家，小秀开的门，武仲仁埋怨道：伙计都死了？

小秀道：瞧您，哪那么大火气啊。

武仲仁一边往院子里走一边对小秀说：天舍晚点回来，甭给他留灯，回头你该睡就睡。小秀说：还没吃晚饭呢，睡什么觉。说着随武仲仁进了屋。

武张氏听见响动，从佛堂里出来，问武仲仁道：这是从哪回来啊？瞧这一身酒气。她忙着喊秋萍给老爷倒洗脸水。

武仲仁洗了脸，扭头问武张氏晚饭吃什么。

小秀说：您中午又吃又喝的，这会儿又饿了？

武仲仁道：我是问你和你娘打算吃什么。

武张氏在一旁道：你想吃什么让厨房给你现做。

武仲仁想想道：来碗面条吧，中午在便宜坊吃的烤鸭。

武张氏踮着小脚出屋喊秋萍安排饭去了。

小秀见爹打一进屋就皱着眉头，琢磨着是不是碰上什么事了，便道：出去一天就没什么新鲜事跟我们白话？这不像您啊，赶紧地说说，有什么新鲜事。

武仲仁沉默了一会儿，说道：今儿碰上个人，也不知怎么的，我这心里头七上八下的，说不准是什么滋味……

武张氏正好走进来，听武仲仁跟小秀说碰上了熟人，也支棱着耳朵等着他说出那人的名字。武仲仁说了吴秉楠，武张氏松了口气道：你不说的话，压根儿我就再想不起他长什么样来了。小秀在一旁道：北平这么大个地方，谁来不是来啊，你还能挡住人家的脚丫子不成啊，他来他的，跟咱有什么关联。再说他老家就是宁波的,这也算是叶落归根,来北平就是故地重游罢了,您闹什么心啊。武仲仁听小秀这么说,心里稍微定了定神。

吃完晚饭,等小秀走出屋子,武仲仁给金蔓那边打了个电话。接电话的是丫头翠枝,听出来是老爷的声音,翠枝道:太太已经带着小午儿睡下了,您要是有急事,我就去喊太太。

武仲仁说:不必了,明儿一早我过去跟太太一起吃早饭。

半夜起了大风,一个搪瓷盆被刮得叮当满院子跑,武仲仁被惊醒了,侧着耳朵听了一会儿,喊醒武张氏,武张氏道:咳,白天厨房里大伙计端水洒院子,盆忘拿回去了。武张氏扯着嗓子喊秋萍,一个上茅房路过的小伙计听见了,问太太有什么吩咐。武张氏气得大叫道:你没长耳朵啊,把那盆捡回去,吵死人了。伙计赶紧去把盆捡起来。

第二天天刚亮,武仲仁还在梦里转悠着,只觉得有人猛力推他,睁开眼见是武张氏,又将眼睛闭上问道:火上房了?

武张氏扯着大嗓门冲着武仲仁的一只耳朵喊道:你那宝贝小老婆让人拐走啦!

武仲仁像是遭了雷击一样,先是浑身一哆嗦,颤巍巍坐起来,问道:是真的?

武张氏急扯白脸道:红嘴白牙的,大清早谁跟你打这镲。武仲仁突然一激灵,问道:小午儿呢?我儿子呢?接着便用脚在地上摸索找鞋,两只胳膊也没闲着,胡乱从炕上抓了件衣裳往身上套,武张氏看见,突然大笑起来,武仲仁低头一看,却是一件武张氏的夹袄。他气急败坏地吼道:你笑个屁啊。

武张氏在一旁道:别急,小午儿没让她抱走,翠枝送过来了。

武仲仁一听武张氏这么说，一颗心才放平稳，他穿上自己的衣服，穿上鞋，临出屋门还用舌头舔一下手，摩挲一下头发。

武仲仁看见金蔓的丫头翠枝吓得缩成一团，坐在门口一只矮凳上，小秀坐在八仙桌旁边，怀里抱着熟睡的小午儿。武仲仁先走到小秀身旁看孩子，好像要检查孩子是不是全须全尾儿，然后点点头，让小秀把孩子抱到卧房去。扭头问翠枝道：太太走了？一个人走的还是跟什么人走的？

翠枝哭丧着脸道：我真不知道，就连奶妈都不知道，小午儿跟奶妈睡的，昨晚太太睡得晚，说要绣花，让我们别等她。今儿早上小午儿哭闹，奶妈抱着他，让我喊太太，看是喂奶还是吃蛋羹，我去太太的卧房，床上整整齐齐地不见人影，桌上有个纸条，我心急，看了个大概，说跟人走了，不再回来了。

武仲仁问：纸条呢？让我瞅瞅。

翠枝从大襟里边拽出个纸团，武仲仁慌忙展开看去，几行娟秀的小字确是金蔓写的。字条是写给武仲仁的，抬头竟然用的是武先生，武仲仁一看这称谓，先气出一鼻子血来，吓得翠枝浑身哆嗦起来，武张氏赶紧拿了一团棉花让武仲仁把鼻子弄干净了。字条上客客气气几句话，大意就是承蒙武先生照顾多年，虽得一子，但毕竟是武家骨血，留在武家天经地义。此去上海，有吴先生陪伴，不再回返，就此别过，各自安好……

武仲仁的眼睛让"吴先生"三个字刺得生疼，不禁破口大骂道：这个瘪三儿，到底还是干出这种下三烂的事，我×他八辈祖宗！

武张氏在旁边站着一声不吭，翠枝一把鼻涕一把泪的，十分委屈。

这时候小秀从卧房探出头道：小午儿醒了，八成一会儿就得吃，赶紧商量是去买牛奶啊还是怎么着。

武仲仁问翠枝奶妈哪去了,横竖不能也跟着走了吧。翠枝道:奶妈一看这架势,收拾东西回家了。

武仲仁和武张氏互相看了一会儿,武张氏道:不然把奶妈请回来?

小秀说:请她干吗,这么多人还养不活个孩子啊,咱是没钱啊还是没地方。

武张氏问翠枝道:你什么打算啊?是想留在武家,还是自己找饭碗?

翠枝赶紧朝着武张氏作揖道:您知道我没地方去,太太若是可怜翠枝就留下我吧。

小秀在一旁道:翠枝跟着我吧,正好我屋里缺个使唤丫头。

翠枝赶紧大小姐、大小姐地叫起来,保证自己没坏毛病,怎么使唤怎么是。武张氏在一旁道:还是让翠枝照顾小午儿吧,毕竟这孩子跟翠枝比跟咱们熟悉。又对小秀道:回头再给你找人吧,你们屋里也没什么活,让秋萍顺手就干了。

这时候小午儿在里边哭闹起来,翠枝赶紧往里边去了。等翠枝抱着小午儿出来的时候,只见小午儿哭得三花脸似的,翠枝说:让厨房先给蒸个鸡蛋羹吧,等中午饭的时候再琢磨给他吃什么。

没到中午,武家三太太金蔓跟人跑了的消息,已经传遍了邻近的几条胡同,魏家胡同的女人们像是过年似的,一个个精神抖擞地从各自的院子里走出来,互相递着眉眼,然后哧哧笑一阵,接下来交头接耳议论一番,大家伙一致感到安慰的是孩子没带走,这对武家是件大好事。有的女人骂金蔓心狠,这女人竟然连自己的骨肉都能舍下,还有什么干不出来的事。又说那个南边来的男人,一开始就看着不顺眼,脸皮儿白净得跟大闺女似的,男人哪有长那样的,一准不是什么好东西。还有的女人为金蔓可惜,那么好看的人,甭说咱们这块，就是整个北平城能有几个长成这样的，便宜那白脸子了。

天舍从铺子里回到黄土坑胡同，六爷远远地跟他打招呼，快立冬了，六爷还穿着单裤褂，一身肥肉嘟噜嘟噜的，看着让人眼晕。踢踢踏踏朝天舍走过来，隔着十来步的距离，六爷大着嗓门道：你小妈跟人跑了你还不知道吧。

天舍一愣，问道：跟谁？其实心里已经猜出了几分。

六爷道：跟武家原来那管家，白净脸儿那位。

天舍心里并不吃惊，面上一副惊讶道：哎哟，什么时候的事啊。

六爷道：昨儿晚上吧，所以说呢，娶媳妇儿还是丑点把牢，老辈说的丑妻家中宝啊，不过人家武老爷子不在乎一个半个的女人，人家有的是钱，再娶好的。

天舍回到家里，王屏画正在跟美雪看俩伙计拾掇院子里的藤萝架，把那些多余的藤萝条扯下来，再把那些枯叶子摘下来，藤萝真是有年头了，夏天的时候叶子都稀得没阴凉了。见天舍走进院子，王屏画问道：你这是从哪来啊？

得知天舍从铺子里过来，王屏画便推着让他赶紧回武家去看看，天舍一边朝院子外头走一边说：您真是的，倒是让我跟我爹说句话啊。

直到晚上天黑透了，天舍才回到黄土坑，刚进大门就看见天运在前边走。天运刚下班，也听见了后边有脚步声，回头见是大哥便等着，两人并排走进院子，天运对天舍道：大哥先去北屋吧，我换换衣服就来。

天舍进了屋，齐通霖正在一个人喝酒，见天舍进来了，招呼道：老大过来，陪我喝两杯。天舍赶紧坐到爹旁边，先将爹的酒杯斟满了，又拿过美雪递过来的杯子，给自己倒了一杯，对美雪说：二少爷说他就来，也给他拿个杯子吧。

美雪笑道：二少爷不喝酒，倒了也是白倒。

王屏画对美雪道：大少爷让你去拿杯子，你就麻利儿去，嘴里说道不少，二少爷喝不喝是他的事。

美雪出了屋门，跟正往里走的天运撞在一起，美雪对天运道：您进去吧，我给您拿酒杯去。

天运道：那就劳烦你了。

美雪一边走一边纳闷，今儿二少爷改章程了。

酒杯拿来，天运给自己倒满了，举起来说道：爹、娘、大哥，我想尽快结婚，若二老应允，孩儿感激不尽，我先敬您们一杯。说完，一仰脖把酒喝了。

王屏画朝齐通霖使了个眼色，然后拍手道：你相中的就是好姑娘，我和你爹高兴还来不及，你大哥不生孩子，你回头生个孩子，臊着他。

天舍说道：我想不想不要紧，小秀想才是正根儿。

全家一起碰杯喝了酒，有说有笑闹腾了一阵子，吃完饭天舍跟着爹去了书房谈事。

天舍几乎不记得自己什么时候进过爹的书房，这里对于他完全陌生，他站在门口犹豫着，齐通霖在里边喊道：有人扯你后腿是怎么着，赶紧进来把门关上。

天舍进到屋里，两只眼睛不敢胡乱看，规规矩矩坐在椅子上，将戴宏德正疏通办学的事跟爹说了。齐通霖眯着眼睛，从书桌抽屉里拿出一包纸烟，抽出一支递给天舍，又抽出一支夹在指缝里，然后拿起桌上的一盒火柴，递给天舍。天舍赶紧嚓的一声点燃火柴，先给爹点上，然后是自己。屋子里顿时烟雾缭绕。

半支烟抽完，齐通霖慢悠悠道：顺其自然吧，凡事强求不得。

齐通霖故意转了话题，问天舍来年春天是不是要去河北收购药材。

天舍回道：那是一定的。停了停道：冯先生对这事挺上心，他打算明年一开春跟我一起去河北。

齐通霖哑然道：他现在是只要能不在家待着就成。

天舍笑笑，没说什么。

齐通霖对天舍道：你赶紧回去吧，今儿可够你老丈人受的。齐通霖好像自言自语道：那个吴秉楠真是本事不小，前一阵子听说石先生的千金都被他迷住了。

天舍道：女人嘛，脸蛋看得过去的脑子就糊涂。

一九三三年的元旦一过，北平城里的人就忙着准备年货了，鸡鸭鱼肉一股脑往家里拎，一般人家的厨房不大，很快被年货塞满了。有人把鸡鸭放在窗户根儿底下，招来不少野猫，大清早站在胡同里，就能听到老太太们扯着嗓子骂大街：你个八辈祖宗的，便宜你们这帮猫崽子了……

黄土坑、魏家两条胡同里的人比着挂灯笼，比谁家的灯笼大，谁家挂得早。家大业大的，早早地在灯笼铺订好了灯笼，铺子里专门让伙计送过去，再帮着挂上。灯笼的质地当然也大不相同，有纱的，有绸缎的，也有纸糊的。

往年齐家的灯笼都是美雪张罗着挂，去年入冬的时候，美雪终于嫁人了，不是别人，正是惦记了美雪好几年的武仲仁。至于美雪最后是怎么过了心里那道坎的，没人知道。武仲仁得偿所愿，美雪过了门才知道武仲仁对她也算是一片真心，就此安定下来，日子过起来不觉得虚空。美雪过了门就住进了汪芝麻胡同金蔓住过的院子，她把原来金蔓布置的屋子照原样接过来，一点都不改动，她是想在往后漫长的日子里，慢慢体会那个绝世美人是怎样过生活的。

美雪穿的都是上好的绫罗绸缎，是小玉爹精心裁缝出来的。这让小玉心里头痒痒的，觉得还是美雪的命好。美雪对小玉说：你甭吃着碗里看着锅里，我吃穿再不愁，也是给人家做小，跟你没法比，三儿现在医术越来越好，将来成为第二个齐先生都未可知。小玉听美雪这么说，心里美滋滋的。

武仲仁原本要给美雪配个丫头，被美雪严词拒绝，说自己什么都能干，不用人伺候，武仲仁只得依了美雪。足有小半年的时间，邻近几条胡同的人嚼美雪的舌根子都兴致不减，最后感叹人的命真是没法说，一个有头脸的丫头也能坐上花轿嫁给北平城里响当当的富户，上辈子不知道烧了多少高香。

与美雪前后脚，天运也结婚了，虽说是齐家二少爷，但是天运的婚事并没有在胡同里掀起什么浪花。因为刘慧兰是基督徒，两人的婚礼是在教堂里举行的，刘慧兰唯一的姐姐也过世了，女方家没亲戚。齐家虽然全家悉数到齐，也不过齐通霖、王屏画、天舍和小秀，再就是协和医院的同事。两人婚礼过后就去上海度蜜月，回来以后，王屏画问天运，什么时候请街坊四邻过来喝喜酒？天运支支吾吾地说医院催着去上班，慧兰的班排得满满的，不知道什么时候有时间呢。事情就耽搁了下来。

齐通霖天天要在家里给人看病，每天一大早就得起来，忙得不亦乐乎，好在冯临声天天过来帮忙，齐通霖有点不好意思道：你掺和着来就行，陪陪家里的。冯临声说：人家现在在吉祥戏院里唱戏呢，师兄妹们一起热闹得很。齐通霖问他：你以前不是最喜欢泡戏园子吗，现在家里有个唱戏的，岂不更好。

冯临声现在才明白一个道理，真正的好东西只可远观，不可近瞧，更不能据为己有。以前妻子在的时候，彦云翎是个美妙的存在，偶尔去天津见一面，云雨一番，那滋味够回味好一阵子的。那时候他不想知道彦云翎在天津有没有相好的，从来不过问她的私生活，彦云翎也从不问冯临声的打算，两人都给对方留着地方，情爱在自由的天空中闪闪发光。自从妻子过世后，彦云翎就表示她要嫁给冯临声，这让冯临声一惊，暗忖：这女人也还是逃不脱世俗的羁绊。而冯临声却慢慢读懂了自己：我就是一棵随风飘荡的野草，遇到什么样的土壤都不会改变自己的品性。但冯临声终究是个面子软的人，尤其对女人，即便情感淡下来了，也不想去伤害。他有意无意地躲避着彦云翎，当他不得不回到家里的时候，却又不由自主地对彦云翎关爱有加，冯临声越是下意识地躲避彦云翎，每次回家以后就越表现得浓情蜜意。冯临声已经快要分不清哪个才是真正的自己了。

这时，他听见齐通霖悠悠地说道：对男女之事，我是个外行，这事也要看自己的心里怎么想，只要自己心里不委屈就行。

冯临声听完齐通霖的话，有点醍醐灌顶的感觉，暗自想：对啊，活这么大了，就别委屈自己了。他决定当晚就跟彦云翎说明自己的心思，从今往后冯临声不想再娶任何女人了，包括你彦云翎。

冯临声回到家里已经快九点了，顾妈说小姐还没回来。顾妈坚持称彦云翎为小姐，冯临声心里觉得顾妈这样做，有一层意思是针对自己的。顾妈的心思很单纯，她觉得冯临声娶小姐是天经地义的事，可能对她来说，两人保持了这么久的关系，而且自打冯临声妻子过世，彦云翎便心急火燎地来到北平，住进冯宅，这态度还不够明白啊。顾妈这么做，是在提醒冯临声。

冯临声嗯了一声，去了书房。他拧开桌上的台灯，一屁股坐在椅子上，毫无目的地凝视着正前方，心里琢磨着等彦云翎回来就摊牌。他顺手拿起书桌上的一本书，看了看题目，是一本《千金要方》，去日本之前，这本书是冯临声的每日必读，章目早已烂熟于心。从日本回来后，冯临声将它束之高阁，直到齐通霖让他去帮忙，他才又将它从书橱里取出来放在桌上，方便及时查用。

冯临声随便翻开一页，恰好论及用药，"凡药有君臣佐使，以相宣摄，合和者，宜用一君、二臣、三佐、五使，又可一君、三臣、九佐使也。又有阴阳配合，子母兄弟，根茎花实，草石骨肉……"冯临声感觉到中医确是天下一桩极妙的学问，能够将各味药像人的地位等级一样分得那样详尽，描述得那么生动，药理几乎可以不言自明了。冯临声有些感叹，他觉得如果弄懂了中医药，便也弄懂了华夏文明的真谛。

这时候，冯临声听见顾妈喊了声小姐回来了，冯临声的思绪被打乱了，他有点恼怒，但他很快便将情绪稳定住。

冯临声放下手里的书，从窗户望出去，借着明晃晃的月光，他看见彦云翎扭着纤细的腰肢，迈着台步走过显得寂寥的庭院，顾妈跟在她的身后，像一截移动的枯木。冯临声站起身从书房里走出去，绕过堂屋迎接彦云翎。彦云翎踩着高跟鞋，橐橐地走上台阶，她对满脸笑容的冯临声道：哟，冯先生还没歇着呀……

彦云翎的声音里有一种轻飘飘的绵软，几年前，冯临声第一次听到的时候，只感到浑身无力，仿佛坠入了一只塞满了棉花糖的罐子里，又香又甜的感觉让他无法站立。而此刻这种绵软的声音，却让冯临声心里生出一丝厌烦。

冯临声感觉到彦云翎喝了酒，她的眼神迷离，笑意充盈，他下意识地将手伸过去，抓住彦云翎，埋怨道：今儿不是唱戏嘛，怎么还喝了酒呢，这不是毁嗓子吗？

彦云翎将脚上的高跟鞋踢下来，甩在一旁，顾妈从后面扯下她肩上的缎子围巾，又帮着她脱下呢子大衣，只剩下一件月白色缎子旗袍，她凹凸有致的身形在柔和的灯光下越发玲珑，惹得冯临声抑制不住激动，多看了几眼。他想上前拥抱一下彦云翎，却没想到彦云翎笑着闪开了，说道：我这浑身腌臜味，冯先生还是别碰了。她扭头朝顾妈说了一句：准备洗澡水，我要泡个澡。

冯临声看了看墙上的挂钟，已近午夜，心想，不如睡觉。等彦云翎进了浴室，他便独自一人朝卧室走去。

浴室是冯临声从日本回来以后自建的，当初跑遍了大半个城才买到了浴缸，卖浴缸的老板穿着西装，打着领带，笑着对冯临声说道：我给您一个名片，下回您直接过来就行。冯临声擦着额头上的汗说：您这浴缸这么不结实啊，这玩意儿还不用到我死啊。老板笑着说冯临声是见过世面的，说话不忌口。

冯临声躺在床上，想象着彦云翎躺在浴缸里面，身上的肥皂泡跟她的皮肤一样柔软洁白，冯临声有些舍不得彦云翎，琢磨着像她这样的女子以后恐怕不那么容易遇到了，但这念头只远远飘过来，连停都没停就飘走了。

第二天冯临声快到中午才醒过来，扭头看看彦云翎那边，平平整整的，像是没人睡过的。冯临声起身去了厨房，见顾妈正坐在灶台旁边的凳子上听戏，收音机高高地放在碗橱上，那是彦云翎搬进来的时候特意叮嘱冯临声买来放上去的，顾妈喜欢做饭的时候听戏。

冯临声问顾妈：太太呢？顾妈站起来，走到碗橱跟前关了收音机，然后对冯临声说道：小姐一大清早就出门了，没说去哪，还说晚上不用等她吃饭。

冯临声愣了一下，对顾妈道：哦，那麻烦您给我弄点吃的吧。

顾妈道：您回屋等吧，一会儿就给您端过去。

吃完了早饭，冯临声便往齐家来了，到了大门口，见天运和刘慧兰肩并着肩从大门里边往外走，不禁叹道：哎呀，真是神仙眷侣啊，太让人羡慕了。

天运道：您客气了。一旁的刘慧兰说道：冯先生真会开玩笑。天运又说：我爹等您半天了，您赶快去吧。刚好，六爷拉着一辆人力车从胡同南口进来了，天运等六爷走近了，问：您怎么不拉板儿车了？

六爷没回天运的问话，直接问两人去哪。天运说去医院上班。六爷道：得，今儿我白拉你们小公母俩一趟。天运站在车旁边说：您要是白拉我们就腿儿着去了。六爷直接拉着天运的一只胳膊，将他推上车，又要伸手拉刘慧兰，刘慧兰没等六爷碰到自己，便一下跳上车。六爷笑着说：瞧，这多痛快。

六爷一边小跑着，一边扭头跟天运说话。天运不忍心六爷这么跑，便说：您不用跑，我们都是晚班，有的是时间。

六爷慢下来问道：晚班儿？这一大早去干吗，医院的饭能有家里的饭好吃啊。

天运笑道：慧兰是护士长，事多，得早去做准备。

六爷道：可不是，大小是个官儿，是得上心着点。

到了医院，天运非得往六爷兜里塞钱，六爷死活不要，最后六爷说：得，我回去跟齐先生算账去，上回我拿了他的药还没给钱呢。天运听了，只得跟六爷挥手作别。

两人往医院里走的时候，刘慧兰对天运道：我的命真好，碰上你，如愿以偿跟你结婚，俩老人都那么疼我，一点不挑我什么，我上辈子修的什么福啊。

天运笑着说道：说明你人好啊，什么都是你应该得的。

路过内科病房的时候，丁汝麒从里边走出来，看到天运和刘慧兰，招呼道：好甜蜜的小两口啊，让人羡慕。

自从浦爱德走后，丁汝麒当了社会服务部的主任，副主任的职位一直空着，院长让他尽快物色一个合适的人来当副主任，毕竟社会服务部工作繁忙，院长还对丁汝麒不会说英文表示遗憾。丁汝麒让院长放心，说他一定会找一个大家都满意的人来当副主任的。丁汝麒心里最理想的人选就是天运，他方方面面的条件都让丁汝麒觉得无可挑剔。

天运并没停下，他一边与刘慧兰走着，一边跟丁汝麒寒暄道：有空来家里玩，我爹那天还问您来着。

丁汝麒很礼貌地对刘慧兰说：刘护士长，不介意的话，我跟齐大夫借一步说话。刘慧兰笑着点头，匆匆走远了。丁汝麒跟天运说：咱们找个僻静的地方说话。说完便在前头带路。天运跟着他拐来拐去，来到医院地下室一个茶水间，丁汝麒笑着对天运道：没来过吧。天运见茶水间里一个大茶壶在炉子上烧着，热气腾腾，旁边竟然还有两张小桌子，配了几只小凳子，供人喝茶闲谈。

丁汝麒道：来这里的都是洗衣工、电工什么的，不过他们也没空坐在这，倒是我们社会服务部的人经常来这喝茶。

两人坐下，丁汝麒问天运喝茶还是喝水，天运笑道：喝水就好。

丁汝麒又问：令尊令堂都好吧，老说得空看看他们，又怕打搅。

天运只是笑，心里希望丁汝麒快点把要说的话说完，自己好赶紧去病房看看。丁汝麒看出了天运的心思，赶紧道：那我就开门见山吧。自从浦爱德主任离开协和以后，我们部里缺少一位副主任，院长多次敦促我赶紧把人选定下来上报院方。我早就欣赏齐大夫的医术和为人，更尊敬齐大夫的家境和教养，我心里极为渴望能同齐大夫一起，在社会服务部为协和的良性运转尽一份力，让协和为更多的国人解除病痛。不知道齐大夫能不能考虑一下我的提议。

天运没想到丁汝麒是为这事找他，虽然心里很拒绝这份差事，但他是不会让任何人当面下不来台的，天运想了想说道：这么着吧，丁先生，我回去再想想，也跟家父商量一下，再给您回话，您看好不好。

丁汝麒见天运并没有当场拒绝，觉得他已经给足了自己面子，便抱拳道：齐大夫一定考虑一下，我们社会服务部全体同人都期待您能来。

天运刚走进外科病房，就看见刘慧兰站在护士站里，跟几个来实习的年轻护士说着什么。刘慧兰身上的白色护士服熨烫得一个褶都找不出来，护士帽在头上端端正正地立着，她的面容明朗，肤色光鲜，眉目间流淌着一股迷人的认真和专注。天运不想打搅她们，便轻轻走过护士站，他把头朝刘慧兰转过去，看着她，恰好刘慧兰也抬起头望向天运，天运瞬间觉得有一股电流通过全身，他的身体感到一阵轻微的震颤。突然间，一股浓郁的爱意在天运的周身荡漾着，这股爱意来得太突然，甚至让天运感到猝不及防，脑袋晕乎乎的，自从他跟刘慧兰交往并结婚以来，这种感觉还是第一次出现。天运一边朝医生休息室走,一边很笃定地告诉自己:我现在真的爱上她了。

一天晚上,冯临声等着彦云翎回家吃饭,却接到彦云翎打来的电话,说自己不回来了。见冯临声不出声,她解释道不单是今晚,往后也不再回来了,又说明天顾妈收拾行李的时候,别忘了给她叫一辆人力车。冯临声只说了句好,就挂断了电话,然后去书房看书了。第二天临出门的时候,见顾妈还在不停地收拾着行李,冯临声急着去齐家,便对顾妈说:您什么时候收拾好了,照着这个电话号码给我打个电话,我帮您叫人力车。顾妈头都没抬说了句:行。冯临声迈着轻快的步子出了院子。

冯临声来到齐家的时候,齐通霖还在吃早饭。他问冯临声吃了没有,冯临声摇头说没来得及,齐通霖喊人拿碗筷。过了好一会儿才来了个小伙计,探头问:是您喊人吧?

齐通霖瞪了小伙计一眼道:你耳朵挺好使啊。

吓得小伙计赶紧把头缩回去了,在外面战战兢兢地问:您有什么吩咐?

齐通霖道:拿一副碗筷!

小伙计刚走,王屏画走进屋,见冯临声在,赶紧说:哎哟,冯先生这么早啊,我去拿碗筷。齐通霖也不言声,任由夫人出了屋。

王屏画走出房门,见小伙计拿着一副碗筷跑上台阶,王屏画想了想让小伙计送进去,自己扭身去了天运屋里。

冯临声对齐通霖道:美雪嫁给武仲仁,你们齐家就塌了半个天,这仲仁兄也真是的,专门娶人家心头好儿。

小伙计拿着碗筷进了门,将碗筷放在桌上就想跑,被齐通霖一嗓子喊住,说道:夫人没教你怎么做事啊,你拿来碗筷怎么也得跟我说一声啊。

小伙计满脸通红道:我一害怕就全忘了……

齐通霖没再说什么,小伙计临出门的时候突然回头朝齐通霖鞠了一躬。屋里的两人忍着笑,等小伙计出了门,冯临声说:瞧你把人家吓的。齐通霖道:我哪知道他胆子那么小。

冯临声慢吞吞地将彦云翎走的事跟齐通霖说了。齐通霖沉默了一会儿道:男女之事,最不好说,看你冯老弟也不太在乎,那就接着给人瞧病吧,还是这事实在。

冯临声说:通霖兄说得对。

刚入六月,齐家传出刘慧兰怀孕的喜讯,黄土坑、魏家两条胡同炸了窝,都替齐家高兴。人们议论更多的是齐家这孩子将来干什么,大部分女人认为这孩子将来一定跟爷爷一样,当中医大夫。男人们觉得这是二少爷的种,自然以后也要出国学西医。话说着说着自然而然就扯到齐家大少爷身上,有人说道:大少爷要是也生一个孩子不就齐了,一个中一个西,不打架。话头落到小秀身上,议论声便低下去了,胡同里的人都觉得小秀能不能生孩子还得另说着,瞧她那不男不女的样儿,接着便嘻嘻哈哈地笑起来。话传到武家大宅,小秀听了,淡淡一笑说:这还管起人家的事儿来了。武张氏在一旁听了,嘴里又是一阵阿弥陀佛。

让胡同里的人没想到的是,齐家二少奶奶刘慧兰怀孕不到一个月,紧接着就传出大少奶奶小秀怀孕的消息,就好像故意跟胡同里的女人们斗气似的。

王屏画高兴得天天咧着嘴笑,她一天三回往武家大宅跑,武张氏说:亲家,甭跑了,天运那边你也得照顾啊,这边人手多,真有事我让人喊你去。

王屏画这才踏实在家待着。

天运最终还是去了协和医院的社会服务部任职。

一开始天运很是犹豫，去还是不去。琢磨了好几天，还是没主意，他决定去问父亲。

齐通霖听天运说完便道：我看你去那个服务部没什么不好，你打从英国回来就一头扎进医院，只跟病人打交道，你去了服务部，接触更多的人，经历更多的事，说不定对以后当大夫更有益处。退一步说，过几年，你要真想再回外科，也没人拦得住你。

齐通霖点上一锅烟，抽了一口道：哟，这味不对了。说着将烟袋锅里的烟丝磕出来。天运道：您没烟丝了说一声，王府井那边有个店，专门卖这个，回头给您从那买点。齐通霖说：你管那些闲事干吗，专心干医院的事。

天运找到丁汝麒，直截了当道：我想好了，来服务部试试，看看干得了不。丁汝麒高兴道：欢迎啊，我这几天就上报院长。院长得知，自然十分高兴。哪知从这以后，天运竟然没再当一天大夫，最终坐到协和医院副院长的位子，这是后话。

眼见到了六月底，快入伏了，坏消息从南京传到北平：行政院院长汪精卫断然拒绝通过中医界人士在几年前提出的《中医条例》，并明确表示支持废除中医中药，话说得很直接：……中医不懂解剖，在科学上实无根据……治病效能渺茫。言辞激烈，责令道：中医一律不许开业，全国的中医药店也应限令歇业！

得到消息的当晚，齐通霖没吃晚饭，一个人躲在书房里发呆。他想起几年前在上海跟同行们在一起时的情景，大家伙真是废寝忘食地议定了那么多对中医的发展十分有利的条款，满怀期望等了好几年，就等来这个结果，如同当头一盆冷水泼下来，齐通霖从里到外都凉透了。

他有点想不明白，条例后面的附文对中医的现况以及将来的发展都做了论述，反复强调了中医的弊端，只有扬长避短，不断学习，才能进步和发展。这等于中医在反省自己，找出短处，并想通过学习克服、消灭它……当时齐通霖将附文读了好几遍，这是他与几位同行通宵达旦一起写出来的，读的过程中，齐通霖心里涌动着一股激情，他觉得中医到了一个重获新生的关口，而同人们的努力将会改变一切。他被一股情绪激励着，当时觉得南京政府没有理由不接受《中医条例》，何况中医不仅是医学，对于中国，它还与哲学、艺术等其他旁门互为关联，共同铸就了中华大地的文明，他相信南京政府会看到中医同人们的良苦用心，并接受之。

而此时此刻，齐通霖内心深处被一种极度失望的情绪占据了，失望像是一坨铅，沉甸甸地压迫着他，让他几乎无法呼吸。齐通霖走到屋外，空气里搅和着一种黏稠的湿气，让他越发感到堵得慌。

王屏画让小伙计送了两次饭，齐通霖对小伙计说：你别费劲儿了，我一会儿饿了自己去厨房找吃的。电话铃响起来，是石宛寒打过来的，齐通霖听见话筒里声音十分嘈杂，石宛寒大声道：通霖老弟吃完饭了吧，您方便的话来一趟吧。

齐通霖二话没说，放下电话，走出书房，见王屏画正站在院里鱼缸旁边喂鱼，便说：我去趟石先生家。

齐通霖从黄土坑胡同一路走过来，后背湿透了，额头上也是大汗淋漓。进了屋，肖灵岩和冯临声已经来了，石宛寒坐在八仙桌旁，见齐通霖进来了，几个人站起来，一一和他握手打招呼。

不等齐通霖把气喘匀了，石宛寒就大声道：看来南京政府是要斩立决啊,老祖宗留下的这点东西就那么不顺他们的眼吗?

石宛寒的情绪十分激动,脸涨得通红,太阳穴一鼓一鼓的。齐通霖有点担心石宛寒的身体,怕他气坏了,便岔开话题道:可否跟石先生讨口饭吃,今儿饭晚了,到现在肚子还空着。

石宛寒听齐通霖这么说,长出了口气,平稳一下情绪,站起身,走到门口喊:来人啊,厨房里还有没有饭,煮碗面端过来!肖灵岩道:给我也来一碗吧,我今儿吃得太早,这会儿肚子里也空了。

冯临声只顾一旁抽烟,一句话没说。其实他也没吃晚饭,原本他今晚约了朋友去吃西餐,还没出门,石宛寒的电话却先到了,冯临声只得推了饭局动身来到石府。当他听到齐通霖要饭吃的时候,他心里明白齐通霖只是想缓和一下气氛。

两碗面端来了,肖灵岩咽了一口哈喇子,冯临声开玩笑道:肖先生真是个老小孩儿,什么都得凑一分子。

肖灵岩一边接过碗,一边对冯临声道:除了给人瞧病,就剩下这点嗜好了。说完,夹了一筷子上面的菜码儿,放到嘴里兴高采烈地嚼起来。

肖灵岩的一碗面很快吃光了,他把碗放在一旁的茶几上,抹着嘴道:味道不错,要是再有几滴香油更好。

而齐通霖的那碗面还剩了一大半,他将碗放在一旁,石宛寒刚想问他是不是不合口,冯临声却直接将碗端起来道:得,我就着通霖兄的吃一口得了。还没等齐通霖说话,冯临声又道:我不嫌,我是百毒不侵的那种人。

几个人说了好一会儿,才接到王春雨的电话,说很抱歉没来碰面,他和宋先生在河北老家,过几天就回北平。两人的村子挨着,所以每次回老家都搭伴。放下电话,石宛寒打了个哈欠。

齐通霖犹豫了一下说道：我的意思就是当南京政府的话是个屁，他痛快他的，我们继续干我们的。同时以石先生的名义向全国的中医界同人发话，该瞧病的给人瞧病，该开方子的给人开方子，看看他们下一步还能有什么花样儿，难不成把枪架在大夫身上？

冯临声接道：通霖兄说得没错，无论发生什么事，该干什么还是干什么，不过同时还是要表明我们的态度，抗议、示威，都是必要的手段。

石宛寒道：冯先生说得对，当然要抗议、示威，用一切手段向南京政府表达我们的不满，直到他们改了章程为止。

肖灵岩道：老几位说得都在理儿，咱们不能让他们按着脖子。

四个人一直商量到后半夜，虽然北平的中医药联合会处于解散状态，但石宛寒还是会号召全国的中医同行联合起来，给南京政府施压，让他们通过《中医条例》，让中医像西医一样合法，开办学校，传授中医中药知识。

说到办学校，齐通霖突然想起，天舍跟他提过戴宏德正在疏通办中医学校的途径，便说了一句：戴家好像一直忙活办学校的事，不知道靠谱不靠谱。

石宛寒道：那可有一阵子了，戴家是想用钱说话，商人那套思维，不过钱倒是砸进去不少，政府里头也有好钱的，钱是接了，事没办成。戴家以为既然收了钱，就得给人办事，所谓收人钱财，替人消灾。可事有例外，想必现在汪精卫的话，已经伤透戴家的心了。

在座几位听了，谁都没说话。外面起了风，从院子里涌来一股潮气，肖灵岩念叨了一句：这是要下雨啊。

石宛寒说：不然今儿就到这吧，老几位都是有年纪的人，别伤了神再伤身。

齐通霖和冯临声一道出了门朝西走，肖灵岩朝东走，齐通霖和冯临声站着等肖灵岩先走，肖灵岩拄着拐杖，慢慢走着，他不回头看，可他知道两人还没走，肖灵岩有点故意，让两人看着他走，心里感到热热的，很舒坦。等肖灵岩的身影在夜幕中完全消失了，齐通霖才转身跟冯临声往胡同西口走去。

两人在空寂的街道上慢悠悠地朝前走着，一阵风刮起冯临声长衫的一角，他用手将它抚平，顺便看了一眼齐通霖，齐通霖因为离家匆忙，一副家居短打扮，素白绸子上衣，裤子同样质料，都是小玉爹的手艺。冯临声找碴儿说话，侧着脸打量了一下齐通霖，说道：你这裁缝手艺确实不错，回头得闲了，我也去做几套衣裳。齐通霖点头道：那还不是分分钟的事。

路过冯临声住的胡同，他并没往里拐，执意要送齐通霖，齐通霖也不推辞，两人依旧默默地各走各的，到了东四牌楼，竟然还有个馄饨摊子在卖馄饨，齐通霖说了句：饿了，吃碗馄饨。冯临声便上前买馄饨，顺便问卖馄饨的，都后半夜了，还不歇着啊。

卖馄饨的说家里有人得了顽症，挣点钱给家里人瞧病。

两人没说话，闷头吃着馄饨，吃完了，齐通霖对卖馄饨的说：你得空带着家里人去黄土坑胡同找齐大夫，兴许他能帮上你。

卖馄饨的说：哎呀，我听说看齐大夫得好几块大洋呢。

冯临声说道：您去瞅瞅，八成运气好，花不了几个钱呢。

两人说完便离开了馄饨摊子，冯临声与齐通霖告别，齐通霖让他明早晚点来，反正不差那一会儿，多睡会儿。

冯临声说：我一个人，多睡也没意思，不如去府上吃早点，省得我自己去街上找吃食儿。

齐通霖回到家里，王屏画还没睡，问他饿不饿。齐通霖说街上吃了碗馄饨。王屏画觉得奇怪，大半夜的还卖馄饨，有人吃吗？齐通霖笑道：我不就吃了一碗。

王屏画赶紧去弄洗脸水，走到屋外，见小伙计还傻傻站着，困得两眼直打架。王屏画忍不住道：这孩子，还不睡去。

小伙计揉揉眼道：我去给齐先生打水。说完拿着盆去了厨房。

第二天齐通霖起晚了，一睁眼已经十点多，看到墙上的挂钟吓一跳，赶紧趿拉着鞋从卧房走出来，站在堂屋中间往院子里看，有几个看病的坐在廊子下边等着。齐通霖有点气，喊了声：人呢，怎么不喊我起来。

王屏画闻声进屋，说：别急扯白脸的，今儿三儿来了，还有冯先生，他俩不让我喊你。齐通霖一听，心里踏实了。

三儿现在已经不叫三儿了，自从他去了通霖医社就改用了齐通霖为他取的名字，张三石，石取金石为开之意。三儿很在意齐通霖给他取的这个名字，一般人的名号都受于父母，而三儿很小父亲就去世了，在他心里一直把齐通霖当父亲。所以当人们赞美他的名字的时候，他总是很得意地说：这是齐先生给我取的。

三儿去了通霖医社，从另一种意义上他代替了齐通霖。或许他的医术永远都不会超越齐通霖，但是随着齐通霖老去，三儿对于通霖医社来说，却是一个无可否认的继承人。一开始，很多人都以为三儿是齐通霖的儿子，知道内情的人说是齐先生的车夫，后来跟着齐先生学了中医。

医社周边胡同里的人们，渐渐认可了张三石先生，他虽然没有齐通霖的儒雅，也开不出齐通霖那些近乎神来之笔的方子，但他的努力和诚恳，以及他对于病人无可保留的热情和关爱,渐渐让他得到了人们的信任。胡同里那些大妈小媳妇儿的,见了张先生总会停下来跟他聊几句,她们除了向张先生诉说病痛外,也愿意拉着他聊些家长里短,而张先生总是憨厚地笑着,听着她们无休无止的唠叨,从没有一丁点不耐烦。

三儿走路像风一样,这是他多年为齐通霖拉人力车养成的习惯,几条胡同里的邻居若有人唤他出诊,他都会迈开两条腿,以风一样的速度出现在病人的家里。

慢慢地,除了邻近的胡同,即便再往城西边走,也有不少人知道了张三石的名字,并传说他是名医齐通霖的儿子,这个传言不断被知情人否定、更正,但是没过多久,人们还是相信他是齐门之后。如有人找到张三石先生问病,末了不忘加一句:您是齐先生的儿子吧,那您怎么会姓张呢。三儿并不过多解释,他只是越发努力,想做一个好上加好的中医大夫。

三儿每个礼拜天歇在家里,而这一天远比去医社还忙活。吃完早饭,三儿带着小好儿来到齐家,给齐先生和夫人问安,小好儿在院子里像匹小马似的跑着,王屏画和刘慧兰站在廊檐底下看着,两人的脸上都是满满的笑容,王屏画的嘴里一个劲儿说:哎哟,小好儿,慢点跑,别摔着了。

刘慧兰还没显怀,她处处加着小心,齐通霖让王屏画叮嘱刘慧兰孩子不到四个月,一定多加小心。王屏画笑道:你怎么不直接跟她说,你可是大夫。齐通霖白了王屏画一眼道:我这身份不好亲自去。王屏画说:你忘了人家也是学医的。王屏画嘴里这么说,一天不知道多少次地对刘慧兰说:多加小心,这时候孩子小。刘慧兰每次都是笑着点头。

而三儿这边,却一头扎进齐通霖的书房。只见他从怀里掏出一个小本子,上面写得密密麻麻的,都是一些自己存有疑惑的病例,写着年龄、性别，并记录了病状、脉象，还附有自己给病人开的药方，最后记录病人服过药之后的情况。有的病人的药方改过几次，但效果不理想。有的病人服过药后出现其他症状，这是让三儿感到最纳闷的。三儿一个病例接一个病例地对齐通霖说着，他说得很小心，不时抬眼看看齐通霖的脸。

齐通霖叼着烟斗，时不时吸上一口。他微眯着双眼，耳朵支棱着，生怕漏掉三儿说的任何一个字。他不点头，也不摇头，但三儿却能通过齐通霖喘息的粗细舒缓的程度，判断出齐通霖心里的活动。

等三儿说完了，静静地望着齐通霖，齐通霖才说道：我觉着你开的方子没什么大毛病，大夫治病需要时间，病人恢复身体也需要时间，两边都切忌心急。对那些个陈病，搁我这也是一样，急不得恼不得的，只能是让那些草药根子自己活泛过来，发生效用。那些草药就是咱的武器，想使得顺手，还得多琢磨。

齐通霖伸手，让三儿把小本子递给他。齐通霖一只手在本子上找着，然后指着三儿开的一个方子说道：这个，你这方子撤两味药试试……三儿赶紧记下来。

齐通霖说有些日子没见小玉来串门了，三儿说：是我不让她过来，您这早上瞧病人，下午得歇着，如今南京那边又不消停了，她来了帮不上忙，夫人还得招呼她娘儿俩。

齐通霖点点头，把手里攥着的烟斗轻轻放在桌上，意味深长地望着三儿。过了一会儿，齐通霖缓缓说道：你只管认真给人瞧病，多读书，不光要读医书，还要读其他的书，回头我开个书单子，你照着书单子上的书读，不懂就来问，别让人家喊你文盲大夫。

三儿听着齐通霖说话，连大气都不敢出，这时候小好儿喊着爸爸朝书房过来了，三儿站起身朝齐通霖鞠了一躬道：得到您的教诲，三生有幸。齐通霖朝三儿挥了下手道：赶紧去吧，小好儿找爹呢。

三儿走到院子里，这时候暑热慢慢氲上来了，王屏画让三儿吃了晌午饭再回去，三儿说：不了，小玉还在家等着呢。

三儿领着小好儿从齐家走出来，见六爷蹬着排子车过来了。三儿停下来，等六爷走近说道：这大热天的，您还忙活呢。

六爷光着膀子，脖子上搭着一条脏兮兮的手巾，头上一顶破草帽，一脚下去，刺一声，先把车刹住，然后对三儿说：不就为那口嚼裹儿吗，人这一辈子，没大劲，一睁眼就为这张嘴忙活。六爷低头看了一眼小好儿说道：你将来得比你爹强，你爹比我强多了。说完哈哈笑着，脚上一给劲儿，蹬着车回家了。

小玉不在家，三儿等了一会儿，还不见小玉回来，便领着小好儿又出了门，他知道小玉只有两个去处，一个是回娘家，一个是去美雪那。

走到魏家胡同，见老水头儿的鞋摊上竟然新来了一个修鞋的人，三儿感到诧异，问道：瞅着面生啊，您从哪来啊？

修鞋人是个中年汉子，黑红脸膛，敦敦实实的，因为坐着，看不出个头。听三儿问，修鞋人笑道：来了有几天了，我老家秦皇岛的，过节那阵来这边串亲戚，完了就没走，寻思找个活干。有人说这地方少个修鞋的，以前的没了，赶巧我以前也干过这个，就留下了。

说话间，修鞋人的手一直没停下来，他正在给一双鞋打前掌，手里那把马蹄刀异常锋利，削牛皮像削土豆似的。这会儿他把皮子多余的部分全削掉，又把周边用湿毛巾擦了擦，再用干毛巾擦一遍，然后用蘸了油的刷子将鞋边刷一遍。他干活的时候两只手灵活得像是变戏法，从被他削得溜光的皮子看，这人确是行家。削好的皮子钉在了鞋的前掌上，这一切干得异常利索，不费吹灰之力。干完了活，他用一双机灵的眼睛前后左右看看，然后抬头对三儿说道：我知道您是郎中，有本事，往后少不了麻烦您。最后他才对三儿说，他叫吴老泉。三儿也报了自家姓名，并说道：您客气了，以后也少不了麻烦您。吴老泉看了看小好儿脚上的鞋，见前边已经露出了大拇哥，便让小好儿坐在他前面的小凳子上把鞋脱了，只几下，小好儿的鞋就缝好了。三儿赶紧掏钱，怎奈出门前就没想花钱的事，掏了半天手还是空着出来了。吴老泉没等三儿说话，便道：就当个见面礼儿了。三儿谢过吴老泉，拉着小好儿走了。

快到武家大门口的时候，紧闭的大门突然打开了，三儿停住脚步，他听见武仲仁的声音从院子里传出来，好像在跟伙计说话，让他给院里的假山石喷点水，上面的青苔都干了。

武仲仁跨出大门，抬头看见三儿领着小好儿站在当街，便跟三儿打招呼道：正说去你师父家瞅瞅呢。得知三儿刚从齐家出来，武仲仁道：那我得赶紧去，好几天没瞅见你师父了，一天看不见他都想。说着，武仲仁抬腿走了两步，突然又停下来问三儿道：你没看报纸吧，南京政府那边够绝。三儿没说话，一是他确实没看报纸，二是他对于南京政府的事情，根本看不明白，他最不懂的是，南京政府屡次三番跟中医过不去，而大夫给病人治病能有什么错呢。

武仲仁见三儿不说话，道：得，你赶紧带着孩子找个凉快地方待着，大晌午头上多热啊，不然去我们院子里找小午儿玩会儿？三儿拒绝了，他推说要去找小玉，武仲仁便往东走了。

三儿拐进了剪子巷，剪子巷很窄，人走在巷子中间，一侧头便能清清楚楚地看到两边房屋里的人在干什么。三儿不敢看，因为齐通霖早就告诉过他那是很不礼貌的，所以他每次走剪子巷的时候都低着头。此刻他扯着小好儿一个劲儿往前走着，眼看快到巷子北口的时候，突然听到有人喊他，一扭头，在明晃晃的阳光下，三儿隐约看见美雪站在一棵小树的阴凉里，他便领着小好儿朝美雪走过去。

美雪拉过小好儿埋怨三儿道：这大晌午头的，你拉着孩子跑什么啊，再中了暑。

三儿说：我以为小玉在你那，正想去你家。美雪道：她刚在我那坐了会儿，八成回娘家了，你赶紧回家吧。

美雪拉着小好儿的手随着三儿走了一会儿，到了汪芝麻胡同口上，美雪停下道：我回了，你赶紧走吧，今儿真够热的。

三儿回到家里，见小玉已经回来了，长舒了一口气道：我们爷俩可算见着你了。

小玉笑道：就这么会儿工夫没见，你就跟没了魂儿似的，平时你去医社不是一待就一天啊，也没见你丢魂。

三儿道：那不一样，我那是干营生，养家糊口，今儿在家里猫一天不就为了全家在一起嘛。

小玉去院子里捅炉子做饭，大声对屋里的三儿说道：美雪八成怀孕了，这几天正闹呢，回头你去给她号号脉。

三儿听了，走到门口说道：刚还在剪子巷碰上她了，她也没提这事啊。

小玉说：她怎么好意思跟你说这事。

三儿点头道：倒也是。想了想又说：武先生还真行。

武仲仁到了齐家，正赶上午饭，便大声喊着：亲家，吃什么好的啊，有没有过水儿面条啊。王屏画迎出来道：亲家想吃什么咱张罗什么，赶紧进屋来，别着了暑热。

武仲仁进了屋，见齐通霖面前放着一碗绿豆汤，便对王屏画道：夫人也请给我来一碗绿豆汤，别忘了加点白糖。

王屏画走到后院，见刘慧兰站在一棵月季旁闻着花香，她的肚子明显大了。见婆婆走来，刘慧兰赶紧打招呼道：您是去厨房吗？我跟您一块去吧。王屏画道：你和天运都还没吃饭，想必天热没胃口，不过你肚子里的孩子可要吃啊，你跟我去厨房看看，有什么喜欢的，跟厨子说，让他们给你单做。

刘慧兰跟着婆婆朝厨房走，说：您别担心，我是早上吃多了，三个肉包子，两碗粥，两个鸡蛋，听着是不是挺吓人的。

王屏画听慧兰这么说，忍不住笑道：听着有点邪乎，可那是两人的饭量啊，肚子里那个不算啊，怀孕就得吃。

婆媳俩进了厨房，俩厨子正坐在小板凳上喝绿豆汤，见王屏画和刘慧兰走进来，赶紧站起来，年龄大的道：夫人来了，您要什么让小伙计知会一声就得。

王屏画道：那孩子不知道跑哪凉快去了。话音刚落，小伙计满头大汗地跑进来，见王屏画在，赶紧道：我刚上了趟茅房，肚子里闹腾得慌。旁边那个年轻的厨子说：昨晚你偷吃什么了？

小伙计红了脸道：就吃了两块肉……

王屏画和刘慧兰都憋着不敢笑，怕小伙计更不好意思。

王屏画对小伙计说：赶紧盛碗绿豆汤送到房里去，加点白糖，武先生等着呢。王屏画又让厨子赶紧准备饭，刘慧兰则让厨子给自己做一碗肉丝汤面。

吩咐完了厨房，婆媳俩朝前院过来的时候，王屏画对刘慧兰说：今儿怎么也得去武家看看小秀，你方便跟我去一趟最好。

刘慧兰一口答应道：好啊，我正想去武家瞅瞅呢，您不发话我不好意思去。

王屏画让刘慧兰先回屋歇会儿，她去北屋看看。

进了屋，王屏画听见武仲仁问道：南京方面又有行动了？我见报上说汪院长勒令中医停业？

王屏画悄没声地坐在一旁听两人说话。

齐通霖喝了一口绿豆汤，抹了下嘴说：报上是那么说的……

小伙计端着一碗绿豆汤走进来，小心翼翼地放到武仲仁面前，然后恭恭敬敬地对齐通霖说道：午饭一会儿就得，您二位稍微等会儿。

齐通霖瞥了小伙计一眼道：你那么害怕干吗，我又不吃人。

小伙计听齐通霖这么说，更紧张了，一句话都说不出来。王屏画憋不住笑道：你就那么不经吓喔？你是老鼠胆子啊。小伙计听了，两只黑眼珠一转悠，一溜烟儿跑出房门。

齐通霖的话，并没有解除武仲仁心里的担忧，他当然不希望亲家的营生陷入险境，几个月前他甚至梦到南京政府下令，将北平城里的所有中医诊所、坐堂医生全部取缔，并学习秦始皇焚书，而且只烧中医书……他不敢把梦告诉齐通霖，他怕嘴里说出来的事变成现实。

齐通霖见武仲仁的眉头还像有个死疙瘩似的，便岔开话题问他美雪嫁到武家可习惯。

武仲仁叹口气道：别提了，那丫头离开你们齐家以后，就像换了个人似的，好吃好喝，就是换不来她一个笑模样，八成把魂儿留在你们齐家了，我真有点后悔娶她。

齐通霖想安慰几句，又不知道说什么，便看向一旁的王屏画。王屏画心里惦记着跟刘慧兰一起去武家，没接齐通霖的茬儿，而是扭头对武仲仁说：我和老二媳妇儿下午去你府上看看小秀，不知道小秀娘什么时候念经。

武仲仁原本一肚子不痛快，听王屏画这么问，顺嘴道：她那经念得也是有一搭没一搭的，你们什么时候去都成，去了她就不念经了。

正说着，伙计端着饭进来了，王屏画对两人说：你们吃吧，缺什么跟小伙计说一声。

王屏画和刘慧兰刚出院门，一股子热浪猛蹿过来，王屏画有点犹豫，怕刘慧兰中暑，刘慧兰看出婆婆的心思，道：哪那么娇气啊，咱们顺着墙根儿阴凉走，没几步路。

两人到了武家，敲了半天门，一个伙计来开门，见是王屏画赶紧过来搀扶，王屏画对伙计说：你紧走几步去跟小姐说一声，她要是睡着就别吵她。伙计答应了一声小跑着进了院子。

武张氏这几天烧香更勤了，主要是求佛祖保佑小秀肚里的孩子，顺便替亲家求佛祖，让亲家的营生千万别黄了。小秀没事就拿娘打镲，说佛爷也不能只管咱一家的事，人家也忙着呢。

王屏画和刘慧兰见了武张氏和小秀，四个女人絮絮叨叨说了大半天，武张氏让婆媳俩就在武家吃晚饭，王屏画拒绝了，说：家里一摊子事呢。两人便往回走。

这边武仲仁也站起身告辞，去南城找天舍。刚站起身，电话铃响了，齐通霖拿起听筒，石宛寒的声音嗡嗡地传过来。武仲仁只得坐下来，想听个究竟。

齐通霖拿着话筒只是嗯，最后才说了一句：石先生考虑得周全，先这样定,反正还有几个月时间。说完,齐通霖放下话筒对武仲仁说:已经跟上海、南京的同行联络过了,以明年一月底前为限,南京方面不给说法的话,再次请愿。

武仲仁点头道:必须给南京来点厉害的,时间还有,从长计议。说完便与齐通霖告别,朝屋外走去。

天气转凉,南京方面对于《中医条例》的事依然没有明确态度,最先沉不住气的是上海那边。这天一大早,李玉龙的电话便打到石宛寒府上,没等石宛寒开口,李玉龙就叽里呱啦说了一大篇,趁他喘气的工夫,石宛寒说了一句:少安毋躁,这几天凉快了,我们正要开会呢,等有了统一的想法,我立马打电话告知你们。

李玉龙沉吟了一会儿,接着说:这次若有什么大的动作,比如去南京请愿啦,我看还是要在资金上早早做准备,上海这边没有太多的支持,我们也是硬撑着罢了……

石宛寒听出了李玉龙的无奈,安慰道:您放心,不会让您为难,我也正在琢磨这事。

放下电话,石宛寒走出屋,下台阶的时候,右腿的关节一阵剧痛,几乎摔倒,他慢慢站直了身子,艰难地往回走,厨房的伙计买菜回来,见状,赶紧放下菜担子,上前搀扶着石宛寒回到屋里。石夫人闻听赶紧出屋,埋怨他走路不小心。

半夜,石宛寒起了高热,吓得石夫人给齐通霖打电话,齐通霖赶紧穿衣服往外走,对一脸诧异的王屏画说:石先生半夜突然高热,石夫人喊我过去。王屏画二话没说便去喊天运,天运拿起医用小箱子,手里提着,跟在齐通霖身后出了院门。

胡同里路灯全坏了,加上阴天,没一丝光亮,黑得分不出东南西北来。天运紧走两步想搀扶父亲,他伸出空闲的那只手试探地在黑暗中找寻着,却被齐通霖执拗地用胳膊肘挡了回来,天运尽可能地走在父亲的前面,这样可以用脚试探着,然后清理那些硌脚的石头。但齐通霖并不领这个情,也加快步子往前走。他们你追我赶地走了没一会儿,便到了大街上,街面上空荡荡的,两人不再较劲儿了,以更快的步子朝石宛寒家走去。

齐通霖先给石宛寒号了脉,接着天运用听诊器为石宛寒听了肺部,齐通霖先说道:我看并无大碍,高热起因八成是内火攻心,我把方子写下来,明儿麻烦夫人去药房抓药。又问家里都有什么药,齐通霖想先将高热退下来。这时天运在一旁道:肺没问题,高热得想办法退下来。说着从药箱里拿出一粒退烧药。见夫人犹豫,石宛寒道:去拿水啊,齐大夫让吃退烧药。夫人赶紧拿了杯水,石宛寒将药片放到嘴里,喝了口水,一仰脖,然后对天运说道:早有耳闻,西医的退烧药挺神。说完,还朝齐通霖看了一眼。石宛寒让爷俩回,天运坚持要等烧退了再走,齐通霖一屁股坐在椅子上道:不急着走,外面没星星,路太黑。一袋烟的工夫,温度下来了。已经到了后半夜,齐通霖和天运告辞出来,见大街上洒扫的工人已经干起活来了。

快到中秋的时候,从武家传出一个坏消息,美雪小产了。齐通霖听了,心里咯噔一下,放下饭碗去了书房。他找出当时为美雪保胎开的方子,仔细琢磨着,翻来覆去地看,琢磨不出方子哪有毛病。到了晚上,天运从医院回来了,刘慧兰正跟王屏画在屋里绣花,见天运走进来,刘慧兰站起身,大着肚子走到桌旁为天运倒茶,让天运一把拦住道:你别动手,我要是渴会自己倒的。天运问爹呢，刘慧兰朝书房指了指道：一下午了，跟自己过不去呢。王屏画将美雪小产的事对天运一说，天运洗了洗手，便去了书房。

书房的门关着，天运喊了声爹，齐通霖在里边应了一声，天运接着道：我有点事跟您商量。天运听见屋里有窸窸窣窣的声音，便上前一步，试探着把门拉开一道缝，齐通霖这才道：进来吧，顺便把门打开，透透气儿。

今天早上天运走进社会服务部，刚在自己的桌前坐定，丁汝麒便走到他身旁，悄声道：院长一早就打来电话，让你来了就去他办公室，有事跟你说。天运起身去了院长办公室。

天运从院长办公室回来的时候，一脸凝重，整个人好像被绑了块石头。丁汝麒直直地看着天运，办公室其他人都在忙着。丁汝麒忍不住站起身，走到天运桌旁，弯腰低声问道：出什么事了？

天运道：院长跟我谈，让我做他的助理……

天运的声音不高，但屋里十来号人却听得清清楚楚。有几秒钟的时间，屋里鸦雀无声，好像都屏住了气息，等着天运继续说下去。丁汝麒缓过神来，拍着天运的肩膀说道：先恭喜齐大夫啦，回头我们开个欢送会。

齐通霖听到这消息，沉吟了片刻，问天运自己怎么想。天运道：我有点犹豫，这不是离我的专业越来越远了，我还琢磨着回到科室接着上手术台呢。

这时齐通霖把原来给美雪开的方子，小心翼翼地复又收回到放药方的小木头盒子里，似乎是对天运，也好像是对美雪，轻声道：只怕天命难违啊……

天运听父亲说出这句话，感到有些诧异。齐通霖将木盒子放回到书架的角落里，坐回到椅子上，从抽屉里掏出纸烟，想了想又放回去了。

天运说道：美雪的事您也别太难过，您刚才这句话说得有道理，天命难违，也许好多事都是早已注定的。

齐通霖想了想，哑然道：既然人算不如天算，就甭挣了，顺着老天爷的意思来，你踏实儿地给院长当助理吧，兴许能学到不少东西呢。天运点头。

武家上下都蒙着一层阴霾，武张氏去了几趟汪芝麻胡同美雪的住处，每次去都带着好些补品，武张氏唠唠叨叨就那几句话，让美雪心中有佛，一切事情才能顺遂。美雪嘴上应着，心里不以为然，顺遂怎样？不顺遂又怎样呢？横竖就是生死那点事。

失去孩子并没有让美雪有多伤心，那个小生命好像跟她一点关系都没有，相反，得知自己又是孤身一人的时候，美雪的心里竟然感到轻松。小玉说美雪铁石心肠，又发狠地说：幸亏孩子没了，不然摊上你这么个妈，也是个麻烦。美雪的神情有些黯然，小玉见她不说话，后悔自己的话太重，左右不是的，小玉突然哭起来，一边哭一边道：我知道你心里不痛快，你心里有什么倒是说啊。美雪哄小玉道：你看你还当回事了，你要是有心，就多往齐家跑跑，帮我照看照看夫人和二少爷。我现在也不方便总往齐家跑了，你领着小好儿说去就去。好在二少爷快当爸爸了，这么着，他就不会想那些蓝眼睛的女人了……小玉盯着美雪看，两只眼睛像两把刀似的，似乎要把美雪的皮囊割破，露出那颗心来。

一天晚上，吃完饭小玉一边收拾碗筷，一边跟三儿闲聊，小好儿跑去胡同里玩了。小玉问：你说美雪心里喜欢谁？

三儿正倚在炕上拿着一本书看着，这本书大有来头，是由商务印书馆兰溪分馆出的、由齐通霖校注的一本验方书，一共一百个验方。齐通霖逐一将方子仔细分析了一遍，对剂量给予了一些纠偏，后边附上自己给病人使用这些方子的效果，不同的病人对方子的反应。三儿很喜欢这本书，一是齐先生校注的，还有就是书很实用，三儿拿在手里，有一种如获至宝的感觉。三儿看了很多遍，书的边角已经卷起来了。

三儿听到小玉问，随口应道：喜欢二少爷呗。

小玉停下手里的活，直勾勾地盯着三儿道：你早知道？三儿接着看书，不再搭理小玉了。小玉的好奇心被三儿的不理不睬彻底激发起来了，她三下五除二，将手里的活干完，一边用一块抹布擦着手，一边坐在炕沿上，追问三儿道：我原以为美雪喜欢你，还琢磨着自己抢了块香饽饽呢。

三儿把眼睛从书页上移开，笑着对小玉说道：合着你现在后悔嫁我了不成？你喜欢抢食儿吃啊。三儿将书放在炕沿上，接着道：美雪当时也是心里苦，才盯上我的，好歹我也算是半拉齐家人啊。

小玉有点恍然大悟道：原来你心里明镜儿似的，你也够坏的，压根儿不跟我说明白，糊里糊涂就嫁给你了。

三儿不再说话了，他重新拿起书，心思完全在那本书上，小玉见状只得推门走出屋子。

天气转凉，孩子们像一群野兔子似的在胡同里窜来窜去，玩得兴高采烈，他们趁着慢慢降临的夜色，玩起捉迷藏的游戏。孩子头是六爷的孙子小胜子，已经长到十来岁了，没上过一天学，整天跟着爹四处给人家糊顶棚、糊窗户。六爷也不管，只管自己的营生。

小胜子喊了一声：藏好了没有？我可开始找了啊。说完，小胜子领着几个孩子行动起来。小玉见小好儿傻愣愣地站在胡同当中，她猜不着小好儿是该藏起来还是该跟着小胜子找其他的孩子，正琢磨的时候，听见小胜子妈扯着嗓门喊了起来：小胜子，你死哪去了，就知道玩，明儿你还得早起跟你爹干活,你这死孩子,还不赶紧回家……

小玉紧走两步,上前拉住小好儿的胳膊说道:你瞧,小胜子都回家了,咱也回家吧。

旁边不知谁家的孩子嚷嚷道:别走,小好儿,你明儿又不用干活,小胜子得给人家糊顶棚去,你又不会,咱接着玩。小玉见叫不动小好儿,抬眼一看,齐家大门开着,便想起美雪的话,琢磨着不如去齐家看看。

小玉进了大门,跨过垂花门,见北房廊檐下的灯大亮着,照得院子里一片雪白,心里暗想:有钱人家可真是亮堂啊,不像小户人家,油灯都舍不得使。院子里很安静,小玉试着喊了一声:夫人在家吗?

小玉的眼睛只顾盯着北房的门,没承想西边的屋门打开了,天运走出来,见是小玉,笑道:是小玉啊,你找我娘吗?她这会儿在武家看我嫂子呢,你等她会儿?

小玉想了想道:我也没什么要紧事,前些日子美雪说让我来齐府的时候,问候老爷夫人和二少爷呢。美雪还说总惦记着二少爷呢,怕她走了没人伺候您。

小玉说完,瞪着眼看天运什么反应。其实美雪喜欢二少爷,别说几条胡同里,就是齐家也几乎没人知道,美雪在齐家的时候对谁都是尽力服侍,也并没表现出对天运有特殊情感。别说天运,就算是跟美雪形影不离的夫人,也一点没察觉美雪的心思。所以这会儿,天运听小玉这么说,便笑道:她惦记我怎么不回来看看我?我看她早把这家里人忘光了。

小玉从天运的语气里断定,齐家人对美雪的心思一无所知,她点头道:等下次我见到美雪就把您的话捎给她,不过,这阵子美雪……

小玉说了一半,把后半截话咽回去了,天运接道:我知道,她心里肯定很难过的，不过她还年轻，以后还有机会的……

天运也把话说了一半，他想起了武仲仁，无论怎样，他这个岁数想有孩子不太容易了，他能让美雪怀上孩子，已经是一般人想都不敢想的。美雪小产，跟武仲仁精子的质量有很大关系。但这只是天运心里想的，有一次娘问他，武家还能不能添丁？天运安慰道：世上的事没个准头，所以凡事都是有可能的。

这时齐通霖从书房出来了，他听见院子里有人说话，见是小玉，便道：小玉啊，吃过了？

小玉见惊动了齐通霖，赶紧说道：吃过了，我没什么事，孩子在胡同里玩，我见大门开着，便过来问候一声。说着，她与父子二人告别。

小秀怀上孩子以后胃口一直不好，而刘慧兰正好相反，怀孕以后胃口好得见什么都想吃，即便是刚怀孕那阵，别的孕妇都吐得翻天覆地的，刘慧兰照吃不误。

这天齐家婆媳俩又来到武家，小秀看着身材丰满的刘慧兰，感叹道：你可真是有福之人，天运娶你算是娶对了。

刘慧兰笑而不语，一旁的武张氏道：你就是矫情，干什么事都跟人不一样。

小秀也笑了，说道：我怎么不一样了，别的女人都生孩子，我不是也生？

王屏画说：我觉得我们小秀挺好……

小午儿突然推门进来了，他拉起小秀的手，嘴里喊着姐姐，便将小秀朝外拉。武张氏拦道：你这孩子，没看见你姐怀着小外甥吗，回头小外甥生气了,出来不跟你玩。

小午儿听武张氏这么说,便撒开手道:胡同里有个吹糖人的,我想让姐姐给我买一个。

武张氏听了,朝外喊道:秋萍!秋萍,你带着小少爷去胡同里看看,有个吹糖人的,你看他要什么给他买回来。

秋萍拉着小午儿朝外走,却见武仲仁手里拿着俩糖人从外面回来了。小午儿高兴地朝爹跑过去,手里接过一个,便往回跑。

武仲仁一大早就去了汪芝麻胡同,手里提着一大罐子早上刚熬好的鸡汤。武仲仁等着美雪开门的时候,一个邻居从他身旁路过,招呼道:武先生早。武仲仁点头道:您早。他见邻居手里拿着几份报纸,便问他有什么新闻。那人将一份报递给武仲仁说道:这上边有篇文章,想必您感兴趣。武仲仁接过报纸,见一个标题是:"亡国未是,必灭种而后快"。武仲仁大致扫了一眼,文章批评南京政府限制《中医条例》的行为,对于其限制中医开业的主张更是严词批驳,指责南京方面对于中华文明的继承和发展起到了阻隔的作用。

武仲仁觉得文章写得很是解气,琢磨着回头给齐通霖送过去,让他也出出气。这时候美雪来开门,接过武仲仁手里的汤罐子道:哎呀,不用这么麻烦,我这什么都有。说着,她便提着罐子往院子里走。武仲仁将报纸插进袍子的襟里,追上美雪,抢过罐子,两人走进屋里,武仲仁说:我说给你找个丫头,不说做事吧,好歹是个伴儿啊。

美雪进门后,给武仲仁沏了一杯茶,武仲仁说还没吃饭,美雪便去了厨房,不一会儿,就端着食盘进来了。武仲仁见食盘上只有一只碗,惊讶道:你这么早就吃过了?美雪道:我一会儿再吃。武仲仁吃饭的时候,美雪的眼睛朝窗外看着，玻璃窗被美雪擦得锃亮，看上去像什么都没有似的，外边的景原样现出来，平时美雪就喜欢坐在屋里看外边院子里的景。武仲仁吞咽着食物，眼睛看着美雪。美雪的姿色虽然不差，却与金蔓无法相比，金蔓是从里到外散发着一种气息，动静皆宜。而美雪说话的时候有几分灵性，沉静的时候便像一截木头，了无生趣。

武仲仁对美雪的兴趣虽然弱了下去，但并不影响他关照美雪，怎么也不能辜负了齐家。只是，美雪小产以后，武仲仁不再对美雪抱有任何传宗接代的期望了，好像娶美雪只是要实现自己的承诺。再说，美雪不能不嫁人，她不能老在齐家，而金蔓的住处不能总空着，所以一切都是冥冥中约定好的吧。

吃完饭，武仲仁四处打量了一番，又到院子里走了一圈，然后对美雪说：冬天快到了，看看这院子里该添点什么，早点告我，我好让伙计们张罗。美雪点头，武仲仁便揣着那张报纸急匆匆朝齐家去了。

齐通霖读完文章，沉默不语，武仲仁沉不住气了，说道：你说南京那边不应当好好反省一下？

齐通霖缓缓道：别急啊，不是不报，时机未到而已，顺其自然，一切都在老天爷的掌握中，你就瞧好吧。

武仲仁有些迷惑。王屏画进来见武仲仁在，便说：一上午都没瞧见您，我们刚从府上回来没多一会儿。武仲仁说他一早去了汪芝麻胡同。王屏画问美雪这几天还好吧。武仲仁皱眉道：人是没事，只是觉得她自从进了武家门，不像在齐家的时候那么活泛了，换了个人似的，也不知道她心里怎么寻思的……

王屏画想了想道：过一段就好了，孩子没了她心里肯定难过。

武仲仁出了齐府，并不想回家，他琢磨着去南城几个茶叶铺子转转，然后去找天舍。他走到大街上拦了一辆人力车，朝南城去了。

武仲仁在几个铺子里转悠了一圈，见生意还算不错，心里一阵高兴，琢磨着买点茶点，一会儿跟天舍喝茶。一转身见路东有个槽子糕铺子，便紧走几步进了铺子。他与一个熟脸撞个正着，那人竟然是死去的二房刘竹瑾的娘家爹。刘竹瑾爹的油坊还是不死不活地开着，旧债还上没几天，新债又冒出来了，最近听南城的人说他在外边又染上了赌瘾，那就是个填不完的窟窿。

武仲仁朝刘竹瑾爹打了个招呼，刘竹瑾爹嘴里一声哎哟，站在武仲仁面前，上下打量着道：这不是女婿吗，今儿刮的什么风啊，把女婿吹到这儿来了。店铺老板在一旁道：您闺女不在了，您也该改改口儿了。刘竹瑾爹不理店铺老板，继续跟武仲仁搭讪，他索性将武仲仁拽到一旁，嘴附在武仲仁的耳朵边上说道：女婿方便的话，拆兑几块大洋，我手头不宽裕……

武仲仁二话不说，从兜里掏出一块银圆，递给刘竹瑾爹道：您估量着用吧。说完，也没顾上买槽子糕，扭身从铺子里出来了。走出十来步，一口痰啐到地上，甩了俩字：晦气。啐完，便往天舍的药铺过去了。

天舍的药铺里，伙计正忙着招呼买药的，见武仲仁走进来，高声道：武大爷来了，齐先生这会儿在后边会客呢，您去吧，八成您也认识呢。武仲仁闻听，赶紧往里边走。

到了后院，听见天舍说话，武仲仁喊了声：人呢！

天舍应声而出，见是老丈杆子，笑道：正巧，张先生在呢。

武仲仁正纳闷哪个张先生，只见三儿笑着从屋里出来了，他朝武仲仁握了握拳道：武先生好，您吉祥。

武仲仁没想到三儿能来找天舍，他有点惊讶，嘴里随口嘟囔道：你都找到这来了……

天舍朝三儿使了个眼色，三儿赶忙对武仲仁道：您来得巧，刚说晚上要请大少爷去吃都一处，不知道您肯不肯赏光。

武仲仁一听吃饭，立马两眼放光道：我正愁今晚没地方吃饭呢。

一旁的天舍笑道：家里的厨子不比馆子里的强啊。

武仲仁看天还大亮着，便招呼两人去茶馆喝茶，天舍说他得盯着点铺子，这几天总有人来找碴儿，怕伙计对付不了。

武仲仁问：什么人找碴儿？

天舍摇头道：不知道哪来的，说天麻是假货，我让他说说哪看出假了，他又不说，问多了就跑。

武仲仁说：八成是别的铺子雇来闹的，甭搭理。

天黑下来，三人出了铺子，伙计在后边问：您今儿还回不回铺子了？

天舍摆手道：一会儿跟武大爷一起回家。

三人到了都一处，先要了几笼猪肉烧卖点补点补，伙计认识天舍，问道：齐大爷，这几天我们掌柜的琢磨了一种素烧卖，您来一笼尝尝？

武仲仁接道：得，拿上来尝尝。伙计去了柜上，武仲仁对天舍道：回头带点素烧卖回去，让你丈母娘尝尝，她天天吃素，八成能对上她口儿。

今天三儿来找天舍，是想以后从他铺子里拿细料，以前都是跟齐通霖那兑换点。如今找三儿看病的人越来越多，细料自然不够用。天舍一口答应，并承诺给他低价，三儿也不推让，只拱手谢过。

素烧卖上来了，三人尝了尝，没吃出什么好，天舍便让伙计一会儿一块打包。

三人一边吃一边闲聊，武仲仁将一个猪肉烧卖放到嘴里嚼着，盯着三儿看了好一会儿,把嘴里的烧卖咽下去,说道:要说我这双眼虽非火眼金睛,可也阅人无数,数遍咱们那几条胡同,做梦都想不到你张三儿能有这么大出息,张家祖坟真是冒青烟了。

三儿的脸上一直挂着笑,心里虽然有点波澜,可笑容没一丁点变化,他记得齐通霖曾经对他说过:你心里的事甭让旁人瞅出来,能做到这个是本事,古人说的,喜怒不形于色,你若是让人看出你高兴,或是不高兴,别人就能琢磨着怎么对付你,你就败了……

这时三儿给武仲仁倒满酒,说道:我这点小出息哪够让您挂嘴边上的,我太笨,没能跟齐先生学得更多,以后慢慢学。

天舍接过话道:要说胡同里头一个混子,还得是我,也就这些年才懂点事,以前没少让老家儿操心。

武仲仁笑道:没听人家说嘛,英雄不问出处,倒腾以前的账本子,那还有个完啊。三人边聊边吃,不知不觉,月上树梢头。武仲仁叫了辆人力车,天舍提溜着打包的烧卖,三人索性一块挤进去坐着,先到黄土坑胡同把三儿撂下,两人让车夫朝魏家胡同过去了,到了大门口,两扇大门紧闭着,天舍看了一眼,心里说:肯定都睡下了。

到了年底,各家各户都忙着置办年货,报纸上都是过年的消息,一派祥和。

齐通霖正琢磨着过年的时候去石先生家问候,一是拜年,二是商量明年的举措。这半年来,北平中医行的人多多少少都遇到些不顺心的事,比如商税衙门口的人拿几个名气大的中医大夫开刀,找个理由就让停医一个礼拜。齐通霖虽然没遇上什么堵心的事,但是三儿那边却总有人去找麻烦,三儿索性将医社关了几天,在家读书,或者去齐府帮齐通霖抄方子,递脉枕。有时候齐通霖有意让三儿先说脉象,一旁的冯临声笑着看热闹。好在三儿说得八九不离十,最后齐通霖总以一句话结尾:还差着功夫啊,回去多看书。三儿红着脸点头。

冯临声一个人过日子,虽然有时候觉得空落落的,但细琢磨,还是没有女人活得更省心。前些日子接到天津一位朋友的电话,对方有意无意地告诉他,彦云翎从北平回到天津,没过几天就跟江浙籍的一个大财阀结婚了。那位大财阀掌管着江浙一带的水路和陆路的运输,家里还开着两个缫丝工厂,光工人就上千号,总之富得流油。挂了电话,冯临声琢磨了好久,他认为彦云翎在北平跟自己一起住的时候,就搭上了那人,后来晚上频繁出去会朋友,说是找师姐妹一起唱戏,其实是跟那商人在一起云雨。这样想的时候,冯临声就会想起死去妻子的种种好处,不觉竟然流出几滴眼泪来。

前些日子天津有家日本医院,想请冯临声过去当院长,被他一口拒绝了,他说自己现在正在重读中国古医书,又发现了很多以前没注意到的东西,以后只想做一些中医药方的研究。日本医院方面还拿出冯临声以前在日本留学的经历,还有他以前写的几篇支持西医、怀疑中医的文章,来证明他去日本医院做事最合适不过。冯临声直截了当地说他现在想法改变了很多,斗转星移的,哪有一成不变的事……听那边的人半天不说话,冯临声以为线断了,便大声道:摩西摩西?那边才回了个哈伊,并说既然冯桑这么坚决,也就不再勉强了。

有一天冯临声把这事念叨给齐通霖听,齐通霖问冯临声道:那我就等着看老弟你的中医方证了。冯临声赶紧道:通霖兄这是寒碜我呢,论起方证来,我得先拜老兄你为师。

大年初一，齐通霖去给石宛寒拜年，走到院子当中，便听到从堂屋传来说笑声，齐通霖紧走几步，拾级而上，却听见右边回廊有人喊齐先生，扭头一看，是石家大小姐石一梅。石一梅压低着声音，朝齐通霖招手，齐通霖朝她走过去，问道：大小姐有事吗？石一梅先给齐通霖鞠躬拜年，不等回应，便急慌慌地问道：听说吴先生最近来北平了，您知道吗？

齐通霖愣了好一会儿，才反应过来，摇头道：这我真不知道。齐通霖见石一梅很失望，便问她是上学呢还是在家待着。石一梅摇头又点头的，没给出个像样的回答，石一梅接着问：那您这几天要是见着他，跟他说我想见他，您能保证吗？

齐通霖笑道：我见着他，一定告诉他，可我不一定能见着他啊。

石一梅道：没准他念旧跑您住的那附近转悠呢，这可说不准的事，您得答应我，要是看见他一准跟他说。

齐通霖琢磨这孩子真是魔怔了，便点头答应，石一梅这才蹦蹦跳跳着往后院跑走了。

进了屋，宋鸿墨、王春雨、冯临声都在座，唯独肖灵岩没到，一问，才知道他昨儿晚上摔了个跟头，这会儿还没能从床上爬起来。齐通霖问：要紧吗？用药了没有？

石宛寒接道：我去看过了，伤了骨头，怎么也得在床上躺些日子，现在药铺都关着，我家里药不全。

齐通霖道：您写个方子，我叫老大去药铺里拿药，今儿晚上我就着人把药送到肖家去。

石宛寒写了方子，齐通霖小心折好揣进怀里。

院子里又有人喊：拜年啦，给石先生拜年！

石宛寒站起身，朝外看了一眼道：戴家人来了。话音刚落，戴宏德进来了，他先给各位作揖拜年，然后从怀里掏出一张银票，放在石宛寒旁边的桌子上道：这是戴家一点小意思，听说过了年要对南京方面有动作，离不开银子钱。

石宛寒也不推辞，顺手将银票递给一旁的王春雨道：这回我和通霖老弟是都动不了身了，就看你俩，毕竟年轻。

王春雨犹豫了一会儿将银票收好，拱手谢道：戴先生大仁大义，中医行忘不了戴家的恩德。

戴宏德摆手道：甭提了，前些日子我私底下也干了不少事，没想到钱使了不少，事还是没办成，这回我长记性了，银子钱得使在正地方。

丫头喊老爷接电话，石宛寒起身接电话，武仲仁却走进来了，他给在座的每个人都拜了年，对齐通霖说：我先去府上转了一遭，夫人说你来这了，我就跟来了。又朝各位看了一眼道：还是这热闹。

石宛寒走回来，见武仲仁来了，便作揖拜年，又转身对其他人说道：天津魏嘉乾来电话，问什么时候去南京请愿。还说天津这次有几个人要去，到时候来北平聚齐吧。

冯临声道：几个月前他给我来了一封信，抱怨他的学校关门了，因为《大公报》那拨反国医的人闹腾得太欢，学生有的就休学了。

石宛寒问齐通霖：齐先生说个大概时间，什么时候向南京开拔。

齐通霖说：让我说，宜早不宜迟，不如过了十五就动身。

王春雨与宋鸿墨交换了一下眼神，说道：这样也好，过了初五还请石先生给上海、南京的同行发电报，告知咱们的意思，我今儿回去就把详细的日程安排大概写一下，请各位看过后再议。

大家都点头，这时候丫头来换茶，石宛寒道：告诉厨房，上菜吧，饺子先来，饺子酒必不可少。丫头点头。

吃完了中午饭，大家纷纷告辞，都忙着回家。

齐通霖走出院子的时候，回头朝石宛寒挥手，看到石宛寒的脸上神色凝重，齐通霖的心里不觉跟着沉重起来。

齐通霖、武仲仁和冯临声三人往胡同西口走，王春雨和宋鸿墨朝东口走，几个人挥手告辞，齐通霖感觉到每个人心里都不踏实。只有武仲仁兴高采烈地要约齐通霖和冯临声去厂甸逛庙会，齐通霖和冯临声同声拒绝，武仲仁有点扫兴，齐通霖看出他不想回家，便道：你先回家，把天舍喊来，说我有话跟他说，你也跟着来，等我跟老大说完事，咱们好好喝一杯。齐通霖又扭头对冯临声道：你就一个人，甭回去了，一块来吧。冯临声想了想道：就不叨扰了，我先回家补个觉，明儿去府上拜年吧。

武仲仁回家喊了天舍，一起往齐家过来了。王屏画朝书房努努嘴，天舍便朝书房走去，武仲仁听见堂屋里热热闹闹的，直接进了堂屋。

齐通霖见天舍来了，直接道：今儿晚上你回趟铺子，照这方子抓七服药，然后你着人送到这个地址。说着，他将石宛寒为肖灵岩开的方子和肖灵岩的地址一并交给了天舍。天舍点了下头道：得，您放心，我这就去办。说完，反身出了书房，连堂屋都没进，直接找了辆人力车去南城。

一路上到处是爆竹屑，一阵风刮过来，暴土扬场的，天舍坐在车里边吃了一嘴土。到了鲜鱼口，街边一堆孩子在放爆竹，每个孩子都穿了新衣服、新鞋，戴了新帽子，有钱人家的孩子穿绸缎，穷人家的孩子穿布的，看上去都整整齐齐。天舍琢磨着过了年自己也要当爹了，心里有一种要飞起来的喜悦之情。他幻想着以后让自己的儿子做什么，首先想到让他继承自己的中药铺子,那时候自己的药铺已经开遍北平城了。但他很快就将这个念头甩出去了,他知道父亲的心事,天舍觉得自己没能让父亲满意,想把这点心思寄托在孩子身上,让孩子当个好中医,这点愿望,老天爷会满足吧。

铺子里留了个小伙计看店,天舍进门的时候,小伙计还睡着,天舍掀开被子道:你这是晌午觉啊,睡到这会儿了,晚上还睡不睡,赶紧起来。说完,他自己去柜上,照着药方子抓药,最后又仔细核对,见没什么差错,便一包一包地包整齐。一旁的伙计正在捅炉子烧水,准备给天舍泡茶,天舍却拿着药出了门,回头对伙计道:看好铺子,过了年给你包红包。小伙计笑了。

天舍要亲自将药送过去,琢磨着大过年的去人家里,怎么也得带点东西,便到处找开门的店铺,踅摸半天,哪还有开门的铺子啊,都回家过年了。天舍在空荡荡的街上转悠着想怎么办,最后只得硬着头皮,手里拎着七服药奔肖家了。

天舍按照地址,找到肖灵岩的家,天已经擦黑了。肖家在禄米仓胡同,院子的门脸不大,天舍上前敲门,不一会儿有个用人模样的中年女人来开门,天舍报上姓名,特意说是齐通霖齐先生的长子。女人让天舍在门外等一会儿。没一会儿,门再次打开,还是那位中年妇女,她很客气地对天舍道:老爷请您进去。

没想到院子里却别有洞天,绕过影壁,天舍看见一座千姿百态的用各种奇石堆砌起来的假山。假山上有枯干的植物,夏天的时候一定很有生机。天舍走到北屋廊檐下,见门竟然敞开着,肖灵岩正端坐在屋里的椅子上。天舍大步走进屋里,坐在椅子上的肖灵岩笑成了一朵花,嘴里喊道:哎呀哎呀,通霖老弟竟然还让你来给我拜年。天舍赶紧道:我今儿是专门给您送药的,破五来给您拜年,您瞧,我手里什么都没拿,这不算拜年。

肖夫人闻听齐先生的大公子专门来送药,赶紧过来招呼,要留天舍吃饭,天舍赶紧道谢,并说破五那天一定来叨扰,今儿还得回去给父亲回话呢。肖灵岩问昨天石先生家里都谁过去了,怎么商量的。

天舍道:这事还真不知道,我回去立马让我爹给您打电话。

肖灵岩道:家里没有电话,这么着吧,你初五过来的时候再跟我说。天舍一口答应。

回到黄土坑胡同,天舍见堂屋里已经摆好了宴席,满屋子的人还没落座,小秀见天舍进来,说道:可回来了,大家伙都等你了。

天舍先跟爹把送药的事说了一遍,然后用眼睛四周扫了一圈,见天运正看着自己,点头道:好久没见着了,一会儿喝一杯。又见武仲仁还在,顺口道:您不惦记小午儿啊。武仲仁道:我不回去,小午儿跟着丫头玩得好着呢。再说你丈母娘除了拜佛什么都不干,我跟她是两个世界的人。这时候,他们听外边喊了声:老爷,夫人,美雪来拜年了。王屏画朝武仲仁看了一眼,迎出门去。

美雪进到屋里,众目睽睽下,显得有些羞涩。只见她穿了一身紫团花绸缎棉袍子,同样材质的棉裤,手里拎着一个果匣子。王屏画朝美雪的脸上看去,比在齐家的时候瘦了好多,脸上那种俏皮的神情也不见了,人显得老气横秋的。王屏画心里一阵难过,她上前拉住美雪的手道:赶紧让我瞅瞅……王屏画接过美雪手里的果匣子,眼圈一下红了,美雪道:给夫人拜年。

美雪朝每个人都行礼拜年,她看到了武仲仁,边朝着武仲仁弯腰行礼边说道:没想到老爷也在这,美雪给您拜年。

武仲仁摆手道:你这就是回娘家了,甭那么多礼数,就像你以前在齐家那样,想说什么说什么,想干什么干什么,别拘着了。

大家伙都落了座,美雪见夫人出去了,立马也跟着出去。王屏画刚进了厨房,后边美雪就跟进来了,王屏画笑道:你跟来干吗啊,你现在是客人了。美雪道:您快别这么说,我巴不得回到以前呢。

王屏画看见凉菜已经放在案子上了,便招呼美雪道:你麻利儿端屋里吧,我招呼热菜。美雪用食盘端了几个菜,一旁的小伙计用食盒把剩下的凉菜全装里头,跟在美雪身后出了厨房。

厨房里,厨子对王屏画说道:您就甭操心了,您先回房,一会儿有事让小伙计喊您。

王屏画朝案子上看去,几十个盘子里都装着没炒的半成品,只差下锅勺子一颠,就能出锅上桌了。她对厨子道:那就辛苦您了,回头过了年,让您多歇几天。

厨子笑道:我是一个人吃饱了全家不饿,回去也是一个人,不如在这干点什么,心里更踏实。

王屏画不再说什么,转身出了厨房,琢磨着一个人要是孤零零的,活着还有什么意思呢。迎面见小伙计一手拎着一摞空食盒,另一只手拎着食盘回来了。两人擦肩而过的时候,小伙计说了句:新年吉祥了您哪。王屏画心中一喜,顺手摸了一下小伙计的脑袋,道:你这嘴比以前好使多了。

王屏画回到屋里,坐到齐通霖旁边,刚要说点什么,突然听院子里喊:我找我爹!王屏画奇怪道:听声音是个孩子啊。却见武仲仁站起身道:像是小午儿。说完,他便朝门口走去,美雪先一步掀开门帘子,见秋萍拉着小午儿站在门外,美雪赶紧拉过小午儿,揽到怀里道:哎哟,这孩子的手冰凉啊。

秋萍站在门口，脸冻得通红道：一下午了吵吵着找老爷，闹得没法了，太太让我把他送这来。

王屏画赶紧上前拉住小午儿的手道：来，跟着我坐，美雪啊，给小午儿在我旁边加个凳子。这时候秋萍又说：得，我还得赶紧回去，太太那边等着呢。武仲仁说：告诉太太，一会儿吃完饭就都回去了，你们不用等着了。

齐家一大家子人，加上武仲仁，有老有小，热热闹闹，沸反盈天地一直闹到快三更，小午儿早睡着了，被放到了卧房里。

吃完饭，天舍和天运去院子里放爆竹，小秀和刘慧兰也要跟出去，被王屏画拦住了，说怕吓着肚子里的孩子。美雪和小伙计站在台阶上看。齐通霖和武仲仁借着酒劲儿说个没完，酒话没个准头，东一榔头西一棒子的，只听齐通霖说：以后你家小秀生的孩子得养在我们齐家，孩子姓齐……武仲仁说：养在谁家都成，就别养在那谁家……王屏画成心逗他，问：谁家啊？武仲仁说：想不起来了……这时候外边一串鞭炮响，惊得武仲仁酒醒了一半，站起来还要给齐通霖倒酒，被王屏画抓着酒瓶子拦下了。回到武家大宅，武仲仁还张罗着要喝酒，武张氏说：明儿再喝吧，酒又跑不了。武仲仁闻到武张氏身上的香火味，一下子蔫了，回屋睡觉去了。天舍和小秀直奔偏院。

初五那天，齐通霖跟天舍一起去给肖灵岩拜年。头一天，王屏画特意跟齐通霖商量带什么去。齐通霖说：记得还有一支老山参，正好肖先生身子虚，给他得了。王屏画说：那可是老大费劲儿巴拉从关外给你带回来的，你给他，老大不伤心啊。齐通霖说：甭管他，去看人家，不得心意先到啊。王屏画便去找，等找出来，用一块绫子包好了，放在条几上，她对齐通霖说：让肖先生别舍不得，放着生了虫就得扔。

从肖灵岩家回来，齐通霖换了衣裳，便给石宛寒打电话，问他明儿什么时候给上海、南京那边发电报。石宛寒说：我这正琢磨电文呢，还有啊，电报局明儿开门不开门啊。这一问，把齐通霖问愣了。

第二天快到晌午了，石宛寒才打来电话，说：过了正月十五电报局才开门。刚才跟上海那边通了电话，我口述了拟好的电文，十五一过，全国请愿代表在上海聚齐。具体的事等北平这边的人过去了，再一块商量吧。齐通霖点头道：得，这些天咱们还得碰个面，春雨和鸿墨两人就得准备了。

正月初十早上，齐通霖、肖灵岩、王春雨、宋鸿墨、冯临声、武仲仁、戴宏德、刘伯亭一众人齐聚石府，大家脸上的表情都很凝重，商定了请愿团人员，由王春雨、宋鸿墨带队，冯临声、戴宏德跟着，加上北平中医行自愿加入的有二十几个人，石宛寒道：再看天津那边有多少人吧。天津那边直到十四号晚上才打来电话，说不来北平会合了，直接上海见吧。

正月十六号一大早，北平请愿团乘上了南下的火车。

这次请愿的结果虽然没能如愿，但南京方面似乎有了一些妥协，他们不再紧盯着中医诊所不放了，北平中医行的人很快便感觉到这种松动，三儿的医社照常营业，没人再来找麻烦。三儿感觉到一种自在、放心，心里十分高兴。在家的几个月当中，三儿每天都努力读书，研究经方、验方，利用帮齐通霖诊病的机会提升自己，不懂就问。三儿所做的一切努力都没白费，现在他有一种跃跃欲试的感觉，急着要去把自己新长出来的本事使出来。三儿在胡同里碰上天舍的时候便低声道：这回你就可劲儿给我准备药材吧。报纸上甚至有文章说，政府对于中医的宽容度是空前的，有人猜测南京政府是明白过来了，知道老祖宗的东西不能随便扔掉。伴随着夏日的来临，北平花红柳绿，生活显得格外安逸美好。

这天，方有平来到齐府，他知道不请自来虽说不大礼貌，但这些日子齐通霖的心情应该不错，不会介意。而这时候的齐府跟以往已经大不相同了，三月末的时候，小秀早产，生了一个女孩，接着刘慧兰生了龙凤胎。小秀等孩子出了满月便跟着天舍忙活新开张的药铺去了，孩子送到齐府，三个小孩儿一块堆哭闹，齐府上下天天像是赶集，热闹非常。王屏画只能搭个手，刘慧兰一个人忙不过来，王屏画托人找来个帮忙的。帮忙的是个三十多岁的妇人，老家是河北的，齐府上下都喊她翠嫂。翠嫂除了帮刘慧兰照看孩子，还帮着厨房做饭，得空还帮着小伙计打扫院子，有时候看见王屏画纫不上针了，便去帮着纫针。总之，这院子里所有的活翠嫂都能搭上手。

方有平见开大门的是个陌生女人，有些讶异道：我还以为是美雪呢。翠嫂笑道：美雪早嫁人了，您喊我翠嫂吧，我是齐家新来的，咳，说新也不新了，来帮着照看孩子，打理上下的。

方有平一边随着翠嫂往院子里走，一边心里纳闷，齐家哪来的孩子啊。正想着，听见西边屋里传来婴儿的哭声，这才恍然大悟道：原来二少爷已经结婚生子了，大好事啊。翠嫂道：二少爷还是龙凤胎，大少爷也生了千金，齐家人丁旺啊。方有平点头，朝北房走去。

进了堂屋，方有平感到一阵凉爽，还隐隐的有一股檀香的气味。翠嫂让方有平等一会儿，老爷正在如厕，夫人在孩子屋里。方有平对翠嫂说：您忙吧，我等会儿。翠嫂去泡茶，顺便去天运屋里告知夫人家里来客人了。王屏画让刘慧兰一会儿给仨孩子先擦擦身，晚上再洗澡。她一边嘴里念叨着，还没入伏，天就热成这样了，一边朝外走，却见齐通霖已经进了堂屋的门，便对身后的翠嫂说道：茶泡好了吧，你先送上去，老爷已经进屋了，我帮着二少奶奶给孩子擦了身再过去。

这边齐通霖从外面进来,屋里暗,影影绰绰地见屋里有个生人,便停住脚步,眯着眼朝方有平打量着。方有平赶紧从椅子上站起来,一边走向齐通霖,一边伸出双手道:齐先生您好啊,很久没见了,我是方有平啊。

齐通霖握住方有平的手道:您瞧我,真是眼神不济了,赶紧坐。接着喊翠嫂上茶。方有平连忙指着桌上的茶杯说:翠嫂沏好了。

翠嫂从门口探头问齐通霖道:您是喝茶还是喝凉白开?

齐通霖道:我这会儿什么都不喝,一会儿喝的时候喊你。翠嫂脆生生应了一声便转身忙去了。

齐通霖对方有平道:您回北平是公干还是⋯⋯

方有平道:公私兼顾吧,不过明儿就回南京了,今儿特意来看看您,一是很久没来了,二呢有点私事想求您。

原来方有平有个表舅,半年了,身上一直不舒坦,去德国医院看了两回,也查不出什么毛病,琢磨着中医八成能想想法子。齐通霖痛快回道:明儿让您表舅来就成,您该忙什么忙什么。

方有平拱手道谢,齐通霖摆手,稍一沉吟,对方有平道:这回南京方面也算是开恩了,不过《中医条例》的事,我们会一直敦促南京,直到他们想明白为止。

方有平的笑容一直保持原样,等齐通霖说完了,便道:那是,那是,该怎么做就怎么做,各行其职,就算是刘部长个人,对于中医也并没有什么成见,但是身在其位,很多事情就不能按照自己的想法办了。

方有平喝了口茶,看了看周围,改变话题道:这房子不但凉快,还有一股股的檀香味,真是舒服啊⋯⋯

齐通霖笑道:您这鼻子挺好使,这屋里有几件儿檀香家什,我这鼻子不大灵，别人都能闻见。

两人聊得不算热乎，但也是一句一句说着，没冷过场子。王屏画进来跟方有平打招呼，方有平站起身向王屏画道贺。王屏画留方有平吃饭，方有平立马回道：今儿就不打搅了。

方有平走后，王屏画问齐通霖道：这人可有日子没来了，还在衙门里听差？

齐通霖笑道：人家那是政府，衙门是哪年的事了。

王屏画道：那不是一样嘛。

齐通霖问王屏画道：老二媳妇儿还琢磨着回协和医院上班吗？

王屏画想了想道：现在还不知道她心里怎么想的，我的意思就甭去了，家里一摊子事……王屏画想了想又道：不过咱也不能做人家的主，回头我跟老二试探一下。

晚上天运下了班，还没进自己屋门，电话先到了。天运把手里的包递给翠嫂，先去北屋接电话。见爹一直拿着听筒，天运赶紧走过来，从爹手里接过电话，对着听筒问：我是齐天运，您是哪位？

电话是院长打来的，天运赶紧问院长道：还有什么我落下没做的事情吗？需要我马上回医院吗？

院长道：那倒不用，我是想嘱咐你，明早提前一个小时到办公室，美国有人过来，需要你过来安排一下，你的心细，交给别人我还不放心。

天运应道：我明白了，院长，明天我一定提前一个小时到办公室，请您放心吧。

齐通霖在天运接电话的时候，一直在旁边悄无声息地走动，耳朵却竖得直直的，想听天运说什么。天运放下话筒，齐通霖道：院长人不错吧。

天运回道：院长人很好，他以前在美国留学，是他以前国内的老师让他回国帮着发展西医的。

齐通霖点头，对天运道：快回屋看孩子吧。

天运走进屋里，见三个孩子并排躺在新安置的一张儿童床上，天运一一跟他们打招呼道：虎子你乖没乖啊，大凤凰小凤凰，你俩肯定最乖。

大凤凰是天舍的闺女，比天运的龙凤胎早出来两个时辰。

一旁的刘慧兰笑道：这你可说错了，最乖的就是虎子了，你这小凤凰最闹腾，饿也闹吃饱了还是闹，这孩子将来不是个省油的灯。

天运对刘慧兰说：辛苦你了，整天照顾这几个孩子，比你在医院累多了吧。

刘慧兰想了想说：还真是，不比上班轻松，可心里甜啊，看着孩子们哭啊笑啊，心里总有一种吃蜜糖的感觉。

天运像想起来了什么似的，说道：对了，今天道格医生来院长办公室，特意跟我告别，也让我转告你，他要回美国跟安娜结婚了。

刘慧兰偷偷观察天运脸上的表情，天运察觉了，扭头对刘慧兰笑道：你别瞎想了，安娜的事早过去了。又指指一旁道：看小凤凰醒了。

刘慧兰一边抱起小凤凰，一边问天运道：科里最近没什么事吧？

天运应道：我最近忙档案库里的事，没怎么去外科。天运看着刘慧兰道：你要是惦记，就去医院看看。

刘慧兰想了想道：算了，孩子都推给翠嫂，我也不放心。

胡同里的人吃完晚饭，孩子们在胡同里嬉戏打闹，妇女们交头接耳聊着私房话，老人们坐在家门口的小板凳上左右观望着。

汪芝麻胡同武家的偏宅里，美雪一个人刚吃完饭，还没来得及收拾碗碟，听见门铃响起，以为武仲仁来了，赶紧穿过走廊往前院跑，嘴里道：来了来了，老爷这是吃完饭了还是没吃呢……

美雪将大门拉开，却见一个陌生男人站在门口的暗处，美雪吓了一跳，刚想问他是谁，又觉得面熟，一时想不起在哪见过。

男人见美雪很疑惑，赶紧自我介绍道：我是吴秉楠，原来在武家当差的……

美雪想起来了，这就是以前那个武家的管家，后来拐跑了金蔓的男人！

认清了来人，美雪竟然有点莫名其妙的紧张，她往后退了一步，问道：你怎么来了，不怕武家跟你算账啊，金蔓在南边过得可好？

吴秉楠笑了笑，说道：美雪姑娘能让我进门说话吗？

美雪犹豫了一下，还是让吴秉楠进来了，但她并没让他进屋，而是让吴秉楠坐在院子里的石凳上。美雪去屋里沏茶。吴秉楠朝四下打量着，虽然天色已经暗了，但院子里的花草虫石，对吴秉楠来说再熟悉不过，如今却已物是人非。吴秉楠是从胡同人的嘴里得知武仲仁娶了美雪的，他直接来到汪芝麻胡同，也是赌武仲仁不会在这里。金蔓在的时候，武仲仁半个月里能来一天就不错，武仲仁一旦把心爱的女人娶回家，就不再新鲜了。吴秉楠已经记不清金蔓是什么时候对他动的情，而吴秉楠自己，从打第一次见到金蔓，就被金蔓的美貌牢牢吸引了。

美雪端着茶走过来，他看到美雪肩上多了件夹袄，随口道：美雪姑娘身子弱，我说几句话就走。

吴秉楠的语气温和、慢条斯理，美雪还是第一次听吴秉楠说话，她感觉吴秉楠的话音好像有一种魔力，不由自主就打消了对他的戒心。美雪有点明白为什么金蔓能舍弃武家锦衣玉食的生活，跟着他跑到人生地不熟的南方过生活了，这男人确实有一种北方男人身上少有的特质。吴秉楠告诉美雪，金蔓很喜欢南方的生活，鱼虾四季都不缺，气候也很湿润，对女人的皮肤特别好。他们两人在宁波开了一家绸布庄，他这次来北平，也是因为北平有个大户人家想要他家的绸缎，他便捎来几匹绸缎让他们瞅瞅，要是喜欢呢就每年跟他订，顺便故地重游。吴秉楠说着，眼睛里闪过一道光亮。

美雪听吴秉楠说着，想象着金蔓在那个遥远而陌生的地方过着她想要的生活，而以前她像自己一样，住在这个院子里，这里的一切都有金蔓的气息，只是自己比金蔓活得更寂寞更孤独。这时吴秉楠说道：我是不会娶第二个老婆的，我能娶到金蔓，已经是我一生的福气了，我一定好好待她，她就是我的皇后。说着，吴秉楠眼睛里的光亮又闪了一下。美雪望着他，心里涌起一阵温暖，喃喃道：真好，她就是皇后。吴秉楠默默点头，端起茶杯，将里边的茶喝光，站起身道：方便的话，请美雪姑娘转告武先生，金蔓很想念小午儿，也替我跟武先生道个歉。不过金蔓现在又怀孕了，所以呢我会很精心地照顾她，以后我们有了孩子，金蔓也是不会忘记小午儿的，等他长大了，希望他能去南方看望他的母亲。吴秉楠停顿了一下又说：也请美雪姑娘自己好好保重，女人的身子最重要。说完，吴秉楠便告辞了。吴秉楠走了以后，美雪独自坐在院子里待到后半夜，直到露水下来，打湿了身上披的夹袄，才回屋里躺下。

第二天，美雪本想去武家大宅一趟，找机会把昨晚吴秉楠到访的事跟武仲仁知会一声。吃过早饭，刚准备穿衣服出门，武仲仁却先来了。他见美雪正穿衣服，问她是不是准备出门。美雪笑道：刚说去给老爷问安，没想到您先来了。

武仲仁听到美雪说昨晚吴秉楠来过，眼睛瞪得比牛眼还大，说道：让我看见他，非打断他一条腿，还好意思来。

美雪笑着，等武仲仁发完火，接着道：他让我转告老爷，金蔓跟他生活得很好，她又怀孕了。

武仲仁听完这句话，默不作声了。他想起金蔓刚走那阵，武张氏说的一番话：我看金蔓临了临了，还是挺仁义的，人家把儿子给你武家留下了。孩子是娘的心头肉啊，人家要是把小午儿带走了，你不也没辙，可人家给你武家留下了，你就念人家好儿吧。

美雪见武仲仁发呆，以为他是想金蔓了，便在一旁劝道：老爷想开点吧，北平城里，凡是见过金蔓的男人，哪个不想把她娶到家里供着。老爷是上辈子积的德，能跟她过了那么几年，还有了孩子，如今她跟她喜欢的男人在一块，老爷知道她过得好，应该高兴才是。

武仲仁的脸色明显平和下来，美雪问他吃早饭没有。武仲仁说吃了，又琢磨了一下道：你蒸的小肉包子要是还有，给我来几个，我馋那口了。

美雪道：老爷等会儿，面和肉都是现成的，说话工夫就得。美雪赶紧去厨房准备了。

吃完了包子，武仲仁往齐家来了，恰好碰上天运，两人打了招呼。

天运特意绕道从魏家胡同走，他听说原来老水头儿的鞋摊来了个叫吴老泉的修鞋人，就想早点出门去看看。远远地，天运看见翠嫂正站在鞋摊前面跟修鞋人说话。翠嫂说话从不高声，而那个吴老泉看着也是个闷葫芦，只顾着低头钉鞋，天运看出来两人八成经常聊天，就像以前自己跟老水头儿那样。

翠嫂猛一回头，看见天运朝这边走过来，赶紧迎上去，问道：您找我？

天运道：没有，我去上班，绕个道，早听说鞋摊来了新主人，我特意看看。

翠嫂回头对吴老泉道：赶紧给我家二少爷请安，二少爷专门来看你的。

吴老泉闻听赶紧放下手里的活，站起身道：给二少爷请安，您挺好吧。早听这胡同里的人说您，就是没见着过，您是见过大世面的，以后少不了麻烦您。

天运赶紧让吴老泉坐下，并说道：您以后有什么事就跟翠嫂说，我娘是个热心肠，一定会尽力帮您的。说完便告辞走了。翠嫂低声对吴老泉说道：齐家人都仁义，你看出来了吧。吴老泉头也不抬道：我又不傻。

天运准时准点踏进办公室的门。他把一早送来的文件分门别类地码好，打了几个电话，尤其叮嘱手术室，今天有专家过来观摩手术。等他将一切料理好，刚坐定，又想起昨天午饭的时候差了饭堂几毛钱饭票，便赶紧从抽屉里拿了饭票去饭堂，顺便买两个豆包，他早饭没吃几口。

饭堂里很多人正在吃早餐，天运的早餐都是在家里吃的，没想到早上的饭堂会这么热闹，他站在门口朝饭堂里看着，听见有人喊他：齐大夫！齐大夫！

天运找了半天，才发现在一个角落里站着朝他招手的丁汝麒。天运朝丁汝麒走过去，身边不断有人跟他打招呼，天运都是笑着点头回应，等走到丁汝麒身旁，丁汝麒赶紧拉了一下他旁边的一把椅子，说：你还没吃吧，你想吃什么？我上月的饭票剩了不少，你帮我花花。

天运并没坐下，笑道：我在家吃过了，我就想买俩豆包，主要是昨天中午欠了几张饭票，来还饭票的。天运又道：明天早上我也来这吃早饭，帮您花饭票。说完，他直接去昨天中午买饭的窗口还了饭票，又买了两个豆包，用纸包好。回到办公室，院长已经到了，正坐在桌子后面看报纸，见天运进来说道：你吃饭了？要是没吃就去饭堂顺便帮我拿几个豆包，家里的保姆生病了，早饭没吃上。天运闻听，把刚才买的豆包放到院长桌子上，又从抽屉里拿了几张饭票，反身回到饭堂，想着帮院长买一碗小米粥。

排队买粥的时候，几个刚下手术的医生进了饭堂，他们看见天运，跑过去跟他打招呼，说已经很久没见他了，大家都很想念他，还有护士长，不知道护士长什么时候能来上班。等天运买好了粥端着往外走的时候，其中一个手里拎着空饭盒的大夫从后面追出了饭堂，他让天运留步。天运停下来，等着他说话。那位大夫直截了当地说道：道格医生一时半会儿不会回来了，外科希望齐大夫能回来担任科室主任一职，我至少能代表百分之八十的人。请您考虑一下，也请您向院方提出这个请求。那位大夫说完，便拎着空饭盒返回饭堂了，留下天运站在楼道里发呆。

当天晚上天运跟刘慧兰说这事，刘慧兰想了想说道：你要是愿意，就跟院长提一下，这样你就能回去当大夫了。

天运说：没干几天就跟院长提要求，显得我一点不稳重。

刘慧兰道：你觉着怎么好就怎么干，我还以为你惦记着回外科呢。

过了几天，天运没忍住，吭吭哧哧把想法对院长说了，当时院长正伏在桌上看东西，听天运这么说，抬起头，笑着对天运说道：你就别为自己的事忙活了，院里对你已经有安排了，这不是我一个人说了算的事。天运听院长如此说，便不再作声。

冯临声得到消息，彦云翎生病回到天津了。给冯临声通风报信的是魏嘉乾的外甥，跟冯临声几面之缘，但他有个嗜好，也喜欢名伶。冯临声一开始并没有因为这个消息心里起什么波澜，毕竟自己跟彦云翎的事已经成为过去。但魏嘉乾外甥唠唠叨叨不停嘴，说彦云翎现在已经瘦脱形了，他老舅找天津卫好几个中医看了,吃了药也不管用。西医也看了,查不出什么毛病。末了,魏嘉乾外甥自言自语道:这事可真是奇了大怪了,到底是嘛毛病呢?任谁都说不出个子丑寅卯来……

　　自从知道彦云翎生病以后,冯临声心里总是感觉别别扭扭的,早上穿戴停当,在镜子面前端详着自己,缎子长袍、锃亮的皮鞋、头上的毡帽、手上的文明棍、胸前的怀表,一样不少,板板正正,体体面面,可冯临声总觉得哪里不对劲儿,他用文明棍戳戳地面,花砖地发出当当的响声,好像对他说:你心里惦记着她,戳我干吗。

　　齐通霖也觉出冯临声哪不对劲儿,忍不住问他道:心里有事就说出来,兴许旁人能帮上呢。

　　冯临声将彦云翎的事说了,齐通霖沉吟道:见不到真人没法把脉啊,不然你去一趟,看看到底什么情况。

　　冯临声为难道:人家早就嫁作他人妇了,我这么横插一杠子,恐怕不好。再说,我诊孩子行,这种说不清道不明的病症只有老兄你在行。两人便都沉默了。

　　又过了几天,冯临声接到顾妈从天津发来的电报,电文称:小姐想先生了,速来。

　　冯临声拿着电报陷入沉思,他琢磨顾妈发这封电报,究竟是彦云翎的意思,还是顾妈私下里自作主张。冯临声沉默了两天,晚上一个人在书房,将以前彦云翎的照片都翻出来,把自己喜欢的二十多张照片,一张一张摆放在书桌上。冯临声从中拿出一张照片,那是十几年前冯临声去天津的时候,在海河边给彦云翎拍的,那时候的彦云翎显得很年轻,头上的方头巾被风吹起来,眼睛眯着,腮旁两个迷人的小梨涡,透着一股让人无法抵抗的魅惑。冯临声将照片扣过来,他没法将这个女人从记忆中抹去。

第二天一早,冯临声给天津打电话,电话打到原来彦云翎住的地方,接电话的是个陌生女人,冯临声吞吞吐吐地问:以前房子的主人去哪了?没想到陌生女人一下子就问他是不是北平的冯先生,这让冯临声感到诧异。陌生女人笑道:您不用觉着奇怪,是顾妈早就嘱咐好了的,北平的冯先生来电话,立马告诉她。

三天后,冯临声来到天津卫。顾妈让他直接去彦云翎原来的住处,因为他来天津的事,彦云翎完全不知道。给冯临声开门的就是电话里的陌生女人。冯临声刚说了声我是北平的冯临声,女人的身后便出现了顾妈的身影。顾妈比以前老了好多,头发完全花白,背也驼了,见到冯临声,顾妈眼泪就下来了。冯临声对陌生女人说道:给您添麻烦了。陌生女人赶紧说:这您就见外了,以前想帮上彦老板都不能够的。

冯临声跟着顾妈走到街上,站在路边等人力车,顾妈对冯临声说:小姐一直惦记着先生,好几次梦里喊你名字。冯临声沉默着,两人坐上一辆人力车,顾妈说了地址,人力车夫说了声您二位坐好了,便小跑起来。

一路上,冯临声得知彦云翎现在住的是那位大财阀的偏宅,彦云翎是五姨太。彦云翎刚过门的时候,大财阀还新鲜了几天,再后来大财阀便没了新鲜劲儿,好几个月都见不着一面,现在小姐的身子越来越弱了。顾妈的担心都写在脸上。顾妈说:我觉着小姐心里还惦记着您,她又面软,不肯找您……

冯临声对顾妈说:也是难为您了,您放心,我会安排好的。

彦云翎见到冯临声时,一点没觉得惊讶,那感觉好像还在北平的时候,两人住一起,冯临声不过出去会朋友,吃了顿饭而已。彦云翎帮着冯临声脱掉外面的风衣，问他冷不冷。

冯临声打量着彦云翎，她比以前清瘦了许多，也并非像魏嘉乾外甥说的那么邪乎，顾妈赶紧去沏茶。趁顾妈不在，彦云翎轻声道：冯先生不会是来嘲笑我吧。说完，彦云翎嘴角翕动，似乎有些伤感。

冯临声道：你想哪去了，我来是看望你的。听说你身子不舒坦，也想给你把把脉，再让齐先生给你开个方子，帮你调养调养。

彦云翎听冯临声这么说，眼泪便下来了。顾妈端着茶走进来，见彦云翎抹眼泪，赶紧放下茶盘去拿毛巾。

冯临声给彦云翎把脉，看舌苔，然后给齐通霖打电话，北平的电话怎么都接不通，冯临声打算明天再打。他突然对彦云翎说道：你想搬出这地方，还是打算继续在这住？你若想搬出去，今儿就跟我走，先找家宾馆住下，过几天收拾一下跟我回北平。

冯临声说完上面那番话，屋里一片寂静，不仅顾妈和彦云翎感到突然，就连他自己都不太明白怎么会说出那番话。但是话说出去了，而且是从一个男人的嘴里，责任也就生成了。

冯临声将茶杯送到嘴边，轻轻啜饮，然后将杯子放回到桌上。他感觉到顾妈长长出了一口气，同时将眼睛转向彦云翎，冯临声能看出顾妈的眼神里满是期待。

条几上的座钟嘀嗒嘀嗒地响，声音好像越来越大，冯临声站起身道：今天就不打扰了，我先找个宾馆住下，明天再过来。说着，便去拿挂在门口衣架上的风衣。

这时只听彦云翎说了句：冯先生留步，我让顾妈收拾收拾，今儿就跟你走。

顾妈好像就等着这句话，彦云翎话音刚落，顾妈嗖的一下便朝卧房跑过去。不到一顿饭的工夫，三个大箱子、五个包袱，妥妥当当码在门口，彦云翎忍不住笑出声，说道：你八成是跟冯先生早商量好了，就等着这天呢吧。

当晚三人找个宾馆随便猫了一晚，隔日便一起乘火车回到了北平城。

中秋节快到的时候，三儿搬进了他在马大人胡同新买的宅子。这是个一进的院子，院子虽然不大，可整整齐齐，东西南北各三间房，厨房在东北角，茅房在西南角，院子正中放了一个旗杆墩子，旁边是个大鱼缸，小玉围着那个青花瓷的大鱼缸，高兴得手舞足蹈，立马要去买金鱼。三儿说等明年开春再说吧，现在买活不了几天。

家里都拾掇停当了，小玉想请齐通霖和王屏画过来，认认真真做一顿饭孝敬他们，又怕请不动，便让三儿去，三儿笑道：主意是你想出来的，搁我的话，我压根儿就不弄这一出，这不是给人家添乱吗？现在齐先生家里三个孩子，闹腾得没黑没白的，二少奶奶连班都上不了，翠嫂虽然能干，也是忙得四脚朝天，夫人还得搭把手。小玉说道：这样的话，我时不时去齐家看看，没准能帮上点忙。三儿说：有空你就过去看看。这天晚上吃完饭，小玉拉着小好儿去了齐家。

王屏画见了小好儿亲得不行，揽在怀里，让小好儿喊奶奶，一声不行，让小好儿不停地喊，王屏画高兴得不得了，让翠嫂去拿一块银圆，然后塞到小好儿兜里，悄悄对他说：让你娘给你买糖吃。小玉看见了，说道：您忒惯着他了。

王屏画想起什么，对小玉说道：你们搬家都安置好了吧，还说哪天去你们那瞅瞅呢。

小玉高兴道：我说请您和齐先生过去，三儿还说我这是给您添麻烦，您什么时候去都行,我给您做饭。

几天以后,齐通霖和王屏画去了马大人胡同三儿的新家。进了院子,见哪哪都整整齐齐的,王屏画对三儿说:你命好,娶了小玉这么个会持家的媳妇儿,瞧这院子拾掇的,真利索。三儿只知道笑,齐通霖看了看院子当中的空鱼缸,对三儿说:来年弄几条金鱼放进去,这院子就活泛了。三儿点头道:我也这么想。接着三儿便请齐通霖去西屋。

齐通霖走进西屋,房子中间的隔断都打通了,西边一整面墙摆满了书籍,齐通霖看着满书架的书,又扭头看了一眼身旁的三儿,感叹道:现如今,得称呼你张先生了,搁几年前,做梦都梦不到你能成这样。

三儿赶紧说道:这还不是您教导的,我能成这样,连自己都没想到。刚给您拉车那阵,一心就想着能天天把您全须全尾拉到家就得,慢慢地,就想学您的本事。我这辈子是赶不上您了,可也照着葫芦画了个瓢出来,虽然不像,也是尽心尽力的。说完,三儿让齐通霖坐在椅子上,笑嘻嘻地从抽屉里掏出那个记方子的小本说:还得请教您……

小玉一边和王屏画说着话,一边忙活着做饭,王屏画应着小玉,还跟小好儿玩。看得出来,王屏画很喜欢小好儿,小好儿乖得让人心疼,大人不让干什么就不干什么,跟他说话的时候,他就用一双大眼睛看着你,王屏画总是忍不住将小好儿揽在怀里。三儿总对小玉说,这孩子太听话,将来不会有大出息。小玉听三儿这么说,总是不屑地撇撇嘴。

小玉说道:听说那个吴秉楠还去了汪芝麻胡同武家偏宅,您知道这事吧,他真有脸来。

王屏画说:南边的人跟咱想得不一样,按说把人家老婆拐跑了,就踏实过日子得了,还杀个回马枪,臭显摆,可真行啊。

两人你一句我一句地说着，话头七拐八拐就拐到天运和美雪身上了，小玉说：我才刚知道美雪喜欢二少爷，就是好奇二少爷心里有没有她。

王屏画说：你这丫头嚼舌头根子倒是一把好手。美雪喜欢不喜欢二少爷，现在也是白说，美雪嫁人，二少爷孩子都生了俩，再说，两人要真互相喜欢，谁能拦得住。说到这，王屏画停了停，又说道：你看二少爷，最后谁想到会娶了他们科里的护士长。

小玉点头道：您说得对，什么事都得看缘分，有缘无分的就认命吧。

晚上躺在床上，王屏画跟齐通霖说起这事，齐通霖沉默了一会儿说道：美雪这孩子看着挺明白，原来还以为嫁给武仲仁就能过上好日子，可这丫头心里还真糊涂。

王屏画拉灭了灯，屋子里顿时一片黑暗，但没过一会儿，月亮从一团乌云里冒了出来，屋里又慢慢亮起来。齐通霖喃喃道：人各有命……

随着一九三五年冬天第一场雪的到来，国民党的第五次全国代表大会召开了。

大会一开始，国民健康的热点还是在中医西医上。以冯玉祥为首的八十多名代表表明了他们的观点：南京政府应该对中医和西医一视同仁，尽快公布《中医条例》，国家医药卫生机关应该增设中医，允许设立中医学校。新闻报道一经刊登，中医界人士拍手叫好，大家从心里吐出一口恶气。

这天一早，王屏画从炕上坐起来，顺手撩开卧房的窗帘朝外一看，喊了声：嘿，瞧今年这头场雪一点不磨叽，说来就来。齐通霖一骨碌从床上爬起来，凑到王屏画身边看，藤萝架上落满了雪，房顶上的雪厚得已经看不见瓦缝了。齐通霖道：这雪下得好啊。两人穿鞋下地，一起来到门外看雪。

昨天晚上齐通霖说想吃老王家的油条了，翠嫂扫完院子里的雪便拿了个小笸箩去魏家胡同东口买油条。出了黄土坑，鞋摊空着，吴老泉还没出摊，翠嫂心里说了句老东西挺懒，便扭着腰身，在落满雪的胡同里一步一个脚印，朝东边走去。每家每户大门都还没开，门前的雪地上大多只有猫爪子印。

老王家的油条铺子门口有两三个人等着，翠嫂站在最后，一个卖报的扯着嗓子喊：南京政府投降啦！这下中医有救啦！快来看啊，冯玉祥怒斥南京政府……

翠嫂一听见"中医"这俩字儿，赶紧喊住卖报的，买了份报纸。炸油条的老王从铺子里伸出头来，看见翠嫂站在外头等油条，便说道：先给齐先生拿，您赶紧回去把消息告诉齐先生，让他高兴高兴。

翠嫂端着小笸箩往回走，老远看见吴老泉已经来了，他正低头用榔头敲着什么。翠嫂紧走几步，到了吴老泉跟前打招呼道：这回您算是沾了张先生的光了，一个子儿没花，弄到住处，您心里乐和吧。

原来三儿住进新院子，旧的便让给了吴老泉，吴老泉原来在汪芝麻胡同赁了一间南房，刮风进风，下雨漏雨，这下好了，三儿的旧宅虽然破旧，可毕竟能遮风挡雨，还是个独门独院，关上院门，一个人逍遥自在。

这会儿吴老泉听翠嫂这么说，便憨笑道：没承想这张先生这么仁义……他见翠嫂拿着油条，让她赶紧回去。

翠嫂走进院子，听见屋里孩子们哭成一片，便跑着去厨房，让伙计把油条稍微用饼铛烤一下，给齐先生送去，自己却一溜烟去了西屋。

翠嫂推开门，又想起怀里揣的报纸，进退两难的，这时听见屋里的王屏画说：翠嫂，你先服侍老爷吃早饭，这不用你。翠嫂一听，撒丫子又朝堂屋跑。

齐通霖早已洗漱完毕，这会儿穿戴整齐，只等吃过早饭，便准备开诊，接病人。门打开了，翠嫂带着一股子寒气跳进来，对着齐通霖说道：哎呀，齐先生，这下可好了，有个叫什么祥的，跟南京政府干上了，您一准高兴！

齐通霖见翠嫂脸冻得通红，嘴里前言不搭后语的，便笑道：你先喘口气，胡同里的雪厚不厚啊？

翠嫂从怀里掏出报纸递给齐通霖道：您赶紧看看吧，天大的好事。

齐通霖已经猜出是什么事了。昨晚快到半夜的时候，听见电话铃响起来，齐通霖便披上衣服去接电话，是石宛寒。齐通霖道：这会儿您打电话，想必有重要的事吧。

石宛寒的声音顺着电话线一下子钻进齐通霖的耳朵：是啊，刚从南边传过来的消息，还热乎着呢，赶紧跟你说……

齐通霖听着，抑制着心里的兴奋，最后问了一句：您琢磨这事什么时候能落停呢？

石宛寒道：我希望越快越好。接着便是一阵大笑。石宛寒又说：不管怎么说，南京政府这回要有一个明确态度了，静观其变吧。

这时候齐通霖接过翠嫂递过来的报纸，笑道：难得你也想着这事。

展开报纸，是一份《晨报》，头版上赫然写着：冯玉祥等敦促南京方面尽快公布《中医条例》，国医的春天即将到来。齐通霖看着大标题，不禁长出了口气。

齐通霖吃了一根油条，喝了一碗豆浆。他听见从天运的屋里传来孩子们的哭声，哭声随着大风时而响亮，时而暗哑，就好像有一只神奇的大手掌控着开关，齐通霖感觉到一种神奇的力量。齐通霖推开门，见已经有人来问诊了,便朝东屋走去。进了屋,不见冯临声人影。冯临声有几天没来了,齐通霖想起他已经把彦云翎从天津接来北平有一阵子了,来这里也就越来越不勤快。

自从彦云翎随冯临声回到北平,几乎不怎么出门,北平的旧相识们大多在她嫁给那个大财阀的时候便与她断了来往,她回到北平的事更是没人知晓。加上觉着自己这步棋走歪了,彦云翎不愿意主动跟同门们来往,便猫在冯宅,平时浇浇花种种草。现在西屋成了植物园,院子里的花草都搬进了西屋,彦云翎的精力也就都在那些花草上,除了花草,就是对冯临声的感激之情。

自从彦云翎来了以后,冯临声便很少去齐通霖那帮忙了,并谢绝了大多数应酬。南京方面找过他几次,让他考虑去南京就职,都被他回绝了。他拿彦云翎作幌子,说自己要心无旁骛地专心过日子。每天吃过早饭,陪彦云翎看看她的花草,冯临声便一头扎进书房,直到午后才走到顾妈的窗根儿下边喊一声:您能给弄点吃的吗?顾妈的耳朵大不如前,冯临声的喊声便越来越大,彦云翎在西屋里都听见了,顾妈还是在屋里安静地做针线活。这时,彦云翎就会从西屋跑到顾妈那,对着耳朵告诉她:冯先生饿了。

这天吃完晚饭,冯临声接到齐通霖的电话,寒暄了两句后齐通霖道:前些日子有个孩子来问诊,我开了三服药,今儿来竟然没效用,我琢磨了半天想不出因为什么,想请冯先生给瞧瞧。我让孩子娘带着孩子明儿一早去您府上,冯先生就顺手给开个方子。冯临声说:您吩咐的事必须照办。

第二天刚吃完早饭,门铃便响起,彦云翎对顾妈说:您去开门吧。顾妈去了,不一会儿,一位穿戴整齐的年轻妇女,右手里拉着一个四五岁的孩子,跟着顾妈进到屋里,见到冯临声便道:冯先生救救我的孩子吧。她说着就要下跪，冯临声一把拦住，让顾妈去给女人沏茶。冯临声请女人坐下，打量着旁边的孩子，问道：这孩子病多久了？

女人述说孩子病情的时候，冯临声一直看着孩子，觉得这孩子眼神里总有一股子惊恐气，听女人述说的时候，也是欲言又止的样子。冯临声让孩子靠近自己，当他拉孩子的手要号脉的时候，孩子突然跳起来，躲到女人身后。冯临声觉得奇怪，便让顾妈带孩子去别的屋玩。女人这才将自己死了丈夫又带着孩子改嫁的事对冯临声说出来，女人抽泣道：……这孩子就像换了个人，以前可好动了，淘气极了，现在你让他出去玩他都没心思了。我跟他爸，就是现在的丈夫愁得不行，琢磨去齐先生那拿点药调理调理，齐先生实话对我说他不擅长小儿病症，还让我来找您。

冯临声问：齐先生给孩子开的药一点都没效用吗？

女人磨叽半天才说道：不瞒您说，我抓了药，熬好了，全让孩子倒了，压根儿没喝，我怕齐先生生气就没敢告诉他……冯临声这才明白事情的原委。

顾妈领着孩子回来的时候，孩子的手里拿着一包糖果，神情明显轻松了许多。冯临声对孩子说道：给我一块糖吃，我馋了。

孩子很痛快地从纸口袋里掏出两块糖，递给冯临声和他母亲。冯临声顺势将孩子拉到自己跟前道：来，好孩子，我按一下你胳膊，一下就好。孩子乖乖地伸出一只手。

冯临声号了脉，给孩子开了惊风安神的药，把方子递给女人说道：吃药是一方面，还得麻烦您多陪陪孩子，或者带他上街逛逛，跟胡同里的小孩玩玩，总之想办法让他高兴起来，慢慢对付着，到了进学堂的年纪就好了。您先按照这方子抓药试试，孩子不愿意吃这汤药，就给他买糖果，小孩子嘛，大人就得多费些心思。

女人千恩万谢地领着孩子前脚走了，冯临声后脚便给齐通霖打电话，当齐通霖得知他开的药被孩子倒了，并没感到丝毫诧异，只是呵呵笑了几声，接着便道：我看老弟你也应该干点什么了，这么整天在家里闲着也不是个事啊，眼见南京那边松了口，八成很快会有更好的消息传过来。

冯临声听着齐通霖的声音，有一刻他感觉是话筒出了毛病，齐通霖的声音一改往日的沉闷，多了几分轻快，齐通霖说：我就知道这里头有点猫腻，也不想深究，推给你完事，反正你有的是办法。

冯临声无声地笑着。通话结束的时候，他已经被齐通霖传递过来的轻松愉快的情绪感染了，在屋子里转了一个圈之后，对刚从外面走进来的彦云翎说道：我要重操旧业了，回头让顾妈把闲着的那间小东房收拾出来，做我的诊室，小儿冯重张开业。

彦云翎笑道：冯先生今儿这么高兴啊。

冯临声笑道：我得琢磨着养家糊口啊，以后八成还得添人口呢。

天舍的铺子连着开了三个，小秀让他收着点，别冒了，开得再多，生意也赶不上同仁堂啊。天舍笑道：到底是你会做生意，行，听你的，咱就开这几家，回头我去河北进药材的时候，你跟我去，在旁边提醒着点。小秀说：你才知道我懂生意啊，就是那话，胎里带来的。

小秀骨子里有男人的气概，自从有了孩子以后，她的装扮完全女人化了，平时都穿裙子，头发用头油，天天出门前嘴唇也描得鲜艳，可脾性改不了，行为动作透着一股子帅气。她既有生意人的精明，也有男人的决断，与天舍在一起，可谓相得益彰，两人生意做得风生水起。

这天出门前，天舍对小秀说想大凤凰了。小秀惊讶地看了一眼天舍道：那容易啊，让车夫在黄土坑停一下，咱俩进去看看大凤凰。小秀突然想起什么，朝娘屋里走去。不一会儿，手里拎着一个小包袱出来了，小秀说：这是娘给大凤凰和小凤凰缝的衣裳。天舍问：虎子呢？小秀说：娘缝不过来，就这两件还缝了好几天呢。

车停在齐家大宅门口，翠嫂早听见了动静，一阵风似的跨过垂花门，刚好看见天舍和小秀推开大门走进来，便双手合十道：夫人一早就左眼皮子跳，瞧，好事来了。翠嫂走过去接过小秀手里的包袱，然后对天舍道：大少爷您和少奶奶慢走，我给您二位沏茶去。说完，翠嫂一溜小跑，走了。

王屏画听见动静，从堂屋走出来，她站在高台阶上，院子里的阳光太过晃眼，她用手搭在额前，才看清是天舍和小秀，高兴道：我就说今儿有好事儿，瞧瞧，眼皮没白跳，把你俩跳回来了。天舍赶忙紧走几步上了台阶，搀扶住娘，一边往屋里走，一边问：我爹呢？王屏画说：正吃早点呢。

进到屋里，齐通霖刚好喝完最后一口粥，见天舍和小秀走进来，笑道：你俩怎么这么早。齐通霖问他俩吃了没，没吃就坐下来，这时候翠嫂端着茶盘进来了，天舍忙说：我们一会儿去南城那边吃，过来看看大凤凰。齐通霖顺便问天舍药铺的生意怎么样，天舍回道：还行，开了春就去河北买药材，您需要什么提早知会一声。

小秀趁天舍跟齐通霖说话，自己进了天运的房间，见刘慧兰正忙着给仨孩子喂奶，赶紧过去帮忙。刘慧兰抬头见是小秀，便对大凤凰道：瞧谁来了，快让你娘抱抱。说着将摇篮里的大凤凰抱起来递给小秀，小秀眼见地不会抱孩子，支棱着两条胳膊，不知道把孩子放哪好。刘慧兰笑道：你还是坐旁边看着吧，别把孩子摔着。

小秀赶紧把大凤凰还给刘慧兰，说道：真是辛苦你跟娘了。说着，小秀从怀里掏出一张银票递给刘慧兰，刘慧兰见状，死活不接，小秀非要给，两人你推我搡的。王屏画推门进来了，见到小秀手里的银票，明白了状况，对刘慧兰道：小秀给你是应当应分的，你收着吧，亲兄弟还明算账呢。刘慧兰这才接了银票。

王屏画对小秀说：这仨孩子里，数大凤凰最乖，吃饱了不哭不闹，不像小凤凰似的，总是哭个没完。

小秀不知道说什么，她对孩子怎么都提不起兴趣来，要不是那时候武仲仁天天在她耳朵边上唠叨家里没人气，加上胡同里有人等着看她生不出孩子的笑话，小秀不会想到这辈子自己还能生出个孩子来。这时天舍兴冲冲地进来了，进门就喊：我瞧瞧我闺女长大了没有。

大凤凰原本已经吃了奶，昏昏欲睡的，这时候猛不丁有人高声，便哇一声哭了，小凤凰也跟着哭，王屏画嗔怪道：看你把孩子吓的。

刘慧兰抱起大凤凰交给天舍，相比小秀，天舍抱孩子有模有样，他把孩子的头放在胳膊肘上，一只手托着孩子，另一只手逗弄着孩子：大凤凰，快叫爹。

大凤凰在天舍的臂弯里竟然十分安逸，她停住哭声，用一双乌溜溜的眼睛一刻不停地看着天舍，这让天舍非常兴奋，对王屏画说：娘，您瞧，她认出我是她爹了。王屏画顺口道：小孩灵着呢，谁是谁认得可准了。

天舍抱着大凤凰，嘴里不停地跟孩子说话，也不管她听得懂听不懂。让她听奶奶和婶婶的话，让她好好吃奶，好长大个。跟弟弟妹妹好好玩，爹得空就过来看你。小秀在一旁干看着，听天舍这么说，嘴里也附和着，又扭头对刘慧兰说：家里就麻烦你多照应了，我和天舍有空就过来。刘慧兰点头道：放心吧，你们该忙什么就忙什么，现在家里有翠嫂张罗着，我也累不到哪去。

天舍和小秀离开齐家大宅，便去了南城。有一段路正在挖沟，挖出来的土全都堆在路上，路口也没有告示说明，车夫拉着车走在坑坑洼洼的路上，车来回晃悠着，像一只行驶在风雨中的船。突然就起了大风，沙尘从车帘子缝灌进来，没一会儿，小秀和天舍的身上全是灰尘，小秀赶紧掏出手帕掸着身上的土，一边掸一边道：瞧瞧，这是人走的路吗。

天舍看了看小秀，小秀今天为了去见大凤凰，特意穿了一件紫红色的缎子棉袍，还打了头油，从头到脚一丝不苟。现在沙尘整个扑在小秀的身上脸上，让她看上去像只土猴子。天舍忍不住笑道：早知道你应该留在我家里，跟闺女待一天，也好跟她亲热亲热，不然以后都不认你这妈。

小秀想了想说道：得了，我看大凤凰在你们齐家待着挺好的，我就别添乱了，再说横竖她以后要嫁人，养闺女等于给别人养的。

天舍立马道：哎，你这话可亏心啊，武家养你这闺女，到现在不但没离开家，还拐一个回来，里外里都赚着。

小秀听天舍这么说，道：你说得倒也是，你不觉得委屈吧。

天舍道：我一个男人，没觉得有什么委屈，咱们要是都住在我们家，你爹和你娘就太孤单了，现在这样挺好，以后你再接着给大凤凰生几个弟弟妹妹，家里就热闹了。小秀听了，不再作声。

当天晚上吃完饭，秋萍还没收拾完碗筷，小秀就张罗着回屋歇着，一整天跑乏了。天舍跟武仲仁和武张氏问了安，跟小秀朝后院过来了。刚进了屋，小秀没来得及脱外面的坎肩，便朝天舍的怀里钻，腻腻歪歪的，两人直奔卧房，一通云雨过后，呼呼一觉睡到天亮。天舍睁开眼睛，见小秀笑眯眯地看着自己,问她干吗这么高兴啊。小秀也不应,起身梳洗去了。

六月的北平,黄土坑胡同里飘着一股甜腻腻的味道,大家都觉着奇怪,槐花的香气早散尽了啊,胡同里一共三棵枣树,枣花的香气没这么浓。六爷道:管他什么香味呢,就冲咱们胡同这风水,就得香。吴老泉一边嚓嚓地缝着鞋帮子,一边对要去东口买油条的翠嫂说道:甭琢磨由头了,这气味不赖,六爷说得对,这叫风水香。正说着,淘大粪的工人背着粪桶走过来了,翠嫂赶紧捂着鼻子说:这回不香了。吴老泉笑起来。

直到立秋那天,一阵秋风吹过,整个北平城才从夏日的昏睡中醒过来。不像往年的秋风那般犀利,今年的秋风很柔和,好像使劲儿讨好胡同里的人似的。秋天一来,紧跟着便是寒冬。北平人喜欢冬天,尽管风会裹着沙尘打得窗棂子啪啪响,但北平人还是喜欢冬天,尤其是那种钻到骨头里的咔嚓嚓的寒冷。若是偶尔遇上一个温暖的冬天,北平人会说:咳,这叫哪门子冬天啊……

十一月底,天气骤然变冷,家家户户的烟筒里冒着刺鼻子的煤烟味,把北平城一整个夏天的甜腻味彻底送走了。凌厉的风肆无忌惮地在胡同里穿梭着,就像一条条隐形的蛇,虽然看不见它们,却能感觉到它们的肆意妄为。

齐家的院子里到处是枯树叶子,一大早,王屏画就站在北屋高台阶上喊:翠嫂,你瞅瞅这满院子树叶子,全是后院的园子里过来的,赶紧地,喊上厨房里的伙计,扫院子。

翠嫂手里拿着一把大扫帚,从后院走来,笑着对王屏画说道:我就纳闷呢,这风是有眼睛啊,树叶子拐弯抹角地往前院跑,您说它跑前院里能怎么着啊。

王屏画听翠嫂这么说，笑道：什么事到你嘴里就热闹了，有你整天唠叨着，我得多活十年。

翠嫂一听，高兴道：那可好，我就天天唠叨，让您活一百岁。

天运回来晚了，全家人已经吃过饭，三个孩子也都睡下了。刘慧兰难得一刻清净，坐在灯下，顺手拿起一本《护理学》随意翻看着。迷迷糊糊地，刘慧兰回到了协和医院，刚走进外科病房，碰上了天运。天运好像刚从手术室出来，显得十分疲惫，手术服还穿在身上。刘慧兰问他饿不饿，天运却爱搭不理的，这让刘慧兰很伤心，她想上前去拉扯天运，没想到天运十分厌烦地甩开刘慧兰的手。刘慧兰惊醒过来，却见天运笑眯眯地站在她面前，手里拿着她刚才翻看的《护理学》。刘慧兰揉揉眼睛道：哎哟，回来啦，我去跟翠嫂说，让她去厨房给你弄点吃的。说完，刘慧兰出去了。

等刘慧兰再回到屋里的时候，手里拿着一个信封，她把信封递给正在换衣服的天运道：娘让我交给你，她说信来了有两三天了，忘了给你。

天运让刘慧兰把信放桌上，一会儿再看，他坐在一把摇椅上，一边跟刘慧兰说着话，一边等翠嫂送饭过来。

等天运吃完饭，才拿起那封信，信是从英国寄来的，他猜到是露易莎，便抬头对刘慧兰道：应该是露易莎写的。

天运跟刘慧兰讲过自己跟露易莎的事，刘慧兰完全不放在心上，反倒为天运能在那段孤独的学习生活中有一段美丽的爱情而高兴，刘慧兰甚至很羡慕天运和露易莎爱情的纯真和浪漫。此刻她听见是露易莎的信，便让天运快点拆开看看，她很想知道露易莎过得好不好，她在心里早把露易莎当成朋友了。

天运看着信，脸色慢慢变了，最后面色苍白地将信折叠起来，小心翼翼地放回信封里,然后看着一脸猜疑的刘慧兰,说道:露易莎死了……难产……

刘慧兰蒙了,她有点不相信天运说的,因为她知道露易莎是个健康的姑娘,比天运还小了足足五岁呢。再说,英国不是医学很发达吗,怎么会发生这样的事呢。

天运感觉自己的身体里空空的,思绪在空荡荡的身体里飘浮着,他顺着思绪回到了英国,回到了露易莎的家。露易莎还是那个胖乎乎的模样,她穿着那件蓝色的格呢裙子,头上是那条白色的纯毛方头巾,站在山毛榉树下,朝天运笑着招手,让天运过去。天运不舍得眼前这幅绝美的画面消失,他望着露易莎,心里说着:我真爱你啊,可爱的姑娘……

刘慧兰见天运一直不说话,有些担心地看着他,这时小凤凰哭闹起来,刘慧兰赶紧走过去抱孩子。刘慧兰抱着小凤凰在屋里来回走着、哄着,她的眼睛没有离开过天运,即便是背对着天运的时候,她也将头困难地转过来,关切地看着天运。

天运叹口气道:真是世事难料,她还那么年轻呢……说完,天运的眼泪倏然而下。

刘慧兰站住了,她不再走动,怀里的小凤凰似乎也察觉到了什么,瞪着一双乌黑的眼睛安静下来,屋子里瞬间有一种令人窒息的宁静。

这时,刘慧兰听见婆婆在院子里喊了声:翠嫂,你瞅瞅二少爷吃完没有,把碗筷拿厨房去。

天运赶紧站起来,走到脸盆跟前倒了热水,用毛巾擦了把脸。翠嫂进来了,她感觉到屋里的气氛有点不对劲儿,便对刘慧兰道:这仨孩子可是够省心了。想了想又说道:对了,夫人说要找奶妈,我就跟胡同里的人念叨了一回,立马有回信儿,说东四那边有个特别好的奶妈,奶水足得奶好几个孩子还有富余,要真能来咱们家,省得孩子再喝牛奶了。牛奶火大啊,以后孩子长大了,都成了牛脾气那可麻烦了。

翠嫂的一番话让屋里的气氛变得轻松了,刚才那坨沉重的气氛,慢慢散开来。天运道:您说得挺有意思,这事就让您操心了。刘慧兰在一旁道:我也好好恢复一下,我还惦记着回头回医院上班呢。

等翠嫂走了,天运对刘慧兰道:我没想到这么快你就想去上班了,在医院,外科的人一碰上我就问你什么时候去上班,看来你在外科真受欢迎啊。

刘慧兰没吱声,但心里高兴。她把睡着的小凤凰放回到床上,问天运道:我真不大明白,英国医学那么好,怎么就会让一个这么年轻的产妇死了呢?

天运长出了一口气,说道:医学不是万能的啊,英国的医疗水平高,只是个大概率,具体到个人,就不好说了,有的事情人是无法掌控的。

齐通霖停了几天诊,天天吃完饭就让六爷拉着去肖灵岩那,给他针灸。一个月下来,肖灵岩的腿大有好转,虽然没以前那么灵便,但至少能自己拄着拐杖出门溜达了。齐通霖又给肖灵岩制了几贴膏药,膏药劲儿大,肖灵岩夜里好几回起夜,齐通霖又调整剂量,直到肖灵岩觉着舒服了,齐通霖才告诉肖灵岩道:你溜达的时候悠着点,岁数大了,就算腿没毛病也得留神。

肖灵岩笑道:当了一辈子郎中,末了还得让别人给自己诊病,原来听老一辈人说,大夫不能给自己瞧病,我还不信呢。

齐通霖说:所以这世上不能只有一个大夫。

这天下午齐通霖想去三儿那看看,便让六爷拉着去了东不压桥胡同。

刚进胡同口就下起了雪,等到了医社门口,变成了鹅毛大雪,对面都快看不见人影了，齐通霖对六爷说：您赶紧回吧，一会儿我再找其他的车回去。

六爷心里也急，早上说晒晒白菜，摊了一院子，听齐通霖这么说便道：得嘞，您先忙着，回头我把家里的事干完了，您要是还没回来我就再来接您。说完六爷便消失在大雪里。

齐通霖进了院门。一个中年妇女在院子里扫雪，抬头见一位老人走进院子，招呼道：您是来瞧病的吧，您进去等吧，张大夫这会儿忙着。齐通霖点点头走进屋子。

三儿正在聚精会神地给一位痛经的妇女把脉，余光里见一个人从外边走进来。等脉把完了，将脉枕放在一边，这才看清楚齐通霖，他赶紧站起来道：齐先生您怎么来了，要知道您来我去胡同口接您。

坐在一旁候诊的几位，一听是齐通霖，都要让他给把脉。三儿将自己的座位让出来，齐通霖笑着说道：你赶紧踏实儿坐下吧，我坐一边给你写方子。三儿赶紧道：这可不敢。他说什么也要让齐通霖坐自己座位上，齐通霖便对屋里候诊的几位说：得，那我就跟张先生一起给几位看诊。

天快黑的时候，外面的雪已经没了脚脖子，看完了最后一个病人，三儿简单收拾了下桌子，顺手把写废的纸扔到桌子底下的纸篓里，一旁的齐通霖道：上边有方子还是拿回家吧，省得别人看见瞎抓药去。三儿赶紧从纸篓里把写废的方子拿出来，折叠好揣在兜里。

两人一出院门，却见六爷在门口等着，车顶上已经积了厚厚一层雪，人也变成了雪人。齐通霖心里头涌起一股热浪，不知道说什么，他听见三儿对六爷说道：您可真是让我不知道说什么好了，瞧这大雪，今儿您甭说别的了，去我家，让小玉给您炒两个菜。

六爷道：家里菜都炒好了，等我回去，酒就烫热乎了，再者说，我可不是冲您来的,我是来接齐先生的,你这腿脚用我接啊。得,甭啰唆了,赶紧扶齐先生上车吧。

晚上吃饭,齐通霖让王屏画明儿去六爷家送两只鸡,王屏画笑道:他就是喜欢吃鸡,上辈子准是只黄鼠狼。

王屏画对正在洗脸的齐通霖说:你今儿去三儿那看了看,怎么样啊?

齐通霖将毛巾放在水里,扭头对王屏画道:这孩子已经不易了,想有更大的出息,还得多看书、多琢磨。

王屏画说:这孩子真不错,这几条胡同里,咱们看着长大的孩子,数三儿出息最大了。

齐通霖笑道:你这么说不亏心啊,天舍天运和着就没出息了?我看都挺不错。王屏画忍不住笑道:嘿,光想着别人家,倒把自己家孩子忘了。

第二天,翠嫂拿着两只鸡去了六爷家,六爷不在家,翠嫂将鸡交给六爷媳妇儿,说了声:我家老爷让送的,知道六爷喜欢吃鸡。放下鸡,翠嫂出了六爷家院门,一扭头,瞥见吴老泉正在低头修鞋。翠嫂不由自主地朝吴老泉走过去,到了跟前,翠嫂搭讪道:啧啧,这鞋掌钉得齐整啊,要说您这手艺,一准比原来那个老水头儿强老了。

吴老泉头都没抬一下,说道:你是什么都好,就是有时候嘴快了点,嘴一快就容易出岔子。

翠嫂赶紧找补道:我这不是想说点好听的,让您心里痛快痛快嘛。

吴老泉说:你光站着不动,我心里就痛快得紧呢。

翠嫂撇嘴道:想着讨好你,倒惹你恼了,得,我就当竹竿,光站着不说话了。

吴老泉说:那最好。

第二天齐通霖刚醒来，电话铃就响了，他拿起听筒，竟然是方有平打来的。

方有平问候齐通霖，齐通霖说：您那么忙，就别惦记着我了，我好着呢。

方有平说：快到年根儿底下了，得空去您府上拜访您，只是这一阵子着实有点忙，不过，很快就会有结果了……

齐通霖放下电话，顺手从桌上摸起一盒纸烟，抽出一支，点上，吸了一口。他琢磨着方有平话里的意思，结果……什么结果？但愿是个好结果。抬头却看见一群觅食的麻雀从半空中呼啦一下飞落到院子里，它们四处寻觅着，找食吃。齐通霖刚想喊翠嫂，让她往院子里撒点小米，就见翠嫂手里端着个笸箩，小心翼翼地往院子里撒着什么。齐通霖笑了笑，将烟掐灭了。

王屏画从外面进来，见屋里烟雾缭绕的，奇怪道：一大早就抽烟，这是新添的毛病吧。齐通霖笑了笑，没说什么便去洗脸。小伙计送来早饭，他们刚吃了两口，武家来人了。王屏画认出是武张氏的丫头秋萍，刚想问她太太有什么事，秋萍却先说道：不好了，二太太病得厉害了，我们太太说想请齐先生过去给瞧瞧。

齐通霖和王屏画赶紧一起朝外走，问秋萍美雪是在武家大宅还是在汪芝麻胡同。秋萍说一直在汪芝麻胡同，病了有一阵子了，让她回大宅她也不去，一个人扛着，还说不让告诉齐家的人，怕老爷夫人着急。

齐通霖和王屏画急匆匆来到汪芝麻胡同，秋萍一直跟在后头。到了门口，秋萍上前按门铃，按了半天没人应，秋萍试着推了推门，门竟然开了。秋萍有些诧异道：二太太都是把门闩得死死的，今儿这是怎么了。说着，她领着齐通霖和王屏画往里走。

秋萍站在院子里喊：二太太，齐先生和夫人来看您了。

不等回应，秋萍已经进到屋里。美雪一个人在卧房里躺着，三人走进来的时候，美雪想撑着从床上坐起来，却一点劲儿都没有。

王屏画见美雪瘦成了一根竹竿，原先那张粉嫩圆润的脸，此刻像个骷髅。王屏画大吃一惊道：这才几天没见，怎么病成这样了？王屏画朝周围看了看，竟然没人伺候着，王屏画生气道：你们老爷这是干的什么事？人病成这样，连个伺候的人都没有啊，我这就去问他去。说着，她扭身就要往外走，被齐通霖拦住了：哎呀，你消停消停，先给这孩子诊病吧。齐通霖轻轻拉过美雪的胳膊给她号脉。

美雪的脉象让齐通霖心里咯噔一下，手指下，美雪的脉搏有如麻雀啄米，跳一阵子就没音了，然后就像雨滴似的，滴答，动一下，接着又半天没动静。齐通霖扭头看了一眼王屏画，王屏画眼睛里都是疑问，一旁的秋萍说道：您要是开方子，我立马就去抓药，回来就给二太太熬上。

齐通霖开方子的时候，王屏画一直坐在床头上安慰美雪，让她什么都不用想，把病养好了，开春好放风筝。美雪吃力地点着头。齐通霖开好了方子交给秋萍，秋萍便出去抓药了。见没了旁人，美雪对王屏画说道：我能跟您回齐家吗？王屏画眼泪一下子掉下来了。

齐通霖喊六爷把美雪拉回家，六爷看见美雪一句话没说，他轻轻地将美雪抱起来往外走，然后轻轻地把她放到车上，好像生怕美雪碎成两半。王屏画从没见六爷这么细心过。等人拉回了齐家，齐通霖第一件事就是给武仲仁打电话，接电话的是武张氏，她说老爷一大早就出门了，不知道去哪了。

齐通霖挂了电话，一旁的王屏画咬牙切齿道：好你个姓武的，把我们齐家的人娶过去祸害成这样,我饶不了你!

美雪暂时先被安置在翠嫂屋里,这样翠嫂可以每时每刻都照顾她。王屏画吩咐厨房把燕窝拿出来仔细炖着,又跑去书房,想问问齐通霖用点什么药能让美雪慢慢恢复。齐通霖正翻着一本书,见夫人走进来,站起身道:瞧你急得一脑门子汗,留神受凉。

王屏画一屁股坐在椅子上,眼泪又掉下来了,她抱怨武家不在乎美雪,把一个好好的人折腾成这样。接着又觉得是自己对不住美雪,松了口让美雪嫁到武家,以为是天大的好事,如今可好,眼见就是个火坑。

齐通霖一句话没说,听着夫人连哭带说,王屏画说到伤心的地方,齐通霖站起身走到她身边,轻轻拍着她的肩膀安慰着。

等王屏画的情绪稍微安定下来,齐通霖说道:人家武家也没用刀逼着咱嫁闺女啊。再说,凭良心说说,美雪去了武家,人家按照当年对待金蔓那样对待美雪,人家做得没差啊。回头见到武家人,你可别不问青红皂白地抢白人家,说到头是美雪没福分,挺好的日子,自己糟蹋了。

王屏画想了想,叹口气道:这孩子福薄,她心里的事也不告诉咱们,当初要是说明白了她喜欢天运,反正我是不拦着……

齐通霖长出一口气道:净说那些没用的……

王屏画问齐通霖还有缓儿没有,过了好一阵,齐通霖说了一句:恐怕难了……

三天后,美雪去世了。

美雪走的头一天晚上,硬撑着身子走到天运屋前,使尽全身力气喊了声二少爷。天运还没从医院回来,刘慧兰耳朵尖,尽管小凤凰哭闹着,她还是听见了美雪那声微弱的呼喊。她将小凤凰放回到床上,不顾孩子哭闹,赶忙去开门。刘慧兰看到美雪晃晃悠悠地站在门口，上前搀扶着她走进屋里。从美雪进来的那一刻，三个孩子都变得异常安静，尤其是小凤凰，这之前还大声哭闹着，这会儿却静静地躺着，一双乌溜溜的眼睛一眨不眨地看着天花板。

刘慧兰扶着美雪坐到一把椅子上，告诉她天运还没回来。刘慧兰看了看座钟，说：这会儿八成在路上了。美雪看着椅子，用手摸着椅子的扶手，轻声道：那会儿二少爷就经常坐在这把椅子上看书写字……

刘慧兰看着美雪，心里一阵难过，不由得眼睛里充满泪水。美雪见状道：我好好的，没事儿……人活一回，能活成大妹子你这样就算是好样的……

美雪没等天运回来便跟刘慧兰告别了，她让刘慧兰传个话给天运：美雪永远都会惦记二少爷的……

美雪的死让天运很伤心。他还没能从露易莎离世的悲伤中彻底走出来，而美雪的离去无疑是雪上加霜。他无法控制自己的情绪，晚上躺在床上的时候不停地流泪，接连好几天，一早醒来，刘慧兰发现天运的枕头湿了一大片，眼睛也红红的。但天运不想让刘慧兰分担他的悲伤，因为他不想刘慧兰的奶水出现问题，这将直接影响孩子们的生活。虽然奶妈的奶水十分充盈，但母亲的奶水更有情感，所以，天运尽力克制着自己的悲伤。

刘慧兰对这一切都假装看不见，只是默默地将天运的枕套换下来交给翠嫂，她朝翠嫂眨着眼睛，示意她不要告诉老爷和夫人，翠嫂心领神会，立马拿来干净的枕套为二少爷换上。

等美雪的事办完了，王屏画要去武家。那天早上，齐通霖知道夫人要去武家，嘱咐道：你悠着点，掂量着说话。

王屏画没吱声，心里说道：怪这丫头没福气，还能怨谁呢。

一九三六年的新历年一过，便到了旧历年根儿底下了。齐通霖心里变得轻松起来，他甚至从凛冽的寒风中嗅出一点春天的撩人气息，特意跑到后边的园子里看那些沉睡的植物，让他失望的是，连迎春都没有一点醒来的意思，每一根枝条都冻得发黑。他轻轻地折那些枝条，看它们是否柔软，是不是还活着。没留神，有一根枝条被折断了，露出里边的嫩绿。齐通霖看着那一点翠绿，自言自语道：活着呢。

北平连续好几天刮大风，胡同里到处都是黄沙，人从外面回来浑身上下都沾着沙尘，黄了吧唧的。王屏画隔着窗户看着在院子里不停扫院子的翠嫂，心里道：这应该叫沙城啊，院子里都能种花生了。

翠嫂扫院子的时候，把嘴闭得像大门闩似的，因为只要一张嘴就一嘴沙子。小伙计从后院跑来，拿着一把大扫帚来帮翠嫂扫院子，翠嫂用手比画着让他回屋去。小伙计不理她，拿着扫帚起劲儿地扫起来。

到了中午的饭点，齐通霖还有两个病人没诊完，王屏画便让翠嫂先把饭放蒸锅里热着。她嘱咐翠嫂让伙计们先吃，翠嫂刚转身，她又叮嘱把饭给二少奶奶送屋里去，别让她饿着，接着，她又问奶妈什么时候过来。翠嫂说：您就别操心了，我会一样一样干好的。王屏画说：你跟奶妈说以后三顿饭都能在齐家吃，不奶孩子的时候也能来吃饭，再说，她家那饭行吗？翠嫂说：您不知道，这奶妈的奶真叫邪行。她早晨去马大人胡同李家奶孩子，在那边吃完饭才过咱们这边来，李家的饭只比咱好，到了咱这，奶还是噌噌地往外冒，我们老家那边管这种人叫奶袋子。王屏画想了想说：只要别饿着咱们家孩子就成。翠嫂接道：这些日子二少奶奶的奶也不少，不过咱们家仨孩子，所以光靠她的奶差点劲儿，等立了春，孩子就能吃点饭了，慢慢就好了，您不用担心。

吃完中午饭，齐通霖觉得有点累，想睡会儿，刚躺下，就听院子里有人问：这是齐家大宅吧，院门没闩，我就直接进来了。

王屏画问他找谁，来人道：我找齐通霖齐先生。齐通霖在屋里竖着耳朵听着外边的动静。只听夫人道：齐先生今儿累了，正歇着呢，不出诊了，您明儿再来吧。

来人不急不躁道：我家老爷身上不舒坦，想请齐先生出趟诊。没事，我可以等齐先生睡醒了，我接不着齐先生不离开齐家大宅。

齐通霖闻听，只得翻身起来，走出屋门。他打量着来人，觉得像是位管家，问道：你们家老爷怎么不好？

来人见一位气宇轩昂的老者站在台阶上，声音低沉，气发丹田，知道这就是齐通霖了，赶紧上前行礼道：对不住您，打扰您歇着了，不过我们老爷确实身子不舒坦，让我无论如何接到您。齐通霖说了声稍等，便反身回屋了。王屏画跟了进去。

齐通霖让王屏画去拿针灸包，自己穿戴整齐，随着来人走出院子，却见门口停着一辆豪华马车。车身涂成朱红色，还镶了金边，栗子色的高头大马笔挺地站着，在灰暗的胡同里显得十分富丽堂皇。齐通霖心里嘀咕了一句：这是谁家啊……

马车出了胡同，齐通霖掀开一旁的小窗帘朝外看了一眼，风停了，路面上铺满了黄沙，北平瞬间变成了沙城。街边的人行道上往来穿梭的人流如同涌动的水流，小商贩们声嘶力竭地喊叫着，偶尔一两声汽车喇叭，刺破了喧闹的市声。随着车子的颠簸，齐通霖坐在车里睡着了。

等他睁开眼睛，管家模样的人正满脸堆笑，一只手撩着车帘子，另一只手伸过来，等着搀扶齐通霖。齐通霖定了定神，看到身后一个似曾相识的大红门。正疑惑的时候，大红门开了，方有平从打开的门里走出来，一边朝齐通霖快步走过来，一边道：有失远迎。齐通霖突然想起自己曾经来过这，想了想，这才恍然大悟道：这是刘部长家吧，瞧我这脑子。

方有平一边陪着齐通霖往里走，一边道歉说原本应该自己亲自去接的，可临时帮刘部长改一个文件，所以让管家代劳，还望齐先生别怪罪。齐通霖问方有平，莫非老太太哪又不舒服了？方有平笑道：老太太好着呢，没有人不舒服，是刘部长，想见见您，随便聊聊。

说着，方有平引着齐通霖进了一个偏院，院子不大，收拾得整整齐齐。只见北房的门开了，刘瑞恒从门里走出来，他快步走下台阶朝齐通霖迎过来，嘴里道：打搅齐先生了，鄙人时间紧迫，只想跟齐先生说几句话。他朝方有平使了个眼色，方有平很识趣地走了。

刘瑞恒将齐通霖让进屋里，这是个不大的书房，一望便知很少使用，书桌上一本书都没放，笔架镇纸等一律摆放在桌子右上角，笔架上的笔都未曾开封。刘瑞恒请齐通霖坐在一把椅子上，自己却依旧站着，他打量了一下齐通霖道：您真是精神矍铄啊。这时听见有人敲门，是用人来送茶，刘瑞恒让他进来。用人放下茶盘，给两人倒好茶便走出去了。

齐通霖端着茶杯并没喝，他琢磨着刘瑞恒把他接过来，绝不是来闲聊喝茶的。刘瑞恒并没去拿茶杯，而是将两条胳膊抱起来，一副悠闲的样子，接着他对齐通霖说道：中央很快就会有个决定，不出十天吧，到时候您可以注意报纸上的消息。

齐通霖有点发蒙，他猜不透刘瑞恒说的决定是好消息还是坏消息。刘瑞恒看着齐通霖疑惑的表情，将手在空中挥了挥，笑道：别多想了，一切都会好的，中医西医，都是医，像您这样的中医，北平城里能再多些才好。刘瑞恒的话无异于一颗定心丸，齐通霖一下感觉踏实了。

闲聊了一个小时后，刘瑞恒挽留齐通霖吃完饭再走，并说老太太特别想见见他，但刘瑞恒却要马上赶回南京。齐通霖本想拒绝，方有平在一旁道：您就留下吧，您再给老太太把把脉。齐通霖不好再推辞，看着刘瑞恒和方有平急匆匆走了。

从刘府回到家，换好了衣服，洗了洗手和脸，齐通霖坐在堂屋琢磨刘瑞恒的话，王屏画进来问道：下午是个什么病人？方子开了？

齐通霖说道：没病人，见个故人。

王屏画也不多问，对齐通霖说：你歇会儿，我去天运屋里。齐通霖问：天运回来没有？回来让他来一趟。

没一会儿，天运进来了，喊了声爹，齐通霖打量着他，见他有些消瘦，便问他医院里的事务是不是很多。天运回道：没有太大的事情，都是些琐事，但很费精力，有的事情处理起来并不比做一台手术省力气。

齐通霖点头道：事情都是这样，看上去简单，实际上都不简单，总之都要耐心去做。

没等齐通霖继续往下说，天运突然像想起什么似的，说道：今天院长让我拟一个报告，是协和医院准备开设中医科的，还让我推荐科室负责人人选，我正想问您的意思呢。

天运这几句平静的话语，对于齐通霖来说无异于一颗炸弹，让齐通霖有点晕头转向了。好一会儿齐通霖都听不见天运在说什么，只看见他的嘴唇在动。

天运见爹一直在发愣，便等着他从自己的思绪中返回来。

半天，齐通霖反问道：你琢磨着推荐谁呢？

天运试探地看着爹，齐通霖笑了，摆手道：你甭琢磨我了，我干不了那活，我给你两个人选，你琢磨琢磨吧。接着齐通霖找出纸笔，写下宋鸿墨和王春雨的名字，递给天运道：这两人都行。

天运临出屋问爹还有什么事。齐通霖摆了摆手说一时想不起来了，等想起来了再跟他说。

天舍的生意做得顺风顺水，结交的人越来越多，他仗着自己的药材货真价实，明里暗里跟北平城里的大药铺比着来。天舍的生意好了，小秀待在家里的时间越来越多。这天武张氏让小秀把大凤凰抱回来住几日，第二天小秀便来到齐家，对婆婆说，想让大凤凰回家住几天。刘慧兰担心孩子不习惯，王屏画说：就这两步路，不习惯再抱回来，孩子换换地方还能长见识呢。王屏画让翠嫂把孩子抱过去，小秀跟在翠嫂身后。路过吴老泉的鞋摊，吴老泉笑着停下手里的活，说道：这孩子上辈子怎么修的，落生到这样的人家儿。翠嫂回道：你上辈子没少造孽吧。小秀在一旁笑道：翠嫂这嘴啊，不饶人。吴老泉笑着，看着翠嫂走远了，心里一股子蜜劲儿涌上来。

自从美雪走了，武仲仁一直不敢去齐家，怕王屏画骂他，小秀说：那您就躲着吧，我看您躲到什么时候，您直截了当去齐家，说你怠慢了美雪，要杀要罚随人家，人家能不给你这面子吗。武仲仁想了想，叹口气。

大凤凰到家第一天晚上还算安稳，虽然哭了一阵，秋萍和小秀轮着抱，总算熬到了天明。第二天晚上，吃完饭，小午儿嚷嚷着要看大凤凰，小秀让秋萍把小午儿领进来，嘴里说着：看看，小舅舅来看我们了。大凤凰看了一眼小午儿便大哭起来,怎么哄都不行,秋萍抱着孩子满屋里来回走,大凤凰越哭越响。小秀没辙了,只得给齐家打电话,王屏画从听筒里听见大凤凰的哭号声,自己眼泪差点掉下来,接着就喊翠嫂,让去接孩子。

翠嫂回来的时候,后边竟然跟着武仲仁!

王屏画在大门口看见翠嫂抱着孩子从胡同北口走过来,后边影影绰绰跟着个人,以为是秋萍,等走近了才看清,后边的人竟然是武仲仁。她愣了一下,接过翠嫂手里的大凤凰,也没跟武仲仁打招呼,抱着孩子直接去了正房。

齐通霖正在堂屋等着吃晚饭,见王屏画抱着大凤凰进来了,笑道:瞧瞧我这大孙女,可知道哪是自己的家了。却看见后边的武仲仁,便嘿了一声。武仲仁道:亲家这是还没吃晚饭吧,正好我也没吃,馋你们府上的熘肉片了,让厨房给炒一个,咱俩喝点。

齐通霖对站在门口的翠嫂说:吩咐厨房,加个熘肉片,加一副碗筷。

王屏画抱着孩子气呼呼的,一屁股坐在八仙桌旁边,两只眼睛瞪着武仲仁。

齐通霖对王屏画眨了下眼睛道:你把大孙女送到天运屋里吧,顺便去厨房催一下,我饿得前胸贴后背了。

王屏画临出屋指着武仲仁道:你把我们美雪怄死了,这账可销不了。

武仲仁脸红得跟鸡冠子似的,嘴里不停地道:也不是我的错啊,是她放着好日子不过……齐通霖朝武仲仁摆手,武仲仁不再说话。

喝了几杯酒,武仲仁老泪纵横的,哭得挺伤心,王屏画也不忍心了,赶紧为武仲仁夹了一筷子熘肉片,武仲仁抹着眼泪说道:晚上一闭眼就看见美雪,她就朝我笑,也不埋怨我……

王屏画说：去庙里烧个香。

回去武仲仁跟武张氏提起王屏画说烧香的事，武张氏眼睛就放光了，张罗着要去庙里烧香，武仲仁半推半就跟着武张氏去了东岳庙，不但烧了香，武仲仁还给庙里捐了张银票。

第二天，武仲仁一觉醒来，见已经快晌午了，人一下子清爽了不少，心想：佛爷就是得拜啊。嘴上却什么都不说，穿上衣裳去南城看生意去了。

差三天就是旧历新年，北平城里一片繁忙，每家每户都忙着置办年货，那些朱门大户就甭说了，普通百姓家也张罗着给孩子们做新衣裳、拆洗被褥、扫房子，一样都不能马虎。

小玉爹更是忙得不亦乐乎，家里天天不断人，都是些大户人家早先定制的衣裳，眼看快到年根儿底下了，衣裳还没送到府上，便来催着赶制。小玉娘帮着锁扣眼儿、钉扣子、嵌边，忙得没工夫出去采买年货，小玉让三儿顺带手把娘家的年货一块办了。三儿一口答应，并让小玉领着小好儿去齐家转悠转悠，顺便把几件小好儿穿过的旧衣裳给虎子拿过去。小玉怕小好儿穿过的衣服太旧，刘慧兰恐怕不稀罕。三儿说：这你就不懂了，穿百家衣的孩子最好养活了。

三儿出了马大人胡同，看着街上人来车往的，心里就高兴。天气虽然冷得人缩手指头，可是太阳光却刺得人眼疼，北平的人让这暖乎乎的阳光弄得兴高采烈的，过年的喜庆劲儿就被这好天气挑起来了，每个人的脸上都带着笑容，小商贩的吆喝声里也透着平日没有的清亮。

三儿不知不觉走到了东四牌楼，打眼一看，热闹得快赶上庙会了，卖什么的都有，吆喝声混成一片，每个小吃摊子四周都围着人。他把一只手搭在额头上，遮着太阳光，朝周围踅摸着。早上没来得及吃饭，想吃点东西垫一下肚子，见附近有个馄饨摊子，便走过去，坐下来，喊了声：来碗馄饨！摊主应了声：得嘞！

等馄饨的时候，三儿朝周围看去，在拥挤的人流中，看到了冯临声。三儿刚想喊冯先生，却被冯临声身旁的大肚子女人弄哑巴了。三儿张大着嘴，看着冯临声小心翼翼地走在女人的身旁，有意用身体遮挡保护着女人。三儿对于冯临声的私生活一无所知，他只觉得那女人长得好看，眉眼虽然比不上原来武家的那个金蔓，可也很是入眼。三儿的眼睛一直跟着他们，直到两人消失在人流里，才将目光收回来。这时候馄饨煮好了，伙计见三儿张着嘴，便道：看来您是真饿了。三儿看了一眼伙计，笑道：可不……

三儿吃完了馄饨，琢磨着去隆福寺办年货，便一路朝隆福寺走过去。

隆福寺街比东四牌楼那边更热闹，吃的用的玩的，应有尽有，简直让人眼都看花了，三儿心想，等初一庙会的时候，不定热闹成什么样呢，回头带小玉和小好儿来逛逛。扭头见一个卖活鸡的，便过去买了三只活鸡，卖鸡的问杀不杀？三儿回道：不杀，先养着。卖鸡的便将鸡腿别了，鸡就老老实实的。又割了几斤猪肉，看见旁边卖羊头，买了俩羊头。两只手满满的，他琢磨着，先这样吧，缺什么下午再出来转悠。将东西放回马大人胡同，三儿见小玉还没回来，琢磨着也去齐家看看。

到了黄土坑胡同口，胡同里两个工人正担着一个水桶，往地面上洒水，三儿想：这是过年了，让大家伙干净干净。从俩工人身边走时，三儿顺口道：忙活完了就该回家过年了吧？

俩工人里的其中一个应道：咳，就是劳碌命，穷人不叫过年，叫过关。

三儿没应，低了头朝齐家走去。

齐家大门口挂着大红灯笼。今年齐家的灯笼是全新的，原来的那些灯笼穗子都掉色了，灯笼骨也裂开了，王屏画怕过不了十五灯笼就散架，所以提早去灯笼铺订了新的。三儿上前推开半掩的门往里走，刚过垂花门，便看见王屏画在院子里领着翠嫂和两个伙计打扫院子。方砖铺地的院子被扫得一尘不染，东、西、北房的窗户棂子也都用水擦过了，红绿两色像是新刷了油漆一样，看着那么新鲜。王屏画见三儿来了，脸上笑得像朵花似的，招呼道：心里正琢磨呢，你再不来我就让翠嫂喊你去了。然后朝书房指了指道：昨儿晚上还念叨你呢，琢磨着你该来了。三儿要帮着打扫院子，被王屏画拦住了，道：赶紧去吧。

三儿走到书房门口，喊了声齐先生。齐通霖正在书房里一边乱翻着书，一边琢磨着刘瑞恒那些话。听见三儿在窗外喊，便道：那么高声干吗，我耳朵又不背。三儿赶紧收了声，拉开门走进书房。

三儿落座后，见齐通霖脸色有点阴沉，便问道：这几天您没听着什么消息吧？

齐通霖刚要张嘴，翠嫂在外边喊：老爷！老爷！您的电话，急茬儿的，您赶紧的。

齐通霖往外走，心里不由得打起鼓来，像是有什么事要发生似的。三儿紧跟在后。

话筒里石宛寒的声音一如既往地震耳朵，齐通霖下意识地将话筒从耳朵边挪开一点，石宛寒的声音像是一股洪流，无可阻挡地从话筒里冲出来，站在两米开外的三儿都能听见。

通霖老弟啊，你还没看今儿的报纸吧……

齐通霖默默地站立着，他感觉那只饱含着石宛寒声音的电话听筒，慢慢热起来，像是有人用火烧着它。渐渐地，齐通霖感觉快要无法忍受听筒的灼热了，便慢慢地将话筒放回到电话机座上。这时候，一旁的三儿轻轻说了一句：我去街上买报纸去……

齐通霖挥了下手说道：算了，结果都知道了，不用特意去买了，一会儿天运回来八成能带回来。

这时候王屏画进来了，见两人都沉默着，感觉怪怪的，问刚才谁来电话了。三儿看看齐通霖，齐通霖看看王屏画，都不开口。王屏画说：你们这是打什么哑谜啊。院子里有人喊道：我爷爷让给齐爷爷送张报纸来！

声音异常脆生，惹得屋里三人同时朝窗户外头看，原来是六爷的孙子小胜子。三儿出门接过小胜子手里的报纸，还没转身，小胜子已经跳出了垂花门，跑没影了。

齐通霖拿过报纸，展开来，见第一版的大红标题写着：南京政府正式颁布《中医条例》。下边的小标题为：中医在医药卫生系统中取得了合法地位。齐通霖不动声色，将报纸递给了一脸迷惑的王屏画。王屏画看到标题后，先是愣住了，接着便泪流满面，低声叨咕了一句：真不易啊……

晚上天运下班回来，带了同样一份报纸，他进了院子没像往常那样先回自己屋里换衣裳，而是直接去了北屋，他见爹娘都坐在椅子上，三儿也在。天运一眼看到桌子上的报纸，笑着对爹说道：我就猜您已经知道了。又对娘道：今儿可是大日子，我跟我爹和三哥得喝一杯，有下酒菜吧。

王屏画笑道：有，有，下午就让伙计办了去了，你赶紧回屋看看孩子，跟慧兰问候一声。

天运拿着报纸刚出门，就看见天舍和武仲仁从垂花门走进来，打了声招呼，便去自己屋里换衣裳。

刘慧兰刚帮着奶奶完了三个孩子,见天运回来了,笑着问道:北屋热闹一下午了,你没问问娘什么事?

天运将手里的报纸顺手递给刘慧兰,刘慧兰一眼看见头版上的大标题,眼泪立马掉下来了,说道:爹可真不容易,这么些年来,他老人家心里得忍受多大的委屈啊……

天运点头,换了衣服,将小凤凰抱起来逗弄,大凤凰哭起来,天运又将小凤凰交给一旁的奶妈,抱起大凤凰道:你爹和你姥爷来了,他们一会儿就来看大凤凰了。刘慧兰问:小秀没来?天运刚想说没来,门外便响起小秀的声音:慧兰,我来看看孩子。话音刚落,小秀拉开门走进来。

天运再回到北屋的时候,桌上已经摆满了菜,天舍招呼天运坐到他旁边来。天运坐过去,见武仲仁正跟爹聊得热闹,低声问大哥最近生意怎么样。

天舍说:谢天谢地谢爹娘,生意越来越好,不过眼见开了春又要去置办药材,腊八那天我跟三儿,哦,应该叫张先生了,我跟张先生商量,能不能去我铺子里坐堂,这样他跟我一起还能互相有个照应,他的病人抓药方便,肥水不流外人田。停了停,天舍将嘴直接对着天运的耳朵说道:再说东不压桥那院子,也不能总让外姓人白用,回头我当仓库使。

天运对哥哥天舍的打算没表示赞同,也不反对。喝了几杯酒,天运回屋喊刘慧兰和小秀去吃饭,奶妈催促两人道:您二位去吧,甭急着回来,这有我呢。

王屏画跟着天运过来了,问天运道:你哥刚跟你说什么了?我看他有点臊眉耷眼的,你哥俩没闹别扭吧?

天运赶紧说道:哎呀,您净操这没影儿的心,我们哥俩能闹什么别扭。

王屏画说:没闹别扭就好,你爹好不容易没牵挂了,你俩可别出什么岔子。

王屏画让天运再回去吃点,天运便又跟着娘回到正房。

齐通霖喝得满脸通红,武仲仁指着齐通霖的脸说道:瞧你,平常看着挺稳当一人,一高兴就变关公了。

五月的第二天,天运一早来到办公室,见一位工人正在打扫,便问他院长来了没有。工人说来了,这会儿可能去厕所了。

天运今天穿了全套的西装,打了领带,尤其是脚下那双约翰罗布的牛津皮鞋,更是被翠嫂擦得锃亮。天运准备跟院长请半天假,去参加中医学校的开学典礼,为父亲捧场。

听见院长回来了,天运赶紧从自己的办公室里走出来。院长一边用手绢擦着手,一边打量着天运问道:今天穿得这么正式是有什么会议吗?我怎么不记得今天有会呢。

天运向院长说明情况后,院长挥挥手道:这可是一件大事,准你一天假,不过有件事情,原本是要等下午院里正式通知,既然你今天有事,不如我提前告诉你吧。是关于你任命副院长的事情,院里已经正式通过了,从今天起,你是协和医院有史以来最年轻的副院长,恭喜你!说完,不等天运有所反应,院长便进了自己的办公室,剩下天运一个人站在原地发呆。过了一会儿,天运转过身,迈步出了办公室的门,在空荡荡的走廊里走着,身子轻得像是随时都能飞起来似的。

天运乘坐的人力车被堵在丰盛胡同口,他撩开帘子往胡同里看,整条胡同都被人塞满了,天运对车夫说:看来只能到这了。车夫说:得,那就辛苦您走几步吧。天运付了钱,车夫说了句:要不是为了奔这口嚼裹儿,我也去凑个热闹。天运笑了笑，下了车，钻进了人流。

学校门口挤满了人，拿照相机的记者们站在路边，只要走过来一个人，便问：这是谁？打听清楚了，一阵镁光灯闪起来，响声过后，空中飘起一阵白烟。

天运走过来的时候，看到三儿站在门口张望。天运喊了声：张先生！三儿扭头看见天运，赶紧走过来。恰好有一位记者过来跟天运打招呼道：您好，我是《晨报》记者朱之朗，我猜得不错的话，您就是齐先生的二公子齐天运。天运点头道：不错，我就是齐天运。朱之朗接着说道：我知道您的身份，您是协和医院的外科大夫。占用您几分钟，问您一个问题，您认为中医与西医将来谁会有更大的发展？将来的民众更倾向于西医还是中医？

一旁的三儿见天运面露难色，想上前打马虎眼，他对朱之朗道：朱记者问题问得好，只是里边已经等齐公子多时，我在这就是来迎他，让他赶紧进去……

朱之朗打断三儿道：只消齐公子简单说一句。

天运见逃不过去了，便想了想道：中医和西医都会有很好的发展，因为目的都是治病救人，至于民众喜欢什么，那我真猜不出来，不过有句老话说，羊羹虽美，众口难调。这回答让朱之朗笑了。朱之朗不再纠缠天运了，他对天运道：请您赶紧进去吧，耽误您的时间了。

小院里挤满了人，天运一眼便看到了满头白发的父亲，这之前天运竟没注意到父亲的头发已经全白了。此刻齐通霖被一些人围着，脸上很平静，似乎一点都不激动，远没有在家里喝酒后的兴奋。父亲旁边站着同样满头白发的石宛寒，石宛寒旁边是拄双拐的肖灵岩，再接下来是宋鸿墨和王春雨。几个人都是满面春风，意气风发。

天运曾经向院里推荐宋、王二人作为中医科科室主任的人选，当院里让天运跟宋、王二人分别联络、征询意见的时候，让他没想到的是二人跟商量好了似的都婉言拒绝了，理由都一模一样：不想在一个西医院里主持中医工作。齐通霖得知这事时，觉得自己想得太简单了，心里有些自责。王春雨还特意来齐府跟齐通霖说明情况，他怕齐通霖心里会有想法。齐通霖笑道：我的想法就是，我考虑不周全。石宛寒得知宋、王二人婉拒了协和医院的请求后，心里有些怅然，他觉得如果有人能去协和医院主持中医科工作，对于中医今后的发展无疑是有益处的，因为协和医院在北平可是首屈一指的西医院。中医能够得到西医的认可，是一件好事，保不齐以后南京政府再为难中医，协和医院也会为自己的科室说话。石宛寒给齐通霖打电话说出自己的想法，让石宛寒没想到，这次齐通霖并没有跟自己站在一边，他不觉得二人拒绝协和医院有什么不妥当。齐通霖不紧不慢道：个人有个人的想法，谁都勉强不得，倒是我，一开始就不应该在没征询二位意见的情况下，冒昧给协和医院提建议。沉吟了一下，齐通霖接着说道：再说，如果以后真的能开办咱们自己的中医院，还得依靠他俩呢。石宛寒先是一愣，接着便是一阵大笑，说道：还是通霖兄有远见。

此刻三儿领着天运，分开众人，直接走到齐通霖旁边，天运喊了声爹，然后朝石宛寒等拱手贺喜。齐通霖朝天运点点头道：医院忙，表明了心意就回去吧。天运说：院长知道我来参加开学典礼，特意准了一天假，并让我代他向您表示祝贺。齐通霖这才不作声了。

这时，齐通霖的目光被人群中一位浅灰色短发的外国女人吸引了，他一眼认出是浦爱德。他想走过去，却看见浦爱德已经往自己这边走过来了，便站在原地没动，扭头对一旁的天运道：浦爱德女士来了。等浦爱德来到跟前，天运跟她拥抱了一下，互相问候。

齐通霖跟浦爱德握手，并道：这一向您还好吧？

浦爱德用中文说道：我很好，在大海边的心情总是十分愉快的。我没有停止对于中医的学习。当然我没有行医的资格，不过我还是尽可能地帮助当地的人，用中草药试着解决他们的病痛，我也学习了针灸，但只在我自己的身上试验，我还不敢为病人扎针灸。

旁边乱糟糟的，齐通霖没法完全听清楚浦爱德的话，王春雨也在一旁催促道：齐先生，咱们开始吧。

齐通霖便对浦爱德说道：您若不急着回烟台，可来寒舍一叙。

浦爱德连连点头道：好的，一定拜访。

所有人都朝院子里最大的房间走去。房间已经被布置成了会场的模样，靠西边是一个台子，后面摆了三把椅子，台下几十把椅子，已经座无虚席了。王春雨将齐通霖、石宛寒和肖灵岩请到台子后面的椅子上坐好，这时人流不断地往房间里拥，一些记者，包括那个朱之朗都争着要进来。王春雨让三儿把门关上，哪里关得上，齐通霖对三儿说道：门开着吧，也好让院子里的人听见。

王春雨走到台子上，控制着激动的情绪，说道：各位同人，各位来宾，今天是个不寻常的日子。风风雨雨地，中医行的人一同走过了很多年，为的就是有今天。从今天开始中医得到了新生，我们将记住今天这个特殊的日子，我很激动，也很高兴。下面欢迎我们中医学校的校长齐通霖先生讲几句话。

齐通霖从座位上站起来，他扭头对石宛寒道：您应该先说。

石宛寒摆手道：您就甭客气了，您可是一校之长。

齐通霖面对台下的一刹那，脑子里空荡荡的，这让他感到一丝惶恐，昨天晚上准备好的词儿好像全忘在家里了。今天临出门的时候，王屏画还说让他把该说的写在一张纸上，说人老忘性大，以防万一。齐通霖说她是杞人之忧。现在他站在众人面前，真的想不起来昨天晚上想好的词了。大家见齐通霖沉默地站着，便等着他开腔，结果等了半天，等来一句：昨儿晚上想好的词都忘光了。

台下一片笑声，齐通霖等笑声停下来，说道：那我就想到哪说哪吧……我们中医行，等今天已经等了好些年了，不容易。过去的日子再怎么难，我们也都扛过来了。我总琢磨着，中医不是个坏东西，相反，它是个好东西，自从有了它，我们中国人才有了一些健康保障。头疼脑热的，能有点草药担当着，尽管微乎其微，遇到瘟疫的时候，中医能做的就更有限。但它毕竟是老祖宗留下来的，就让我们一起想办法把它发扬光大，想办法让它进步，让它往前走，让它能帮助更多的病人，重新获得健康幸福的生活……

齐通霖说着，不经意地朝天运站着的方向看了一眼，接着说道：有幸的是，中国有了西医，这就等于一家子，原本是独苗，可突然有了喜事，来了另外一个孩子。这给中医行带来了巨大的冲击，也带来了一种巨大的推动力量，这种力量就是，让我们中医不得不变得更好，不变好都不行！

齐通霖听见背后的石宛寒突然喊了声好，一旁的肖灵岩却十分安静，这让齐通霖有一种想回过身看他一眼的冲动，但他并没转身。台下突然有人说了一句：变好就是要有更多的好大夫！

齐通霖笑道：您说得对，所以才需要办学校，让有经验的好大夫传授经验，让有志于中医行的年轻人能够得到真传。

停了停，齐通霖接着道：我总琢磨着，我们头顶着苍天，脚踩着大地，这一上一下，都得靠我们人撑着，这就是老天爷安排的。人都能扛住天，镇住地，还有什么做不到的？一时半会儿做不到，那就一边做一边等，总有做到的那一天。

石宛寒从椅子上站起来，大声道：说得好啊通霖兄，这世界上只要想做，没有做不到的事，即便一时做不到，也不要放弃，老天爷总会看到我们的诚意的。

天运站在门口的位置，远远看着貌似平静的父亲，他突然问旁边的三儿道：我爹的头发是什么时候白的？

三儿笑道：你这儿子当的，不过我也没注意，还以为他老人家总是一头黑发呢。

天运走出那间热气腾腾的屋子的时候，外面竟然飘起了细雨，空气中一股湿湿的气味。他张开嘴，大口呼吸着，很快，他感觉到自己的身体被湿乎乎的空气灌满了。他注意到院子当中有一棵白玉兰，洁白的花朵在细雨中显得十分圣洁。

天运听见屋子里传出来一阵雷鸣般的掌声，他被这掌声激励着，心里涌动着一股热流，觉得仿佛又回到了在英国留学的时候，无忧无虑，对未来充满希望。

天运仰望着灰蒙蒙的天空，想：晚上一定得跟爹好好喝一杯。

图书在版编目 (CIP) 数据

北平无恙 / 薛燕平著. -- 北京：北京十月文艺出版社，2025. 5. -- ISBN 978-7-5302-2463-2

I. I247.5

中国国家版本馆CIP数据核字第2025WP1733号

北平无恙
BEIPING WUYANG
薛燕平　著

出　　版	北京出版集团	
	北京十月文艺出版社	
地　　址	北京北三环中路 6 号	
邮　　编	100120	
网　　址	www.bph.com.cn	
发　　行	新经典发行有限公司	
	电话 010-68423599	
经　　销	新华书店	
印　　刷	北京盛通印刷股份有限公司	
版　　次	2025 年 5 月第 1 版	
印　　次	2025 年 5 月第 1 次印刷	
开　　本	880 毫米 ×1230 毫米　1/32	
印　　张	16.25	
字　　数	395 千字	
书　　号	ISBN 978-7-5302-2463-2	
定　　价	68.00 元	

如有印装质量问题，由本社负责调换
质量监督电话　010-58572393

版权所有，未经书面许可，不得转载、复制、翻印，违者必究。